HEYNE<

STEPHEN KING

PULS

Roman

Aus dem Amerikanischen
von Wulf Bergner

WILHELM HEYNE VERLAG
MÜNCHEN

Die Originalausgabe CELL erschien
bei Scribner, New York.

Sollte diese Publikation Links auf Webseiten Dritter enthalten,
so übernehmen wir für deren Inhalte keine Haftung,
da wir uns diese nicht zu eigen machen, sondern lediglich auf
deren Stand zum Zeitpunkt der Erstveröffentlichung verweisen.

Penguin Random House Verlagsgruppe FSC® N001967

Stephen King ▪ Edition

Vollständige deutsche Taschenbuchausgabe 08/2022
Copyright © 2006 by Stephen King
Copyright © 2006 der deutschsprachigen Ausgabe
by Wilhelm Heyne Verlag, München,
Penguin Random House Verlagsgruppe GmbH,
Neumarkter Straße 28, 81673 München
Printed in the Czech Republic
Umschlaggestaltung und Motiv:
Hauptmann & Kompanie Werbeagentur, Zürich,
unter Verwendung von Motiven von © Shutterstock/phloxii,
Bokeh Blur Background, Gencho Petkov
Satz: Schaber Datentechnik, Austria
Druck und Bindung: CPI books GmbH, Leck

ISBN 978-3-453-44162-0

www.heyne.de

Für Richard Matheson und George Romero

»Das Es duldet keinen Aufschub der Befriedigung.
Es steht stets unter dem Druck des unerfüllten Triebes.«
Sigmund Freud

»Gerade die Einsicht, dass der Aggressionstrieb
ein echter, primär arterhaltender Instinkt ist, lässt uns seine
volle Gefährlichkeit erkennen.«   *Konrad Lorenz*

»Can you hear me now?«   *Verizon*

In ihr zweites dunkles Zeitalter glitt die Zivilisation wenig über-
raschend auf einer Bahn aus Blut, aber in einem Tempo, das
nicht einmal die pessimistischsten Futurologen hätten voraus-
sehen können. Es war, als hätte sie darauf gewartet, abgleiten
zu können. Am ersten Oktober war Gott in seinem Himmel, der
Dow-Jones-Index stand bei 10140 Punkten, und die meisten
Flugzeuge waren pünktlich (bis auf die, die in Chicago lande-
ten und starteten, wie nicht anders zu erwarten). Zwei Wochen
später gehörte der Himmel wieder den Vögeln, und die Börse
war nur noch eine Erinnerung. An Halloween stank jede Groß-
stadt von New York bis Moskau zum leeren Himmel, und auch
die Welt von einst war nur noch eine Erinnerung.

DER PULS

DER PULS

DER PULS

1

Das Ereignis, das als *der Puls* bekannt werden sollte, begann am Nachmittag des 1. Oktober um 15.03 Uhr Eastern Standard Time. Die Bezeichnung war natürlich unzutreffend, aber binnen zehn Stunden nach dem Ereignis waren die meisten Wissenschaftler, die darauf hätten hinweisen können, entweder tot oder irrsinnig. Der Name war ohnehin nicht weiter wichtig. Wichtig war die Wirkung.

Um drei Uhr an diesem Nachmittag ging ein junger Mann, der für die Weltgeschichte ohne besondere Bedeutung war, die Bostoner Boylston Street entlang, *hüpfte* sie fast entlang. Er hieß Clayton Riddell. Auf seinem Gesicht stand ein Ausdruck unverkennbarer Zufriedenheit, der zu dem Schwung in seinem Schritt passte. Mit der linken Hand schlenkerte er eine jener Künstlermappen, die sich für unterwegs zuklappen und mit Schnappschlössern sichern ließen. Um die Finger seiner rechten Hand war die Zugschnur einer Tragetasche aus braunem Kunststoff geschlungen, auf die für jeden, der Lust hatte, sie zu lesen, die Wörter **small treasures** gedruckt waren.

In der hin- und herschwingenden Tragetasche befand sich ein kleiner runder Gegenstand. Ein Geschenk, hätten Sie vielleicht vermutet, und Sie hätten Recht gehabt. Sie hätten vielleicht weiter vermutet, dieser Clayton Riddell wolle irgendeinen kleinen (oder vielleicht nicht einmal so kleinen) Sieg mit einem **small treasure** feiern, und hätten wieder Recht gehabt. Der Gegenstand in der Tragetasche war ein ziemlich teurer Briefbeschwerer aus Glas, in dessen Mitte eine graue Pusteblume eingeschlossen war. Gekauft hatte er ihn auf dem Rückweg vom Hotel Copley Square zu dem weit bescheideneren Atlantic Avenue Inn, in dem er wohnte: verängstigt wegen des Neunzigdollarpreisschilds auf der Unterseite des Briefbeschwerers, aber irgendwie noch mehr wegen der Erkenntnis, dass er sich jetzt solche Dinge leisten konnte.

Der Verkäuferin seine Kreditkarte zu geben hatte fast physischen Mut erfordert. Er bezweifelte, dass er dazu imstande gewesen wäre, wäre der Briefbeschwerer für ihn selbst gewesen; er hätte irgendetwas gemurmelt, er habe sich die Sache anders überlegt, und wäre hinausgehastet. Aber das Ding war für Sharon. Sharon mochte solche Sachen, und sie mochte auch ihn noch immer – *Ich halte zu dir, Baby,* hatte sie am Tag vor seiner Abreise nach Boston gesagt. Im Bewusstsein dessen, wie viel Scheiß sie einander im vergangenen Jahr zugefügt hatten, war er gerührt gewesen. Jetzt wollte er sie anrühren, falls das noch möglich war. Der Briefbeschwerer war klein (ein **small treasure**), aber er war sich sicher, dass sie die zarte graue Wolke aus Löwenzahnsamen – ein Nebel im Miniformat tief in der Mitte des Glases – mögen würde.

2

Clays Aufmerksamkeit wurde durch das Bimmeln eines Eiswagens geweckt. Er stand gegenüber dem Hotel Four Seasons (das sogar noch prächtiger als das Copley Square war) vor dem Boston Common, dem Stadtpark, der sich auf dieser Straßenseite zwei, drei Blocks weit die Boylston Street entlangzog. Über einem Paar tanzender Eiswaffeln standen in Regenbogenfarben die Wörter MISTER SOFTEE. Drei Jungen standen mit Büchertaschen vor den Füßen am Ausgabefenster zusammengedrängt und warteten auf die süße Nascherei. Hinter ihnen standen eine Frau in einem Hosenanzug mit einem Pudel an der Leine und zwei Mädchen im Teenageralter in Hüftjeans und mit iPods und Kopfhörern, die sie gegenwärtig um den Hals trugen, damit sie sich murmelnd unterhalten konnten – ernsthaft, ohne zu kichern.

Clay stellte sich hinter ihnen an, wodurch eine ehemalige Kleingruppe sich in eine kurze Schlange verwandelte. Er hatte seiner von ihm entfremdeten Frau ein Geschenk gekauft; er würde auf der Heimfahrt bei Comix Supreme vorbeischauen, um seinem Sohn das neue Spiderman-Heft zu kaufen; also konnte er sich selbst auch etwas gönnen. Er brannte darauf, Sharon seine Neuigkeiten zu erzählen, aber sie war unerreichbar, bis sie gegen Viertel vor vier nach Hause kam. Er stellte sich vor, dass er mindestens so lange im Inn bleiben würde, bis er mit ihr gesprochen hatte; dort würde er die meiste Zeit in seinem kleinen Zimmer auf und ab tigern und seine mit Schnappschlössern gesicherte Künstlermappe ansehen. Bis dahin bildete Mister Softee einen willkommenen Zeitvertreib.

Der Kerl im Eiswagen reichte den Jungen vor dem Fenster ihre Bestellungen hinaus: zwei Eis am Stiel und eine riesige Waffeltüte mit einem gedrehten Schokolade-und-Vanille-Softeiskegel für den großzügigen Spender in der Mitte, der anscheinend für alle zahlte. Während der einen Wust von Dollarscheinen aus seiner modischen Baggy-Jeans angelte, griff die Pudelbesitzerin im Poweranzug in ihre Umhängetasche, holte ihr Handy heraus – Frauen in Poweranzügen gingen ebenso wenig ohne ihre Handys aus dem Haus wie ohne ihre Kreditkarten – und klappte es auf. Hinter ihnen im Park kläffte ein Hund, und irgendwer stieß einen Schrei aus. In

Clays Ohren war das kein fröhlicher Schrei, aber als er sich umsah, konnte er nur einige Spaziergänger, einen Hund, der mit einer Frisbeescheibe in der Schnauze dahintrottete (herrscht dort drinnen nicht Leinenzwang?, fragte er sich), und weite Flächen von sonnigem Grün und einladendem Schatten sehen. Bestimmt ein guter Ort, an dem ein Mensch, der gerade seine erste Graphic Novel verkauft hatte – *und* die Fortsetzung, beides zudem für erstaunlich viel Geld –, sich hinsetzen und ein Schokoladeneis essen konnte.

Als er sich wieder umsah, waren die drei Jungen in den Baggy-Jeans fort, und die Frau im Poweranzug bestellte einen Eisbecher. Eines der beiden Mädchen hinter ihr trug ein minzegrünes Handy mit Klipphalterung an der Hüfte, und Power Suit Woman hatte ihres fest ins Ohr geschraubt. Clay dachte, wie er das auf irgendeiner Bewusstseinsebene fast immer tat, wenn er Variationen dieses Benehmens sah, dass er Zeuge wurde, wie ein Benehmen, das früher als grob unhöflich gegolten hätte – ja, selbst während man ein Geschäft mit einem völlig Unbekannten abschloss –, doch allmählich zu einem Teil des allgemein akzeptierten Verhaltenskodex wurde.

Lass es in Dark Wanderer *einfließen, Schatz,* sagte Sharon. Die Version von ihr, die er im Kopf behielt, sprach oft und äußerte zu allem ihre Meinung. Das traf auch auf die reale Sharon zu, Trennung hin oder her. Allerdings nicht übers Handy. Clay besaß keines.

Das minzegrüne Telefon spielte den Anfang jenes Songs von Crazy Frog, den Johnny so liebte – hieß er nicht »Axel F«? Clay konnte sich nicht genau daran erinnern, vielleicht weil er ihn bewusst ausgeblendet hatte. Das Mädchen, dem das Handy gehörte, riss es von der Hüfte und sagte: »Beth?« Sie hörte zu, lächelte, dann sagte sie zu ihrer Begleiterin: »Das ist Beth.« Nun beugte sich das andere Mädchen nach vorn, und sie hörten beide zu, während beinahe identische Pixiefrisuren (Clay erschienen sie fast wie Zeichentrickfiguren aus dem Vormittagsprogramm am Samstag, vielleicht die Powerpuff Girls) von der Nachmittagsbrise aufgeplustert wurden.

»Maddy?«, sagte die Frau im Poweranzug fast genau gleichzeitig. Ihr Pudel saß jetzt sinnend am Ende der Leine (die Leine war rot und mit Glitzerzeug bestäubt) und beobachtete den Verkehr auf der Boylston Street. Auf der anderen Straßenseite, vor dem Four Seasons, winkte ein Portier in brauner Livree – diese Anzüge schienen immer braun oder blau zu sein –, vermutlich nach einem Taxi. Ein mit Touristen voll besetztes Amphibienfahrzeug von Duck Tours, das auf dem Trockenen irgendwie deplatziert wirkte, rauschte vorbei, während der Fahrer über Lautsprecher über irgendetwas Historisches schwatzte. Die beiden Mädchen, die dem minzegrünen Telefon zuhörten, wechselten einen Blick und lächelten über etwas, das sie hörten, kicherten aber noch immer nicht.

»Maddy? Kannst du mich hören? *Kannst du* ...«

Die Frau in dem Poweranzug hob die Hand, in der sie die Hundeleine hielt, und bohrte einen Finger mit langem Nagel in ihr freies Ohr. Clay, der um ihr Trommelfell fürchtete, zuckte leicht zusammen. Er stellte sich vor, wie er sie zeichnen würde: der Hund an der Leine, der Poweranzug, die modische Kurzhaarfrisur ... und ein dünner Blutfaden aus dem Ohr, in dem ihr Finger steckte. Das Duck Boat, das eben am Bildrand verschwand, und der Portier im Hintergrund, die beide die Zeichnung irgendwie realistischer erscheinen lassen würden. Das würden sie; das gehörte zu den Dingen, die man einfach wusste.

»Maddy, du kommst *unterbrochen* an! Ich wollte dir bloß erzählen, dass ich mir die Haare bei diesem neuen ... meine Haare? ... MEINE ...«

Der Kerl in dem Mister-Softee-Wagen beugte sich hinunter und hielt ihr den Eisbecher hin. Daraus erhob sich ein weißer Berg, an dessen Flanken Ströme von Schokoladen- und Erdbeersoße herabliefen. Sein stoppelbärtiges Gesicht war ausdruckslos. Es sagte, er habe alles schon mal gesehen. Davon war Clay überzeugt – das meiste vermutlich zweimal. Im Park kreischte irgendjemand. Clay sah sich abermals um, redete sich wieder ein, das müsse ein Freudenschrei gewesen sein. Drei Uhr nachmittags, ein sonniger Nachmittag auf dem Boston Common, das *musste* eigentlich ein Freudenschrei sein. Oder?

Die Frau sagte irgendetwas Unverständliches zu Maddy und klappte ihr Handy mit einer geübten Handbewegung zu. Sie ließ es wieder in ihre Umhängetasche fallen, dann stand sie einfach da, als hätte sie vergessen, was sie hier tat, oder sogar, wo sie war.

»Macht vier fünfzig«, sagte der Mister-Softee-Kerl, der ihr weiter geduldig den Eisbecher hinhielt. Clay hatte noch Zeit zu denken, wie beschissen *teuer* in der Stadt alles war. Vielleicht fand die Frau im Poweranzug das auch, jedenfalls tat sie – wenigstens nahm er das zuerst an – noch einen Augenblick länger nichts, sondern betrachtete nur den Becher mit dem Berg aus Eiscreme und der herablaufenden Soße, als hätte sie dergleichen noch nie gesehen.

Dann kam ein weiterer Schrei vom Stadtpark herüber, diesmal kein menschlicher Laut, sondern etwas zwischen einem überraschten Jaulen und einem schmerzlichen Heulen. Clay drehte sich danach um und sah den Hund, der mit der Frisbeescheibe vorbeigetrottet war. Es war ein ziemlich großer brauner Hund, vielleicht ein Neufundländer, er kannte sich eigentlich nicht mit Hunden aus, wenn er einen zeichnen musste, holte er sich ein Buch und zeichnete einen ab. Ein

Mann in einem Geschäftsanzug kniete neben dem Hund, hatte ihn in den Schwitzkasten genommen und schien – *bestimmt sehe ich nicht, was ich zu sehen glaube,* dachte Clay – an seinem Ohr herumzukauen. Dann jaulte der Hund wieder auf und versuchte sich loszureißen. Der Mann im Geschäftsanzug hielt ihn eisern fest, und ja, der Mann hatte das Hundeohr im Mund, und während Clay ihn weiter beobachtete, riss der Mann es vom Kopf des Hundes ab. Diesmal stieß der Hund einen fast menschlichen Schrei aus, und einige Enten, die auf einem nahe gelegenen Teich geschwommen hatten, flogen laut quakend auf.

»Räst!«, rief jemand hinter Clay. Zumindest klang es wie *Räst*. Es hätte auch »Rest« oder »Rost« sein können, aber im Licht späterer Erfahrungen tendierte er zu *Räst:* kein richtiges Wort, sondern bloß ein unverständlicher aggressiver Laut.

Er drehte sich gerade rechtzeitig nach dem Eiswagen um, um zu sehen, wie Power Suit Woman ins Ausgabefenster hechtete, um den Mister-Softee-Kerl zu fassen zu bekommen. Sie schaffte es, die losen Falten an der Vorderseite seines weißen Kittels zu packen, aber ein einzelner erschrockener Schritt rückwärts genügte, damit er sich aus ihrem Griff losreißen konnte. Ihre hohen Absätze verließen kurz den Gehsteig, und er hörte das Rascheln von Stoff und das Klicken von Knöpfen, als die Vorderseite ihres Jacketts erst über den Rand der kleinen Theke hinauf und dann wieder nach unten ratterte. Der Eisbecher purzelte außer Sicht. Clay sah eine Schmiere aus Eiscreme und Soße auf dem linkem Handgelenk und Unterarm von Power Suit Woman, als ihre hohen Absätze wieder auf den Gehsteig klackten. Sie taumelte mit leicht gebeugten Knien. Ihr verschlossener, wohlerzogener, für die Öffentlichkeit bestimmter Gesichtsausdruck – den Clay für einen grundsätzlichen Auf-der-Straße-keine-Mieneverziehen-Look hielt – war durch ein krampfartiges Zähne-fletschen ersetzt worden, das ihre Augen zu Schlitzen verkleinerte und beide Zahnreihen freilegte. Ihre Oberlippe war völlig nach außen gestülpt und ließ eine samtartige rosa Auskleidung sehen, so intim wie eine Scheide. Ihr Pudel lief auf die Straße und schleppte dabei seine rote Leine mit der Handschlaufe am Ende hinter sich her. Eine schwarze Limousine überfuhr den Pudel, bevor er halb drüben war. Eben noch Flausch; im nächsten Augenblick Brei.

Wahrscheinlich hat der arme Köter schon im Hundehimmel gekläfft, bevor er gewusst hat, dass er tot ist, dachte Clay. Er begriff auf irgendeine distanzierte Weise, dass er unter Schock stand, was aber an der Intensität seiner Verwunderung gar nichts änderte. Er stand einfach nur mit seiner Künstlermappe in der einen Hand und seiner braunen Tragetasche in der anderen mit herabhängender Kinnlade da.

Irgendwo – vielleicht um die nächste Ecke auf der Newbury Street – explodierte irgendetwas.

Die beiden Mädchen hatten zwar genau dieselbe Frisur über ihren iPod-Kopfhörern, aber die mit dem minzegrünen Handy war blond, während ihre Freundin brünett war; sie waren sozusagen Pixie Light und Pixie Dark. Jetzt ließ Pixie Light ihr Handy auf den Gehsteig fallen, wo es zerschellte, und packte Power Suit Woman um die Taille. Clay nahm an (soweit er in diesen Augenblicken überhaupt imstande war, etwas anzunehmen), dass sie Power Suit Woman daran hindern wollte, sich erneut auf den Mister-Softee-Kerl zu stürzen oder ihrem Hund auf die Straße nachzulaufen. Es gab sogar einen Teil seines Verstandes, der der Geistesgegenwart des Mädchens applaudierte. Ihre Freundin, Pixie Dark, wich mit zwischen den Brüsten gefalteten kleinen weißen Händen und angstvoll aufgerissenen Augen von der ganzen Chose zurück.

Clay ließ seine Sachen fallen, auf beiden Seiten je eine, und trat vor, um Pixie Light zu helfen. Auf der anderen Straßenseite – das nahm er nur am Rand seines Blickfelds wahr – kam ein Wagen ins Schleudern und raste über den Gehsteig vor dem Four Seasons, sodass der Portier beiseite flitzen musste. Vom Vorplatz des Hotels drangen Schreie herüber. Und bevor Clay anfangen konnte, Pixie Light in Sachen Power Suit Woman zu helfen, hatte Pixie Light mit ihrem hübschen kleinen Gesicht schlangenartig gewandt zugestoßen, ihre unzweifelhaft kräftigen jungen Zähne gefletscht und in den Hals von Power Suit Woman geschlagen. Sofort spritzte ein gewaltiger Blutstrahl hervor. Das Pixie-Girl hielt ihr Gesicht hinein, schien darin zu baden, vielleicht sogar davon zu trinken (Clay war sich fast sicher, dass sie das tat), dann schüttelte sie Power Suit Woman wie eine Puppe. Die Frau war größer, musste an die zwanzig Kilo schwerer sein als die Kleine, aber das Mädchen schüttelte sie so kräftig, dass der Kopf der Frau hin und her flog und weiteres Blut verspritzte. Gleichzeitig erhob das Mädchen sein blutverschmiertes Gesicht zu dem leuchtend blauen Oktoberhimmel und stieß ein Heulen aus, das wie Triumphgeheul klang.

Sie ist verrückt, dachte Clay. *Völlig übergeschnappt.*

»Wer bist du?«, rief Pixie Dark laut. *»Was ist los?«*

Beim Klang der Stimme ihrer Freundin warf Pixie Light ihren blutigen Kopf herum. Von den kurzen Dolchspitzen ihrer Stirnfransen tropfte Blut. Augen wie weiße Lichter glotzten aus blutgesprenkelten Höhlen.

Pixie Dark starrte Clay mit weit aufgerissenen Augen an. »Wer bist du?«, wiederholte sie ... und dann: »Wer bin *ich*?«

Pixie Light ließ Power Suit Woman fallen, aus deren aufgebissener Halsschlagader beim Zusammenbrechen auf dem Gehsteig weiter Blut spritzte, dann stürzte sie sich auf das

Mädchen, mit dem sie sich noch vor wenigen Augenblicken dick befreundet ein Handy geteilt hatte.

Clay dachte nicht nach. Hätte er nachgedacht, wäre Pixie Dark vielleicht ebenso der Hals aufgebissen worden wie der Frau im Hosenanzug. Er sah nicht einmal hin. Er griff einfach nach rechts unten, bekam die Tragetasche von **small treasures** am oberen Rand zu fassen und schwang sie gegen Pixie Lights Hinterkopf, als diese sich auf ihre ehemalige Freundin stürzte, wobei sich ihre ausgestreckten Hände vor dem blauen Himmel wie Seesterne abzeichneten. Wenn er sie verfehlte ...

Er verfehlte sie nicht, streifte das Mädchen auch nicht etwa nur. Der gläserne Briefbeschwerer in der Tragetasche traf Pixie Light mit gedämpftem dumpfem Aufprall genau am Hinterkopf. Pixie Light ließ die Hände sinken, eine blutbefleckt, die andere noch sauber, und plumpste zu Füßen ihrer Freundin wie ein Kartoffelsack auf den Gehsteig.

»Was zum *Teufel*?«, rief Mister-Softee-Kerl. Seine Stimme klang unwahrscheinlich hoch. Vielleicht hatte der Schock einen Kontratenor aus ihm gemacht.

»Keine Ahnung«, sagte Clay. Sein Herz jagte. »Schnell, helfen Sie mir. Die andere hier verblutet.«

Von der Newbury Street hinter ihnen kam das unverkennbare dumpfe Krachen und Klirren eines Zusammenstoßes, dem sofort Schreie folgten. Den Schreien wiederum folgte eine weitere Explosion, diesmal lauter, scheppernder, in den Tag hinaushämmernd. Hinter dem Mister-Softee-Wagen schleuderte ein weiteres Auto über drei Fahrspuren der Boylston Street auf den Vorplatz des Four Seasons, wo es ein paar Fußgänger niedermähte und dann das Heck des vorigen Wagens rammte, der mit eingedrückter Motorhaube an der Drehtür zum Stehen gekommen war. Durch diesen zweiten Zusammenstoß bohrte der erste Wagen sich noch weiter in die Drehtür und verbog sie völlig. Ob dort drinnen jemand gefangen war, konnte Clay nicht sehen – aus dem geplatzten Kühler des ersten Fahrzeugs stiegen Dampfschwaden auf –, aber die herzzerreißenden Schreie aus den Schatten dort drüben ließen Schlimmes ahnen. Sehr Schlimmes.

Der Mister-Softee-Kerl, nach hinten blind, beugte sich aus seinem Ausgabefenster und starrte Clay an. »Was geht dort drüben vor?«

»Keine Ahnung. Ein paar Unfälle. Leute verletzt. Helfen Sie mir, Mann.« Er kniete sich neben Power Suit Woman in das Blut und die zersplitterten Überreste von Pixie Lights minzegrünem Handy. Das Zucken der Frau im Poweranzug war jetzt allerdings sehr schwach geworden.

»Von der Newbury kommt Rauch«, stellte der Mister-Softee-Kerl fest, der die relative Sicherheit seines Eiswagens noch immer nicht verließ. »Dort drüben ist was explodiert. Was echt Großes, mein ich. Vielleicht sind's Terroristen.«

Sobald er das Wort ausgesprochen hatte, war Clay sich sicher, dass er Recht hatte. »Helfen Sie mir.«

»*WER BIN ICH?*«, kreischte Pixie Dark plötzlich.

Clay hatte sie völlig vergessen. Er blickte rechtzeitig auf, um zu sehen, wie das Mädchen sich mit der flachen Hand an die Stirn klatschte und sich dann schnell dreimal um die eigene Achse drehte, wobei sie fast auf den Spitzen ihrer Tennisschuhe stand. Dieser Anblick erinnerte ihn an ein Gedicht, das er auf dem College in Literaturwissenschaft gelesen hatte: *Schlingt dreifach einen Kreis um dies!* Coleridge, oder? Sie taumelte, dann rannte sie den Gehsteig entlang, direkt gegen einen Laternenmast. Sie machte keinen Versuch, ihm auszuweichen oder auch nur schützend die Hände zu heben. Sie klatschte mit dem Gesicht dagegen, prallte zurück, torkelte, rannte wieder dagegen an.

»Aufhören!«, brüllte Clay. Er schoss hoch, wollte zu ihr rennen, rutschte im Blut von Power Suit Woman aus, wäre beinahe gestürzt, rappelte sich wieder auf, stolperte über Pixie Light und wäre wieder fast hingeknallt.

Pixie Dark sah sich nach ihm um. Aus ihrer gebrochenen Nase strömte ein Blutschwall über die untere Gesichtshälfte. Eine senkrechte Prellung auf ihrer Stirn begann anzuschwellen, stieg wie eine Gewitterwolke an einem Sommertag hoch. Eines ihrer Augen saß schief in der Höhle. Sie öffnete den Mund, ließ die Ruinen von vermutlich sehr teurer kieferorthopädischer Arbeit sehen und lachte ihn an. Er würde den Anblick nie vergessen.

Dann rannte sie kreischend den Gehsteig entlang davon.

Hinter ihm sprang ein Motor an, dann begannen elektronisch verstärkte Glöckchen die frühere Erkennungsmelodie von *Sesamstraße* zu klimpern. Clay warf sich herum und sah den Mister-Softee-Wagen rasch vom Bordstein wegfahren, als im obersten Stock des Hotels gegenüber eine Fensterscheibe in einer Kaskade aus glitzerndem Glas zersprang. Ein Körper schnellte in den hellen Oktobertag hinaus. Er schlug auf dem Gehsteig auf, wo er mehr oder weniger explodierte. Weitere Schreie vom Vorplatz. Angstschreie; Schmerzensschreie.

»Nein!«, brüllte Clay, der neben dem Eiswagen einherrannte. »Nein, kommen Sie zurück und helfen Sie mir! Ich brauche hier Hilfe, Sie Scheißkerl!«

Keine Antwort vom Mister-Softee-Kerl, der ihn vielleicht wegen der verstärkten Musik nicht hören konnte. Clay erinnerte sich an den Text aus den Tagen, als er noch keinen Grund zur Annahme gehabt hatte, seine Ehe werde nicht ewig halten. Damals hatte Johnny sich jeden Tag die *Sesamstraße* angesehen, hatte auf seinem kleinen blauen Stuhl gehockt und mit beiden Händen seinen Trinkbecher umklammert. Irgendwas von einem sonnigen Tag, der die Wolken vertreibt.

Ein Mann in einem Geschäftsanzug kam aus dem Park gerannt und röhrte mit voller Lungenkraft wortlose Schreie, während seine Jackenschöße hinter ihm herwehten. Clay erkannte ihn an seinem Kinnbärtchen aus Hundefell. Der Mann stürmte auf die Boylston Street hinaus. Die Autos wichen ihm aus, verfehlten ihn nur knapp. Er rannte auf die andere Seite hinüber und brüllte dabei weiter und fuchtelte mit erhobenen Händen. Als er in den Schatten der Markise über dem Vorplatz des Four Seasons verschwand, kam er außer Sicht, aber er musste sofort wieder etwas angestellt haben, jedenfalls brach dort drüben sofort eine neue Kreischsalve los.

Clay gab die Verfolgung des Mister-Softee-Wagens auf und blieb mit einem Fuß auf dem Gehsteig und dem anderen im Rinnstein stehen, während er beobachtete, wie das Gefährt weiter bimmelnd einen Schlenker auf die Mittelspur der Boylston Street machte. Er wollte eben zu dem bewusstlosen Mädchen und der sterbenden Frau zurückgehen, als ein weiteres Duck Boat erschien; dieses rollte jedoch nicht gemächlich dahin, sondern donnerte mit Höchstgeschwindigkeit heran und schlingerte dabei wie verrückt von Backbord nach Steuerbord. Einige der Fahrgäste purzelten durcheinander und brüllten den Fahrer an – *flehten ihn an* –, er solle anhalten. Andere klammerten sich einfach an die senkrechten Metallstreben an den offenen Seiten des Ungetüms, als es entgegen der allgemeinen Fahrtrichtung die Boylston Street hinaufraste.

Ein Mann in einem Sweatshirt packte den Fahrer von hinten, und Clay hörte aus dem primitiven Lautsprechersystem des Duck Boats einen weiteren dieser unartikulierten Laute kommen, als der Fahrer den Kerl mit einem gewaltigen

Schulterzucken nach hinten abschüttelte. Dieses Mal jedoch nicht »*Räst!*«, sondern ein kehligerer Laut, der irgendwie nach »*Gluh!*« klang. Dann sah der Fahrer des Duck Boats den Mister-Softee-Wagen – dessen war Clay sich sicher – und änderte seinen Kurs, um darauf zuzuhalten.

»*O Gott, bitte nicht!*«, rief eine Frau, die in dem Touristenfahrzeug fast ganz vorn saß, und als es auf den bimmelnden Mister-Softee-Wagen zuraste, der ungefähr ein Sechstel seiner Größe hatte, erinnerte Clay sich deutlich daran, wie er sich in jenem Jahr, in dem die Red Sox die World Series gewannen, die Siegesparade im Fernsehen angesehen hatte. Das Team war mit einer langsamen Prozession genau solcher Duck Boats gefahren und hatte der frenetisch jubelnden Menge zugewinkt, während kalter herbstlicher Nieselregen gefallen war.

»*Gott, bitte nicht!*«, kreischte die Frau wieder, und irgendwo neben Clay sagte ein Mann fast sanft: »Jesus Christus.«

Das Duck Boat rammte den Eiswagen mittschiffs und kippte ihn wie ein Kinderspielzeug um. Während sein Lautsprechersystem weiter die Erkennungsmelodie von *Sesamstraße* bimmelte, landete er auf der Seite und rutschte in Richtung Stadtpark zurück, wobei er einen Schauer von Reibungsfunken erzeugte. Zwei Frauen, die zugesehen hatten, huschten, sich an den Händen haltend, beiseite und schafften es gerade noch auszuweichen. Der Mister-Softee-Wagen prallte gegen den Randstein, flog ein kurzes Stück durch die Luft, knallte dann an den gusseisernen Zaun, der den Park umgab, und blieb liegen. Die Musik hickste zweimal, dann verstummte sie.

Der Verrückte, der das Duck Boat fuhr, hatte inzwischen auch den letzten Rest von Kontrolle, die er möglicherweise über sein Fahrzeug besessen hatte, eingebüßt. Es schlingerte mit seiner Fracht aus verängstigten, kreischenden Fahrgästen, die sich an die offenen Seiten klammerten, über die Boylston Street zurück, holperte auf der anderen Straßenseite etwa fünfzig Meter unterhalb der Stelle, wo der Mister-Softee-Wagen sein letztes Bimmeln von sich gegeben hatte, über den Gehsteig und rammte die niedrige Böschungsmauer unter dem Schaufenster eines todschicken Möbelgeschäfts namens Citylights. Mit einem gewaltigen unmusikalischen Klirren zersplitterte die Scheibe. Das breite Heck des Duck Boats (auf dem in rosa Schrift *Harbor Mistress* stand) stieg ungefähr eineinhalb Meter hoch. Die Bewegungsenergie wollte, dass das große watschelnde Ding sich überschlug; seine Masse ließ es jedoch nicht zu. Während die Schnauze zwischen den durcheinander geworfenen Sofas und teuren Sesseln stecken blieb, plumpste es wieder auf den Gehsteig zurück, aber nicht bevor mindestens ein Dutzend Menschen nach vorn geschossen waren – aus dem Duck Boat und außer Sicht.

Im Citylights schrillte eine Alarmanlage.

»Jesus Christus«, sagte die sanfte Stimme zu Clays Rechter zum zweiten Mal. Er wandte sich in diese Richtung und sah einen kleinen Mann mit schütterem schwarzem Haar, einem winzigen dunklen Schnurrbart und goldgeränderter Brille. »Was geht hier vor?«

»Keine Ahnung«, sagte Clay. Das Reden fiel ihm schwer. Sehr. Er stellte fest, dass er die Worte fast hervorstoßen musste. Vermutlich stand er unter Schock. Auf der anderen Straßenseite rannten Leute weg, manche aus dem Four Seasons, manche aus dem verunglückten Duck Boat. Während Clay zusah, prallte ein Duck-Boat-Flüchtling mit einem Four-Seasons-Entflohenen zusammen, und beide schlugen auf dem Gehsteig lang hin. Er hatte noch Zeit, sich zu fragen, ob er übergeschnappt war, ob das alles nur Halluzinationen waren, die er in irgendeinem Irrenhaus hatte. Vielleicht zwischen Chlorpromazin-Injektionen im Juniper Hill in Augusta. »Der Kerl im Eiswagen hat auf Terroristen getippt.«

»Ich sehe niemanden mit Schusswaffen«, sagte der kleine Mann mit dem Schnurrbart. »Auch keine Typen, die sich Bomben umgeschnallt haben.«

Das tat auch Clay nicht, aber er sah die kleine Tragetasche aus dem **small treasures** und seine Künstlermappe auf dem Gehsteig liegen, und er sah, dass das Blut aus der Halsschlagader von Power Suit Woman – *ihr Götter*, dachte er, *all dieses Blut* – die Mappe schon fast erreicht hatte. Bis auf ungefähr ein Dutzend enthielt sie alle seine Zeichnungen für *Dark Wanderer*, und es waren die Zeichnungen, auf die sein Verstand sich nun konzentrierte. Er machte sich in beschleunigtem Tempo auf den Rückweg dorthin, und der kleine Mann hielt mit ihm Schritt. Als im Hotel ein weiterer Einbruchmelder losging (jedenfalls *irgendeine* Art Alarmanlage), dessen heiseres Plärren sich in das Schrillen der Alarmanlage des Citylights mischte, fuhr der kleine Kerl zusammen.

»Das kommt aus dem Hotel«, sagte Clay.

»Ich weiß, es ist nur ... O mein *Gott*!« Er hatte Power Suit Woman gesehen, die jetzt in einer Lache aus dem magischen Zeug lag, das alle ihre Lebensfunktionen betrieben hatte ... bis wann? Vor vier Minuten? Nur zwei?

»Sie ist tot«, erklärte Clay ihm. »Da bin ich mir jedenfalls ziemlich sicher. Das Mädchen da ...« Er deutete auf Pixie Light. »Die hat's getan. Mit den Zähnen.«

»Sie scherzen.«

»Ich wollte, das wär so.«

Von irgendwo entlang der Boylston Street war eine weitere Explosion zu hören. Beide Männer fuhren zusammen. Clay merkte, dass er jetzt Rauch riechen konnte. Er hob die Tragetasche von **small treasures** und seine Künstlermappe auf und brachte beides vor dem sich ausbreitenden Blut in Sicherheit. »Das sind meine Sachen«, sagte er und fragte sich dabei, wieso er sich bemüßigt fühlte, das zu erklären.

Der kleine Kerl, der einen Tweedanzug trug – ziemlich adrett, fand Clay – starrte noch immer entsetzt den zusammengebrochenen Körper der Frau an, die stehen geblieben war, um sich einen Eisbecher zu kaufen, und erst ihren Hund und dann ihr Leben verloren hatte. Hinter ihnen trabten drei junge Männer lachend und mit Hurrageschrei den Gehsteig entlang. Zwei trugen verkehrt herum aufgesetzte Red-Sox-Mützen. Einer trug an seine Brust gedrückt einen Karton, auf dessen Seite in blauer Schrift das Wort **panasonic** stand. Dieser eine trat mit dem rechten Turnschuh in das sich ausbreitende Blut von Power Suit Woman und hinterließ einen Einfußabdruck, der schon blasser wurde, als seine Kumpel und er zum Nordende des Stadtparks mit Chinatown dahinter weiterrannten.

3

Clay sank auf ein Knie und benutzte die freie Hand, mit der er also nicht seine Künstlermappe umklammerte (seit er den vorbeispurtenden jungen Mann mit dem **panasonic**-Karton gesehen hatte, hatte er noch mehr Angst, er könnte sie einbüßen), um Pixie Lights Handgelenk hochzuheben. Er fand sofort den Puls, der langsam, aber kräftig und gleichmäßig war. Er empfand große Erleichterung. Unabhängig davon, was sie getan hatte, war sie fast noch ein Kind. Er wollte nicht glauben müssen, sie mit dem Briefbeschwerer, der ein Geschenk für seine Frau sein sollte, erschlagen zu haben.

»*Vorsicht! Passen Sie auf!*« Der kleine Kerl mit dem Schnurrbart sang das beinahe. Clay hatte keine Zeit, sich vorzusehen. Zum Glück kam die Gefahr ihnen nicht einmal nahe. Der Wagen – einer dieser großen OPEC-freundlichen Geländewagen – kam mindestens zwanzig Meter von der Stelle entfernt, wo er kniete, von der Boylston Street ab und raste in den Park, wobei er ein Gewirr aus schmiedeeisernen Zaunteilen vor sich herschob, um dann stoßstangentief im Ententeich zu versinken.

Die Tür wurde aufgestoßen, und ein junger Mann, der Unverständliches zum Himmel schrie, torkelte heraus. Er fiel im Wasser auf die Knie und schaufelte sich etwas davon mit beiden Händen in den Mund (Clay dachte flüchtig an all die Enten, die im Lauf der Jahre unbekümmert in diesen Teich geschissen hatten), dann rappelte er sich wieder auf und watete zur anderen Seite hinüber. Als er in dem Wäldchen dort verschwand, wedelte er noch immer mit den Händen und brüllte seinen Unsinnssermon.

»Wir brauchen Hilfe für dieses Mädchen«, sagte Clay zu dem Mann mit dem Schnurrbart. »Sie ist bewusstlos, aber noch längst nicht tot.«

»Wissen Sie, was wir *tun* müssen? Wir müssen runter von der Straße, bevor wir überfahren werden«, sagte der Mann mit dem Schnurrbart, und wie um sein Argument zu unterstreichen, stieß nicht weit von dem demolierten Duck Boat ein Taxi mit einer Großraumlimousine zusammen. Die Limousine war entgegen der Fahrtrichtung unterwegs, aber das Taxi zog den Kürzeren; während Clay noch immer auf dem Gehsteig kniend zusah, flog der Taxifahrer durch den plötzlich glaslosen vorderen Scheibenrahmen und landete auf der Fahrbahn, wo er einen blutenden Arm hochreckte und laut schrie.

Der Mann mit dem Schnurrbart hatte natürlich Recht. Der Rest Vernunft, den Clay noch aufbringen konnte – nur wenig davon schaffte es, den Nebel des Schockes zu durchdringen, der sein Denken beeinträchtigte –, sagte ihm, dass es bei weitem das Klügste sei, schleunigst von der Boylston Street zu verschwinden und in Deckung zu gehen. Falls es sich hier gerade um einen Terrorakt handelte, hatte dieser keinerlei Ähnlichkeit mit irgendeinem, den er je gesehen oder von dem er je gehört hatte. Was er ... *sie* tun sollten, war, sich zu verkriechen und in Deckung zu bleiben, bis die Lage sich klärte. Das würde es wahrscheinlich nötig machen, einen Fernseher zu finden. Aber er wollte das bewusstlose Mädchen nicht auf einer Straße liegen lassen, die sich plötzlich in ein Tollhaus verwandelt hatte. Dagegen rebellierte jeder Instinkt seines größtenteils gütigen – und gewiss zivilisierten – Herzens.

»Gehen Sie nur weiter«, forderte er den kleinen Mann mit dem Schnurrbart auf. Er sagte das mit ungeheurem Widerstreben. Er kannte den kleinen Mann überhaupt nicht, aber er brabbelte wenigstens keinen Unsinn und wedelte nicht mit den Händen in der Luft. Oder stürzte sich mit gefletschten Zähnen auf Clays Kehle. »Sehen Sie zu, dass Sie irgendwo Unterschlupf finden. Ich werde ...« Er wusste nicht, wie er den Satz zu Ende bringen sollte.

»Was werden Sie?«, fragte der Mann mit dem Schnurrbart, dann fuhr er zusammen und zog die Schultern hoch, weil wieder etwas explodierte. Die Explosion hatte sich direkt hinter dem Hotel ereignet, so klang es jedenfalls, und sofort begann dort drüben schwarzer Rauch aufzusteigen, der den blauen Himmel verschmutzte, bis er hoch genug stieg, dass der Wind ihn verteilen konnte.

»Ich rufe die Polizei«, sagte Clay wie in einer plötzlichen Eingebung. »Sie hat ein Handy.« Er deutete mit dem Daumen auf Power Suit Woman, die jetzt tot in einer Lache des eigenen Bluts lag. »Sie hat's gerade noch benutzt, bevor ... Sie wissen schon, bevor dieser Scheiß ...«

Er verstummte, während er sich intensiv daran erinnerte, *was* sich genau ereignet hatte, kurz bevor dieser Scheiß angefangen hatte. Er merkte, dass sein Blick von der Toten zu dem bewusstlosen Mädchen und dann zu den Bruchstücken des minzegrünen Handys der Bewusstlosen wanderte.

Sirengeheul in zwei deutlich unterschiedlichen Tonlagen erfüllte die Luft. Clay nahm an, dass eine Tonlage zu Streifenwagen, die andere zu Feuerwehrfahrzeugen gehörte. Vermutlich konnte man sie voneinander unterscheiden, wenn man in dieser Stadt lebte, aber das tat er nicht, er lebte in Kent Pond, Maine, und wünschte sich von ganzem Herzen, er wäre in diesem Augenblick dort.

Was sich ereignet hatte, kurz bevor dieser Scheiß angefangen hatte, war, dass Power Suit Woman ihre Freundin Maddy angerufen hatte, um ihr zu erzählen, sie sei beim Friseur gewesen, und dass eine von Pixie Lights Freundinnen *sie* angerufen hatte. Bei letzterem Gespräch hatte Pixie Dark mitgehört. Danach waren sie alle drei übergeschnappt.

Du glaubst doch wohl nicht ...

Hinter ihnen, nach Norden zu, ereignete sich die bisher größte Explosion: ein gewaltiger Knall wie von einer gigantischen Schrotflinte. Clay war mit einem Satz auf den Beinen. Der kleine Mann in dem Tweedanzug und er starrten einander wild an und dann in Richtung Chinatown und Bostons North End. Was explodiert war, konnten sie nicht sehen, aber über den Gebäuden am Horizont stieg jetzt eine viel größere, dunklere Rauchsäule auf.

Während die beiden sich anstarrten, fuhren drüben vor dem Four Seasons ein Streifenwagen und ein Gerätewagen der Bostoner Feuerwehr vor. Clay blickte gerade rechtzeitig hinüber, um sehen zu können, wie ein zweiter Springer aus einem der oberen Stockwerke des Hotels jumpte; dann folgte ein weiteres Paar von der Dachterrasse. Clay hatte den Eindruck, die beiden vom Dach Kommenden prügelten sich tatsächlich noch auf dem Weg nach unten.

»*Jesus Maria und Josef NEIN!*«, schrie eine Frau mit sich überschlagender Stimme. »*O NEIN, nicht NOCH MEHR, nicht NOCH MEHR!*«

Der erste des Selbstmördertrios schlug auf dem Kofferraum des Streifenwagens auf, bespritzte ihn mit Haar und Blut und zertrümmerte die Heckscheibe. Die beiden anderen schlugen auf dem hinteren Teil des Gerätewagens auf, während Feuerwehrleute in leuchtend gelben Jacken wie eine seltsame Vogelschar auseinander liefen.

»*NEIN!*«, kreischte die Frau. »*Nicht NOCH MEHR! Nicht NOCH MEHR! Lieber GOTT, nicht NOCH MEHR!*«

Aber schon kam eine Frau aus dem fünften oder sechsten Stock, die sich wie eine verrückte Artistin in der Luft überschlug, einen nach oben spähenden Polizeibeamten traf und ihn höchstwahrscheinlich mit in den Tod riss.

Aus Norden kam eine weitere dieser gewaltigen dröhnenden Explosionen – ein Knall, als feuerte der Teufel in der Hölle eine Schrotflinte ab –, und Clay sah wieder zu dem kleinen Mann hinüber, der seinerseits ängstlich zu ihm aufblickte. Wieder stieg Rauch zum Himmel, und trotz des lebhaften Windes war das Blau dort drüben fast verdunkelt.

»Sie setzen wieder Flugzeuge ein«, sagte der kleine Mann. »Die Dreckskerle setzen wieder Flugzeuge ein.«

Wie um seinen Verdacht zu bestätigen, rollte eine dritte monströse Explosion aus dem Norden der Stadt kommend über sie hinweg.

»Aber ... dort drüben liegt nur der Logan Airport.« Clay hatte wieder Mühe, zu sprechen, und noch mehr, zu denken. Tatsächlich schien er nichts als einen dämlichen Witz im Kopf zu haben: *Kennen Sie den von den* [hier Ihre liebste ethnische Gruppe einsetzen] *Terroristen, die Amerika in die Knie zwingen wollen, indem sie den Flughafen in die Luft jagen?*

»Und?«, fragte der kleine Mann fast aufsässig.

»Warum greifen sie nicht den Hancock Tower an? Oder den Prudential Tower?«

Der kleine Mann ließ die Schultern hängen. »Mir egal. Ich weiß nur, dass ich von dieser Straße wegwill.«

Wie um seinen Wunsch zu unterstreichen, spurteten wieder ein halbes Dutzend junger Leute an ihnen vorbei. Boston war eine *Stadt* junger Leute, das war Clay aufgefallen – wegen der vielen Colleges wohl. Wenigstens rannten diese sechs, drei Männer und drei Frauen, ohne Beute mitzuschleppen, und sie lachten ganz gewiss nicht. Während sie rannten, zog einer der jungen Männer ein Handy heraus und drückte es sich ans Ohr.

Ein Blick über die Straße zeigte Clay, dass jetzt ein zweiter Streifenwagen hinter dem ersten stand. Also brauchte er das Handy von Power Suit Woman doch nicht zu benutzen (was gut war, weil er sich ja überlegt hatte, dass er das eigentlich nicht wollte). Er konnte einfach hinübergehen und mit ihnen reden ... nur wusste er nicht, ob er sich trauen würde, die Boylston Street jetzt zu überqueren. Selbst wenn er es tat – würden sie dann *hierher* kommen, um nach einem bewusstlosen Mädchen zu sehen, wenn sie *dort drüben* weiß Gott wie viele Tote und Verletzte hatten? Und während er zusah, begannen die Feuerwehrmänner wieder eilig in ihren Gerätewagen zu klettern; anscheinend wollten sie woanders hin. Bestimmt zum Logan Airport hinaus oder ...

»O mein Gott-Jesus, nehmen Sie sich vor dem in Acht«, sagte der kleine Mann mit dem Schnurrbart, dessen leise Stimme nun nervös klang. Er sah die Boylston Street entlang nach Süden, in Richtung Stadtmitte zurück, aus der Clay gekommen war, als der Hauptzweck seines Lebens noch gewesen war, Sharon am Telefon zu erreichen. Er hatte sogar gewusst, wie er anfangen würde: *Gute Nachrichten, Schatz – ganz gleich, wie's zwischen uns ausgeht, für den Jungen wird's immer Schuhe geben.* In seinem Kopf hatte das locker und komisch geklungen – wie in alten Zeiten.

Jetzt war nichts mehr komisch. Auf sie zu kam ein Mann – nicht rennend, aber mit langen, energischen Schritten – um die fünfzig, der eine Anzughose und die Reste eines Oberhemds mit Krawatte trug. Die Hose war grau. Welche Farbe Hemd und Krawatte gehabt hatten, ließ sich unmöglich sagen, weil beide jetzt zerfetzt und blutbefleckt waren. In der rechten Hand trug der Mann etwas, was wie ein Schlachtmesser mit mindestens dreißig Zentimeter langer Klinge aussah. Clay glaubte sogar, dieses Messer auf dem Rückweg von seiner Besprechung im Hotel Copley Square im Schaufenster eines Geschäfts gesehen zu haben, das sich Soul Kitchen nannte. Die im Schaufenster aufgereihten Messer (SCHWEDEN- STAHL! hatte ein gedrucktes Kärtchen vor ihnen verkündet) hatten in wirkungsvoller Beleuchtung durch verdeckte Strahler geglänzt, allerdings hatte die bewusste Klinge seit ihrer Befreiung ganz schön viel – oder ganz schlecht viel – Arbeit getan und war jetzt vor lauter Blut glanzlos.

Der Mann in dem zerrissenen Hemd schwang das Messer, während er sich ihnen mit seinen energischen Schritten näherte, sodass die Klinge kurze Aufwärts- und Abwärtsbogen durch die Luft beschrieb. Von diesem Schema wich er nur einmal ab, um sich selbst eine Schnittwunde beizubringen. Ein frisches Rinnsal Blut floss aus einem neuen Riss in seinem zerfetzten Hemd. Die Überreste seiner Krawatte flatterten. Und während er die Entfernung verringerte, donnerte er mit Stentorstimme auf sie ein wie ein hinterwäldlerischer Prediger, der im Augenblick irgendeiner göttlichen Eingebung in Zungen sprach.

»*Eyelah!*«, brüllte er. »*Eeelah-eyelah-a-babbalah naz! A-babbalah* why? *A-bunnaloo* coy? *Kazzalah! Kazzalah*-CAN! *Fie!* SHY-*fie!*« Und nun führte er das Messer an die rechte Hüfte und darüber hinaus zurück, und Clay, dessen visuelle Begabung vielleicht überentwickelt war, sah sofort den weit ausholenden Stoß, der folgen würde. Den aufschlitzenden Messerstoß, den er führte, noch während er an diesem Oktobernachmittag mit diesen energischen, deklamatorischen Schritten seinen verrückten Marsch ins Nichts fortsetzte.

»*Vorsicht!*«, kreischte der kleine Kerl mit dem Schnurrbart, aber *er* sah sich nicht vor; der kleine Kerl mit dem Schnurrbart, der erste normale Mensch, mit dem Clayton Riddell gesprochen hatte, seit dieser Wahnsinn losbrach – der sogar *ihn* angesprochen hatte, was unter den Umständen wahrscheinlich etwas Mut erfordert hatte –, war wie gelähmt, und seine Augen hinter den goldgeränderten Brillengläsern waren größer als je zuvor. Und hatte der Verrückte es auf ihn abgesehen, weil der Schnurrbärtige der kleinere der beiden Männer war und wie die leichtere Beute aussah? Dann war Mr. Spricht-in-Zungen vielleicht nicht *vollständig* verrückt, und Clay war plötzlich nicht nur ängstlich, sondern auch wütend, wie er vielleicht wütend gewesen wäre, wenn er beim Blick durch einen Schulzaun einen Rowdy gesehen hätte, der gerade über einen kleineren, jüngeren Mitschüler herfallen wollte.

»*VORSICHT!*«, jaulte der kleine Mann mit dem Schnurrbart beinahe, aber er rührte sich noch immer nicht, als sein Tod heranfegte, der Tod, der aus einem Geschäft namens Soul Kitchen befreit worden war, in dem MasterCard und Visa zweifellos ebenso akzeptiert wurden wie »Ihr persönlicher Scheck unter Vorlage der Bankkarte«.

Clay dachte nicht nach. Er hob einfach seine Künstlermappe an ihrem Doppelgriff auf und schob sie zwischen das zustechende Messer und seinen neuen Bekannten in dem Tweedanzug. Die Klinge durchbohrte sie zwar mit einem hohlen *Tock* völlig, aber ihre Spitze blieb ungefähr zehn Zentimeter vor dem Bauch des kleinen Mannes stehen. Der kleine Mann kam endlich zur Besinnung, wich in Richtung Stadtpark zur Seite aus und schrie dabei um Hilfe, so laut er nur konnte.

Der Mann in dem zerfetzten Hemd mit Krawatte – er hatte leichte Hängebacken und einen feisten Nacken, als ginge seine persönliche Gleichung zwischen gutem Essen und guter Gymnastik seit ungefähr zwei Jahren nicht mehr auf – hörte abrupt mit seinem Nonsensgerede auf. Sein Gesicht nahm einen Ausdruck leerer Verwirrung an, die sich jedoch nicht zu Überraschung auswuchs, von Verblüffung ganz zu schweigen.

Was Clay empfand, war ein irgendwie trübseliger Zorn. Die Klinge hatte sich durch alle seine *Dark Wanderer*-Bilder gebohrt (für ihn waren sie immer Bilder, nie bloß Zeichnungen oder Illustrationen), und er hatte das Gefühl, dieses *Tock* hätte ebenso gut die Klinge sein können, die in eine besondere Kammer seines Herzens stieß. Das war zwar dämlich, weil er von allem – auch von den vier Farbseiten – Repros hatte, aber das änderte nichts daran, wie ihm zumute war. Die Klinge des Verrückten hatte Hexer John (natürlich nach seinem eigenen Sohn benannt), den Zauberer Flak, Frank und die Posse Boys, Sleepy Gene, Poison Sally, Lily Astolet, die Blaue Hexe und natürlich Ray Damon, den Dark Wanderer selbst, aufgespießt. Seine ureigenen fantastischen Gestalten, die in der Höhle seiner Einbildungskraft lebten und im Begriff waren, ihn von der Fron zu erlösen, in einem Dutzend ländlicher Schulen in Maine Kunstunterricht erteilen, jeden Monat tausende von Meilen fahren und praktisch aus seinem Auto leben zu müssen.

Er hätte schwören können, sie aufschreien gehört zu haben, als die Schwedenklinge des Verrückten sie durchbohrt hatte, wo sie in ihrer Unschuld schliefen.

Wütend, nicht auf das Messer achtend (zumindest im Augenblick nicht), drängte er den Mann in dem zerfetzten Hemd energisch rückwärts, benutzte die Mappe als eine Art Schild und wurde noch zorniger, als sie sich um den Einstich herum zu einem weiten V verformte.

»Blet!«, schrie der Verrückte und versuchte die Klinge herauszureißen. Sie war zu fest eingeklemmt. »Blet ky-yam doe-ram kazzalah a-babbalah!«

»Ich a-babbalah dir gleich *dein* a-kazzalah, du Scheißkerl!«, brüllte Clay und stellte den linken Fuß hinter die Beine des zurückweichenden Verrückten. Später fiel ihm dazu ein, dass der Körper wohl allein zu kämpfen verstand, wenn er musste. Das gehörte zu den Geheimnissen, die der Körper für sich behielt – genau wie die Geheimnisse, wie man rennt oder über einen Bach springt oder einen Quickie genießt oder – ziemlich wahrscheinlich – stirbt, wenn's nicht anders geht. Dass er unter extremem Stress einfach die Führung übernimmt und tut, was getan werden muss, während das Gehirn abseits steht und zu nicht mehr imstande ist, als zu pfeifen und mit dem Fuß zu klopfen und zum Himmel aufzusehen. Oder über das Geräusch nachzudenken, das ein Messer macht, wenn es durch die Künstlermappe geht, die man übrigens von seiner Frau zum achtundzwanzigsten Geburtstag geschenkt bekommen hat.

Der Verrückte stolperte über Clays Fuß, genau wie Clays kluger Körper es beabsichtigte, und schlug rücklings auf dem Gehsteig hin. Clay stand keuchend über ihm und hielt die Mappe weiter in beiden Händen wie einen in der Schlacht zerbeulten Schild. Das Schlachtmesser ragte noch immer aus ihr heraus, der Griff auf der einen Seite, die Klinge auf der anderen.

Der Verrückte wollte aufstehen. Clays neuer Freund flitzte vor und trat ihn gegen den Hals, und zwar ziemlich fest. Der kleine Bursche weinte laut; die Tränen strömten ihm übers Gesicht und ließen seine Brillengläser anlaufen. Der Verrückte fiel mit aus dem Mund baumelnder Zunge auf den Gehsteig zurück. Um die Zunge herum gab er Würgelaute von sich, die in Clays Ohren wie sein früheres In-Zungen-sprechen-Gebrabbel klangen.

»Er wollte uns umbringen!«, schluchzte der kleine Mann. »Er wollte uns *umbringen*!«

»Ja, ja«, sagte Clay. Ihm war bewusst, dass er einmal auf genau gleiche Weise *ja, ja* zu Johnny gesagt hatte, als sie ihn noch Johnny-Gee gerufen hatten und er mit seinem aufgeschürften Schienbein oder Ellbogen die Einfahrt entlang auf sie zugekommen war und *Ich BLUTE!* gejammert hatte.

Der Mann auf dem Gehsteig (der reichlich blutete) stemmte sich auf den Ellbogen hoch und versuchte weiter, sich aufzurappeln. Diesmal machte Clay die Honneurs, trat dem Kerl einen Ellbogen weg und ließ ihn auf den Gehsteig zurückplumpsen. Diese Treterei schien bestenfalls eine Notlösung zu sein – und eine unsaubere dazu. Clay packte den Messergriff, fuhr wegen des halb geronnenen Bluts am Griff zusammen, weil es sich schleimig anfühlte – als riebe man mit der Handfläche durch kaltes Bratenfett –, und zog daran. Die Klinge kam ein Stück weit heraus, dann blieb sie wieder stecken, oder seine Hand rutschte ab. Er glaubte zu hören, wie seine Figuren im Dunkel der Mappe unglücklich murmelten, und stieß selbst einen schmerzlichen Laut aus. Er konnte nicht anders. Und er musste sich fragen, was er mit dem Messer tun wollte, wenn er es herausbekam. Den Verrückten damit erstechen? Dazu wäre er in der Hitze des Gefechts imstande gewesen, glaubte er, aber jetzt vermutlich nicht mehr.

»Was ist passiert?«, fragte der kleine Mann mit wässriger Stimme. Selbst in seiner Verzweiflung konnte Clay nicht anders, als von der Besorgnis, die er darin hörte, gerührt zu sein. »Hat er Sie verletzt? Sie haben ihn sekundenlang so verdeckt, dass ich ihn nicht sehen konnte. Hat er Sie verletzt? Haben Sie eine Schnittwunde?«

»Nein«, sagte Clay. »Mir fehlt n...«

Aus Norden, höchstwahrscheinlich vom Logan Airport jenseits des Bostoner Hafens, hallte eine weitere gigantische Explosion herüber. Beide zogen die Schultern hoch und fuhren zusammen.

Der Verrückte nutzte die Gelegenheit, sich aufzusetzen, und war schon dabei, auf die Beine zu kommen, als der kleine Mann in dem Tweedanzug ihm einen unbeholfenen, aber wirkungsvollen Seitwärtstritt verpasste, bei dem er mit dem Fuß genau die Mitte der zerfetzten Krawatte des Irren traf, was diesen wieder zu Boden warf. Der Verrückte brüllte auf und bekam den Fuß des kleinen Mannes zu fassen. Er hätte den kleinen Kerl nach vorn und dann vielleicht in eine erdrückende Umarmung gerissen, hätte Clay seinen neuen

Bekannten nicht an der Schulter gepackt und ihn weggezogen.

»*Er hat meinen Schuh!*«, jaulte der kleine Mann. Hinter ihnen stießen zwei weitere Autos zusammen. Gleichzeitig waren weitere Schreie, weitere Alarme zu hören. Alarmanlagen von Autos, Feuermelder, kraftvoll schrillende Einbruchmelder. In der Ferne heulten Sirenen. »*Der Dreckskerl hat meinen Sch...*«

Plötzlich war ein Polizeibeamter da. Einer der Nothelfer von der anderen Straßenseite, wie Clay vermutete, und als der Mann sich neben dem brabbelnden Irren auf ein blau uniformiertes Knie niederließ, empfand Clay für den Cop etwas, was Liebe sehr ähnlich war. Dass er sich die Zeit genommen hatte, zu ihnen herüberzukommen! Dass er sie überhaupt bemerkt hatte!

»Nehmen Sie sich vor ihm in Acht«, sagte der kleine Mann nervös. »Er ist ...«

»Ich weiß, was er ist«, antwortete der Cop, und Clay sah, dass er seine Dienstpistole in der Hand hielt. Er hatte keine Ahnung, ob der Cop sie gezogen hatte, nachdem er sich niedergekniet hatte, oder ob er sie die ganze Zeit schussbereit gehalten hatte. Clay war zu sehr damit beschäftigt gewesen, dankbar zu sein, um darauf zu achten.

Der Cop sah den Verrückten an. Beugte sich weit über den Irren. Schien sich dem Verrückten fast *anzubieten*. »He, Kumpel, wie geht's?«, murmelte er. »Ich meine, was läuft so?«

Der Verrückte schoss hoch und legte beide Hände um den Hals des Cops. Sobald er das tat, setzte der Cop die Mündung seiner Waffe gegen die leicht eingesunkene Schläfe des Irren und drückte ab. Aus dem ergrauenden Haar auf der anderen Kopfseite des Verrückten schoss eine große Blutfontäne, und er fiel auf den Gehsteig zurück, indem er melodramatisch die Arme ausbreitete: *Guck, Mama, ich bin tot.*

Clay sah den kleinen Mann mit dem Schnurrbart an, und der kleine Mann mit dem Schnurrbart sah ihn an. Dann sahen sie wieder den Cop an, der seine Pistole in das Halfter zurückgesteckt hatte und jetzt ein Lederetui aus der Brusttasche seines Uniformhemds zog. Clay war froh, als er sah, dass die Hand, die er dazu gebrauchte, leicht zitterte. Er fürchtete sich jetzt vor dem Cop, aber noch mehr hätte er sich vor ihm gefürchtet, wenn die Hände des Cops ruhig gewesen wären. Und was soeben geschehen war, war kein Einzelfall. Der Schussknall schien sich auf Clays Gehör ausgewirkt, es durchgepustet oder sonst was zu haben. Jetzt konnte er weitere Schüsse hören: einzelne Knalle, die sich von der zunehmenden Kakophonie dieses Tages abhoben.

Der Cop nahm eine Karte – Clay hielt sie für eine Art Geschäftskarte – aus dem schmalen Lederetui, dann steckte er das Etui wieder in die Hemdtasche zurück. Er hielt die Karte zwischen Daumen und Zeigefinger der linken Hand, während er die Rechte wieder auf den Griff seiner Dienstwaffe sinken ließ. Neben seinen auf Hochglanz polierten Schuhen bildete das Blut aus dem zertrümmerten Kopf des Verrückten eine Lache auf dem Gehsteig. Ganz in der Nähe lag Power Suit Woman in einer weiteren Blutlache, die jetzt zu gerinnen und eine dunklere Rotfärbung anzunehmen begann.

»Ihr Name, Sir?« Der Uniformierte richtete die Frage an Clay.

»Clayton Riddell.«

»Können Sie mir sagen, wer derzeit Präsident ist?«

Clay sagte es ihm.

»Sir, können Sie mir das heutige Datum sagen?«

»Heute ist der erste Oktober. Wissen Sie, was …«

Der Cop sah den kleinen Mann mit dem Schnurrbart an. »Ihr Name?«

»Thomas McCourt, Salem Street 140, Malden. Ich ...«

»Können Sie den Mann benennen, der bei der letzten Wahl gegen den Präsidenten angetreten ist?«

Das tat Tom McCourt.

»Mit wem ist Brad Pitt verheiratet?«

McCourt warf die Hände hoch. »Woher soll *ich* das wissen? Mit irgendeinem Filmstar, ich glaube, sie hat in *Friends* mitgespielt. Können Sie uns sagen, was ...«

»Okay.« Der Cop gab Clay die Karte, die er zwischen den Fingern gehalten hatte. »Ich bin Officer Ulrich Ashland. Das hier ist meine Karte. Unter Umständen werden Sie als Zeugen zu dem befragt, was hier passiert ist, Gentlemen. Passiert ist Folgendes: Sie brauchten Beistand, ich habe ihn Ihnen gewährt, ich bin angegriffen worden, ich habe darauf reagiert.«

»Sie wollten ihn erschießen«, sagte Clay.

»Ja, Sir, wir erlösen möglichst viele von ihrem Leiden, so schnell wir nur können«, bestätigte Officer Ashland. »Aber wenn Sie irgendeinem Gericht oder Untersuchungsausschuss erzählen, dass ich das gesagt habe, dann streite ich das ab. Aber es muss sein. Diese Leute tauchen überall auf. Manche verüben nur Selbstmord. Die meisten anderen aber fallen über andere her.« Er zögerte, dann fügte er hinzu: »Soweit wir das beurteilen können, fallen *alle* anderen über andere her.« Wie als Bestätigung fiel auf der anderen Straßenseite ein weiterer Schuss, dann folgte eine Pause, nach der rasch nacheinander noch drei Schüsse auf dem schattigen Vorplatz des Hotels Four Seasons knallten, der jetzt mit einem Gewirr aus zersplittertem Glas, zerschmetterten Körpern, demolierten Autos und vergossenem Blut bedeckt war. »Wie in der beschissenen *Nacht der lebenden Toten*.« Officer Ulrich Ashland, dessen Hand weiter auf dem Pistolengriff lag, wandte sich ab, um über die Boylston Street zurückzugehen. »Bloß dass diese Leute nicht tot sind. Das heißt, außer wir verhelfen ihnen dazu.«

»Rick!« Das war ein Polizist auf der anderen Straßenseite, der da aufgeregt rief. »Rick, wir müssen zum Logan rausfahren! Großalarm! Sieh zu, dass du rüberkommst!«

Officer Ashland sah sich nach allen Seiten um, aber im Augenblick herrschte kein Verkehr. Abgesehen von den Autowracks, war die Boylston Street vorübergehend leer. Aus der Umgebung waren jedoch weitere Explosionen und Zusammenstöße zu hören. Der Rauchgeruch wurde stärker. Er ging über die Straße davon, drehte sich auf der Hälfte aber noch einmal um. »Sehen Sie zu, dass Sie irgendwo reinkommen«, sagte er. »Gehen Sie in Deckung. Einmal haben Sie jetzt Glück gehabt. Das nächste Mal vielleicht nicht.«

»Officer Ashland«, sagte Clay. »Ihre Leute benutzen keine Handys, oder?«

Ashland betrachtete ihn von der Mitte der Boylston Street aus – nach Clays Meinung nicht gerade ein sicherer Aufenthaltsort. Er musste an das durchgegangene Duck Boat denken. »Nein, Sir«, sagte Ashland. »In unseren Wagen haben wir Funkgeräte. Und diese hier.« Er schlug leicht auf das Funksprechgerät, das dem Halfter gegenüber an seinem Gürtel hing. Clay, ein Comicsüchtiger, seit er lesen konnte, kam kurz Batmans wundervoller Gerätegürtel in den Sinn.

»Benutzen Sie bloß keine«, sagte Clay. »Sagen Sie's auch den anderen. *Keine Handys benutzen!*«

»Wie kommen Sie denn darauf?«

»Weil *die* es getan haben.« Er zeigte auf die tote Frau und das bewusstlose Mädchen. »Kurz bevor sie übergeschnappt sind. Und ich gehe jede Wette ein, dass auch der Kerl mit dem Messer ...«

»*Rick!*«, brüllte der Polizist auf der anderen Straßenseite noch einmal. »*Scheiße, beeil dich, Mann!*«

»Gehen Sie also in Deckung«, sagte Officer Ashland wieder, dann trabte er zum Four Seasons hinüber. Clay wünschte sich, er hätte seine Warnung vor Handys wiederholen können, aber insgesamt war er ebenso froh, den Cop in Sicherheit zu sehen. Nicht, dass er glaubte, dass irgendjemand das in Boston wirklich war, nicht an diesem Nachmittag.

4

»Was machen Sie?«, fragte Clay den Mann, der Tom McCourt hieß. »Fassen Sie ihn nicht an, er könnte, ich weiß nicht, infiziert sein.«

»Ich fasse ihn nicht an«, sagte McCourt, »aber ich will meinen Schuh zurückhaben.«

Wenigstens hatte der Schuh, der in der Nähe der gespreizten Finger der linken Hand des Verrückten lag, nichts von der Blutfontäne aus der Austrittswunde abbekommen. McCourt hakte zwei Finger vorsichtig über den hinteren Rand und zog ihn zu sich her. Dann setzte er sich auf den Randstein der Boylston Street – genau dort, wo der Mister-Softee-Wagen zu einer Zeit, die Clay jetzt wie ein anderes Leben erschien, gestanden hatte – und schlüpfte mit dem Fuß hinein. »Der Schnürsenkel ist gerissen«, sagte er. »Dieser verdammte Irre hat den Schnürsenkel zerrissen.« Er begann wieder zu weinen.

»Vielleicht geht's irgendwie«, sagte Clay. Er machte sich daran, das Schlachtmesser aus der Künstlermappe zu ziehen. Es war mit gewaltiger Wucht hindurchgestoßen worden, und er merkte, dass er es nur freibekam, wenn er damit hin und her wackelte. Es kam widerstrebend heraus: mit einer Serie von Rucken und hässlichen Scharrgeräuschen, bei denen er sich am liebsten gekrümmt hätte. Er fragte sich immer wieder, wer dort drinnen wohl am meisten abbekommen hatte. Das war zwar dämlich, nichts als Schock-Denken, aber er konnte nicht anders. »Können Sie ihn nicht weiter unten binden?«

»Doch, ich glaube sch...«

Clay hatte ein mechanisches Mückensurren gehört, das sich jetzt zu einem näher kommenden Brummen steigerte. McCourt verrenkte sich auf dem Randstein sitzend den Hals. Clay drehte sich um. Die vom Four Seasons abgefahrene kleine Kolonne aus Streifenwagen hielt mit eingeschalteten Warnlichtern vor dem Citylights und dem verunglückten Duck Boat. Die Polizisten lehnten sich aus den Fenstern. Ein Sportflugzeug – irgendetwas Mittelgroßes, vielleicht eine Cessna oder das Ding, das Twin Bonanza hieß, Clay kannte sich mit Flugzeugen nicht so richtig aus – kam langsam über die Gebäude zwischen dem Hafen und dem Stadtpark herangeflogen und ging dabei zusehends tiefer. Über dem Park beschrieb die Maschine taumelnd eine Kurve, wobei die untere Tragfläche fast den Wipfel eines der herbstbunten Bäume streifte, dann sank sie in den Canyon der Charles Street, als hielte der Pilot die Straße für eine Landebahn. In nur sechs, sieben Meter Höhe kippte sie nach links, und die Tragfläche auf dieser Seite prallte gegen die Fassade des grauen Steingebäudes dort an der Ecke Charles und Beacon Street, vielleicht eine Bank. Jeglicher Eindruck, das Flugzeug sei langsam geflogen, fast gesegelt, verflüchtigte sich in diesem Augenblick. Es kreiselte mit der Gewalt einer Abrissbirne am Ende ihres Seils um die festgehakte Tragfläche, krachte in das Klinkergebäude neben der Bank und verschwand in hellen orangeroten Feuerzungen. Die Druckwelle der Explosion hämmerte über den Park hinweg. Enten flatterten erschrocken auf.

Clay sah nach unten und stellte fest, dass er das Schlachtmesser in der Hand hielt. Er hatte es herausgezogen, während Tom McCourt und er beobachtet hatten, wie das Flugzeug abstürzte. Er wischte erst eine Seite der Klinge, dann die andere vorn an seinem Hemd ab, wobei er darauf achtete, sich nicht zu schneiden (jetzt zitterten *seine* Hände). Dann steckte er es – ganz vorsichtig – bis zum Griff unter seinen Gürtel. Als er das tat, fiel ihm einer seiner frühen Versuche als Comiczeichner ein ... sein Jugendwerk sozusagen.

»Joxter der Pirat steht hier zu Euren Diensten, meine Schöne«, murmelte er.

»Was?«, sagte McCourt. Er stand jetzt neben Clay und starrte in das flammende Inferno des Flugzeugs jenseits des Bostoner Stadtparks. Nur noch das Seitenleitwerk ragte aus den Flammen. Von ihm konnte Clay die Kennung LN6409B ablesen. Darüber war etwas angebracht, das wie das Logo einer Sportmannschaft aussah.

Dann war es ebenfalls fort.

Er konnte spüren, wie die ersten Hitzewellen sanft gegen sein Gesicht lappten.

»Nichts«, sagte er zu dem kleinen Mann in dem Tweedanzug. »Machen wir die Flatter.«

»Hä?«

»Kommen Sie, wir hauen ab.«

»Ah. Okay.«

Clay setzte sich in Bewegung und ging am Nordrand des Parks in die Richtung weiter, in der er um drei Uhr – vor achtzehn Minuten und einer Ewigkeit – unterwegs gewesen war. Tom McCourt beeilte sich, mit ihm Schritt zu halten. Er war wirklich ein sehr kleiner Mann. »Sagen Sie«, erkundigte er sich, »reden Sie oft solchen Unsinn?«

»Klar«, sagte Clay. »Sie brauchen bloß meine Frau zu fragen.«

5

»Wohin gehen wir?«, fragte McCourt. »Ich wollte zur U-Bahn.« Er deutete auf ein grün gestrichenes Kassenhäuschen ungefähr einen Straßenblock weit vor ihnen. Eine kleinere Menschenmenge wogte dort hin und her. »Jetzt weiß ich nicht, ob's noch eine so tolle Idee ist, im Untergrund zu sein.«

»Ich auch nicht«, sagte Clay. »Ich habe ein Zimmer im Hotel Atlantic Avenue Inn. Das ist ungefähr fünf Straßen von hier.«

McCourts Gesicht hellte sich auf. »Das kenne ich, glaub ich. Ist eigentlich in der Louden Street, knapp *nicht* an der Atlantic Avenue.«

»Genau. Am besten gehen wir dorthin. Dann können wir sehen, was im Fernsehen kommt. Außerdem möchte ich meine Frau anrufen.«

»Vom Zimmertelefon aus.«

»Vom Zimmertelefon aus, richtig. Ich *besitze* nicht mal ein Handy.«

»Ich habe schon eines, aber das liegt zu Hause. Es ist kaputt. Rafe – meine Katze – hat es von der Küchentheke gestoßen. Ich hatte vor, mir exakt heute ein neues zu kaufen, aber ... Also, Mr. Riddell ...«

»Clay.«

»Also gut, Clay. Wissen Sie auch bestimmt, dass das Telefon in Ihrem Zimmer sicher ist?«

48

Clay blieb stehen. Diesen Gedanken hatte er nicht einmal in Betracht gezogen. Aber wenn das Festnetz nicht sicher war, was würde *dann* sicher sein? Das wollte er gerade zu Tom McCourt sagen, als an der U-Bahn-Station vor ihnen plötzlich eine Schlägerei ausbrach. Es gab Panikschreie, Gekreisch und wieder dieses wilde Gebrabbel – er erkannte es jetzt als das, was es war: die Erkennungsmelodie des Wahnsinns. Die kleine Menschenansammlung, die um den bunkerartigen grauen Steinbau und die zur U-Bahn führende Treppe hin und her gewogt hatte, löste sich auf. Einige wenige Leute rannten auf die Straße, zwei von ihnen mit umeinander gelegten Armen, wobei sie sich immer wieder kurz umsahen, während sie davonliefen. Mehr – die meisten – rannten in den Park, alle in verschiedene Richtungen, was Clay gewissermaßen das Herz brach. Irgendwie war ihm bei dem Gedanken an die beiden, die die Arme umeinander gelegt hatten, besser zumute.

An der U-Bahn-Station waren noch zwei Männer und zwei Frauen, die weiterhin aufrecht standen. Clay war sich ziemlich sicher, dass sie es gewesen waren, die aus der Station kommend alle anderen vertrieben hatten. Während Clay und McCourt einen halben Block entfernt standen und sie beobachteten, fingen diese vier Übriggebliebenen an, miteinander zu kämpfen. Die Schlägerei wies die hysterische, mörderische Brutalität auf, die Clay bereits zuvor gesehen hatte, aber keinen erkennbaren Plan. Hier kämpften nicht drei gegen einen, auch nicht zwei gegen zwei und erst recht nicht die Jungs gegen die Mädchen; tatsächlich war eines der »Mädchen« eine Frau ungefähr Mitte sechzig mit stämmigem Körperbau und einer strengen Frisur, die Clay an mehrere Lehrerinnen kurz vor dem Ruhestand denken ließ, die er früher gehabt hatte.

Sie kämpften mit Füßen und Fäusten und Nägeln und Zähnen, grunzten und kreischten und umkreisten die Körper von etwa einem Dutzend Leuten, die schon k.o. geschlagen, wenn nicht sogar umgebracht worden waren. Einer der Männer stolperte über ein ausgestrecktes Bein und fiel auf die Knie. Die jüngere der beiden Frauen ließ sich auf ihn fallen. Der Kniende schnappte sich etwas vom Gehsteig oben an der Treppe – Clay sah ohne die geringste Überraschung, dass es ein Handy war – und knallte es der Frau seitlich ans Gesicht. Das zersplitternde Handy riss der Frau die Wange auf, sodass sich über die Schulter ihrer hellen Jacke ein Blutstrom ergoss, aber aus ihrem Schrei sprach eher Wut als Schmerz. Sie packte die Ohren des Knienden wie die Henkelgriffe eines großen Kruges, rammte ihm ein Knie in den Unterleib und stieß ihn rückwärts ins Dunkel der Treppe zur U-Bahn. Sie verschwanden ineinander verschlungen, sich wie rollige Katzen kratzend und beißend, aus dem Blickfeld.

»Kommen Sie«, murmelte McCourt, indem er merkwürdig zurückhaltend an Clays Hemd zupfte. »Kommen Sie. Auf die andere Straßenseite. Kommen Sie.«

Clay ließ sich über die Boylston Street führen. Er vermutete, dass Tom McCourt sorgsam darauf achtete, welchen Weg sie nahmen, oder er hatte eben Glück, jedenfalls kamen sie heil hinüber. Vor dem Buchladen Colonial Books (Die Besten der Alten, die Besten der Neuen) blieben sie noch einmal stehen und beobachteten, wie die unvermutete Siegerin der Schlacht an der U-Bahn-Station mit großen Schritten in Richtung brennendes Flugzeug in den Park ging, während ihr von den Spitzen ihrer grauen Nulltoleranz-Frisur Blut in den Kragen tropfte. Clay war kein bisschen überrascht, dass die zuletzt noch Stehende sich als die Lady erwies, die wie eine Bibliothekarin oder Lateinlehrerin aussah, die noch ein oder

50

zwei Jahre von einer goldenen Uhr zur Pensionierung entfernt war. Er hatte im Schuldienst etliche solcher Damen kennengelernt. Wenn sie dieses Alter erst einmal erreicht hatten, waren sie meistens praktisch unzerstörbar.

Er öffnete den Mund, um irgendetwas in dieser Art zu McCourt zu sagen – er fand es recht witzig –, aber was herauskam, war nichts als ein wässriges Krächzen. Auch sein Blick verschwamm feucht schimmernd. Anscheinend war Tom McCourt, der kleine Mann in dem Tweedanzug, nicht der Einzige, der Schwierigkeiten mit seinem Wasserwerk hatte. Clay fuhr sich mit einem Ärmel über die Augen, versuchte es erneut, brachte aber wieder nur einen dieser wässrigen Krächzlaute heraus.

»Schon gut«, sagte McCourt. »Lassen Sie's lieber raus.«

Und das tat Clay dann auch, während er vor einem Schaufenster voller alter Bücher stand, die eine Schreibmaschine der Marke Royal umgaben, ein Gerät, das aus einer Zeit lange vor der Ära mobiler Kommunikation stammte. Er weinte um Power Suit Woman, um Pixie Light und Pixie Dark, und er weinte um sich selbst, weil Boston nicht seine Heimatstadt war und seine Heimat ihm noch nie so fern erschienen war.

6

Oberhalb des Stadtparks wurde die Boylston Street enger und war so mit Autos verstopft – mit Autowracks ebenso wie mit einfach stehen gelassenen Wagen –, dass sie sich wegen Kamikaze-Limousinen oder durchgehenden Duck Boats keine Sorgen mehr zu machen brauchten. Was eine Erleichterung war. Überall um sie herum knallte und krachte es in der Großstadt wie an Silvester in der Hölle. Auch in unmittelbarer

Nähe gab es genug Lärm – meistens von Autoalarmanlagen und Einbruchmeldern –, aber die Straße selbst war im Augenblick unheimlich menschenleer. *Gehen Sie in Deckung,* hatte Officer Ulrich Ashland gesagt. *Einmal haben Sie jetzt Glück gehabt. Das nächste Mal vielleicht nicht.*

Zwei Straßenblocks nördlich von Colonial Books, aber immer noch einen Block von Clays Absteige entfernt, *hatten* sie jedoch noch einmal Glück. Ein weiterer Irrer, diesmal ein junger Mann von etwa fünfundzwanzig Jahren mit Muskeln, die mittels Nautilus und Cybex getunt zu sein schienen, kam unmittelbar vor ihnen aus einer Seitengasse gestürmt, sprang mit einem Satz über die ineinander verhakten Stoßstangen zweier Autos und stieß schäumend einen unaufhörlichen Lavastrom jenes Nonsensgeredes aus, während er weiterrannte. In den Händen hielt er zwei abgebrochene Autoantennen, mit denen er wie mit Dolchen hektisch fuchtelnd in die Luft stach, während er seinen tödlichen Lauf fortsetzte. Er war bis auf ein Paar nagelneu aussehender Nikes mit leuchtend roten Emblemen völlig nackt. Sein Pimmel schwang wie das Pendel einer Standuhr auf Speed von Seite zu Seite. Er erreichte den anderen Gehsteig und trabte in Richtung Stadtpark abbiegend nach Süden weiter, wobei sein Hintern sich in einem fantastischen Rhythmus anspannte und lockerte.

Tom McCourt umklammerte Clays Arm und hielt ihn gepackt, bis dieser neueste Verrückte fort war, dann lockerte er langsam seinen Griff. »Wenn er uns gesehen hätte ...«, begann er.

»Stimmt, aber das hat er nicht«, sagte Clay. Er fühlte sich plötzlich auf absurde Weise glücklich. Er wusste, dass dieses Gefühl sich wieder geben würde, aber im Augenblick genoss er es, sich von ihm tragen zu lassen. Er fühlte sich wie ein

Spieler, der erfolgreich einen Royal Flush zusammengestellt hatte, während der größte Einsatz des Abends auf dem Tisch lag.

»Mir tut jeder Leid, den er *sieht*«, sagte McCourt.

»Mir tut jeder Leid, der *ihn* sieht«, sagte Clay. »Los, weiter!«

7

Die Eingangstür des Hotels Atlantic Avenue Inn war abgesperrt.

Clay war darüber so überrascht, dass er einen Augenblick lang nur dastehen und versuchen konnte, die Klinke herabzudrücken, die er durch die Finger rutschen fühlte, während er diese Vorstellung zu begreifen versuchte: abgesperrt. Die Tür seines Hotels, vor ihm abgesperrt.

McCourt trat neben ihn, legte die Stirn ans Glas, damit es weniger spiegelte, und spähte hinein. Aus Norden – bestimmt vom Logan Airport her – kam eine weitere dieser Monsterexplosionen, aber diesmal zuckte Clay nur leicht zusammen. Er hatte den Eindruck, dass Tom McCourt überhaupt nicht darauf reagierte. Der Mann stand offenbar zu sehr im Bann dessen, was er sah.

»Toter Kerl auf dem Fußboden«, verkündete er schließlich. »Trägt eine Livree, sieht aber eigentlich zu alt aus, um ein Hotelpage zu sein.«

»Ich brauche keinen, der mein Scheißgepäck trägt«, sagte Clay. »Ich will nur in mein Zimmer raufgehen.«

McCourt gab ein merkwürdiges kleines Schnauben von sich. Clay glaubte, dass der kleine Kerl vielleicht gleich wieder zu heulen anfing, merkte dann aber, dass es sich bei diesem Laut um ein unterdrücktes Lachen handelte.

Auf einem Glaseinsatz der zweiflügligen Tür standen die Worte ATLANTIC AVENUE INN, auf dem anderen eine offensichtliche Lüge: BOSTONS BESTE ADRESSE. McCourt klatschte mit der flachen Hand auf die linke Glasfüllung zwischen BOSTONS BESTE ADRESSE und einer Reihe von Kreditkartenaufklebern.

Jetzt spähte auch Clay hinein. Die Eingangshalle war nicht sehr groß. Links befand sich die Rezeption. Rechts waren zwei nebeneinander angeordnete Aufzüge zu sehen. Der Fußboden war mit türkischrotem Teppichboden ausgelegt. Auf dem Teppich lag der alte Kerl in der Livree auf dem Bauch: mit einem Fuß auf einer Couch und einem gerahmten Seestück von Currier & Ives auf seinem Hintern.

Clays gutes Gefühl verflog schlagartig, und als McCourt nun ans Glas zu hämmern begann, statt nur mit der flachen Hand dagegen zu klatschen, hielt er dessen Faust mit einer Hand fest. »Sparen Sie sich die Mühe«, sagte er. »Sie lassen uns nicht rein, selbst wenn sie noch am Leben und bei Verstand sind.« Er dachte darüber nach, dann nickte er. »*Vor allem* nicht, wenn sie bei Verstand sind.«

McCourt sah ihn verwundert an. »Sie kapieren's nicht, was?«

»Hä? Was denn kapieren?«

»Die Zeiten haben sich geändert. Die können uns nicht einfach so aussperren.« Er schob Clays Hand von seiner weg, aber statt weiterzuhämmern, drückte er wieder die Stirn an die Scheibe und rief laut. Clay fand, dass er für einen kleinen Kerl ziemlich gut plärren konnte. »*He! He, da drinnen!*«

Eine Pause. In der Eingangshalle veränderte sich nichts. Der alte Hausdiener lag weiterhin mit einem Kunstdruck auf dem Hintern tot da.

»*He, machen Sie lieber auf, wenn Sie da drinnen sind! Mein Begleiter ist zahlender Gast dieses Hotels, und er hat mich ein-*

geladen! Machen Sie auf, sonst hole ich mir einen Pflasterstein und schlage die Scheibe ein! Haben Sie verstanden?«

»Einen *Pflasterstein?*«, sagte Clay. Er musste lachen. »Haben Sie *Pflasterstein* gesagt? Echt *gut.*« Er lachte noch lauter. Er konnte nicht anders. Dann wurde er auf eine Bewegung zu seiner Linken aufmerksam. Er drehte sich um und sah etwas weiter die Straße hinab ein Mädchen im Teenageralter stehen. Sie starrte die beiden Männer mit dem verstörten Blick eines Katastrophenopfers aus blauen Augen an. Sie trug ein weißes Kleid, auf dessen Vorderseite sich ein latzförmiger Blutfleck ausbreitete. Weiteres Blut war unter ihrer Nase, auf den Lippen und dem Kinn angetrocknet. Außer der blutigen Nase schien sie keine Verletzung zu haben, auch wirkte sie überhaupt nicht verrückt, nur so, als ob sie unter Schock stünde. Fast zu Tode geschockt.

»Alles in Ordnung mit dir?«, fragte Clay. Er trat einen Schritt auf sie zu, worauf sie einen entsprechenden Schritt rückwärts machte. Was er ihr unter den gegebenen Umständen nicht verübeln konnte. Er blieb stehen, hob aber eine Hand wie ein Verkehrspolizist: *Hier geblieben!*

McCourt sah sich kurz um, dann hämmerte er wieder an die Tür – diesmal mit solcher Gewalt, dass das Glas in dem alten Holzrahmen klirrte und sein Spiegelbild erzitterte. *»Letzte Gelegenheit, dann kommen wir rein!«*

Clay drehte sich um und öffnete den Mund, um ihm zu sagen, dass er mit diesem gebieterischen Scheiß nichts erreichen werde, nicht heute, da hob sich hinter der Empfangstheke langsam ein kahler Kopf. Als ob man ein Periskop aus dem Wasser auftauchen sähe. Clay erkannte diesen Kopf, noch bevor das Gesicht erschien: Er gehörte dem Hotelangestellten, der ihn gestern eingecheckt und seinen Ausweis für den Parkplatz im nächsten Straßenblock abgestempelt hatte;

demselben Angestellten, der ihm an diesem Morgen den Weg zum Hotel Copley Square erklärt hatte.

Er verharrte noch einen Augenblick länger hinter der Rezeption, und Clay hielt seinen Zimmerschlüssel mit dem grünen Kunststoffanhänger des Atlantic Avenue Inn hoch. Dann zeigte er auch in der Hoffnung, dass der Angestellte sie wiedererkannte, seine Künstlermappe vor.

Vielleicht tat der Mann das auch. Wahrscheinlicher war jedoch, dass er einsah, dass ihm nichts anderes übrig blieb. Jedenfalls benutzte er den Durchgang am Ende der Theke und kam eilig zum Eingang, wobei er einen Bogen um die Leiche machte. Clay Riddell hatte den Eindruck, erstmals in seinem Leben ein widerstrebendes Hasten zu beobachten. Als der Hotelangestellte ihnen hinter der Tür gegenüberstand, sah er von Clay zu McCourt und dann wieder zu Clay hinüber. Obwohl ihn ihr Anblick nicht sonderlich zu beruhigen schien, zog er einen Schlüsselring aus der Tasche, sortierte die Schlüssel, fand den gesuchten und benutzte ihn auf seiner Seite der Tür. Als McCourt nach der Klinke griff, hob der Kahlköpfige eine Hand ganz ähnlich, wie Clay vor dem blutbefleckten Mädchen, das hinter ihnen stand, die Hand gehoben hatte. Mit einem zweiten Schlüssel sperrte er ein weiteres Schloss auf und öffnete die Tür.

»Kommen Sie rein«, sagte er. »Schnell.« Dann sah er das Mädchen, das in der Nähe geblieben war und alles beobachtete. »*Sie* nicht.«

»Doch, sie auch«, sagte Clay. »Komm her, Schatz.« Aber sie wollte offenbar nicht, und als Clay einen Schritt auf sie zu machte, warf sie sich herum und rannte davon, wobei ihr Rock hinter ihr herflatterte.

8

»Sie könnte dort draußen umkommen«, sagte Clay.

»Nicht mein Problem«, sagte der Hotelangestellte. »Kommen Sie jetzt rein oder nicht, Mr. Riddle?« Er sprach mit Bostoner Akzent, aber nicht mit dem Dialekt der einfachen Leute weiter südlich, der Clay aus Maine vertraut war, wo jeder Dritte, den man kennen lernte, ein aus Massachusetts Zugezogener zu sein schien, sondern mit einem von der mäkeligen Ach-wäre-ich-doch-Engländer-Sorte.

»Ich heiße Riddell.« Natürlich kam er rein, dieser Kerl würde ihn nicht aufhalten können, nachdem die Tür jetzt offen war, aber er blieb noch einen Augenblick länger auf dem Gehsteig stehen und sah dem Mädchen nach.

»Kommen Sie«, sagte McCourt halblaut. »Nichts zu machen.«

Und er hatte Recht. Nichts zu machen. Das war eben das Schreckliche daran. Er folgte Tom hinein, und der Hotelangestellte sperrte die Tür des Atlantic Avenue Inn wieder doppelt ab, als wäre das alles, was erforderlich war, um sie vor dem auf den Straßen herrschenden Chaos zu bewahren.

9

»Das war Franklin«, sagte der Angestellte, als er sie um den auf dem Bauch liegenden Livrierten herumführte.

Er sieht zu alt aus, um ein Hotelpage zu sein, hatte McCourt gesagt, als er durch die Glasfüllung der Tür gespäht hatte, und Clay fand das allerdings auch. Er war ein kleiner Mann mit einer Mähne aus leuchtend weißem Haar. Zu seinem Pech war der Kopf, auf dem es vermutlich weiterwuchs (Haare und

Nägel waren etwas schwer von Begriff oder so, hatte er irgendwo gelesen), in einem grausig schiefen Winkel abgeknickt, wie der eines Gehenkten. »Er hat seit fünfunddreißig Jahren im Inn gearbeitet, wie er bestimmt jedem Gast erzählt hat, dem er jemals die Koffer getragen hat. Den meisten zweimal.«

Der strenge kleine Akzent zerrte an Clays strapazierten Nerven. Wäre es ein Furz, dachte er, dann einer von denen, die so klangen, als bliese ein asthmatisches Kind auf einer Partytröte.

»Ein Mann ist aus dem Aufzug gekommen«, sagte der Hotelangestellte und benutzte wieder den Durchgang, um hinter die Theke zu gelangen. Dahinter fühlte er sich offenbar zu Hause. Die Lampe über der Rezeption beleuchtete sein Gesicht, und Clay sah, dass er sehr blass war. »Einer von den Verrückten. Franklin hatte das Pech, direkt vor dem Aufzug zu stehen ...«

»Sie sind wohl nicht auf die Idee gekommen, wenigstens das verdammte Bild von seinem Hintern zu nehmen?«, sagte Clay. Er bückte sich, griff nach dem Kunstdruck von Currier & Ives und stellte ihn auf die Couch. Gleichzeitig schob er den Fuß des toten Hausdieners von dem Polster, auf dem er zur Ruhe gekommen war. Der Schuh schlug mit einem Geräusch auf, das Clay sehr gut kannte. Er selbst hatte es in zahlreichen Comics mit KLUNK wiedergegeben.

»Der Mann aus dem Lift hat ihm nur einen einzigen Schlag versetzt«, sagte der Hotelangestellte. »Der hat den armen Franklin bis zur Wand zurücktaumeln lassen. Ich glaube, er hat ihm das Genick gebrochen. Jedenfalls ist dabei das Bild runtergefallen – als Franklin gegen die Wand geprallt ist.«

Für den Angestellten schien damit alles in bester Ordnung zu sein.

»Was ist mit dem Mann, der ihn erschlagen hat?«, fragte McCourt. »Mit dem Verrückten? Wo ist er hin?«

»Raus«, sagte der Angestellte. »Da hatte ich das Gefühl, die Tür abzusperren wär die bei weitem klügste Maßnahme. Nachdem er weg war.« Er sah sie mit einer Kombination aus Ängstlichkeit und lüsterner Gier nach Neuigkeiten an, die Clay einzigartig abstoßend fand. »Was *passiert* dort draußen eigentlich? Wie schlimm ist's schon geworden?«

»Ich glaube, Sie dürften eine ziemlich gute Vorstellung davon haben«, sagte Clay. »Haben Sie nicht deshalb die Tür abgesperrt?«

»Ja, aber ...«

»Was sagen sie im Fernsehen?«, fragte McCourt.

»Nichts. Übers Kabel kommt nichts mehr seit ...« Er sah auf seine Armbanduhr. »Seit fast einer halben Stunde.«

»Und was ist mit dem Radio?«

Der Hotelangestellte bedachte Tom McCourt mit einem zickigen *Das soll wohl ein Scherz sein*-Blick. Clay kam der Gedanke, dieser Kerl könnte ein Buch schreiben: *Die Kunst, sich möglichst schnell unbeliebt zu machen.* »Radio bei *uns*? In *irgendeinem* Hotel in der Innenstadt? Das soll wohl ein Scherz sein.«

Von draußen war ein hoher Angstschrei zu hören. Das Mädchen in dem blutbefleckten weißen Kleid war wieder an der Tür erschienen und schlug mit der flachen Hand an die Scheibe, wobei sie sich angstvoll umsah. Clay rannte sofort zur Tür.

»He, er hat doch wieder abgesperrt, schon vergessen?«, rief McCourt ihm nach.

Das hatte Clay tatsächlich. Er drehte sich nach dem Hotelangestellten um. »Aufsperren!«

»Nein«, sagte der Angestellte und verschränkte die Arme energisch vor der schmalen Brust, um zu zeigen, wie entschlossen er sich gegen diese Handlungsweise zur Wehr setzen würde. Draußen sah das Mädchen in dem weißen Kleid sich noch einmal um, dann hämmerte sie fester an die Scheibe. Ihr blutverschmiertes Gesicht war von Entsetzen verzerrt.

Clay zog das Schlachtmesser aus dem Gürtel. Er hatte es fast vergessen und war etwas erstaunt, wie rasch, wie natürlich es in sein Bewusstsein zurückkehrte. »Aufsperren, Sie Scheißkerl«, sagte er zum Angestellten, »sonst schneide ich Ihnen die Kehle durch.«

10

»Zu spät!«, rief McCourt und griff sich einen der nachgemachten hochlehnigen Queen-Anne-Stühle, die das Sofa in der Hotelhalle flankierten. Er trug ihn mit erhobenen Stuhlbeinen vor sich her, als er gegen die zweiflüglige Tür anrannte.

Das Mädchen sah ihn kommen, wich zurück und hob dabei die Hände schützend vors Gesicht. Gleichzeitig erschien der Mann, der sie verfolgte, draußen vor dem Hoteleingang. Es war ein bulliger Bauarbeitertyp mit einem gewaltigen Wanst, der sein gelbes T-Shirt vorn auswölbte, und einem fettigen, grau melierten Pferdeschwanz, der über seinem Nacken wippte.

Die Stuhlbeine trafen die Glasfüllungen der zweiflügligen Tür: Die beiden linken Beine ließen ATLANTIC AVENUE INN zersplittern, und die beiden rechten zertrümmerten BOSTONS BESTE ADRESSE. Die auf der rechten Seite rammten gegen die muskulöse, gelb bekleidete linke Schulter des Bauarbeitertyps, als er eben das Mädchen am Hals packte. Die Unterseite des Stuhlsitzes prallte gegen den massiven Rahmen, wo die beiden Türflügel sich trafen, und Tom McCourt taumelte benommen rückwärts.

Der Bauarbeitertyp fing an, den In-Zungen-sprechen-Nonsens zu brüllen, und über die sommersprossige Haut seines linken Bizeps lief Blut aus einer Platzwunde. Das Mädchen schaffte es, sich loszureißen, aber dann verhedderten sich ihre Füße; sie stürzte, blieb halb auf dem Gehsteig, halb im Rinnstein liegen und schrie vor Angst und Schmerzen auf.

Clay stand von einer der zersplitterten Glasfüllungen eingerahmt da, wusste nicht mehr, wie er den Raum durchquert hatte, und konnte sich auch nur vage daran erinnern, den Stuhl weggestoßen zu haben. »He, Drecksack!«, rief er und war halbwegs ermutigt, als der verrückte Redefluss für einen Augenblick versiegte und der große Kerl wie erstarrt dastand. »Genau, dich meine ich!«, rief Clay. »Ich rede mit dir!« Und dann, weil ihm nichts anderes einfiel: »Ich hab deine Mama gebumst, und das war 'n ziemlich dröger Fick!«

Der bullige Verrückte mit dem gelben T-Shirt stieß einen Laut aus, der auf unheimliche Weise wie das klang, was Power Suit Woman kurz vor ihrem Ende gerufen hatte – so unheimlich wie *Räst!* –, und drehte sich ruckartig nach dem Gebäude um, das plötzlich Zähne und eine Stimme besaß und ihn angegriffen hatte. Was er auch sah, es konnte nicht ein grimmig entschlossener Mann mit schweißnassem Gesicht sein, der sich mit einem Messer in der Hand aus einer rechteckigen Öffnung lehnte, die vor kurzem noch verglast gewesen war, jedenfalls musste Clay überhaupt nicht angreifen. Der Mann in dem gelben T-Shirt stürzte sich geradezu *in* die hochgehaltene Klinge des Schlachtmessers. Der Schwedenstahl stieß mühelos in die sonnenverbrannten Kehllappen unter dem

Kinn und löste einen roten Wasserfall aus. Er ergoss sich über Clays Hand, verblüffend heiß – fast wie frisch aufgebrühter Kaffee, so erschien es ihm –, und er musste gegen den Drang ankämpfen, sie zurückzureißen. Stattdessen stieß er aber weiter zu, bis er spürte, dass das Messer auf Widerstand traf. Er zögerte, aber das Ding war nicht aufzuhalten. Die Klinge durchstieß Knorpel, dann trat die Spitze im Nacken des großen Mannes aus. Er fiel nach vorn – Clay konnte ihn nicht mit einem Arm halten, völlig unmöglich, der Kerl musste hundertzwanzig, vielleicht sogar hundertvierzig Kilo wiegen – und lehnte einen Augenblick an der Tür wie ein Betrunkener an einem Laternenpfahl: mit hervorquellenden braunen Augen, einer aus dem Mundwinkel hängenden nikotinfleckigen Zunge, sein Hals weiter Blut sprudelnd. Dann gaben seine Knie nach, und er brach zusammen. Clay hielt den Messergriff umklammert und staunte darüber, wie leicht die Klinge sich wieder herausziehen ließ. Viel leichter als aus dem Leder und der verstärkten Presspappe der Künstlermappe.

Nachdem der Verrückte zu Boden gegangen war, konnte er wieder das Mädchen sehen, das ein Knie auf dem Gehsteig und eines im Rinnstein hatte und durch den Haarvorhang vor dem Gesicht kreischte.

»Schatz«, sagte er. »Nein, Schatz, nicht.« Aber sie kreischte weiter.

11

Sie hieß Alice Maxwell. So viel konnte sie ihnen sagen. Und sie konnte erzählen, dass ihre Mutter und sie mit dem Zug nach Boston gekommen waren – aus Boxford, sagte sie –, um ein paar Einkäufe zu machen, was sie oft an einem Mittwoch taten, der in der Highschool, auf die sie ging, ihr »kurzer Tag« war. Sie sagte, sie seien am Bahnhof South Station ausgestiegen und hätten sich ein Taxi genommen. Sie sagte, der Taxifahrer habe einen blauen Turban getragen. Sie sagte, der blaue Turban sei das Letzte, woran sie sich erinnern könne, bis der glatzköpfige Hotelangestellte endlich die zersplitterte zweiflüglige Tür des Atlantic Avenue Inn aufgesperrt und sie eingelassen habe.

Clay glaubte, dass sie sich an mehr erinnerte. Seine Vermutung basierte darauf, wie sie zu zittern begann, als Tom McCourt sie fragte, ob ihre Mutter oder sie ein Handy bei sich gehabt hätten. Sie behauptete, sich nicht daran erinnern zu können, aber Clay war sich sicher, dass eine oder beide eines gehabt hatten. Heutzutage schien jedermann eines zu besitzen. Er selbst war nur die Ausnahme, die die Regel bestätigte. Und dann gab es noch Tom McCourt, der sein Leben vielleicht der Katze verdankte, die sein Handy von der Küchentheke geschubst hatte.

Sie sprachen mit Alice (das Gespräch bestand hauptsächlich daraus, dass Clay Fragen stellte, während das Mädchen stumm dasaß, die aufgeschürften Knie anstarrte und von Zeit zu Zeit den Kopf schüttelte) in der Eingangshalle. Clay und McCourt hatten Franklins Leiche hinter die Rezeption getragen, ohne auf den lautstarken, bizarren Protest des Kahlköpfigen zu achten, »dort liegt sie mir bloß unter den Füßen herum«. Seither hatte der Hotelangestellte, der sich nur als Mr. Ricardi vorgestellt hatte, sich in sein Büro hinter der Rezeption zurückgezogen. Clay war ihm kurz gefolgt, um sich davon zu überzeugen, dass Mr. Ricardi mit der Behauptung, der Fernseher sei außer Betrieb, die Wahrheit gesagt hatte, und hatte ihn dann dort allein gelassen. Sharon Riddell hätte gesagt, Mr. Ricardi säße beleidigt in seinem Kabuff.

Der Mann hatte Clay jedoch nicht ohne eine letzte boshafte Bemerkung gehen lassen. »Jetzt sind wir für alle Welt offen«, hatte er verbittert gesagt. »Hoffentlich glauben Sie, damit etwas geleistet zu haben.«

»Mr. Ricardi«, hatte Clay so geduldig wie möglich geantwortet, »vor kaum einer Stunde habe ich gesehen, wie jenseits des Stadtparks ein Sportflugzeug bei der Landung abgestürzt ist. Weitere Maschinen – große Verkehrsflugzeuge – tun dasselbe auf dem Logan Airport. Vielleicht fliegen sie sogar Selbstmordangriffe auf die Terminals. Überall in der Innenstadt gibt's Explosionen. Ich würde sagen, dass heute Nachmittag ganz Boston für alle Welt offen ist.«

Wie um sein Argument zu unterstreichen, erklang über ihnen ein sehr schweres Poltern. Mr. Ricardi sah nicht auf. Er wedelte nur mit einer Hand – *hinweg!* – in Clays Richtung. Da er nicht fernsehen konnte, saß er stumm in seinem Schreibtischsessel und starrte streng die Wand an.

12

Clay rückte mit Tom McCourt die nachgeahmten Queen-Anne-Stühle an die Tür, wo ihre hohen Rückenlehnen es ziemlich gut schafften, die Rahmen auszufüllen, deren Glaseinsätze zersplittert waren. Während Clay sich einerseits sicher war, dass das Absperren des Hotels gegenüber der Straße nur dürftige oder sogar trügerische Sicherheit gewähre, hielt er es andererseits für eine gute Idee, den Blick *ins* Hotel zu blockieren, und McCourt gab ihm darin Recht. Sobald die Stühle aufgestellt waren, ließen sie die Jalousie vor dem Hauptfenster der Hotelhalle herunter. Das machte den Raum um einiges dunkler und ließ schwache Streifen wie von

Gefängnisgittern als Schatten über den türkischroten Teppichboden marschieren.

Nachdem das alles erledigt und Alice Maxwells radikal gekürzte Geschichte erzählt war, trat Clay schließlich an das Telefon hinter der Theke. Er sah auf seine Armbanduhr. Es war 16.22 Uhr, was durchaus logisch gewesen wäre, wäre nicht jeder gewöhnliche Zeitbegriff aufgehoben gewesen. Ihm erschien es, als wären Stunden vergangen, seit er gesehen hatte, wie der Mann im Park den Hund biss. Zugleich schienen seither kaum einige Minuten verstrichen zu sein. Aber es gab eine Zeit, zumindest eine von Menschen festgelegte, und in Kent Pond würde Sharon inzwischen bestimmt wieder in dem Haus sein, das er noch immer als sein Zuhause betrachtete. Er musste mit ihr reden. Um sich zu vergewissern, dass mit ihr alles in Ordnung war, und um ihr mitzuteilen, auch ihm fehle nichts, aber das waren nicht die wichtigen Dinge. Sich davon zu überzeugen, dass mit Johnny alles in Ordnung war, war wichtig, aber da gab es etwas, was noch wichtiger war. Sogar lebenswichtig.

Er besaß kein Handy, und Sharon hatte ebenfalls keines, das wusste er ziemlich sicher. Sie konnte sich zwar eines zugelegt haben, seit sie sich im April getrennt hatten, aber sie wohnten weiter in derselben Kleinstadt, wo er sie auch fast täglich traf, und wenn sie neuerdings ein Handy besaß, hätte er das mitbekommen. Vor allem hätte sie ihm ihre Nummer gegeben, richtig? Richtig. Aber ...

Aber Johnny hatte eines. Der kleine Johnny-Gee, der nicht mehr so klein war, zwölf war nicht *so* klein, und das hatte er sich letztes Mal zum Geburtstag gewünscht. Ein rotes Handy, das die Erkennungsmelodie seiner liebsten Fernsehsendung spielte, wenn jemand anrief. Natürlich durfte er es im Unterricht nicht einschalten oder auch nur aus seinem Schulranzen holen, aber für heute war die Schule längst aus. Außerdem ermutigten Clay und Sharon ihn sogar, es mitzunehmen, was teilweise mit ihrer Trennung zusammenhing. Es konnte Notfälle oder kleinere Unannehmlichkeiten wie einen verpassten Bus geben. Woran Clay sich jetzt klammern musste, war Sharons Klage, wenn sie in letzter Zeit in Johnnys Zimmer sehe, liege das Handy meistens vergessen auf dem Schreibtisch oder dem Fensterbrett neben dem Bett: nicht am Ladegerät und tot wie Hundescheiße.

Trotzdem tickte der Gedanke an Johnnys rotes Handy in Clays Kopf wie eine Zeitbombe weiter.

Er berührte das Festnetztelefon an der Rezeption, zog die Hand dann aber wieder zurück. Draußen explodierte wieder etwas, aber diesmal in weiter Ferne. Als würde man eine Artilleriegranate detonieren hören, während man selbst weit hinter der Front war.

Das darfst du nicht annehmen, dachte er. *Du darfst nicht einmal annehmen, es gäbe Fronten.*

Er ließ den Blick durch die Eingangshalle wandern, und sah McCourt neben Alice kauern, die auf dem Sofa saß. Er sprach leise murmelnd mit ihr, berührte einen ihrer Mokassins und sah dabei in ihr Gesicht auf. Das war gut. *Er* war gut. Clay war zunehmend froh, dass Tom McCourt ihm über den Weg gelaufen war … oder dass er Tom McCourt über den Weg gelaufen war.

Das Festnetz war vermutlich in Ordnung. Die Frage war allerdings, ob »vermutlich« ausreichte. Er hatte eine Frau, für die er gewissermaßen noch verantwortlich war, und was seinen Sohn betraf, gab es überhaupt kein Gewissermaßen. Sogar an Johnny zu denken war gefährlich. Jedes Mal wenn seine Gedanken sich dem Jungen zuwandten, spürte Clay in seinem Verstand eine Panikratte, die sich bereitmachte, aus ihrem nicht sonderlich stabilen Käfig auszubrechen, um mit ihren scharfen kleinen Zähnen alles anzunagen, was in Reichweite war. Wenn er sich vergewissern konnte, dass es Johnny und Sharon gut ging, konnte er die Ratte weiter in ihrem Käfig gefangen halten und die nächsten Schritte planen. Machte er jedoch eine Dummheit, würde er niemandem helfen können. Stattdessen konnte er für die Leute hier alles noch schlimmer machen. Er dachte kurz darüber nach, dann rief er den Hotelangestellten.

Weil aus dem Büro hinter der Rezeption keine Antwort kam, rief er noch einmal. Als noch immer niemand antwortete, sagte er: »Ich weiß, dass Sie mich hören, Mr. Ricardi. Wenn ich reinkommen muss, um Sie eigenhändig dort rauszuholen, wäre ich verärgert. Vielleicht bin ich dann so verärgert, dass ich mir überlege, Sie auf die Straße zu setzen.«

»Das können Sie nicht«, sagte Mr. Ricardi in mürrisch belehrendem Ton. »Sie sind ein *Gast* des *Hotels*.«

Clay überlegte, ob er wiederholen solle, was McCourt noch draußen vor dem Eingang zu ihm gesagt hatte: Die Zeiten haben sich geändert. Aber irgendetwas bewog ihn dazu, den Mund zu halten.

»Was«, sagte Mr. Ricardi schließlich. Seine Stimme klang noch mürrischer als zuvor. Von oben kam nämlich ein noch lauteres Poltern, so als hätte jemand ein schweres Möbelstück umgestürzt. Vielleicht eine Kommode oder einen Schreibtisch. Diesmal sah sogar das Mädchen auf. Clay glaubte, einen gedämpften Schrei zu hören – oder vielleicht ein schmerzliches Aufheulen –, aber es gab keine Wiederholung. Was lag dort oben im ersten Stock? Jedenfalls kein Restaurant; er erinnerte sich daran, gehört zu haben (beim Einchecken von Mr. Ricardi persönlich), das Hotel habe kein Restaurant, aber das Metropolitan Café sei gleich nebenan. *Konferenz-*

räume, dachte er. *Ziemlich sicher Konferenzräume mit Indianernamen.*

»Was?«, fragte Mr. Ricardi wieder. Das klang noch griesgrämiger.

»Haben Sie versucht, jemanden anzurufen, seit das alles angefangen hat?«

»Aber natürlich!«, sagte Mr. Ricardi. Er kam an die Tür zwischen dem Büro und dem Bereich hinter der Theke mit seinen Brieffächern, Überwachungsbildschirmen und nebeneinander aufgestellten Computern. Von dort aus betrachtete er Clay ungehalten. »Der Feueralarm ist losgegangen – *den* habe ich als Erstes ausgeschaltet. Doris hat gemeldet, dass im zweiten Stock ein Papierkorb in Brand geraten ist, und ich habe die Feuerwehr angerufen, um zu sagen, dass sie nicht zu kommen braucht. Die Nummer war aber besetzt. *Besetzt,* können Sie sich das vorstellen?«

»Das hat Sie bestimmt sehr aufgeregt«, sagte McCourt.

Mr. Ricardi wirkte zum ersten Mal beschwichtigt. »Ich habe die Polizei angerufen, als es mit den Dingen draußen angefangen hat ... Sie wissen schon ... bergab zu gehen.«

»Ja«, sagte Clay. *Bergab gehen* ... klar, so konnte man's auch ausdrücken. »Haben Sie jemanden erreicht?«

»Ein Mann hat mich aufgefordert, die Leitung frei zu machen, und dann hat er einfach aufgelegt«, sagte Mr. Ricardi. In seine Stimme schlich sich wieder Empörung ein. »Als ich dann wieder angerufen habe – das war, nachdem der Verrückte aus dem Aufzug gekommen ist und Franklin umgebracht hat –, war eine Frau am Apparat. Die hat gesagt ...« Mr. Ricardis Stimme hatte zu zittern begonnen, und Clay sah die ersten Tränen durch die scharfen Falten hinunterlaufen, die sich auf beiden Nasenseiten hinabzogen. »... gesagt ...«

»Was?«, fragte McCourt im selben milde mitfühlenden Ton. »Was hat sie gesagt, Mr. Ricardi?«

»Sie hat gesagt, wenn Franklin tot ist und sein Mörder geflüchtet ist, dann hätte ich kein Problem. Sie war's, die mir geraten hat, mich einzusperren. Und sie hat mich aufgefordert, alle Aufzüge herunterzuholen und abzustellen, was ich dann auch getan habe.«

Clay und McCourt wechselten einen Blick, in dem ein wortloser Gedanke lag: *Gute Idee.* Clay stand plötzlich ein deutliches Bild von Insekten vor Augen, die zwischen einem geschlossenen Fenster und einem Fliegengitter gefangen waren: wütend summend, aber nicht imstande, dort herauszukommen. Dieses Bild hatte etwas mit dem Poltern zu tun, das sie über sich gehört hatten. Er überlegte flüchtig, wie lange es wohl dauern würde, bis der oder die Polterer dort oben die Treppe fanden.

»Dann hat *sie* einfach aufgelegt. Und danach habe ich nur noch meine Frau in Milton angerufen.«

»Sie haben sie erreicht«, sagte Clay, der in diesem Punkt Klarheit wollte.

»Sie war sehr verängstigt. Sie hat mich gebeten, nach Hause zu kommen. Ich habe ihr erklärt, dass ich aufgefordert worden bin, drinnen zu bleiben und die Türen abzusperren. Von der Polizei. Ich habe ihr geraten, es auch so zu machen. Also, alle Türen verrammeln, sich nicht blicken lassen. Sie hat mich *angefleht*, nach Hause zu kommen. Sie hat gesagt, dass auf der Straße Schüsse gefallen sind und es eine Straße weiter eine Explosion gegeben hat. Sie hat gesagt, einen nackten Mann durch den Garten der Benzycks rennen gesehen zu haben. Die Benzycks sind unsere Nachbarn.«

»Ja«, sagte McCourt sanft. Sogar beschwichtigend. Clay sagte nichts. Er schämte sich, weil er so zornig auf Mr. Ricardi gewesen war – McCourt war nämlich auch zornig gewesen.

»Sie hat gesagt, sie glaubt, gesehen zu haben – *glaubt*, sie hat nur *glaubt* gesagt –, dass der nackte Mann eine ... äh ... nackte Kinderleiche getragen hat. Aber möglicherweise sei das auch nur eine Puppe gewesen. Sie hat mich immer wieder gebeten, das Hotel zu verlassen und heimzukommen.«

Clay wusste jetzt, was er wissen musste. Telefonieren im Festnetz war sicher. Mr. Ricardi stand unter Schock, aber er war nicht verrückt. Clay legte eine Hand aufs Telefon. Mr. Ricardi bedeckte Clays Hand mit seiner, bevor Clay den Hörer abnehmen konnte. Mr. Ricardis Finger waren lang und blass und sehr kalt. Mr. Ricardi war noch nicht fertig. Mr. Ricardi war jetzt erst richtig in Fahrt.

»Sie hat mich einen Dreckskerl genannt und aufgelegt. Ich weiß, dass sie zornig auf mich war, und ich verstehe natürlich, warum. Aber die Polizei hat mich angewiesen, alles abzusperren und zu bleiben, wo ich bin. Die Polizei hat mich angewiesen, nicht auf die Straße zu gehen. Die Polizei. Die *Obrigkeit*.«

Clay nickte. »Die Obrigkeit, klar.«

»Sind Sie mit der U-Bahn gekommen?«, fragte Mr. Ricardi. »Ich fahre immer damit. Die Station ist nur zwei Blocks von hier entfernt. Ist ziemlich bequem.«

»Heute Nachmittag wär's nicht bequem gewesen«, sagte McCourt. »Nach allem, was wir gesehen haben, bringen mich keine zehn Pferde dort runter.«

Mr. Ricardi sah Clay mit kummervollem Eifer an. »Sehen Sie?«

Clay nickte wieder. »Hier sind Sie besser aufgehoben«, sagte er. Und war entschlossen, irgendwie nach Hause zu kommen, um seinen Sohn zu sehen. Natürlich auch Sharon, aber vor allem seinen Sohn. Er wusste, dass er sich von nichts aufhalten lassen würde, solange sich ihm nichts Unüberwindbares in den Weg stellte. Das Ganze bedrückte ihn so

sehr, dass es buchstäblich einen Schatten auf sein Sehvermö-
gen warf. »Viel besser aufgehoben.« Dann nahm er den Tele-
fonhörer ab und drückte die 9, um das Amt zu bekommen.
Er war sich nicht sicher, ob er es bekommen würde, aber es
klappte. Er wählte die 1, dann 207, die Vorwahl von Maine, und
danach 692, die Vorwahl für Kent Pond und die umliegenden
Kleinstädte. Er schaffte noch drei der letzten vier Nummern –
fast bis zu dem Haus also, das er weiter als sein Zuhause
betrachtete –, bevor das aus drei Tönen bestehende charak-
teristische Unterbrechungssignal kam. Eine Frauenstimme
vom Tonband folgte: »Wir bitten um Entschuldigung. Alle
Leitungen sind überlastet. Bitte versuchen Sie es später noch
einmal.«

Unmittelbar darauf kam wieder der Wählton, weil irgendeine automatische Schaltung ihn von Maine getrennt hatte ...
falls die Roboterstimme von dort gekommen war. Clay ließ
den Hörer auf Schulterhöhe sinken, als wäre das Ding plötzlich bleischwer geworden. Dann legte er langsam auf.

13

Tom McCourt erklärte Clay für verrückt, von hier fortzuwol-
len.

Zum einen, betonte er, seien sie hier im Atlantic Avenue
Inn relativ sicher, vor allem weil die Aufzüge außer Betrieb
waren und der Zugang zur Hotelhalle vom Treppenhaus aus
blockiert war. Das hatten sie geschafft, indem sie Kartons und
Koffer aus dem Gepäckraum vor der Tür am Ende des kurzen
Flurs gleich hinter den beiden Aufzügen aufgestapelt hatten.
Selbst wenn jemand mit Riesenkräften die Tür von innen auf-
drücken wollte, würde er den Stapel nur an die gegenüberlie-

gende Wand schieben und die Tür vielleicht fünfzehn Zentimeter weit öffnen können. Nicht genug, um hindurchzuschlüpfen.

Zum anderen schien der Tumult in der Stadt außerhalb ihres kleinen Zufluchtsorts tatsächlich anzuschwellen. Es gab Dauerlärm von allen möglichen Alarmanlagen, von Schreien und Gekreisch und aufheulenden Motoren; dazu kam manchmal der Panikgeruch von Rauch, obwohl der an diesem Tag herrschende lebhafte Wind das Schlimmste von ihnen wegzutragen schien. *Bisher,* dachte Clay, aber das wollte er nicht laut sagen, zumindest vorläufig nicht – er wollte das arme Mädchen nicht noch mehr ängstigen. Es gab Explosionen, die aber nie vereinzelt, sondern vielmehr anfallartig zu kommen schienen. Eine davon ereignete sich so nahe, dass sie sich alle duckten, weil sie fest damit rechneten, das große Fenster zur Straße würde zersplittern. Es blieb heil, aber danach zogen sie sich alle in Mr. Ricardis Allerheiligstes zurück.

Der dritte Punkt, den McCourt nannte, um zu begründen, dass Clay verrückt sei, wenn er auch nur daran denke, die dürftige Sicherheit des Hotels zu verlassen, war die Uhrzeit: Viertel nach fünf. Der Tag würde bald enden. McCourt argumentierte, Boston bei Nacht verlassen zu wollen, sei reiner Wahnsinn.

»Werfen Sie bloß mal einen Blick nach draußen«, sagte er und wies dabei auf Mr. Ricardis kleines Fenster, das auf die Essex Street hinausführte. Die Straße war mit stehen gelassenen Autos verstopft. Dort draußen lag zudem mindestens eine Leiche, nämlich die einer jungen Frau in Jeans und einem Red-Sox-Sweatshirt. Sie lag bäuchlings auf dem Gehsteig und hatte beide Arme ausgestreckt, als wäre sie bei dem Versuch, schwimmen zu wollen, gestorben. VARITEK verkündete ihr

Sweatshirt. »Glauben Sie etwa, mit Ihrem Wagen fahren zu können? Dann sollten Sie lieber noch mal nachdenken.«

»Er hat Recht«, sagte Mr. Ricardi. Er saß hinter seinem Schreibtisch und hatte die Arme wieder vor der schmalen Brust verschränkt: ein Bild des Jammers. »Sie stehen im Parkhaus in der Tamworth Street. Ich bezweifle, dass Sie's schaffen würden, auch nur an Ihre Schlüssel heranzukommen.«

Als Clay, der seinen Wagen bereits abgeschrieben hatte, den Mund aufmachte, um zu sagen, er habe nicht vor zu fahren (zumindest zunächst nicht), kam von oben ein weiteres Poltern, das diesmal heftig genug war, um die Decke erzittern zu lassen. Begleitet wurde es von dem zarten, aber unverkennbaren bebenden Klirren zersplitternden Glases. Alice Maxwell, die Mr. Ricardi vor seinem Schreibtisch gegenübersaß, sah nervös auf und schien sich dann noch mehr in sich selbst zurückzuziehen.

»Was liegt dort oben?«, fragte McCourt.

»Das ist der Irokesen-Raum direkt über uns«, antwortete Mr. Ricardi. »Der größte unserer drei Konferenzräume, in dem wir auch lagern, was manchmal zusätzlich gebraucht wird: Stühle, Tische, audiovisuelle Geräte.« Er machte eine Pause. »Und obwohl wir kein Restaurant haben, richten wir Büfetts und Cocktailpartys aus, wenn Kunden das wünschen. Das letzte Poltern ...«

Er brachte den Satz nicht zu Ende. Aus Clays Sicht war das auch überflüssig. Dieses letzte Poltern war von einem Servierwagen mit hoch aufgestapelten Gläsern gekommen, der auf den Fußboden des Irokesen-Raums gekippt wurde, wo schon zahlreiche weitere Tische und Servierwagen lagen, die irgendein Verrückter, der dort oben wütete, umgestürzt hatte. Er brummte im ersten Stock umher wie ein zwischen Fensterscheibe und Fliegengitter gefangener Käfer: etwas, was nicht genug Verstand hatte, um einen Ausweg zu finden; etwas, was nur herumlaufen und zertrümmern, herumlaufen und zertrümmern konnte.

Alice ergriff erstmals seit fast einer halben Stunde das Wort – und zum ersten Mal seit ihrer Bekanntschaft, ohne dazu aufgefordert worden zu sein. »Sie haben vorhin von einer gewissen Doris gesprochen.«

»Doris Gutierrez.« Mr. Ricardi nickte. »Unsere Hausdame. Ausgezeichnete Kraft. Wahrscheinlich meine beste. Sie war auf zwei, als ich zuletzt von ihr gehört habe.«

»Hat sie ein ...?« Alice wollte das Wort nicht aussprechen. Stattdessen machte sie eine Geste, die Clay fast schon so vertraut war wie ein Zeigefinger vor den Lippen, der *Pst* bedeutete. Alice hob die rechte Hand seitlich ans Gesicht, sodass der Daumen fast das Ohr berührte und der kleine Finger vor ihrem Mund lag.

»Nein«, sagte Mr. Ricardi fast schon affektiert. »Unsere Angestellten müssen sie bei der Arbeit im Spind lassen. Beim ersten Verstoß gibt's eine Verwarnung. Beim zweiten können sie entlassen werden. Das bläue ich ihnen bei der Einstellung ein.« Er hob eine schmale Schulter zu einem halben Achselzucken. »Das ist die Politik der Geschäftsführung, nicht meine.«

»Wäre sie in den ersten Stock runtergegangen, um nach diesen Geräuschen zu sehen?«, fragte Alice.

»Möglicherweise«, sagte Mr. Ricardi. »Das kann ich nicht beurteilen. Ich weiß nur, dass ich nichts mehr von ihr gehört habe, seit sie gemeldet hat, dass der Brand im Papierkorb gelöscht sei, und sie hat nicht auf ihren Piepser reagiert. Ich habe sie zweimal angepiepst.«

Clay wollte nicht laut und deutlich *Seht ihr, hier ist's auch nicht sicher* sagen, deshalb sah er an Alice vorbei zu McCourt hinüber, um das durch seinen Blick auszudrücken.

»Wie viele Leute sind vermutlich noch dort oben?«, fragte McCourt.

»Das kann ich nicht beurteilen.«

»Schätzungsweise?«

»Nicht viele. Vom Zimmerpersonal wahrscheinlich nur Doris. Die Tagschicht geht um drei, und die Nachtschicht kommt erst um sechs.« Er presste die Lippen fest zusammen. »Das ist eine Spargebärde. *Maßnahme* kann man nicht richtig sagen, weil sie nämlich nicht funktioniert. Was die Gäste betrifft ...«

Er überlegte.

»Der Nachmittag ist eine flaue Zeit für uns, sehr flau. Die Gäste von vergangener Nacht sind natürlich alle fort – die Zimmer im Atlantic Avenue Inn sind bis zwölf Uhr zu räumen –, und die heutigen Gäste wären erst ab ungefähr vier Uhr angekommen, wie an einem normalen Nachmittag. Was der heutige ganz entschieden *nicht* ist. Gäste, die mehrere Nächte bleiben, sind meistens geschäftlich in Boston. Wie vermutlich auch *Sie*, Mr. Riddle.«

Clay, der vorgehabt hatte, sehr früh am Morgen abzureisen, um nicht in den morgendlichen Berufsverkehr zu geraten, nickte, ohne sich die Mühe zu machen, Ricardi ein weiteres Mal seinen richtigen Namen zu nennen.

»Am frühen Nachmittag sind die Geschäftsleute im Allgemeinen unterwegs, um das zu tun, was sie nach Boston geführt hat. So schaut's aus, wir haben das Hotel praktisch für uns.«

Wie um ihn zu widerlegen, kam von oben weiteres Poltern, weiteres Klirren von zersplitterndem Glas und ein schwach vernehmbares wildes Knurren. Sie sahen alle auf.

»Hören Sie, Clay«, sagte McCourt, »wenn der Kerl dort oben die Treppe findet ... Ich weiß nicht, ob diese Leute denken können, aber ...«

»Nach allem, was wir auf der Straße gesehen haben«, sagte Clay, »ist es vielleicht falsch, sie auch nur als ›Leute‹ zu bezeichnen. Ich habe den Eindruck, dass der Kerl dort oben mehr einem Käfer gleicht, der zwischen Fensterscheibe und Fliegengitter eingesperrt ist. Ein gefangener Käfer kommt vielleicht raus – wenn er ein Loch findet –, und der Kerl dort oben könnte die Treppe finden, aber wenn, dann meiner Meinung nach nur durch Zufall.«

»Und wenn er runterkommt und die Tür zur Eingangshalle blockiert findet, benutzt er den Notausgang zur Seitengasse hinter dem Hotel«, sagte Mr. Ricardi ungewohnt eifrig. »Dann hören wir den Alarm – er geht los, wenn jemand den Bügelgriff herabdrückt – und wissen, dass er fort ist. Ein Verrückter weniger, der uns Sorgen bereitet.«

Irgendwo südlich von ihnen flog etwas Großes in die Luft, und sie krümmten sich alle zusammen. Clay glaubte jetzt zu wissen, wie es gewesen sein musste, in den 1980er-Jahren in Beirut zu leben.

»Ich versuche hier nur, vernünftig zu argumentieren«, sagte er geduldig.

»Von wegen«, sagte McCourt. »Sie gehen ohnehin, weil Sie sich nämlich Sorgen um Ihre Frau und Ihren Sohn machen. Sie versuchen, uns zum Mitkommen zu überreden, weil Sie Gesellschaft wollen.«

Clay atmete hörbar frustriert aus. »Klar will ich Gesellschaft, aber das ist nicht der Grund, weshalb ich versuche, euch zum Mitkommen zu bewegen. Der Rauchgeruch wird stärker, aber wann habt ihr die letzte Sirene gehört?«

Niemand antwortete.

»Ich auch nicht«, sagte Clay. »Ich glaube nicht, dass die Verhältnisse in Boston sich bessern werden, nicht in nächster

Zeit. Sie werden sich verschlimmern. Falls es die Handys *waren* ...«

»Sie wollte eine Nachricht für Dad hinterlassen«, sagte Alice. Sie sprach hastig, so als wollte sie sicherstellen, dass sie alle Wörter herausbrachte, bevor die Erinnerung sich verflüchtigte. »Sie wollte ihn nur daran erinnern, dass er die Sachen aus der Reinigung holt, weil sie ihr gelbes Wollkleid für ihre Ausschusssitzung gebraucht hat und ich mein Ersatztrikot fürs Auswärtsspiel am Samstag. Das war in dem Taxi. Und dann hatten wir einen Unfall! *Sie hat den Mann gewürgt, und sie hat den Mann gebissen, und sein Turban ist runtergefallen, und die eine Gesichthälfte war blutig, und wir hatten einen Unfall!*«

Alice betrachtete die drei Gesichter, die sie anstarrten, dann schlug sie die Hände vor ihres und begann zu schluchzen. McCourt stand auf, um sie zu trösten, aber Mr. Ricardi überraschte Clay, indem er hinter seinem Schreibtisch hervorkam und dem Mädchen einen spindeldürren Arm um die Schultern legte, bevor McCourt sie erreichte. »Ruhig, ganz ruhig«, sagte er. »Ich bin mir sicher, dass das alles nur ein Missverständnis war, junge Dame.«

Sie sah mit weit aufgerissenen Augen und wildem Blick zu ihm auf. »*Missverständnis?*« Sie deutete auf den Latz aus angetrocknetem Blut auf der Vorderseite ihres Kleides. »Sieht das nach einem *Missverständnis* aus? Ich habe mein Karate aus dem Selbstverteidigungskurs in der Unterstufe angewendet. Ich habe meine eigene Mutter mit Karate abgewehrt! Ich habe ihr das Nasenbein gebrochen, glaub ich ... das *weiß* ich ...« Alice schüttelte so heftig den Kopf, dass ihr Haar flog. »Aber wenn ich's nicht geschafft hätte, hinter mich zu greifen und die Autotür zu öffnen ...«

»Sie hätte dich umgebracht«, sagte Clay ausdruckslos.

77

»Sie hätte mich umgebracht«, bestätigte Alice flüsternd. »Sie hat nicht gewusst, wer ich bin. Meine eigene Mutter.« Sie sah von Clay zu McCourt hinüber. »Es waren die Handys«, sagte sie mit demselben Flüstern. »Genau, es waren die Handys.«

14

»Wie viele von den verdammten Dingern dürfte es in Boston geben?«, sagte Clay. »Wie hoch ist die Handydichte?«

»Wegen der vielen Studenten dürfte sie sogar ziemlich hoch sein, würde ich sagen«, meinte Mr. Ricardi. Er hatte seinen Platz hinter dem Schreibtisch wieder eingenommen und wirkte jetzt etwas lebhafter. Das mochte daher kommen, dass er das Mädchen getröstet hatte, möglicherweise lag es aber auch daran, dass er eine geschäftlich orientierte Frage beantworten sollte. »Obwohl keineswegs nur finanziell gut gestellte junge Leute Handybesitzer sind, versteht sich. Erst vor ein, zwei Monaten habe ich in *Inc.* einen Artikel gelesen, in dem berichtet wurde, dass es auf dem chinesischen Festland jetzt so viele Handys gibt, wie Amerika Einwohner hat. Können Sie sich das vorstellen?«

Clay wollte es sich nicht vorstellen.

»Also gut.« McCourt nickte zögerlich. »Ich sehe, worauf Sie hinauswollen. Irgendwer – irgendeine Terrororganisation – manipuliert irgendwie die Handysignale. Ruft man jemanden an oder wird selbst angerufen, erhält man eine Art ... was? ... eine Art unterschwelliger Botschaft, vermute ich mal, die einen überschnappen lässt. Klingt wie Science-Fiction, aber wahrscheinlich wären Handys, wie sie jetzt existieren, vor fünfzehn oder zwanzig Jahren den meisten Leuten auch wie Science-Fiction vorgekommen.«

»Etwas in dieser Art muss es sein, da bin ich mir ziemlich sicher«, sagte Clay. »Und man kann auch schon genug abkriegen, um echt durchzudrehen, wenn man ein Gespräch nur mithört.« Er dachte an Pixie Dark. »Das Heimtückische daran ist aber, dass Leute, die um sich herum das ganze Chaos sehen ...«

»Die greifen impulsiv nach dem Handy und versuchen rauszukriegen, was dahinter steckt«, sagte McCourt.

»Genau«, sagte Clay. »Ich habe gesehen, wie Leute das gemacht haben.«

McCourt sah ihn düster an. »Ich auch.«

»Was das alles damit zu tun hat, dass Sie die Sicherheit des Hotels verlassen wollen – vor allem bei einbrechender Dunkelheit –, ist mir allerdings unklar«, sagte Mr. Ricardi.

Wie als Antwort darauf ereignete sich wieder einmal eine Explosion. Ihr folgten ein halbes Dutzend weitere, die sich wie die verhallenden Schritte eines Riesen nach Südosten entfernten. Über ihnen war ein weiteres Poltern, dann ein gedämpfter Wutschrei zu hören.

»Ich glaube, dass die Verrückten nicht Verstand genug haben werden, um die Stadt zu verlassen, so wenig wie der Kerl da oben den Weg zur Treppe findet«, sagte Clay.

Einen Augenblick lang hielt er McCourts Gesichtsausdruck für Schock, aber dann erkannte er, dass es etwas anderes war. Vielleicht Verblüffung. Und aufkeimende Hoffnung. »Jesus!«, sagte er und schlug sich tatsächlich mit der flachen Hand an die Stirn. »Daran habe ich gar nicht gedacht.«

»Da wär noch was«, sagte Alice. Sie biss sich auf die Unterlippe und sah auf ihre Hände hinunter, die sie rastlos verknotete. Sie zwang sich dazu, zu Clay aufzusehen. »Vielleicht ist es sogar *sicherer*, nach Einbruch der Dunkelheit loszugehen.«

»Warum das denn, Alice?«

»Wenn sie einen nicht sehen – wenn man es schafft, etwas zwischen sie und sich zu bringen, sich zu verstecken –, vergessen sie einen praktisch sofort.«

»Wie kommst du darauf, Mädchen?«, fragte McCourt.

»Weil ich mich vor dem Mann versteckt habe, der mich verfolgt hat«, sagte sie mit leiser Stimme. »Dem Kerl in dem gelben T-Shirt. Das war, kurz bevor ich euch gesehen habe. Ich habe mich in einer Seitengasse versteckt. Hinter einem dieser großen Müllbehälter. Ich hatte Angst, weil ich dachte, dass da vielleicht eine Sackgasse ist, aus der ich nicht wieder rauskomme, aber mir ist gerade nichts anderes eingefallen. Ich habe ihn an der Einmündung der Gasse stehen sehen: Er hat sich umgeschaut und ist dabei im *Kreis* herumgelaufen – ist den Sorgenkreis gegangen, wie mein Opa gesagt hätte –, und ich habe zuerst gedacht, er will mir was vorspielen, ehrlich. Weil er gesehen haben muss, dass ich in die Gasse gelaufen bin – ich hatte nur einen Meter Vorsprung ... kaum einen Meter ... fast hätte er nach mir grapschen können ...« Alice zitterte. »Aber als ich drinnen war, war's plötzlich so, als ob ... ich weiß nicht ...«

»Aus den Augen, aus dem Sinn«, sagte McCourt. »Aber wieso hast du Halt gemacht, wo er doch so dicht hinter dir war?«

»Weil ich nicht mehr konnte«, sagte Alice. »Es ging einfach nicht mehr. Meine Knie waren total weich, und ich hatte das Gefühl, als würde es mich von innen heraus kaputtschütteln. Wie sich dann gezeigt hat, musste ich sowieso nicht rennen. Er ist den Sorgenkreis noch einige Male gegangen und hat dieses verrückte Zeug gemurmelt, und dann ist er einfach wegmarschiert. Ich konnte es gar nicht glauben. Ich dachte, er will mich vielleicht irgendwie herauslocken ... aber gleichzeitig wusste ich, dass er für so was zu verrückt war.« Sie sah kurz zu

Clay hinüber, dann wieder auf die Hände hinunter. »Mein Problem war, dass ich ihm noch mal begegnet bin. Ich hätte gleich bei euch bleiben sollen. Manchmal bin ich eben ziemlich blöd.«

»Du warst verängs...«, begann Clay, und dann ereignete sich irgendwo östlich von ihnen die bisher stärkste Explosion, ein ohrenbetäubendes KA-BUM!, auf das sie sich alle duckten und die Ohren zuhielten. Sie hörten das Fenster in der Eingangshalle zersplittern.

»Mein ... *Gott*«, sagte Mr. Ricardi. Mit seinen weit aufgerissenen Augen unter dem kahlen Schädel erinnerte er Clay an Daddy Warbucks, den väterlichen Freund der Comicfigur Little Orphan Annie. »Das könnte die neue Shell-Großtankstelle drüben in der Kneeland Street gewesen sein. Bei der alle Taxis und Duck Boats tanken. Die Richtung hat jedenfalls gestimmt.«

Clay hatte keine Ahnung, ob Ricardi richtig lag, da er kein brennendes Benzin riechen konnte (zumindest noch nicht), aber sein visuell geübtes inneres Auge konnte ein Dreieck aus großstädtischem Beton sehen, das in der herabsinkenden Abenddämmerung wie eine Propanfackel brannte.

»Kann eine heutige Stadt überhaupt brennen?«, fragte er McCourt. »Eine, die hauptsächlich aus Beton und Metall und Glas besteht? Kann sie brennen wie damals Chicago, nachdem Mr. O'Learys Kuh die Laterne umgeworfen hat?«

»Diese Sache mit der Laternenumwerferei war nichts als eine moderne Legende«, sagte Alice. Sie rieb sich das Genick, als wäre sie im Begriff, schlimme Kopfschmerzen zu bekommen. »Das hat Mrs. Myers in Geschichte gesagt.«

»Klar kann sie das«, sagte McCourt. »Das sieht man doch daran, was mit dem World Trade Center passiert ist, nachdem die Flugzeuge eingeschlagen sind.«

»Flugzeuge voller Kerosin«, sagte Mr. Ricardi spitz.

Als ob der glatzköpfige Hotelangestellte ihn heraufbeschworen hätte, erreichte der Geruch von brennendem Benzin sie jetzt, waberte durch die zersplitterten Scheiben im Erdgeschoss herein und kroch wie ein schlechter Zauber unter der Tür zum Büro hinter der Rezeption hindurch.

»Ich glaube, Sie haben mit der Shell-Tankstelle den Nagel auf den Kopf getroffen«, bemerkte McCourt.

Mr. Ricardi ging zu der Tür zwischen Büro und Eingangshalle. Er sperrte auf und öffnete sie. Was Clay von der Eingangshalle dahinter sehen konnte, wirkte verlassen und düster und irgendwie belanglos. Mr. Ricardi schnüffelte hörbar, dann schloss er die Tür und sperrte wieder ab. »Schon schwächer«, sagte er.

»Wunschdenken«, sagte Clay. »Oder Ihre Nase hat sich bereits an den Geruch gewöhnt.«

»Ich glaube, er hat möglicherweise Recht«, sagte McCourt. »Dort draußen weht ein kräftiger Westwind – damit meine ich, dass die Luft sich in Richtung Meer bewegt –, und wenn das, was wir gerade gehört haben, diese neue Tankstelle war, die sie an der Ecke Kneeland und Washington beim New England Medical Center hingestellt haben ...«

»Genau die meine ich«, sagte Mr. Ricardi. Aus seiner Miene sprach trübselige Befriedigung. »Hach, all die Proteste! Aber *damit* haben die cleveren Geldgeber ja bald aufgeräumt, das ...«

McCourt fiel ihm ins Wort. »... dann steht das Krankenhaus inzwischen in Flammen ... natürlich mit allen, die noch darin sind ...«

»*Nein*«, sagte Alice, dann schlug sie eine Hand vor den Mund, als wollte sie verhindern, dass weitere Wörter herauskamen.

»Ich glaube schon. Und das Wang Center kommt als Nächstes dran. Vielleicht nimmt der Wind nachts ab, aber wenn er's nicht tut, dürfte bis zehn Uhr alles östlich der Kneeland und der Mass Pike in Flammen stehen.«

»Wir sind *westlich* der Kneeland Street«, stellte Mr. Ricardi fest.

»Dann sind wir hier sicher«, sagte Clay. »Zumindest vor *diesem* Großbrand.« Er trat an Mr. Ricardis kleines Fenster, stellte sich auf die Zehenspitzen und spähte auf die Essex Street hinaus.

»Was sehen Sie?«, fragte Alice. »Sehen Sie Leute?«

»Nein ... Ja. Einen Mann. Auf der anderen Straßenseite.«

»Ist er einer von den Verrückten?«, fragte sie.

»Kann ich nicht erkennen.« Aber Clay hielt ihn für einen. Was an der Art lag, wie der Mann rannte, wie er sich mit ruckartigen Kopfbewegungen umsah. Kurz bevor der Kerl um die Ecke zur Lincoln Street verschwand, wäre er fast mit der auf dem Gehsteig aufgebauten Auslage eines Obsthändlers kollidiert. Und obwohl Clay ihn nicht hören konnte, konnte er sehen, wie er die Lippen bewegte. »Jetzt ist er fort.«

»Sonst niemand?«, fragte McCourt.

»Im Augenblick nicht, aber ich sehe Rauch.« Er hielt inne. »Auch Ruß und Asche. Schwer zu sagen, wie viel. Der Wind verwirbelt alles.«

»Okay, das überzeugt mich«, sagte McCourt. »Ich habe schon immer langsam gelernt, aber ich war nie unbelehrbar. Die Stadt wird niederbrennen, und darin ausharren werden nur die Verrückten.«

»Das wird wohl so sein«, sagte Clay. Und obwohl er ahnte, dass das Ganze nicht nur auf Boston zutraf, konnte er es im Augenblick nicht ertragen, an mehr als nur Boston zu denken. Vielleicht würde er seinen Horizont im Lauf der Zeit erweitern – aber erst, wenn er wusste, dass Johnny in Sicherheit war. Möglicherweise würde er das große Gesamtbild aber auch nie erfassen können. Schließlich lebte er davon, dass er kleine Bilder zeichnete. Trotz allem hatte der egoistische Kerl, der wie eine Napfschnecke an der Unterseite seines Bewusstseins lebte, noch Zeit, einen klaren Gedanken auszusenden. Er kam in Dunkelblau und glänzendem Altgold daher. *Wieso hat das ausgerechnet heute passieren müssen? Kurz nachdem ich endlich einen handfesten Erfolg erzielt habe?*

»Kann ich mit euch mitkommen, wenn ihr geht?«, fragte Alice.

»Klar«, sagte Clay. Er sah zu dem Hotelangestellten hinüber. »Sie natürlich auch, Mr. Ricardi.«

»Ich bleibe auf meinem Posten«, sagte Mr. Ricardi. Das klang hochmütig, aber bevor er Clays Blick ausweichen konnte, war noch die nackte Angst zu sehen, die in seinen Augen stand.

»Ich glaube nicht, dass die Geschäftsleitung es Ihnen verübelt, wenn Sie unter den gegebenen Umständen zusperren und sich davonmachen«, sagte McCourt. Er sprach in dem sanften Ton, den Clay immer mehr zu schätzen begann.

»Ich bleibe auf meinem Posten«, sagte er noch einmal. »Mr. Donnelly, der Leiter der Tagschicht, ist zur Bank gegangen, um die Morgeneinnahme einzuzahlen. Sobald er zurück ist, kann ich vielleicht ...«

»Bitte, Mr. Ricardi«, sagte Alice. »Hier zu bleiben bringt doch nichts.«

Aber Mr. Ricardi, der wieder die Arme vor der schmalen Brust verschränkt hatte, schüttelte nur den Kopf.

15

Sie rückten einen der Queen-Anne-Stühle beiseite, und Mr. Ricardi schloss ihnen die Eingangstür auf. Clay sah hinaus. Er konnte nirgends Leute sehen, die draußen vorbeiliefen, aber das ließ sich nicht so ohne weiteres bestimmen, weil die Luft jetzt voller feiner Asche war. Sie wirbelte im Wind wie schwarzer Schnee.

»Los, kommt«, sagte er. Sie wollten zunächst nur nach nebenan ins Metropolitan Café.

»Ich schließe wieder ab und stelle den Stuhl vor die Tür zurück«, sagte Mr. Ricardi, »aber ich horche nach draußen. Falls Sie Schwierigkeiten bekommen – falls sich beispielsweise weitere dieser ... *Leute* ... im Metropolitan versteckt halten – und Sie den Rückzug antreten müssen, rufen Sie einfach nur: ›Mr. Ricardi, Mr. Ricardi, wir brauchen Sie!‹ Dann weiß ich, dass es ungefährlich ist, die Tür zu öffnen. Ist das gut so?«

»Ja«, sagte Clay. Er drückte Mr. Ricardis knochige Schulter. Der Hotelangestellte zuckte leicht zusammen, dann reckte er sich (obwohl er sich nicht anmerken ließ, ob ihn dieses Zeichen der Anerkennung freute). »Sie sind in Ordnung. Ich hab erst gedacht, Sie wären's nicht, aber das war ein Irrtum.«

»Ich hoffe, mein Bestes zu tun«, sagte der Kahlköpfige steif. »Denken Sie nur daran ...«

»Wir denken daran«, sagte McCourt. »Und wir werden ungefähr zehn Minuten lang dort drüben bleiben. Sollte hier etwas schief gehen, rufen *Sie* einfach.«

»Wird gemacht.« Aber Clay glaubte nicht, dass Ricardi das tun würde. Er wusste nicht, warum er das dachte, es war unvernünftig, anzunehmen, ein Mensch würde nicht nach Rettung rufen, wenn er in Schwierigkeiten steckte, aber er dachte es *trotzdem*.

»*Bitte* überlegen Sie sich die Sache anders, Mr. Ricardi«, sagte Alice. »In Boston ist niemand mehr sicher, das sollten Sie inzwischen wissen.«

Mr. Ricardi sah nur weg. Und Clay dachte nicht ohne Staunen: *So sieht also ein Mann aus, der beschlossen hat, dass es besser ist, den Tod zu riskieren als Veränderungen.*

»Los, kommt«, sagte Clay. »Wir machen uns jetzt ein paar Sandwichs, solange es noch Strom gibt und wir Licht haben.«

16

Der Strom fiel aus, als sie in der sauberen, weiß gekachelten kleinen Küche des Metropolitan Cafés gerade ihre letzten Sandwichs einpackten. Unterdessen hatte Clay noch dreimal versucht, in Maine anzurufen: einmal in seinem ehemaligen Haus, einmal in der Kent Pond Elementary School, in der Sharon unterrichtete, und einmal in der Joshua Chamberlain Middle School, auf die Johnny jetzt ging. Bei keinem Anruf war er über die Vorwahl 207 für Maine hinausgekommen.

Als die Lichter im Metropolitan ausgingen, kreischte Alice in der Dunkelheit, eine Dunkelheit, die Clay anfangs total erschien. Dann flammte blendend hell die Notbeleuchtung auf. Das konnte Alice allerdings nicht wesentlich beruhigen. Sie klammerte sich mit einer Hand an McCourt. In der anderen schwang sie das Brotmesser, mit dem sie die Sandwichs geschnitten hatte. Sie hatte die Augen weit aufgerissen, wirkte aber irgendwie ausdruckslos ... unter Schock stehend.

»Alice, leg das Messer weg«, sagte Clay etwas schärfer, als er vielleicht beabsichtigt hatte. »Bevor du einen von uns damit verletzt.«

»Oder dich selbst«, sagte McCourt in seinem milden, beruhigenden Ton.

Sie legte es weg, griff aber sofort wieder danach. »Ich will es haben«, sagte sie. »Ich will es mitnehmen. Sie haben eines, Clay. Ich will auch eins.«

»Also gut«, sagte er, »aber du hast keinen Gürtel. Wir machen dir einen aus einer Tischdecke. Sei bis dahin vorsichtig damit.«

Die Sandwichs waren zur einen Hälfte mit Roastbeef und Käse, zur anderen mit Schinken und Käse belegt. Alice hatte sie in Frischhaltefolie verpackt. Unter der Registrierkasse entdeckte Clay einen Stapel Tragetüten aus Kunststoff, die auf einer Seite mit FÜR HUNDE, auf der anderen mit FÜR MENSCHEN bedruckt waren. McCourt und er ließen die Sandwichs in zwei dieser Tragetüten purzeln.

Die Tische waren für ein Abendessen gedeckt, das nie mehr serviert werden würde. Zwei, drei Tische waren umgestürzt worden, aber die meisten standen unberührt da, während die Gläser und das Besteck im harschen Licht der Notbeleuchtung an den Wänden glänzten. Irgendetwas an ihrer stummen Ordentlichkeit ließ Clays Herz schmerzen. Das Blütenweiß der gefalteten Servietten, die kleinen Lampen auf allen Tischen ... Sie waren jetzt dunkel, und er hatte das Gefühl, dass es sehr lange dauern würde, bis die Glühbirnen in ihrem Inneren wieder einmal brannten.

Als er beobachtete, wie McCourt und Alice sich mit einem Gesicht umsahen, das so unglücklich wirkte, wie seines bestimmt aussah, überkam ihn der Drang – in seiner Dringlichkeit fast zwanghaft –, sie aufzuheitern. Ihm fiel ein Trick ein, den er seinem Sohn manchmal vorgeführt hatte. Er musste wieder an Johnnys Handy denken, und die Panikratte biss ein weiteres kleines Stück aus ihm heraus. Er hoffte von ganzem Herzen, dass das verdammte Ding vergessen zwischen den Wollmäusen unter Johnny-Gees Bett lag und der Akku leer-leer-leer war.

»Seht genau zu«, sagte er und stellte seinen Sandwichbeutel ab, »und beachtet bitte, dass meine Hände dauernd an den Handgelenken bleiben.« Er griff nach dem herabhängenden Teil einer Tischdecke.

»Jetzt dürfte kaum der richtige Zeitpunkt für Salonkunststücke sein«, sagte McCourt.

»Ich möchte sehen, wie er das macht«, sagte Alice. Zum ersten Mal seit sie zu ihnen gestoßen war, zeigte sich ein Lächeln auf ihrem Gesicht. Es war schwach, aber deutlich erkennbar.

»Wir brauchen die Tischdecke«, sagte Clay. »Das dauert keine Sekunde, und außerdem möchte die Lady den Trick ja sehen.« Er wandte sich an Alice. »Aber du musst ein Zauberwort sprechen. *Shazam* genügt für diesmal.«

»*Shazam!*«, sagte sie, und Clay zog ruckartig mit beiden Händen an der Tischdecke.

Er hatte den Trick seit zwei, vielleicht sogar drei Jahren nicht mehr vorgeführt, und beinahe klappte er auch nicht. Trotzdem machte sein Fehler – zweifellos hatte er beim Ziehen irgendwie leicht gezögert – das Ganze nur noch reizvoller. Statt an Ort und Stelle zu bleiben, während die Tischdecke auf magische Weise unter ihnen verschwand, wanderten alle Gedecke auf dem Tisch ungefähr zehn Zentimeter weiter nach rechts. Das Glas unmittelbar vor Clay kam sogar erst so zum Stehen, dass der runde Fuß halb über die Tischkante hinausragte.

Alice, die jetzt richtig lachte, klatschte Beifall. Clay verbeugte sich mit ausgestreckten Händen.

»Können wir jetzt gehen, o großer Vermicelli?«, fragte McCourt, aber selbst er lächelte. Im Licht der Notbeleuchtung konnte Clay die kleinen Zähne des Mannes sehen.

»Sobald ich sie ausstaffiert habe«, sagte Clay. »Sie kann das Messer auf der einen Seite und einen Beutel Sandwichs auf der anderen tragen.« Er legte die Tischdecke dreieckig zusammen und rollte sie schnell zu einem Gürtel auf. Nachdem er ihn durch die Henkel einer der Tragetüten mit Sandwichs gezogen hatte, legte er den Tischdeckengürtel um die schlanke Taille des Mädchens und verknotete ihn hinten, damit er nicht verrutschen konnte. Zuletzt steckte er noch das Brotmesser mit Wellenschliff links in den improvisierten Gürtel.

»Sie sind ein echter Praktiker«, sagte McCourt.

»Immer gewesen«, sagte Clay, und dann explodierte draußen etwas so nahe, dass es das Café erzittern ließ. Das Glas, dessen Fuß halb über die Tischkante hinausgeragt hatte, fiel zu Boden und zersplitterte. Die drei starrten es an. Clay überlegte, ob er behaupten solle, er glaube nicht an schlechte Vorzeichen, aber das hätte alles nur noch schlimmer gemacht. Außerdem glaubte er daran.

17

Clay wollte aus mehreren Gründen in das Atlantic Avenue Inn zurückgehen, bevor sie aufbrachen. Zum einen wollte er seine Mappe holen, die er in der Eingangshalle hatte stehen lassen. Zum anderen wollte er sehen, ob er irgendwo eine provisorische Scheide für Alice' Messer finden konnte – vermutlich würde sogar ein Waschbeutel reichen, wenn er nur lang genug war. Und drittens wollte er Mr. Ricardi nochmals die Gelegenheit geben, sich ihnen anzuschließen. Zu seiner Überraschung war ihm das sogar wichtiger als die vergessene Mappe mit seinen Zeichnungen. Er hatte ein seltsames, widerwilliges Gefallen an dem Mann gefunden.

Als er McCourt das eingestand, überraschte dieser ihn, indem er nickte. »Das Gleiche empfinde ich für Anchovis auf Pizza«, sagte er. »Ich sage mir immer, dass eine Kombination aus Käse, Tomatensoße und totem Fisch irgendwie widerwärtig ist ... aber manchmal überkommt mich dieser beschämende Drang, und ich kann mich nicht beherrschen.«

Ein Blizzard aus Ruß und schwarzer Asche wirbelte die Straße herauf und kreiselte zwischen den Gebäuden. Autoalarmanlagen trillerten, Einbruchmelder plärrten, Feuermelder schrillten. Die Luft war nicht besonders erwärmt, aber Clay konnte südlich und östlich von ihnen Feuer knistern hören. Auch der Brandgeruch war jetzt stärker. Sie hörten lautes Geschrei, das aber aus Südwesten kam, wo die Boylston Street in Richtung Stadtpark breiter wurde.

Als sie nebenan zum Atlantic Avenue Inn kamen, half McCourt dort Clay, einen der Queen-Anne-Stühle von einer der zersplitterten Türfüllungen wegzuschieben. Die Eingangshalle dahinter lag jetzt in einem dunklen Schatten, in dem Mr. Ricardis Theke und das Sofa nur noch dunklere Kleckse bildeten; wäre Clay nicht schon dort drinnen gewesen, hätte er nicht gewusst, was diese Kleckse darstellten. Über den Aufzugtüren flackerte eine einzelne Notleuchte, deren Akku in dem Kasten darunter wie eine Pferdebremse summte.

»Mr. Ricardi?«, rief McCourt. »Mr. Ricardi, wir sind zurückgekommen, um zu hören, ob Sie sich die Sache anders überlegt haben.«

Er bekam keine Antwort. Nach kurzem Warten machte Alice sich daran, vorsichtig die noch aus dem Holzrahmen ragenden Glaszähne herauszuschlagen.

»*Mr. Ricardi!*«, rief Tom noch einmal, und als weiterhin keine Antwort kam, wandte er sich an Clay. »Sie wollen dort rein, stimmt's?«

»Ja. Um meine Mappe zu holen. Da sind meine Zeichnungen drin.«

»Sie haben keine Kopien?«

»Das sind die Originale«, sagte Clay, als wäre damit alles erklärt. Für ihn jedenfalls. Und außerdem dachte er an Mr. Ricardi. *Ich horche nach draußen,* hatte er gesagt.

»Was ist, wenn der Polterer aus dem ersten Stock ihn erwischt hat?«, sagte McCourt.

»Wäre das passiert, würden wir ihn vermutlich hier unten herumpoltern hören«, sagte Clay. »Oder er wäre beim Klang unserer Stimmen brabbelnd angerannt gekommen wie der Kerl, der uns auf dem Gehsteig vor dem Park abstechen wollte.«

»Das können Sie nicht bestimmt wissen«, sagte Alice. Sie nagte an der Unterlippe. »Es ist noch viel zu früh, um zu glauben, dass Sie alle Regeln schon kennen.«

Natürlich hatte sie Recht, aber sie konnten nicht hier draußen herumstehen und darüber diskutieren; auch das hatte keinen Zweck.

»Ich nehme mich in Acht«, sagte er und schwang ein Bein über den unteren Fensterrahmen. Die Öffnung war schmal, aber doch so breit, dass er mühelos hindurchklettern konnte. »Ich stecke nur den Kopf in sein Büro. Wenn er nicht da ist, werde ich mich nicht so wie die Heldin in einem Horrorfilm auf die Suche nach ihm machen. Ich schnappe mir nur meine Mappe, und wir machen die Fliege.«

»Reden Sie laut mit uns«, sagte Alice. »Einfach ›Okay, alles okay bei mir‹, irgendwas in der Art. Die ganze Zeit.«

»Meinetwegen, aber falls ich zu reden aufhöre, müsst ihr einfach *abhauen*. Versucht nicht etwa, mich rauszuholen.«

»Keine Sorge«, sagte sie, ohne zu lächeln. »Ich kenne die Filme auch alle. Bei uns gibt's ein Cinemax.«

91

18

»Alles okay bei mir!«, rief Clay, während er seine Mappe aufhob und auf die Theke legte. *Praktisch bist du hier fertig,* dachte er. War er aber noch nicht ganz.

Als er um die Empfangstheke herumging, sah er sich um und erkannte die einzige nicht blockierte Fensteröffnung, die schwach leuchtend in dem sich verstärkenden Dunkel zu schweben schien, und die beiden Silhouetten, die sich vor dem letzten Lichtschein des schwindenden Tages abhoben. »Alles okay bei mir, weiter okay, will jetzt nur in seinem Büro nachsehen, weiterhin okay, noch immer o...«

»Clay?« McCourts Stimme klang unüberhörbar besorgt, aber im Augenblick konnte Clay nicht antworten, um ihn zu beruhigen. In der Mitte der hohen Decke des kleinen rückwärtigen Büros hing eine Lampe. Mr. Ricardi hatte sich mit etwas, was wie eine Vorhangschnur aussah, daran erhängt. Über den Kopf war eine weiße Plastiktüte gezogen. Clay hielt sie für einen der Wäschesäcke, die das Hotel für Schmutzwäsche und Sachen, die chemisch gereinigt werden sollten, zur Verfügung stellte. »Clay, alles in Ordnung mit Ihnen?«

»*Clay?*« Alice' Stimme klang schrill, beinahe schon hysterisch.

»Okay«, hörte er sich sagen. Sein Mund schien selbständig zu arbeiten, ohne von seinem Gehirn unterstützt zu werden. »Bin noch im Büro.« Er dachte daran, wie Mr. Ricardi ausgesehen hatte, als er *Ich bleibe auf meinem Posten* gesagt hatte. Das hatte überheblich geklungen, aber sein Blick war dabei ängstlich und irgendwie demütig gewesen, der Blick eines kleinen Waschbären, den ein großer, wütend geifernder Hund in eine Garagenecke getrieben hat. »Ich komme jetzt wieder raus.«

Er ging rückwärts hinaus, als könnte Mr. Ricardi aus der selbst geknoteten Vorhangschnurschlinge schlüpfen und über ihn herfallen, sobald er ihm den Rücken zukehrte. Plötzlich war seine Angst um Sharon und Johnny ins Unermessliche gewachsen; er sehnte sich mit einer Gefühlsintensität nach ihnen, die ihn an seinen ersten Schultag denken ließ, als seine Mutter sich am Tor des Spielplatzes vor der Schule von ihm verabschiedete. Die anderen Eltern hatten ihre Kinder hineinbegleitet. Aber seine Mutter hatte gesagt: *Geh einfach rein, Clayton, es ist das erste Zimmer links, du kommst schon zurecht, Jungen müssen das allein schaffen.* Bevor er getan hatte wie geheißen, hatte er beobachtet, wie sie wieder die Cedar Street entlang davonging. Ihren blauen Mantel. Als er jetzt hier im Dunkel stand, schloss er erneut Bekanntschaft mit dem Wissen, dass der zweite Teil von heimwehkrank nicht umsonst *krank* hieß.

Tom und Alice waren in Ordnung, aber er sehnte sich nach den Menschen, die er liebte.

Sobald er um die Empfangstheke herum war, wandte er sich in Richtung Straße und durchquerte die Eingangshalle. Er kam nahe genug an die glaslose rechteckige Fensteröffnung heran, um die ängstlichen Gesichter seiner neuen Freunde sehen zu können; dann fiel ihm ein, dass er seine beschissene Mappe liegen gelassen hatte. Er musste zurückgehen, um sie zu holen. Als er nach ihr griff, rechnete er fest damit, dass Mr. Ricardis Hand aus dem zunehmenden Dunkel hinter der Empfangstheke kam und sich lautlos auf seine legte. Das passierte zwar nicht, aber aus dem ersten Stock kam wieder ein Poltern. Dort oben war noch etwas zugange, stolperte noch etwas durchs Dunkel. Etwas, was bis heute Nachmittag drei Uhr ein Mensch gewesen war.

Als er wieder auf halbem Weg zum Ausgang war, blinkte die einzige akkubetriebene Notleuchte in der Eingangshalle kurz auf, dann erlosch sie. *Das ist ein Verstoß gegen die Brandschutzvorschriften,* dachte Clay. *Das müsste ich anzeigen.*

Er reichte seine Mappe hinaus. McCourt nahm sie ihm ab.

»Wo ist er?«, fragte Alice. »War er nicht da?«

»Tot«, sagte Clay. Er hatte überlegt, ob er lügen sollte, aber er bezweifelte, dass er dazu imstande gewesen wäre. Was er gesehen hatte, war ein zu großer Schock gewesen: Wie erhängte jemand sich selbst? Er verstand nicht, wie das überhaupt möglich war. »Selbstmord.«

Alice fing an zu weinen, und Clay kam der Gedanke, dass dem Mädchen offenbar nicht klar war, dass sie wahrscheinlich längst tot wäre, wenn es nach Mr. Ricardi gegangen wäre. Das Problem war nur, dass ihm selbst irgendwie nach Weinen zumute war. Weil Mr. Ricardi sich letztlich doch anständig verhalten hatte. Vielleicht taten das ja die meisten Leute, wenn sie die Gelegenheit dazu bekamen.

Aus Westen, von der zum Stadtpark zurückführenden nachtdunklen Straße, kam ein Schrei, der zu laut gellte, um aus einer menschlichen Lunge stammen zu können. Clay fand, dass es fast wie das Trompeten eines Elefanten klang. Aus dem Schrei sprach weder Schmerz noch Freude, sondern nur Wahnsinn. Alice duckte sich unwillkürlich, weshalb er ihr einen Arm um die Schultern legte. Ihr Körper fühlte sich an wie ein Elektrokabel, das unter Hochspannung stand.

»Wenn wir hier rauswollen, müssen wir los«, sagte McCourt. »Sollten wir einigermaßen glatt durchkommen, müssten wir's in Richtung Norden bis nach Malden schaffen. Dort können wir in meinem Haus übernachten.«

»Das ist eine verdammt gute Idee«, sagte Clay.

McCourt lächelte zurückhaltend. »Finden Sie wirklich?«

»Na klar! Wer weiß, vielleicht ist Officer Ashland schon dort.«

»Wer ist Officer Ashland?«, fragte Alice.

»Ein Polizeibeamter, den wir am Stadtpark kennen gelernt haben«, sagte McCourt. »Er ... na ja, er hat uns beigestanden.« Die drei gingen jetzt im Ascheregen und beim Schrillen von Alarmanlagen in Richtung Atlantic Avenue. »Wir werden ihn allerdings nicht wiedersehen. Clay versucht nur, witzig zu sein.«

»Oh«, sagte sie. »Freut mich, dass das jemand versucht.« Auf dem Asphalt vor einem Abfallkorb lag ein blaues Handy mit gesprungenem Gehäuse. Alice kickte es in den Rinnstein, ohne dabei aus dem Tritt zu kommen.

»Guter Schuss«, sagte Clay.

Alice zuckte die Achseln. »Fünf Jahre Fußball«, sagte sie, und in diesem Augenblick flammte die Straßenbeleuchtung wie ein Versprechen auf, dass noch nicht alles verloren sei.

MALDEN

1

Auf der Mystic River Bridge standen tausende von Menschen und sahen zu, wie alles zwischen der Commonwealth Avenue und dem Hafen Feuer fing und verbrannte. Der Wind aus Westen blieb selbst nach Sonnenuntergang lebhaft und warm, und die Flammen röhrten wie Schmiedeessen und überstrahlten die Sterne. Der aufgehende Vollmond bot letztlich ein scheußliches Bild. Manchmal blieb er hinter dem Rauch verborgen, aber allzu oft schwamm dieses hervorquellende Drachenauge hervor, spähte auf die Erde herab und übergoss sie mit mattem orangerotem Licht. Clay hielt ihn für einen Horrorcomic-Mond, sagte das aber nicht laut.

Niemand hatte viel zu reden. Die Menschen auf der Brücke hatten nur Augen für die Stadt, die sie erst vor kurzem verlassen hatten; sie beobachteten, wie die Flammen die teuren Eigentumswohnungen am Hafen erfassten und zu verzehren begannen. Von jenseits des Wassers hallte ein Geräuschteppich aus Alarmtönen herüber: hauptsächlich Brandmelder und Autoalarmanlagen, in die sich mehrere heulende Sirenen mischten, um dem Ganzen etwas Würze zu geben. Eine Zeit lang hatte eine Lautsprecherstimme die Bürger aufgefordert: RÄUMEN SIE DIE STRASSEN, und dann hatte eine andere angefangen, ihnen zu empfehlen: VERLASSEN SIE DIE STADT ZU FUSS ÜBER DIE NACH NORDEN UND WESTEN FÜHRENDEN HAUPTVERKEHRSADERN. Diese beiden widersprüchlichen Empfehlungen hatten mehrere Minuten lang miteinander konkurriert, dann war RÄUMEN SIE DIE STRASSEN verstummt. Etwa fünf

Minuten später hatte auch VERLASSEN SIE DIE STADT ZU FUSS aufgehört. Jetzt waren nur noch das hungrige Tosen der vom Wind angefachten Flammen, die Alarmanlagen und immer wieder kleine dumpfe Knalle zu hören, die nach Clays Meinung von in der Hitze implodierenden Fenstern stammen mussten.

Er fragte sich, wie viele Leute wohl dort drüben in der Falle saßen. Gefangen zwischen Feuer und Wasser.

»Wissen Sie noch, wie wir überlegt haben, ob eine moderne Großstadt brennen kann?«, sagte Tom McCourt. Im Feuerschein sah sein kleines, intelligentes Gesicht müde und angewidert aus. Auf der linken Backe hatte er einen Aschefleck. »Erinnern Sie sich?«

»Das will ich jetzt wirklich nicht hören«, sagte Alice. Sie war sichtlich verstört, sprach aber wie McCourt nur gedämpft. *Als wären wir in einer Bibliothek,* dachte Clay. Und dann dachte er: *Nein – in einer Leichenhalle.* »Können wir bitte weitergehen? Mir geht das hier nämlich langsam auf den Keks.«

»Klar«, sagte Clay. »Machen wir. Wie weit ist's bis zu Ihnen denn, Tom?«

»Weniger als zwei Meilen«, sagte er. »Aber wir haben noch nicht alles hinter uns, wie ich leider sagen muss.« Sie sahen jetzt alle nach Norden, und er deutete nach vorn rechts. Das dort sichtbare Glühen hätte von orangegelben Natrondampflampen in einer nebligen Nacht stammen können, aber die Nacht war klar, und die Straßenbeleuchtung war längst wieder ausgefallen. Außerdem stiegen von Straßenlampen keine Rauchsäulen auf.

Alice stöhnte, dann schlug sie eine Hand vor den Mund, als könnte jemand aus der schweigenden Menge, die beobachtete, wie Boston brannte, sie zurechtweisen, weil sie zu viel Lärm machte.

»Keine Sorge«, sagte McCourt unheimlich ruhig. »Wir wollen nach Malden, und das müsste Revere sein. Wie der Wind steht, dürfte Malden in Sicherheit sein.«

Nicht noch mehr sagen, drängte Clay ihn im Stillen, aber McCourt hielt nicht den Mund.

»Vorläufig«, fügte er hinzu.

2

Auf der unteren Brückenebene standen mehrere Dutzend verlassene Autos und ein avocadogrünes Löschfahrzeug mit der Aufschrift EAST BOSTON, das von einem Betonmischer seitlich gerammt worden war (beide waren jetzt verlassen), aber im Prinzip gehörte diese Ebene den Fußgängern. *Nur muss man sie jetzt wahrscheinlich Flüchtlinge nennen,* dachte Clay und erkannte dann, dass *sie* der falsche Ausdruck war. Uns. *Man muss uns Flüchtlinge nennen.*

Gesprochen wurde sehr wenig. Die meisten Menschen standen einfach nur da und beobachteten schweigend, wie die Stadt brannte. Die anderen, die sich bewegten, gingen langsam und sahen sich ständig um. Als sie sich dem Ende der Brücke näherten (Clay konnte von dort aus die *Old Ironsides* sehen – zumindest hielt er es für die *Old Ironsides* –, die im Hafen vor Anker liegend noch vor den Flammen sicher war), fiel ihm etwas Merkwürdiges auf. Viele der Leute sahen auch Alice an. Erst hatte er die paranoide Idee, sie müssten glauben, McCourt und er hätten das Mädchen entführt und verschleppten es zu weiß Gott welchen unsittlichen Zwecken. Dann rief er sich jedoch ins Gedächtnis zurück, dass diese Gespenster auf der Mystic River Bridge unter Schock standen, weil sie noch entwurzelter waren als die vor dem Wirbelsturm

Katrina Geflüchteten – jene Unglücklichen hatten zumindest etwas Vorwarnzeit gehabt –, und vermutlich kaum zu solchen komplizierten Überlegungen imstande waren. Die meisten waren zu sehr mit sich selbst beschäftigt, um moralische Betrachtungen anzustellen. Als der Mond dann etwas höher gestiegen war und etwas heller leuchtete, erkannte Clay schließlich den Grund dafür: Sie war die einzige Jugendliche weit und breit. Selbst er war im Vergleich zu den meisten anderen Flüchtlingen noch jung. Diese Menschen, die die Fackel angafften, die einst Boston gewesen war, oder langsam in Richtung Malden und Danvers trotteten, waren mehrheitlich über vierzig, und viele hätten vermutlich schon den Seniorenteller in den Restaurants der Fastfoodkette Denny's bestellen können. Er sah einige wenige Leute mit Kleinkindern und ein paar Babys in Sportwagen, aber das war's auch schon, was die Jüngeren anging.

Ein kurzes Stück weiter fiel ihm etwas anderes auf: Überall auf der Fahrbahn lagen weggeworfene Handys. Sie kamen alle paar Schritte an einem vorbei, und keines davon war intakt. Alle waren überfahren oder zerstampft worden, sodass sie nur noch aus Drähten, Platinen und Kunststoffsplittern bestanden, so als handelte es sich um gefährliche Schlangen, die vernichtet worden waren, bevor sie erneut zubeißen konnten.

3

»Wie heißt du denn, meine Liebe?«, fragte eine mollige Frau, die dazu eigens auf ihre Seite des Highways herübergekommen war. Zu diesem Zeitpunkt lag die Brücke ungefähr fünf Minuten hinter ihnen. McCourt sagte, in einer weiteren Viertelstunde würden sie die Ausfahrt Salem Street erreichen, und von dort aus seien es dann nur noch vier Straßen bis zu seinem Haus. Als er noch sagte, dass seine Katze sich schrecklich freuen werde, ihn wiederzusehen, zauberte das ein mattes Lächeln auf Alice' Gesicht. Clay fand, dass matt besser als nichts war.

Jetzt betrachtete Alice mit instinktivem Misstrauen die Mollige, die sich aus den meist schweigenden Gruppen und kleinen Kolonnen von Männern und Frauen gelöst hatte – eigentlich kaum mehr als Schemen, manche mit Koffern, manche mit Tragetaschen oder Rucksäcken –, die den Mystic überquert hatten und auf der Route One nach Norden unterwegs waren: von der Feuersbrust im Süden weg und sich des neuen Flächenbrands, der nordöstlich von ihnen Revere erfasste, nur allzu deutlich bewusst.

Die mollige Frau erwiderte den Blick freundlich interessiert. Ihr ergrauendes Haar war in adrette Locken aus dem Frisiersalon gelegt. Sie trug eine Brille mit kleinen ovalen Gläsern und etwas, was Clays Mutter als Autocoat bezeichnet hätte. In der linken Hand hielt sie eine Tragetasche, in der rechten ein Buch. Sie wirkte völlig harmlos. Ganz bestimmt war sie keine der Handy-Verrückten – von denen hatten sie keinen einzigen mehr gesehen, seit sie das Atlantic Avenue Inn mit ihren Futterbeuteln verlassen hatten –, aber Clay merkte, dass er trotzdem eine Abwehrhaltung einnahm. Angesprochen zu werden, als wären sie auf einer Cocktailparty statt auf der Flucht aus einer brennenden Großstadt, erschien ihm nicht normal. Aber was war unter den gegenwärtigen Umständen eigentlich noch normal? Vielleicht war Clay ja selbst kurz davor, durchzudrehen, aber wenn dem so war, dann erging es Tom nicht anders. Auch er beobachtete die mollige, mütterliche Frau mit argwöhnischem Blick.

»Alice?«, sagte Alice schließlich, als Clay schon glaubte, das Mädchen würde überhaupt nicht mehr antworten. Es klang, als wollte ein Schulkind eine eigentlich zu schwere Frage beantworten, eine Frage, von der es befürchtete, sie könnte eine Fangfrage sein. »Mein Name ist Alice Maxwell?«

»Alice«, sagte die mollige Frau, und ihre Mundwinkel hoben sich zu einem mütterlichen Lächeln, das so freundlich wie ihr interessierter Blick war. Es gab keinen Grund, weshalb dieses Lächeln Clay noch mehr aufbringen sollte, aber dennoch tat es das. »Das ist ein wundervoller Name. Er bedeutet ›von Gott gesegnet‹.«

»Eigentlich, Ma'am, bedeutet er ›aus edlem Geblüt‹ oder ›königlich geboren‹«, sagte McCourt. »Entschuldigen Sie uns jetzt bitte? Das Mädchen hat heute seine Mutter verloren, und ...«

»Wir haben heute *alle* jemanden verloren, nicht wahr, Alice?«, sagte die Mollige, ohne McCourt anzusehen. Sie ging neben Alice her, wobei ihre Friseurlocken bei jedem Schritt mitwippten. Alice betrachtete sie mit einer Mischung aus Unbehagen und Faszination. Um sie herum marschierten andere und hasteten manchmal und stapften oft mit gesenktem Kopf dahin, kaum mehr als Gespenster in dieser ungewohnten Dunkelheit, und Clay sah noch immer keine Jüngeren außer ein paar Babys, einigen Kleinkindern und Alice. Keine Jugendlichen, weil die meisten Jugendlichen nicht anders als Pixie Light am Mister-Softee-Wagen ein Handy besaßen. Oder wie sein eigener Sohn, der ein rotes Nextel mit einem Klingelton aus *The Monster Club* und eine als Lehrerin berufstätige Mama hatte, die bei ihm sein konnte, wenn sie nicht sonst wo ...

Schluss jetzt! Diese Ratte darfst du nicht rauslassen. Diese Ratte kann nur rennen, beißen und dem eigenen Schwanz nachjagen.

Die mollige Frau nickte inzwischen weiter. Die Locken wippten im Takt dazu. »Ja, wir haben alle jemanden verloren, weil jetzt die Zeit der großen Drangsal ist. Das steht alles hier drin, in der Offenbarung des Johannes.« Sie hielt das Buch hoch, das sie in der Hand hielt, und natürlich war es eine Bibel, und nun glaubte Clay, das Glitzern in den Augen hinter den ovalen Brillengläsern der Molligen besser erkennen zu können. Das war nicht freundliches Interesse; das war Irrsinn.

»Okay, das war's, alles raus aus dem Schwimmbecken«, sagte McCourt. In seiner Stimme hörte Clay eine Mischung aus Abscheu (vermutlich vor sich selbst, weil er überhaupt zugelassen hatte, dass die Mollige sich an Alice heranmachte) und Bestürzung.

Die mollige Frau beachtete ihn natürlich gar nicht; sie fixierte Alice mit starrem Blick, und wer hätte sie von der Seite des Mädchens wegziehen sollen? Die Polizei war anderweitig beschäftigt, falls sie überhaupt noch im Einsatz war. Hier gab es nur die unter Schock stehenden und sich dahinschleppenden Flüchtlinge, die sich keinen Deut um eine ältliche Verrückte mit einer Bibel und einer Dauerwelle aus dem Frisiersalon scherten.

»Die Schale des Wahnsinns ist in die Gehirne der Sündigen ausgegossen worden, und die reinigende Fackel Je-HO-vas hat die Stadt der Sünde in Brand gesetzt!«, rief die Mollige aus. Sie trug roten Lippenstift. Ihre Zähne waren zu ebenmäßig, um etwas anderes als ein altmodisches Gebiss zu sein. »Jetzt siehst du die Unbußfertigen fliehen, gewisslich wahr, wie Maden aus dem aufgeplatzten Bauch von ...«

Alice hielt sich mit beiden Händen die Ohren zu. »Macht, dass sie aufhört!«, rief sie, aber die schemenhaften Gestalten der ehemaligen Großstädter zogen unberührt weiter, und nur wenige hatten einen teilnahmslosen, uninteressierten

Blick für sie übrig, bevor sie wieder ins Dunkel sahen, in dem irgendwo vor ihnen New Hampshire lag.

Die mollige Frau kam mit hoch erhobener Bibel, flammendem Blick und wippenden Friseurlocken groß in Fahrt. »Nimm die Hände herunter, Mädchen, und höre Gottes Wort, bevor du zulässt, dass diese Männer dich hinwegführen und mit dir noch am offenen Höllentor Unzucht treiben! ›Denn ich sah einen flammenden Stern am Himmel, und der Name des Sterns hieß Wermut, und jene, die ihm folgten, folgten Luzifer, und jene, die ihm folgten, stiegen hinab in den Ofen des ...‹«

Clay schlug zu. Obwohl er seinen Schlag im letzten Augenblick etwas abmilderte, verpasste er ihr einen kräftigen Kinnhaken und spürte den Aufprall als heiße Welle bis zur Schulter hinauf. Die Brille der Molligen stieg von ihrer Mopsnase hoch und sank wieder herab. Die Augen dahinter wurden glanzlos und kippten nach oben. Ihre Knie gaben nach, und sie sackte zusammen, wobei ihr die Bibel aus der geballten Faust flog. Alice, die vor Entsetzen weiter wie gelähmt wirkte, riss trotzdem die Hände schnell genug von den Ohren, um die Bibel auffangen zu können. Und Tom McCourt bekam die Frau unter den Armen zu fassen. Der Kinnhaken und die beiden Fangvorgänge folgten so flüssig nacheinander, als wären sie einstudiert gewesen.

Clay war plötzlich einem Zusammenbruch näher als jemals zuvor seit dem Augenblick, in dem alles angefangen hatte, schief zu gehen. Wieso das jetzige Geschehen schlimmer sein sollte als der Hälse aufbeißende Teenager oder der ein Messer schwingende Geschäftsmann, schlimmer als Mr. Ricardi mit einem Plastikbeutel über dem Kopf an einer Deckenleuchte erhängt aufzufinden, wusste er nicht, aber es war so. Er hatte dem mit einem Messer Bewaffneten einen

Tritt versetzt, wie das auch Tom getan hatte, aber der Messer schwingende Geschäftsmann war andersartig verrückt gewesen. Die ältliche Lady mit den Friseurlocken war nur eine ...

»Jesus«, sagte er. »Sie ist nur eine Spinnerin, und ich hab sie k.o. geschlagen.« Er begann zu zittern.

»Sie hat ein junges Mädchen terrorisiert, das heute seine Mutter verloren hat«, sagte McCourt, und Clay erkannte, dass aus der Stimme des kleinen Mannes nicht Ruhe, sondern ungewöhnliche Kälte sprach. »Sie haben genau das Richtige getan. Außerdem kann man ein altes Streitross wie die hier nicht lange außer Gefecht setzen. Sie kommt bereits wieder zu sich. Helfen Sie mir, sie an den Straßenrand zu schaffen.«

4

Sie hatten den – von manchen als Wundermeile, von manchen als Schundallee bezeichneten – Teil der Route One erreicht, wo die Schnellstraße mit nur wenigen Ein- und Ausfahrten in ein Gewirr von Spirituosenmärkten, Läden für Billigklamotten, Outlets für Sportartikel und Schnellrestaurants mit Namen wie Fuddruckers überging. Ohne völlig blockiert zu sein, standen die sechs Fahrspuren hier voller Autos, die zusammengestoßen oder einfach nur verlassen worden waren, als ihre Fahrer in Panik gerieten, mit dem Handy zu telefonieren versuchten und durchdrehten. Die Flüchtlinge, die sich auf verschiedenen Wegen stumm zwischen den Autowracks hindurchschlängelten, erinnerten Clay Riddell stark an Ameisen, die ihren Bau räumten, nachdem ein unbedachter Stiefeltritt eines unachtsamen Wanderers ihn zerstört hat.

Das Hinweisschild MALDEN SALEM ST. EXIT ¼ MI stand an der Ecke eines niedrigen, rosa gestrichenen Gebäudes, das offensichtlich geplündert worden war: Vor der Vorderfront lagen die Splitter eingeschlagener Schaufenster, und ein batteriebetriebener Einbruchmelder befand sich erst jetzt im erschöpften letzten Stadium des Ablaufens. Ein Blick hinauf zu der nicht brennenden Leuchtreklame auf dem Dach genügte, um Clay zu zeigen, wieso hier nach der heutigen Katastrophe geplündert worden war: MISTER BIG'S GIANT DISCOUNT LIQUOR.

Er hielt die mollige Frau am einen Arm gepackt, während McCourt den anderen hielt, und Alice stützte den Kopf der murmelnden Frau, als sie diese so in eine Sitzposition sinken ließen, dass sie mit dem Rücken an einer Strebe des Ausfahrtschilds lehnte. Als die Mollige eben unten anlangte, öffnete sie die Augen und starrte sie benommen an.

McCourt schnalzte zweimal energisch mit den Fingern vor ihren Augen. Sie blinzelte, dann sah sie zu Clay hinüber. »Sie ... haben mich ... geschlagen«, sagte sie. Ihre Finger kamen nach oben, um die rasch anschwellende Stelle an ihrem Kinn zu betasten.

»Ja, tut mir L...«, begann Clay.

»Ihm vielleicht, aber mir nicht«, sagte McCourt. Er sprach mit derselben kalten Geschäftsmäßigkeit wie zuvor. »Sie haben unseren Schützling terrorisiert.«

Die Mollige lachte halblaut, aber in ihren Augen standen Tränen. »*Schützling!* Ich habe schon viele Wörter dafür gehört, aber das noch nie. Als ob ich nicht wüsste, was Männer wie ihr von einem zarten Mädchen wie ihr wollt – vor allem in Zeiten wie diesen. ›Und sie taten nicht Buße für ihre Hurerei noch ihre Unzucht, noch ihre ...‹«

»Klappe halten«, sagte McCourt, »sonst schlage ich auch zu. Und im Gegensatz zu meinem Freund, der meiner Meinung nach das Glück hatte, nicht bei heiligen Hannas aufzuwachsen, und Sie deshalb nicht durchschaut, schlage ich nicht verhalten zu. Sie sind also gewarnt – kein Wort mehr.« Er hielt ihr die Faust vor die Augen, und obwohl Clay bereits zu dem Schluss gekommen war, dass McCourt ein gebildeter Mann war, zivilisiert und unter gewöhnlichen Umständen kein großer Schläger, war er beim Anblick dieser kleinen, angestrengt geballten Faust unwillkürlich bestürzt, so als sähe er ein Omen für das kommende Zeitalter.

Die mollige Frau sah sie an und schwieg. Eine große Träne lief über das Rouge auf ihrer Wange.

»Das reicht, Tom, mir fehlt nichts«, sagte Alice.

McCourt ließ der Molligen die Tragetasche mit ihren Habseligkeiten in den Schoß fallen. Clay hatte nicht mal mitbekommen, dass McCourt sie gerettet hatte. Dann nahm sich McCourt die Bibel von Alice, öffnete die eine beringte Hand der molligen Frau und klatschte die Bibel mit dem Rücken voraus hinein. Er wollte sich gerade schon abwenden, da drehte er sich noch einmal um.

»Tom, das reicht, lassen Sie sie«, sagte Clay.

McCourt ignorierte ihn. Er beugte sich zu der Frau hinunter, die mit dem Rücken an der Stütze des Ausfahrtschilds lehnte. Er hatte die Hände dabei auf den Knien liegen, und Clay erschienen die beiden – die mollige, bebrillte Frau, die zu ihm aufsah, und der bebrillte kleine Mann mit den auf die Knie gestützten Händen – wie die parodistischen Gestalten von Irrsinnigen auf den frühen Illustrationen zu Charles Dickens' Romanen.

»Ein Ratschlag, Schwester«, sagte McCourt. »Die Polizei beschützt Sie nicht mehr so wie früher, als Sie und Ihre selbstgerechten, scheinheiligen Freunde vor den Beratungsstellen für Familienplanung oder der Emily Cathcart Clinic in Waltham aufmarschiert sind ...«

»Diese Abtreibungsfabrik!«, fauchte sie und hob dann die Bibel, wie um einen Schlag abzuwehren.

McCourt schlug nicht zu, aber er lächelte grimmig. »Was mit der Schale des Wahnsinns ist, weiß ich nicht, aber heute Nacht passiert reichlich viel Verrücktes. Soll ich's deutlicher sagen? Die Löwen sind los, und Sie werden womöglich zu spüren bekommen, dass die vorlauten Christen als Erste gefressen werden. Irgendjemand hat Ihr Recht auf freie Rede heute Nachmittag gegen drei Uhr gestrichen. ›Wer Ohren hat, der höre!‹« Sein Blick ging von Alice zu Clay hinüber, und Clay sah die Oberlippe unter dem Schnurrbart leicht zittern. »Gehen wir?«

»Ja«, sagte Clay.

»Wow«, sagte Alice, als sie dann den Schnaps-Discountladen hinter sich ließen und zur Ausfahrtsrampe Salem Street weitergingen. »Sie sind wohl mit so jemandem aufgewachsen, was?«

»Mit meiner Mutter und ihren beiden Schwestern«, sagte McCourt. »Erste Neuengländische Kirche von Christus dem Erlöser. Sie haben Jesus als ihren persönlichen Heiland angenommen, und dann hat die Kirche sie persönlich ausgenommen.«

»Wo ist Ihre Mutter jetzt?«, fragte Clay.

McCourt sah kurz zu ihm hinüber. »Im Himmel«, sagte er. »Außer sie ist auch in diesem Punkt beschummelt worden. Und ich bin mir ziemlich sicher, dass die Dreckskerle das getan haben.«

5

In der Nähe des Stoppschilds am unteren Ende der Ausfahrtsrampe prügelten zwei Männer sich um ein Fässchen Bier.
Hätte Clay raten sollen, hätte er gesagt, das Fässchen sei vermutlich aus Mister Big's Giant Discount Liquor befreit worden. Jetzt lag es vergessen an der Leitplanke – zerbeult und
mit auslaufendem Schaum –, während die beiden Männer,
beide kräftig und beide blutend, einander mit den Fäusten
bearbeiteten. Alice suchte unwillkürlich Clays Nähe, und er
legte ihr einen Arm um die Schultern, aber diese Raufbolde
hatten etwas fast Beruhigendes an sich. Sie waren wütend –
aufgebracht –, aber nicht verrückt. Nicht wie die Leute in der
Großstadt hinter ihnen.

Einer der beiden war kahl und trug eine Celtics-Jacke. Er traf
den anderen mit einem weit ausholenden Schwinger, der die
Lippe des Gegners aufplatzen ließ und ihn auf den Rücken
warf. Als der Mann in der Celtics-Jacke gegen seinen zu Boden
gegangenen Gegner vorrückte, kroch dieser weg, rappelte
sich dann auf und wich weiter zurück. »Behalt's doch, du
Sack!«, rief er mit starkem, weinerlichem Bostoner Akzent.
»Hoffentlich erstickst du dran!«

Als der Kahlkopf in der Celtics-Jacke so tat, als wollte er sich
auf ihn stürzen, lief der andere die Rampe zur Route One
hinauf. Celtics-Jacke bückte sich nach seinem Siegespreis,
wurde auf Clay, Alice und Tom aufmerksam und richtete sich
wieder auf. Es stand drei zu eins, er hatte ein blaues Auge und
blutete aus einem schlimm eingerissenen Ohrläppchen, aber
Clay sah keine Angst in seinem Blick, soweit sich das im
schwächer werdenden Feuerschein des Flächenbrands in
Revere beurteilen ließ. Er dachte daran, dass sein Großvater
gesagt hätte, der Kerl sei in irischer Rage, und die passte

natürlich zu dem großen grünen Kleeblatt auf dem Rücken seiner Jacke.

»Scheiße, was gibt's da zu gaffen?«, sagte er.

»Nichts – wir gehen bloß vorbei, wenn's recht ist«, sagte McCourt ruhig. »Ich wohne in der Salem Street.«

»Meinetwegen könnt ihr in die Salem Street oder zum Teufel gehen«, sagte der Kahle in der Celtics-Jacke. »Noch sind wir ein freies Land, stimmt's?«

»Heute Nacht?«, sagte Clay. »Zu frei.«

Der Glatzkopf dachte darüber nach, dann lachte er ein humorloses zweifaches Ha-ha. »Scheiße, was ist passiert? Weiß das einer von euch?«

»Es waren die Handys«, sagte Alice. »Die haben die Leute verrückt gemacht.«

Der kahle Mann hob das Fässchen auf. Er hantierte mühelos damit und kippte es leicht, damit kein Schaum mehr austrat. »Scheißdinger«, sagte er. »Hab nie eins haben wollen. Freiminuten. Scheiße, wie kommt man zu denen?«

Clay hatte keine Ahnung. Vielleicht wusste es McCourt – er hatte immerhin ein Handy besessen, also würde er's vielleicht wissen –, aber der sagte nichts. Vermutlich wollte er sich auf keine lange Diskussion mit dem Glatzkopf einlassen, und das war vermutlich eine gute Idee. Clay fand, dass der kahle Mann in mancher Hinsicht wie eine nicht detonierte Granate wirkte.

»Die Stadt brennt, ja?«, sagte der Kahlköpfige. »Stimmt doch, oder?«

»Ja«, sagte Clay. »Ich glaube nicht, dass die Celtics dieses Jahr im Fleet Center spielen werden.«

»Die sind eh Scheiße«, sagte der Mann. »Doc Rivers könnt noch nicht mal ein Team im Polizeisportverein trainieren.« Er stand mit dem Fässchen auf der Schulter da, während ihm Blut über eine Gesichtshälfte lief. Trotzdem wirkte er inzwischen äußerst friedlich, fast heiter. »Geht ruhig weiter«, sagte er. »Ich würd allerdings nicht lange in Stadtnähe bleiben. Bevor's besser wird, wird's erst mal schlimmer. Vor allem wird's noch viel mehr Brände geben. Oder glaubt ihr etwa, dass jeder, der nach Norden abgehauen ist, daran gedacht hat, den Gasofen abzustellen? Scheiße, nie im Leben.«

Die drei setzten sich wieder in Bewegung, aber dann blieb Alice noch einmal stehen. Sie zeigte auf das Fässchen. »War das von Ihnen?«

Der kahle Mann sah sie verständig an. »In Zeiten wie diesen gibt's kein ›war‹, Süße. War ist keines mehr übrig. Es gibt nur jetzt und vielleicht-morgen. Na los, geht! Scheiße, seht zu, dass ihr von hier wegkommt.«

»Wiederseh'n«, sagte Clay und hob eine Hand.

»Möcht nicht in Ihrer Haut stecken«, antwortete der Kahlköpfige, ohne zu lächeln, aber auch er hob die freie Hand. Sie waren gerade an dem Stoppschild vorbei auf dem Weg über die Straße, die Clay für die Salem Street hielt, als der Glatzkopf ihnen etwas nachrief. »He, Hübscher!«

Clay und McCourt drehten sich beide nach ihm um, dann lächelten sie sich amüsiert an. Der Kahlköpfige mit dem Fässchen war jetzt nur eine dunkle Gestalt auf der ansteigenden Rampe; er hätte ein Höhlenmensch mit einer Keule auf der Schulter sein können.

»Wo sind die Irren abgeblieben?«, fragte der kahle Mann. »Ihr wollt mir doch nicht erzählen, dass sie alle tot sind, oder? Scheiße, das glaub ich nicht.«

»Das ist eine sehr gute Frage«, sagte Clay.

»Scheiße, da hast du verdammt Recht. Passt gut auf die süße Kleine auf.« Und ohne eine Antwort abzuwarten, wandte der Sieger aus der Schlacht um das Bierfässchen sich ab und verschmolz mit den Schatten.

6

»Da wären wir«, sagte McCourt höchstens zehn Minuten später, und der Mond trat aus dem Gewirr aus Wolken und Rauch, das ihn seit etwa einer Stunde verdeckt hatte, hervor, als hätte der kleine Mann mit der Brille und dem Schnurrbart dem Himmlischen Beleuchter ein Stichwort geliefert. Die Strahlen – jetzt silbern, nicht mehr in dem grausigen entzündeten Orange – beleuchteten ein Haus, das entweder dunkelblau, grün oder vielleicht sogar grau war; ohne zusätzliche Straßenlampen war das nicht recht auszumachen. Clay erkannte jedoch, dass das Haus gepflegt und adrett war, allerdings vielleicht nicht ganz so groß, wie man auf den ersten Blick vermutet hätte. Der Mondschein förderte diese Sinnestäuschung zusätzlich, aber sie entstand vor allem durch die Art, wie die Stufen von McCourts gepflegtem Rasen zu der einzigen von Säulen getragenen Veranda in der ganzen Straße hinaufführten. Links davon zog sich ein Natursteinkamin die Hauswand hinauf. Über der Veranda befand sich ein Dachfenster mit Blick auf die Straße.

»Oh, Tom, es ist *wunderhübsch*!«, sagte Alice viel zu hingerissen. In Clays Ohren klang das völlig fertig und an der Grenze zur Hysterie. Er selbst hielt es gar nicht für hübsch, aber jedenfalls sah es wie das Heim eines Mannes aus, der ein Handy und alle sonstigen technischen Spielsachen des 21. Jahrhunderts besaß. Was auch für die übrigen Häuser in diesem Teil der Salem Street zutraf, wenngleich Clay bezweifelte, dass es viele Anwohner waren, die ein ebenso fantastisches Glück wie Tom gehabt hatten. Er sah sich nervös um. Alle Häuser waren dunkel – der Strom war ausgefallen – und hätten verlassen sein können, aber er schien Blicke zu spüren, mit denen man sie heimlich musterte.

Die Blicke von Irren? Von Handy-Verrückten? Er dachte an Power Suit Woman und Pixie Light, an den Wahnsinnigen in der grauen Hose und mit der zerfetzten Krawatte, an den Mann im Geschäftsanzug, der dem Hund im Park glatt ein Ohr abgebissen hatte. Er dachte an den Nackten, der mit abgebrochenen Autoantennen um sich gestochen hatte, während er dahinrannte. Nein, *mustern* gehörte nicht zum Repertoire der Handy-Verrückten. Sie fielen einfach nur über einen her. Aber wenn sich in diesen Häusern ganz normale Menschen verschanzt hatten – zumindest in *einigen* von ihnen –, wo waren dann die Handy-Verrückten?

Clay hatte keine Ahnung.

»Ich weiß nicht, ob ich's gleich wunderhübsch nennen würde«, sagte McCourt. »Aber es steht noch, und das genügt mir. Ich war eigentlich der Überzeugung, wir würden hier ankommen und nur einen rauchenden Krater vorfinden.« Er zog einen kleinen Schlüsselbund aus der Tasche. »Also, kommt rein. Ist's auch noch so bescheiden und so weiter.«

Sie folgten dem Weg zur Haustür und waren erst ein halbes Dutzend Schritte weit gekommen, da rief Alice: »*Wartet!*«

Clay warf sich herum und spürte Angst und Erschöpfung zugleich. Er glaubte, allmählich besser zu verstehen, was abgekämpft bedeutete. Selbst sein Adrenalin schien müde zu sein. Aber dort war niemand – keine Handy-Verrückten, kein Kahlkopf, dem Blut aus seinem zerfetzten Ohr übers Gesicht lief, nicht einmal eine kleine alte Dame, die den Apokalypse-Blues verkündete. Nur Alice, die sich an der Stelle, wo Mc-

Courts Gartenweg vom Gehsteig abzweigte, auf ein Knie niedergelassen hatte.

»Was gibt's denn, Mädchen?«, fragte McCourt.

Sie stand auf, und Clay sah, dass sie einen winzigen kleinen Turnschuh in der Hand hielt. »Das ist ein Baby-Nike«, sagte sie. »Haben Sie ...«

McCourt schüttelte den Kopf. »Ich lebe allein. Das heißt, da ist noch Rafe. Er hält sich für den King, ist aber bloß die Katze.«

»Woher kommt er dann?« Sie sah mit müde fragendem Blick von Tom zu Clay hinüber.

Clay schüttelte den Kopf. »Keine Ahnung, Alice. Am besten wirfst du ihn weg.«

Aber er wusste bereits, dass sie das nicht tun würde; es handelte sich eindeutig um ein Déjà-vu-Erlebnis der schlimmsten Sorte. Sie behielt ihn in ihrer leicht zum Gelenk hin abgewinkelten Hand, während sie weiterging, um dann hinter McCourt stehen zu bleiben, der auf den Stufen vor der Haustür bei dem schlechten Licht langsam seine Schlüssel sortierte.

Gleich hören wir die Katze, dachte Clay. *Rafe.* Und tatsächlich ließ der Kater, der Tom McCourt gerettet hatte, von drinnen ein lautes Begrüßungsmiauen hören.

7

Tom McCourt beugte sich hinunter, und Rafe – die Kurzform von Rafael, wie er ihnen später erklärte – sprang ihm in die Arme, schnurrte laut und reckte den Kopf hoch, um an McCourts sorgfältig gestutztem Schnurrbart zu schnüffeln.

»Genau, du hast mir auch gefehlt«, sagte McCourt. »Glaub mir, alles ist vergeben.« Er trug Rafe über die verglaste

Veranda ins Haus und streichelte ihn dabei am Kopf. Clay, der die Nachhut bildete, machte die Tür hinter sich zu und ließ die Sperrklinke des Schlosses einrasten, bevor er sich wieder zu den anderen gesellte.

»Geradeaus weiter in die Küche«, sagte McCourt, als sie im eigentlichen Haus waren. Hier roch es angenehm nach Möbelpolitur und – so vermutete Clay – Leder: ein Geruch, den er mit Männern in Verbindung brachte, die ein ruhiges Leben führten, eines, in dem nicht unbedingt Frauen eine Rolle spielten. »Zweite Tür rechts. Bleibt dicht bei mir. Der Flur ist breit und hindernisfrei, aber auf beiden Seiten stehen Tische, und so stockfinster wie's hier ist ... Aber das seht ihr ja selbst, glaube ich.«

»Gewissermaßen«, sagte Clay.

»Ha-ha.«

»Haben Sie irgendwo Taschenlampen?«, fragte Clay.

»Stablampen und eine Sturmlaterne, die noch nützlicher sein dürfte, aber erst wollen wir zusehen, dass wir in die Küche kommen.«

Sie folgten ihm den Flur entlang, wobei Alice zwischen den beiden Männern blieb. Clay konnte hören, wie sie hastig atmete, während sie sich bemühte, in dieser ungewohnten Umgebung nicht auszuflippen, was natürlich schwierig war. Teufel, es war sogar für ihn schwierig. Desorientierend. Alles wäre besser gewesen, wenn irgendwo ein winziges Licht gebrannt hätte, aber ...

Er stieß mit dem Knie gegen einen der von McCourt erwähnten Tische, und etwas, das nur darauf zu warten schien, zerbrechen zu können, ließ ein Zähneklappern hören. Clay machte sich auf das Zerschellen gefasst – und auf Alice' Kreischen. Dass sie kreischen *würde*, stand praktisch fest. Dann beschloss der unbekannte Gegenstand – eine Vase oder eine

Porzellanfigur –, noch etwas weiterzuleben, und kam wieder zur Ruhe. Irgendwie schienen sie sehr lange unterwegs zu sein, bis McCourt sagte: »Hier, okay? Scharf rechts.«

In der Küche war es fast so finster wie auf dem Gang, und Clay hatte einen Augenblick Zeit, um an all die Dinge zu denken, die er hier vermisste und die McCourt noch mehr vermissen musste: die Digitalanzeige der Mikrowelle, das Summen des Kühlschranks und vielleicht etwas Licht aus dem Nachbarhaus, das durch das Fenster über der Spüle einfiel und dem Wasserhahn Glanzlichter aufsetzte.

»Hier ist der Tisch«, sagte McCourt. »Alice, ich nehme dich jetzt an der Hand. Hier ist ein Stuhl, okay? Tut mir Leid, dass wir hier Blindekuh spielen müssen.«

»Schon g...«, begann Alice, aber dann stieß sie einen spitzen Schrei aus, dass Clay beinahe einen Satz machte. Seine Hand lag auf dem Griff des Messers (das er jetzt als seines betrachtete), bevor er überhaupt merkte, dass er danach gegriffen hatte.

»Was ist?«, fragte McCourt in scharfem Ton. »*Was?*«

»Nichts«, sagte sie. »Bloß die ... nichts. Die Katze. Ihr Schwanz ... an meinem Bein.«

»Oh. Tut mir Leid.«

»Schon gut. *Dämlich*«, fügte sie mit einer Selbstverachtung hinzu, die Clay im Dunkel zusammenzucken ließ.

»Nein«, sagte er. »Lass dich ruhig gehen, Alice. Wir haben alle einen schweren Tag im Büro hinter uns.«

»Einen schweren Tag im Büro!«, wiederholte Alice und begann auf eine Art zu lachen, die Clay nicht mochte. Sie erinnerte ihn an den Ton, in dem sie Toms Haus wunderhübsch genannt hatte. *Irgendwann dreht sie durch,* sagte er sich, *und was mache ich dann? Im Film kriegt ein hysterisches Mädchen unweigerlich eine Ohrfeige, die immer hilft, aber im Film weiß man natürlich, was ihr fehlt.*

Er wollte sie nicht ohrfeigen, schütteln oder in die Arme schließen, womit er's vermutlich zuerst versucht hätte. Sie schien zu begreifen, was in ihrer Stimme lag, bekam es zu fassen und rang es nieder: erst zu einem erstickten Würgen, dann zu einem Keuchen, dann zu Stille.

»Setz dich«, sagte McCourt. »Du bist bestimmt müde. Sie auch, Clay. Ich hole uns jetzt etwas Licht.«

Clay tastete nach einem Stuhl und setzte sich an einen Tisch, den er kaum sehen konnte, obwohl seine Augen sich inzwischen an die Dunkelheit gewöhnt haben mussten. Irgendetwas streifte leicht sein Hosenbein, immer wieder. Ein leises Miauen. Rafe.

»He, weißt du was?«, sagte er zu der schemenhaften Mädchengestalt, nachdem McCourts Schritte sich entfernt hatten. »Jetzt hat der olle Rafe auch mir einen Schreck eingejagt.« Obwohl der Kater das nicht getan hatte, eigentlich nicht.

»Das müssen wir ihm nachsehen«, sagte Alice. »Ohne die Katze wäre Tom so verrückt wie alle anderen. Und das wäre doch schade.«

»Allerdings.«

»Ich hab solche Angst«, sagte sie. »Glauben Sie, dass es morgen besser wird, wenn's wieder hell ist? Dass es mit der Angst besser wird?«

»Das kann ich nicht sagen.«

»Sie machen sich bestimmt schreckliche Sorgen um Ihre Frau und den Kleinen.«

Clay seufzte und rieb sich das Gesicht. »Das Schwierigste ist, mit der Hilflosigkeit fertig zu werden. Wir leben nämlich getrennt, und ...« Er hielt inne und schüttelte den Kopf. Er hätte nicht weitergesprochen, hätte sie nicht über den Tisch hinweg seine Hand ergriffen. Ihre Finger waren fest und kühl. »Wir haben uns im Frühjahr getrennt. Wir leben weiter in derselben Kleinstadt und führen eine Ehe auf Bewährung, wie meine Mutter gesagt hätte. Meine Frau ist Lehrerin an der Grundschule.«

Er beugte sich nach vorn und versuchte in der Dunkelheit ihr Gesicht zu sehen.

»Weißt du, was das Schlimmste ist? Wäre dieser Scheiß im Frühjahr passiert, wäre Johnny bei ihr gewesen. Aber seit September geht er auf eine Schule, die fast fünf Meilen entfernt ist. Ich versuche dauernd, mir auszurechnen, ob er zu Hause gewesen sein kann, als alles durchgedreht hat. Seine Klassenkameraden und er fahren immer mit dem Bus. Ich *glaube*, dass er zu Hause gewesen ist. Und ich glaube, er wäre sofort zu ihr gelaufen.«

Oder er hätte sein Handy aus dem Schulranzen gezogen und sie angerufen!, schlug die Panikratte fröhlich vor ... und *biss* dann zu. Clay merkte, dass seine Finger unwillkürlich Alice' Hand fester umklammerten, und zwang sich zum Aufhören. Aber er konnte nicht verhindern, dass ihm auf Stirn und Armen der Schweiß ausbrach.

»Aber Sie wissen es nicht genau«, sagte sie.

»Nein.«

»Mein Daddy hat in Andover ein Rahmengeschäft, in dem er auch Kunstdrucke verkauft«, sagte sie. »Ich bin mir sicher, dass mit ihm alles in Ordnung ist, er ist sehr selbständig, aber er wird sich Sorgen machen. Um mich und meine ... Meine Sie-wissen-schon.«

Clay wusste es.

»Ich frage mich dauernd, was er zum Abendessen bekommen hat«, sagte sie. »Ich weiß, dass das verrückt ist, aber er kann kein bisschen kochen.«

Clay überlegte, ob er Alice fragen sollte, ob ihr Vater ein Handy besaß, aber irgendetwas hielt ihn davon ab. Stattdessen sagte er: »Geht's im Augenblick einigermaßen?«

»Ja«, sagte sie und zuckte mit den Schultern. »Was mit ihm passiert ist, ist passiert. Ich kann's nicht ändern.«

Er dachte: *Ich wollte, das hättest du nicht gesagt.*

»Mein Kleiner hat ein Handy, hab ich dir das schon erzählt?« In den eigenen Ohren klang seine Stimme so misstönend wie Krähengekrächz.

»Ja, das haben Sie. Bevor wir über die Brücke gegangen sind.«

»Klar, stimmt.« Er zwang sich dazu, nicht weiter auf der Unterlippe herumzukauen. »Aber er vergisst oft, es zu laden. Wahrscheinlich hab ich das auch schon erzählt.«

»Ja.«

»Ich weiß einfach nicht, wie ich was herauskriegen kann.« Jetzt war die Panikratte aus ihrem Käfig ausgebrochen. Sie lief herum und biss zu.

Mittlerweile bedeckte sie mit beiden Händen die seinen. Er wollte sich nicht auf ihren Trost einlassen – es war schwierig, etwas von der eigenen Selbstbeherrschung aufzugeben und ihren Trost zu akzeptieren –, aber er tat es doch, weil er vermutete, dass für sie das Geben wichtiger als für ihn das Nehmen war. Auf diese Weise hielten sie sich neben den zinnernen Salz- und Pfefferstreuern über den Tisch hinweg an den Händen, als McCourt mit vier Stablampen und einer noch im Karton verpackten Sturmlaterne aus dem Keller heraufkam.

8

Die Sturmlaterne gab genug Licht, um die Taschenlampen überflüssig zu machen. Sie leuchtete grell weiß, aber Clay gefiel ihre Helligkeit, mit der sie alle Schatten bis auf den eigenen vertrieb – und den der Katze, der sich wie eine aus schwarzem Krepppapier ausgeschnittene Halloween-Dekoration fantastisch an den Wänden hochreckte.

»Irgendwie sollten Sie die Vorhänge zuziehen«, sagte Alice.

McCourt war eben dabei, einen der zweiseitig mit FÜR HUNDE und FÜR MENSCHEN bedruckten Beutel aus dem Metropolitan Café zu öffnen. Er machte eine Pause und musterte Alice neugierig. »Warum?«

Sie zuckte die Achseln und lächelte. Clay fand, dass es das seltsamste Lächeln war, das er je auf dem Gesicht eines Teenagers gesehen hatte. Sie hatte sich das Blut von Nase und Kinn abgewaschen, aber sie hatte vor Erschöpfung dunkle Ringe unter den Augen; die gleißend helle Sturmlaterne ließ das restliche Gesicht leichenblass erscheinen, und das Lächeln, das zwischen bebenden Lippen, von denen längst jede Spur von Lippenstift verschwunden war, für ganz kurze Zeit ein paar Zähne aufblitzen ließ, war in seiner erwachsenen Künstlichkeit beunruhigend. Er fand, dass Alice wie eine Filmschauspielerin aus den späten Vierzigerjahren aussah, die eine Prominente am Rande eines Nervenzusammenbruchs spielte. Sie hatte den winzigen Turnschuh vor sich auf dem Tisch liegen und ließ ihn um einen Finger kreiseln. Bei jeder Umdrehung flogen und klackten die Schuhbänder. Irgendwie hoffte Clay, dass Alice bald zusammenbrach. Je länger sie durchhielt, desto schlimmer würde es sein, wenn sie endlich losließ. Sie hatte schon einiges herausgelassen, aber bei weitem noch nicht genug. Bisher war er derjenige gewesen, der am meisten von sich offenbart hatte.

»Ich finde nur, die Leute sollten nicht sehen, dass wir hier sind, das ist alles«, sagte Alice. Sie ließ den von ihr als Baby-Nike bezeichneten Turnschuh weiter kreiseln. Er drehte sich. Die Schuhbänder flogen und klackten auf McCourts Tisch, der auf Hochglanz poliert war. »Irgendwie könnte das ... schlecht sein.«

McCourt sah zu Clay hinüber.

»Vielleicht hat sie da Recht«, sagte Clay. »Mir gefällt's auch nicht, dass wir das einzige beleuchtete Haus in der ganzen Straße sind, auch wenn die Fenster hier nach hinten rausführen.«

McCourt stand auf und zog wortlos den Vorhang über der Spüle zu. In der Küche gab es noch zwei weitere Fenster, deren Vorhänge er ebenfalls schloss. Er wollte gerade wieder an den Tisch zurückkommen, änderte dann aber seinen Kurs und machte die Tür zum Flur zu. Alice ließ den Baby-Nike auf der Tischplatte vor sich kreiseln. Im blendend hellen, unbarmherzigen Licht der Sturmlaterne konnte Clay sehen, dass er pink und lila war – eine Farbkombination, die nur ein Kind lieben konnte. Er drehte und drehte sich. Die Schuhbänder flogen und klackten. McCourt sah den kleinen Schuh an und runzelte die Stirn, als er sich setzte, und Clay dachte: *Sag ihr, sie soll ihn vom Tisch nehmen. Sag ihr, dass sie nicht weiß, wo er herkommt, und dass du ihn nicht auf deinem Tisch haben willst. Das müsste reichen, um sie ausflippen zu lassen, und dann könnten wir uns das Teil langsam vom Hals schaffen. Sag's ihr. Ich glaube, sie will selbst, dass du's tust. Ich glaube, sie macht's nur deshalb.*

Aber McCourt zog nur Sandwichs aus dem Beutel – Roastbeef und Käse, Schinken und Käse – und verteilte sie. Er holte einen Krug Eistee aus dem Kühlschrank (»Noch immer schön kalt«, sagte er) und stellte dem Kater dann den Rest einer Packung Fertighamburger hin.

»Er hat es sich verdient«, sagte er fast entschuldigend. »Außerdem würde das Fleisch wegen des Stromausfalls nur vergammeln.«

An der Wand hing ein Telefon. Clay probierte es aus, aber das war eigentlich nur eine Formalität, und diesmal hörte er auch noch nicht einmal den Wählton. Das Ding war tot wie ... na ja, wie Power Suit Woman, die vor dem Bostoner Stadtpark lag. Er setzte sich wieder und fing an, sein Sandwich zu essen. Er hatte Hunger, aber keine Lust auf Essen.

Alice legte ihr Sandwich nach nur drei Bissen beiseite. »Ich kann nicht«, sagte sie. »Nicht jetzt. Wahrscheinlich bin ich zu müde. Ich würde gern schlafen. Und ich will aus diesem Kleid heraus. Waschen kann ich mich vermutlich nicht – jedenfalls nicht sehr gut –, aber ich würde alles dafür geben, wenn ich dieses beschissene Kleid wegwerfen könnte. Es stinkt nach Schweiß und Blut.« Sie ließ den Turnschuh kreiseln. Er drehte sich neben dem zerknitterten Papier, auf dem das Sandwich lag, das sie kaum angerührt hatte. »Ich kann auch meine Mutter daran riechen. Ihr Parfüm.«

Einige Augenblicke lang herrschte allgemeines Schweigen. Clay war völlig perplex. Vor seinem inneren Auge stand kurz eine Alice ohne ihr Kleid da, in einem weißen BH und dazu passendem Slip, deren starrende, tief in den Höhlen liegenden Augen sie wie eine Ausschneidepuppe aussehen ließen. Seine Künstlerfantasie, stets beweglich und stets gefällig, ergänzte dieses Bild durch umknickbare Papierzungen an Schultern und Waden. Der Gesamteindruck war schockierend, aber nicht weil er sexy war, sondern weil er's eben nicht war. In der Ferne – eben noch hörbar – explodierte etwas mit einem gedämpften *Fump*.

McCourt brach das Schweigen, und Clay war ihm dafür von Herzen dankbar.

»Ich wette, Jeans von mir würden dir ziemlich gut passen, wenn du die Beine aufkrempelst.« Er stand auf. »Ehrlich, ich glaube, du würdest darin sogar ziemlich niedlich aussehen – wie Huckleberry Finn in einer Aufführung von *Big River* an einer Mädchenschule. Komm, wir gehen nach oben. Ich lege dir ein paar Sachen raus, damit du morgen was zum Anziehen hast. Du kannst heute Nacht im Gästezimmer schlafen. Pyjamas habe ich in Massen, Pyjamas ohne Ende. Willst du die Laterne?«

»Eine ... Ich glaube, eine Taschenlampe reicht. Kann ich eine haben?«

»Klar«, sagte McCourt. Tom nahm zwei Stablampen und gab ihr eine davon. Als sie wieder nach dem kleinen Turnschuh griff, schien er etwas darüber sagen zu wollen, überlegte es sich dann aber offenbar doch anders. Stattdessen sagte er: »Du kannst dich natürlich auch waschen. Wahrscheinlich kommt nicht viel Wasser, aber der Hochbehälter liefert bestimmt auch ohne Strom noch etwas. Ich bin mir sicher, dass wir ein Waschbecken voll entbehren können.« Er sah über ihren Scheitel hinweg zu Clay hinüber. »Ich habe immer einen Kasten Mineralwasser im Keller, also werden wir nicht verdursten.«

Clay nickte. »Schlaf gut, Alice«, sagte er.

»Sie auch«, sagte sie unsicher, und dann fügte sie noch vage hinzu: »Freut mich, euch kennen gelernt zu haben.«

McCourt hielt ihr die Tür auf. Die Lichtkegel ihrer Taschenlampen tanzten auf und ab, bevor die Tür sich wieder schloss. Clay hörte ihre Schritte auf der Treppe, dann über sich. Er

hörte Wasser laufen. Er wartete auf das Gluckern von Luftblasen in der Leitung, aber das Wasser hörte zu laufen auf, bevor
Luftblasen kamen. Ein Waschbecken voll, hatte Tom gesagt,
und genau das hatte sie bekommen. Auch Clay hatte Blut und
Schmutz an sich und wollte das alles abwaschen – McCourt
vermutlich ebenfalls –, aber auch im Erdgeschoss gab es
bestimmt eine Toilette, und wenn McCourt seinen Haushalt
so ordentlich führte, wie er gekleidet war, würde das Wasser
im WC sauber sein. Und der Spülkasten war natürlich auch
noch voll.

Rafe sprang auf Toms Stuhl und fing an, sich im weißen
Licht der Sturmlaterne die Pfoten zu putzen. Obwohl die
Laterne ständig leise zischte, konnte Clay ihn schnurren
hören. Aus Rafes Sicht war das Leben weiterhin cool.

Er dachte an Alice, die den kleinen Turnschuh kreisen ließ,
und fragte sich nicht sehr ernsthaft, ob eine Fünfzehnjährige
überhaupt einen Nervenzusammenbruch erleiden konnte.

»Sei nicht dumm«, sagte er zur Katze. »Natürlich kann sie
das. Passiert ständig. Darüber werden ganze Fernsehfilme
gedreht.«

Rafe betrachtete ihn aus weisen grünen Augen und putzte
sich weiter die Pfote. *Erzähl mir mehr,* schienen diese Augen
zu sagen. *Biste als Kind geschlagen worden? Haste deine Mutter sexuell begehrt?*

Ich kann meine Mutter daran riechen. Ihr Parfüm.

Alice als Ausschneidepuppe mit Papierzungen an Schultern und Waden.

Red keinen Stuss, schienen Rafes grüne Augen zu sagen. *De
Zungen gehörn anne Klamotten, nich anne Puppe. Was für ne
Art Künstler biste eigentlich?*

»Die arbeitslose Art«, sagte er. »Halt einfach die Klappe,
ja?« Er schloss die Augen, aber das war noch schlimmer. Jetzt

schwebten Rafes grüne Augen wie die Augen von Lewis Carrolls Grinsekatze körperlos im Dunkel: *Hier sind alle verrückt. Ich bin verrückt. Du bist verrückt.* Und während die Sturmlaterne gleichmäßig zischend brannte, konnte er den Kater weiter schnurren hören.

9

McCourt blieb eine Viertelstunde weg. Als er endlich zurückkam, wischte er Rafe ohne weiteres von seinem Stuhl und nahm einen großen, überzeugenden Bissen von seinem Sandwich. »Sie schläft«, sagte er. »Hat einen Schlafanzug von mir angezogen, während ich auf dem Flur gewartet habe, und dann haben wir das Kleid in den Treteimer im Bad gestopft. Als ihr Kopf das Kissen berührt hat, war sie nach vierzig Sekunden weg, glaub ich. Dass sie das Kleid los ist, hat sie sehr erleichtert, davon bin ich überzeugt.« Eine kurze Pause. »Es hat wirklich schlecht gerochen.«

»Während Sie weg waren«, sagte Clay, »habe ich Rafe fürs Amt des Präsidenten der Vereinigten Staaten nominiert. Er ist per Akklamation gewählt worden.«

»Klasse«, sagte McCourt. »Gute Wahl. Wer hat abgestimmt?«

»Millionen. Alle, die noch bei Verstand sind. Sie haben telepathisch abgestimmt.« Clay riss die Augen auf und tippte sich an die Schläfe. »Ich kann *Gedaaanken* lesen.«

McCourt hörte kurz zu kauen auf und aß dann wieder weiter ... aber nur langsam. »Also«, sagte er, »unter den gegebenen Umständen ist das nicht sonderlich lustig.«

Clay seufzte, nahm einen Schluck Eistee und zwang sich dazu, noch etwas von seinem Sandwich zu essen. Er ermahnte sich, es als Körpertreibstoff zu sehen, wenn das half, es hinunterzuwürgen. »Nein. Wahrscheinlich nicht. Sorry.«

McCourt hob sein Glas, um ihm zuzutrinken. »Schon gut. Ich weiß den Versuch zu würdigen. He, sagen Sie mal, wo ist denn Ihre Mappe?«

»Hab sie auf der Veranda gelassen. Ich wollte beide Hände frei haben, wenn wir in Tom McCourts Flur des Todes unterwegs sind.«

»*Das* ist natürlich in Ordnung. Also, Clay, das mit Ihrer Familie tut mir Leid ...«

»Nicht nötig«, wehrte Clay etwas zu scharf ab. »Vorerst gibt's noch nichts, was einem Leid tun müsste.«

»... aber ich bin richtig froh, dass wir uns zufällig begegnet sind. Das war alles, was ich sagen wollte.«

»Danke, gleichfalls«, sagte Clay. »Ich weiß dieses ruhige Nachtquartier zu schätzen, und Alice tut's bestimmt auch.«

»Solange es hier nicht laut wird und Malden über unseren Köpfen abbrennt.«

Clay nickte und lächelte dabei schwach. »So lange. Haben Sie ihr den unheimlichen kleinen Schuh abnehmen können?«

»Nein. Sie hat ihn mit ins Bett genommen wie ... ich weiß nicht, wie einen Teddybären. Sie fühlt sich morgen bestimmt viel besser, wenn sie heute Nacht durchschläft.«

»Glauben Sie, dass sie das tut?«

»Nein«, sagte McCourt. »Aber wenn sie aufwacht und Angst hat, werde ich die Nacht bei ihr verbringen. Krieche zu ihr ins Bett, wenn's sein muss. Sie wissen, dass sie von mir nichts zu befürchten hat, oder?«

»Ja.« Clay wusste, dass Alice auch von ihm nichts zu befürchten gehabt hätte, aber er verstand, wovon McCourt sprach. »Sobald es morgen früh hell wird, breche ich nach

Norden auf. Vielleicht wär's keine schlechte Idee, wenn Alice und Sie mitkommen würden.«

McCourt überlegte kurz, dann sagte er: »Was ist mit ihrem Vater?«

»Sie sagt, ich zitiere, dass er ›sehr selbständig‹ ist. Ihre größte Sorge seinetwegen war die Frage, was er sich zum Abendessen organisiert hat. Unterschwellig habe ich rausgehört, dass sie's noch nicht genau wissen will. Wir müssen natürlich abwarten, was sie davon hält, aber ich würde sie lieber bei uns behalten, und ich will *nicht* nach Westen in die Industriestädte.«

»Sie wollen überhaupt nicht nach Westen.«

»Stimmt«, sagte Clay.

Er ging davon aus, dass Tom nun darüber würde diskutieren wollen, aber der kleine Mann wechselte das Thema. »Was ist mit heute Nacht? Glauben Sie, wir sollten Wache halten?«

Darüber hatte sich Clay bisher keinerlei Gedanken gemacht. »Ich weiß nicht, ob das viel nützen würde. Was könnten *wir* schon groß tun, wenn eine tobende Menge, die Waffen und Fackeln schwingt, sich die Salem Street entlangwälzt.«

»In den Keller runtergehen?«

Clay dachte darüber nach. In den Keller zu flüchten erschien ihm schrecklich endgültig – die Bunkerverteidigung –, aber es war immer denkbar, dass die hypothetische tobende Menge, von der die Rede war, dieses Haus für verlassen halten und achtlos weiterströmen würde. Irgendwie besser als hier in der Küche abgeschlachtet zu werden, fand er. Womöglich nachdem sie hatten zusehen müssen, wie Alice mehrfach vergewaltigt wurde.

Dazu kommt's nicht, dachte er unbehaglich. *Du versteigst dich in Hypothesen, das ist alles. Flippst im Dunkeln aus. Dazu kommt's nicht.*

Allerdings brannte Boston hinter ihnen nieder. Spirituosengeschäfte wurden geplündert, und Männer schlugen sich wegen eines Aluminiumfässchens Bier blutig. So weit war es schon gekommen.

McCourt beobachtete ihn unterdessen und ließ ihn alles durchdenken ... was vermutlich bedeutete, dass er selbst das bereits getan hatte. Rafe sprang ihm auf den Schoß. McCourt legte sein Sandwich beiseite und streichelte dem Kater den Rücken.

»Also gut«, sagte Clay. »Wenn Sie ein paar Steppdecken haben, in die ich mich einwickeln kann, könnte ich die Nacht ja auf der Veranda verbringen. Sie ist geschlossen und dunkler als die Straße. Das bedeutet, dass ich jeden, der sich nähert, längst sehen würde, bevor er mich erkennt. Vor allem wenn da Handy-Verrückte anrücken. Irgendwie habe ich den Eindruck, dass sie nicht gerade auf heimliches Vorgehen spezialisiert sind.«

»Genau, das sind nicht welche, die sich anschleichen. Aber was ist, wenn jemand von hinten kommt? Die Lynn Avenue ist nur eine Straße weit entfernt.«

Clay zuckte die Achseln, um anzudeuten, dass sie sich nicht gegen alles verteidigen konnten – gegen so einiges nicht –, ohne das laut auszusprechen.

»Also gut«, sagte McCourt, nachdem er noch etwas von seinem Sandwich gegessen und Rafe mit einem Stück Schinken gefüttert hatte. »Aber Sie sollten mich gegen drei Uhr holen. Wenn Alice bis dahin noch nicht aufgewacht ist, schläft sie bestimmt ganz durch.«

»Am besten warten wir ab, wie's läuft«, sagte Clay. »Ähm, ich kann mir die Antwort zwar denken, aber Sie haben keine Waffe im Haus, oder?«

»Nein«, sagte McCourt. »Nicht mal eine einsame Dose Pfefferspray.« Er betrachtete sein Sandwich, dann legte er es weg.

130

Als er zu Clay aufsah, war sein Blick bemerkenswert düster. Er sprach mit leiser Stimme, so wie Leute das taten, wenn sie über Geheimnisse redeten. »Wissen Sie noch, was der Polizist gesagt hat, kurz bevor er diesen Verrückten erschossen hat?«

Clay nickte. *He, Kumpel, wie geht's? Ich meine, was läuft so?* Das würde er niemals vergessen.

»Ich hab gewusst, dass es nicht wie im Kino sein würde«, sagte McCourt, »aber was ich nie vermutet hätte, war die gewaltige *Energie* dahinter, die Plötzlichkeit ... und das Geräusch, mit dem das Zeug ... das Zeug aus seinem Kopf ...«

Er beugte sich auf einmal nach vorn und presste eine seiner kleinen Hände auf den Mund. Die plötzliche Bewegung erschreckte Rafe, und er sprang zu Boden. McCourt gab drei unterdrückte, aber kräftige Würgelaute von sich, und Clay machte sich schon auf den Schwall von Erbrochenem gefasst, der bestimmt folgen würde. Er konnte nur hoffen, dass er nicht auch anfing, sich zu übergeben, was jedoch wahrscheinlich war. Er spürte, dass er dicht davor war – nur noch ein Federkitzeln weit entfernt. Weil er wusste, wovon Tom sprach. Erst der Schuss, dann das klebrig-feuchte Klatschen auf den Betonplatten.

Keiner übergab sich. McCourt fand die Selbstbeherrschung wieder und sah mit tränenden Augen auf. »Entschuldigung«, sagte er. »Hätte nicht davon anfangen sollen.«

»Sie brauchen sich nicht zu entschuldigen.«

»Ich glaube, dass wir dringend ein Mittel finden müssen, unsere feineren Empfindlichkeiten einzufrieren, wenn wir das durchstehen wollen, was noch vor uns liegt. Ich glaube, dass Leute, die das nicht schaffen ...« Er verstummte kurz, dann setzte er wieder an: »Ich glaube, dass Leute, die das nicht schaffen ...« Er verstummte abermals. Erst beim dritten Anlauf brachte er den Satz zu Ende. »Ich glaube, dass Leute, die das nicht schaffen, bald tot sein werden.«

Sie starrten einander im blendend weißen Licht der Sturmlaterne an.

10

»Sobald wir aus der Stadt raus waren, habe ich *niemanden* mehr mit einer Waffe gesehen«, sagte Clay. »Anfangs habe ich noch nicht so richtig darauf geachtet, später schon.«

»Sie wissen doch auch, warum, oder? Vielleicht mit Ausnahme von Kalifornien hat Massachusetts die strengsten Waffengesetze aller Bundesstaaten.«

Clay erinnerte sich an Plakattafeln, die vor einigen Jahren genau das an der Staatsgrenze verkündet hatten. Dann waren sie durch andere mit der Warnung ersetzt worden, wer mit Alkohol am Steuer erwischt werde, müsse die Nacht im Gefängnis verbringen.

»Wenn die Polizei beispielsweise im Auto eine versteckte Waffe findet – bei den Fahrzeugpapieren im Handschuhfach oder so –, kann sie einen für sieben Jahre wegsperren«, sagte McCourt. »Selbst wenn man in der Jagdsaison ein geladenes Gewehr im Pick-up mit sich führt und das bei einer Kontrolle rauskommt, kann einen das zehntausend Dollar Geldstrafe und zwei Jahre Sozialdienst kosten.« Er griff nach dem Rest seines Sandwichs, betrachtete ihn, legte ihn wieder hin. »Wenn man nicht vorbestraft ist, darf man zwar eine Handfeuerwaffe besitzen und bei sich zu Hause aufbewahren, aber eine Erlaubnis, sie zu führen? Vielleicht wenn Pfarrer O'Malley vom katholischen Jugendzentrum den Antrag mit unterschreibt, möglicherweise aber nicht mal dann.«

»Dass es wenig Waffen gibt, dürfte einigen aus der Stadt Flüchtenden das Leben gerettet haben.«

»Da bin ich ganz Ihrer Meinung«, sagte McCourt. »Diese beiden Kerle, die sich wegen eines Fässchens Bier geprügelt haben: Gott sei *Dank*, dass keiner von denen eine .38er hatte.«

Clay nickte.

McCourt lehnte sich zurück, verschränkte die Arme vor seiner schmalen Brust und sah sich um. Seine Brillengläser blitzten. Der Lichtkreis, den die Sturmlaterne warf, war hell, aber nicht sehr groß. »Im Augenblick hätte ich allerdings nichts dagegen, eine Pistole zu haben. Selbst nachdem ich gesehen habe, wie viel Dreck die machen. Und ich betrachte mich als Pazifisten.«

»Wie lange wohnen Sie schon hier, Tom?«

»Fast zwölf Jahre. Lange genug, um zu sehen, wie Malden ein weites Stück auf dem Weg nach Shitsville runter zurückgelegt hat. Es ist noch nicht dort, aber Mann, es ist dorthin unterwegs!«

»Okay, dann denken Sie mal gut nach. Welcher von Ihren Nachbarn hat möglicherweise eine oder sogar mehrere Waffen im Haus?«

McCourt antwortete prompt. »Arnie Nickerson, drei Häuser weiter auf der anderen Straßenseite. NRA-Aufkleber an der Stoßstange von seinem Camry, dazu ein paar aufgeklebte gelbe Streifen und ein alter Bush-Cheney-Aufkleber ...«

»Versteht sich von selbst ...«

»Und *zwei* NRA-Aufkleber an seinem Pick-up, auf den er im November einen Campingaufbau setzt, um zur Jagd in Ihrem Teil der Welt zu fahren.«

»Und wir freuen uns über die Einnahme, die seine Jagderlaubnis für Auswärtige bringt«, sagte Clay. »Ich schlage vor, dass wir morgen bei ihm einbrechen und uns seine Waffen holen.«

Tom McCourt starrte ihn an, als wäre er übergeschnappt. »Der Mann ist nicht so paranoid wie manche dieser Bürgerwehrtypen draußen in Utah – ich meine, er *lebt* schließlich in Taxachusetts –, aber er hat im Vorgarten eines dieser Schilder stehen, die vor Einbruchmeldern warnen und im Prinzip fragen: WILLST DU DEIN GLÜCK VERSUCHEN, DRECKSKERL?, und Sie kennen doch sicher die öffentlich verkündete Politik der National Rifle Association, wann sie sich ihre Waffen wegnehmen lassen wird?«

»Ich glaube, es hat was damit zu tun, dass man ihre kalten, toten Finger aufbiegen muss ...«

»Genau das meine ich.«

Clay beugte sich nach vorn und konstatierte, was ihm in dem Augenblick klar gewesen war, in dem sie über die Rampe von der Route One heruntergekommen waren: Malden war jetzt nur ein weiteres versautes Kaff in den Unicel States of America, und dieses Land war jetzt außer Betrieb, hatte den Hörer danebengelegt, tut uns Leid, versuchen Sie's bitte später noch einmal. Die Salem Street war vollständig verlassen. Das hatte er schon beim Näherkommen gespürt ... oder etwa nicht?

Nein. Bockmist. Du hast dich beobachtet gefühlt.

Wirklich? Und selbst wenn er dieses Gefühl gehabt hatte, war es die Art Intuition, auf die man nach einem Tag wie diesem vertrauen, aufgrund deren man *handeln* konnte? Die Vorstellung war lächerlich.

»Tom, ich mache einen Vorschlag. Sobald es morgen richtig hell ist, geht einer von uns zu diesem Nackleson rüber ...«

»Er heißt Nickerson, und ich glaube nicht, dass das eine sehr clevere Idee ist, zumal Swami McCourt ihn hinter seinem

Wohnzimmerfenster knien sieht – mit einem Sturmgewehr, das er sich für den Weltuntergang aufgehoben hat. Und der ist ja anscheinend gekommen.«

»Ich gehe hin«, sagte Clay. »Allerdings tue ich es *nicht*, wenn wir heute Nacht oder morgen früh Schüsse hören, die aus Nickersons Haus kommen. Ich tu's *bestimmt* nicht, wenn ich in seinem Vorgarten Leichen mit oder ohne Schusswunden liegen sehe. Auch ich habe mir alle diese alten Episoden von *Twilight Zone* angesehen, in denen die Zivilisation sich als nichts mehr als eine dünne Schellackschicht erweist.«

»Wenn überhaupt«, sagte McCourt bedrückt. »Idi Amin, Pol Pot, der Beweisvortrag der Anklage ist abgeschlossen.«

»Ich gehe mit erhobenen Händen hin. Klingle an der Haustür. Wenn jemand aufmacht, sage ich, dass ich nur reden will. Was kann schlimmstenfalls schon passieren? Dass er sagt, ich soll mich verpissen.«

»Nein, schlimmstenfalls erschießt er Sie auf seiner beschissenen Willkommen-Fußmatte und lässt mich mit einem mutterlosen Teenager zurück«, sagte McCourt spitz. »Sie können meinetwegen kluges Zeug über alte Episoden von *Twilight Zone* erzählen, aber vergessen Sie bitte nicht diese Leute, die heute vor der U-Bahn-Station gekämpft haben.«

»Das war ... Ich weiß nicht, *was* das war, aber diese Leute waren im medizinischen Sinn geisteskrank. Das steht außer Zweifel, Tom.«

»Was war mit dieser Bibel-Berta? Und mit den beiden Männern, die sich um das Fässchen geprügelt haben? Waren die richtig geisteskrank?«

Nein, das waren sie natürlich nicht gewesen, aber falls es im Haus schräg gegenüber eine Schusswaffe gab, wollte Clay sie trotzdem haben. Und falls es mehr als eine gab, sollten auch Tom und Alice eine bekommen.

»Ich habe vor, hundertfünfzig Meilen weit nach Norden zu ziehen«, sagte Clay. »Möglicherweise finden wir irgendwo ein Auto, mit dem wir ein Stück weit fahren können, aber vielleicht müssen wir auch die ganze Strecke marschieren. Sollen wir da mit nichts anderem als Messern zu unserem Schutz losziehen? Das frage ich Sie unter vernünftigen Männern, manche von den Leuten, denen wir unterwegs begegnen, *werden* nämlich Schusswaffen haben. Wirklich, das *wissen* Sie doch.«

»Ja«, sagte McCourt. Er fuhr sich mit den Fingern durch die ordentliche Frisur, sodass sein Haar sich komisch sträubte. »Und ich weiß, dass Arnie und Beth wahrscheinlich nicht zu Hause sind. Sie sind nicht nur Waffennarren, sondern auch auf technische Spielereien versessen. Er hat immer in sein Handy gequatscht, wenn er mit seinem riesigen Dodge Ram, seinem Detroit-Phallus, vorbeigefahren ist.«

»Und? Dann ist ja alles geklärt.«

McCourt seufzte. »Also gut. Je nachdem, wie die Lage morgens aussieht. Okay?«

»Okay.« Clay griff wieder nach seinem Sandwich. Er hatte jetzt etwas mehr Appetit.

»Wo sind sie alle hin?«, sagte McCourt. »Die Handy-Verrückten, wie Sie sie nennen. Wohin sind sie verschwunden?«

»Keine Ahnung.«

»Ich will Ihnen sagen, was ich denke«, fuhr McCourt fort. »Ich glaube, sie haben sich bei Sonnenuntergang in Häusern und Gebäuden verkrochen und sind gestorben.«

Clay musterte ihn zweifelnd.

»Betrachtet man die Sache nüchtern, wird man erkennen, dass ich Recht habe«, sagte McCourt. »Es handelt sich hier ziemlich sicher um irgendeinen Terrorakt, darüber sind wir uns wohl einig, oder?«

136

»Das scheint die wahrscheinlichste Erklärung zu sein, aber mich soll der Teufel holen, wenn ich wüsste, wie irgendein Signal – und sei es noch so subversiv – so programmiert gewesen sein kann, dass es eine solche Wirkung hat.«

»Sind Sie Wissenschaftler?«

»Sie wissen doch, dass ich keiner bin. Ich bin Künstler.«

»Also, wenn einem die Regierung erzählt, dass sie von zweitausend Meilen weit entfernten Flugzeugträgern mit computerisierten Lenkbomben Bunkereingänge im Wüstenboden treffen kann, kann man nicht mehr tun, als sich die Fotos anzusehen und zu akzeptieren, dass diese Technik existiert.«

»Würde Tom Clancy mich belügen?«, fragte Clay, ohne zu lächeln.

»Und wenn *jene* Technik existiert, warum dann nicht auch diese akzeptieren, wenigstens auf provisorischer Basis?«

»Okay, erklären Sie's mir. Aber bitte mit einfachen Worten.«

»Heute Nachmittag gegen drei Uhr hat irgendeine Terrororganisation, vielleicht sogar jemand im Auftrag einer Regierung, eine Art Signal oder Puls erzeugt. Vorerst müssen wir annehmen, dass dieses Signal weltweit alle in Betrieb befindlichen Handys erreicht hat. Wir hoffen natürlich, dass das nicht der Fall war, aber ich glaube, dass wir zunächst das Schlimmste annehmen müssen.«

»Ist es denn schon vorbei?«

»Das weiß ich nicht«, sagte McCourt. »Wollen Sie sich irgendwo ein Handy schnappen und es ausprobieren?«

»Der Kandilant hat hundert Punkte«, sagte Clay. »So sagt mein kleiner Junge immer.« *Und bitte, lieber Gott, so sagt er's hoffentlich immer noch.*

»Aber wenn diese Gruppierung ein Signal senden konnte, von dem alle Empfänger wahnsinnig geworden sind«, fuhr

McCourt fort, »ist es dann nicht denkbar, dass es auch die Weisung an die Empfänger enthalten hat, ungefähr fünf Stunden später Selbstmord zu verüben? Oder vielleicht einfach einzuschlafen und nicht mehr zu atmen?«

»Das ist unmöglich, würde ich sagen.«

»Ich hätte auch gesagt, dass es unmöglich ist, gegenüber dem Hotel Four Seasons von einem Verrückten mit einem Messer angefallen zu werden«, sagte McCourt. »Oder dass Boston niederbrennt, während die gesamte Einwohnerschaft – jedenfalls der Teil, der das Glück hatte, gerade nicht mit dem Handy zu telefonieren – die Stadt über die Brücken Mystic, Tobin und Zakim verlässt.«

Er beugte sich vor und starrte Clay durchdringend an. *Er will das glauben,* dachte Clay. *Versuch gar nicht erst lange, ihm das auszureden, er will's nämlich wirklich, wirklich glauben.*

»In gewisser Beziehung ist das nicht viel anders als wie mit dem Bioterrorismus, vor dem die Regierung nach dem elften September solche Angst hatte«, sagte McCourt. »Indem man Handys benützt, die in unserem Alltag zum vorherrschenden Kommunikationsmittel geworden sind, verwandelt man die Bevölkerung schlagartig in eine Wehrpflichtigenarmee – eine Armee, die buchstäblich nichts fürchtet, weil sie wahnsinnig ist – und zerstört die Infrastruktur. Wo ist denn heute Nacht die Nationalgarde?«

»Im Irak?«, schlug Clay vor. »In Louisiana?«

Das war kein sonderlich guter Scherz, und McCourt lächelte auch nicht darüber. »Sie ist nirgends. Wie kann man einen Heimatschutzverband einsetzen, der heutzutage fast vollständig aufs Mobilfunknetz angewiesen ist, um auch nur *mobilmachen* zu können? Was Flugzeuge betrifft, war die letzte Maschine, die ich in der Luft gesehen habe, das kleine Sportflugzeug, das an der Ecke Charles und Beacon Street abgestürzt ist.« Er machte eine Pause. Dann fuhr er fort, wobei er Clay weiter über den Tisch hinweg in die Augen sah. »Alles das haben sie bewirkt ... wer immer *sie* sein mögen. Sie haben uns von dort aus beobachtet, wo immer sie leben und ihre Götter verehren, und was haben sie gesehen?«

Clay schüttelte den Kopf. Ihn faszinierten McCourts Augen, die hinter den Brillengläsern funkelten. Fast die Augen eines Visionärs.

»Sie haben gesehen, dass wir den Turmbau zu Babel wiederholt haben ... und zwar aus nicht mehr als elektronischen Spinnweben. Und dann haben sie binnen Sekunden diese Spinnweben weggewischt, und unser Turm ist eingestürzt. Das alles haben sie bewirkt, und wir drei sind wie Käfer, die Dusel gehabt haben und deshalb zufällig dem Aufstampfen eines Riesenfußes entgangen sind. Das alles haben sie bewirkt, und trotzdem glauben Sie, sie hätten kein Signal senden können, das die Befallenen anweist, nach fünf Stunden einfach einzuschlafen und das Atmen einzustellen? Was erfordert dieser Trick im Vergleich zum ersten? Nicht viel mehr, würde ich sagen.«

»Ich finde, es ist an der Zeit, dass auch wir etwas Schlaf bekommen«, sagte Clay.

Einen Augenblick lang verharrte McCourt leicht über den Tisch gebeugt und starrte Clay an, als könnte er nicht verstehen, was dieser gesagt hatte. Dann lachte er. »Genau«, sagte er. »Genau, Sie haben Recht. Ich hab mich da in was reingesteigert. Tut mir Leid.«

»Keine Ursache«, sagte Clay. »Ich hoffe, dass Sie Recht behalten und die Verrückten wirklich tot sind.« Er hielt kurz inne und fügte dann hinzu: »Ich meine ... außer mein Junge ... Johnny-Gee ...« Er brachte den Satz nicht zu Ende. Was daran lag, dass Clay sich nicht sicher war, ob er wollte, dass sein Sohn noch lebte, falls dieser heute Nachmittag sein Handy irgendwie benutzt und denselben Puls empfangen hatte wie Pixie Light und Power Suit Woman.

Tom McCourt streckte eine Hand über den Tisch aus, und Clay umfasste die zarte, langfingrige Hand des anderen mit beiden Händen. Er sah das geschehen, als befände er sich außerhalb seines Körpers, und als er weitersprach, schien er nicht selbst zu sprechen, obwohl er spürte, wie sich seine Lippen bewegten und dass ihm die Tränen über das Gesicht liefen.

»Ich habe solche Angst um ihn«, sagte sein Mund. »Ich habe um beide Angst, aber vor allem um meinen Jungen.«

»Es wird schon alles in Ordnung sein«, sagte McCourt, und Clay wusste, dass der kleine Mann es gut meinte, aber trotzdem säten die Worte Entsetzen in sein Herz, weil das nämlich nur eine jener Floskeln war, die man gebrauchte, wenn man eigentlich nichts zu sagen wusste. Wie *Du wirst darüber hinwegkommen* oder *Er hat's jetzt besser.*

11

Alice' Schreie weckten Clay aus einem wirren, aber nicht unangenehmen Traum, in dem er auf einem Rummelplatz in Akron im Bingozelt war. Im Traum war er wieder sechs Jahre alt – vielleicht sogar jünger, aber bestimmt nicht älter –, hockte unter dem langen Tisch, an dem seine Mutter saß, hatte einen Wald aus Frauenbeinen vor sich und roch süßliches Sägemehl, während der Ausrufer verkündete: »B-12, liebe Spieler, B-12! Es ist das *Sonnenschein*-Vitamin!«

Einen Augenblick lang versuchte sein Unterbewusstsein, die Schreie des Mädchens in seinen Traum zu integrieren, indem es ihm vorgaukelte, er höre die samstägliche Mittagssirene, aber das dauerte nur einen Augenblick. Nach ungefähr einstündiger Wache hatte Clay zugelassen, dass er auf McCourts Veranda einschlief, weil er überzeugt war, dass dort draußen nichts passieren würde, zumindest nicht heute Nacht. Aber er musste ebenso davon überzeugt gewesen sein, dass Alice nicht durchschlafen würde, jedenfalls war er keineswegs verwirrt, sobald er ihre Schreie als das identifizierte, was sie waren, und brauchte nicht herumzutappen, bis er begriff, wo er war oder was sich ereignete. Im einen Augenblick war er ein kleiner Junge, der in Ohio unter einem Bingotisch kauerte; im nächsten wälzte er sich von der bequem langen Couch auf Tom McCourts geschlossener Veranda, die Steppdecke noch um die Beine gewickelt. Und irgendwo im Haus schrie Alice Maxwell – die in einer Tonlage kreischte, die fast Kristallglas hätte zerspringen lassen können – all die Schrecken des eben vergangenen Tages hinaus und bestand mit einem Schrei nach dem anderen darauf, dass solche Dinge unmöglich geschehen konnten und geleugnet werden mussten.

Clay bemühte sich, die Beine aus der Steppdecke zu befreien, was ihm aber nicht gleich gelang. Stattdessen hopste er zur inneren Tür und zerrte in einer Art Panik daran, während er auf die Salem Street hinausstarrte. Obwohl er wusste, dass der Strom ausgefallen war, erwartete er, dass in der ganzen Straße gleich die Lichter aufflammten, dass irgendjemand – vielleicht Mr. Nickerson, der Waffennarr und Technikfreak von schräg gegenüber – aus seinem Haus trat und brüllte, irgendjemand solle um Himmels willen diese Göre abstellen. *Zwingt mich nicht dazu, rüberzukommen!,* würde Arnie Nickerson brüllen. *Zwingt mich nicht dazu, rüberzukommen und sie zu erschießen!*

Oder ihre Schreie lockten die Handy-Verrückten an, wie eine Insektenlampe Nachtfalter anlockte. Tom mochte glauben, sie seien tot, aber daran glaubte Clay nicht mehr als an die Werkstatt des Weihnachtsmanns am Nordpol.

Aber die Salem Street – zumindest der Teil unmittelbar westlich des Stadtzentrums und unterhalb des Viertels von Malden, das Tom als Granada Highlands bezeichnet hatte – blieb dunkel und unbelebt. Selbst der Feuerschein über Revere schien schwächer geworden zu sein.

Clay konnte sich schließlich von der Steppdecke befreien, tappte ins Haus, blieb unten an der Treppe stehen und blickte ins nachtschwarze Dunkel hinauf. Jetzt konnte er McCourts Stimme hören – nicht die Worte, aber den Tonfall: leise und ruhig und besänftigend. Das erschreckende Gekreisch des Mädchens wurde jetzt durch Pausen unterbrochen, in denen sie nach Luft schnappte, dann durch Schluchzer und unverständliche Schreie, die zu Worten wurden. Clay schnappte eines davon auf: *Albtraum*. Toms Stimme sprach unablässig weiter, und er erzählte in beruhigend leierndem Ton allerhand Lügen: Alles sei in Ordnung, sie werde schon sehen, morgens werde alles besser aussehen. Clay konnte sich vorstellen, wie sie nebeneinander auf dem Bett im Gästezimmer saßen, beide in Pyjamas mit dem Monogramm **TM** auf der Brusttasche. So hätte er sie zeichnen können. Die Vorstellung ließ ihn lächeln.

Als er der Überzeugung war, dass Alice nicht wieder zu kreischen anfangen würde, ging er auf die Veranda zurück, auf der es ein wenig kühl, aber nicht unbehaglich war, sobald er sich wieder eng in die Steppdecke gewickelt hatte. Er saß auf der Couch und betrachtete den Teil der Straße, den er von dort aus einsehen konnte. Links vor ihm, östlich von McCourts Haus, lag ein Geschäftsbezirk. Er glaubte die Verkehrsampel erkennen zu können, die die Einfahrt zum Stadtplatz bezeichnete. Auf der anderen Seite – aus dieser Richtung waren sie gekommen – weitere Häuser. Alle wirkten in dieser stockfinsteren Nacht still und verlassen.

»Wo seid ihr?«, murmelte er. »Ein paar von euch waren nach Norden oder Westen unterwegs, und die waren noch bei Verstand. Aber wohin zum Teufel seid ihr anderen alle verschwunden?«

Keine Antwort von der Straße. Scheiße, vielleicht hatte Tom ja Recht – die Handys hatten ihnen den Befehl übermittelt, um drei Uhr durchzudrehen und um acht Uhr tot umzufallen. Das klang zwar zu gut, um wahr zu sein, aber er erinnerte sich, dass er über wiederbeschreibbare CDs einmal genauso gedacht hatte.

Stille auf der Straße vor ihm; Stille in dem Haus hinter ihm. Nach einiger Zeit lehnte Clay sich auf der Couch zurück und ließ zu, dass seine Augen sich schlossen. Er dachte, er würde dösen, bezweifelte aber, dass er tatsächlich wieder einschlafen würde. Irgendwann schlief er aber doch wieder ein, und diesmal träumte er nicht. Einmal, kurz vor Tagesanbruch, kam ein Mischlingshund auf dem Weg durch Tom McCourts Vorgarten herauf, betrachtete Clay, der in seinem Steppdeckenkokon schnarchte, und lief dann weiter. Der Hund hatte keine Eile; an diesem Morgen gab es in Malden reiche Beute, und so würde es in nächster Zeit auch bleiben.

12

»Clay, aufwachen!«

Eine Hand, die ihn wachrüttelte. Clay öffnete die Augen und sah, dass Tom, der Jeans und ein graues Arbeitshemd trug, sich über ihn beugte. Die Veranda wurde durch blasses, intensives Tageslicht erhellt. Clay warf einen Blick auf seine Armbanduhr, als er die Beine von der Couch schwang, und sah, dass es zwanzig nach sechs war.

»Ich muss Ihnen was zeigen«, sagte McCourt. Er sah blass und sorgenvoll aus und hatte auf beiden Seiten seines Schnurrbarts graue Bartstoppeln. Das Hemd hing ihm auf einer Seite aus dem Hosenbund, und seine Haare standen hinten ungekämmt in alle Richtungen.

Clay blickte auf die Salem Street hinaus, sah eine halbe Häuserzeile weiter westlich einen Hund, der etwas in der Schnauze trug, an einigen liegen gebliebenen Autos vorbeitrotten, konnte sonst aber keine Bewegung erkennen. In der Luft lag ein schwacher brandiger Rauchgeruch, der aus Boston oder Revere herüberzukommen schien. Vielleicht von beiden, aber wenigstens hatte der Wind sich gelegt. Er sah zu Tom auf.

»Nicht hier draußen«, sagte McCourt. Er sprach nur halblaut. »Hinter dem Haus. Ich bin in die Küche gegangen, um Kaffee zu kochen, bevor mir eingefallen ist, dass es, zumindest fürs Erste, keinen mehr gibt. Vielleicht hat es ja nichts zu bedeuten, aber ... Mann, mir gefällt das gar nicht.«

»Schläft Alice noch?« Clay wühlte unter der Steppdecke nach seinen Socken.

»Ja, und das ist auch gut so. Vergessen Sie Schuhe und Socken, wir sind hier nicht im Ritz. Los!«

Er folgte Tom, der bequem aussehende Filzpantoffeln trug, durch den Hausflur in die Küche. Auf der Esstheke stand ein halb leeres Glas Eistee.

»Also, ohne Koffein komme ich morgens nicht in die Gänge«, sagte McCourt. »Deshalb habe ich mir ein Glas von diesem Zeug eingegossen – bedienen Sie sich übrigens, er ist noch immer kalt und schmeckt –, und dann habe ich den Vor-

144

hang über der Spüle aufgezogen. Ohne bestimmten Grund, ich wollte nur wieder Kontakt zur Außenwelt. Und draußen habe ich ... Aber sehen Sie selbst hinaus.«

Clay spähte durch das Fenster über der Spüle. Hinter dem Haus lag eine hübsche kleine Klinkerterrasse, auf der ein Gasgrill stand. Jenseits der Terrasse begann Toms Garten: halb Rasen, halb Blumen- und Gemüsebeete. Hinten wurde er durch einen hohen Bretterzaun begrenzt, in den eine Tür eingelassen war. Die Zauntür stand offen. Der Riegel, der sie sonst geschlossen hielt, musste vorgeschoben gewesen sein, denn jetzt hing er schief herab und erinnerte Clay an ein gebrochenes Handgelenk. Er sagte sich, dass Tom auf dem Gasgrill hätte Kaffee kochen können, wäre der Mann nicht gewesen, der in seinem Garten neben etwas saß, das ein zur Dekoration dienender Schubkarren zu sein schien, das weiche Innere eines zerteilten Kürbisses aß und die Kerne ausspuckte. Er trug einen Mechanikeroverall und eine speckige Mütze mit dem verblassten Buchstaben *B* über dem Schirm. Auf der linken Brustseite des Overalls stand in ausgebleichter Schrift *George*. Clay konnte das schmatzende Geräusch hören, welches das Gesicht des Mannes jedes Mal machte, wenn es wieder in den Kürbis eintauchte.

»Scheiße«, sagte Clay leise. »Das ist einer von denen.«

»Ja. Und wo einer ist, da sind auch andere.«

»Hat er die Tür aufgebrochen, um reinzukommen?«

»Natürlich hat er das«, sagte McCourt. »Ich habe ihn zwar nicht dabei beobachtet, aber als ich gestern weggefahren bin, war sie verriegelt, darauf können Sie sich verlassen. Ich habe nicht das allerbeste Verhältnis zu Scottoni, dem Kerl, der auf der anderen Seite des Zauns sein Haus hat. Er kann ›Typen wie mich‹ nicht leiden, wie er mir bei mehreren Gelegenheiten versichert hat.« Er machte eine Pause, dann sprach er gedämpft weiter. Da er zuvor nur halblaut gesprochen hatte, musste Clay sich jetzt zu ihm hinüberbeugen, um ihn verstehen zu können. »Wissen Sie, was verrückt ist? Ich *kenne* diesen Kerl da draußen. Er arbeitet bei Sonnys Texaco-Tankstelle im Zentrum von Malden. Das ist die einzige Tankstelle hier, die noch Reparaturen ausführt. Oder ausgeführt *hat*. Er hat mir einmal den Kühlwasserschlauch ersetzt. Hat mir erzählt, wie sein Bruder und er letztes Jahr einen Ausflug ins Yankee Stadium gemacht und miterlebt haben, wie Curt Schilling dort Big Unit besiegt hat. Hat einen ganz netten Eindruck gemacht. Aber sehen Sie ihn sich jetzt an! Sitzt in meinem Garten und frisst einen rohen Kürbis!«

»Was geht hier vor, Leute?«, fragte Alice auf einmal von hinten.

McCourt drehte sich um und wirkte bestürzt. »Das willst du lieber nicht sehen«, sagte er.

»Das funktioniert nicht«, sagte Clay. »Sie muss es sehen.«

Er lächelte Alice an, und das fiel ihm nicht allzu schwer. Die Brusttasche des Schlafanzugs, den McCourt ihr geliehen hatte, trug zwar kein Monogramm, aber er war blau, genau so wie Clay ihn sich vorgestellt hatte, und mit ihren nackten Füßen und den bis zur Wade aufgerollten Hosenbeinen und ihrem vom Schlaf zerzausten Haar sah sie darin schrecklich süß aus. Trotz ihrer Albträume wirkte sie besser ausgeschlafen als McCourt. Clay wäre jede Wette eingegangen, dass sie auch erholter aussah als er selbst.

»Es ist kein Unfall oder sonst was«, sagte er. »Bloß ein Kerl, der in Toms Garten einen Kürbis isst.«

Sie stand zwischen ihnen, stützte die Hände auf den Rand der Spüle und stellte sich auf die Zehenspitzen, um hinaussehen zu können. Ihr Arm streifte Clays, und er spürte die noch von ihrer Haut abgestrahlte Bettwärme. Sie sah lange hinaus, dann wandte sie sich an McCourt.

»Du hast gesagt, sie hätten sich alle umgebracht«, sagte sie, und Clay konnte nicht beurteilen, ob das anklagend oder spielerisch tadelnd gemeint war. *Sie weiß es wahrscheinlich selbst nicht,* dachte er.

»Ich hab's nicht bestimmt gesagt«, antwortete McCourt, was ziemlich lahm klang.

»Es hat recht überzeugt geklungen.« Sie sah wieder hinaus. Wenigstens, dachte Clay, flippt sie nicht aus. Eigentlich wirkte sie in ihrem etwas zu großen Schlafanzug sogar bemerkenswert gefasst – wenn auch leicht chaplinesk –, fand er. »Äh ... Leute?«

»Was denn?«, fragten sie im Chor.

»Seht euch mal den kleinen Schubkarren an, auf dem er sitzt. Speziell das Rad.«

Clay hatte bereits gesehen, wovon sie sprach – den Wust aus Kürbisschalen, Kürbisfleisch und Kürbiskernen.

»Er hat den Kürbis gegen das Rad geknallt, um ihn zu knacken und ans Fleisch ranzukommen«, sagte Alice. »Ich glaube, das ist einer von ihnen ...«

»O ja, er ist einer von ihnen, das steht fest«, sagte Clay. George der Automechaniker saß mit gespreizten Beinen da, sodass Clay sehen konnte, dass er seit gestern Nachmittag alles vergessen hatte, was seine Mutter ihm darüber beigebracht hatte, dass man erst die Hose herunterließ, bevor man's laufen lassen durfte.

»... aber er hat das Rad als *Werkzeug* benützt. Das kommt mir nicht so verrückt vor.«

»Einer von denen hat gestern ein Messer benützt«, sagte McCourt. »Und ein anderer Kerl hat mit abgebrochenen Autoantennen wie mit Dolchen herumgefuchtelt.«

»Ja, aber das hier kommt mir trotzdem irgendwie anders vor.«

»Friedlicher, meinst du?« McCourt sah wieder zu dem Eindringling in seinem Garten hinaus. »Ich würde nicht rausgehen und es ausprobieren wollen.«

»Nein, nicht das. Ich meine nicht friedlicher. Ich weiß nicht genau, wie ich's ausdrücken soll.«

Clay glaubte zu wissen, wovon sie sprach. Die Aggressivität, die sie gestern erlebt hatten, war ein wildes, ungezügeltes Voranstürmen gewesen. Eine Jedes-Mittel-ist-recht-Sache. Ja, es hatte den Geschäftsmann mit dem Schlachtmesser und den muskulösen jungen Kerl gegeben, der im Vorbeirennen mit Autoantennen um sich gestochen hatte, aber auch den Mann im Park, der dem Hund ein Ohr abgebissen hatte. Und auch Pixie Light hatte ihre Zähne benutzt. Das hier vor ihren Augen wirkte völlig anders – und das nicht nur, weil hier gegessen statt gemordet wurde. Clay erging es jedoch wie Alice: Er konnte nicht genau ausmachen, *worin* eigentlich der Unterschied lag.

»O Gott, noch zwei«, sagte Alice.

Durch die offene Zauntür kamen eine Frau Anfang vierzig in einem schmutzigen grauen Hosenanzug und ein alter Mann, der zu Joggingshorts ein T-Shirt mit dem Aufdruck GRAY POWER trug. Die grüne Bluse der Frau im Hosenanzug hing in Fetzen herab und ließ die Körbchen des blassgrünen BHs sehen, den sie darunter trug. Der Alte humpelte stark und spreizte bei jedem Schritt ruckartig die Ellbogen wie Flügelstummel, um das Gleichgewicht zu bewahren. Sein dürres linkes Bein war mit einer Kruste aus angetrocknetem Blut bedeckt, und an diesem Fuß fehlte der Laufschuh. Die Überreste einer schmutzigen, durchbluteten Sportsocke baumelten um sein linkes Fußgelenk. Das ziemlich lange weiße Haar des alten Mannes umgab sein ausdrucksloses Gesicht wie eine Art Kapuze. Während die Frau in dem Hosenanzug sich in McCourts Garten umsah, stieß sie wiederholt einen Laut aus, der wie »*Guum! Guum!*« klang. Ihr Blick glitt über George den Kürbisesser hinweg, als wäre er völlig unwichtig, dann ging sie mit großen Schritten an ihm vorbei zu dem Beet mit den letzten Gurken. Dort ließ sie sich auf die Knie nieder, riss eine Gurke von ihrer Ranke ab und begann schmatzend zu kauen. Der Alte in dem GRAY POWER-Hemd marschierte bis zum Rand der Gemüsebeete und blieb zunächst einfach stehen wie ein Roboter, dem schließlich der Saft ausgegangen war. Er trug eine winzige goldgeränderte Brille – eine Lesebrille, vermutete Clay –, die im ersten Tageslicht glitzerte. Clay fand, dass er wie jemand aussah, der früher sehr klug gewesen und jetzt sehr dumm war.

Die drei Menschen in der Küche drängten sich zusammen, starrten aus dem Fenster und wagten kaum zu atmen.

Der Blick des alten Mannes ruhte jetzt auf George, der ein Stück Schale wegwarf, den Rest begutachtete, den Kopf wieder in den Kürbis steckte und sein Frühstück fortsetzte. Weit davon entfernt, sich den Neuankömmlingen gegenüber aggressiv zu verhalten, schien er sie überhaupt nicht wahrzunehmen.

Der alte Mann humpelte vorwärts und begann an einem Kürbis von der Größe eines Fußballs zu zerren. Dabei war er keinen Meter von George entfernt. Clay, der sich an den erbitterten Kampf vor der U-Bahn-Station erinnerte, hielt den Atem an und wartete.

Er spürte Alice' Hand auf seinem Arm. Alle Bettwärme hatte sich aus ihrer Hand verflüchtigt. »Was wird er tun?«, fragte sie mit leiser Stimme.

Clay schüttelte nur den Kopf.

Der Alte versuchte in den Kürbis zu beißen, stieß sich dabei aber nur die Nase an. Das hätte komisch sein müssen, war es aber nicht. Ihm war dabei die Brille verrutscht, und er rückte sie wieder zurecht. Diese Bewegung wirkte so normal, dass Clay einen Augenblick lang fast davon überzeugt war, *er* sei hier der Verrückte.

»*Guum!*«, schrie die Frau mit der zerrissenen Bluse und warf ihre halb aufgegessene Gurke weg. Sie entdeckte ein paar spätreifende Tomaten und kroch darauf zu, wobei ihr die Haare ins Gesicht hingen. Der Gesäßbereich ihrer grauen Hose war stark verschmutzt.

Inzwischen hatte der alte Mann den zur Dekoration aufgestellten Schubkarren erspäht. Er trat mit seinem Kürbis darauf zu, schien dann George zu bemerken, der daneben saß, und sah ihn mit leicht schräg gelegtem Kopf an. George deutete mit einer orangerot verfärbten Hand auf den Schubkarren – eine Geste, die Clay schon tausendmal gesehen hatte.

»Bitte sehr«, murmelte McCourt. »Der Teufel soll mich holen.«

Der alte Mann sank im Garten auf die Knie, eine Bewegung, bei der er offenbar starke Schmerzen hatte. Er schnitt eine Grimasse, hob sein runzliges Gesicht dem heller werdenden Himmel entgegen und stieß ein keuchendes Grunzen aus. Dann hielt er den Kürbis über das Rad. Während sein altersschwacher Bizeps zitterte, studierte er einige Sekunden lang die Falllinie, ließ den Kürbis dann aufs Rad hinabsausen und schlug ihn auf. Die Frucht zerfiel in zwei fleischige Hälften. Was dann folgte, ereignete sich blitzschnell. George ließ seinen weitgehend verzehrten Kürbis in seinen Schoß fallen, schaukelte nach vorn, packte den Kopf des Alten mit seinen orangerot verfärbten Pranken und ruckte daran. Das Kna-

150

cken, mit dem das Genick des alten Mannes brach, war sogar durch die Fensterscheibe zu hören. Sein langes weißes Haar flatterte. Seine kleine Brille verschwand zwischen Pflanzen, die Clay für Rote Bete hielt. Sein Körper zuckte noch einmal, dann wurde er schlaff. George ließ ihn achtlos fallen. Alice begann zu schreien, aber McCourt hielt ihr mit einer Hand den Mund zu. Ihre Augen, die vor Entsetzen aus den Höhlen zu quellen drohten, starrten über seine Hand hinweg. Draußen im Garten hob George ein neues Kürbisstück auf und aß seelenruhig weiter.

Die Frau mit der zerrissenen Bluse sah sich ohne sonderliches Interesse kurz um, dann pflückte sie eine weitere Tomate ab und biss hinein. Roter Saft lief ihr übers Kinn und sickerte die schmutzigen Linien ihres Halses entlang. Als George und sie Gemüse essend in Tom McCourts Garten saßen, fühlte Clay sich aus irgendeinem Grund an eines seiner Lieblingsbilder erinnert: *Das friedliche Königreich*.

Dass er laut gesprochen hatte, merkte er erst, als McCourt ihn düster ansah und dabei sagte: »Jetzt nicht mehr.«

13

Fünf Minuten später standen die drei noch immer dort am Küchenfenster, als in einiger Entfernung eine Alarmanlage loszuplärren begann. Sie klang müde und heiser, als würde sie bald den Geist aufgeben.

»Irgendeine Idee, was das sein könnte?«, fragte Clay. Im Garten hatte George sich von den Kürbissen abgewandt und eine große Kartoffel ausgegraben. Dadurch war er etwas näher an die Frau herangekommen, aber er zeigte kein Interesse an ihr. Zumindest fürs Erste noch nicht.

»Ich tippe darauf, dass im Safway im Stadtzentrum die Notstromversorgung ausgefallen ist«, sagte McCourt. »Wegen der vielen leicht verderblichen Waren dürfte's für diesen Fall eine batteriebetriebene Alarmanlage geben. Aber das ist nur eine Vermutung. Ebenso gut kann's die First Malden Bank oder …«

»Seht nur!«, sagte Alice.

Die Frau, die eben noch eine Tomate hatte pflücken wollen, richtete sich auf und ging zur Ostseite des Hauses. George stand auf, als sie an ihm vorbeiging, und Clay rechnete schon fest damit, dass er ihr wie dem alten Mann das Genick brach. Er zuckte im Voraus zusammen und sah, wie McCourt eine Hand ausstreckte, um Alice vom Fenster wegzuziehen. Aber George folgte der Frau nur und verschwand hinter ihr hergehend um die Hausecke.

Alice machte kehrt und hastete zur Küchentür.

»Pass auf, dass sie dich nicht sehen!«, rief McCourt mit leiser, drängender Stimme und folgte ihr.

»Keine Sorge«, sagte sie.

Clay folgte ihnen und machte sich Sorgen um sie alle.

Sie erreichten die Esszimmertür gerade rechtzeitig, um zu beobachten, wie die Frau in dem schmutzigen Hosenanzug und George in seinem noch schmutzigeren Overall vor dem Fenster vorbeigingen, wobei ihre Körper durch die Lamellen der herabgelassenen, aber nicht ganz geschlossenen Jalousie in Segmente unterteilt wurden. Keiner der beiden sah zum Haus herüber, und George folgte der Frau nun so dichtauf, dass er sie in den Nacken hätte beißen können. Mit den beiden Männern hinter sich tappte Alice den Flur entlang zu McCourts kleinem Arbeitszimmer. Hier *war* die Lamellenjalousie ganz geschlossen, aber Clay sah die projizierten Schatten der beiden draußen Vorbeigehenden trotzdem über sie hinweghuschen. Alice lief auf dem Gang zu der offen stehenden Tür weiter, die auf die verglaste Veranda hinausführte. Die Steppdecke lag halb auf der Couch, halb auf dem Fußboden, so wie Clay sie zurückgelassen hatte. Die Veranda war von blendend hellem Morgensonnenschein überflutet. Er schien auf dem Holzfußboden zu brennen.

»Vorsichtig, Alice!«, sagte Clay. »Lass ...«

Aber sie war stehen geblieben. Sie sah nur nach draußen. Dann stand McCourt, fast genau gleich groß wie sie, neben ihr. Aus dieser Perspektive hätten sie Geschwister sein können. Keiner der beiden gab sich irgendwelche Mühe, nicht gesehen zu werden.

»Heiliger gottverdammter Scheiß«, sagte McCourt. Es klang, als hätte ihm ein Magenhieb den Atem genommen. Alice neben ihm begann zu weinen. Es war ein atemloses Weinen, wie man es von einem übermüdeten Kind hätte hören können. Oder von einem, das sich allmählich daran gewöhnt, viel einstecken zu müssen.

Clay trat zu den beiden. Die Frau in dem Hosenanzug überquerte gerade McCourts Rasen. George folgte ihr weiter dicht-auf, hielt exakt mit ihr Schritt. Die beiden bewegten sich fast im Gleichschritt. Das änderte sich erst am Randstein, als George links neben ihr ausscherte und so vom Hintermann zu ihrem Flügelmann wurde.

Die Salem Street war voller Verrückter.

Auf den ersten Blick schätzte Clay ihre Zahl auf tausend oder mehr. Dann setzte seine Beobachtungsgabe ein – der kaltherzige Künstlerblick –, und er erkannte, dass diese Schätzung weit überhöht war. Was wohl daran lag, dass er überrascht war, überhaupt jemanden auf der Straße zu sehen, die er leer zu sehen erwartet hatte, und an der schockierenden Erkenntnis, dass sie alle zu *denen* gehörten. Die geistlosen

Gesichter, die leeren Blicke, die schmutzige, blutige, unordentliche Kleidung (die bei manchen gänzlich fehlte), der gelegentliche krächzende Schrei oder die ruckartigen Bewegungen waren unmöglich zu verkennen. Beispielsweise sah er einen Mann, der nur einen engen weißen Slip und ein Polohemd trug und immer wieder zu salutieren schien; eine dickliche Frau, deren Unterlippe gespalten war und in zwei fleischigen Lappen herabhing, wodurch alle ihre unteren Zähne freigelegt wurden; einen hoch aufgeschossenen Teenager in Jeans, der mit etwas in der Hand, was wie ein blutverkrustetes Montiereisen aussah, dem Mittelstrich der Salem Street folgte; einen indischen oder pakistanischen Gentleman, der an Toms Haus vorbeigehend die Kinnlade von Seite zu Seite bewegte und zugleich mit den Zähnen klapperte; einen Jungen – du lieber Gott, einen Jungen in Johnnys Alter –, der anscheinend ohne jegliches Schmerzempfinden die Straße entlangging, obwohl sein linker Arm unterhalb der ausgerenkten Schulter schlaff herabhing; eine bildhübsche junge Frau in Minirock und gesmoktem Top, die vom blutigen Labmagen einer Kuh zu essen schien. Manche stöhnten, manche stießen Laute aus, die einst vielleicht Wörter gewesen waren, und alle zogen nach Osten. Clay wusste nicht, ob sie von dem Plärren der Alarmanlage oder dem Geruch von Essen angezogen wurden, aber sie bewegten sich alle in Richtung Malden Center.

»Jesus, das reinste Zombieparadies«, sagte McCourt.

Clay äußerte sich nicht dazu. Obwohl die Leute dort draußen eigentlich keine Zombies waren, hatte McCourt den Nagel so ziemlich auf den Kopf getroffen. *Wenn einer von denen zu uns herübersieht, auf uns aufmerksam wird und beschließt, uns den Rest zu geben, sind wir erledigt. Dann haben wir nicht die geringste Chance. Nicht mal, wenn wir uns im Keller ver-*

barrikadieren. *Und die Waffen aus dem Haus schräg gegenüber holen? Das kannst du vergessen.*

Der Gedanke, seine Frau und sein Sohn müssten sich vielleicht – *bestimmt* mussten sie das – mit solchen Kreaturen abgeben, erfüllte ihn mit Grauen. Aber das alles war kein Comic, und er war kein Held: Er war hilflos. Vielleicht waren sie alle drei hier im Haus sicher, aber was die unmittelbare Zukunft betraf, sah es nicht so aus, als wären Clay und Tom und Alice irgendwohin unterwegs.

14

»Sie sind wie Vögel«, sagte Alice. Sie wischte sich mit den Handballen Tränen von den Wangen. »Wie ein Vogelschwarm.«

Clay wusste sofort, was sie meinte, und umarmte sie impulsiv. Sie hatte den Finger auf etwas gelegt, was ihm erstmals aufgefallen war, als er beobachtet hatte, wie George der Mechaniker der Frau folgte, statt ihr wie dem alten Mann das Genick zu brechen. Beide offenbar nicht ganz richtig im Kopf, aber trotzdem wie durch eine unausgesprochene Vereinbarung nach vorn zur Straße unterwegs.

»Das verstehe ich nicht«, sagte McCourt.

»Du musst *Die Reise der Pinguine* verpasst haben«, sagte Alice.

»Das stimmt«, sagte McCourt. »Wenn ich jemanden im Smoking watscheln sehen will, gehe ich in ein französisches Restaurant.«

»Aber ist Ihnen nie aufgefallen, wie Vögel sich verhalten, vor allem im Frühjahr und Herbst?«, fragte Clay. »Das müssen Sie doch bemerkt haben. Sie sitzen alle auf demselben Baum oder derselben Überlandleitung …«

»Manchmal so viele, dass sie durchhängt«, sagte Alice. »Und dann fliegen sie alle gleichzeitig auf. Mein Dad sagt, dass sie einen Anführer haben müssen, aber Mr. Sullivan in Biologie – das war noch in der Unterstufe – hat uns erklärt, dass es sich dabei um eine Art Gemeinschaftsdenken handelt. Wie bei Ameisen, die alle ihren Bau verlassen, oder Bienen, die aus ihrem Stock schwärmen.«

»Der Schwarm kurvt nach links oder rechts, alle Vögel zugleich, ohne dass die einzelnen Tiere jemals zusammenstoßen«, sagte Clay. »Manchmal ist der Himmel ganz schwarz von ihnen, und der Lärm kann einen zum Wahnsinn treiben.« Er machte eine Pause. »Zumindest bei uns auf dem Land.« Wieder eine Pause. »Tom, kennen Sie ... kennen Sie jemanden dort draußen?«

»Ein paar. Das da ist Mr. Potowami aus der Bäckerei«, sagte er und zeigte auf den Inder, der die Kinnlade von Seite zu Seite bewegte und zugleich mit den Zähnen klapperte. »Die hübsche junge Frau da ... die arbeitet in der Bank, glaube ich. Und ihr erinnert euch doch, dass ich Scottoni erwähnt habe, dessen Grundstück hinten an meines grenzt.«

Clay und Alice nickten beide.

McCourt, der sehr blass geworden war, deutete auf eine sichtbar schwangere Frau, die nur einen oberschenkellangen Kittel trug, der voller Essensflecken war. Das blondierte strähnige Haar hing ihr ins pickelige Gesicht, und in ihrer Stupsnase blinkte ein Nasenstecker. »Das ist seine Schwiegertochter«, sagte er. »Judy. Sie hat sich immer besondere Mühe gegeben, nett zu mir zu sein.« In nüchtern trockenem Ton fügte er hinzu: »Das macht mich völlig fertig.«

Aus dem Stadtzentrum hallte laut ein Schuss herüber. Alice schrie auf, aber diesmal brauchte McCourt ihr nicht den Mund zuzuhalten; sie tat es selbst. Überdies sah keiner der

Leute auf der Straße zu ihnen herüber. Auch schien sie der Knall – Clay tippte auf eine Schrotflinte – nicht zu beunruhigen. Sie gingen einfach weiter, weder schneller noch langsamer. Clay wartete auf den nächsten Schuss. Stattdessen war ein Schrei zu hören, sehr kurz, augenblicklich wieder verstummend, wie wenn er abgeschnitten worden wäre.

Die drei knapp außerhalb der Veranda im Schatten Stehenden beobachteten weiter, ohne miteinander zu sprechen. Alle Vorbeikommenden waren nach Osten unterwegs, und obwohl sie keine eigentliche Marschformation bildeten, war ihr Zug unverkennbar geordnet. In Clays Augen drückte sich das am besten nicht etwa im Anblick der Handy-Verrückten selbst, die oft humpelten und manchmal watschelten, die schnatterten und eigenartig gestikulierten, sondern in dem stummen, geordneten Vorbeiziehen ihrer Schatten auf dem Asphalt aus. Sie ließen ihn an alte Wochenschauen aus dem Zweiten Weltkrieg denken, in denen eine Welle von Bombern nach der anderen über den Himmel zog. Er zählte zweihundertfünfzig Personen, bevor er aufgab. Männer, Frauen, Jugendliche. Auch ziemlich viele Kinder in Johnnys Alter. Weit mehr Kinder als alte Leute, obwohl er nur wenige unter zehn Jahren sah. Er mochte sich nicht vorstellen, was den kleinen Jungs und Mädels zugestoßen sein musste, die nach dem Auftreten des Pulses niemanden mehr gehabt hatten, der sich um sie kümmerte.

Oder den kleinen Jungs und Mädels, die sich in der Obhut von Handybesitzern befunden hatten.

Was die nun mit leerem Blick an ihm vorbeiziehenden Kinder betraf, fragte Clay sich, wie viele von ihnen vergangenes Jahr ihren Eltern wohl wegen eines Handys mit speziellen Klingeltönen in den Ohren gelegen hatten, so wie es Johnny getan hatte.

»Ein gemeinsamer Verstand«, sagte McCourt. »Glaubt ihr das wirklich?«

»*Ich* irgendwie schon«, sagte Alice. »Weil ... also ... wie viel Verstand haben sie schon einzeln?«

»Sie hat Recht«, sagte Clay.

Der Vogelzug (sobald man ihn einmal so gesehen hatte, war es schwierig, sich etwas anderes vorzustellen) wurde spärlicher, ohne jedoch abzureißen, selbst nach einer halben Stunde nicht. Gerade kamen drei Männer vorbei, die nebeneinander hergingen – einer in einem Bowlinghemd, einer in den Überresten eines Anzugs, einer mit einer dicken Schicht aus angetrocknetem Blut, die seine untere Gesichtshälfte größtenteils verdeckte –, dann zwei Männer und eine Frau, die eine schlampige Karnevalspolonäse bildeten, und danach eine Frau Mitte vierzig, die wie eine Bibliothekarin aussah (das heißt, wenn man die eine nackte Brust ignorierte, die im Wind wippte) und mit einem halbwüchsigen schlaksigen Mädchen, vielleicht einer Bibliothekshelferin, ein Tandem bildete. Nach kurzer Pause folgten ein Dutzend Männer, die sich zu einem innen leeren Quadrat formiert hatten, das an eine Kampfformation aus den Napoleonischen Kriegen erinnerte. Und aus der Ferne konnte Clay nun kriegsähnliche Geräusche hören: ein meist sporadisches Rattern von Gewehr- oder Pistolenfeuer, aber einmal auch (und näher, vielleicht aus dem benachbarten Medford oder sogar aus Malden selbst) das lange hämmernde Stakkato einer großkalibrigen Maschinenwaffe. Und auch wieder Schreie. Die meisten kamen aus weiter Ferne, aber Clay glaubte zu wissen, was sie bedeuteten.

Hier in der Umgebung gab es noch weitere nicht verrückte Leute, jede Menge davon, und einigen *war* es gelungen, Waffen in die Hände zu bekommen. Diese Leute machten jetzt vermutlich Jagd auf Handy-Verrückte. Andere hatten jedoch nicht das Glück gehabt, in Häusern zu sein, als die Sonne aufgegangen war und die Verrückten herausgekommen waren. Er musste daran denken, wie George der Mechaniker mit seinen orangeroten Händen den Kopf des alten Mannes gepackt hatte, dachte an den kurzen Ruck und an das Knacken, nach dem die kleine Lesebrille zwischen die Roten Bete geflogen war, wo sie nun liegen bleiben würde. Und liegen bleiben. Und liegen bleiben.

»Ich glaube, ich möchte ins Wohnzimmer gehen und mich hinsetzen«, sagte Alice. »Ich will sie nicht mehr sehen. Oder hören. Mir wird schlecht davon.«

»Klar«, sagte Clay. »Tom, wollen Sie nicht mit ihr ...?«

»Nein«, sagte McCourt. »Gehen Sie mit ihr rein. Ich bleibe vorerst hier und beobachte sie. Ich finde, einer von uns *sollte* sie beobachten, oder nicht?«

Clay nickte. Das fand er auch.

»In ungefähr einer Stunde können Sie mich dann ablösen. Wir wechseln uns ab.«

»Okay. Abgemacht.«

Als sie auf dem Flur weggehen wollten – Clay mit einem Arm um Alice' Schultern –, sagte McCourt: »Noch etwas.«

Sie drehten sich zu ihm um.

»Ich glaube, wir sollten alle versuchen, uns heute möglichst gut auszuruhen. Das heißt, wenn wir weiterhin nach Norden wollen.«

Clay musterte ihn, um sich davon zu überzeugen, dass McCourt noch bei Verstand war. Das schien er zu sein, aber ...

»Haben Sie nicht gesehen, was dort draußen vorgeht?«, fragte er. »Haben Sie nicht die Schüsse gehört? Die ...« Er wollte in Alice' Gegenwart nicht *Schreie* sagen, obwohl dieser Versuch, auf ihre verbliebene Empfindsamkeit Rücksicht zu nehmen, weiß Gott etwas spät kam. »... das Gebrüll?«

»Natürlich«, sagte McCourt. »Aber die Irren haben sich letzte *Nacht* verkrochen, stimmt's?«

Einen Augenblick lang bewegte weder Clay noch Alice sich. Dann patschte Alice in die Hände, um leise, fast lautlos Beifall zu klatschen. Und Clay musste lächeln. Das Lächeln fühlte sich auf seinem Gesicht steif und ungewohnt an, und die Hoffnung, die es begleitete, war fast schmerzhaft.

»Tom, Sie sind wahrscheinlich ein Genie«, sagte er.

McCourt erwiderte sein Lächeln nicht. »Verlasst euch lieber nicht darauf«, sagte er. »Bei den College-Aufnahmetests hab ich nie über tausend Punkte erzielt.«

15

Alice, die sich sichtlich besser fühlte – und das *musste* gut sein, vermutete Clay –, ging nach oben, um sich aus McCourts Sachen etwas herauszusuchen, was sie tagsüber anziehen konnte. Clay saß auf dem Sofa, dachte an Sharon und Johnny und grübelte darüber nach, was sie wohl getan, wohin sie sich gewandt hatten – immer vorausgesetzt, dass sie glücklich zusammengefunden hatten. Er begann zu dösen und sah sie deutlich in der Kent Pond Elementary, Sharons Schule. Sie hatten sich mit zwei, drei Dutzend anderen in der Turnhalle verbarrikadiert, aßen Sandwichs aus der Schulkantine und tranken Milch aus diesen kleinen Tüten. Sie ...

Clay schrak auf, weil Alice ihn von oben rief. Er sah auf die Uhr und stellte fest, dass er fast zwanzig Minuten auf dem Sofa geschlafen hatte. Er hatte sich das Kinn voll gesabbert.

»Alice?« Er ging zur Treppe. »Alles okay?« Auch McCourt horchte nach oben.

»Ja, aber können Sie einen Augenblick raufkommen?«

»Klar.« Er sah zu McCourt hinüber, zuckte die Achseln und stieg die Treppe hinauf.

Alice war in einem Gästezimmer, das nicht so aussah, als hätte es schon viele Gäste gesehen, obwohl die beiden Kissen darauf schließen ließen, dass Tom die vergangene Nacht größtenteils hier bei ihr verbracht hatte, während das zerwühlte Bett darüber hinaus auf sehr schlechte Nachtruhe schließen ließ. Sie hatte eine Kakihose gefunden, die ihr halbwegs passte, und ein Sweatshirt mit dem Aufdruck CANOBIE LAKE PARK unter den Umrissen einer Achterbahn. Auf dem Fußboden stand ein großer Radiorekorder, eine tragbare Stereoanlage von der Art, nach der Clay und seine Freunde einst gegiert hatten, wie Johnny-Gee später nach dem roten Handy gegiert hatte. Clay und seine Freunde hatten solche Anlagen Gettoblaster oder Boombox genannt.

»Das Radio war im Kleiderschrank, und die Batterien sehen frisch aus«, sagte sie. »Ich wollte es einschalten und einen Sender suchen, aber dann hatte ich doch Angst.«

Clay betrachtete den Gettoblaster, der auf dem glänzenden Hartholzboden des Gästezimmers vor ihm stand, und hatte ebenfalls Angst. Das Gerät hätte eine geladene Waffe sein können. Aber er spürte den Drang, eine Hand auszustrecken und den Wahlschalter, der jetzt auf CD zeigte, auf FM umzustellen. Er konnte sich vorstellen, dass Alice denselben Drang gespürt und ihn deshalb gerufen hatte. Der Drang, eine geladene Waffe anzufassen, wäre nicht anders gewesen.

»Den hat meine Schwester mir vor zwei Jahren zum Geburtstag geschenkt«, sagte McCourt auf einmal von der Tür her, sodass sie beide zusammenfuhren. »Erst im Juli habe ich Batterien reingetan, um das Ding mit an den Strand zu nehmen. In meiner Jugend haben wir alle am Strand gelegen und Radio gehört, aber ein so großes Gerät habe ich nie gehabt.«

»Ich auch nicht«, sagte Clay. »Aber ich wollte immer eines.«

»Ich habe ihn mit einem Stapel CDs von Madonna und Van Halen nach Hampton Beach in New Hampshire mitgenommen, aber das war nicht mehr das Gleiche. Gar kein Vergleich. Seitdem habe ich ihn nicht mehr benützt. Wahrscheinlich ist eh längst kein Sender mehr in Betrieb, glaubt ihr nicht auch?«

»Ich wette, dass noch ein paar senden«, sagte Alice. Sie biss sich wieder auf die Unterlippe. Clay fürchtete, dass die Lippe zu bluten anfing, wenn sie nicht bald damit aufhörte. »Die Sender, die meine Freunde die Robo-Achtziger-Stationen nennen. Sie haben freundliche Namen wie BOB oder FRANK, aber hinter allen steckt irgendein riesiger Radiocomputer in Colorado, und die Sendungen werden über Satellit ausgestrahlt. Jedenfalls sagen das meine Freunde. Und ...« Sie fuhr sich mit der Zungenspitze über die Stelle, auf der sie herumgebissen hatte. Diese Stelle glänzte von Blut dicht unter der Oberfläche. »Und so werden auch Handygespräche übertragen, stimmt's? Über Satellit.«

»Keine Ahnung«, sagte McCourt. »Vielleicht die Ferngespräche ... und bestimmt alle Gespräche nach Übersee ... und ich vermute, dass ein entsprechendes Genie an den Mobilfunkmasten, die man überall sieht – die die Funksignale empfangen und weiterleiten –, ein falsches Satellitensignal einspeisen könnte ...«

Clay kannte die Masten, von denen McCourt sprach: Stahlskelette, die über und über mit Antennenschüsseln besetzt waren, die wie graue Saugnäpfe aussahen. In den vergangenen zehn Jahren waren sie überall aus dem Boden geschossen.

»Könnten wir einen Lokalsender empfangen, bekämen wir vielleicht Informationen«, sagte McCourt. »Irgendeine Vorstellung davon, was wir tun, wohin wir gehen sollen ...«

»Ja, aber was ist, wenn's auch im Radio ist?«, sagte Alice. »*Das* meine ich nämlich. Was ist, wenn man reinkriegt, was immer meine ...« Sie fuhr sich wieder mit der Zungenspitze über die Lippen. »... meine Mutter gehört hat? Und mein Dad? Auch der, o ja, er hatte ein brandneues Handy mit allen Schikanen – Video, Sprachwahl, Internet –, er war richtig vernarrt in dieses Spielzeug!« Ihr Lachen klang hysterisch und jämmerlich zugleich, eine schwindelerregende Kombination. »Was ist, wenn man reinkriegt, was immer *sie* gehört haben? Meine Eltern und die dort draußen? Wollt ihr das riskieren?«

McCourt schwieg zunächst. Dann sagte er vorsichtig, als wollte er seine Idee erst testen: »Einer von uns könnte es allein riskieren. Die beiden anderen müssten das Haus verlassen und abwarten, ob ...«

»Nein«, sagte Clay.

»*Bitte* nicht«, sagte Alice. Sie war wieder den Tränen nahe. »Ich will euch *beide*. Ich brauche euch *beide*.«

Sie standen um den Radiorekorder herum und starrten ihn an. Clay musste unwillkürlich an bestimmte SF-Romane denken, die er als Teenager gelesen hatte (manchmal am Strand, während er im Radio Nirvana statt Van Halen gehört hatte). In nicht wenigen ging die Zivilisation unter. Und dann bauten die Helden sie wieder auf. Nicht ohne Kämpfe und Rückschläge, gewiss, aber sie nutzten die verbliebenen Werkzeuge und die verbliebene Technik und bauten sie wieder auf. Er konnte sich an keinen erinnern, in dem die Helden nur in einem Schlafzimmer herumstanden und einen Radiorekorder anstarrten. *Früher oder später greift jemand nach einem Werkzeug oder schaltet ein Radio ein,* dachte er, *weil jemand das tun muss.*

Ja. Aber nicht an diesem Morgen.

Er kam sich wie ein Verräter an einer größeren Sache vor, die er nicht verstand, als er McCourts Gettoblaster aufhob, ihn in den Schrank zurückstellte und die Tür schloss.

16

Ungefähr eine Stunde später kollabierte der geordnete Zug nach Osten. Clay hatte gerade Wache. Alice war in der Küche, aß eines der aus Boston mitgebrachten Sandwichs – sie sagte, sie müssten die Sandwichs aufessen, bevor sie sich über die Konserven in Toms schrankgroßer Speisekammer hermachten, weil niemand wisse, wann es wieder Frischfleisch geben werde –, und Tom schlief im Wohnzimmer auf dem Sofa. Clay konnte ihn seelenruhig schnarchen hören.

Erst fielen ihm ein paar Leute auf, die entgegen der allgemeinen Zugrichtung unterwegs waren; dann fühlte er ein gewisses Nachlassen der Ordnung draußen auf der Salem Street – eine so subtile Veränderung, dass sein Gehirn das, was sein Auge sah, nur als Intuition registrierte. Zunächst tat er sie als Irrtum ab, an dem ein paar Wanderer – noch verrückter als der Rest – schuld waren, die statt nach Osten nach Westen zogen, aber dann sah er sich ihre Schatten an. Die ordentlichen Frischgrätenmuster, die er ursprünglich beobachtet hatte, wirkten verzerrt. Und wenig später war da überhaupt kein Muster mehr zu erkennen.

Immer mehr Leute waren jetzt nach Westen unterwegs, und viele von ihnen nagten an Lebensmitteln, die sie aus einem Supermarkt, vermutlich dem von McCourt erwähnten Safway, befreit hatten. Mr. Scottonis Schwiegertochter Judy trug einen großen Pappeimer mit schmelzender Schokoladeneiscreme, die ihren Kittel vorn eingefärbt hatte und sie von den Knien bis zum Nasenstecker bedeckte; mit ihrem mit Schokolade überzogenen Gesicht sah sie wie Mrs. Bones in einer Minstrelshow aus. Und falls Mr. Potowami früher irgendwelche vegetarischen Überzeugungen gehabt hatte, waren sie jetzt verflogen; während er dahinschlenderte, naschte er von dem rohen Hackfleisch, das seine beiden Hände bis zum Überquellen füllte. Ein dicker Mann in einem schmutzigen Anzug hatte etwas, was wie ein teilweise aufgetauter Lammschlegel aussah, und als Judy Scottoni ihm den Schlegel wegzunehmen versuchte, führte der Banker damit einen gemeinen Schlag, der sie mitten auf der Stirn traf. Sie brach wie ein Stier nach einem Bolzenschuss lautlos zusammen und fiel mit dem dicken Bauch voraus auf ihren schon ziemlich zerquetschten Eimer mit Breyer's Chocolate.

Auf der Salem Street liefen jetzt jede Menge Leute durcheinander, und es gab immer wieder Gewalttätigkeiten, wenngleich keine Rückkehr zur allgemeinen Bösartigkeit des Nachmittags am Vortag. Zumindest nicht hier. Die Alarmanlage im Zentrum Maldens, die von Anfang an müde geklungen hatte, war längst verstummt. In der Ferne flackerte sporadisch Gewehrfeuer auf, aber seit dem einzelnen Schrotschuss in der Stadtmitte waren in ihrer Nähe keine Schüsse mehr gefallen. Clay beobachtete die Straße, um zu sehen, ob die Verrückten in irgendwelche Häuser einbrachen, aber obwohl sie gelegentlich durch Vorgärten trampelten, wies nichts darauf hin, dass sie sich von Personen, die unbefugt fremde Grundstücke betraten, zu Einbrechern weiterentwickeln wollten. Hauptsächlich liefen sie ziellos durcheinander, versuchten manchmal, anderen ihr Essen wegzunehmen, und bissen oder prügelten sich gelegentlich. Drei oder vier – darunter die schwangere Scottoni – lagen tot oder bewusstlos auf der

Straße. Die meisten der Handy-Verrückten, die zuvor an McCourts Haus vorbeigezogen waren, waren noch auf dem Stadtplatz, vermutete Clay, und veranstalteten einen Straßentanz oder vielleicht das erste alljährliche Maldener Frischfleisch-Festival, Gott sei's gepriesen. Trotzdem war es merkwürdig, wie ihr deutlich wahrnehmbares Zielbewusstsein – dieser Eindruck, dass sie als *Schwarm* unterwegs waren – sich anscheinend gelockert und dann ganz verflüchtigt hatte.

Als Clay sich um die Mittagszeit herum ernstlich schläfrig zu fühlen begann, ging er in die Küche, wo er Alice vorfand, die dort mit auf die Arme gelegtem Kopf am Küchentisch schlief. Den kleinen Turnschuh, den sie als Baby-Nike bezeichnet hatte, hielt sie locker in einer Hand. Als er sie weckte, sah sie benommen zu ihm auf und drückte den Babyschuh an die Brust ihres Sweatshirts, als fürchtete sie, er könnte ihn ihr wegnehmen.

Er fragte sie, ob sie vom Ende des Flurs aus eine Zeit lang die Straße beobachten könne, ohne gesehen zu werden oder wieder einzunicken. Sie sagte, das könne sie. Er nahm sie beim Wort und trug ihr einen Stuhl nach vorn. Sie blieb einen Augenblick an der Wohnzimmertür stehen. »Sehen Sie sich das an«, sagte sie.

Clay warf einen Blick über ihre Schulter hinweg und sah, dass Rafe auf McCourts Bauch zusammengerollt schlief. Er grunzte amüsiert.

Alice saß dann dort, wo er den Stuhl hingestellt hatte: weit genug hinter der Tür, damit sie von der Straße aus nicht gesehen werden konnte. Gleich nach dem ersten Blick sagte sie: »Sie sind kein Schwarm mehr. Was ist passiert?«

»Keine Ahnung.«

»Wie spät ist es?«

Er sah auf die Uhr. »Zwanzig nach zwölf.«

»Wann ist Ihnen aufgefallen, *dass* sie einen Schwarm bilden?«

»Keine Ahnung, Alice.« Er bemühte sich, Geduld mit ihr zu haben, aber er konnte kaum noch die Augen offen halten. »Halb sieben? Sieben? Ich weiß es nicht mehr. Ist das wichtig?«

»Wenn wir ihre Bewegungen irgendwie aufzeichnen wollen, wär's unter Umständen sehr wichtig, glauben Sie nicht auch?«

Er erklärte ihr, er werde darüber nachdenken, wenn er etwas geschlafen habe. »Ein paar Stunden, dann weckst du mich oder Tom«, sagte er. »Früher, falls irgendwas schief geht.«

»Schiefer kann's kaum noch gehen«, sagte sie bedrückt. »Gehen Sie ruhig nach oben. Sie sehen wirklich erledigt aus.«

Er ging nach oben ins Gästezimmer, streifte die Schuhe ab und legte sich aufs Bett. Er dachte noch einen Augenblick darüber nach, was sie gesagt hatte: *Wenn wir ihre Bewegungen registrieren könnten.* Vielleicht keine schlechte Idee. Nicht sehr aussichtsreich, aber ...

Ein hübsches Zimmer, sehr behaglich, voller Sonne. Lag man in einem Zimmer wie diesem, konnte man leicht vergessen, dass im Kleiderschrank ein Radio stand, das man nicht einzuschalten wagte. Nicht so leicht ließ sich vergessen, dass die eigene Frau – entfremdet, aber immer noch geliebt – tot sein und der eigene Sohn – nicht nur geliebt, sondern vergöttert – irrsinnig sein könnte. Trotzdem hatte der Körper gebieterische Bedürfnisse, oder nicht? Und wenn es jemals ein Zimmer für ein Mittagsschläfchen gegeben hatte, dann dieses. Die Panikratte zuckte, aber sie biss nicht zu, und Clay schlief praktisch in der Sekunde ein, in der er die Augen schloss.

167

17

Diesmal war es Alice, die ihn wachrüttelte. Während sie das tat, schwang der kleine lila Turnschuh hin und her. Sie hatte ihn sich ans linke Handgelenk gebunden und dadurch in einen ziemlich gruseligen Talisman verwandelt. Das Tageslicht hatte sich verändert. Es fiel aus einer anderen Richtung ein und war schwächer geworden. Clay lag jetzt auf der Seite und verspürte Harndrang – ein sicheres Zeichen dafür, dass er längere Zeit geschlafen hatte. Er setzte sich rasch auf und war überrascht – fast erschrocken –, als er sah, dass es bereits Viertel vor sechs war. Er hatte über fünf Stunden geschlafen. Aber letzte Nacht war natürlich nicht die erste Nacht gewesen, in der er nicht genug Schlaf abbekommen hatte; auch in der Nacht davor hatte er schlecht geschlafen. Aus Nervosität wegen seiner Präsentation vor den Leuten von Dark Horse Comics.

»Alles in Ordnung?«, fragte er, indem er sie am Handgelenk fasste. »Warum habt ihr mich so lange schlafen lassen?«

»Weil Sie's gebraucht haben«, sagte sie. »Tom hat bis zwei Uhr geschlafen und ich bis vier. Seitdem beobachten wir die Straße gemeinsam. Kommen Sie runter und sehen Sie sich's an. Ziemlich erstaunlich das Ganze.«

»Schwärmen sie wieder?«

Sie nickte. »Aber diesmal in die Gegenrichtung. Aber das ist nicht alles. Sie werden's ja gleich sehen.«

Er leerte seine Blase, dann hastete er hinunter. McCourt und Alice standen an der Verandatür und hatten einander je einen Arm um die Taille gelegt. Gesehen werden konnten sie dort nicht; der Himmel hatte sich bezogen, und die Veranda lag bereits in dunkle Schatten gehüllt. Ohnehin waren auf der Salem Street nur wenige Leute unterwegs. Alle bewegten sich nach Westen, nicht eben rennend, aber doch in recht flottem

Tempo. Auf der Straße selbst kam eine Vierergruppe vorbei, die über hingestreckte Leichen und ein Durcheinander aus Essensresten marschierte, zu denen der jetzt bis auf den Knochen abgenagte Lammschlegel, unzählige aufgerissene Schachteln und Zellophanbeutel sowie weggeworfenes Obst und Gemüse gehörten. Dahinter folgte eine Sechsergruppe, deren Flügelmänner die Gehsteige benutzten. Obwohl sie sich nicht ansahen, marschierten sie so exakt im Gleichschritt, dass sie einen Augenblick lang wie ein einziger Mann erschienen, als sie an McCourts Haus vorbeikamen, und Clay erkannte, dass sie sogar die Arme im Gleichtakt schwangen. Dann kam ein Junge von ungefähr vierzehn Jahren, der stark hinkte, unverständliche Muhlaute ausstieß und mit ihnen Schritt zu halten versuchte.

»Sie haben die Toten und die völlig Bewusstlosen zurückgelassen«, sagte McCourt, »aber einigen, die sich bewegt haben, haben sie sogar geholfen.«

Clay hielt Ausschau nach der Schwangeren, konnte sie aber nirgends entdecken. »Mrs. Scottoni?«

»Sie hat zu denen gehört, denen sie geholfen haben«, sagte McCourt.

»Sie benehmen sich also wieder wie Menschen.«

»Von wegen«, sagte Alice. »Einer der Männer, dem sie zu helfen versucht haben, konnte nicht gehen, und nachdem er ein paarmal gestürzt ist, hat einer der Kerle, die ihm aufgeholfen haben, keine Lust mehr gehabt, den Pfadfinder zu spielen, und hat ihn einfach ...«

»Umgebracht«, sagte McCourt. »Aber nicht etwa mit den Händen wie der Kerl in meinem Garten. Mit den Zähnen. Hat ihm die Kehle durchgebissen.«

»Ich hab geahnt, was passieren würde, und weggesehen«, sagte Alice, »aber ich hab's gehört. Er hat ... *gequiekt*.«

»Ruhig«, sagte Clay. Er drückte sanft ihren Arm. »Ganz ruhig.«

Inzwischen war die Straße fast völlig leer. Zwei weitere Nachzügler kamen vorbei, und obwohl sie mehr oder weniger Seite an Seite marschierten, humpelten beide so stark, dass sie nicht zusammengehörig wirkten.

»Wohin gehen die alle?«, fragte Clay.

»Irgendwo rein, glaubt Alice«, sagte McCourt. Er klang aufgeregt. »Bevor es dunkel wird. Sie könnte Recht haben.«

»Aber wohin? *Wo* gehen sie hinein? Habt ihr welche in den Häusern hier verschwinden gesehen?«

»Nein.« Sie sagten das im Chor.

»Sie sind nicht alle zurückgekommen«, sagte Alice. »Bisher sind auf keinen Fall so viele die Salem Street *raufgekommen*, wie heute Morgen runtergegangen sind. Also sind noch viele im Stadtzentrum oder weiter dahinter. Vielleicht werden sie ja von großen Gebäuden wie Turnhallen oder so angezogen ...«

Turnhallen. Der Klang dieses Wortes gefiel Clay nicht.

»Hast du den Film *Dawn of the Dead* gesehen?«, fragte sie ihn.

»Ja«, sagte Clay. »Aber du willst hoffentlich nicht behaupten, dass jemand *dich* ins Kino gelassen hat, damit du dir den ansehen konntest?«

Sie sah ihn an, als wäre er nicht ganz dicht. Oder nicht mehr der Jüngste. »Eine Freundin von mir hatte mal die DVD. Die haben wir uns angesehen, als ein paar von uns bei ihr übernachtet haben. Da waren wir erst in der Achten.« *Damals als Pony-Express-Kutschen noch unterwegs waren und die Prärie vor lauter Büffeln ganz schwarz war,* sagte ihr Ton. »In dem Film sind alle Toten – okay, nicht alle, aber viele – wieder ins Einkaufszentrum gegangen, als sie wieder aufgewacht sind.«

Tom McCourt glotzte sie einen Augenblick an, dann brach er in Gelächter aus. Es handelte sich nicht nur um ein kleines Lachen, sondern um eine lange Folge von Lachsalven, die ihn so schüttelten, dass er sich Halt suchend an die Wand lehnen musste und Clay es für angebracht hielt, die Tür zur Veranda zu schließen. Er hatte keine Ahnung, wie gut die Nachzügler draußen auf der Straße hörten; im Augenblick konnte er nur daran denken, wie äußerst scharf das Gehör des wahnsinnigen Ich-Erzählers in »Das verräterische Herz« von Edgar Allan Poe gewesen war.

»Nun, sie haben's *getan*«, sagte Alice und stemmte die Arme in die Hüften. Der kleine Turnschuh zappelte. »Direkt ins Einkaufzentrum.« Tom grölte noch lauter. Seine Knie gaben unter ihm nach, und er rutschte langsam auf den Fußboden im Flur, während er vor Lachen heulte und sich mit flachen Händen auf die Brust schlug.

»Sie sind *gestorben* ...«, keuchte er, »... und dann *auferstanden* ..., um *einkaufen* zu gehen. Jesus, weiß Jerry F-*Falwell* ...« Ein nochmaliger Lachanfall. Über die Wangen liefen ihm jetzt Ströme von Lachtränen. Dann beherrschte er sich schließlich so weit, dass er den Satz beenden konnte: »Weiß dieser Fernsehprediger Jerry Falwell, dass das Paradies nichts als ein Einkaufzentrum ist?«

Auch Clay musste nun lachen. Alice fiel ebenfalls ein, obwohl Clay den Eindruck hatte, dass sie leicht sauer war, weil ihr Hinweis nicht interessiert oder wenigstens nur leicht belustigt, sondern geradezu mit schallendem Gelächter aufgenommen wurde. Aber wenn Leute zu lachen begannen, war es nun einmal schwierig, nicht mit einzufallen. Selbst wenn man sauer war.

Sie hatten schon fast aufgehört, als Clay unvermittelt sang: *»If heaven ain't a lot like Dixie, I don't want to go.«*

Das ließ sie erneut in Gelächter ausbrechen, alle drei. Alice lachte noch, als sie sagte: »Wenn sie in Schwärmen unterwegs sind und sich tatsächlich zum Schlafen in Turnhallen und Kirchen und Einkaufszentren begeben, könnten Leute mit Maschinengewehren sie auf einen Schlag zu hunderten niedermähen.«

Clay hörte als Erster zu lachen auf. Dann verstummte auch McCourt. Er sah sie an, wischte sich Nässe aus seinem sauberen kleinen Schnurrbart.

Alice nickte. Das Lachen hatte ihre Wangen rosig gefärbt, und sie lächelte weiter. Zumindest im Augenblick war sie über bloßes Hübschsein hinausgewachsen und zu einer wirklichen Schönheit geworden. »Vielleicht zu tausenden, wenn sie alle dasselbe Ziel haben.«

»Jesus«, sagte McCourt. Er nahm seine Brille ab, um sie ebenfalls abzuwischen. »Du machst keine halben Sachen.«

»Ich will überleben«, sagte Alice nüchtern. Sie betrachtete kurz den an ihrem Handgelenk befestigten Turnschuh, dann sah sie wieder zu den Männern auf. Sie nickte nochmals. »Wir sollten wirklich ihre Bewegungen aufzeichnen. Um festzustellen, *ob* sie schwärmen und *wann* sie schwärmen. *Ob* sie sich niederlassen und *wann* sie sich niederlassen. Wenn es uns gelingt, das alles aufzuzeichnen ...«

18

Clay war es gewesen, der sie alle aus Boston herausgeführt hatte, aber als die drei ungefähr vierundzwanzig Stunden später das Haus in der Salem Street verließen, hatte die fünfzehnjährige Alice Maxwell eindeutig das Kommando übernommen. Je länger Clay über diese Tatsache nachdachte, desto weniger überraschte sie ihn.

Tom McCourt hatte durchaus Mumm, wie seine britischen Vettern gesagt hätten, aber er war kein geborener Anführer, würde nie einer sein. Clay besaß gewisse Führungseigenschaften, aber an diesem Abend hatte Alice einen Vorteil auf ihrer Seite, der über ihre Intelligenz und ihren Überlebenswillen hinausging: Sie hatte ihre Verluste zumindest teilweise verarbeitet und war nun bereit, zu neuen Ufern aufzubrechen. Dagegen hatten die beiden Männer beim Verlassen des Hauses in der Salem Street noch mit sich zu kämpfen. Clay litt unter einer ziemlich erschreckenden Depression, die er anfangs auf seine Entscheidung zurückführte – die an sich unvermeidlich gewesen war –, die Mappe mit seinen Zeichnungen zurückzulassen. Im Lauf der Nacht sollte ihm jedoch klar werden, dass dahinter tiefe Angst vor dem stand, was er vorfinden könnte, wenn und falls er nach Kent Pond gelangte.

Für McCourt war die Sache eindeutiger. Ihm widerstrebte es, Rafe zurückzulassen.

»Stell etwas in die Tür, damit sie offen bleibt«, sagte Alice – die neue und härtere Alice, die von Minute zu Minute entschlossener wirkte. »Er kommt bestimmt zurecht, Tom. Futter findet er reichlich. Es wird lange dauern, bis Katzen verhungern oder die Handy-Verrückten auf ihrem Weg die Nahrungskette runter bei Katzenfleisch angelangt sind.«

»Er wird verwildern«, sagte McCourt. Er saß auf dem Sofa im Wohnzimmer. In dem Trenchcoat mit Gürtel und mit dem weichen Filzhut auf dem Kopf sah er elegant und elend zugleich aus. Rafe lag bei ihm auf dem Schoß, schnurrte und wirkte gelangweilt.

»Stimmt, das tun sie«, sagte Clay. »Denk nur an all die Hunde – die kleinen wie die riesigen Tiere –, die einfach verenden werden.«

»Ich habe ihn schon seit langem. Seit er ein ganz kleines Kätzchen war schon.« Als er den Kopf hob, sah Clay, dass er den Tränen nahe war. »Außerdem ist er für mich mein Glücksbringer. Mein *Mojo*. Er hat mir immerhin das Leben gerettet.«

»Jetzt sind wir dein *Mojo*«, sagte Clay. Er wollte nicht darauf hinweisen, dass er selbst Tom sozusagen schon einmal das Leben gerettet hatte, aber genauso war es. »Stimmt's, Alice?«

»Jep«, sagte sie. McCourt hatte einen Poncho für sie hervorgekramt, und sie trug einen Rucksack, auch wenn dieser vorerst nichts anderes enthielt als Batterien für die Taschenlampen ... und, dessen war er sich ganz sicher, den unheimlichen kleinen Turnschuh, der jetzt wenigstens nicht mehr an ihrem Handgelenk baumelte. Auch Clay hatte Batterien in seinem Rucksack, dazu noch die Sturmlaterne. Auf Alice' Vorschlag hin nahmen sie sonst nichts mit. Sie hatte gemeint, es habe keinen Zweck, etwas mitzuschleppen, was sie auch genauso gut unterwegs erbeuten konnten. »Wir sind die drei Musketiere, Tom – einer für alle, alle für einen. Komm, wir gehen jetzt zu den Nicklebys hinüber und gucken, ob wir uns ein paar Musketen besorgen können.«

»Nickerson.« Er streichelte weiter die Katze.

Sie war clever genug – und mitfühlend genug, vielleicht auch das –, um nicht flapsig *wie auch immer* zu sagen, aber Clay konnte sehen, dass ihr bald der Geduldsfaden reißen würde. Er sagte hastig: »Tom, wir müssen los.«

»Tja, wird wohl so sein.« Er wollte den Kater erst neben sich aufs Sofa setzen, hob ihn dann aber hoch und küsste ihn fest zwischen die Ohren. Rafe ließ es sich gefallen, ohne mehr zu tun, als leicht die Augen zusammenzukneifen. McCourt setzte ihn aufs Sofa und stand auf. »Eine doppelte Portion in der Küche beim Herd, mein Lieber«, sagte er. »Und eine große Schüssel Milch mit dem Rest Sahne drin. Die Hintertür ist offen. Vergiss möglichst nicht, wo dein Zuhause ist, und vielleicht ... he, vielleicht sehen wir uns bald wieder.«

Der Kater sprang auf den Boden und verließ den Raum mit hochgerecktem Schwanz in Richtung Küche. Und nach echter Katzenart sah er sich dabei kein einziges Mal um.

Clays Künstlermappe, abgewetzt und mit einem waagrechten Knick, der von dem Messerstich in der Mitte nach beiden Seiten ausstrahlte, lehnte an einer der Wohnzimmerwände. Sein Blick streifte sie im Vorbeigehen, und er widerstand dem Drang, sie zu berühren. Er dachte kurz an die Leute, mit denen er so lange zusammengelebt hatte – in seinem kleinen Atelier wie in dem unendlich größeren (so schmeichelte er sich jedenfalls) Reich seiner Fantasie: Zauberer Flak, Sleepy Gene, Jumping Jack Flash, Poison Sally. Und natürlich der Dark Wanderer. Vor zwei Tagen hatte er geglaubt, sie würden vielleicht Stars werden. Jetzt hatten sie ein Loch im Leib und Tom McCourts Kater als Gesellschaft.

Er dachte an Sleepy Gene, der die Stadt auf Robbie dem Robo-Mustang verließ und dabei *S-So l-long, b-boys! Vie-Vie-Vielleicht komm ich m-mal w-wieder hier v-vorbei!* sagte.

»So long, Boys«, sagte er laut – ein bisschen verlegen, aber nicht sehr. Schließlich war das Ende der Welt gekommen. Was gute Abschiede betraf, war der Spruch nicht allzu viel wert, aber er würde genügen müssen, und wie Sleepy Gene vielleicht auch hätte sagen können: *Immer n-noch b-b-besser, als 'n ro-ro-rostiges B-Brandeisen ins Au-Au-Auge zu kriegen.*

Clay folgte Alice und Tom ins sanfte Rauschen des leichten Herbstregens hinaus.

19

Tom hatte seinen weichen Filzhut, zu Alice' Poncho gehörte eine Kapuze, und für Clay hatte Tom eine Red-Sox-Mütze gefunden, die seinen Kopf zumindest für einige Zeit trocken halten würde, wenn der leichte Regen nicht stärker wurde. Und falls er es doch tat ... Nun, wie Alice schon festgestellt hatte, würde das Beutemachen nicht schwer fallen. Und dazu würde natürlich auch Regenkleidung gehören. Von der leicht überhöhten Veranda aus konnten sie ungefähr zwei Querstraßen weit sehen. Bei dem letzten Tageslicht konnten sie sich ihrer Sache unmöglich sicher sein, aber bis auf ein paar Leichen und die von den Verrückten hinterlassenen Essensreste schien die Salem Street völlig verlassen zu sein.

Jeder von ihnen trug ein Messer in einer von Clay improvisierten Scheide. Sollte Tom in Bezug auf die Nickersons Recht behalten, würden sie bald besser bewaffnet sein. Das hoffte Clay zumindest. Er würde möglicherweise noch einmal imstande sein, das Schlachtmesser aus dem Haushaltswarenladen Soul Kitchen zu gebrauchen, aber er war sich nicht sicher, ob er es mit kalter Überlegung würde einsetzen können.

Alice hielt eine der Taschenlampen in der linken Hand. Sie überzeugte sich mit einem Blick davon, dass auch Tom eine hatte, und nickte dann. »Also gut«, sagte sie. »Du führst uns jetzt zum Haus der Nickersons, okay?«

»Okay«, sagte McCourt.

»Und wenn wir unterwegs jemandem begegnen, bleiben wir sofort stehen und strahlen ihn mit unseren Lampen an.« Ihr sorgenvoller Blick galt erst Tom, dann Clay. Das alles hatten sie längst besprochen. Clay vermutete, dass sie vor wichtigen Tests ähnlich nervös war ... und das hier war natürlich ein ganz wichtiger.

»Genau«, sagte McCourt. »Wir sagen: ›Wir heißen Tom, Clay und Alice. Wir sind normal. Und wie heißt ihr?‹«

»Sollten sie wie wir Taschenlampen haben«, sagte Clay, »können wir fast sicher annehmen ...«

»Wir dürfen nichts *annehmen*«, unterbrach Alice ihn unruhig, gereizt. »›Hoffen und harren hält manchen zum Narren‹, sagt mein Vater immer. Wenn wir anfangen ...«

»Schon kapiert«, sagte Clay.

Alice fuhr sich mit dem Handrücken über die Augen, aber Clay konnte nicht beurteilen, ob sie Regentropfen oder Tränen wegwischte. Er fragte sich, kurz und schmerzhaft, ob wohl Johnny in diesem Augenblick irgendwo um ihn weinte. Clay hoffte, dass er das tat. Er hoffte, dass sein Sohn noch weinen konnte. Sich noch erinnern konnte.

»Wenn sie antworten und ihren Namen nennen können, sind sie normal und vermutlich auch ungefährlich«, sagte Alice. »Okay?«

»Okay«, sagte Clay.

»Genau«, bestätigte McCourt leicht geistesabwesend. Er sah auf die Straße hinaus, auf der weder Leute noch auf und ab tanzende Lichtkegel zu sehen waren, weder nah noch fern.

Irgendwo in der Ferne fielen Schüsse. Sie klangen wie detonierende Feuerwerkskörper. Wie schon den ganzen Tag roch die Luft nach Rauch und Holzkohle. Clay fand, dass die Gerüche stärker geworden waren, wahrscheinlich weil es jetzt feucht war. Er fragte sich, wie lange es dauern würde, bis Verwesungsgerüche den über Groß-Boston hängenden Nebel in Gestank verwandelten. Das hing vermutlich davon ab, wie warm die kommenden Tage werden würden.

»Wenn wir normalen Leuten begegnen, die uns fragen, was wir tun oder wohin wir unterwegs sind, denkt an unsere Story«, sagte Alice.

»Wir suchen nach Überlebenden«, sagte McCourt.

»Genau. Weil sie unsere Freunde und Nachbarn sind. Alle Leute, denen wir begegnen, dürften nur auf der Durchreise sein. Sie werden möglichst schnell weiterwollen. Später schließen wir uns vielleicht mit anderen Normalen zusammen, weil wir gemeinsam sicherer sind, aber fürs Erste ...«

»Fürs Erste wollen wir uns nur die Waffen holen«, sagte Clay. »Falls es dort welche zu holen gibt. Komm schon, Alice, bringen wir's hinter uns!«

Sie starrte ihn sorgenvoll an. »Was ist falsch? Was habe ich übersehen? Du kannst's mir ruhig sagen, ich weiß, dass ich noch längst nicht erwachsen bin.«

Geduldig – so geduldig, wie es Nerven zuließen, die sich wie übermäßig gespannte Gitarrensaiten anfühlten – sagte Clay: »Mit deinem Plan ist alles in Ordnung, Schatz. Ich will nur endlich los. Ich glaube sowieso nicht, dass wir jemanden sehen werden. Ich glaube, dazu ist's noch zu früh.«

»Hoffentlich hast du Recht«, sagte sie. »Mein Haar sieht nämlich schrecklich aus, und von einem Nagel ist etwas Lack abgeplatzt.«

Die beiden sahen sie einen Augenblick lang schweigend an, dann lachten sie. Danach sollten sie sich besser verstehen, und so blieb es bis zum Ende.

20

»Nein«, sagte Alice. Sie machte würgende Geräusche. »Nein. Nein, ich kann nicht.« Ein lauteres Würgen. Dann: »Ich muss mich übergeben. Tut mir Leid.«

Sie stürzte aus dem blendend hellen Licht der Sturmlaterne ins Dunkel des Wohnzimmers der Nickersons, das durch einen weiten gemauerten Bogen mit der Küche verbunden war. Clay hörte einen weichen Aufprall, mit dem sie auf dem Teppich auf die Knie fiel, dann folgte weiteres Würgen. Eine Pause, ein Keuchen, und schließlich übergab sie sich. Irgendwie war er erleichtert.

»O Jesus«, sagte McCourt. Schaudernd holte er tief Luft und sprach dann mit einem zittrigen Ausatmen, das fast ein Heulen war: »O *Jeeeeesus.*«

»Tom«, sagte Clay. Er sah, wie der kleine Mann im Stehen wankte, und begriff, dass er kurz davor war, in Ohnmacht zu fallen. Und wer konnte ihm das verübeln? Die blutigen Überreste vor ihnen waren seine Nachbarn gewesen.

»*Tom!*« Er trat zwischen Tom und die beiden Leichen, die auf dem Küchenfußboden lagen, zwischen Tom und den größten Teil des verspritzten Bluts, das im unbarmherzigen weißen Licht der Sturmlaterne schwarz wie Tusche erschien. Mit der freien Hand schlug er Tom leicht auf die Wange. »*Nicht umkippen!*« Als erkennbar war, dass Tom wieder fest auf den Beinen stand, senkte er die Stimme etwas: »Geh nach nebenan und kümmre dich um Alice. Ich kümmere mich inzwischen um die Küche.«

»Wozu willst du da reingehen?«, fragte Tom. »Das ist Beth Nickerson, und ihr Gehirn ... ihr G-Gehirn ist überall ...« Er schluckte. In seiner Kehle schnalzte es hörbar. »Der größte Teil vom Gesicht ist zwar weg, aber ich erkenne ihr blaues Trägerkleid mit den weißen Schneeflocken darauf. Und das dort auf dem Fußboden bei der Kochinsel ist Heidi. Die Tochter. Ich erkenne *sie*, obwohl sie ...« Er schüttelte den Kopf, wie um klarer denken zu können, dann wiederholte er die Frage. »Wozu willst du da *rein*?«

»Ich bin mir ziemlich sicher, dass ich dort sehe, was wir hier holen wollen«, sagte Clay. Er staunte, wie ruhig seine Stimme klang.

»In der *Küche*?«

Tom versuchte an ihm vorbeizusehen, und Clay machte einen halben Schritt, um ihm die Sicht zu versperren. »Verlass dich auf mich. Du kümmerst dich um Alice. Sobald sie kann, macht ihr euch auf die Suche nach weiteren Waffen. Ruft, wenn ihr was findet. Und nehmt euch in Acht. Mr. Nickerson kann auch hier sein. Das heißt, wir können hoffen, dass er in der Arbeit war, als alles passiert ist, aber wie Alice' Dad so schön sagt ...«

»Hoffen und harren hält manchen zum Narren«, sagte Tom. Er rang sich ein schwaches Lächeln ab. »Schon kapiert.« Er wollte sich schon abwenden, machte dann aber noch einmal kehrt. »Mir ist's egal, wohin wir gehen, Clay, aber hier möchte ich nicht länger bleiben als unbedingt nötig. Ich habe Arnie und Beth Nickerson nicht gerade sehr nahe gestanden, aber sie waren meine Nachbarn. Und sie haben mich verdammt viel besser behandelt als dieser Idiot Scottoni von der anderen Seite.«

»Verstanden.«

Tom schaltete seine Taschenlampe ein und ging ins Wohnzimmer. Clay hörte, wie er murmelnd auf Alice einsprach und sie tröstete.

Clay atmete tief durch, dann trat er mit hochgehaltener Sturmlaterne in die Küche und achtete darauf, die Blutlachen auf dem Dielenboden zu meiden. Das Blut war inzwischen angetrocknet, aber er wollte nicht mehr davon an seine Schuhe bekommen als unbedingt nötig.

Das neben der Kochinsel auf dem Rücken liegende Mädchen war groß gewesen, aber ihre Zöpfe und die kantigen Linien ihre Körpers ließen auf ein Kind schließen, das zwei bis drei Jahre jünger sein musste als Alice. Der Kopf war stark abgewinkelt, fast wie eine Parodie einer fragenden Kopfhal-

180

tung, und die leblosen Augen traten aus den Höhlen. Das Haar war strohblond gewesen, aber auf der linken Kopfseite – auf der Seite, wo der tödliche Schlag sie getroffen hatte –, war es jetzt genauso dunkel kastanienbraun wie die Lachen auf dem Fußboden.

Ihre Mutter kauerte unter der Arbeitsfläche rechts neben dem Herd, wo die stattlichen Kirschholzschränke zusammenstießen und eine Ecke bildeten. Ihre mit Mehl bestäubten Hände waren geisterhaft weiß, die blutigen, zerbissenen Beine unschicklich gespreizt. Bevor Clay mit der Arbeit an einem dann in begrenzter Auflage erschienenen Comic mit dem Titel *Battle Hell* begonnen hatte, hatte er sich aus dem Internet Fotos von Mordopfern heruntergeladen, die er vielleicht würde brauchen können. Das war ein Irrtum gewesen. Schusswunden sprachen ihre eigene, schrecklich leere Sprache, und so war es auch hier. Oberhalb des linken Auges bestand Beth Nickerson praktisch nur noch aus Blut und Gehirnmasse. Das rechte Auge war weit nach oben verdreht, so als hätte sie sterbend versucht, in den eigenen Kopf zu blicken. Haare vom Hinterkopf und ziemlich viel Gehirnmasse klebten an dem Kirschholzschrank, an dem sie in den kurzen Augenblicken ihres Sterbens gelehnt hatte. Ein paar Fliegen summten um sie herum.

Clay musste würgen. Er drehte den Kopf zur Seite und hielt sich den Mund zu. Er wusste, dass er sich beherrschen musste. Alice hatte offenbar aufgehört, sich zu übergeben – er konnte sie sogar mit Tom reden hören, während die beiden nun weiter ins Haus hineingingen –, und er wollte nicht schuld daran sein, dass sie wieder anfing.

Stell sie dir als Dummys, als Filmrequisiten vor, forderte er sich selbst auf, wenngleich er wusste, dass das niemals klappen würde.

Als er wieder hinsah, konzentrierte er sich stattdessen auf die anderen Dinge auf dem Fußboden. Es half. Die Schusswaffe hatte er bereits gesehen. Die Küche war sehr geräumig, und die Waffe lag drüben auf der anderen Seite so zwischen dem Kühlschrank und einem anderen Schrank, dass nur ihr Lauf herausragte. Angesichts der toten Frau und des toten Mädchens hatte Clay unwillkürlich weggesehen, wobei sein Blick rein zufällig auf den Waffenlauf gefallen war.

Aber irgendwie hätte ich wahrscheinlich auch so gewusst, dass es hier eine Waffe geben muss.

Er sah sogar, wo sie gewesen war: in einer Wandhalterung zwischen dem Einbaufernseher und dem überdimensionierten elektrischen Dosenöffner. *Sie sind nicht nur Waffennarren, sondern auch auf technische Spielereien versessen,* hatte Tom gesagt, und eine in der Küche an der Wand angebrachte Schusswaffe, die nur darauf wartete, einem in die Hand zu springen ... Nun, wenn das nicht ein Volltreffer war, was dann?

»Clay?« Es war Alice. Ihre Stimme kam aus einiger Entfernung.

»Was ist?«

Er hörte Schritte, die eilig eine Treppe heraufkamen, dann rief Alice aus dem Wohnzimmer: »Tom hat gesagt, du willst, dass wir's dir sagen, falls wir fündig werden. Gerade eben haben wir was entdeckt. Im Hobbyraum unten im Keller sind mindestens ein Dutzend Schusswaffen. Gewehre und Pistolen. In einem Waffenschrank mit dem Aufkleber von einem Wach- und Sicherheitsdienst, sodass wir jetzt wahrscheinlich verhaftet werden ... Das war ein Scherz. Kommst du runter?«

»Gleich, Schatz. Komm bloß nicht in die Küche.«

»Keine Sorge. Bleib lieber *du* nicht noch länger drin, damit du uns nicht ausflippst.«

182

Er war darüber hinweg, auszuflippen; weit darüber hinweg. Auf den blutigen Holzdielen von Beth Nickersons Küche lagen zwei weitere Gegenstände. Einer davon war ein Nudelholz, was nicht abwegig war. Auf der Kochinsel standen eine Kuchenform, eine Rührschüssel und ein fröhlich gelber Plastikbehälter mit dem Aufdruck MEHL. Das zweite Objekt auf dem Fußboden, nicht allzu weit von einer von Heidi Nickersons Händen entfernt, war ein Handy, wie es nur ein Teenager lieben konnte: blau und über und über mit großen orangeroten Gänseblümchenaufklebern bepflastert.

Clay sah den gesamten Ablauf deutlich vor sich, so sehr ihm das auch widerstrebte. Beth Nickerson war dabei, einen Kuchen zu backen. Wusste sie, dass in Groß-Boston, in Amerika, vielleicht auf der ganzen Welt etwas Schreckliches seinen Lauf nahm? Berichtete das Fernsehen darüber? Aber selbst dann hatte das Fernsehen ihr keine Durchknallbotschaft geschickt. Davon war er überzeugt.

Ihre Tochter jedoch hatte eine bekommen. O ja. Und Heidi hatte ihre Mutter angefallen. Hatte Beth Nickerson versucht, vernünftig mit ihrer Tochter zu reden, bevor sie Heidi mit dem Nudelholz niedergestreckt hatte, oder hatte sie ohne Umschweife zugeschlagen? Nicht aus Hass, sondern aus Schmerz und Angst? Jedenfalls hatte dieser Schlag nicht genügt. Und Beth trug keine Hose. Sie trug ein Trägerkleid, und ihre Beine waren nackt.

Clay zog den Rock des Trägerkleids herunter. Er zog ihn ganz sanft herunter und bedeckte den einfachen Baumwollslip, einer ohne Spitzenbesatz, den sie zuletzt noch beschmutzt hatte.

Heidi, bestimmt nicht älter als vierzehn, wahrscheinlich sogar erst zwölf, musste in der wilden Nonsenssprache geknurrt haben, die sie alle schlagartig zu beherrschen schienen, sobald sie eine volle Dosis Vernunft-G-Fort aus ihren Handys bekommen hatten: Worte wie *Räst* und *Eeelah* und *Kazzalah-CAN!* Der erste Schlag mit dem Nudelholz hatte sie niedergestreckt, aber nicht k.o. gehen lassen, und das verrückt gewordene Mädchen hatte sich über die Beine ihrer Mutter hergemacht. Nicht etwa oberflächlich daran knabbernd, sondern mit tiefen, reißenden Bissen, von denen einige bis auf den Knochen gegangen waren. Clay konnte nicht nur Zahnspuren, sondern auch schemenhafte Tätowierungen sehen, die von Heidis Zahnspange stammen mussten. Und so hatte Beth Nickerson – bestimmt kreischend, zweifellos grässliche Schmerzen leidend, vermutlich ohne recht zu wissen, was sie tat – erneut zugeschlagen, dieses Mal um einiges fester. Clay war fast, als hörte er das gedämpfte Knacken, mit dem das Genick des Mädchens brach. Die geliebte Tochter, tot auf dem Fußboden der hochmodernen Küche, mit einer Spange an den Zähnen und ihrem hochmodernen Handy in der Nähe der ausgestreckten Hand.

Und hatte ihre Mutter eine Denkpause eingelegt, bevor sie die Waffe aus deren Halterung zwischen Fernseher und Dosenöffner gerissen hat, wo sie wer weiß wie lange darauf gewartet hatte, dass ein Einbrecher oder Sittenstrolch in dieser sauberen, gut beleuchteten Küche erschien? Das glaubte Clay weniger. Vielmehr vermutete er, dass es keine Pause gegeben hatte, weil die Mutter den Wunsch gehabt haben würde, die fliehende Seele ihrer Tochter rasch einzuholen, solange ihr die Erklärung für ihr Handeln noch frisch auf den Lippen lag.

Clay ging zu der Waffe hinüber und hob sie auf. Von einem Waffennarren wie Arnie Nickerson hätte er eine Automatikwaffe erwartet – vielleicht sogar eine mit Laservisier –, aber hier handelte es sich um einen schlichten alten Revolver, einen .45er. Eigentlich nur vernünftig. Seiner Frau war diese Art Waffe bestimmt lieber gewesen: kein umständliches Kontrollieren, ob die Waffe geladen war, wenn man sie brauchte (auch kein Zeitverlust, weil man erst ein volles Magazin hinter den Gewürzgläsern hervorkramen musste, wenn sie's nicht war), kein Zurückziehen des Schlittens, um nachzusehen, ob eine Patrone in der Kammer war. Nein, bei dieser alten Hure brauchte man nur die Trommel rauszuklappen, was auch Clay mühelos schaffte. Für *Dark Wanderer* hatte er tausend Variationen genau dieses Revolvers gezeichnet. Wie erwartet war nur eine der sechs Patronen verschossen. Er schüttelte eine der anderen heraus, obwohl er bereits wusste, was er finden würde. Beth Nickersons .45er war mit höchst illegaler Copkiller-Munition geladen. Mit Geschossen, die sich beim Aufprall zerlegten. Kein Wunder, dass das ganze Schädeldach fehlte. Ein Wunder vielmehr, dass überhaupt etwas von ihrem Kopf übrig geblieben war. Er blickte auf die in der Ecke zwischen den Schränken hängende Frau hinab und fing an zu weinen.

»Clay?« Es war Tom, der aus dem Keller heraufkam. »Mann, Arnie hat einfach *alles*! Sogar eine Schnellfeuerwaffe, deren Besitz ihm ein paar Jahre im Gefängnis Walpole eingebracht hätte, jede Wette ... Clay? Alles in Ordnung mit dir?«

»Komme schon«, sagte Clay, während er sich die Tränen abwischte. Er sicherte den Revolver und steckte ihn sich unter den Gürtel. Dann legte er sein Messer mitsamt der behelfsmäßigen Scheide auf die Arbeitsfläche in Beth Nickersons Küche. Er würde es nicht mehr brauchen. Offenbar konnten sie sich hier verbessern. »Lass mir zwei Minuten Zeit.«

»Jo.«

Clay hörte, wie Tom wieder die Treppe in Arnie Nickersons unterirdische Waffenkammer hinunterpolterte, und musste lächeln, obwohl ihm noch immer Tränen übers Gesicht liefen. Das war etwas, was er sich würde merken müssen: Gab man einem netten kleinen Kerl aus Malden einen Raum voller Waffen, mit denen er spielen durfte, fing er an, genau wie Steve McQueen *Jo* zu sagen.

Er machte sich daran, die Schubladen zu durchsuchen. In der dritten, die er aufzog, fand er eine schwere rote Schachtel mit dem Aufdruck **AMERICAN DEFENDER** .45 CALIBER **AMERICAN DEFENDER** 50 SCHUSS. Sie lag unter den Geschirrtüchern. Er steckte sie ein und machte sich dann auf den Weg zu Tom und Alice. Er wollte jetzt hier raus – und zwar so schnell wie möglich. Der Trick würde darin bestehen, die anderen zum Gehen zu überreden, ohne dass sie Arnie Nickersons gesamte Waffensammlung mitnehmen wollten.

Auf halbem Weg durch den Bogen blieb er stehen, sah sich um, hielt die Sturmlaterne hoch und betrachtete die Toten. Dass er das Trägerkleid der Frau heruntergezogen hatte, hatte nicht viel genutzt. Sie waren noch immer nichts als Leichen, ihre Wunden so nackt wie Noah, als sein jüngster Sohn den vom Wein Trunkenen sah. Er würde wohl etwas finden, um sie beide zu bedecken, aber womit würde es enden, wenn er jetzt anfing, Tote zuzudecken? Bei Sharon? Bei seinem Sohn?

»Gott bewahre«, flüsterte er, aber er bezweifelte, dass Gott das tun würde, nur weil er ihn darum bat. Er ließ die Lampe sinken und folgte den über die Kellerwände huschenden Strahlen der Taschenlampen zu Tom und Alice hinunter.

21

Beide trugen Gürtel mit großkalibrigen Schusswaffen in Half-tern, und hier handelte es sich nun um Automatikwaffen. Tom hatte sich außerdem einen Patronengurt über Brust und Schulter geschlungen. Clay wusste nicht, ob er lachen sollte oder wieder zu weinen anfangen. Irgendwie hätte er am liebs-ten beides gleichzeitig getan. Dann würden die beiden natür-lich glauben, dass er einen hysterischen Anfall hatte. Womit sie natürlich Recht hätten.

Der hier unten an der Wand montierte Plasmafern-seher war der große – sehr große – Bruder des Fernsehers in der Küche. Zu einem weiteren, nur unwesentlich klei-neren Bildschirm gehörte ein aus Komponenten unter-schiedlichster Zulieferer zusammengebautes Steuerpult für Videospiele, das Clay sich bei anderer Gelegenheit gern angesehen hätte. Vielleicht um es sabbernd zu bewun-dern. Wie als Gegenstück dazu stand in der Ecke neben Nickersons Tischtennisplatte eine prachtvolle alte Seeberg-Musikbox, deren legendäre Farben jetzt dunkel und leb-los waren. Und dann natürlich die Waffenschränke, zwei davon, beide noch zugesperrt, aber mit eingeschlagenen Glastüren.

»Sie waren mit Schließstangen gesichert, aber er hat einen Werkzeugkasten in der Garage«, sagte Tom. »Alice hat sie mit einem Brecheisen bearbeitet.«

»Kinderspiel«, sagte Alice bescheiden. »Und das hier hat in eine Decke gewickelt hinter dem Werkzeugkasten gelegen. Ist es das, was ich vermute?« Sie nahm die Waffe, die auf der Tischtennisplatte lag, hielt sie vorsichtig an der einschieb-baren stählernen Schulterstütze und brachte sie zu Clay hinüber.

»Verdammte Hacke«, sagte er. »Das ist ...« Er starrte die über dem Abzugbügel eingeprägte Fabrikmarke an. »Ich glaube, das ist eine russische Waffe.«

»Garantiert«, sagte Tom. »Ob das eine Kalaschnikow ist?«

»Kann ich nicht sagen. Gibt's da auch Munition dafür? In Schachteln, die wie die Waffe beschriftet sind, meine ich.«

»Ein halbes Dutzend. *Schwere* Schachteln. Das ist ein Maschinengewehr, stimmt's?«

»So könnte man's wohl nennen.« Clay legte einen Hebel um. »Mit dem wird offensichtlich von Einzel- auf Dauerfeuer umgeschaltet.«

»Wie viele Kugeln verschießt die denn so pro Minute?«, fragte Alice.

»Keine Ahnung«, sagte Clay, »aber ich glaube, die Feuergeschwindigkeit wird in Schuss pro *Sekunde* angegeben.«

»*Boah!*« Sie bekam runde Augen. »Kannst du rauskriegen, wie man damit schießt?«

»Alice ... Ich wette, dass schon sechzehnjährige Farmerjungen damit umgehen können. Ja, ich kann's rauskriegen. Vielleicht verbrauche ich dabei eine Schachtel Munition, aber ich kann's rauskriegen.« *Lieber Gott, lass das Ding bitte nicht in meinen Händen explodieren,* dachte er.

»Ist so was in Massachusetts erlaubt?«, fragte sie.

»Jetzt schon, Alice«, sagte Tom, ohne zu lächeln. »Sollten wir nicht lieber gehen?«

»Ja«, sagte sie, und sah dann – vielleicht weil es noch etwas ungewohnt war, dass sie die Entscheidungen traf – zu Clay hinüber.

»Ja«, sagte er. »Nach Norden.«

»Einverstanden«, sagte Alice.

»Genau«, sagte Tom. »Nach Norden. Ab dafür!«

GAITEN ACADEMY

1

Als der nächste Morgen regnerisch heraufdämmerte, kampierten Clay, Alice und Tom in der Scheune einer verlassenen Pferderanch in North Reading. Vom Scheunentor aus beobachteten sie, wie die ersten Schwärme von Verrückten auftauchten, die auf der Route 62 nach Südwesten in Richtung Wilmington zogen. Ihre Kleidung sah einheitlich durchnässt und abgetragen aus. Manche hatten keine Schuhe an. Bis Mittag versiegte der Strom. Gegen vier Uhr, als die Sonne mit langen speichenförmigen Strahlen durch die Wolken brach, kehrten die Schwärme aus der Richtung zurück, in die sie gezogen waren. Viele der Gestalten kauten irgendetwas. Manche halfen denen, die schlecht zu Fuß waren. Falls auch an diesem Tag Morde verübt wurden, bekamen Clay, Tom und Alice sie nicht zu sehen.

Ungefähr ein halbes Dutzend der Verrückten schleppten große Objekte, die Clay vertraut vorkamen; Alice hatte ein solches davon im Kleiderschrank in Toms Gästezimmer entdeckt. Sie hatten zu dritt darum herumgestanden und nicht den Mut gehabt, es einzuschalten.

»Clay?«, sagte Alice. »Warum tragen ein paar von denen einen Gettoblaster?«

»Keine Ahnung«, sagte er.

»Das gefällt mir nicht«, sagte Tom. »Mir gefällt nicht, dass sie Schwärme bilden, mir gefällt nicht, dass sie einander helfen, und mir gefällt am allerwenigsten, dass sie diese großen Stereoanlagen mit sich herumschleppen.«

»Das tun nur ein paar, die ...«, begann Clay.

»Da, sieh sie dir an!«, unterbrach Tom ihn, indem er auf eine Frau mittleren Alters zeigte, die mit einem Radiorekorder von der Größe eines Sitzkissens in den Armen den Highway 62 entlangstolperte. Sie hielt ihn an ihren Busen gepresst wie ein schlafendes Kleinkind. Das Elektrokabel baumelte aus dem kleinen Fach auf der Rückseite und schleifte neben ihr über die Straße. »Und man sieht keine, die Lampen oder Toaster tragen, stimmt's? Was ist, wenn sie dafür programmiert sind, batteriebetriebene Radios aufzustellen und einzuschalten, damit sie diesen Ton, den Puls, die unterschwellige Botschaft, was auch immer ausstrahlen? Was ist, wenn sie die erwischen wollen, die ihnen beim ersten Mal durch die Lappen gegangen sind?«

Sie. Das immer beliebte paranoide *sie*. Alice hatte irgendwoher den kleinen Turnschuh herausgeholt und drückte ihn mit einer Hand, als sie dann aber sprach, klang ihre Stimme ganz ruhig. »Ich glaube nicht, dass es das ist«, sagte sie.

»Wieso nicht?«, fragte Tom.

Sie schüttelte den Kopf. »Schwer zu sagen. Nur dass es gefühlsmäßig nicht richtig ist.«

»Weibliche Intuition?« Tom lächelte, aber es war kein spöttisches Lächeln.

»Kann sein«, sagte sie. »Aber eins ist irgendwie offensichtlich.«

»Was denn, Alice?«, fragte Clay. Er ahnte, was sie sagen würde, und seine Vermutung erwies sich als richtig.

»Sie werden schlauer. Nicht jeder für sich, sondern weil sie gemeinsam denken. Das klingt vielleicht verrückt, aber ich halte es für wahrscheinlicher, als dass sie einen Riesenhaufen von batteriegetriebenen Gettoblastern zusammentragen, um uns alle mit voller Lautstärke in den Wahnsinn zu treiben.«

»Telepathisches Gruppendenken«, sagte Tom. Er dachte darüber nach. Alice beobachtete ihn dabei. Clay, der bereits zu dem Schluss gelangt war, dass Alice richtig lag, sah aus dem Scheunentor in den schwindenden Tag hinaus. Er überlegte sich, dass sie irgendwo Halt machen und sich einen Autoatlas besorgen sollten.

Schließlich nickte Tom. »Tja, warum auch nicht. Schließlich dürfte *das* hinter ihrer Schwarmbildung stecken: telepathisches Gruppendenken.«

»Bist du wirklich davon überzeugt, oder sagst du das nur, damit ich ...«

»Das denke ich wirklich«, sagte Tom. Er legte eine Hand auf ihre, mit der sie hektisch mit dem Turnschuh spielte. »Ganz wirklich. Lass das Ding mal einen Augenblick in Ruhe, ja?«

Sie bedachte ihn mit einem flüchtigen, zerstreuten Lächeln. Clay sah es und dachte wieder, wie schön sie war, wie wirklich schön. Und wie kurz davor, zusammenzubrechen. »Das Heu sieht weich aus, und ich bin müde. Ich glaube, ich mache ein schön langes Nickerchen.«

»Tu dir keinen Zwang an«, sagte Clay.

2

Clay träumte, Sharon und Johnny-Gee und er veranstalteten hinter ihrem kleinen Haus in Kent Pond ein Picknick. Sharon hatte ihre Navajodecke im Gras ausgebreitet. Es gab Sandwichs und Eistee. Plötzlich verfinsterte sich der Tag. Sharon deutete über Clays Schulter und sagte: »Sieh nur! Telepathen!« Als er sich umdrehte, sah er jedoch nichts außer einem

Krähenschwarm, einem so riesigen Schwarm, dass dieser die Sonne verfinsterte. Dann setzte ein Klimpern ein. Es klang, als würde der Mister-Softee-Wagen die Erkennungsmelodie von *Sesamstraße* spielen, aber er wusste, dass es ein Klingelton war, und hatte im Traum schreckliche Angst. Er drehte sich wieder um und sah nun Johnny-Gee nicht mehr. Als er Sharon fragte, wo der Junge sei – schon die Antwort fürchtend, die er längst ahnte –, sagte sie, Johnny sei unter die Decke gekrochen, um einen Handyanruf entgegenzunehmen. Unter der Decke zeichnete sich ein Höcker ab. Clay tauchte unter die Decke, hinein in den überwältigend starken Geruch von süßem Heu, rief laut, Johnny solle nicht drangehen, sich nicht melden, und griff nach ihm, ertastete statt seines Jungen aber nur das kalte Rund einer Glaskugel: den Briefbeschwerer, den er bei **small treasures** gekauft hatte, in dessen Tiefen ein Schleier aus Löwenzahnsamen wie ein Nebel im Miniformat schwebte.

Dann rüttelte Tom ihn wach und erzählte ihm, nach seiner Uhr sei es nach neun, der Mond sei aufgegangen, und wenn sie nachts eine größere Strecke zurücklegen wollten, müssten sie allmählich aufbrechen. Clay war noch nie so froh gewesen, geweckt worden zu sein. Alles in allem waren ihm die Träume vom Bingozelt lieber.

Alice betrachtete ihn mit einem merkwürdigen Blick.

»Was ist?«, sagte Clay, während er sich vergewisserte, dass ihr automatisches Gewehr gesichert war – das wurde ihm bereits zur zweiten Natur.

»Du hast im Schlaf gesprochen. Du hast gesagt: ›Geh nicht dran, geh nicht dran!‹«

»*Niemand* hätte drangehen sollen«, sagte Clay. »Das wäre für uns alle besser gewesen.«

»Ach, aber wer kann schon einem klingelnden Telefon widerstehen?«, fragte Tom. »Klappe zu, Affe tot.«

»Also sprach der beschissene Zarathustra«, sagte Clay. Alice lachte, bis ihr Tränen in den Augen standen.

3

Während der Mond immer wieder hinter rasch dahinziehenden Wolken verschwand – wie auf einer Illustration für ein Jungenbuch, das von Piraten und vergrabenen Schätzen handelte, dachte Clay –, ließen sie die Pferderanch hinter sich und wanderten weiter nach Norden. In dieser Nacht begegneten sie erstmals wieder eigenen Artgenossen.

Weil das jetzt unsere Tageszeit ist, dachte Clay, während er das Sturmgewehr in die andere Hand nahm. Mit vollem Magazin war es verdammt schwer. *Den Handy-Verrückten gehören die Tage; und sobald die Sterne rauskommen, sind wir dran. Wir sind wie Vampire. Wir sind in die Nacht verbannt worden. Aus der Nähe erkennen wir uns, weil wir noch reden können; aus geringer Entfernung können wir einander ziemlich sicher an unseren Rucksäcken und den Waffen erkennen, die immer mehr von uns tragen, aber aus der Ferne sind die einzigen sicheren Zeichen die wandernden Lichtkegel von Taschenlampen. Vor drei Tagen waren wir nicht nur die Herrscher der Erde, sondern hatten auch die Schuldgefühle von Überlebenden gegenüber allen anderen Arten, die wir bei unserem Aufstieg ins Nirwana von Kabelfernsehen rund um die Uhr und Popcorn aus der Mikrowelle ausgerottet haben. Jetzt sind wir die Taschenlampenleute.*

Er sah zu Tom hinüber. »Wohin gehen sie alle nur?«, sagte er. »Wohin gehen die Verrückten bei Sonnenuntergang?«

Tom warf ihm einen missmutigen Blick zu. »Zum Nordpol. Die Elfen vom Weihnachtsmann sind alle an Rentierwahn gestorben, und diese Jungs helfen aus, bis neue nachgewachsen sind.«

»Jesus«, sagte Clay, »heute Abend ist wohl jemand mit dem falschen Fuß aus dem Heu aufgestanden, was?«

Aber Tom lächelte noch immer nicht. »Ich muss gerade an meine Katze denken«, sagte er. »Wie sie wohl zurechtkommt? Du hältst mich deshalb sicher für ziemlich bescheuert.«

»Nein«, sagte Clay, obwohl er als einer, der sich um einen Sohn und eine Ehefrau Sorgen machen musste, das irgendwie doch tat.

4

Einen Autoatlas trieben sie schließlich in der Kleinstadt Ballardvale – ein Nest mit ganzen zwei Verkehrsampeln – in einem Schreibwarengeschäft mit Buchabteilung auf. Sie waren jetzt nach Norden unterwegs und alle drei sehr froh, dass sie sich dazu entschlossen hatten, in dem mehr oder weniger ländlichen V-förmigen Winkel zwischen den Interstates 93 und 95 zu bleiben. Andere Reisende, denen sie begegneten – die meisten wollten nach Westen, weg von der I-95 – berichteten von grässlichen Staus und grausigen Unfällen. Einer der wenigen Pilger, die nach Osten unterwegs waren, erzählte von einem Tanklastzug, der auf der I-93 in der Nähe der Ausfahrt Wakefield verunglückt war und eine Serie von Explosionen ausgelöst hatte, bei denen fast eine Meile des sich in Richtung Norden stauenden Verkehrs in Flammen aufgegangen war. Der Gestank, sagte er, habe an eine »Fischbraterei in der Hölle« erinnert.

Auf ihrem beschwerlichen Weg durch die Außenbezirke von Andover begegneten sie weiteren Taschenlampenleuten und hörten ein Gerücht, das sich so hartnäckig hielt, dass es jetzt als feststehende Tatsache wiederholt wurde: New Hampshire hatte seine Grenzen geschlossen. Die State Police von New Hampshire und zusätzlich rekrutierte Hilfssheriffs schossen erst und fragten später. Ob man verrückt oder geistig gesund war, sei ihnen egal.

»Das ist bloß eine neue Version des beschissenen Mottos, das sie schon ewig lange auf ihren beschissenen Autokennzeichen haben«, sagte ein verbittert aussehender älterer Mann, mit dem sie einige Zeit gemeinsam wanderten. Er trug einen kleinen Rucksack über seinem teuren Mantel und besaß eine lange Stablampe. Aus einer seiner Manteltaschen ragte der Griff eine Pistole. »Wenn man *in* New Hampshire ist, kann man frei leben. Will man aber *nach* New Hampshire, kann's einen das beschissene Leben kosten.«

»Irgendwie ist das ... echt schwer zu glauben«, sagte Alice.

»Glaub, was du willst, kleines Fräulein«, sagte ihr zeitweiliger Gefährte zu ihr. »Ich bin ein paar Leuten begegnet, die wie ihr nach Norden wollten, und die sind schleunigst nach Süden umgekehrt, als sie gesehen haben, wie einige Leute ohne Warnung erschossen wurden, nur weil sie nördlich von Dunstable nach New Hampshire reinwollten.«

»Wann war das?«, fragte Clay.

»Letzte Nacht.«

Clay hätte weiterfragen können, aber er hielt lieber den Mund. In Andover bogen der verbitterte Mann und die meisten anderen Leute, mit denen sie sich ihre mit Autos verstopfte (aber passierbare) Route geteilt hatten, auf den Highway 133 ab, der nach Lowell und zu weiter westlich gelegenen Zielen führte. Clay, Tom und Alice standen auf der Hauptstraße von Andover – die bis auf einige Taschenlampen

schwenkende Gestalten auf Nahrungssuche verlassen war –
und mussten eine Entscheidung treffen.

»Glaubst du das?«, wandte sich Clay an Alice.

»Nein«, sagte sie und sah dabei Tom an.

Tom schüttelte den Kopf. »Ich auch nicht. Die Erzählung
des Kerls hat mich an Storys über Alligatoren in der Kanalisation erinnert.«

Alice nickte zustimmend. »Nachrichten machen nicht mehr
so schnell die Runde. Nicht ohne Telefone.«

»Genau«, sagte Tom. »Eindeutig Stoff für eine zukünftige
moderne Legende. Trotzdem reden wir von etwas, was einer
meiner Freunde gern als New Hamster bezeichnet. Deshalb
bin ich dafür, die Grenze an der abgelegensten Stelle zu überschreiten, die wir finden können.«

»Klingt wie ein Plan«, sagte Alice, und damit gingen sie weiter, wobei sie den Gehsteig benutzten, solange sie in der Stadt
waren und es einen benutzbaren Gehsteig gab.

5

In einem Vorort von Andover stieg ein Mann, der in einer Art
Kopfgeschirr zwei Stablampen trug (je eine pro Schläfe),
aus einem der eingeschlagenen Schaufenster des IGA-Supermarkts. Er winkte freundlich, dann schlängelte er sich durch
ein Gewirr aus Einkaufswagen auf sie zu und ließ unterwegs
Konserven in eine Umhängetasche fallen, wie sie früher von
Zeitungsjungen verwendet wurden. Er blieb neben einem
umgestürzten Pick-up stehen, stellte sich als Mr. Roscoe
Handt aus Methuen vor und fragte, wohin sie unterwegs
seien. Als Clay ihm erklärte, sie wollten nach Maine, schüttelte
Handt den Kopf.

»Die Grenze nach New Hampshire ist geschlossen. Vor weniger als einer halben Stunde habe ich zwei Leute getroffen, die glatt abgewiesen worden sind. Der Mann hat gesagt, dass sie zwar schon versuchen, zwischen Handy-Verrückten und Leuten wie uns zu unterscheiden, sich dabei aber nicht allzu viel Mühe geben.«

»Haben die beiden das wirklich mit eigenen Augen gesehen?«, fragte Tom.

Roscoe Handt sah Tom an, als wäre der einer der Verrückten. »Man muss aufs Wort anderer vertrauen, Mann«, sagte er. »Ich meine, man kann schließlich niemanden anrufen, um sich zu vergewissern, oder?« Er zögerte. »In Salem und Nashua verbrennen sie die Leichen, das haben diese Leute mir erzählt. Und das soll nach Schweinebraten riechen. Das haben sie mir auch erzählt. Ich hab eine Fünfergruppe, die ich nach Westen führe, und wir wollen vor Sonnenaufgang noch ein paar Meilen machen. Der Weg nach Westen ist offen.«

»Das sagen alle, was?«, sagte Clay.

Handt betrachtete ihn leicht verächtlich. »Richtig, das sagen alle. Und dem Weisen genügt ein Wort, hat meine Mutter immer gesagt. Wenn ihr wirklich nach Norden wollt, solltet ihr darauf achten, die Grenze mitten in der Nacht zu erreichen. Die Verrückten sind nach Sonnenuntergang nicht mehr unterwegs.«

»Das wissen wir«, sagte Tom.

Der Mann mit den Stablampen an den Schläfen beachtete Tom nicht und sprach weiter mit Clay. Er hatte Clay als den Anführer des Trios ausgemacht. »Und sie tragen keine Taschenlampen. Schwenkt also eure Lampen. Redet. *Schreit*. Das alles tun sie nämlich auch nicht. Ich bezweifle zwar, dass die Leute an der Grenze euch durchlassen, aber wenn ihr Glück habt, werdet ihr wenigstens nicht erschossen.«

»Sie werden immer schlauer«, sagte Alice. »Das wissen Sie auch schon, oder, Mr. Handt?«

Handt schnaubte. »Sie ziehen in Rudeln umher und bringen sich nicht mehr gegenseitig um. Ich weiß nicht, ob sie das schlauer macht oder nicht. Aber ich weiß, dass sie *uns* weiterhin umbringen.«

Er schien Zweifel auf Clays Gesicht zu sehen, jedenfalls lächelte er. Seine Stablampen verwandelten das Lächeln in etwas ziemlich Unangenehmes.

»Heute Morgen hab ich gesehen, wie sie eine Frau erwischt haben«, sagte er. »Mit eigenen Augen, okay?«

Clay nickte. »Okay.«

»Ich glaube, ich weiß, warum sie draußen auf der Straße war. Das war in Topsfield, ungefähr zehn Meilen östlich von hier. Ich und meine Leute, wir waren in einer Motel-6-Niederlassung. Sie ist in unsere Richtung gegangen. Eigentlich nicht gegangen. Gehastet. Fast gerannt. Hat sich dabei mehrmals umgesehen. Ich hab sie gesehen, weil ich nicht schlafen konnte.« Er schüttelte den Kopf. »Sich daran zu gewöhnen, tagsüber zu schlafen, ist beschissen schwierig.«

Clay überlegte, ob er Handt versichern solle, daran würden sie sich irgendwann alle gewöhnen, tat es dann aber doch nicht. Er sah, dass Alice wieder ihren Talisman in der Hand hielt. Obwohl er nicht wollte, dass sie diesen Bericht hörte, wusste er, dass sich das nicht verhindern ließ. Teils weil dies fürs Überleben wichtige Informationen waren (und im Gegensatz zu dem Zeug über die Grenzen von New Hampshire handelte es sich hier ziemlich sicher um zuverlässige Informationen); teils weil die Welt noch längere Zeit voll solcher Geschichten sein würde. Wenn sie sich genügend davon anhörten, würden einige sich vielleicht einordnen, bestimmte Schemata erkennen lassen.

»Also, die war wahrscheinlich bloß auf der Suche nach einer besseren Unterkunft. Das war alles. Hat das Motel-6-Schild gesehen und gedacht: ›He, ein Zimmer mit Bett. Gleich da vorn bei der Exxon-Tankstelle. Gerade mal eine Straße weiter.‹ Aber bevor sie auch nur die halbe Strecke zurückgelegt hat, ist eine Horde von denen um die Ecke gebogen. Sie sind ... Ihr wisst doch, wie sie jetzt gehen, oder?«

Roscoe Handt, dessen Zeitungstasche dabei schwang, kam steif wie ein Zinnsoldat auf sie zu. So bewegten die Handy-Verrückten sich zwar nicht ganz, aber sie wussten, was er vermitteln wollte, und nickten.

»Und die Frau ...« Er lehnte sich wieder an den umgestürzten Wagen und rieb sich kurz mit beiden Händen das Gesicht. »Genau das möchte ich euch begreiflich machen, okay? Genau deshalb dürft ihr euch nicht erwischen lassen, dürft ihr nicht glauben, dass sie wieder normal werden, nur weil ab und zu einer von denen zufällig die richtigen Knöpfe von einem Gettoblaster gedrückt hat und damit eine CD abgespielt wird ...«

»Das haben Sie gesehen?«, fragte Tom. »Gehört?«

»Und ob, zwei Mal. Der Kerl, den ich dabei gesehen habe, hat das Ding beim Gehen so kräftig geschüttelt, dass die CD immer wieder ausgesetzt hat, aber doch, sie hat gespielt. Sie mögen also Musik, sie kommen vielleicht teilweise wieder zur Vernunft, klar, aber genau deshalb müsst ihr euch vor ihnen in Acht nehmen, versteht ihr?«

»Was ist mit der Frau passiert?«, fragte Alice. »Mit der, die sie erwischt haben?«

»Sie hat versucht, sich wie eine von denen zu benehmen«, sagte Handt. »Und ich hab gedacht, wie ich da am Fenster meines Zimmers, stand, hab ich gedacht: ›Genau, so könnte's klappen, Mädel, du hast vielleicht 'ne Chance, wenn du das 'ne

Zeit lang durchhältst und dann ins nächste Gebäude ver-
schwindest.‹ Weil sie nämlich nicht gern in Häuser gehen, ist
euch das auch schon aufgefallen?«

Clay, Tom und Alice schüttelten den Kopf.

Der Mann nickte. »Sie tun's zwar, das habe ich selbst schon
gesehen, aber sie tun's nicht gern.«

»Was ist mit ihr passiert?«, fragte Alice wieder.

»Kann ich nicht genau sagen. Sie haben sie gewittert
oder so.«

»Oder vielleicht ihre Gedanken gelesen«, sagte Tom.

»Oder konnten sie *nicht* lesen«, sagte Alice.

»Darüber kann ich wirklich nichts sagen«, meinte Handt,
»aber ich weiß, dass sie sie auf der Straße zerrissen haben. Soll
heißen, sie haben sie buchstäblich in Stücke gerissen.«

»Und das ist wann passiert?«, fragte Clay. Er sah Alice
schwanken und legte ihr einen Arm um die Schultern.

»Heute Morgen um neun. In Topsfield. Wenn ihr also eine
Horde von denen mit einem Gettoblaster, der ›Why Can't
We Be Friends‹ spielt, die olle gelbe Backsteinstraße entlang-
kommen seht ...« Er betrachtete sie im Lichtschein der auf
beiden Seiten seines Kopfes angebrachten Stablampen mit
einem grimmigen Blick. »Ich würde nicht gerade rausrennen
und *Kemo Sabe* plärren, das ist alles.« Er zögerte. »Und ich
würde auch nicht nach Norden gehen. Selbst wenn sie euch
an der Grenze nicht erschießen, ist das reine Zeitverschwendung.«

Nach kurzer Beratung am Rand des IGA-Parkplatzes zogen
sie trotzdem nach Norden weiter.

6

In der Nähe von North Andover machten sie auf einer Fußgängerbrücke über die Route 495 kurz Halt. Die Wolken wurden wieder dichter, aber der Mond kam lange genug hervor, um ihnen sechs Fahrspuren mit stehenden, verlassenen Autos zu zeigen. In der Nähe der Brücke, auf der sie standen, lag auf der Fahrbahn in Richtung Osten ein umgestürzter sechsachsiger Sattelschlepper wie ein verendeter Elefant. Um ihn herum waren orangerote Absperrkegel aufgestellt, die bewiesen, dass jemand zumindest symbolisch reagiert hatte, und davor sahen sie zwei verlassene Streifenwagen, von denen einer auf der Seite lag. Die hintere Hälfte des Sattelschleppers war schwarz verbrannt. Tote waren keine zu sehen, nicht in dem flüchtigen Mondschein. Einige wenige Leute quälten sich auf der Standspur nach Westen, aber selbst dort kamen sie nur langsam voran.

»Das macht alles irgendwie real, oder?«, sagte Tom.

»Nein«, sagte Alice. Ihre Stimme klang gleichgültig. »Mir kommt's wie ein Spezialeffekt aus irgendeinem Kassenschlager vor. Man kauft sich eine Tüte Popcorn und 'ne Cola und sieht den Weltuntergang in … wie heißt's gleich wieder? Computer Graphic Imaging? CGI? Blue Screen? Irgendein Scheiß halt.« Sie hielt den kleinen Turnschuh am Schnürsenkel hoch. »Mehr brauche ich nicht, damit mir alles real erscheint«, sagte sie. »Etwas, das klein genug ist, um in meine Hand zu passen. Kommt, wir gehen weiter.«

7

Auf dem Highway 28 standen zwar auch zahlreiche verlassene Fahrzeuge, aber im Vergleich zur Route 495 war er praktisch hindernisfrei, und gegen vier Uhr näherten sie sich Methuen, der Heimatstadt von Mr. Roscoe Handt, dem mit den Stereostablampen. Und sie glaubten genug von Handts Story, um rechtzeitig vor Tagesanbruch in Deckung sein zu wollen. Sie entschieden sich für ein Motel an der Kreuzung der Highways 28 und 110. Vor den Zimmern standen mindestens zehn Autos, die Clay jedoch alle verwaist vorkamen. Aber wen wunderte das. Die beiden Straßen waren zwar passierbar, aber eben nur für Fußgänger. Clay und Tom blieben am Rand des Parkplatzes stehen und schwenkten ihre Taschenlampen über dem Kopf.

»Wir sind okay!«, rief Tom. »Normale Leute! Kommen jetzt rein!«

Sie warteten. Keine Antwort aus dem, was eine Reklametafel als das Sweet Valley Inn, geheizter Pool, Kabelfernsehen, Gruppenermäßigung, auswies.

»Los, wir gehen rein«, sagte Alice. »Mir tun die Füße weh. Und außerdem wird es bald hell.«

»Seht euch das an«, sagte Clay. Er hob eine CD von der Motelzufahrt auf und beleuchtete sie mit seiner Taschenlampe. Es handelte sich um *Love Songs* von Michael Bolton.

»Und du hast gesagt, die würden schlauer«, sagte Tom.

»Nicht so vorschnell urteilen«, sagte Clay, als sie zu den Zimmern weitergingen. »Irgendjemand hat sie immerhin loswerden wollen.«

»Wahrscheinlich hat derjenige sie bloß verloren«, sagte Tom.

Alice beleuchtete die CD nun mit ihrer Lampe. »Und wer ist derjenige?«

»Liebe Alice«, sagte Tom, »das willst du lieber nicht wissen.« Er nahm Clay die CD aus der Hand und warf sie über die Schulter weg.

Sie brachen die Türen von drei nebeneinander liegenden Zimmern auf – so behutsam wie möglich, damit sie wenigstens noch die Riegel vorschieben konnten, sobald sie drinnen waren –, und da es Betten gab, in denen man schlafen konnte, verschliefen sie den größten Teil des Tages. Sie wurden nicht gestört, wenngleich Alice am Abend meinte, aus weiter Ferne irgendwie Musik gehört zu haben. Sie gab allerdings zu, dass die Musik auch Teil eines ihrer Träume gewesen sein konnte.

8

Im Empfangsbereich des Sweet Valley Inn wurden Straßenkarten verkauft, die mehr Einzelheiten zeigten als ihr Autoatlas. Sie lagen in einer Vitrine, die eingeschlagen worden war. Clay holte eine von Massachusetts und eine von New Hampshire heraus. Er griff vorsichtig hinein, um sich nicht in die Hand zu schneiden, und dabei sah er einen jungen Mann hinter der Empfangstheke liegen. Die Augen starrten blicklos an die Decke. Im ersten Augenblick glaubte Clay, jemand habe der Leiche ein seltsam gefärbtes Sträußchen in den Mund gesteckt. Dann sah er die grünlichen Spitzen, die aus den Wangen des Toten ragten, und erkannte, dass sie von der gleichen Farbe waren wie die Glassplitter, die auf den Einlegeböden der Vitrine verstreut lagen. Der Tote trug ein Namensschild, auf dem MEIN NAME IST **HANK** FRAGEN SIE MICH NACH WOCHENPAUSCHALEN stand. Clay musste beim Betrachten von Hank kurz an Mr. Ricardi denken.

205

Tom und Alice warteten gleich hinter der Eingangstür auf ihn. Es war Viertel vor neun, und draußen herrschte längst völlige Dunkelheit. »Hast du was gefunden?«, fragte Alice.

»Die müssten uns weiterhelfen«, sagte er. Er gab ihr die Straßenkarten und hielt dann die Sturmlaterne hoch, damit Alice und Tom die Karten studieren, mit dem Autoatlas vergleichen und die kommende Nachtetappe planen konnten. In Bezug auf Johnny und Sharon versuchte er, einen gewissen Fatalismus zu pflegen, indem er die nackte Wahrheit seiner gegenwärtigen familiären Situation in den Vordergrund seines Bewusstseins rückte: Was in Kent Pond geschehen war, war geschehen. Sein Sohn und seine Frau waren heil davongekommen oder nicht. Er würde sie entweder finden oder nicht. Seine Erfolge mit dieser halb magischen Denkweise schwankten sehr.

Wenn die Erfolge wieder einmal nachließen, sagte Clay sich, er könne von Glück reden, dass er noch lebte, was natürlich stimmte. Relativiert wurde dieses Glück nur durch die Tatsache, dass er in Boston gewesen war, selbst auf der kürzesten Route (die sie eindeutig *nicht* nahmen) hundertfünfzig Meilen südlich von Kent Pond, als das mit dem Puls passierte. Und trotzdem hatte der Zufall ihn mit guten Leuten zusammengeführt. Immerhin. Mit Leuten, die er als Freunde betrachten konnte. Er hatte genügend andere gesehen – den Bierfässchen-Kerl und die mollige Moralpredigerin sowie Mr. Roscoe Handt aus Methuen –, die weniger Glück gehabt hatten.

Wenn er bei dir ist, Share, wenn Johnny dich erreicht hat, will ich bloß hoffen, dass du dich gut um ihn kümmerst. Ich will's bloß hoffen.

Aber was war, wenn er sein Handy dabeigehabt hatte? Was war, wenn er das rote Handy in die Schule mitgenommen hatte? Hatte er das in letzter Zeit nicht viel öfter als vorher mitgenommen? Weil so viele seiner Mitschüler ihre auch mitnahmen?

Jesus.

»Clay? Alles in Ordnung?«, fragte Tom.

»Klar. Warum?«

»Na ja, du hast ein bisschen ... grimmig ausgesehen.«

»Da war ein toter Kerl hinter der Theke. Kein hübscher Anblick.«

»Seht her«, sagte Alice und fuhr auf der Karte eine dünne Linie nach. Sie schlängelte sich über die Staatsgrenze und schien etwas östlich von Pelham auf die New Hampshire Route 38 zu stoßen. »Die sieht ziemlich gut aus, finde ich«, sagte sie. »Wenn wir auf dem Highway dort draußen ...« Sie zeigte auf die Route 110, auf der die Autos und der Asphalt im leichten Nieselregen schwach glänzten. »... acht, neun Meilen weit nach Westen gehen, müssten wir auf sie stoßen. Was haltet ihr davon?«

»Klingt gut, finde ich«, sagte Tom.

Ihr Blick wechselte sorgenvoll von ihm zu Clay hinüber. Der kleine Turnschuh war verstaut – wahrscheinlich in ihrem Rucksack –, aber Clay merkte ihr an, dass sie das Ding am liebsten geknautscht hätte. Nur gut, dass sie nicht rauchte – sie wäre längst bei vier Päckchen am Tag angelangt. »Wenn die Grenze tatsächlich bewacht wird ...«, begann sie.

»Darüber machen wir uns Sorgen, wenn's so weit ist«, sagte Clay, aber irgendwie machte er sich schon jetzt keine Sorgen. Irgendwie würde er nach Maine gelangen. Und wenn er dazu wie ein Illegaler, der im Oktober die kanadische Grenze überschritt, um sich als Apfelpflücker zu verdingen, durch Dornengestrüpp kriechen musste, dann würde er's eben tun. Beschlossen Tom und Alice zurückzubleiben, war das eben

207

Pech. Er würde sie ungern verlassen ... aber er würde es tun. Weil er sich Gewissheit verschaffen musste.

Die rote Schlangenlinie, die Alice auf der Karte entdeckt hatte, hatte einen Namen – Dostie Stream Road – und war weitgehend hindernisfrei. Auf den vier Meilen bis zur Staatsgrenze sahen sie nur fünf oder sechs verlassene Fahrzeuge und bloß ein einziges Autowrack. Sie kamen auch an zwei Häusern vorbei, in denen Licht zu sehen und das Brummen von Notstromaggregaten zu hören war. Sie überlegten, ob sie dort einkehren sollten, kamen aber schnell wieder von dieser Idee ab.

»Wahrscheinlich würden wir in ein Feuergefecht mit irgendeinem Kerl geraten, der Haus und Hof verteidigt«, sagte Clay. »Immer unter der Voraussetzung, dass dort überhaupt jemand ist. Diese Aggregate sind vermutlich automatisch angesprungen, als die Stromversorgung ausgefallen ist, und laufen, bis der Sprit verbraucht ist.«

»Selbst wenn diese Leute normal wären und uns einlassen würden – was man wohl kaum als normal bezeichnen könnte –, was würden wir dann tun?«, sagte Tom. »Fragen, ob wir mal kurz telefonieren dürfen?«

Sie diskutierten darüber, ob sie versuchen sollten, irgendwo ein Fahrzeug mitgehen zu lassen (wie Tom sich ausdrückte), entschieden sich letztlich aber auch da dagegen. Falls die Staatsgrenze von Polizei oder irgendwelchen Bürgerwehrlern bewacht wurde, war es vielleicht nicht gerade das Klügste, mit einem Chevy Tahoe vorzufahren.

Also gingen sie zu Fuß, und an der Staatsgrenze gab es natürlich nichts außer einer Tafel (einer kleinen, wie sie zu einer zweispurigen Landstraße passte, die sich durch eine Bauerngegend schlängelte), auf der SIE BETRETEN JETZT NEW HAMPSHIRE und BIENVENUE! stand. Die einzigen Geräusche kamen von der abtropfenden Feuchtigkeit in dem Wald auf beiden Seiten der Straße und vom gelegentlichen Seufzen einer Brise. Manchmal auch vom Rascheln irgendeines kleinen Tieres. Sie blieben kurz stehen, um das Schild zu lesen, dann gingen sie weiter und ließen Massachusetts hinter sich.

9

Jegliches Gefühl von Einsamkeit endete mit der Dostie Stream Road und einem Straßenschild, auf dem NH ROUTE 38 und MANCHESTER 19 MI stand. Auch hier auf der 38 waren zwar zunächst nur wenige Reisende unterwegs, aber als sie eine halbe Stunde später auf die 128 überwechselten – eine breite, mit Autowracks übersäte Straße, die fast genau nach Norden führte –, wurde dieses Rinnsal zu einem stetigen Strom von Flüchtlingen. Die meisten waren in kleinen Dreier- oder Vierergruppen unterwegs und ließen durch die Bank mangelndes Interesse für alle anderen außer sich selbst erkennen, was Clay ziemlich schäbig fand.

Sie begegneten einer Frau Anfang vierzig und einem ungefähr zwanzig Jahre älteren Mann, die beide einen Einkaufswagen schoben, in dem jeweils ein Kind saß. Das in dem Wagen des Mannes war ein Junge, der eigentlich zu groß für das Wägelchen war, es aber trotzdem geschafft hatte, sich zusammenzurollen und einzuschlafen. Gerade als Clay und seine Begleiter diese fußlahme Familie überholten, fiel von dem Einkaufswagen des Mannes ein Rad ab. Der Wagen kippte zur Seite, sodass der Junge, der ungefähr sieben zu sein schien, auf der Straße landete. Tom bekam ihn an der Schulter zu fassen und konnte den Sturz noch abmildern, aber der Junge schürfte sich dennoch das Knie auf. Und er war natürlich sehr erschrocken. Tom hob ihn auf, aber da der Junge ihn nicht kannte, strampelte er, um von ihm wegzukommen, und heulte noch lauter.

»Alles okay, danke, ich hab ihn«, sagte der Mann. Er nahm den Jungen mit und setzte sich mit ihm an den Straßenrand, wo er viel Wesens um das Wehweh machte – ein Ausdruck, den Clay nicht mehr gehört hatte, seit *er* sieben war. Der Mann sagte: »Gregory pustet jetzt drauf, dann ist gleich wieder alles gut.« Er pustete auf das aufgeschürfte Knie des Kleinen, der den Kopf an die Schulter des Vaters lehnte. Er war schon wieder dabei, einzuschlafen. Gregory nickte Tom und Clay lächelnd zu. Er wirkte fast zu Tode erschöpft: ein Mann, der vergangene Woche vermutlich noch ein schlanker, Nautilus-trainierter Sechziger gewesen war und jetzt wie ein 75-jähriger Jude aussah, der verzweifelt aus Polen zu flüchten versuchte, solange noch Zeit dazu war.

»Wir kommen schon zurecht«, sagte er. »Gehen Sie ruhig weiter.«

Clay öffnete den Mund, um zu sagen: *Warum gehen wir nicht miteinander weiter? Warum schließen wir uns nicht zusammen? Was halten Sie davon, Greg?* So hatten die Helden der SF-Romane, die er als Teenager verschlungen hatte, immer geredet: *Warum schließen wir uns nicht zusammen?*

»Genau, geht weiter, worauf wartet ihr noch?«, sagte die Frau, bevor er das oder irgendetwas anderes sagen konnte. Das ungefähr fünfjährige Mädchen in ihrem Einkaufswagen schlief weiter. Die Frau hatte sich schützend neben dem Wagen aufgebaut, als hätte sie einen außerordentlich günstigen Ausverkaufsartikel ergattert und fürchtete nun, Clay oder seine Freunde könnten ihn ihr wegnehmen wollen. »Glaubt ihr vielleicht, dass wir was haben, das ihr brauchen könnt?«

»Natalie, hör auf«, sagte Gregory mit fast aufgebrauchter Geduld.

Aber Natalie hörte nicht auf, und Clay erkannte, was an dieser kleinen Szene so bedrückend war. Nicht, dass eine Frau, die Angst und Erschöpfung paranoid gemacht hatten, ihn grundlos verdächtigte; das war verständlich und entschuldbar. Was seine Stimmung auf den Nullpunkt sinken ließ, war die Art und Weise, wie die Leute einfach weitergingen, ihre Taschenlampen schwangen und in ihren eigenen kleinen Gruppen leise miteinander sprachen, während gelegentlich ein Koffer von einer Hand in die andere genommen wurde. Irgendein Rowdy auf einem Minimotorrad schlängelte sich zwischen Abfallhaufen und Autowracks hindurch, und die Leute machten ihm ärgerlich murmelnd Platz. Clay dachte, dass die anderen wohl auch nicht anders reagiert hätten, wenn der kleine Junge sich beim Sturz aus dem Einkaufswagen das Genick gebrochen hätte, statt sich nur das Knie aufzuschürfen. Er dachte, dass sie wahrscheinlich auch nicht anders reagierten, wenn der übergewichtige Mann dort vorn, der mit einem schweren Seesack beladen am Straßenrand dahinkeuchte, mit einem Herzschlag zusammenbrach. Niemand würde versuchen, ihn wiederzubeleben, und die Zeiten, wo man einfach den Notarzt anrufen konnte, waren nun einmal vorbei.

Niemand machte sich auch nur die Mühe, so etwas zu rufen wie: *Geben Sie's ihm, Lady!* oder *He, Mann, warum sagst du ihr nicht, sie soll die Klappe halten?* Alle gingen einfach nur weiter.

»... wir haben nämlich bloß diese *Kinder*, eine Verantwortung, nach der wir uns nicht gedrängt haben, weil wir kaum *uns selbst* versorgen können, er hat einen Schrittmacher; was sollen wir tun, wenn die *Badderie* erschöpft ist, das möchte

ich wirklich wissen. Und jetzt diese Kinder! Wollen Sie eins?«
Sie sah sich mit wildem Blick um. »He! Will jemand ein Kind?«

Das kleine Mädchen bewegte sich.

»Natalie, du machst Portia Angst«, sagte Gregory.

Die Frau namens Natalie lachte. »Scheißpech für sie! Wir
leben nun mal in einer Welt, die Angst macht!« Um sie herum
schlurften die Flüchtlinge weiter. Niemand achtete auf sie,
und Clay dachte: *So verhalten wir uns also. So geht's, wenn uns
der Boden unter den Füßen weggezogen wird. Wenn keine
Kameras laufen, keine Gebäude brennen, kein Anderson Coo-
per sagt: »Und nun zurück in die CNN-Studios in Atlanta.«
So geht's, wenn der Heimatschutz wegen Mangel an Vernunft
ausfällt.*

»Lassen Sie mich den Jungen nehmen«, sagte Clay. »Ich
trage ihn, bis Sie was Besseres für ihn finden. Der Wagen ist
hin.« Er sah zu Tom hinüber. Tom zuckte die Achseln und
nickte.

»Fassen Sie ihn nicht an«, sagte Natalie und hatte plötzlich
eine Pistole in der Hand. Die Waffe war nicht groß, vermutlich
nur eine .22er, aber selbst ein Kleinkalibergeschoss konnte
tödlich sein, wenn es an der richtigen Stelle traf.

Clay hörte, wie links und rechts von ihm Waffen gezogen
wurden, und wusste, dass Alice und Tom jetzt mit den Pistolen, die sie aus dem Haus der Nickersons mitgenommen hatten, auf die Frau namens Natalie zielten. Auch das gehörte
offenbar zu dem ganzen Spiel dazu.

»Stecken Sie das Ding weg, Natalie«, sagte er. »Wir gehen
jetzt weiter.«

»Da haben Sie gottverdammt Recht, das tut ihr«, sagte sie
und strich sich mit dem linken Handballen eine Haarsträhne,
die ihr in die Stirn gefallen war, aus dem Auge. Sie schien gar
nicht wahrzunehmen, dass der junge Mann und die jüngere

Frau, die Clay begleiteten, sie mit Waffen bedrohten. Nun sahen die Vorbeigehenden doch noch zu ihnen herüber, aber die einzige Reaktion bestand darin, diese Stelle, an der eine Konfrontation in Blutvergießen auszuarten drohte, etwas zügiger zu passieren.

»Komm jetzt, Clay«, sagte Alice ruhig. Sie legte ihre freie Hand auf sein Handgelenk. »Bevor jemand erschossen wird.«

Sie setzten sich wieder in Bewegung. Alice ließ die Hand auf Clays Handgelenk, fast als würde sie mit ihm als Freund gehen. *Nur ein kleiner Mitternachtsspaziergang,* dachte Clay, obwohl er keine Ahnung hatte, wie spät es war, was ihn aber auch nicht interessierte. Das Herz schlug ihm bis zum Hals. Tom ging neben ihnen, nur dass er bis zur nächsten Kurve rückwärts lief und dabei die Pistole in der Hand hielt. Clay vermutete, dass Tom zurückschießen können wollte, falls Natalie beschloss, ihre Spielzeugpistole doch zu gebrauchen. Denn auch zurückgeschossen wurde jetzt, wo der Telefonverkehr bis auf weiteres eingestellt war.

10

In den Stunden vor Tagesanbruch, als sie auf der Route 102 östlich von Manchester unterwegs waren, hörten sie auf einmal leise, ganz leise Musik von irgendwoher.

»Jesses«, sagte Tom und blieb stehen. »Das ist der ›Baby Elephant Walk‹.«

»Das ist *was*?«, fragte Alice. Sie klang belustigt.

»Ein Big-Band-Stück aus der Zeit, als die Gallone Benzin noch fünfundzwanzig Cent gekostet hat. Les Brown und His Band of Renown oder jemand in der Art. Meine Mutter hatte die Platte.«

Zwei Männer schlossen zu ihnen auf und blieben kurz stehen, um zu verschnaufen. Sie waren schon älter, sahen aber beide fit aus. *Wie zwei vor kurzem pensionierte Postboten, die durch die Cotswold Hills wandern,* dachte Clay. *Wo immer die liegen mögen.* Einer trug einen Packsack – keinen kümmerlichen Tagesrucksack, sondern die hüftlange Ausführung mit Tragegestell –, und der andere hatte einen Rucksack über der rechten Schulter hängen. Über der linken hing eine doppelläufige Schrotflinte.

Packsack wischte sich mit dem Unterarm den Schweiß von seiner zerfurchten Stirn und sagte: »Ihre werte Frau Mama mag ja eine Aufnahme von Les Brown gehabt haben, mein Sohn, aber eher war's eine von Don Costa oder Henry Mancini. Die waren am populärsten. Und die da ...« Er nickte zu den geisterhaften Klängen hinüber. »Das ist der gottverdammte Lawrence Welk, so wahr ich lebe und atme.«

»Lawrence Welk«, flüsterte Tom fast ehrfürchtig.

»*Wer?*«, sagte Alice.

»Das erkennt man doch an dem Elefantentrott«, sagte Clay und lachte. Er war müde und fühlte sich leicht benommen. Ihm kam der Gedanke, dass Johnny wahrscheinlich auf diese Musik *stehen* würde.

Packsack bedachte ihn mit einem kurzen, fast verächtlichen Blick, dann sah er wieder zu Tom hinüber. »Klar, das ist Lawrence Welk«, sagte er. »Meine Augen sind nicht mehr die besten, aber meinen Ohren fehlt nichts. Meine Frau und ich haben uns jeden gottverdammten Samstagabend seine Show angesehen.«

»Dodge hat sich auch gut amüsiert«, sagte Rucksack. Das war sein einziger Diskussionsbeitrag, und Clay hatte nicht die geringste Ahnung, was er damit meinte.

»Lawrence Welk und seine Champagne Band«, sagte Tom. »Unglaublich.«

»Lawrence Welk und seine Champagne *Music Makers*«, sagte Packsack. »Jesus *Christus*.«

»Die Lennon Sisters und die reizende Alice Lon nicht zu vergessen«, sagte Tom.

Die aus der Ferne kommende geisterhafte Musik hatte gewechselt. »Das ist ›Calcutta‹«, sagte Packsack. Er seufzte. »Na, wir müssen weiter. War nett, mit Ihnen zu reden. Schönen Tag noch.«

»Nacht«, sagte Clay.

»Ach was«, sagte Packsack. »Diese Nächte sind jetzt unsere Tage. Ist Ihnen das noch nicht aufgefallen? Alles Gute, Jungs. Dir auch, kleines Fräulein.«

»Danke«, sagte das zwischen Clay und Tom stehende kleine Fräulein mit schwacher Stimme.

Packsack setzte sich wieder in Bewegung. Rucksack ging mit festem Schritt neben ihm her. Um sie herum führte ein stetiger Zug aus wippenden Taschenlampen die Menschen tiefer nach New Hampshire hinein. Packsack blieb noch einmal stehen und drehte sich zu einem letzten Wort um.

»Ihr solltet höchstens noch eine Stunde auf der Straße unterwegs sein«, sagte er. »Sucht euch ein Haus oder ein Motelzimmer, in dem ihr Deckung findet. Ihr wisst, wie das mit den Schuhen funktioniert, nicht wahr?«

»Nein, was ist mit den Schuhen?«, fragte Tom.

Packsack betrachtete ihn so geduldig, wie er vermutlich jeden angesehen hätte, der nichts dafür konnte, dass er ein Trottel war. In der Ferne vor ihnen folgte auf »Calcutta« – falls es das gewesen war – jetzt eine Polka. In der nebeligen Nieselnacht klang sie völlig irrsinnig. Und jetzt redete dieser alte

Mann mit dem großen Packsack auf dem Rücken auch noch von Schuhen.

»Wenn ihr euch irgendwo einquartiert, dann stellt dort eure Schuhe vor die Haustür«, sagte Packsack. »Die Verrückten nehmen sie nicht weg, da könnt ihr unbesorgt sein, aber die Schuhe signalisieren anderen Leuten, dass dort besetzt ist, dass sie weitergehen und sich eine andere Bleibe suchen sollen. Erspart einem ...« Sein Blick streifte das Sturmgewehr, das Clay trug. »Erspart einem Unfälle.«

»Hat's denn Unfälle gegeben?«, fragte Tom.

»O ja«, sagte Packsack erschreckend gleichgültig. »Unfälle passieren immer, weil die Leute nun mal so sind, wie sie sind. Aber es gibt reichlich Unterkünfte, also braucht *ihr* keinen zu haben. Stellt einfach eure Schuhe raus.«

»Woher wissen Sie das alles?«, fragte Alice.

Er bedachte sie mit einem Lächeln, das sein Gesicht über alle Maßen attraktiver machte. Aber es war schwierig, Alice nicht anzulächeln; sie war jung und selbst um drei Uhr morgens sehr hübsch. »Die Leute reden; ich höre ihnen zu. Ich rede; *manchmal* hören andere Leute mir zu. Hast du zugehört?«

»Ja«, sagte Alice. »Zuhören ist eine meiner Stärken.«

»Dann erzähl's weiter. Schlimm genug, dass wir uns gegen *die* behaupten müssen.« Er brauchte nicht deutlicher zu werden. »Da können wir nicht noch zusätzlich Unfälle unter uns brauchen.«

Clay dachte an Natalie, die mit ihrer kleinen Pistole auf ihn gezielt hatte. »Da haben Sie Recht«, sagte er. »Danke.«

»Das ist die ›Beer Barrel Polka‹, oder?«, sagte Tom.

»Richtig, mein Sohn«, sagte Packsack. »Myron Floren, Gott hab ihn selig, an der Quetschkommode. Vielleicht habt ihr ja Lust, in Gaiten zu bleiben. Das ist eine nette Kleinstadt ungefähr zwei Meilen von hier.«

»Werden Sie auch dort bleiben?«, fragte Alice.

»Ach, Rolfe und ich marschieren wahrscheinlich noch ein Stück weiter«, sagte er.

»Warum?«

»Weil wir können, mein kleines Fräulein, das ist alles. Schönen Tag noch.«

Diesmal verbesserten sie ihn nicht, und obwohl die beiden Männer Ende sechzig sein mussten, kamen sie, dem Strahl einer einzelnen Taschenlampe folgend, die Rucksack – Rolfe – in der Hand hielt, bald außer Sicht.

»Lawrence Welk und seine Champagne Music Makers«, sagte Tom staunend.

»›Baby Elephant Walk‹«, sagte Clay und lachte.

»Und wieso hat Dodge sich amüsiert?«, wollte Alice wissen.

»Weil er konnte, vermute ich mal«, sagte Tom und prustete vor Lachen, als er ihren verwirrten Gesichtsausdruck sah.

11

Die Musik kam aus Gaiten, der netten Kleinstadt, die Packsack als Quartier empfohlen hatte. Die Musik war nicht entfernt so laut wie das AC/DC-Konzert, zu dem Clay einmal als Teenager nach Boston gefahren war – *davon* hatten ihm noch tagelang die Ohren gedröhnt –, aber doch laut genug, um ihn an die Sommerkonzerte zu erinnern, die er mit seinen Eltern in South Berwick gehört hatte. Eigentlich hatte er damit gerechnet, sie würden die Quelle dieser Beschallung auf dem Kirmesplatz von Gaiten antreffen – irgendeinen älteren Mann, kein Handy-Verrückter, aber seit der Katastrophe geistig leicht verwirrt, der es sich in den Kopf gesetzt hatte, den allnächtlichen Exodus mit anspruchslosen Oldies zu begleiten,

die er über ein Dutzend batteriebetriebener Lautsprecher ab-
spielte.

In Gaiten gab es zwar einen Festplatz, aber dort hielten sich
nur wenige Leute auf, die im Schein von Taschenlampen und
Sturmlaternen ein spätes Abendessen beziehungsweise frühes Frühstück einnahmen. Der Ursprung der Musik befand
sich etwas weiter nördlich. Lawrence Welk war inzwischen
von jemandem abgelöst worden, der so honigsanft Trompete
blies, dass der Ton einen fast einschläferte.

»Das ist Wynton Marsalis, stimmt's?«, sagte Clay. Er war
bereit, für heute Nacht Schluss zu machen, und fand auch,
dass Alice zu Tode erschöpft aussah.

»Der oder Kenny G«, sagte Tom. »Du weißt ja, was Kenny G
gesagt hat, als er aus dem Aufzug gestiegen ist, oder?«

»Nein«, sagte Clay, »aber du verrätst es mir bestimmt.«

»›Mann! Diese Bude rockt!‹«

»Das ist so witzig«, sagte Clay, »dass mein Sinn für Humor
gerade irgendwie implodiert ist.«

»Das kapiere ich nicht«, sagte Alice.

»Lohnt sich nicht, das zu erklären«, sagte Tom. »Hört mal,
Leute, wir sollten uns langsam was suchen. Ich bin total erledigt.«

»Ich auch«, sagte Alice. »Ich dachte, ich bin vom Fußball-
training her in Form, aber ich bin echt müde.«

»Geht klar«, stimmte Clay zu. »Hab nichts dagegen.«

Sie hatten bereits das Geschäftsviertel von Gaiten durchquert, und den Straßenschildern nach war aus der Main
Street – zugleich die Route 102 – die Academy Avenue geworden. Was Clay nicht sonderlich überraschte, hatte am Ortsein-
gang doch eine Tafel verkündet, dass Gaiten die historische
Gaiten Academy beherberge, eine Einrichtung, über die Clay
sogar irgendwann einmal etwas gehört hatte. Es war wohl so

etwas wie eine dieser Privatschulen in Neuengland, und zwar für Jungen, die es nicht ganz geschafft hatten, nach Exeter oder Milton zu kommen. Vermutlich würden sie drei bald wieder ins Land von Burger Kings, Auspuffdiensten und Baracken von Motelketten zurückkehren, aber an diesem Teilstück der New Hampshire 102 gab es tatsächlich sehr hübsche Einfamilienhäuser. Das Dumme war nur, dass vor den meisten Haustüren Schuhe – manchmal bis zu vier Paare – standen.

Der Fußgängerverkehr hatte erheblich abgenommen, und zwar in dem Maß wie die Reisenden einen Unterschlupf für den kommenden Tag fanden. Als sie an der Citgo-Tankstelle mit dem schönen Namen Academy Grove vorbeikamen und sich den Steinsäulen näherten, die die Einfahrt zur Gaiten Academy flankierten, schlossen sie aber noch einmal zu einem vor ihnen gehenden Trio auf: zwei Männern und einer Frau, alle Mitte bis Ende fünfzig. Während diese drei langsam dem Gehsteig folgten, inspizierten sie jedes Haus auf der Suche nach einem, vor dessen Tür noch keine Schuhe standen. Die Frau humpelte stark, und einer der Männer stützte sie mit einem Arm um ihre Taille.

Die Gaiten Academy befand sich zu ihrer Linken, und Clay stellte fest, dass die Musik (im Augenblick eine schmalzige, von einem großen Streichorchester gespielte Version von »Fly Me to the Moon«) von dort kam. Und ihm fielen zwei weitere Dinge auf: Zum einen war die Straße hier mit besonders vielen Abfällen – aufgerissenen Beuteln, halb verzehrtem Gemüse, abgenagten Knochen – übersät, was sich auf der mit Kies bestreuten Zufahrt zur Academy fortsetzte. Zum anderen standen dort zwei Personen. Bei der einen handelte es sich um einen vom Alter gebeugten Mann, der sich auf einen Krückstock stützte. Bei der anderen handelte es sich um einen

Jungen, der eine batteriebetriebene Lampe zwischen den Füßen stehen hatte. Er schien nicht älter als zwölf zu sein und döste an eine Steinsäule gelehnt im Stehen. Er trug etwas, was eine Schuluniform zu sein schien: graue Hose, grauer Pullover, kastanienbrauner Blazer mit einem Wappen auf der Brusttasche.

Als das Trio vor Clay und seinen Freunden die Zufahrt zur Academy erreichte, sprach der alte Mann – der ein Tweedsakko mit Lederflicken auf den Ellbogen trug – sie mit durchdringender Der-ganze-Hörsaal-soll-mich-bis-in-die-letzte-Reihe-verstehen-Stimme an. »Heda! Heda, sage ich! Wollen Sie nicht hier hereinkommen? Wir können Ihnen Zuflucht bieten, aber vor allem müssen wir ...«

»Wir müssen gar nichts, Mister«, sagte die Frau. »Ich habe vier geplatzte Blasen, an jedem Fuß zwei, und kann kaum noch gehen.«

»Aber wir haben reichlich Platz ...«, begann der alte Knabe. Der Mann, der die Frau stützte, bedachte ihn mit einem Blick, der abweisend gewesen sein musste, jedenfalls verstummte der Alte. Das Trio ging an der Einfahrt und den Steinsäulen und dem an altmodischen eisernen S-Haken hängenden Schild vorbei, auf dem GAITEN ACADEMY GEGR. 1846 *»Ein junger Verstand ist ein Licht im Dunkel«* stand.

Der alte Bursche sackte wieder über seinem Krückstock zusammen, dann sah er Clay, Tom und Alice herankommen und richtete sich wieder auf. Er schien sie anrufen zu wollen, erkannte dann aber offenbar, dass sein Hörsaalgehabe nicht funktionieren würde. Stattdessen stieß er seinen Gefährten mit der Spitze des Krückstocks in die Rippen. Der Junge fuhr mit wildem Blick hoch, während hinter ihnen, wo in der Dunkelheit die Klinkergebäude auf der Kuppe eines kleinen Hügels aufragten, »Fly Me to the Moon« einer ebenso schmalzigen Version von etwas wich, was ursprünglich »I Get a Kick Out of You« gewesen sein konnte.

»Jordan!«, sagte er. »Du bist dran! Bitte sie herein!«

Der Junge namens Jordan fuhr zusammen, blinzelte den Alten an und betrachtete dann das neue Trio herankommender Fremder mit trübseligem Misstrauen. Clay musste an den Märzhasen und die Haselmaus in *Alice im Wunderland* denken. Vielleicht war das falsch – vermutlich war es das –, aber er war eben schon sehr müde. »Ach, *die* sind auch nicht anders, Sir«, sagte er. »*Die* kommen auch nicht herein. Das tut niemand. Wir versuchen's morgen Nacht wieder. Ich will *schlafen*.«

Und Clay wusste, dass sie – müde oder nicht – herausbekommen würden, was der alte Mann wollte ... das hieß, falls Tom und Alice sich nicht total weigerten. Teils weil der Gefährte des Alten ihn an Johnny erinnerte, ja, aber hauptsächlich deshalb, weil der Junge zu dem Schluss gekommen war, in dieser nicht-sehr-schönen neuen Welt werde ihnen niemand helfen – er und der alte Mann, den er *Sir* nannte, waren auf sich allein gestellt, weil das heutzutage eben so war. Nur würde es bald nichts mehr geben, was sich zu bewahren lohnte, wenn das stimmte.

»Los, geh schon«, ermutigte der Alte ihn. Er stieß Jordan noch einmal mit dem Krückstock an, wenn auch nicht fest. Nicht schmerzhaft. »Sag ihnen, dass wir ihnen eine Zuflucht bieten können, dass wir reichlich Platz haben, aber dass sie es sich erst ansehen sollen. Irgendjemand *muss* es sich ansehen. Wenn auch sie Nein sagen, geben wir in der Tat für heute Nacht auf.«

»In Ordnung, Sir.«

Der alte Mann lächelte und ließ dabei einen Mund voller Pferdezähne sehen. »Danke, Jordan.«

Der Junge kam ohne jegliche Begeisterung auf sie zu. Er ließ die staubigen Schuhe über den Boden schlurfen, und unter seinem Pullover hing ein Hemdzipfel heraus. In einer Hand hielt er seine leise summende Lampe. Die dunklen Ringe unter den Augen zeugten von Schlafmangel, und sein Haar war schrecklich ungewaschen.

»Tom?«, sagte Clay.

»Wir lassen uns sagen, was er will«, sagte Tom, »weil ich sehe, dass *du* das willst, aber ...«

»Sirs? Entschuldigung, Sirs?«

»Sekunde«, sagte Tom zu dem Jungen und wandte sich wieder an Clay. Er hatte eine ernste Miene aufgesetzt. »Aber in einer Stunde wird's hell. Vielleicht schon früher. Also können wir nur hoffen, dass der alte Kerl Recht hat, wenn er behauptet, dass es hier Platz für uns gibt.«

»O ja, Sir«, sagte Jordan. Er erweckte den Eindruck, wider besseres Wissen zu hoffen. »Massenhaft Platz. Hunderte von Zimmern in Wohnheimen, von der Cheatham Lodge ganz zu schweigen. Tobias Wolff war letztes Jahr hier, hat hier übernachtet. Er hat einen Vortrag über sein Buch *Alte Schule* gehalten.«

»Das habe ich gelesen«, sagte Alice. Ihre Stimme klang nachdenklich.

»Die Jungs, die keine Handys hatten, sind alle weggelaufen. Die anderen, die welche hatten ...«

»Wir wissen Bescheid«, sagte Alice.

»Ich bin mit einem Stipendium hier. Ich komme aus Holloway. Ich hatte kein Handy. Ich musste das Telefon der Wohnheimaufsicht benützen, wenn ich zu Hause anrufen wollte. Die anderen Jungs haben sich da immer über mich lustig gemacht.«

»Sieht so aus, als hättest du zuletzt am besten gelacht, Jordan«, sagte Tom.

»Ja, Sir«, sagte der Junge pflichtbewusst, aber im Licht seiner summenden Lampe sah Clay kein Lachen, nur Kummer und Müdigkeit. »Wollen Sie nicht bitte mitkommen und den Rektor kennen lernen?«

Und obwohl Tom selbst sehr müde sein musste, antwortete er so vollendet höflich, als stünden sie auf einer sonnigen Veranda – an einem Elternbesuchstag beim Tee etwa – statt um Viertel nach vier Uhr morgens auf dem mit Abfällen übersäten Gehsteig der Academy Avenue. »Das wäre uns ein Vergnügen, Jordan«, sagte er.

12

»Satans Sprechfunk, so habe ich sie genannt«, sagte Charles Ardai, der fünfundzwanzig Jahre lang der Fachleiter für Englisch gewesen war und zum Zeitpunkt des Pulses amtierender Rektor der gesamten Academy. Jetzt stapfte er in erstaunlichem Tempo mit seinem Krückstock den Hügel hinauf und blieb dabei auf dem Gehsteig, um die Abfallflut zu meiden, die den Academy Drive bedeckte. Jordan ging wachsam neben ihm her, die anderen drei folgten ihnen. Jordan fürchtete sicherlich, der Alte könnte das Gleichgewicht verlieren. Clay fürchtete, den Mann könnte der Schlag treffen, wenn er gleichzeitig redete und einen Hügel – selbst einen relativ flachen wie diesen – ersteigen wollte.

»Natürlich habe ich das nie ernst gemeint; das war ein Scherz, Spott, eine komische Übertreibung, aber ich habe die Dinger tatsächlich nie leiden können, vor allem nicht auf dem Schulgelände. Ich hätte natürlich beantragen können, sie aus der Schule zu verbannen, wäre dann aber mit ziemlicher Sicherheit natürlich überstimmt worden. Ebenso gut könnte man versuchen, ein Gesetz gegen das Ansteigen der Flut zu erlassen, was?« Er keuchte mehrmals rasch. »Mein Bruder hat mir zum fünfundsechzigsten Geburtstag eines geschenkt. Ich habe das Ding sich entladen lassen ...« Keuch, schnauf. »Und einfach nie wieder geladen. Handys geben Strahlung ab, ist Ihnen das bewusst? In winzigen Mengen, gewiss, aber trotzdem ... eine Strahlungsquelle, die man dicht am Kopf hat ... am Gehirn ...«

»Sir, Sie sollten warten, bis wir am Tonney sind«, sagte Jordan. Er stützte Ardai, weil der Krückstock auf einem verfaulten Stück Obst ausgerutscht war und der alte Rektor einen kurzen Augenblick lang (allerdings in beängstigendem Winkel) nach Backbord krängte.

»Vielleicht keine schlechte Idee«, sagte Clay.

»Ja«, stimmte der Rektor zu. »Nur ... ich habe ihnen nie getraut, darauf will ich hinaus. Mit meinem Computer war's von Anfang an anders. Bei dem habe ich mich sofort in meinem Element gefühlt.«

Auf dem Hügelkamm gabelte sich der durch den Campus führende Hauptweg. Die linke Abzweigung schlängelte sich zu Gebäuden weiter, bei denen es sich offensichtlich um Schülerwohnheime handelte. Die rechte führte zu Hörsaalgebäuden, einer Ansammlung von Verwaltungsgebäuden und einem Torbogen, der weiß aus dem Dunkel hervorleuchtete. Der Fluss aus Abfällen und weggeworfenen Packungen strömte darunter hinweg. Rektor Ardai führte sie in diese Richtung und wich dem Müll nach Möglichkeit aus, während Jordan ihn am Ellbogen gefasst hielt. Die Musik – jetzt sang Bette Midler »The Wind Beneath My Wings« – kam von jenseits des Torbogens, und Clay sah Dutzende von CDs zwischen den Knochen und leeren Kartoffelchipsbeuteln. Allmählich wurde ihm wegen dieser ganzen Sache unbehaglich zumute.

»Äh, Sir? Rektor? Vielleicht sollten wir einfach ...«

»Keine Sorge«, antwortete der Schulleiter. »Haben Sie als Kind jemals Reise nach Jerusalem gespielt? Natürlich haben Sie das. Nun, solange die Musik nicht abbricht, haben wir nichts zu befürchten. Wir sehen uns nur schnell um, dann gehen wir zur Cheatham Lodge hinüber. Das ist meine Dienstvilla. Keine zweihundert Meter vom Tonney Field entfernt, das versichere ich Ihnen.«

Clay sah zu Tom hinüber, der nur die Achseln zuckte. Alice nickte wortlos.

Jordan, der sich zufällig (und ziemlich besorgt) nach ihnen umsah, beobachtete die stumme Verständigung. »Sie sollten es sich wirklich ansehen«, sagte er. »Der Rektor hat Recht. Man weiß erst Bescheid, wenn man's gesehen hat.«

»Was gesehen, Jordan?«, fragte Alice.

Aber Jordan starrte sie nur an: große junge Augen im Dunkel. »Abwarten«, sagte er.

13

»Heiliger gottverdammter Scheiß«, sagte Clay. In seiner Vorstellung klangen diese Worte wie ein kraftvoller Aufschrei voller Überraschung und Entsetzen, vielleicht mit einer Prise Empörung gewürzt – aber was tatsächlich herauskam, war eine Art wehleidiges Wimmern. Das mochte zum Teil daran liegen, dass die Musik aus dieser Nähe tatsächlich fast so laut wie bei jenem lange zurückliegenden AC/DC-Konzert war (obwohl Debby Boone, die mit reizender Schulmädchenstimme »You Light Up My Life« sang, sich auch bei voller Lautstärke doch sehr von »Hell's Bells« unterschied), aber hauptsächlich steckte reine Schockiertheit dahinter. Er hatte geglaubt, nach dem Puls und ihrem anschließenden Auszug aus Boston gegen alles gewappnet zu sein, aber er hatte sich getäuscht.

Er glaubte nicht, dass solche Privatschulen sich mit etwas abgegeben hatten, was so plebejisch (und brutal) war wie Football; Fußball dagegen musste hier eine große Sache gewesen sein. Die Tribünen auf beiden Seiten des Sportplatzes schienen bis zu tausend Sitzplätze zu haben und waren mit Girlanden in patriotischen Farben behängt, die jetzt nach dem Schauerwetter der letzten Tage traurig durchnässt herabzuhängen begannen. Am anderen Ende des Spielfelds ragte eine moderne elektronische Anzeigetafel auf, an deren Oberkante hohe Stehbuchstaben mehrere Wörter bildeten. Clay konnte sie in der Dunkelheit nicht lesen und hätte sie vermutlich normalerweise nicht beachtet, selbst wenn es Tag gewesen wäre. Das vorhandene Licht reichte eben aus, um das Spielfeld erkennen zu können, und nur darauf kam es an.

Jeder Quadratzentimeter Rasen war mit Handy-Verrückten bedeckt. Sie lagen auf dem Rücken wie Sardinen in der Dose: Bein an Bein und Hüfte an Hüfte und Schulter an Schulter. Mit dem Gesicht starrten sie zu dem schwarzen Himmel kurz vor Tagesanbruch auf.

»O mein Gott«, sagte Tom. Seine Stimme klang gedämpft, weil er eine Faust gegen den Mund gepresst hielt.

»Fangt das Mädchen auf!«, blaffte der Rektor. »Sie wird gleich ohnmächtig!«

»Nein ... mir fehlt nichts«, sagte Alice, aber als Clay nun einen Arm um sie legte, sank sie keuchend, fast hechelnd gegen ihn. Die Augen behielt sie offen, aber ihr Blick war starr, so als stünde sie unter Drogen.

»So liegen sie auch unter den Tribünen«, sagte Jordan. Er sprach mit bemühter, fast angeberischer Ruhe, die Clay ihm keine Sekunde lang abnahm. Es war die Stimme eines Jungen, der seinen Freunden versicherte, dass die Maden, die in den Augen einer toten Katze wimmelten, ihm nicht das Geringste ausmachten ... unmittelbar bevor er sich vornüberbeugte, um sich würgend zu übergeben. »Ich und der Rektor glauben, dass sie dort die Verletzten ablegen, also die, die wahrscheinlich nicht wieder auf die Beine kommen.«

»Der Rektor und ich, Jordan.«

»Entschuldigung, Sir.«

Debby Boone erreichte ihre poetische Katharsis und verstummte. Dann folgte eine Pause, bevor Lawrence Welks Champagne Music Makers abermals den »Baby Elephant Walk« erklingen ließen. *Dodge hat sich auch gut amüsiert,* dachte Clay.

»Wie viele von diesen Gettoblastern haben sie zusammengeschaltet?«, fragte er Rektor Ardai. »Und wie haben sie das alles hingekriegt? Sie sind *hirnlos,* um Himmels willen, *Zombies!«* Ihn überfiel eine schreckliche Vorstellung, die unlogisch und überzeugend zugleich war. »Haben *Sie* das bewerkstelligt? Um sie ruhig zu stellen oder ... ich weiß nicht ...«

»Er war's nicht«, sagte Alice. Sie sprach ruhig von ihrem sicheren Platz in Clays Armbeuge aus.

»Nein, und beide Ihrer Annahmen sind falsch«, erklärte der Rektor ihm.

»Beide? Ich verstehe nicht, was ...«

»Sie müssen begeisterte Musikliebhaber sein«, sagte Tom nachdenklich. »Andererseits gehen sie nicht gern in Gebäude. Aber dort sind die CDs, stimmt's?«

»Von den Gettoblastern ganz zu schweigen«, sagte Clay.

»Für Erklärungen reicht die Zeit jetzt nicht mehr. Der Himmel im Osten wird schon heller, und ... Sag's ihnen, Jordan.«

Jordan antwortete pflichtbewusst, aber im leiernden Tonfall eines Schülers, der etwas aufsagt, was er selbst nicht recht versteht. »Alle guten Vampire müssen vor dem ersten Hahnenschrei wieder drinnen sein, Sir.«

»Ganz recht – vor dem ersten Hahnenschrei. Vorerst brauchen Sie sich sie nur anzusehen. Das genügt zunächst. Sie haben nicht gewusst, dass es solche Orte gibt, nicht wahr?«

»Alice hat's gewusst«, sagte Clay.

Sie sahen die vor ihnen Liegenden an. Und weil der Himmel tatsächlich heller zu werden begann, erkannte Clay nun, dass die Augen in allen diesen Gesichtern offen standen. Er ahnte jedoch, dass sie nichts sahen; sie waren nur … offen.

Hier läuft irgendwas Schlimmes ab, dachte er. *Dass sie sich in Schwärmen gesammelt haben, war erst der Anfang.*

Die eng aneinander gepressten Körper und leeren Gesichter (überwiegend von Weißen; schließlich waren sie hier in Neuengland) zu sehen, war schlimm genug, aber die blicklos in den Nachthimmel starrenden Augen erfüllten ihn mit namenlosem Entsetzen. Irgendwo, nicht allzu weit entfernt, begann der erste Vogel zu singen. Das war zwar kein Hahnenschrei, aber der Rektor fuhr trotzdem zusammen und geriet darauf ins Schwanken. Diesmal war es Tom, der ihn stützte.

»Kommen Sie, kommen Sie«, forderte der Rektor sie auf. »Bis zur Cheatham Lodge ist's nicht weit, aber wir sollten uns trotzdem beeilen. Die feuchte Kälte hat mich ganz steif gemacht. Nimm meinen Ellbogen, Jordan.«

Alice löste sich von Clay und trat auf die andere Seite des Alten. Er bedachte sie mit einem eher furchteinflößenden Lächeln und schüttelte den Kopf. »Jordan kann sich um mich kümmern. Wir helfen uns jetzt gegenseitig – nicht wahr, Jordan?«

»Ja, Sir.«

»Jordan?«, fragte Tom. Sie näherten sich einem großen (und ziemlich protzigen) Gebäude im Tudorstil, das Clay für die Cheatham Lodge hielt.

»Sir?«

»Der Text über der Anzeigetafel ... Ich habe ihn nicht lesen können. Was steht dort?«

»WILLKOMMEN, LIEBE EHEMALIGE, ZUM GROSSEN SCHULFEST.« Jordan hätte fast gelächelt, aber dann fiel ihm offenbar wieder ein, dass es dieses Jahr kein großes Schulfest geben würde – die Girlanden an den Tribünen waren bereits ramponiert –, und die Fröhlichkeit verließ sein Gesicht. Wäre er nicht so müde gewesen, hätte er vielleicht die Fassung bewahrt, aber es war sehr spät, schon fast Tag, und als sie den Fußweg zum Haus des Rektors hinaufgingen, brach der letzte Schüler der Gaiten Academy, der noch seine Schuluniform in Kastanienbraun und Grau trug, in Tränen aus.

14

»Das war unglaublich gut, Sir«, sagte Clay. Er hatte ganz zwanglos Jordans Form der Anrede übernommen. Tom und Alice ebenfalls. »Vielen Dank.«

»Ja«, sagte Alice. »Danke. Ich habe noch nie hintereinanderweg zwei Hamburger gegessen – jedenfalls nicht so große.«

Es war drei Uhr am nächsten Nachmittag. Sie saßen auf der Veranda hinter der Cheatham Lodge. Charles Ardai – der Rektor, wie Jordan ihn nannte – hatte die Hamburger auf einem kleinen Gasgrill gebraten. Das Fleisch könnten sie unbesorgt essen, sagte er, das Notstromaggregat des Tiefkühlschranks der Schulkantine sei nämlich bis gestern Mittag gelaufen (und tatsächlich waren die Frikadellen aus der Kühlbox, die

Tom und Jordan aus der Speisekammer auf die Veranda getragen hatten, noch durchgefroren und hart wie Eishockeypucks gewesen). Er sagte, das Fleisch zu *grillen,* sei wahrscheinlich bis gegen fünf Uhr ungefährlich, aber trotzdem gebiete Vernunft ein frühes Mahl.

»Sie würden den Bratenduft wittern?«, fragte Clay.

»Sagen wir einfach, dass wir nicht den Wunsch haben, das herauszufinden«, antwortete der Rektor. »Haben wir den, Jordan?«

»Nein, Sir«, sagte Jordan und biss von seinem zweiten Hamburger ab. Er wirkte nicht mehr so dienstbeflissen, aber Clay vermutete, dass der Junge sich weiterhin zusammenriss. »Wir wollen drinnen sein, wenn sie aufwachen, und drinnen, wenn sie aus der Stadt zurückkommen. Dorthin gehen sie nämlich – in die Stadt. Die picken sie leer wie Vögel ein Getreidefeld. Das sagt der Rektor.«

»Als wir in Malden waren, sind sie früher zurückgekommen«, sagte Alice. »Allerdings haben wir nicht gewusst, wo sie sich versammeln.« Sie sah zu dem Tablett mit Puddingbechern hinüber. »Kann ich einen von denen haben?«

»Aber sicher.« Der Rektor schob das Tablett zu ihr hinüber. »Und noch einen Hamburger, wenn Sie möchten. Was wir nicht bald essen, verdirbt nur.«

Alice ächzte und schüttelte den Kopf, aber sie nahm sich einen Puddingbecher. Das tat auch Tom.

»Sie scheinen jeden Morgen zur selben Zeit aufzubrechen, aber der Schwarm kehrt in letzter Zeit *merklich* später zurück«, sagte Ardai nachdenklich. »Woran das wohl liegen mag?«

»Weniger Beute?«, sagte Alice.

»Vielleicht ...« Er nahm einen letzten Bissen von seinem Hamburger, dann bedeckte er die Essensreste auf seinem Teller ordentlich mit einer Papierserviette. »Es gibt nämlich ziemlich viele Schwärme. Möglicherweise bis zu einem Dutzend in einem Radius von fünfzig Meilen. Von Leuten, die nach Süden unterwegs waren, wissen wir, dass es Schwärme in Sandown, Fremont und Candia gibt. Sie streifen tagsüber halbwegs ziellos umher, vermutlich ebenso auf der Suche nach Musik wie nach Nahrung, und kehren dann an ihre Schlafplätze zurück.«

»Das wissen Sie bestimmt?«, fragte Tom. Er war mit einem Pudding fertig und griff nach dem nächsten Becher.

Ardai schüttelte den Kopf. »Nichts ist sicher, Mr. Mc-Court.« Sein Haar, eine lange weiße Mähne (unverkennbar die eines Englischprofessors, dachte Clay), kräuselte sich in der sanften Nachmittagsbrise. Die Wolken waren abgezogen. Von der rückwärtigen Veranda aus konnten sie einen großen Teil des Schulgeländes überblicken, das bisher unbelebt war. Jordan, der in regelmäßigen Abständen um das Haus herumpatrouillierte, um den Hügel zur Academy Avenue hinunter zu erkunden, meldete jeweils, auch dort sei alles ruhig. »Sie haben noch keinen dieser anderen Sammelplätze gesehen?«

»Nirgends«, sagte Tom.

»Aber wir waren immer nur nachts unterwegs«, sagte Clay, »und jetzt ist das Dunkel *wirklich* dunkel.«

»Ja«, bestätigte der Rektor. Er sprach fast verträumt. »Wie in *le Moyen-Âge*. Übersetzung, Jordan?«

»Im Mittelalter, Sir.«

»Gut.« Er tätschelte Jordans Schulter.

»Selbst große Schwärme wären leicht zu übersehen«, sagte Clay. »Die müssten sich gar nicht groß verstecken.«

»Nein, sie verstecken sich nicht«, stimmte Rektor Ardai zu, indem er die Hände mit den Fingerspitzen aneinander legte.

»Jedenfalls bisher nicht. Sie schwärmen aus ... Sie suchen Beute ... Und ihr Gruppenverstand lässt möglicherweise etwas nach, *während* sie plündern ... aber womöglich immer weniger. Möglicherweise mit jedem Tag etwas weniger.«

»Manchester ist abgebrannt«, sagte Jordan plötzlich. »Wir konnten das Feuer von hier aus sehen, nicht wahr, Sir?«

»Ja«, bestätigte der Rektor. »Das war sehr traurig und beängstigend.«

»Stimmt es, dass Leute, die nach Massachusetts wollen, an der Grenze erschossen werden?«, fragte Jordan. »Das sagen die Leute nämlich. Und dass man nach Vermont ziehen muss, dass nur der Weg dorthin sicher ist.«

»Das ist Stuss«, sagte Clay. »Genau das Gleiche haben wir von der Grenze nach New Hampshire gehört.«

Jordan glotzte ihn einen Augenblick lang an, dann brach er in Gelächter aus. In der stillen Luft klangen diese Laute rein und schön. Dann fiel in der Ferne ein Schuss. Und etwas näher schrie jemand vor Wut oder Entsetzen.

Jordan hörte abrupt zu lachen auf.

»Erzählen Sie uns von dem unheimlichen Zustand, in dem wir sie letzte Nacht gesehen haben«, sagte Alice ruhig. »Und von der Musik. Hören auch alle anderen Schwärme nachts Musik?«

Der Rektor sah zu Jordan hinüber.

»Ja«, sagte der Junge. »Nur sanftes Zeug, kein Rock, kein Country ...«

»Auch keine Klassik, würde ich vermuten«, warf der Rektor ein. »Oder jedenfalls nichts Anspruchsvolles.«

»Das sind ihre Wiegenlieder«, sagte Jordan. »Das glauben ich und der Rektor, nicht wahr, Sir?«

»Der Rektor und ich, Jordan.«

»Rektor und ich, ja, Sir.«

»Aber das glauben wir in der Tat«, stimmte der Rektor zu. »Obwohl ich vermute, dass mehr dahinter steckt. Ja, eine ganze Menge mehr.«

Clay war völlig durcheinander. Er wusste irgendwie nicht mehr recht weiter. Er musterte seine Freunde und sah auf ihren Gesichtern, was er selbst empfand: nicht nur Verwirrung, sondern ein furchtsames Widerstreben dagegen, aufgeklärt zu werden.

»Darf ich offen sprechen?«, fragte Rektor Ardai, indem er sich nach vorn beugte. »Ich *muss* offen sprechen; das ist eine lebenslängliche Gewohnheit. Ich möchte, dass Sie uns helfen, hier etwas Schreckliches zu tun. Dafür bleibt nicht mehr viel Zeit, glaube ich, und auch wenn eine einzelne Tat dieser Art vielleicht nichts bewirkt, weiß man's doch nie, nicht wahr? Man weiß nie, welche Art Kommunikation möglicherweise zwischen diesen ... Schwärmen existiert. Jedenfalls werde ich nicht untätig zusehen, wie diese ... *Kreaturen* ... mir nicht nur meine Schule, sondern sogar das Tageslicht rauben. Ich hätte es vielleicht schon versucht, aber ich bin alt, und Jordan ist noch sehr jung. Zu jung. Unabhängig davon, was sie jetzt sein mögen, sind sie bis vor kurzem Menschen gewesen. Ich lasse nicht zu, dass er irgendwie an dieser Sache mitwirkt.«

»Ich kann meinen Teil tun, Sir!«, sagte Jordan. Er sprach so beherzt, fand Clay, wie jeder muslimische Jugendliche, der sich je einen Selbstmordgürtel mit Sprengladungen umgebunden hatte.

»Ich weiß deinen Mut zu schätzen, Jordan«, sagte der Rektor, »aber lieber nicht.« Er sah den Jungen freundlich an. Als er sich dann wieder an die anderen wandte, war sein Blick jedoch viel härter geworden. »Ihr habt Waffen – gute Waffen –, und ich habe nichts als ein altes Kleinkalibergewehr, das vielleicht nicht einmal mehr funktioniert, obwohl der Lauf frei ist – ich habe nachgesehen. Und selbst wenn es in Ordnung wäre, würde die alte Munition, die ich dafür habe, vielleicht versagen. Aber wir haben in unserer kleinen Fahrbereitschaft eine Zapfsäule, und Benzin könnte dazu dienen, ihr Leben zu beenden.«

Er musste das Entsetzen auf ihren Mienen gesehen haben, jedenfalls wiegte er bedächtig den Kopf. Clay fand nicht mehr, dass der Mann wie der liebenswerte alte Mr. Chips aussah; er sah jetzt wie ein puritanischer Ältester auf einem in Öl gemalten Porträt aus. Einer, der, ohne mit der Wimper zu zucken, einen Mann dazu hätte verurteilen können, in den Stock gelegt zu werden. Oder eine Frau dazu, als Hexe auf dem Scheiterhaufen verbrannt zu werden.

Er nickte speziell Clay zu. Da war sich Clay sicher. »Ich weiß, was ich sage. Ich weiß, wie das klingt. Aber es wäre kein Mord, kein wirklicher; es wäre eine Vertilgung. Und ich kann Sie zu nichts zwingen. Aber in jedem Fall – ob Sie mir helfen, sie zu verbrennen, oder nicht – müssen Sie eine Warnung überbringen.«

»Wem?«, fragte Alice mit schwacher Stimme.

»Jedem, dem Sie begegnen, Miss Maxwell.« Er beugte sich etwas weiter über den Tisch, und jene Augen eines Richters, der mit der Todesstrafe rasch bei der Hand war, waren klein und scharf und glühend heiß. »Sie müssen erzählen, was mit *ihnen* geschieht – mit denen, die über Satans Sprechfunk die infernalische Botschaft erhalten haben. Das müssen Sie weitergeben. Jeder, dem sie das Tageslicht geraubt haben, muss es hören – und zwar bevor's zu spät ist.« Er fuhr sich mit einer Hand über das Kinn, und Clay sah seine Finger leicht zittern. Es wäre einfach gewesen, das als Alterserscheinung abzutun, aber bisher war ihm nie ein Zittern aufgefallen. »Wir fürchten, dass es das bald sein wird. Nicht wahr, Jordan?«

»Ja, Sir.« Jordan machte eindeutig den Eindruck, etwas zu wissen; er wirkte völlig verängstigt.

»Was? Was passiert mit ihnen?«, fragte Clay. »Es hat etwas mit der Musik und diesen miteinander verkabelten Gettoblastern zu tun, stimmt's?«

Der Rektor sackte zusammen und wirkte plötzlich müde. »Sie sind *nicht* miteinander verkabelt«, sagte er. »Erinnern Sie sich nicht, wie ich Ihnen gesagt habe, dass beide Ihrer Annahmen falsch sind?«

»Ja, aber ich verstehe nicht, was Sie m...«

»Es gibt eine Stereoanlage mit einer CD darin, damit haben Sie völlig Recht. Ein einziger Sampler, wie Jordan ihn nennt, was der Grund dafür ist, dass die Songs sich in regelmäßigen Abständen wiederholen.«

»Wir Glücklichen«, murmelte Tom, was Clay aber kaum hörte. Er wollte begreifen, was Ardai eben gesagt hatte: *Sie sind nicht verkabelt.* Wie konnte das sein? Es konnte nicht sein.

»Die Anlagen – die Gettoblaster, wenn Sie so wollen – sind ums ganze Spielfeld herum verteilt«, fuhr der Rektor fort, »und alle sind eingeschaltet. Bei Nacht sieht man ihre kleinen roten Signallämpchen ...«

»Ja«, sagte Alice. »Mir sind einige rote Lichtpunkte aufgefallen. Ich habe mir nur nichts dabei gedacht.«

»... aber sie enthalten nichts – keine CDs, keine Musikkassetten – und sind nicht miteinander verkabelt. Sie sind nur Untersysteme, die das Tonsignal der originalen CD empfangen und erneut ausstrahlen.«

»Und wenn denen ihr Mund offen steht, kommt die Musik auch da raus«, sagte Jordan. »Nicht laut – eigentlich nur ein Flüstern –, aber man kann es hören.«

»Nein«, sagte Clay. »Das bildest du dir nur ein, Kleiner. Geht nicht anders.«

»Ich habe sie selbst noch nie gehört«, sagte Ardai, »aber meine Ohren sind auch nicht mehr so gut wie damals, als ich ein Fan von Gene Vincent und den Blue Caps war. ›Damals in alter Zeit‹, wie Jordan und seine Freunde sagen würden.«

»Sie sind ein Mann der *ganz* alten Schule, Sir«, sagte Jordan. Er sprach mit sanftem Ernst und unverkennbarer Zuneigung.

»Ganz recht, Jordan, das bin ich«, bestätigte der Rektor. Er schlug dem Jungen auf die Schulter, dann wandte er sich wieder den anderen zu. »Und wenn Jordan sagt, dass er es gehört hat ... dann glaube ich ihm.«

»Unmöglich«, sagte Clay. »Das funktioniert nicht ohne einen Sender.«

»*Sie* sind der Sender«, antwortete der Rektor. »Das ist eine Fähigkeit, die sie seit dem Puls zu besitzen scheinen.«

»Augenblick«, sagte Tom. Er hob eine Hand wie ein Verkehrspolizist, ließ sie sinken, setzte zu sprechen an und hob sie erneut. Aus seinem zweifelhaften Zufluchtsort an Rektor Ardais Seite beobachtete Jordan ihn aufmerksam. Schließlich sagte Tom: »Reden wir hier von Telepathie?«

»Das dürfte nicht *le mot juste* für dieses spezielle Phänomen sein«, antwortete der Rektor, »aber wozu auf Spitzfindigkeiten beharren. Ich würde die letzten Hamburger in meinem Tiefkühlschrank darauf verwetten, dass Sie dieses Wort untereinander schon vor dem heutigen Tag gebraucht haben.«

»Sie bekämen Ihren Einsatz doppelt zurück«, sagte Clay.

»Na ja, okay, aber bei dieser Schwarmbildung ist es was anderes«, sagte Tom.

»Weil?« Der Rektor zog seine buschigen Augenbrauen hoch.

»Nun, weil ...« Tom brachte den Satz nicht zu Ende, und Clay wusste auch, weshalb. Die Schwarmbildung war nämlich *nichts* anderes. Es war kein menschliches Verhalten; das hatten sie in dem Augenblick gewusst, in dem sie beobachtet hatten, wie George der Mechaniker der Frau in dem schmutzigen Hosenanzug über Toms Rasen auf die Salem Street gefolgt war. Er war so dicht hinter ihr gegangen, dass er sie in den Hals hätte beißen können ... was er aber nicht getan hatte. Und weshalb nicht? Weil für die Handy-Verrückten die Zeit der Beißerei vorüber war; für sie hatte die der Schwarmbildung begonnen.

Zumindest hatten sie aufgehört, ihre Artgenossen totzubeißen. Es sei denn ...

»Professor Ardai, anfangs haben sie wahllos getötet ...«

»Stimmt«, sagte der Rektor. »Wir haben großes Glück gehabt, dass wir entkommen sind, nicht wahr, Jordan?«

Jordan zuckte zusammen, dann nickte er. »Die Jungs sind überall rumgelaufen. Sogar einige von den Lehrern. Haben Leute umgebracht ... gebissen ... Unsinn gebrabbelt ... Ich hab mich eine ganze Zeit lang in einem von den Gewächshäusern versteckt.«

»Und ich auf dem Dachboden des Hauses hier«, fügte der Rektor hinzu. »Aus dem kleinen Fenster dort oben habe ich beobachtet, wie das Schulgelände – der Campus, der es mir so angetan hat – buchstäblich zum Teufel gegangen ist.«

»Die meisten, die überlebt haben, sind in Richtung Stadt weggelaufen«, sagte Jordan. »Aber jetzt sind viele von denen wieder da. Da drüben.« Er nickte zum Fußballstadion hinüber.

»Woraus wir letztlich was schließen?«, sagte Clay.

»Ich glaube, das wissen Sie, Mr. Riddell.«

»Clay.«

»Clay, in Ordnung. Was im Augenblick passiert, geht meiner Ansicht nach über zeitweilige Anarchie hinaus. Es ist so etwas wie der Beginn eines Krieges. Er wird kurz sein, aber äußerst erbittert geführt werden.«

237

»Glauben Sie nicht, dass Sie da übertreiben, wenn Sie ...«

»Nein. Obwohl ich nur nach eigenen Beobachtungen urteilen kann – und nach denen Jordans –, konnten wir einen sehr großen Schwarm beobachten und haben gesehen, wie diese Lebewesen kommen und gehen und ... *ruhen*, um es mal so auszudrücken. Sie haben aufgehört, sich gegenseitig umzubringen, aber sie ermorden weiterhin Leute, die wir als normal bezeichnen würden. Das nenne ich kriegerisches Verhalten.«

»Sie haben tatsächlich gesehen, wie sie Normale umgebracht haben?«, fragte Tom. Neben ihm öffnete Alice ihren Rucksack, nahm den Baby-Nike heraus und hielt ihn fest in der Hand.

Der Rektor nickte ihm ernst zu. »Das habe ich. Leider Gottes hat das auch Jordan getan.«

»Wir konnten nicht eingreifen«, sagte Jordan. Die Augen liefen ihm über. »Die anderen waren zu viele. Also, es waren ein Mann und eine Frau. Ich weiß nicht, was sie so kurz vor der Abenddämmerung auf dem Campus wollten, aber sie haben bestimmt nichts vom Sportplatz gewusst. Sie war verletzt. Er hat sie gestützt. Sie sind ungefähr zwanzig von *denen*, welche, die gerade aus der Stadt zurückkamen, über den Weg gelaufen. Der Mann hat versucht, sie zu tragen.« Jordans Stimme begann zu brechen. »Allein hätte er's vielleicht geschafft wegzulaufen, aber mit ihr ... Er ist nur bis zur Horton Hall gekommen. Das ist eins von den Wohnheimen. Da ist er gestürzt, und die anderen haben sie eingeholt. *Sie* ...«

Urplötzlich vergrub Jordan den Kopf am Jackett des Alten – heute Nachmittag eines aus anthrazitgrauer Schurwolle. Mit seiner Pranke streichelte der Rektor die glatte Haut von Jordans Nacken.

»Sie scheinen ihre Feinde zu kennen«, meinte der Rektor nachdenklich. »Das könnte ohne weiteres ein Teil der ursprünglichen Botschaft gewesen sein, glauben Sie nicht auch?«

»Schon möglich«, sagte Clay. Das Ganze erschien ihm auf unangenehme Weise wahrscheinlich zu sein.

»Und was sie vermutlich tun, wenn sie nachts mit offenen Augen still daliegen und ihre Musik hören ...« Der Rektor seufzte, zog ein Taschentuch aus einer der Jackentaschen und wischte dem Jungen damit nüchtern die Tränen aus den Augen. Clay sah ihm an, dass er sehr große Angst hatte, sich aber zugleich seiner Schlussfolgerung sehr sicher war. »Ich glaube, sie werden neu gestartet«, sagte er.

15

»Sie sehen die roten Lämpchen, nicht wahr?«, sagte der Rektor mit seiner tragenden Der-ganze-Hörsaal-soll-mich-bis-in-die-letzte-Reihe-verstehen-Stimme. »Ich zähle mindestens sechzig, die im gan...«

»*Nicht so laut!*«, zischte Tom. Es fehlte nur noch, dass er dem Alten den Mund zuhielt.

Der Rektor erwiderte seinen Blick gelassen. »Schon vergessen, was ich letzte Nacht über die Reise nach Jerusalem gesagt habe, Tom?«

Tom, Clay und Ardai standen knapp hinter den Drehkreuzen, wo sie den Torbogen im Rücken hatten. Alice war in gegenseitigem Einverständnis mit Jordan in der Cheatham Lodge zurückgeblieben. Die gegenwärtig vom Fußballplatz der Privatschule aufsteigende Musik war eine verjazzte Version von »The Girl from Ipanema«. Clay vermutete, dass es sich dabei wohl um voll angesagte Klänge handelte, wenn man ein Handy-Verrückter war.

»Nein«, sagte Tom. »Solange die Musik nicht aufhört, haben wir nichts zu befürchten. Ich will nur nicht der Kerl sein, dem die Kehle von einer schlaflosen Ausnahme der Regel durchgebissen wird.«

»Der werden Sie nicht sein.«

»Und woher wollen Sie das so bestimmt wissen, Sir?«, fragte Tom.

»Weil wir das, um ein kleines literarisches Wortspiel zu machen, nicht Schlaf nennen können. Kommen Sie.«

Er ging die Betonrampe hinunter, auf der sonst die Spieler auf den Platz gelangten, sah Tom und Clay zögernd zurückbleiben und nickte ihnen geduldig zu. »Selbst wenig Wissen wird nicht ohne Risiko erlangt«, sagte er, »und im Augenblick, würde ich sagen, ist Wissen entscheidend wichtig, nicht wahr? Kommen Sie.«

Sie folgten seinem klappernden Krückstock die Rampe hinunter auf den Rasen, wobei Clay einen kleinen Vorsprung vor Tom hatte. Ja, er konnte die roten Power-Lämpchen der Gettoblaster sehen, die den Platz umgaben. Sechzig bis siebzig war vermutlich richtig geschätzt. Radiorekorder größeren Kalibers, in Abständen von drei bis fünf Metern aufgestellt, jeder von Liegenden umgeben. Im Sternenlicht boten diese Leiber einen Anblick, bei dem einem schwindelig werden konnte. Sie waren nicht übereinander gestapelt – jeder hatte seine Fläche –, aber so angeordnet, dass kein Quadratzentimeter verschenkt wurde. Selbst die Arme waren miteinander verschlungen, sodass der Eindruck entstand, der Platz sei von Reihen über Reihen von aus Papier ausgeschnittenen Puppen bedeckt, während die Musik – *Wie das Zeug, das sie in Supermärkten spielen,* dachte Clay – in die Nacht aufstieg.

Zugleich stieg noch etwas anderes auf: ein schaler Geruch von Schmutz und verrottendem Gemüse, dazu ein Gestank nach menschlichen Ausscheidungen und Fäulnis, der nur überlagert wurde.

Der Rektor umging eines der Tore, das zur Seite geschoben und mit zerrissenem Netz umgeworfen dalag. Hier, wo der Teppich aus Leibern begann, lag ein junger Mann Ende zwanzig mit weißen Bisswunden, die sich über den linken Arm bis zum Ärmel seines T-Shirts mit dem NASCAR-Aufdruck hinaufzogen. Die Bisse sahen entzündet aus. In einer Hand hielt er eine rote Baseballmütze, die Clay an Alice' liebsten Turnschuh denken ließ. Er starrte blicklos zu den Sternen auf, während Bette Midler erneut den Wind unter ihren Schwingen besang.

»Heda!«, rief der Rektor mit seiner rostigen, durchdringenden Stimme. Er stieß dem jungen Mann energisch seinen Krückstock in den Bauch und erhöhte den Druck, bis der Liegende furzen musste. »Heda, sage ich!«

»Aufhören!« Tom stöhnte fast.

Der Rektor musterte ihn mit schmallippiger Verachtung, dann schob er die Spitze seines Krückstocks unter die Baseballmütze, die der junge Mann in der Hand hielt. Er schnellte sie weg. Sie segelte ungefähr drei Meter weit und landete auf dem Gesicht einer Frau mittleren Alters. Clay beobachtete fasziniert, wie die Mütze langsam zur Seite rutschte und ein verzücktes, nicht blinzelndes Auge sehen ließ.

Der junge Mann winkelte mit verträumter Langsamkeit den Arm an und ballte die Hand, in der er die Mütze gehalten hatte, zur Faust. Danach bewegte er sich nicht mehr.

»Er denkt, er hält sie wieder in der Hand«, flüsterte Clay fasziniert.

»Mag sein«, antwortete der Rektor ohne sonderliches Interesse. Er stieß mit dem Stock an eine der entzündeten Bisswunden des jungen Mannes. Das hätte verdammt wehtun müssen, aber der Liegende reagierte nicht, sondern starrte nur weiter in den Nachthimmel hinauf, während Bette Midler von Dean Martin abgelöst wurde. »Ich könnte ihm meinen Stock durch die Kehle rammen, ohne dass er versuchen würde, mich daran zu hindern. Auch würden die in seiner Nähe Liegenden ihm nicht zu Hilfe kommen, obwohl ich keinen Zweifel daran habe, dass sie mich tagsüber in Stücke reißen würden.«

Tom war neben einem der Gettoblaster in die Hocke gegangen. »Hier sind Batterien drin«, sagte er. »Das merkt man am Gewicht.«

»Ja. Das ist bei allen so. Ohne Batterien scheint's nicht zu gehen.« Der Rektor überlegte, dann fügte er etwas hinzu, auf das Clay hätte verzichten können: »Wenigstens bisher.«

»Wir könnten zwischen sie hineinwaten, stimmt's?«, sagte Clay. »Wir könnten sie vertilgen, wie Jäger Mitte des 19. Jahrhunderts die Wandertauben ausgerottet haben.«

Der Rektor nickte. »Haben ihnen die kleinen Schädel eingeschlagen, während sie auf der Erde saßen, nicht wahr? Keine schlechte Analogie. Aber mit meinem Krückstock wäre das eine langwierige Arbeit. Selbst mit Ihrem Sturmgewehr wäre das noch langwierig, fürchte ich.«

»Ich hätte ohnehin nicht genug Munition. Hier müssen ...« Clay ließ seinen Blick über die dicht gedrängten Körper gleiten. Er hatte das Gefühl, Kopfschmerzen zu bekommen. »Das müssen sechs- bis siebenhundert sein. Und da sind die unter den Tribünen noch gar nicht mitgezählt.«

»Sir? Mr. Ardai?« Das war Tom. »Wann haben Sie ... Wie haben Sie erstmals ...«

»Wie ich die Tiefe ihres Trancezustands festgestellt habe? Ist es das, was Sie wissen möchten?«

Tom nickte.

»Ich war in der ersten Nacht hier draußen, um sie zu beobachten. Damals war der Schwarm natürlich viel kleiner. Hinausgetrieben hat mich schlichte, aber überwältigende Neugier. Jordan war nicht mit dabei. Die Umstellung auf eine nächtliche Existenz ist ihm leider ziemlich schwer gefallen, fürchte ich.«

»Sie haben Ihr Leben riskiert«, warf Clay ein.

»Ich konnte praktisch nicht anders«, erwiderte der Rektor. »Es war, als wäre ich hypnotisiert. Ich habe sofort erfasst, dass sie bewusstlos waren, obwohl ihre Augen offen standen, und ein paar einfache Experimente mit meinem Stock haben mir die Tiefe ihrer Trance bestätigt.«

Clay erinnerte sich an das Hinken des Alten, dachte daran, ihn zu fragen, ob er sich überlegt habe, was mit ihm passiert wäre, wenn er sich getäuscht hätte und ihnen in die Hände gefallen wäre, hielt dann aber doch den Mund. Der Rektor hätte zweifellos nur wiederholt, was er bereits gesagt hatte: Kein Wissen ohne Risiko. Jordan hatte Recht – dies war ein Mann der *ganz* alten Schule. Clay hätte bestimmt nicht als Vierzehnjähriger wegen irgendeines Vergehens vor ihm auf der Matte stehen wollen.

Ardai bedachte ihn inzwischen mit einem Kopfschütteln. »Sechs- bis siebenhundert ist eine sehr niedrige Schätzung, Clay. Der Fußballplatz hat Standardgröße. Etwas über fünftausend Quadratmeter.«

»Wie viele also?«

»Wie sie dicht an dicht gedrängt daliegen? Mindestens tausend, würde ich sagen.«

»Und sie sind wirklich völlig weggetreten, ja? Das wissen Sie auch ganz sicher?«

»Ganz sicher. Und was zurückkehrt – jeden Tag ein bisschen mehr, das sagt Jordan auch, und er ist ein scharfer Beobachter, das können Sie mir glauben –, ist nicht, was sie einst waren. Mit anderen Worten: nichts Menschliches.«

»Können wir jetzt zur Lodge zurückgehen?«, fragte Tom. Es klang, als wäre ihm schlecht.

»Natürlich«, sagte der Rektor.

»Augenblick noch«, sagte Clay. Er kniete sich neben den jungen Mann mit dem NASCAR-T-Shirt. Eigentlich wollte er das nicht – er stellte sich unwillkürlich vor, wie die Hand, die nach der roten Mütze gekrallt hatte, jetzt gleich nach ihm krallte –, aber er zwang sich dazu. Hier unten in Bodennähe war der Gestank schlimmer. Clay hatte geglaubt, er würde sich allmählich daran gewöhnen, aber das war ein Irrtum gewesen.

»Clay, was ...«, begann Tom.

»Pst!« Clay brachte sein Ohr dichter an den leicht geöffneten Mund des jungen Mannes heran. Er zögerte, dann beugte er sich noch tiefer, bis er den schwachen Speichelglanz auf der Unterlippe des anderen sehen konnte. Anfangs glaubte er, dass alles vielleicht nur Einbildung war, aber weitere zwei Fingerbreit näher – er war jetzt fast nah genug, um die nicht wachende, nicht schlafende Kreatur mit dem Bild des Rennfahrers Dale Jarrett auf der Brust küssen zu können – beseitigten alle Zweifel.

Nicht laut, hatte Jordan gesagt. *Eigentlich nur ein Flüstern ... aber man kann es hören.*

Clay hörte es, hörte die Stimme, die der aus den drahtlos vernetzten Gettoblastern durch irgendeinen Trick eine halbe Silbe vorauseilte: Dean Martin, der »Everybody Loves Somebody Sometime« sang.

Er stand auf und schrie fast bei dem pistolenartig lauten Knall, den die eigenen Knie machten. Tom, der seine Laterne hochhielt, glotzte ihn starr an. »Was? Was? Willst du etwa behaupten, der Junge hat ...«

Clay nickte. »Komm, wir gehen ins Haus.«

Auf halber Höhe der Rampe packte Clay den Rektor grob an der Schulter. Ardai drehte sich nach ihm um, aber diese Art der Behandlung schien ihn nicht groß zu stören.

»Sie haben Recht, Sir. Wir müssen sie beseitigen. Möglichst viele und möglichst schnell. Dies ist vielleicht unsere einzige Chance. Oder glauben Sie, dass ich mich irre?«

»Nein«, antwortete der Rektor. »Leider nicht. Wie gesagt, wir befinden uns im Krieg – das ist zumindest meine Überzeugung –, und im Krieg tötet man seine Feinde. Wollen wir nicht wieder hineingehen und die Sache durchsprechen? Wir könnten eine heiße Schokolade trinken. Als Barbar, der ich bin, mag ich meine mit einem winzigen Schuss Bourbon.«

Oben an der Rampe nahm Clay sich die Zeit für einen letzten Blick zurück. Das Tonney Field lag im Dunkel, aber unter dem starken nördlichen Sternenschein war es nicht zu dunkel, um nicht den Teppich aus Leibern zu erkennen, der von einem Ende zum anderen, von einer Seite zur anderen reichte. Er überlegte sich, dass man vielleicht gar nicht erkennen würde, was man vor sich hatte, wenn man nur zufällig auf sie stieß, aber sobald man's wusste ... sobald man's wusste ...

Seine Augen spielten ihm einen seltsamen Streich, und er glaubte eine Sekunde lang fast, er könne sie sämtlich – alle achthundert oder tausend dieser Wesen – als einen einzigen Organismus atmen sehen. Ihn erfasste übergroße Angst. Er wandte sich hastig ab und rannte fast, um Tom und Rektor Ardai einzuholen.

16

Der Rektor bereitete die heiße Schokolade in der Küche zu, und sie tranken sie in dem steifen Salon beim Licht zweier Gaslaternen. Clay erwartete, dass der Alte vorschlagen würde, sie sollten später zur Academy Avenue hinuntergehen, um weitere Freiwillige für Ardais Armee anzuwerben, aber er schien mit denen zufrieden zu sein, die er hatte.

Die Zapfsäule in der Garage, erklärte der Rektor ihnen, erhielt ihr Benzin aus einem fünfzehn Hektoliter fassenden Hochtank – sie würden also nur den Stöpsel herausziehen müssen. Und in den Gewächshäusern gab es Sprühgeräte mit Hundertlitertanks. Mindestens ein Dutzend. Sie konnten vielleicht einen Pick-up damit beladen, ihn dann rückwärts eine der Rampen hinunterstoßen lassen ...

»Augenblick«, sagte Clay. »Bevor wir über irgendeine Strategie diskutieren, würde ich gern Ihre Theorie über dies alles hören, falls Sie eine haben, Sir.«

»Nichts so richtig Ausgearbeitetes«, sagte der Alte. »Aber Jordan und ich haben unsere Beobachtungen, wir besitzen Intuition, und wir können auf ziemlich viele gemeinsame Erfahrungen zurückgreifen ...«

»Ich bin ein Computerfreak«, sagte Jordan über seinen Schokoladenbecher hinweg. Clay fand das verdrossene Selbstbewusstsein des Jungen eigenartig bezaubernd. »Total abgefahren. Bin praktisch mit Computern aufgewachsen. Diese Wesen werden neu gebootet, kein Zweifel. Auf ihren Stirnen könnte ebenso gut eine Leuchtschrift SOFTWARE WIRD INSTALLIERT, BITTE WARTEN blinken.«

»Ich verstehe das nicht«, sagte Tom.

»Ich schon«, sagte Alice. »Jordan, du glaubst, dass der Puls wirklich ein Puls *war*, stimmt's? Alle, die ihn empfangen haben ... von denen ist die Festplatte gelöscht worden.«

»Tja, *genau*«, sagte Jordan. Er war zu höflich, um »arschklar« zu sagen.

Tom starrte Alice verwirrt an. Nur wusste Clay, dass Tom nicht dumm war, und er hielt Tom nicht für so begriffsstutzig.

»Du hast zu Hause einen Computer«, sagte Alice. »Ich hab ihn in deinem kleinen Arbeitszimmer gesehen.«

»Ja ...«

»Und du hast manchmal Software installiert, richtig?«

»Klar, aber ...« Tom hielt inne, starrte Alice aber weiter an. Sie erwiderte seinen Blick. »Ihre *Gehirne*? Du meinst ihre *Gehirne*?«

»Was ist ein Gehirn Ihrer Meinung nach?«, sagte Jordan. »Eine große alte Festplatte. Organische Schaltungen. Speicherkapazität unbekannt. Sagen wir Giga hoch Googolplex. Unendlich viele Bytes.« Er legte die Hände an seine Ohren, die klein und wohlgeformt waren. »Genau hier dazwischen.«

»Ich glaub's nicht«, sagte Tom, aber er sprach mit schwacher Stimme, und auf seinem Gesicht stand ein erschrockener Ausdruck. Clay vermutete, dass er es sehr wohl glaubte. Wenn er an den Irrsinn zurückdachte, der Boston erschüttert hatte, musste Clay zugeben, dass die ganze Vorstellung sehr überzeugend klang. Und zugleich unvorstellbar schrecklich: die in Millionen, vielleicht sogar Milliarden von Gehirnen gespeicherten Informationen gleichzeitig gelöscht, wie man die Daten auf einer altmodischen Computerdiskette mit einem starken Magneten löschen konnte.

Er musste unwillkürlich wieder an Pixie Dark, die Freundin des Mädchens mit dem minzegrünen Handy, denken. *Wer bist du? Was ist los?,* hatte Pixie Dark ausgerufen. *Wer bist du? Wer bin ich?* Dann hatte sie sich wiederholt mit der flachen Hand an die Stirn geschlagen und war in vollem Tempo gegen einen Lampenmasten gerannt, nicht nur einmal, sondern zweimal, wobei sie ihre teure kieferorthopädische Arbeit zertrümmert hatte.

Wer bist du? Wer bin ich?

Es war nicht *ihr* Handy gewesen. Sie hatte nur mitgehört und deshalb nicht die volle Dosis abbekommen.

Clay, der recht häufig in Bildern statt in Worten dachte, hatte jetzt ein lebhafte Vorstellung von einem Bildschirm, der sich mit diesen Worten füllte: WER BIST DU WER BIN ICH WER BIST DU WER BIN ICH WER BIST DU WER BIN ICH WER BIST DU WER BIN ICH, bis zuletzt ganz unten bedrückend und unwiderlegbar wie Pixie Darks Schicksal ein einziges Wort erschien:

SYSTEMAUSFALL

Pixie Dark als teilweise gelöschte Festplatte? Das klang schrecklich, aber es kam ihm wie die reine Wahrheit vor.

»Ich habe als Hauptfach Englisch studiert, aber als junger Mann sehr viel Psychologie gelesen«, erzählte der Rektor ihnen. »Angefangen habe ich natürlich mit Freud, jeder beginnt mit Freud ... dann Jung ... Adler ... habe von dort aus die ganze Tour d'Horizon gemacht. Hinter allen Theorien, wie der menschliche Verstand funktioniert, steckt eine größere Theorie: Darwins. In Freuds Vokabular wird die Vorstellung vom Überlebenstrieb als eines Urtriebs durch den Begriff des Es ausgedrückt. Bei Jung durch die viel weiter gefasste Vorstellung von einem im Blut liegenden Bewusstsein. Keiner der beiden Männer würde der Vorstellung widersprechen, glaube ich, dass ein schreckliches Wesen zurückbliebe, würden einem Menschen von einem Augenblick zum anderen *alles* bewusste Denken, *sämtliche* Erinnerungen und *jegliche* Fähigkeit zu logischem Denken geraubt.«

Er machte eine Pause und sah sich um, als erwartete er Kommentare. Keiner der anderen sagte jedoch etwas. Der Rektor nickte, als wäre er zufrieden, und sprach weiter.

»Obwohl weder die Freudianer noch die Jungianer das jemals offen sagen, suggerieren sie nachdrücklich, dass wir vielleicht einen Kern haben, eine einzelne grundlegende Trägerwelle oder – um einen Ausdruck zu benutzen, der Jordan geläufig ist – einen aus einer einzigen Zeile bestehenden Code, der sich nicht unterdrücken lässt.«

»Die OD«, sagte Jordan. »Die oberste Direktive.«

»Ja«, bestätigte der Rektor. »Im Grund seines Wesens ist der Mensch nämlich gar kein *Homo sapiens*. Unser Kern ist Wahnsinn. Die oberste Direktive ist Mord. Was Darwin nicht gesagt hat, weil er zu höflich war, meine Freunde, ist die Tatsache, dass wir uns die Erde nicht untertan gemacht haben, weil wir die cleversten oder bloß die gemeinsten, sondern immer die verrücktesten, mörderischsten Arschlöcher im gesamten Dschungel waren. Und genau das hat der Puls vor fünf Tagen zum Vorschein gebracht.«

17

»Ich weigere mich zu glauben, dass wir Verrückte und Mörder waren, bevor wir irgendwas anderes geworden sind«, sagte Tom. »Jesus, Mann, was ist mit dem Parthenon? Was ist mit Michelangelos *David*? Was ist mit dieser Plakette auf dem Mond, auf der *Wir kamen in Frieden für die ganze Menschheit* steht?«

»Diese Plakette trägt auch Richard Nixons Name«, sagte Ardai trocken. »Ein Quäker, aber kaum ein Mann des Friedens. Mr. McCourt ... Tom ... ich bin nicht daran interessiert, ein Verdammungsurteil über die Menschheit zu sprechen. Wollte ich das, würde ich darauf hinweisen, dass es für jeden Michelangelo einen Marquis de Sade, für jeden Gandhi einen Eichmann, für jeden Martin Luther King einen Osama Bin Laden gibt. Belassen wir's bei Folgendem: Der Mensch verdankt seine Herrschaft über diesen Planeten zwei wesentlichen Eigenschaften. Die eine ist Intelligenz. Die andere ist die absolute Bereitwilligkeit, alles und jeden zu töten, der sich ihm in den Weg stellt.«

Er beugte sich nach vorn und musterte ihre Gesichter mit seinen glänzenden Augen.

»Die Intelligenz des Menschen hat letztlich über seinen Killerinstinkt gesiegt, und Vernunft hat die verrücktesten Impulse des Menschen gezähmt. Auch das war fürs Überleben notwendig. Ich glaube, dass der endgültige Show-down zwischen diesen beiden sich im Oktober 1963 wegen einer Hand voll Raketen auf Kuba ereignet hat, aber das ist eine Diskussion, die wir ein andermal führen können. Tatsache ist, dass die meisten von uns das Schlimmste in uns sublimiert hatten, bis der Puls dahergekommen ist und alles bis auf diesen roten Kern von uns abgestreift hat.«

»Irgendjemand hat das Ungeheuer aus seinem Käfig gelassen«, murmelte Alice. »Aber wer?«

»Auch das braucht uns nicht zu kümmern«, antwortete der Rektor. »Ich vermute, dass sie keine Ahnung hatten, was sie taten ... *wie viel* sie taten. Auf der Grundlage hastiger Experimente, die nur ein paar Jahre – vielleicht nur Monate – gelaufen sein dürften, haben sie vielleicht geglaubt, sie könnten einen vernichtenden Terrorismussturm entfesseln. Stattdessen haben sie einen Tsunami aus ungeahnter Gewalt ausgelöst, der jetzt mutiert. Auch wenn die gegenwärtigen Tage uns jetzt grauenhaft erscheinen, werden wir sie später vielleicht als Windstille zwischen zwei Stürmen erkennen. Und die jetzigen Tage bieten uns vielleicht auch die einzige Chance, etwas Entscheidendes zu unternehmen.«

»Was meinen Sie mit ›mutieren‹?«, fragte Clay.

Der Rektor antwortete nicht selbst, sondern wandte sich an den zwölfjährigen Jordan. »Wenn ich bitten darf, junger Mann.«

»Ja. Also.« Jordan dachte kurz nach. »Unser Bewusstsein nützt nur einen winzigen Prozentsatz von der Gesamtkapazität von unserem Gehirn. Das wisst ihr doch alle, oder?«

»Ja«, sagte Tom etwas herablassend. »Das habe ich irgendwo schon mal gelesen.«

Jordan nickte. »Selbst wenn man alle automatischen Funktionen dazunimmt, die es steuert, plus das unbewusste Zeug – Träume, Instinkte, Sexualtrieb, dieser ganze Kram –, tickt unser Gehirn kaum im Leerlauf.«

»Holmes, Sie erstaunen mich«, sagte Tom.

»Sei kein Klugscheißer, Tom!«, sagte Alice, worauf Jordan sie mit einem entschieden strahlenden Lächeln bedachte.

»Bin ich nicht«, sagte Tom. »Der Junge ist gut.«

»Das ist er in der Tat«, sagte der Rektor trocken. »Jordan hat vielleicht manchmal Schwierigkeiten mit der Hochsprache, aber er hat sein Stipendium nicht dafür bekommen, dass er sich beim Flohhüpfen auszeichnet.« Er bemerkte das Unbehagen des Jungen und zauste ihm mit knochigen Fingern liebevoll das Nackenhaar. »Bitte weiter.«

»Nun ...« Jordan kämpfte mit sich, das sah Clay ihm an, schien dann aber seinen Rhythmus wiederzufinden. »Wenn unser Gehirn *tatsächlich* eine Festplatte wär, wäre sie fast leer.« Er merkte, dass nur Alice das verstand. »Drücken wir's mal so aus: Auf dem Infostreifen würde vielleicht stehen, dass zwei Prozent belegt und achtundneunzig Prozent verfügbar sind. Niemand hat eine genaue Vorstellung davon, wozu diese achtundneunzig Prozent gut sind, aber sie stellen reichlich Potenzial dar. Zum Beispiel für Schlaganfallpatienten ... die greifen manchmal auf bis dahin ungenutzte Gehirnbereiche zurück, um wieder gehen und sprechen zu können. Man könnte glauben, dass ihr Gehirn den ausgefallenen Bereich irgendwie mit einer neuen Leitung umgeht. Die Lichter gehen in einem vergleichbaren Sektor des Gehirns wieder an – aber auf der anderen Seite.«

»Studierst du das ganze Zeug?«, fragte Clay.

»Das ist eine natürliche Folge von meinem Interesse für Computer und Kybernetik«, sagte Jordan schulterzuckend. »Außerdem lese ich viel Cyberpunk-SF: William Gibson, Bruce Sterling, John Shirley ...«

»Neal Stephenson?«, fragte Alice.

Jordan grinste strahlend. »Neal Stephenson ist ein *Gott*«, sagte er.

»Zurück zum Thema«, mahnte der Rektor ... wenn auch nachsichtig.

Jordan zuckte die Achseln. »Wenn man die Informationen auf einer Festplatte löscht, kann sie sich nicht spontan regenerieren ... außer vielleicht in einem Roman von Greg Bear.« Er grinste nochmals, aber diesmal war sein Grinsen nur kurz und ziemlich nervös, wie Clay fand: eine Lippenbewegung, die nicht so recht auch die Augen erfasste. Was wohl mit an Alice lag, die auf den Jungen offenbar umwerfend wirkte. »Menschen sind da anders.«

»Aber es ist ein Riesensprung vom Wieder-gehen-Lernen nach einem Schlaganfall zu der Fähigkeit, einen Haufen

Gettoblaster durch Telepathie zu betreiben«, sagte Tom. »Ein Quantensprung.« Als er das Wort *Telepathie* aussprach, hatte er sich verlegen umgesehen, als erwartete er, die anderen würden lachen. Was aber niemand tat.

»Genau, aber ein Schlaganfallopfer, selbst jemand, der einen schweren erlitten hat, ist weit besser dran als Leute, die während dem Puls mit dem Handy telefoniert haben«, antwortete Jordan. »Ich und der Rektor – der Rektor und ich – glauben, dass der Impuls nicht nur sämtliche Informationen im Gehirn dieser Leute bis auf die letzte untilgbare Codezeile gelöscht, sondern auch etwas angestoßen hat. Etwas, was vermutlich seit Millionen von Jahren in jedem von uns steckt – irgendwo in den ungenutzten achtundneunzig Prozent unserer Festplatte verborgen.«

Clays Hand stahl sich zum Griff des Revolvers, den er in Beth Nickersons Küche vom Fußboden aufgehoben hatte. »Ein Auslöser«, sagte er.

Jordan strahlte. »Stimmt, genau! Ein *mutierender* Auslöser. Ohne diese irgendwie totale Löschung hätte das nie passieren können. Was sich nämlich herausbildet, was in diesen Leuten dort draußen entsteht – nur sind sie keine Menschen mehr –, was da heranwächst, das ist ...«

»Ein einziger Organismus«, fiel ihm der Rektor ins Wort. »Davon sind wir überzeugt.«

»Ja, aber mehr als nur ein *Schwarm*«, sagte Jordan. »Denn was sie mit CD-Spielern können, ist vielleicht nur der Anfang – wie ein Kind lernt, sich die Schuhe anzuziehen. Überlegt euch mal, wozu die in einer Woche imstande sein können. Oder in einem Monat. Oder in einem Jahr.«

»Vielleicht hast du Unrecht«, sagte Tom, dessen Stimme dabei jedoch so dürr wie ein brechender Zweig klang.

»Er kann aber auch Recht haben«, sagte Alice.

»Oh, er hat ganz sicher Recht«, warf der Rektor ein. Er nahm einen kleinen Schluck von seiner mit Bourbon versetzten heißen Schokolade. »Ich bin natürlich ein alter Mann, und meine Zeit ist ohnehin fast abgelaufen. Ich unterwerfe mich jeder Entscheidung, die ihr trefft.« Eine kurze Pause. Sein Blick glitt von Clay zu Alice, dann zu Tom hinüber. »Solange es die richtige ist, versteht sich.«

»Die Schwärme werden versuchen, sich zu vereinigen«, sagte Jordan. »Wenn sie sich nicht schon jetzt gegenseitig hören, werden sie's sehr bald tun.«

»Alles Mist«, sagte Tom unbehaglich. »Gruselgeschichten.«

»Kann sein«, sagte Clay, »aber wenigstens ist das ein Ansatzpunkt, um weiter darüber nachzudenken. Vorläufig gehören die Nächte noch uns. Aber was ist, wenn sie beschließen, weniger Schlaf zu brauchen? Oder keine Angst mehr vor der Dunkelheit zu haben?«

Eine Weile lang sagte niemand etwas. Draußen kam Wind auf. Clay trank einen Schluck von seiner heißen Schokolade, die nie mehr als lauwarm gewesen und jetzt fast kalt war. Als er wieder aufsah, hatte Alice ihre weggestellt und hielt stattdessen den Nike-Talisman in der Hand.

»Ich will sie ausrotten«, sagte sie plötzlich. »Die auf dem Fußballplatz will ich ausrotten. Ich sage extra nicht ›töten‹, weil ich nämlich glaube, dass Jordan Recht hat, und ich will's nicht für die Menschheit tun. Ich will's für meine Mutter und meinen Dad tun, weil der ebenfalls tot ist. Ich weiß, dass er's ist. Ich will's für meine Freundinnen Vickie und Tess tun. Sie waren gute Freundinnen, aber sie hatten Handys, mit denen sie ständig telefoniert haben, und ich weiß, wie sie jetzt sind und wo sie schlafen: an einem Ort wie dem beschissenen Fußballplatz hier.« Sie sah errötend zu dem Rektor hinüber. »'tschuldigung, Sir.«

Der Rektor tat ihre Entschuldigung mit einer Handbewegung ab.

»Schaffen wir das?«, fragte sie ihn. »Können wir sie ausrotten?«

Charles Ardai, der gegen Ende seiner Schullaufbahn, als die Welt unterging, amtierender Rektor der Gaiten Academy gewesen war, bleckte seine erodierten Zähne zu einem Grinsen, das Clay liebend gern mit Stift oder Pinsel festgehalten hätte; es enthielt nicht einen Funken Mitleid.

»Miss Maxwell, wir können's versuchen«, sagte er.

18

Am nächsten Morgen um vier Uhr hockte Tom McCourt an einem Picknicktisch zwischen den beiden Gewächshäusern der Gaiten Academy, die beide seit dem Puls schwere Schäden erlitten hatten. Seine Füße, an denen er weiter die Reeboks trug, die er in Malden angezogen hatte, lagen auf einer der Bänke, die Arme waren auf die Knie gestützt, und der Kopf ruhte in den Händen. Der Wind blies sein Haar erst nach einer Seite, dann nach der anderen. Alice, die das Kinn in die Hände gestützt hatte, saß ihm gegenüber; die Strahlen mehrerer Taschenlampen warfen Licht und Schatten auf ihr Gesicht. Das grelle Licht ließ sie hübsch erscheinen, obwohl sie offensichtlich übermüdet war; in ihrem Alter war noch alles Licht schmeichelhaft. Der neben ihr sitzende Rektor wirkte nur erschöpft. Durch das nähere der beiden Gewächshäuser schwebten zwei Coleman-Gaslaternen wie ruhelose Gespenster.

Die Campinglaternen vereinigten sich an dem ihnen am nächsten liegenden Ende des Gewächshauses. Obwohl auf beiden Seiten des Eingangs riesige Löcher in der Verglasung gähnten, benutzten Clay und Jordan die Tür. Kurze Zeit später setzte Clay sich neben Tom, und Jordan kehrte an seinen gewohnten Platz neben dem Rektor zurück. Der Junge roch nach Benzin und Kunstdünger, noch stärker aber nach Niedergeschlagenheit. Clay warf mehrere Schlüsselbunde auf den Tisch mit den Lampen. Seinetwegen konnten sie dort liegen bleiben, bis sie in viertausend Jahren von irgendeinem Archäologen entdeckt wurden.

»Tut mir Leid«, sagte Rektor Ardai leise. »Es hat so einfach ausgesehen.«

»Stimmt«, sagte Clay. Es hatte leicht ausgesehen: Man fülle Sprühgeräte aus den Gewächshäusern mit Benzin, lade sie auf einen Pick-up, fahre damit über den Sportplatz, versprühe dabei nach beiden Seiten Benzin, werfe ein Zündholz. Er überlegte, ob er Ardai erklären solle, dass George W. Bushs irakisches Abenteuer zunächst vermutlich ebenso leicht ausgesehen habe – die Sprühgeräte füllen, ein Streichholz werfen –, verzichtete dann aber doch darauf. Das wäre unnütz grausam gewesen.

»Tom?«, sagte Clay. »Alles in Ordnung mit dir?« Er hatte bereits erkannt, dass Tom nicht allzu viel Durchhaltevermögen besaß, obwohl er durchaus gesund war. Was sich natürlich ändern konnte. *Wenn er lange genug lebt,* dachte Clay. *Falls wir das alle überhaupt tun.*

»Ja, ich bin nur müde.« Er hob den Kopf und lächelte Clay an. »Bin die Nachtschicht nicht gewöhnt. Was machen wir jetzt?«

»Am besten ins Bett gehen«, sagte Clay. »In ungefähr vierzig Minuten setzt die Morgendämmerung ein.« Der Himmel im Osten begann bereits, hell zu werden.

»Das ist nicht fair«, sagte Alice. Sie fuhr sich zornig mit den Handrücken über die Wangen. »Das ist nicht fair, wir haben *so* geschuftet!«

Ja, sie *hatten* geschuftet, denn nichts hatte mühelos geklappt. Jedem kleinen (und letztlich bedeutungslosen) Sieg war ein nervenaufreibender Kampf jener Art vorausgegangen, die Clays Mutter als Scheißsisyphusarbeit bezeichnet hätte. Irgendwie *wollte* Clay dem Rektor Vorwürfe machen ... auch sich selbst, weil er Ardais Idee mit den Sprühgeräten nicht hinterfragt hatte. Einerseits dachte er jetzt, sich auf den Plan eines alten Englischlehrers einzulassen, der einen Fußballplatz in ein Flammenmeer verwandeln wollte, sei nicht viel anders, als sich mit einem Messer bewaffnet in eine Schießerei zu stürzen. Andererseits ... ja doch, die Idee war ihm gut vorgekommen.

Allerdings nur so lange, bis sie entdeckten, dass der Benzintank der Fahrbereitschaft sich in einem abgesperrten Schuppen befand. Sie hatten fast eine halbe Stunde damit verbracht, im angrenzenden Büro bei Laternenlicht die ärgerlicherweise unmarkierten Schlüssel vom Schlüsselbrett hinter dem Schreibtisch des Hausmeisters zu durchstöbern. Es war Jordan gewesen, der schließlich den Schlüssel für das Schuppentor fand.

Dann entdeckten sie, dass *Man würde nur den Stöpsel herausziehen müssen* nicht ganz zutreffend war. Es gab keinen Stöpsel, sondern einen Deckel. Und wie der Schuppen war dieser Deckel abgesperrt. Wieder ins Büro; noch einmal im Laternenschein alle Schlüsselbunde durchsuchen; endlich ein Schlüssel, der ins Tankschloss zu passen schien. Es war Alice, die darauf hinwies, weil der Deckel dicht über dem Tankboden angebracht sei, damit auch bei einem Stromausfall Benzin entnommen werden könne, würden sie sich ohne

passenden Schlauch oder Pumpe einer Benzinflut gegen-
übersehen. Sie verbrachten eine geschlagene Stunde damit,
einen passenden Schlauch zu suchen, fanden jedoch nichts,
was auch nur halbwegs zu passen schien. Tom trieb schließlich einen Trichter auf, der sie alle in gelinde Hysterie versetzte.

Und weil keiner der Zündschlüssel gekennzeichnet war
(zumindest nicht für jemanden erkenntlich, der nicht zur
Fahrbereitschaft gehörte), ließen die richtigen Schlüssel sich
wieder nur durch Ausprobieren finden. Das ging diesmal
wenigstens etwas schneller, weil hinter der Garage nur acht
Pick-ups standen.

Zuletzt dann die Gewächshäuser. Dort entdeckten sie nur
acht Sprühgeräte, kein Dutzend, wobei jedes jeweils nicht
hundert, sondern nur vierzig Liter fassten. Sie würden
sie vielleicht aus dem Tank füllen können, aber sie würden dann mit Benzin getränkt sein und nur gut dreihundert Liter zu versprühen haben. Es war die Vorstellung
gewesen, tausend Handy-Verrückte mit dreihundert Litern
Normalbenzin ausrotten zu wollen, die Tom, Alice und
den Rektor nach draußen an den Picknicktisch getrieben
hatte. Clay und Jordan hatten etwas länger durchgehalten
und größere Sprühgeräte gesucht, ohne jedoch fündig zu
werden.

»Aber wir haben ein paar kleine Laubspritzen gefunden«,
sagte Clay. »Ihr wisst schon, diese alten Dinger, mit denen
man früher Insektengift verspritzt hat.«

»Außerdem«, sagte Jordan, »sind die großen Sprühgeräte
da drinnen alle voller Unkrautvernichter oder Flüssigdünger
oder so. Wir müssten damit anfangen, dass wir sie alle auslee-
ren, und dazu müssten wir Schutzmasken tragen, damit wir
uns nicht vergasen oder so.«

»Die Realität ist Mist«, sagte Alice verdrießlich. Sie betrachtete einen Augenblick lang den Baby-Nike, dann steckte sie ihn ein.

Jordan griff nach den Schlüsseln, die zu einem der Pick-ups passten. »Wir könnten in die Stadt fahren«, sagte er. »Da gibt's ein Trustworthy-Haushaltswarengeschäft. Da *muss* es Sprühgeräte geben.«

Tom schüttelte den Kopf. »Bis zur Stadtmitte ist es über eine Meile, und die Hauptstraße steht voller Autowracks und liegen gelassener Fahrzeuge. Um ein paar könnten wir vielleicht herumfahren, aber nicht um alle. Und über Rasenflächen auszuweichen kommt auch nicht infrage. Die Häuser stehen einfach zu eng. Deshalb sind ja auch alle zu Fuß unterwegs.« Sie hatten einige, aber nicht allzu viele Leute auf Fahrrädern gesehen; selbst Räder zu fahren, die Licht besaßen, war im Dunkeln nicht ganz ungefährlich.

»Wär's denn möglich, dass ein Kleinlaster durch die Seitenstraßen vorankommt?«, fragte der Rektor.

»Das lässt sich wohl erst kommende Nacht feststellen«, sagte Clay. »Zu Fuß eine mögliche Route erkunden, dann zurückkommen und den Pick-up holen.« Er überlegte. »In einem Haushaltswarengeschäft gibt's bestimmt auch alle möglichen Schläuche.«

»Das klingt nicht gerade begeistert«, sagte Alice.

Clay seufzte. »Kleine Straßen sind schnell blockiert. Selbst wenn wir mehr Glück als heute Nacht haben, müssen wir bestimmt ziemlich schuften. Ich weiß nicht recht ... Vielleicht gefällt mir der Vorschlag besser, wenn ich etwas geschlafen habe.«

»Natürlich«, sagte der Rektor, wenngleich seine Stimme hohl klang. »Dann gefällt er uns allen besser.«

»Was ist eigentlich mit der Tankstelle gegenüber der Schule?«, sagte Jordan ohne große Hoffnung.

»Welche Tankstelle?«, fragte Alice.

»Er meint die Citgo«, antwortete der Rektor. »Dasselbe Problem, Jordan – reichlich Benzin in den Tanks unter den Zapfsäulen, aber kein Strom. Und ich bezweifle, dass es dort viel an Behältern gibt, die über Reservekanister mit fünf, zehn oder zwanzig Litern hinausgehen. Ich glaube wirklich ...« Aber er sagte nicht, was er wirklich glaubte, sondern hielt inne. »Was gibt's, Clay?«

Clay musste an das Trio denken, das vor ihnen an dieser Tankstelle vorbeigehinkt war: zwei Männer und eine Frau, der einer der Männer einen Arm um die Taille gelegt hatte. »Academy Grove«, sagte er. »So heißt die Citgo doch hier, oder?«

»Ja ...«

»Und die verkaufen da bestimmt nicht nur Benzin, glaube ich.« Er glaubte das nicht nur, er *wusste* es. Wegen der beiden am Rand der asphaltierten Fläche abgestellten Tankwagen. Er hatte sie gesehen und sich nichts dabei gedacht. Nicht auf den ersten Blick. Hatte keinen Grund dazu gehabt.

»Ich weiß nicht, was Sie ...«, begann der Rektor, dann verstummte er. Sein Blick begegnete dem Clays. Die erodierten Zähne wurden erneut sichtbar, weil der Rektor die Lippen zu dem einzigartig mitleidlosen Lächeln verzog. »Oh«, sagte er. »Oh. Du meine Güte. Du meine Güte, *ja!*«

Tom sah mit wachsender Verwirrung von einem zum anderen. Das tat auch Alice. Jordan wartete geduldig ab.

»Seid ihr so freundlich, uns anderen zu erzählen, worüber ihr euch austauscht?«, fragte Tom.

Clay setzte eben dazu an – er sah bereits deutlich, wie die Sache klappen würde, und sie war zu gut, als dass er sie für sich hätte behalten wollen –, da verstummte die Musik vom Sportplatz her. Sie wurde nicht mit einem Klicken abgestellt wie sonst, wenn die Handy-Verrückten morgens aufwachten, sondern wurde abstürzend leiser, so als hätte jemand die Schallquelle mit einem Tritt in einen Aufzugschacht befördert.

»Sie sind früh auf«, sagte Jordan leise.

Tom umklammerte Clays Unterarm. »Irgendwas ist heute anders«, sagte er. »Und einer dieser verdammten Gettoblaster läuft noch ... Ich kann ihn hören, ganz schwach.«

Der Wind war stark, und Clay wusste, dass er vom Fußballplatz herüberwehte, weil er starke Gerüche mitbrachte: verrottende Lebensmittel, verfaulendes Fleisch, hunderte von ungewaschenen Leibern. Und er brachte die geisterhaften Klänge des von Lawrence Welk und seinen Champagne Music Makers gespielten »Baby Elephant Walk« mit.

Dann kam aus Nordwesten – vielleicht aus zehn Meilen Entfernung, vielleicht aus dreißig, schwer abzuschätzen, wie weit der Wind es trug – ein gespenstisches, irgendwie geisterhaftes Stöhnen. Danach herrschte Stille ... Stille ... dann antworteten die nicht wachenden, nicht schlafenden Kreaturen auf dem Fußballplatz auf gleiche Weise. Ihr Ächzen war viel lauter: ein hohles, hallendes geisterhaftes Stöhnen, das zu dem noch dunklen, mit Sternen besetzten Himmel aufstieg.

Alice hatte den Mund mit den Händen bedeckt. Der kleine Turnschuh lugte dazwischen hervor. Links und rechts davon drohten ihre Augen aus den Höhlen zu quellen. Jordan hatte beide Arme um den Rektor geschlungen und das Gesicht im Jackett des Alten vergraben.

»Sieh nur, Clay!«, rief Tom aus. Er stand auf und wankte über die Rasenfläche zwischen den beiden zertrümmerten Gewächshäusern, wobei er gestikulierend auf den Himmel deutete. »Siehst du das? Mein Gott, siehst du das?«

Im Nordwesten, wo das ferne Stöhnen sich erhoben hatte, war ein rötlich orangeroter Feuerschein am Horizont aufgestiegen. Während sie ihn beobachteten, wurde er stärker, und der Wind trug nochmals das grausige Stöhnen zu ihnen herüber ... und es wurde wieder durch ein ähnliches, aber viel lauteres Stöhnen vom Fußballplatz her beantwortet.

Alice gesellte sich zu ihnen, dann der Rektor mit Jordan, den er weiterhin um die Schultern festhielt.

»Was liegt dort drüben?«, fragte Clay und zeigte auf den Feuerschein, der bereits wieder nachließ.

»Das könnte Glen's Falls sein«, sagte der Rektor. »Oder auch Littleton.«

»Na, jedenfalls liegen dort Shrimps auf dem Grill«, sagte Tom. »Sie verbrennen. Und unsere Bande weiß es. Sie hat's gehört.«

»Oder *gespürt*«, sagte Alice. Ihr schauderte, dann richtete sie sich auf und fletschte die Zähne. »Hoffentlich haben sie's gespürt!«

Wie als Antwort darauf stieg vom Fußballplatz ein weiteres Stöhnen auf: viele hundert Stimmen, die sich wie zu einem einzigen Schrei erhoben, der von Mitgefühl und – vielleicht – geteiltem Schmerz kündete. Ein einzelner Gettoblaster – das Hauptgerät, vermutete Clay, das als einziges tatsächlich eine CD enthielt – spielte weiter. Zehn Minuten später stimmten die anderen wieder ein. Die Lautstärke der Musik – jetzt war's »Close to You« von den Carpenters – wurde ebenso hochgefahren. Inzwischen führte Rektor Ardai, der sich auffällig hinkend auf seinen Krückstock stützte, sie alle zur Cheatham Lodge zurück. Wenig später verstummte die Musik ein weiteres Mal – diesmal wurde sie jedoch einfach wie am vorigen Morgen klickend abgeschaltet. Aus der Ferne, vom Wind über weiß Gott wie viele Meilen hergetragen, war ein schwacher

Knall zu hören. Dann war die Welt wieder auf unheimliche Weise vollkommen still, während sie darauf wartete, dass die Dunkelheit dem Tag wich.

19

Als die Sonne ihre ersten rötlichen Strahlen durchs Geäst der Bäume am östlichen Horizont schickte, beobachteten sie, wie die Handy-Verrückten den Fußballplatz wieder in eng geschlossenen Gruppen verließen, um Gaiten und seine Umgebung heimzusuchen.

Unterwegs schwärmten sie aus und zogen in lockerer Formation zur Academy Avenue hinunter, als wäre gegen Morgen kein Unglück passiert. Aber Clay traute dem Frieden nicht. Er fand, sie sollten die Sache mit der Citgo-Tankstelle rasch erledigen, und zwar noch heute, wenn sie ihr Vorhaben überhaupt durchführen wollten. Tagsüber unterwegs zu sein konnte bedeuten, dass sie einige von *denen* erschießen mussten, aber solange sie nur morgens und abends in Massen auftraten, war er bereit, das zu riskieren.

Sie verfolgten die von Alice so bezeichnete »Morgendämmerung der Toten« vom Esszimmer aus. Danach gingen Tom und der Rektor in die Küche. Clay traf sie dort an, wie sie in einem Streifen Sonnenlicht am Tisch saßen und lauwarmen Kaffee tranken. Bevor Clay anfangen konnte, ihnen zu erklären, was er später vorhabe, kam Jordan herein und zupfte ihn am Ärmel.

»Ein paar von den Verrückten sind noch da«, sagte er. Und etwas leiser: »Ein paar davon sind Schulkameraden von mir.«

»Ich hätte gedacht, dass die jetzt alle auf Schnäppchenjagd im Supermarkt sind«, sagte Tom.

»Das müsst ihr euch ansehen«, sagte Alice von der Tür aus. »Ich weiß nicht, ob das ein weiterer ... tja, wie soll ich sagen ... ein weiterer Entwicklungsschritt ist, aber es könnte einer sein. Vermutlich ist es einer.«

»Klar ist's einer«, sagte Jordan trübselig.

Die zurückgebliebenen Handy-Verrückten – Clay schätzte ihre Zahl auf rund hundert –, holten die Leichen unter den Tribünen hervor. Anfangs schleppten sie sie einfach auf den Parkplatz südlich des Fußballplatzes und hinter ein lang gestrecktes niedriges Klinkergebäude. Sie kamen mit leeren Händen zurück.

»In dem Gebäude befindet sich die Hallenbahn«, erklärte der Rektor. »Dort sind auch alle Sportgeräte gelagert. Dahinter fällt das Gelände steil ab. Ich vermute, dass sie die Leichen über den Rand werfen.«

»Jede Wette«, sagte Jordan. Er schien gegen Übelkeit anzukämpfen. »Da unten ist es total sumpfig. Da verwesen sie.«

»Sie verwesen sowieso, Jordan«, sagte Tom beschwichtigend.

»Ich weiß«, sagte der Junge, als fühlte er sich elender als je zuvor, »aber in der Sonne verwesen sie noch schneller.« Eine Pause. »Sir?«

»Ja, Jordan?«

»Ich habe Noah Chutsky gesehen. Aus Ihrer Schauspiel-AG.«

Der Rektor tätschelte ihm die Schulter. Er war sehr blass. »Mach dir nichts daraus.«

»Das ist nicht leicht«, flüsterte Jordan. »Er hat mich fotografiert. Mit seinem ... mit seinem Sie-wissen-schon.«

Dann eine neue Entwicklung. Zwei Dutzend der Arbeitsbienen trennten sich ohne vorige Diskussion von der Hauptgruppe, hielten auf die zertrümmerten Gewächshäuser zu und bewegten sich dabei in einem Keil, der die Beobachter an ziehende Wildgänse erinnerte. Der Junge, den Jordan als Noah Chutsky identifiziert hatte, war unter ihnen. Der Rest des Leichenbergungstrupps sah ihnen noch einen Augenblick nach, dann marschierte er in Dreierreihen über die Rampe zurück und machte sich daran, weitere Leichen unter den Tribünen herauszuholen.

Zwanzig Minuten später kam der Gewächshaustrupp zurück, jetzt im Gänsemarsch. Einige kehrten mit leeren Händen zurück, aber die meisten führten Schubkarren oder welche der vierrädrigen Wagen mit, auf denen üblicherweise Säcke mit Humus oder Dünger transportiert wurden. Wenig später benutzten die Handy-Verrückten die Wagen und Schubkarren für ihre Arbeit, wodurch diese um einiges schneller vonstatten ging.

»Das ist allerdings ein Schritt vorwärts«, sagte Tom.

»Mehr als nur einer«, fügte der Rektor hinzu. »Nest putzen; Werkzeuge dafür benutzen.«

»Das gefällt mir gar nicht«, sagte Clay.

Jordan sah zu ihm auf. Sein müdes Gesicht war blass und wirkte weit über seine Jahre hinaus gealtert. »Willkommen im Club«, sagte er.

20

Sie schliefen bis ein Uhr nachmittags. Nachdem sie sich davon überzeugt hatten, dass der Leichenbergungstrupp seine Arbeit beendet hatte und losgezogen war, um offenbar wie die anderen Beute zu machen, gingen sie zu den Granitsäulen hinunter, die die Einfahrt der Gaiten Academy bewachten.

Alice hatte Clays Idee verworfen, Tom und er sollten das allein tun. »Vergiss den Batman-und-Robin-Scheiß«, sagte sie.

»Ach, ich wollte schon immer der Wunderknabe sein«, sagte Tom leicht lispelnd, aber als sie ihn mit einem humorlosen Blick bedachte, wobei sie den Turnschuh (der leicht ramponiert auszusehen begann) mit einer Hand umklammerte, lenkte er ein. »Sorry.«

»Ihr könnt allein zur Tankstelle rübergehen«, sagte sie. »Das scheint vernünftig zu sein. Aber wir anderen halten auf der gegenüberliegenden Straßenseite Wache.«

Der Rektor hatte vorgeschlagen, Jordan solle in der Lodge zurückbleiben. Bevor der Junge widersprechen konnte – und er schien das vehement zu wollen –, fragte Alice: »Wie sind deine Augen, Jordan?«

Er hatte sie mit einem Lächeln bedacht, das wieder von einem leicht strahlenden Blick begleitet war. »Gut. Ausgezeichnet.«

»Und du hast doch bestimmt jede Menge Videospiele gespielt. Solche, in denen man schießt.«

»Klar, tonnenweise.«

Sie gab ihm ihre Pistole. Clay sah, dass der Junge wie eine angeschlagene Stimmgabel leicht erzitterte, als die Finger der beiden sich berührten. »Tust du's, wenn ich dir sage, dass du damit zielen und abdrücken sollst? Oder wenn Rektor Ardai es dir sagt?«

»Klar.«

Alice hatte Ardai mit einer Mischung aus Trotz und Entschuldigung angesehen. »Wir brauchen jede Hand.«

Der Rektor hatte nachgegeben, und jetzt waren sie hier, und dort drüben lag die Citgo-Tankstelle Academy Grove: auf der anderen Straßenseite und nur ein kleines Stück weiter in Richtung Stadtmitte. Von dieser Stelle aus war das zweite, etwas kleinere Schild leicht zu lesen: ACADEMY PROPANGAS. Der einzelne Personenwagen, der mit offener Fahrertür an einer der Zapfsäulen stand, war bereits staubig und wirkte wie seit langem verwaist. Die große Spiegelglasscheibe des Kassenhäuschens war eingeschlagen. Rechts davon standen im Schatten eines Baums, der zu den wenigen überlebenden Ulmen Neuenglands gehören musste, zwei Gastankwagen, deren Tanks als riesengroße Propanflaschen ausgebildet waren. Auf den Seiten beider Wagen standen die Worte **Academy Propangas** und **Wir beliefern den Süden New Hampshires seit 1982.**

Auf diesem Teilstück der Academy Avenue waren anscheinend keine Handy-Verrückten auf Beutesuche unterwegs, und obwohl vor den Türen der meisten Häuser, die Clay sehen konnte, Schuhe standen, war das nicht überall der Fall. Der Flüchtlingsstrom schien zu versiegen. *Lässt sich aber noch nicht bestimmt sagen,* warnte er sich selbst.

»Sir? Clay? Was steht da?«, fragte Jordan. Er zeigte auf die Mitte der Avenue – die natürlich weiter die Route 102 war, obwohl man das an diesem sonnigen, stillen Nachmittag, an dem die lautesten Geräusche Vogelstimmen und das Rascheln von Blättern im Wind waren, leicht vergessen konnte.

Auf dem Asphalt stand etwas mit leuchtend rosa Kreide Geschriebenes, das Clay aber von ihrem Standort aus nicht lesen konnte. Er schüttelte den Kopf. »Kann's losgehen?«, fragte er Tom.

»Klar«, sagte Tom. Er bemühte sich, lässig zu wirken, aber an seiner unrasierten Kehle war seitlich ein hektischer Puls zu sehen. »Du Batman, ich Wunderknabe.«

Sie trabten mit ihren Pistolen in der Hand über die Straße. Die russische Schnellfeuerwaffe hatte Clay bei Alice zurückgelassen, obwohl er mehr oder weniger davon überzeugt war, dass die Waffe sie kreiseln lassen würde, wenn sie diese tatsächlich gebrauchte.

Auf den Asphalt war mit rosa Kreide eine rätselhafte Botschaft gekritzelt:

KASHWAK = NO-FO

»Sagt dir das irgendwas?«, fragte Tom.

Clay schüttelte den Kopf. Es sagte ihm nichts, und im Augenblick war ihm das auch egal. Er wollte nur von der Mitte der Academy Avenue wegkommen, auf der er sich wie auf einem Präsentierteller fühlte. Ihm fiel ein – plötzlich und nicht zum ersten Mal –, dass er seine Seele dafür verkauft hätte, nur um zu wissen, dass es seinem Sohn gut ging und er sich an einem Ort befand, an dem Kindern, die bei Videospielen gut waren, nicht Waffen in die Hände gedrückt wurden. Das Ganze war seltsam. Eigentlich glaubte er, seine Prioritäten gesetzt zu haben und seine persönlichen Anliegen nacheinander abzuarbeiten, aber dann kamen ihm immer solche Gedanken, von denen jeder so neu und schmerzhaft wie unerledigter Kummer war.

Verschwinde, Johnny. Du gehörst nicht hierher. Nicht dein Ort, nicht deine Zeit.

Die Tankwagen mit dem Flüssiggas waren ordentlich geparkt und abgesperrt, was aber kein großes Hindernis war; heute war das Glück auf ihrer Seite. Die Schlüssel hingen im Kassenhäuschen an einem Schlüsselbrett unter einem Schild, auf dem KEIN ABSCHLEPPDIENST 0–6 UHR – KEINE AUSNAHMEN stand. An beiden Schlüsselkettchen baumelte je eine winzige Propangasflasche. Auf halbem Weg zum Ausgang wurde Clay von Tom an der Schulter berührt.

Zwei Handy-Verrückte kamen gerade die Straßenmitte entlang: nebeneinander, aber keineswegs im Gleichschritt. Der Mann aß gefüllte Biskuitschnitten aus einer Großpackung; sein Gesicht war mit Sahne, Krümeln und Zuckerguss verschmiert. Die Frau trug ein großformatiges Buch so vor sich her, dass sie Clay an eine Chorsängerin mit einem übergroßen Gesangbuch erinnerte. Auf dem Umschlag schien ein Collie beim Sprung durch eine Reifenschaukel abgebildet zu sein. Die Tatsache, dass die Frau das Buch verkehrt herum hielt, beruhigte Clay etwas. Das leere, interesselose Gesicht der beiden – und die Tatsache, dass sie allein unterwegs waren, was bedeuten musste, dass sich tagsüber wie bisher keine Schwärme zusammenfanden – beruhigte ihn noch mehr.

Aber dieses Buch gefiel ihm nicht.

Nein, dieses Buch gefiel ihm überhaupt nicht.

Sie schlurften an den Steinsäulen vorbei, und Clay konnte sehen, wie Alice, Jordan und der Rektor mit großen Augen dahinter hervorspähten. Die beiden Verrückten passierten die mit Kreide auf die Straße geschriebene rätselhafte Botschaft – KASHWAK = NO-FO –, und die Frau griff nach den Biskuitschnitten ihres Begleiters. Der Mann zog die Packung von ihr weg. Die Frau warf ihr Buch fort (es blieb so liegen, dass Clay nun den Titel, *Die 100 beliebtesten Hunderassen der Welt*, lesen konnte) und griff wieder zu. Der Mann schlug sie so kräftig ins Gesicht, dass ihr schmutziges Haar hochflog. In der Mittagsstille klang der Schlag überaus laut. Dabei gingen die beiden weiter, ohne langsamer zu werden. Die Frau gab einen Laut von sich: »Aw!« Der Mann erwiderte (Clay fand, dass es wie eine Antwort klang): »Iiiin!« Dann griff die Frau wieder nach den Biskuitschnitten. Jetzt kamen sie an der Citgo-Tankstelle vorbei. Diesmal verpasste der Mann ihr einen weit ausholenden Nackenschlag, bevor er in die Packung griff, um sich die nächste Köstlichkeit herauszuholen. Die Frau blieb stehen. Sah ihn an. Und im nächsten Augenblick blieb auch der Mann stehen. Er war etwas voraus, sodass er ihr größtenteils den Rücken zukehrte.

In der sonnendurchwärmten Stille des Kassenhäuschens spürte Clay etwas. *Nein*, dachte er, *nicht im Raum, in mir selbst. Kurzatmigkeit, so als wär ich eine Treppe zu schnell raufgerannt.*

Aber vielleicht war es auch im Raum, weil ...

Tom stellte sich auf die Zehenspitzen und flüsterte ihm ins Ohr: »Spürst du's auch?«

Clay nickte, dann zeigte er auf die Kassentheke. Hier drinnen gab es keinen Wind, keinen fühlbaren Zug, aber das auf der Theke liegende Werbematerial flatterte. Und im Aschenbecher hatte die Asche geruhsam zu kreiseln begonnen wie Wasser, das aus einer Badewanne abfloss. Im Aschenbecher lagen auch zwei Zigarettenkippen – nein, drei –, und der Aschewirbel schien sie nun in die Mitte zu ziehen.

Der Mann wandte sich der Frau zu. Er sah sich nach ihr um. Sie sah ihn an. Sie blickten einander an. Clay konnte keinen Ausdruck auf ihrem Gesicht erkennen, aber er merkte, wie seine Armhärchen sich sträubten, und hörte ein leises Klirren. Das waren die Autoschlüssel am Schlüsselbrett unter dem **KEIN ABSCHLEPPDIENST**-Schild. Auch sie bewegten sich, stießen kaum merklich aneinander und klirrten dabei.

»*Aw!*«, sagte die Frau. Sie streckte eine Hand aus.

»*Iiin!*«, sagte der Mann. Er trug die ausgebleichten Reste eines Anzugs. Seine Füße steckten in mattschwarzen Schuhen. Vor sechs Tagen konnte er jemand aus dem mittleren Management, ein Firmenvertreter oder der Verwalter einer Wohnanlage gewesen sein. Jetzt war der einzige Besitz, aus dem er sich etwas machte, die Großpackung Biskuitschnitten. Er hielt sie an die Brust gedrückt, während er mit klebrigen Lippen schmatzte.

»Aw!«, wiederholte die Frau drängend. Sie streckte jetzt beide Hände aus, was seit undenklichen Zeiten *Gib her!* bedeutete, und die Schlüssel klirrten lauter. Über Clay summte etwas. Eine Leuchtstoffröhre, für die es keinen Strom mehr gab, flammte kurz auf und erlosch wieder. Die Zapfpistole der mittleren Säule fiel aus ihrer Halterung und schlug dumpf auf dem erhöhten Betonsockel auf.

»Aw«, sagte der Mann. Seine Schultern sanken herab, und sein Körper schien alle Spannung zu verlieren. Auch die in der Luft liegende Spannung verflüchtigte sich. Die Schlüssel am Schlüsselbrett hörten zu klirren auf. Die Asche beschrieb langsam einen letzten Kreis in ihrem Reliquienbehälter aus verbeultem Metall und kam dann zur Ruhe. Man hätte nicht gewusst, dass irgendetwas passiert war, dachte Clay, wären nicht die heruntergefallene Zapfpistole dort draußen und das Häufchen Zigarettenkippen in dem Aschenbecher auf der Theke hier drinnen gewesen.

»Aw«, sagte die Frau. Sie hielt weiter die Hände ausgestreckt. Ihr Gefährte trat auf sie zu, bis sie die Packung in Reichweite hatte. Sie nahm je eine Biskuitschnitte in jede Hand und begann die süßen Teile zu essen – mitsamt der Zellophanhülle. Auch das beruhigte Clay, wenn auch nur ein wenig. Als das Paar langsam in Richtung Stadt weiterschlurfte, blieb die Frau nur einmal lange genug stehen, um ein mit Sahnefüllung bedecktes Stück Zellophan seitlich auszuspucken. *Die 100 beliebtesten Hunderassen der Welt* interessierten sie nicht mehr.

»Was war *das* denn?«, fragte Tom mit leiser, zittriger Stimme, als die beiden fast außer Sicht waren.

»Keine Ahnung, aber mir hat's nicht gefallen«, sagte Clay. Er hielt die Schlüsselkettchen mit den Schlüsseln der Gastankwagen in der Hand. Eines davon gab er Tom. »Kannst du einen Wagen mit Handschaltung fahren?«

»Ich hab's mit Handschaltung *gelernt*. Kannst du's denn?«

Clay lächelte geduldig. »Ich bin hetero, Tom. Heteros brauchen keinen Unterricht, um mit Handschaltung fahren zu können. Diese Fähigkeit ist uns angeboren.«

»Sehr witzig.« Tom hörte kaum zu. Er sah hinter dem weitergegangenen Paar her, und der Puls seitlich an seiner Kehle klopfte hektischer als je zuvor. »Ende der Welt, Jagd frei auf die Schwulen, warum nicht auch das, stimmt's?«

»Klar doch. Nur ist die Jagd auf Heteros auch bald frei, wenn sie *diesen* Scheiß unter Kontrolle bekommen. Komm, wir müssen los.«

Er wollte zur Tür hinaus, aber Tom hielt ihn kurz zurück. »Hör zu, die anderen können das dort draußen gespürt haben ... oder vielleicht auch nicht. Wenn sie aber nichts mitgekriegt haben, sollten wir die Sache vielleicht vorläufig für uns behalten. Was denkst du?«

Clay dachte daran, wie Jordan den Rektor nie aus den Augen ließ, wie Alice immer den unheimlichen kleinen Turnschuh in Reichweite hatte. Er dachte an die dunklen Ringe unter ihren Augen und daran, was sie heute Nacht vorhatten. Armageddon war vermutlich ein zu starkes Wort dafür, aber es kam beinahe hin. Unabhängig davon, was die Handy-Verrückten jetzt waren, waren sie einmal Menschen gewesen, und tausend von ihnen bei lebendigem Leib verbrennen zu wollen war belastend genug. Allein der Gedanke daran ließ seine Fantasie schmerzen.

»Einverstanden«, sagte er. »Fahr im kleinen Gang den Hügel rauf, okay?«

»Im kleinsten, den ich finden kann«, sagte Tom. Sie waren jetzt zu den großen Propangasflaschen nachgebildeten Tankwagen unterwegs. »Wie viele Gänge, glaubst du, hat so ein Laster?«

»Ein Vorwärtsgang müsste reichen«, sagte Clay.

»Wenn ich sehe, wie sie geparkt sind, werden wir als Erstes rauskriegen müssen, wo der Rückwärtsgang ist.«

»Scheiß drauf«, sagte Clay. »Wozu soll der Weltuntergang gut sein, wenn man nicht mal durch einen gottverdammten Bretterzaun fahren darf?«

Und genau das taten sie.

21

Akademiehügel, so nannten Rektor Ardai und sein letzter verbliebener Schüler den langen, sanft ansteigenden Hügel, der vom Schulgelände zur Hauptstraße hinunter abfiel. Das Gras war noch üppig grün und bisher kaum mit Herbstlaub bedeckt. Als der Nachmittag zum frühen Abend wurde und der Akademiehügel weiter leer blieb – nirgends eine Spur von zurückkehrenden Handy-Verrückten –, begann Alice auf dem Hauptflur der Cheatham Lodge auf und ab zu tigern, wobei sie bei jedem Rundgang nur so lange Halt machte, um kurz einen Blick aus dem Erkerfenster im Wohnzimmer zu werfen. Von dort aus konnte man den Hügel, die beiden größten Schulgebäude und den zum Fußballplatz führenden Torbogen überblicken. Der Turnschuh baumelte jetzt wieder an ihrem Handgelenk.

Die anderen saßen in der Küche und tranken Cola aus der Dose. »Sie kommen nicht wieder«, erklärte sie ihnen am Ende eines dieser Rundgänge. »Sie haben mitgekriegt, was wir vorhaben – haben unsere Gedanken gelesen oder so –, und kommen nicht wieder.«

Zwei weitere Rundgänge durch den langen Hauptflur, jeweils mit einer Pause, um einen Blick aus dem Erkerfenster im Wohnzimmer zu werfen, dann erschien sie wieder an der Küchentür. »Oder vielleicht gibt's eine allgemeine Zugbewegung, habt ihr darüber schon mal nachgedacht? Vielleicht ziehen sie im Winter nach Süden wie die gottverdammten Rotkehlchen.«

Sie war fort, ohne eine Antwort abzuwarten. Den Flur hinauf, den Flur hinunter. Den Flur hinauf, hinunter.

»Sie gleicht Ahab, der Ausschau nach Moby Dick hält«, bemerkte der Rektor.

»Eminem mag ein Blödmann gewesen sein, aber in Bezug auf diesen Kerl hat er Recht gehabt«, sagte Tom mürrisch.

»Entschuldigung, Tom?«, sagte der Alte.

Tom winkte ab.

Jordan sah auf seine Armbanduhr. »Als sie gestern Abend zurückgekommen sind, war's fast eine halbe Stunde später als jetzt«, sagte er. »Wenn ihr wollt, gehe ich hinaus und sag's ihr.«

»Ich glaube nicht, dass das etwas nützen würde«, sagte Clay. »Da muss sie durch, das ist alles.«

»Sie ist ziemlich von der Rolle, oder, Sir?«

»Du etwa nicht, Jordan?«

»Doch«, antwortete Jordan mit schwacher Stimme. »Total.«

Als Alice das nächste Mal an der Küchentür erschien, sagte sie: »Vielleicht ist es am besten, wenn sie *nicht* zurückkommen. Keine Ahnung, ob sie ihre Gehirne auf irgendeine Weise neu starten, aber hier läuft irgendein schlechtes Voodoo, das steht fest. Ich hab's heute Nachmittag bei den beiden gespürt. Die Frau mit dem Buch und dem Mann mit den Süßigkeiten.« Sie schüttelte den Kopf. »Schlechtes Voodoo.«

Bevor jemand antworten konnte, machte sie kehrt und setzte die Flurpatrouille fort, wobei der Turnschuh an ihrem Handgelenk schlenkerte.

Der Rektor sah zu Jordan hinüber. »Hast du irgendetwas gespürt, mein Junge?«

Jordan zögerte, dann sagte er: »Ich habe *etwas* gespürt. Meine Nackenhaare wollten sich sträuben.«

Nun sah der Alte zu den Männern hinüber, die ihm am Küchentisch gegenübersaßen. »Was ist mit euch beiden? Ihr wart viel näher dran.«

Alice bewahrte sie davor, antworten zu müssen. Sie kam mit hektischen roten Flecken auf den Wangen und großen glänzenden Augen in die Küche gerannt. Ihre Schuhsohlen quietschten auf den Fliesen. »Sie kommen!«, sagte sie.

22

Vom Erkerfenster aus beobachteten die fünf, wie die Handy-Verrückten in sich vereinigenden Reihen den Akademiehügel heraufkamen, wobei ihre langen Schatten ein riesiges Windrad auf den grünen Rasen zeichneten. Als sie sich dem Torbogen zum Fußballplatz näherten, schlossen die Reihen sich zusammen, und das Windrad schien sich im rotgoldenen Schein der Abendsonne zu drehen, noch während es sich zusammenzog und kompakter wurde.

Alice konnte nicht mehr länger verhindern, den Turnschuh nicht in die Hand zu nehmen. Sie hatte ihn sich vom Handgelenk gerissen und knautschte ihn krampfhaft. »Sie werden sehen, was wir gemacht haben, und dann sofort umkehren«, sagte sie leise, aber ziemlich hastig. »*So* clever sind die inzwischen nämlich wieder – wo sie sich schon für Bücher interessieren, müssen sie's einfach sein.«

»Warten wir's ab«, sagte Clay. Er war sich fast sicher, dass die Handy-Verrückten auf den Fußballplatz gehen würden, selbst wenn das, was sie dort sahen, ihren seltsamen Gruppenverstand beunruhigte; es würde bald dunkel werden, und sie konnten sonst nirgends hin. Eine Zeile aus einem Wiegenlied, das seine Mutter ihm oft vorgesungen hatte, ging ihm durch den Kopf: *Little man, you've had a busy day.*

»Ich hoffe, sie gehen, und ich hoffe, sie bleiben«, sagte sie noch leiser. »Ich komme mir vor, als müsste ich explodieren.« Sie stieß ein wildes kleines Lachen aus. »Nur sollen *sie* explodieren, oder nicht? *Sie.*« Als Tom sich nach ihr umdrehte, sagte sie: »Mir geht's gut, alles in Ordnung, du kannst den Mund wieder zumachen.«

»Ich wollte nur sagen, dass es kommt, wie's kommt«, antwortete er.

»New-Age-Scheiß. Du redest wie mein Vater. Der Bilderrahmenkönig.« Eine Träne lief ihr über die Wange, und sie rieb sie ungeduldig mit einem Handballen weg.

»Beruhig dich, Alice. Wart einfach ab, was passiert.«

»Ich versuch's, okay? Ich versuch's.«

»Und hör mit dem Turnschuh auf«, sagte Jordan in ungewohnt gereiztem Ton. »Dieses Knautschgeräusch macht mich wahnsinnig.«

Alice sah auf den Baby-Nike hinunter, als wäre sie überrascht, dann streifte sie sich den zusammengeknoteten Schnürsenkel wieder übers Handgelenk. Sie beobachteten, wie die Handy-Verrückten am Torbogen zusammentrafen und ihn mit weniger Gedrängel und Schubserei passierten, als das jede Zuschauermenge, die zum Fußballspiel am großen Schulfest wollte, getan hätte – da war sich Clay ganz sicher. Sie sahen, wie die Verrückten sich hinter dem Torbogen wieder verteilten, den Platz vor den Tribünen füllten und die Rampen hinuntergingen. Sie warteten darauf, dass dieser gleichmäßige Marsch langsamer werden und zum Stehen kommen würde, was dieser aber zunächst nicht tat. Die letzten Nachzügler – die meisten waren verletzt und halfen sich gegenseitig, wobei sie in ihren eng geschlossenen Gruppen zusammenblieben – waren längst auf dem Fußballplatz, bevor die sich rot verfärbende Abendsonne hinter den Wohnheimen am Westrand des Geländes der Gaiten Academy verschwand. Sie waren zurückgekehrt wie Brieftauben in ihren Schlag oder die Schwalben nach Capistrano. Keine fünf Minuten nachdem der Abendstern an dem dunkler werdenden Himmel erschien, begann Dean Martin »Everybody Loves Somebody Sometime« zu singen.

»Ich hab mir völlig umsonst Sorgen gemacht, oder?«, sagte Alice. »Manchmal bin ich eben ein Dummkopf. Das sagt mein Vater.«

»Nein«, sagte der Rektor zu ihr. »Die Dummköpfe hatten alle Handys, meine Liebe. Deshalb sind die jetzt dort draußen, und *Sie* sind mit uns hier drinnen.«

»Ich frage mich, ob Rafe wohl noch einigermaßen zurechtkommt«, sagte Tom.

»Ich frage mich, ob Johnny das tut«, sagte Clay trübselig. »Ob Johnny und Sharon das tun.«

23

Um zehn Uhr in jener windigen Herbstnacht, unter einem Mond im letzten Viertel, standen Clay und Tom in dem muschelförmigen Musikpavillon hinter dem Tor, das sich vor der Heimtribüne befand. Unmittelbar vor sich hatten sie eine

hüfthohe Stahlbetonbarriere, die zum Spielfeld hin dick gepolstert war. Umgeben waren sie von einigen rostenden Notenständern und einer knöcheltiefen Müllschicht; der Wind
trieb tagtäglich Papierfetzen und aufgerissene Verpackun-
gen herein, und hier blieben sie dann liegen. An den Drehkreuzen oben hinter ihnen flankierten Alice und Jordan den
Rektor: eine auf einen schlanken Rohrstock gestützte hohe
Gestalt.

Debby Boones Stimme rollte in verstärkten Wellen von
komischer Majestät über den Platz. Normalerweise käme
danach Lee Ann Womack mit »I Hope You Dance« dran, und
dann wären wieder Lawrence Welk und seine Champagne
Music Makers an der Reihe. Aber vielleicht nicht heute.

Der Wind frischte auf. Er brachte den Gestank verwesender
Leichen aus dem Sumpf hinter dem Hallenbahngebäude und
den Geruch nach Dreck und Schweiß mit sich, der von den
Lebenden ausging, die jetzt dicht gedrängt auf dem Spielfeld
jenseits der Barriere lagen. *Wenn man das als Leben bezeichnen kann,* dachte Clay, dann lächelte er heimlich ein kurzes
bitteres Lächeln. Rationale Überlegungen anzustellen war ein
großer menschlicher Sport, vielleicht *der* große menschliche
Sport, aber heute Nacht würde er sich keiner Selbsttäuschung
hingeben: Natürlich bezeichneten sie dies als Leben. Was
immer sie waren, was immer sie wurden, sie bezeichneten es
als Leben – genau wie er.

»Worauf wartest du noch?«, murmelte Tom.

»Nichts«, antwortete Clay ebenso leise. »Nur ... Nichts.«

Aus dem Holster, das Alice aus dem Keller der Nickersons
mitgenommen hatte, zog er Beth Nickersons altmodischen
.45er Colt, der jetzt wieder mit sechs Schuss geladen war. Alice
hatte ihm das Schnellfeuergewehr angeboten, das sie bisher
noch nicht ein einziges Mal ausprobiert hatten, aber Clay

hatte mit der Bemerkung abgelehnt, wenn der Revolver nicht genüge, sei wahrscheinlich auch nichts anderes geeignet.

»Ich weiß nicht, wieso das Maschinengewehr nicht besser sein soll, wo es doch pro Sekunde dreißig oder vierzig Schuss rausjagt«, hatte sie gesagt. »Damit könntest du die Tankwagen in Käsereiben verwandeln.«

Er hatte bestätigt, dass das möglich sei, aber Alice zugleich daran erinnert, dass ihr Hauptzweck heute Abend nicht Zerstörung *per se*, sondern die Zündung sei. Dann hatte er ihr erklärt, welch höchst illegale Munition Nickerson für den Colt seiner Frau besorgt hatte: Geschosse, die sich beim Aufprall zerlegten. Dumdumgeschosse, wie man sie früher genannt habe.

»Okay, aber wenn's damit nicht klappt, kannst du's immer noch mit Sir Speedy versuchen«, hatte sie gesagt. »Außer die Kerle da draußen fangen einfach an, du weißt schon ...« Sie schreckte vor dem Wort *angreifen* zurück, machte aber mit den Fingern der Hand, mit der sie nicht den Turnschuh umklammert hielt, eine kleine Gehbewegung. »Dann haust du hoffentlich schleunigst ab.«

Der Wind riss eine für das große Schulfest aufgehängte, bereits zerfetzte Girlande von der Anzeigetafel los und ließ sie über die dicht gedrängt Schlafenden hinwegsegeln. Um das Spielfeld herum leuchteten die scheinbar in der Luft schwebenden roten Augen der Gettoblaster, von denen alle bis auf einen ohne eingelegte CD spielten. Die Girlande verfing sich an der Stoßstange eines der Gastankwagen, flatterte dort mehrere Sekunden, löste sich dann wieder und flog in die Nacht davon. Die Tankwagen standen Seite an Seite mitten auf dem Spielfeld und ragten aus der Masse dicht gedrängter Leiber wie unheimliche metallene Tafelberge auf. Die Handy-Verrückten schliefen unter ihnen und waren in

279

ihrer Umgebung so zusammengedrängt, dass einige halb sitzend an den Rädern lehnten. Clay musste wieder an Wandertauben und daran denken, wie sie im 19. Jahrhundert auf dem Erdboden rastend von Bauernlümmeln erschlagen wurden. Bis zu Beginn des 20. Jahrhunderts war die gesamte Art ausgerottet worden ... aber das waren natürlich nur Vögel mit kleinen Vogelhirnen gewesen, bei denen kein Neustart möglich war.

»Clay?«, sagte Tom flüsternd. »Weißt du auch bestimmt, dass du das durchziehen willst?«

»Nein«, sagte Clay. Nachdem er jetzt die Realität vor Augen hatte, gab es allzu viele unbeantwortete Fragen. Was sie tun würden, falls diese Sache nicht klappte, war nur eine davon. Was sie tun würden, wenn sie klappte, war eine weitere. Wandertauben waren nicht imstande, sich zu rächen, aber diese Kreaturen dort draußen ...

»Nein, aber ich tu's trotzdem.«

»Dann mach schon!«, sagte Tom. »Abgesehen von allem anderen, lässt ›You Light Up My Life‹ tote Höllenhunde jaulen.«

Clay hob den Colt und stabilisierte sein rechtes Handgelenk, indem er es mit der linken Hand umklammerte. Über Kimme und Korn zielte er auf die Tankmitte des linken Fahrzeugs. Er würde zwei Schüsse auf diesen Tank und zwei auf den anderen abgeben. So behielt er für beide je einen Schuss übrig. Klappte das nicht, würde er es mit der Schnellfeuerwaffe versuchen müssen, der Alice den Spitznamen Sir Speedy gegeben hatte.

»Duck dich, wenn er hochgeht«, sagte er zu Tom.

»Keine Sorge«, sagte Tom. Er hatte das Gesicht zu einer Grimasse verzerrt, während er auf den Knall und die Ereignisse wartete, die womöglich folgten.

Debby Boone steuerte auf ein großes Finale zu. Clay erschien es plötzlich sehr wichtig, ihr zuvorzukommen. *Wenn du aus dieser Entfernung daneben schießt, bist du ein Affe,* dachte er und drückte ab.

Er hatte keine Gelegenheit zu einem zweiten Schuss, der auch nicht notwendig war. Mitten in dem Gastank blühte eine hellrote Blüte auf, deren Licht ihm eine tief eingebeulte Stelle in der zuvor glatten Tankwand zeigte. Im Inneren schien ein Inferno loszubrechen, das rasch größer wurde. Dann verwandelte die Blüte sich in einen Fluss, während Rot zu Weiß mit Orange wurde.

»*Runter!*«, brüllte er und stieß Tom vor sich zu Boden. Als er auf dem kleineren Mann zu liegen kam, verwandelte die Nacht sich in einen Mittag in der Wüste. Auf ein röhrendes Brausen folgte ein schmetterndes BUM, das Clay in sämtlichen Knochen spürte. Metallsplitter schossen über sie hinweg. Tom schien zu kreischen, aber das konnte Clay nicht bestimmt sagen, weil ein weiteres röhrendes Brausen losbrach und die Luft plötzlich heiß, heiß, heiß war.

Clay packte Tom teils am Nackenhaar, teils am Hemdkragen und fing an, ihn rückwärts gehend die Betonrampe zu den Drehkreuzen hinaufzuschleifen, wobei er die Augen zum Schutz vor der gewaltigen Helligkeit, die von der Platzmitte ausging, zu ganz schmalen Schlitzen zusammenkniff. Irgendetwas Gigantisches schlug rechts von ihm auf der Stehtribüne ein. Clay tippte auf einen Motorblock. Er wusste ziemlich bestimmt, dass die zerfetzten und verdrehten Metallteile unter ihm von den Notenständern der Gaiten Academy stammten.

Tom kreischte, und seine Brille saß schief, aber er war auf den Beinen und schien unversehrt zu sein. Die beiden hetzten die Rampe hinauf wie Flüchtlinge aus Gomorrha. Clay konnte ihre Schatten, lang und spindeldürr, vor sich sehen, und merkte dann, dass um sie herum Gegenstände herabregneten: Arme, Beine, ein Stück Stoßstange, ein Frauenkopf mit brennendem Haar. Hinter ihnen war ein zweites schmetterndes BUM zu hören – oder vielleicht war es schon das dritte –, und diesmal schrie Clay auf. Er verhedderte sich mit den Beinen und knallte längelang hin. Die ganze Welt bestand aus rasch zunehmender Hitze und dem unglaublichsten Licht: Er kam sich vor, als stünde er auf Gottes persönlicher Fernsehbühne.

Wir haben nicht gewusst, was wir tun, dachte er, während er einen ausgespuckten Kaugummi, eine zertrampelte grüne Bonbonblechschachtel und eine blaue Pepsi-Cola-Mütze anstarrte. *Wir hatten keine Ahnung, und jetzt kostet uns das unser gottverdammtes Leben.*

»Steh auf!« Das war Tom, und Clay ahnte, dass Tom ihn anbrüllte, aber die Stimme schien aus einer Meile Entfernung zu kommen. Er spürte Toms schmale, langfingrige Hände auf seinem Arm. Dann war plötzlich auch Alice da. Während sie an seinem anderen Arm riss, wurde sie von der Feuersbrunst hell angestrahlt. Er konnte den Turnschuh am Schnürsenkel an ihrem Handgelenk hüpfen und tanzen sehen. Sie war mit Blut, Fetzen von Kleidungsstücken und kleinen Brocken von rauchendem Fleisch bedeckt.

Clay rappelte sich auf, dann sank er auf ein Knie zurück, und Alice zog ihn wieder gewaltsam hoch. Hinter ihnen röhrte Propan wie ein Drache. Und da kam Jordan, dem auf den Fersen der Rektor hinterherwankte, mit rosigem Gesicht, alle Runzeln und Falten voller Schweißbäche.

»Nein, Jordan, sieh bloß zu, dass er nicht im Weg ist!«, brüllte Tom, und Jordan zog den Rektor vor ihnen zur Seite und packte den Alten verbissen um die Taille, als dieser schwankte. Ein brennender Torso mit einem Ring im Nabel landete vor Alice' Füßen, und sie beförderte ihn mit einem Tritt von der Rampe. *Fünf Jahre Fußball,* an diese Aussage erinnerte Clay sich noch. Ein brennender Hemdfetzen landete auf ihrem Hinterkopf, und Clay schlug ihn beiseite, bevor er ihr Haar in Brand setzen konnte.

Ein brennender Lastwagenreifen, an dessen Felge noch eine halbe abgescherte Achse hing, lehnte oben an der Rampe an der letzten Reihe mit reservierten Sitzen. Wäre er so gelandet, dass es ihnen den Weg blockierte, wären sie vielleicht gebraten worden – der Rektor sogar ziemlich sicher. So konnten sie sich aber mit knapper Not daran vorbeiquetschen, indem sie wegen der öligen Rauchschwaden die Luft anhielten. Im nächsten Augenblick taumelten sie durch eines der Drehkreuze: Jordan auf einer Seite des Rektors und Clay auf der anderen, den Alten mehr schleppend als führend. Clay bekam den Gehstock, mit dem der Rektor wild herumfuchtelte, zweimal ans Ohr, aber eine halbe Minute nachdem sie den Reifen passiert hatten, standen sie unter dem Torbogen und starrten die riesige Feuersäule, die über den Tribünen und der Pressebox in der Mitte aufstieg, mit identischer Miene an, eine Miene, aus der benommene Ungläubigkeit sprach.

Ein hell brennendes Stück der fürs große Schulfest aufgehängten Girlanden segelte neben dem Hauptkassenhäuschen herab und sprühte ein paar Funken, bevor es zur Ruhe kam.

»Hast du gewusst, dass das passieren würde?«, fragte Tom. Sein Gesicht war um die Augen herum weiß, auf Stirn und Wangen gerötet. Der Schnurrbart schien halb abgesengt zu sein. Clay konnte Toms Stimme hören, aber sie schien aus weiter Ferne zu kommen. Was für alle Geräusche galt. Als hätte er Watte in den Ohren – oder jene speziellen Ohrenstöpsel für Schützen, die Beth Nickersons Ehemann Arnie sie bestimmt immer hatte tragen lassen, wenn er mit ihr zu ihrem liebsten Schießplatz hinausgefahren war. Wo sie vermutlich mit ihren Handys an der einen Hüfte und ihren Piepsern an der anderen dem Schießen gefrönt hatten.

»*Hast du's gewusst?*« Tom machte Anstalten, ihn zu schütteln, bekam aber nur sein Hemd zu fassen und riss es mit einem Ruck von oben bis unten durch.

»Scheiße, nein, bist du verrückt?« Clays Stimme war mehr als nur heiser, mehr als nur ausgedörrt; sie klang *gebacken*. »Glaubst du, ich hätte mich dort mit einem Revolver hingestellt, wenn ich das gewusst hätte? Wäre die Stahlbetonbarriere nicht gewesen, wären wir zerfetzt worden. Oder verdampft.«

Verblüffenderweise grinste Tom auf einmal. »Ich hab dir das Trikot zerfetzt, Batman.«

Clay hätte ihm am liebsten den Kopf abgerissen. Oder ihn umarmt und abgeküsst, nur weil er noch lebte.

»Ich will in die Lodge zurück«, sagte Jordan. Die Angst in seiner Stimme war unverkennbar.

»Ja, wir sollten uns unbedingt in sichere Entfernung begeben«, stimmte der Rektor zu. Er zitterte am ganzen Leib, und sein Blick war starr auf das Inferno über dem Torbogen und den Tribünen gerichtet. »Gott sei Dank, dass der Wind in Richtung Akademiehügel weht.«

»Können Sie gehen, Sir?«, fragte Tom.

»Danke, ja. Wenn Jordan mir hilft, schaffe ich's bestimmt bis zur Lodge hinüber.«

»Wir haben sie erledigt«, sagte Alice. Sie wischte sich fast geistesabwesend Blutspritzer vom Gesicht, verschmierte das Blut dadurch aber nur noch mehr. Ihre Augen glichen etwas,

was Clay bisher nur auf ein paar Fotos und in einigen begnadeten Comics aus den Fünfziger- und Sechzigerjahren gesehen hatte. Er erinnerte sich an den Comic-Kongress, auf dem er einmal – selbst noch ein Jugendlicher – gewesen war; dort hatte Wallace Wood darüber gesprochen, wie man den Panikblick, wie er ihn nannte, am besten zeichnete. Jetzt sah Clay ihn in den Augen einer fünfzehnjährigen Schülerin aus irgendeinem Vorort von Boston.

»Komm jetzt, Alice«, sagte er. »Wir müssen zur Lodge zurück, um unseren Kram zusammenzusuchen. Wir müssen schleunigst abhauen.« Und sobald er die Worte ausgesprochen hatte, musste er sie wiederholen, um zu hören, ob sie wahr klangen. Beim zweiten Mal klangen sie weit mehr als nur wahr; sie klangen ängstlich.

Sie schien ihn nicht gehört zu haben. Sie war sichtbar in Hochstimmung. Von Triumph erfüllt. Und ihr war davon übel wie einem Kind, das auf dem Heimweg zu viele der an Halloween gesammelten Süßigkeiten gegessen hat. Ihre Pupillen waren voller Feuer. »Das kann nichts überlebt haben.«

Tom packte Clay am Arm. Es tat so weh, als hätte er einen Sonnenbrand. »Was ist los mit dir?«

»Ich glaube, wir haben einen Fehler gemacht«, sagte Clay.

»Ist es wie in der Tankstelle?«, fragte Tom ihn. Hinter der verbogenen Brille blitzten seine Augen scharf. »Als der Mann und die Frau sich wegen den verdammten Süßig...«

»Nein, ich glaube nur, dass wir einen Fehler gemacht haben«, sagte Clay. Irgendwie war dieses Wort zu schwach. Er *wusste*, dass sie einen Fehler gemacht hatten. »Los, kommt! Wir müssen noch heute Nacht weiter.«

»Wenn du das sagst, okay«, antwortete Tom. »Komm, Alice.«

Alice ging ein kleines Stück den Weg mit hinunter in Richtung Lodge, in deren Erkerfenster sie zwei brennende Gaslaternen zurückgelassen hatten, dann sah sie sich abermals nach dem Fußballplatz um. Die Pressebox stand jetzt ebenso in Flammen wie die Tribünen. Über dem Fußballplatz waren keine Sterne mehr zu sehen; selbst der Mond war nur eine geisterhafte Erscheinung, die in den Hitzewellen über dem gewaltigen Gasfeuer einen wilden Tanz aufführte. »Sie sind *tot*, sie sind *hinüber*, sie sind *knusprig*«, sagte sie. »*Burn, baby, b...*«

In diesem Augenblick stieg der Schrei auf, nur kam er diesmal nicht aus zehn Meilen Entfernung aus Glen's Falls oder Littleton. Er stieg unmittelbar hinter ihnen auf. Und er hatte auch nichts Geisterhaftes oder Gespenstisches an sich. Er war ein Schmerzensschrei, das Kreischen eines Wesens – eines einzigen *bewussten* Wesens, dessen war Clay sich sicher –, das aus tiefem Schlaf hochschreckend feststellen musste, dass es bei lebendigem Leib verbrannte.

Alice schrie auf und hielt sich die Ohren zu. Im Feuerschein drohten ihre Augen aus den Höhlen zu quellen, und der Turnschuh an ihrem Handgelenk tanzte wie verrückt.

»Wir müssen's zurücknehmen!«, sagte Jordan, indem er den Rektor am Handgelenk fasste. »Sir, wir müssen's rückgängig machen!«

»Zu spät, Jordan«, sagte Ardai.

24

Ihre Rucksäcke waren etwas rundlicher, als sie eine Stunde später innen an der Haustür der Cheatham Lodge lehnten. Jeder enthielt ein paar Hemden, dazu Beutel mit Studentenfutter, Saftkartons und in Folie eingeschweißte Dauerwurst sowie Batterien und zusätzliche Taschenlampen. Clay hatte

Tom und Alice angetrieben, ihre Habseligkeiten so schnell wie möglich zusammenzuraffen, aber nun war er derjenige, der immer wieder ins Wohnzimmer hastete, um einen Blick aus dem großen Erkerfenster zu werfen.

Das Gasfeuer dort drüben begann allmählich herunterzubrennen, aber Pressebox und Tribünen standen noch immer in hellen Flammen. Auch der Torbogen war in Brand geraten und glühte in der Nacht wie ein Hufeisen im Schmiedefeuer. Auf dem Fußballplatz konnte nichts mehr leben – in diesem Punkt hatte Alice bestimmt Recht gehabt –, aber auf ihrem Rückweg zur Lodge (auf dem der Rektor wie ein alter Säufer torkelte, obwohl alle sich bemühten, ihn nach Kräften zu stützen) hatte der Wind zweimal jene gespenstischen Schreie von anderen Schwärmen an ihr Ohr getragen. Clay redete sich ein, aus diesen Schreien keine Wut herauszuhören, das sei nur Einbildung – seine schuldbewusste Fantasie, seine Mörderfantasie, seine *Massen*mörderfantasie –, aber er glaubte es selbst nicht recht.

Das Ganze war ein Fehler gewesen, aber was hätten sie sonst tun sollen? Tom und er hatten ihre wachsende Kraft erst an diesem Nachmittag gefühlt, hatten sie *gesehen*, und das waren nur zwei von ihnen gewesen, lediglich zwei. Wie hätten sie dieser Entwicklung untätig zusehen können? Hätten sie einfach zusehen sollen, wie deren Kraft weiterwuchs?

»Verdammt, wenn man's tut; verdammt, wenn man dem nicht nachgeben würde«, murmelte er und wandte sich vom Fenster ab. Er wusste nicht einmal, wie lange er das brennende Sportgelände betrachtet hatte, widerstand aber dem Drang, auf die Uhr zu sehen. Es wäre leicht gewesen, in Panik zu verfallen, er war schon dicht davor, und wenn er ihr nachgab, würde sie die anderen rasch erfassen. Angefangen mit Alice. Alice hatte es geschafft, sich wieder einigermaßen unter Kontrolle zu bekommen, aber dieser Firnis war dünn. *Dünn genug, dass man durch ihn hindurch Zeitung lesen kann,* hätte seine bingospielende Mutter vielleicht gesagt. Obwohl Alice selbst noch fast ein Kind war, hatte sie es geschafft, vor allem zugunsten des Jungen fröhlich zu wirken, damit er nicht ganz aufgab.

Das andere Kind. Jordan.

Clay hastete wieder in die Eingangshalle hinaus, wo ihm auffiel, dass noch immer kein vierter Rucksack an der Tür stand, und sah Tom die Treppe herunterkommen. Allein.

»Wo ist der Junge?«, fragte Clay. Seine Hörfähigkeit hatte sich etwas gebessert, aber seine Stimme klang noch immer wie aus weiter Ferne kommend und wie die eines Fremden. Er hatte den Verdacht, dass das noch eine Weile so bleiben würde. »Du solltest ihm helfen, ein paar Sachen einzupacken – Ardai hat gesagt, dass er aus seinem Wohnheim einen Rucksack mitgebracht hat ...«

»Er kommt nicht mit.« Tom rieb sich eine Wange. Er sah müde, traurig, geistesabwesend aus. Da ihm der halbe Schnurrbart fehlte, auch lächerlich.

»*Was?*«

»Nicht so laut, Clay. Ich mache die Nachrichten nicht, ich überbringe sie nur.«

»Dann erzähl mir um Himmels willen, wovon du redest.«

»Er will nicht ohne den Rektor mitkommen. ›Ihr könnt mich nicht dazu zwingen‹, sagt er. Und wenn du tatsächlich heute Nacht schon losziehen willst, hat er wahrscheinlich Recht.«

Alice kam aus der Küche geflitzt. Sie hatte sich gewaschen, ihr Haar zu einem Pferdeschwanz gebunden und ein frisches Hemd angezogen, das ihr fast bis zu den Knien reichte. Ihre Haut glühte in demselben Krebsrot, das Clay auf seiner spürte. Vermutlich konnten sie von Glück sagen, dass sich keine Brandblasen gebildet hatten.

»Alice«, begann er, »ich möchte, dass du versuchst, Jordan mit weiblicher Raffinesse umzustimmen. Er will nicht ...«

Sie wetzte an ihm vorbei, als hätte er nichts gesagt, fiel auf die Knie, zog ihren Rucksack zu sich her und riss ihn auf. Er beobachtete verwirrt, wie sie die eingepackten Sachen wieder herausholte. Als er zu Tom hinüberblickte, sah er auf dessen Gesicht Verständnis und Mitgefühl heraufdämmern.

»Was ist denn?«, fragte Clay. »*Was*, um Himmels willen?« Er hatte einen ganz ähnlichen erbosten Ärger gegenüber Sharon in ihrem letzten gemeinsamen Jahr empfunden – hatte ihn oft empfunden – und hasste sich jetzt dafür, dass dieses Gefühl ausgerechnet in diesem Augenblick wieder in ihm hochkam. Aber zusätzliche Komplikationen waren das *Letzte*, was sie jetzt brauchten, verdammt noch mal. Er fuhr sich mit beiden Händen durchs Haar. »*Was?*«

»Sieh dir ihr Handgelenk an«, sagte Tom.

Clay sah es sich an. Das schmuddelige Stück Schnürsenkel war noch da, aber der Turnschuh war fort. Er spürte ein absurd flaues Gefühl im Magen. Oder vielleicht war's doch nicht so absurd. Wenn für Alice etwas wichtig war, dann *war* es eben wichtig. Und wenn es sich nur um einen Baby-Nike handelte.

Das zusätzliche T-Shirt und ein Sweatshirt, das sie eingepackt hatte (mit dem Aufdruck FÖRDERVEREIN GAITEN auf der Vorderseite), segelten durch die Luft. Batterien rollten davon. Ihre zusätzliche Taschenlampe knallte so auf die Fliesen, dass die Glashalterung einen Sprung bekam. Das genügte, um Clay zu überzeugen. Hier lag kein Wutanfall à la Sharon Riddell vor, weil etwa der Haselnusskaffee oder die Chunky-Monkey-

Eiscreme ausgegangen war; das hier war unverfälschtes Entsetzen.

Clay ging zu Alice, kniete bei ihr nieder und ergriff ihre Handgelenke. Er konnte spüren, wie die Minuten verflogen, die sie hätten nutzen sollen, um diese Stadt hinter sich zu lassen, aber er konnte auch spüren, wie hektisch ihr Puls unter seinen Fingern jagte. Und er konnte ihre Augen sehen. In ihnen stand jetzt nicht Panik, sondern Seelenqual, und er begriff, dass sie alles in diesen Turnschuh hineingelegt hatte: ihre Mutter und ihren Vater, ihre Freundinnen, Beth Nickerson und deren Tochter, das Inferno auf dem Tonney-Sportplatz, alles.

»Er ist nicht da!«, rief sie aus. »Ich dachte, ich hätte ihn eingepackt, aber das stimmt nicht! *Ich kann ihn nirgends finden!*«

»Ja, Schatz, ich weiß.« Clay hielt weiter ihre Handgelenke fest. Jetzt hob er das eine, um das noch der Schnürsenkel verknotet war. »Siehst du?« Er wartete, bis er sich sicher war, dass ihre Augen scharf gestellt waren, dann schnippte er mit dem Finger an die Enden unterhalb des Knotens, wo zuvor ein zweiter Knoten gewesen war.

»Die sind jetzt zu lang«, sagte sie. »So lang waren sie vorher nicht.«

Clay versuchte sich zu entsinnen, wann er den Turnschuh zuletzt gesehen hatte. Er sagte sich, das sei unmöglich, weil so viele Dinge auf ihn eingestürmt waren, aber dann merkte er, dass er sich doch erinnern konnte. Sehr gut sogar. Das war gewesen, als sie Tom geholfen hatte, ihn hochzuziehen, nachdem der zweite Tankwagen explodiert war. Zu diesem Zeitpunkt hatte er noch am Schnürsenkel getanzt. Sie war mit Blut, Kleidungsfetzen und kleinen Fleischbrocken bedeckt gewesen, aber der Turnschuh hatte noch an ihrem Handgelenk gebaumelt. Er versuchte sich zu erinnern, ob er noch da gewesen war, als sie den brennenden Torso mit einem Fußtritt von der Rampe befördert hatte. Nein, irgendwie nicht. Vielleicht glaubte er das nur nachträglich, aber nein, irgendwie nicht.

»Er hat sich gelöst, Schatz«, sagte er. »Er hat sich gelöst und ist abgefallen.«

»Ich hab ihn *verloren*?« Ungläubigkeit in ihrem Blick. Die ersten Tränen. »Weißt du das auch *bestimmt*?«

»Ziemlich bestimmt, ja.«

»Er war mein Glücksbringer«, flüsterte sie, während die Tränen überliefen.

»Nein«, sagte Tom und legte einen Arm um sie. »*Wir* sind deine Glücksbringer.«

Sie sah ihn an. »Wie kommst du darauf?«

»Weil du zuerst uns gefunden hast«, sagte Tom. »Und wir sind noch immer da.«

Sie umarmte sie beide, und so blieben sie zu dritt eine Zeit lang in der Eingangshalle stehen: die Arme umeinander gelegt, Alice' wenige Habseligkeiten zu ihren Füßen verstreut.

25

Die Flammen erfassten ein Schulgebäude, das der Rektor als Hackery Hall bezeichnete. Dann schlief gegen vier Uhr morgens der Wind ein, und das Feuer breitete sich nicht weiter aus. Als die Sonne aufging, stank es auf dem Gelände der Gaiten Academy nach Propan, angekohltem Holz und unzähligen verbrannten Leichen. Der wolkenlose Himmel eines perfekten Oktobermorgens in Neuengland verschwand hinter einer grauschwarzen Rauchsäule. Und die Cheatham Lodge war weiter belegt. Zuletzt war alles wie eine Partie Domino gewesen: Der Rektor konnte nicht zu Fuß gehen, sondern nur fahren, Autofahrten waren unmöglich, und Jordan wollte nicht ohne Ardai mitkommen. Auch der Rektor konnte ihn nicht umstimmen. Alice, die sich zwar mit dem Verlust ihres Talismans abgefunden hatte, weigerte sich nun, ohne Jordan mitzukommen. Tom wollte nicht ohne Alice aufbrechen. Und Clay widerstrebte es, ohne die beiden zu gehen, obwohl er darüber entsetzt war, dass diese Neuankömmlinge in seinem Leben ihm zumindest vorübergehend wichtiger als sein Sohn waren, und obwohl er weiter zu wissen glaubte, dass sie einen hohen Preis dafür würden zahlen müssen, was sie auf dem Fußballplatz angerichtet hatten, wenn sie in Gaiten beziehungsweise sogar direkt am Tatort blieben.

Er hatte geglaubt, bei Tagesanbruch werde dieser letzte Punkt ihm weniger dramatisch erscheinen, was aber nicht der Fall war.

Die fünf warteten am Wohnzimmerfenster und beobachteten den Sportplatz, aber natürlich kam nichts aus den rauchenden Trümmern hervorgekrochen, und die einzigen Geräusche waren das Knistern und Knacken des Feuers, das sich jetzt durch die Büros und Umkleideräume unter den Tribünen fraß, deren oberirdische Reste es gleichzeitig verzehrte. Die ungefähr tausend Handy-Verrückten, die dort ihren Schlafplatz gehabt hatten, waren nun – wie Alice gesagt hatte – *knusprig*. Der Geruch war ziemlich stark und blieb einem grausig im Hals stecken. Clay hatte sich einmal übergeben müssen und wusste, dass die anderen das ebenfalls getan hatten – sogar der Rektor.

Wir haben einen Fehler gemacht, dachte er wieder.

»Ihr hättet weiterziehen sollen«, sagte Jordan. »Wir wären schon zurechtgekommen – genau wie vorher, nicht wahr, Sir?«

Rektor Ardai beachtete die Frage nicht weiter. Er musterte Clay. »Was ist gestern passiert, als Tom und Sie drüben in der Tankstelle waren? Ich glaube, dass dort etwas geschehen ist, was Sie so aussehen lässt wie jetzt.«

»Ach, wie sehe ich denn aus, Sir?«

»Wie ein Tier, das eine Falle wittert. Haben diese beiden auf der Straße Sie gesehen?«

»Das war's eigentlich nicht«, sagte Clay. Es gefiel ihm nicht, als Tier bezeichnet zu werden, aber er konnte nicht leugnen, dass er eines war: Sauerstoff und Nahrung rein, Kohlendioxid und Scheiße raus, Klappe zu, Affe tot.

Der Rektor hatte angefangen, sich mit einer seiner großen Hände die Zwerchfellgegend zu reiben. Wie viele seiner Gesten wirkte auch diese seltsam theatralisch, fand Clay – nicht eigentlich unecht, aber doch dafür bestimmt, noch ganz hinten im Hörsaal gesehen zu werden. »Was *war's* also genau?«

Und weil Clay keine Möglichkeit mehr sah, die anderen zu beschützen, erzählte er dem Rektor, was sie vom Kassenhäuschen der Citgo-Tankstelle aus gesehen hatten – eine Rangelei um eine Packung abgestandenes Fabrikgebäck, eine Rangelei aus der sich plötzlich etwas ganz anderes entwickelt hatte. Er berichtete von den flatternden Papieren, der Asche, die im Aschenbecher kreiselte wie abfließendes Wasser in einer Badewanne, den am Schlüsselbrett leise klirrenden Schlüsseln, der von der Säule fallenden Zapfpistole.

»Die habe ich auch gesehen«, sagte Jordan, und Alice nickte.

Tom erwähnte, er habe sich kurzatmig gefühlt, und Clay stimmte zu. Beide versuchten das Gefühl zu erklären, wie in der Luft etwas ungeheuer Kraftvolles entstanden sei. Clay sagte, alles habe ihn an die Atmosphäre unmittelbar vor Ausbruch eines Gewitters erinnert. Tom sagte, die Luft sei ihm irgendwie *befrachtet* vorgekommen. Zu schwer.

»Dann hat der Mann zugelassen, dass sie sich ein paar von den Scheißdingern nimmt, und plötzlich war alles vorbei«, sagte Tom. »Die Asche hat nicht mehr gekreiselt, die Schlüssel haben zu klirren aufgehört, dieses spannungsgeladene Gefühl in der Luft war weg.« Mit einem Blick zu Clay hinüber bat er um Bestätigung. Clay nickte.

»Warum habt ihr uns das nicht schon vorher erzählt?«, fragte Alice.

»Weil das nichts geändert hätte«, sagte Clay. »Wir wollten das Nest auf jeden Fall ausbrennen.«

»Ja«, sagte Tom.

Jordan sagte plötzlich: »Ihr glaubt, dass die Handy-Verrückten sich in Psioniker verwandeln, stimmt's?«

»Das ist ein Wort, das ich nicht kenne, Jordan«, sagte Tom.

»Leute, die zum einen Dinge bewegen können, wenn sie nur daran denken. Oder zufällig, wenn ihre Gefühle außer Kontrolle geraten. Aber psionische Fähigkeiten wie Telekinese und Levitation ...«

»*Levitation?*«, schrie Alice beinahe.

Jordan achtete nicht auf sie. »... sind nur Teilaspekte. Der Stamm des psionischen Baums ist Telepathie, und davor habt ihr Angst, oder? Vor der Telepathiesache.«

Tom griff nach der Stelle über seiner Oberlippe, wo der halbe Schnurrbart weggebrannt war, und berührte dort die gerötete Haut. »Na ja, der Gedanke ist mir durch den Kopf gegangen.« Er zögerte kurz und legte dabei den Kopf schräg. »Das könnte witzig sein. Ich bin mir nicht sicher.«

Auch das ignorierte Jordan. »Nehmen wir mal an, dass sie das tun. Dass sie echte Telepathen werden, meine ich, statt nur Zombies mit einem Herdentrieb zu sein. Der Schwarm, der sich in der Gaiten Academy eingenistet hatte, ist *tot*, und diese Wesen sind gestorben, ohne zu ahnen, wer sie in Brand gesetzt hat, weil sie nämlich in dem Zustand gestorben sind, der bei ihnen so was wie Schlaf ist. Wenn ihr also befürchtet, dass sie eure Namen und Personenbeschreibungen mental an ihre Kumpel in den umliegenden Staaten gefaxt haben, könnt ihr euch entspannen.«

»Jordan«, begann der Rektor, dann zuckte er zusammen. Er rieb sich wieder den Magen.

»Sir? Alles in Ordnung mit Ihnen?«

»Ja. Holst du mir bitte meine Zantic-Magentabletten aus der Toilette im Erdgeschoss? Und eine Flasche stilles Mineralwasser? Das wäre lieb.«

Jordan hastete davon, um seinen Auftrag auszuführen.

»Doch nicht etwa ein Magengeschwür?«, sagte Tom.

»Nein«, antwortete der Rektor. »Das kommt vom Stress. Ein alter ... Freund kann man nicht sagen ... Bekannter?«

»Ist Ihr Herz in Ordnung?«, fragte Alice mit leiser Stimme.

»Ich glaube schon«, sagte der Rektor und fletschte die Zähne zu einem beunruhigend fröhlichen Lächeln. »Hilft das Zantic nicht, müssen wir vielleicht umdenken ... Aber bisher hat das Zantic immer geholfen, und man will sich keine weiteren Schwierigkeiten aufladen, wenn schon so viele zu bewältigen sind. Ah, Jordan, vielen Dank.«

»Nichts zu danken, Sir.« Der Junge gab ihm das Glas und eine der Tabletten mit seinem gewohnten Lächeln.

»Ich finde, du solltest ruhig mit ihnen gehen«, sagte Ardai zu dem Jungen, nachdem er die Tablette eingenommen hatte.

»Ehrlich, Sir, ich versichere Ihnen, dass sie's *unmöglich* wissen können. Das ist *ganz unmöglich*.«

Der Rektor sah fragend zu Tom und Clay hinüber. Tom hob die Hände. Clay zuckte nur die Achseln. Er hätte laut sagen können, was er empfand, hätte ausdrücken können, was alle bestimmt als seine Überzeugung kannten – *wir haben einen Fehler gemacht, und unser Bleiben macht ihn noch schlimmer* –, aber er sah, dass es sinnlos war. Jordans Gesichtsausdruck wirkte obenhin stur und entschlossen, dicht darunter zu Tode geängstigt. Sie würden ihn nicht überreden können. Und außerdem war es wieder Tag. Der Tag war *ihre* Zeit.

Er zauste dem Jungen das Haar. »Wie du meinst, Jordan. Ich werde jetzt eine Mütze voll Schlaf nehmen.«

Jordan wirkte überaus erleichtert. »Das klingt wie eine gute Idee. Ich werd's auch tun, glaube ich.«

»Ich trinke noch einen Becher von der weltberühmten lauwarmen Schokolade der Cheatham Lodge, bevor ich nach oben gehe«, sagte Tom. »Und dann werde ich mir die Überbleibsel vom Schnurrbart abrasieren. Das Jammern und Wehklagen, das ihr hören werdet, ist dann meins.«

»Darf ich zusehen?«, fragte Alice. »Ich wollte schon immer mal erleben, wie ein erwachsener Mann jammert und wehklagt.«

26

Clay und Tom teilten sich ein kleines Gästezimmer im zweiten Stock; das einzige andere hatte Alice bekommen. Als Clay sich die Schuhe auszog, klopfte jemand flüchtig an die Tür, und gleich darauf trat der Rektor ein. Auf seinen Backenknochen leuchteten zwei hochrote Flecken. Sonst war sein Gesicht leichenblass.

»Was ist mit Ihnen?«, fragte Clay und stand auf. »Ist es etwa doch Ihr Herz?«

»Ich bin froh, dass Sie das fragen«, antwortete der Rektor. »Ich wusste nicht genau, ob ich die Saat gesät habe, aber anscheinend ist mir das gelungen.« Er warf einen Blick über die Schulter in den Flur hinaus, dann schloss er die Tür mit der Zwinge seines Krückstocks. »Hören Sie mir bitte aufmerksam zu, Mr. Riddell – Clay –, und stellen Sie mir keine Fragen, außer Sie halten sie für unbedingt erforderlich. Ich werde heute am späten Nachmittag oder frühen Abend tot in meinem Bett aufgefunden werden, und Sie werden sagen, das sei natürlich doch mein Herz gewesen, das die Aufregungen der vergangenen Nacht nicht verkraftet habe. Haben Sie verstanden?«

Clay nickte. Er hatte verstanden, und er unterdrückte den Widerspruch, der ihm automatisch auf der Zunge lag. In der alten Welt wäre er vielleicht am Platz gewesen, aber hier war kein Raum dafür. Er wusste, weshalb der Rektor den Plan gefasst hatte, den er vortrug.

»Würde Jordan auch nur vermuten, dass ich mir das Leben genommen habe, um ihn von etwas zu befreien, was er in seiner jungenhaft bewundernswürdigen Art als seine heilige Pflicht betrachtet, würde er sich vielleicht ebenfalls das Leben nehmen. Zumindest würde er in etwas gestürzt, was die ältere Generation in meiner eigenen Kindheit noch als Poriomanie gekannt hat. Er wird tief um mich trauern, aber das ist statthaft. Der Gedanke, dass ich Selbstmord verübt habe, damit er Gaiten verlässt, ist es nicht. Haben Sie auch *das* verstanden?«

»Ja«, sagte Clay. Dann: »Sir, warten Sie noch einen Tag länger. Was Sie vorhaben ... ist vielleicht nicht notwendig. Möglicherweise kommen wir ungestraft davon.« Das glaubte er zwar selbst nicht, und Ardai war ohnehin entschlossen, sein Vorhaben auszuführen; Clay sah die ganze Wahrheit in dem angespannten Gesicht des Mannes, seinen fest zusammengepressten Lippen, seinen hektisch glänzenden Augen. Trotzdem versuchte er es noch einmal. »Warten Sie noch einen Tag länger. Vielleicht kommt ja niemand.«

»Sie haben diese Schreie gehört«, antwortete der Rektor. »Das war Wut. Sie werden kommen.«

»Schon möglich, aber ...«

Der Alte hob seinen Stock, um ihm das Wort abzuschneiden. »Und wenn sie kommen und unsere Gedanken so gut lesen können wie die ihrer Artgenossen, was werden sie in Ihren lesen, wenn Sie noch da sind, um sich die Gedanken lesen zu lassen?«

Clay gab keine Antwort, beobachtete nur das Gesicht des Rektors.

»Selbst wenn sie nicht Gedanken lesen können«, fuhr der Rektor fort, »was haben Sie dann vor? Wollen Sie hier bleiben, Tag für Tag, Woche für Woche? Bis der Schnee kommt? Bis ich endlich an Altersschwäche sterbe? Mein Vater ist siebenundneunzig geworden. Sie sollen auch an Ihre Frau und Ihr Kind denken.«

»Mit meiner Frau und meinem Sohn ist entweder alles in Ordnung oder nicht. Damit habe ich mich längst abgefunden.«

Das war eine Lüge, und Ardai sah sie vielleicht in Clays Blick, jedenfalls lächelte er sein beunruhigendes Lächeln. »Und glauben Sie, dass Ihr Sohn sich damit abgefunden hat, dass er nicht weiß, ob sein Vater am Leben, tot oder geistesgestört ist? Nach nur einer Woche?«

»Das war ein Tiefschlag«, sagte Clay. Seine Stimme klang zitterig.

»Wirklich? Ich wusste gar nicht, dass wir hier boxen. Außerdem gibt's keinen Ringrichter. Keiner hier außer uns Hühnern, wie man so schön sagt.« Der Alte sah sich nach der geschlossenen Tür um, dann wandte er sich wieder Clay zu. »Die Gleichung ist sehr einfach. Sie können nicht bleiben, und ich kann nicht fort. Für Jordan ist's am besten, wenn er mit Ihnen geht.«

»Aber Sie einzuschläfern wie ein Pferd mit einem gebrochenen Bein ...«

»Keineswegs«, unterbrach der Rektor ihn. »Pferde praktizieren keine Euthanasie, aber Menschen tun es.« Die Tür ging auf, und Tom kam herein. Fast ohne Atempause fragte der Rektor: »Und haben Sie sich je als Illustrator versucht, Clay? Für Romane, meine ich.«

»Den meisten Verlagen ist mein Stil zu extravagant«, sagte Clay. »Ich habe aber schon Umschläge für kleine Fantasy-Verlage wie Grant und Eulalia gezeichnet. Für einige der Marsbücher von Edgar Rice Burroughs.«

»*Barsoom!*«, rief der Alte aus und fuchtelte wild mit seinem Stock in der Luft herum. Dann rieb er sich den Magen und verzog das Gesicht zu einer Grimasse. »Verdammtes Sodbrennen! Entschuldigen Sie mich, Tom – bin nur zu einem Schwätzchen raufgekommen, bevor ich mich selbst ein bisschen hinlege.«

»Keine Ursache«, sagte Tom und beobachtete den Alten, wie er hinausging. Als das Klacken des Stocks sich ein gutes Stück den Flur entlang entfernt hatte, wandte er sich an Clay und fragte: »Alles in Ordnung mit ihm? Er ist *verdammt* blass.«

»Ihm geht's gut, glaube ich.« Er zeigte auf Toms Gesicht. »Ich dachte, du wolltest die andere Hälfte abrasieren.«

»Ich hab's mir anders überlegt, weil Alice unten rumhängt«, sagte Tom. »Ich mag sie, aber in Bezug auf manche Dinge kann sie sehr boshaft sein.«

299

»Das ist bloß Paranoia.«

»Danke, Clay. Das habe ich gebraucht. Wir sind erst eine Woche unterwegs, und schon fehlt mir mein Psychiater.«

»In Kombination mit Verfolgungswahn und Größenwahn.« Clay streckte sich auf einem der beiden schmalen Betten aus, faltete die Hände hinter dem Kopf und sah zur Zimmerdecke auf.

»Du wünschst dir, wir wären fort von hier, stimmt's?«, sagte Tom.

»Darauf kannst du Gift nehmen.« Er sprach ausdruckslos monoton.

»Uns passiert nichts, Clay. Wirklich nicht.«

»Das sagst du, aber du leidest an Verfolgungswahn und an Größenwahn.«

»Richtig«, sagte Tom, »aber die werden durch ein schlechtes Selbstbild und Egomenstruation in Abständen von ungefähr sechs Wochen ausgeglichen. Und jedenfalls ...«

»... jedenfalls ist es jetzt zu spät, zumindest für heute«, ergänzte Clay.

»Genau.«

Und irgendwie war das sogar beruhigend. Tom sagte noch etwas, von dem Clay jedoch nur »Jordan glaubt ...« verstand, und dann war er eingeschlafen.

27

Er wachte schreiend auf oder glaubte das zumindest; erst ein hastiger Blick zu dem anderen Bett hinüber, in dem Tom weiter mit einem zusammengelegten Tuch – vielleicht einem Waschlappen – auf den Augen friedlich schlief, überzeugte Clay davon, dass dieser Schrei nur in seinem Kopf existiert hatte. Vielleicht hatte er ja wirklich irgendwie aufgeschrien, dann aber jedenfalls nicht laut genug, um seinen Zimmergenossen zu wecken.

Im Gästezimmer war es keineswegs dunkel – inzwischen war es früher Nachmittag –, aber Tom hatte die Jalousie heruntergezogen, bevor er sich selbst aufs Ohr gelegt hatte, und so lag der Raum wenigstens im Halbdunkel. Clay blieb vorerst noch einen Augenblick auf dem Rücken liegen; sein ausgetrockneter Mund schien mit Sägespänen gefüllt zu sein, und die hämmernden Schläge des Herzens gegen seine Brust klangen in seinen Ohren wie von Samt gedämpfte rennende Schritte. Sonst war es im Haus totenstill. Die Umstellung auf eine nächtliche Existenz mochte ihnen noch nicht ganz geglückt sein, aber die letzte Nacht war ungeheuer anstrengend gewesen, und in diesem Augenblick regte sich in der Lodge niemand. Draußen erklang ein Vogelruf, und irgendwo in weiter Ferne – nicht in Gaiten, glaubte er – plärrte hartnäckig eine Alarmanlage.

Hatte er jemals einen schlimmeren Traum gehabt? Einen vielleicht. Ungefähr einen Monat nach Johnnys Geburt hatte Clay geträumt, er habe das Baby aus seinem Bettchen gehoben, um es zu wickeln, und Johnnys pummeliger kleiner Körper sei ihm in den Händen zerfallen wie eine schlecht zusammengesetzte Puppe. Den hatte er verstehen können – Angst vor Vaterschaft, Versagensangst. Eine Angst, die ihn weiter verfolgte, wie Rektor Ardai erkannt hatte. Aber was war vom jetzigen Traum zu halten?

Unabhängig davon, was er bedeutete, wollte Clay ihn nicht gleich wieder vergessen, und er wusste aus Erfahrung, dass er sehr rasch handeln musste, um das zu verhindern.

Am Fenster stand ein Schreibtisch, und in einer Tasche seiner Jeans, die Clay in einem achtlosen Haufen am Bettende hatte liegen lassen, steckte ein Kugelschreiber. Er holte ihn sich, ging barfuß an den Schreibtisch, setzte sich und zog die mittlere Schublade auf. Darin fand er wie erhofft einen kleinen Stapel Briefpapier. Jedes Blatt trug den Aufdruck GAITEN ACADEMY GEGR. 1846 und »**Ein junger Verstand ist ein Licht im Dunkel**«. Er nahm eines heraus und legte es vor sich auf die Schreibunterlage. Das Licht war trüb, aber es würde ausreichen. Er klickte die Spitze des Kugelschreibers heraus und ging dann kurz in sich, um sich den Traum so lebhaft wie möglich ins Gedächtnis zurückzurufen.

Tom, Alice, Jordan und er waren in der Mitte eines Spielfelds aufgereiht gewesen. Kein Fußballfeld wie der Tonney-Sportplatz – aber vielleicht ein Footballfeld? Im Hintergrund hatte irgendeine skelettartige Konstruktion aufgeragt, die von einer roten Blinkleuchte gekrönt wurde. Er hatte keine Ahnung, was das gewesen war, aber er wusste, dass die Tribünen voller Leute gewesen waren, die sie beobachtet hatten: Leute mit ruinierten Gesichtern und zerfetzter Kleidung, die er nur allzu gut kannte. Seine Freunde und er waren in ... waren sie in Käfigen gewesen? Nein, auf Podesten. Und die *waren* zugleich Käfige, obwohl sie keine Gitter hatten. Wie das möglich war, wusste Clay nicht, aber so war es nun einmal. Er fing bereits an, Einzelheiten seines Traums zu vergessen.

Tom hatte am einen Ende ihrer Reihe gestanden. Ein Mann war auf ihn zugetreten, ein besonderer Mann, und hatte ihm eine Hand über den Kopf gehalten. Clay wusste nicht mehr, wie der Mann das hatte tun können, wo Tom doch – wie Alice, Jordan und er selbst – auf einem Podest stand, aber er hatte es getan. Und er hatte gesagt: »*Ecce homo – insanus.*« Und die Menge – tausende von Leuten – hatte im Chor »*NICHT BERÜHREN!*« geröhrt. Der Mann war zu Clay weitergegangen und hatte diesen Vorgang wiederholt. Mit einer Hand über Alice'

Kopf hatte der Mann gesagt: »*Ecce femina – insana.*« Und über Jordans: »*Ecce puer – insanus.*« Jedes Mal hatte die Antwort gleich gelautet: »*NICHT BERÜHREN!*«

Weder dieser Mann – der Showmaster? der Zirkusdirektor? – noch die Leute in der Menge hatten bei diesem Ritual den Mund geöffnet. Rede und Gegenrede hatten rein telepathisch stattgefunden.

Indem Clay alles Denken seiner rechten Hand überließ (der Hand und dem speziellen Winkel seines Gehirns, von dem sie gesteuert wurde), begann er jetzt, ein Bild zu Papier zu bringen. Der ganze Traum war furchtbar gewesen – die fälschliche Anschuldigung darin, die *Hilflosigkeit* darin –, aber nichts war so schlimm gewesen wie der Mann, der von einem zum anderen gegangen war und jedem die flache Hand über den Kopf gehalten hatte wie ein Auktionator, der im Begriff war, auf einer Landwirtschaftsausstellung Vieh zu versteigern. Clay hatte das Gefühl, das Entsetzen festhalten zu können, wenn es ihm gelang, das Bild dieses Mannes auf Papier festzuhalten.

Es war ein Schwarzer mit einem aristokratischen Kopf und dem Gesicht eines Asketen über einem hageren, fast ausgemergelten Körper. Das Haar bildete eine enge Kappe aus schwarzen Locken, die auf einer Seite durch eine hässliche dreieckige Schürfwunde aufgerissen war. Die Schultern waren schmal, die Hüften nur angedeutet. Unter der Lockenkappe skizzierte Clay rasch die breite, wohl geformte Stirn – die eines Gelehrten. Dann entstellte er sie durch eine Schnittwunde und schraffierte den herabhängenden Hautlappen, der eine der Augenbrauen teilweise verdeckte. Die linke Wange des Mannes war aufgerissen, vielleicht durch einen Biss, und die auf dieser Seite gespaltene Unterlippe hing wie müde hohnlächelnd herab. Die Augen waren ein Problem.

Clay konnte sie nicht richtig hinbekommen. Im Traum hatten sie hellwach und doch irgendwie unbelebt gewirkt. Nach zwei Versuchen gab er auf und zeichnete dafür die Jacke, bevor er vergaß, wie sie ausgesehen hatte: eine Kapuzenjacke (ROT schrieb er in Druckbuchstaben mit einem Pfeil dazu) mit weißem Aufdruck auf der Brust. Sie war für den hageren Körper viel zu groß gewesen, und eine Falte im Stoff hatte die obere Hälfte des aufgedruckten Wortes verdeckt, aber Clay war sich ziemlich sicher, dass dort HARVARD gestanden hatte. Er war eben dabei, dieses Wort einzusetzen, als irgendwo unter ihm das Weinen, leise und gedämpft, einsetzte.

28

Es war Jordan, das wusste Clay sofort. Während er seine Jeans anzog, sah er sich einmal nach Tom um, aber Tom hatte sich nicht bewegt. *Ausgezählt,* dachte Clay. Er öffnete die Tür, schlüpfte hinaus und schloss sie hinter sich.

Alice, die ein T-Shirt der Gaiten Academy als Nachthemd trug, saß auf dem Treppenabsatz im ersten Stock und hielt Jordan umarmt. Der Kopf des Jungen war an ihre Schulter gepresst. Sie sah auf, als sie Clay barfuß die Treppe herunterkommen hörte, und sprach, bevor Clay etwas fragen konnte, das er später vermutlich bereut hätte: *Ist's der Rektor?*

»Er hat schlecht geträumt«, sagte sie.

Clay fragte das Erste, was ihm in den Sinn kam. In diesem Augenblick erschien es ihm entscheidend wichtig. »Du *auch*?«

Sie runzelte die Stirn. Mit nackten Beinen, das Haar zu einem Pferdeschwanz zusammengefasst und das Gesicht gerötet wie nach einem Tag am Strand, sah sie wie Jordans elfjährige Schwester aus. »Was? Nein. Ich habe ihn auf dem Flur weinen gehört. Ich war irgendwie sowieso schon fast wach, und ...«

»Augenblick«, sagte Clay. »Bleib, wo du bist.«

Er lief ins Zimmer im zweiten Stock hinauf und schnappte sich die Porträtskizze vom Schreibtisch. Diesmal riss Tom jäh die Augen auf. Er sah sich mit einer Mischung aus Angst und Desorientierung um, dann fixierte er Clay und entspannte sich. »Wieder in der Realität angelangt«, sagte er. Dann, indem er sich das Gesicht rieb und sich auf einen Ellbogen stützte: »Gott sei Dank. *Jesus!* Wie spät ist es?«

»Tom, hast du geträumt? Schlecht geträumt?«

Tom nickte. »Ich glaube irgendwie schon. Ich habe ein Weinen gehört. War das Jordan?«

»Ja. Was hast du geträumt? Erinnerst du dich?«

»Jemand hat uns irrsinnig genannt«, sagte Tom, und Clay spürte, wie seine Magennerven sich verkrampften. »Was wir vermutlich sind. Den Rest habe ich vergessen. Wieso fragst du? Hast du ...«

Clay wartete nicht auf mehr. Er hastete hinaus und wieder die Treppe hinunter. Jordan sah sich mit einer Art benommener Ängstlichkeit nach Clay um, als dieser sich neben die beiden setzte. Von dem Computergenie war nichts mehr übrig geblieben; sah Alice mit Pferdeschwanz und Sonnenbrand wie elf aus, war Jordan auf neun Jahre zurückgefallen.

»Jordan«, sagte Clay. »Dein Traum ... dein Albtraum. Kannst du dich an alles erinnern?«

»Er verschwindet schon«, sagte Jordan. »Sie hatten uns auf so Podeste gestellt. Sie haben uns angegafft, als wären wir ... ich weiß nicht, wilde Tiere ..., aber sie haben gesagt ...«

»Dass wir irrsinnig sind.«

Jordan machte große Augen. »Genau!«

Clay hörte Schritte hinter sich, als Tom die Treppe herunterkam. Aber er sah sich nicht um. Er zeigte Jordan seine Porträtskizze. »War das der Verantwortliche?«

Jordan gab keine Antwort. Er brauchte keine zu geben. Er zuckte vor dem Porträt zurück, klammerte sich an Alice und verbarg sein Gesicht wieder an ihrer Schulter.

»Was hast du da?«, fragte Alice verwirrt. Sie griff nach dem Blatt, aber Tom kam ihr zuvor.

»Jesses«, sagte er und gab die Skizze zurück. »Den Traum habe ich schon fast ganz vergessen, aber an die aufgerissene Backe erinnere ich mich.«

»Und an die Lippe«, sagte Jordan, dessen Stimme an Alice' Schulter dumpf klang. »Wie seine Lippe runterhängt. Er hat uns ihnen vorgeführt. *Ihnen.*« Ein Schauder durchlief ihn. Alice rieb ihm den Rücken, dann legte sie die Hände über Kreuz auf seine Schulterblätter, um ihn fester an sich drücken zu können.

Clay zeigte ihr das Porträt. »Kommt dir der bekannt vor? Der Mann deiner Träume?«

Sie schüttelte den Kopf und wollte Nein sagen. Bevor sie das konnte, war jedoch ein lang gezogenes lautes Hämmern und eine lockere Serie von Detonationen vor der Haustür der Cheatham Lodge zu hören. Alice kreischte laut. Jordan klammerte sich noch fester an sie, als wollte er sich in ihr verkriechen, und schrie erschrocken auf. Tom umklammerte Clays Schulter. »*Scheiße,* Mann, was …«

Von der Haustür donnerte wieder ein langes, lautes Hämmern herauf. Alice kreischte wieder.

»Waffen!«, rief Clay laut. »Unsere *Waffen!*«

Einen Augenblick lang waren sie auf dem sonnigen Treppenabsatz alle wie gelähmt, dann kam wieder dieses lang gezogene laute Hämmern, als würde jemand mit Knochen

306

würfeln. Tom stürmte in den zweiten Stock hinauf, und Clay folgte ihm, wobei er auf seinen Strumpfsocken ausrutschte und sich am Geländer festhalten musste, um das Gleichgewicht wiederzugewinnen. Alice stieß Jordan von sich weg und rannte mit um die Beine wehendem Hemdsaum in ihr eigenes Zimmer, sodass Jordan, der mit riesigen feuchten Augen die Treppe hinunter in die Eingangshalle starrte, allein zusammengekauert am Treppenpfosten zurückblieb.

29

»Nur ruhig«, sagte Clay. »Ganz ruhig, okay?«

Keine zwei Minuten nachdem das erste lockere, lang gezogene Hämmern von jenseits der Haustür gekommen war, standen die drei am unteren Ende der Treppe. Tom hatte das unerprobte russische Sturmgewehr, das bei ihnen jetzt Sir Speedy hieß, Alice hielt zwei 9-mm-Pistolen in den Händen, und Clay hatte Beth Nickersons .45er Colt, den er irgendwie über letzte Nacht hinweggerettet hatte (obwohl er sich nicht daran erinnern konnte, ihn wieder in das Holster zurückgesteckt zu haben, wo er ihn aber gefunden hatte). Jordan kauerte weiterhin zusammengesunken auf dem Treppenabsatz. Von dort aus konnte er die Fenster im Erdgeschoss nicht sehen, was Clay nur gut fand. Das nachmittägliche Licht in der Cheatham Lodge war weit trüber, als es hätte sein sollen, und das war ganz entschieden nicht gut.

Es war trüber, weil an allen Fenstern, die er sehen konnte, Handy-Verrückte hingen, die sich an die Scheiben drängten und hereinspähten: Dutzende, vielleicht sogar hunderte dieser eigentümlich leeren Gesichter, die meisten von den Schlachten, in denen sie gekämpft, und den Wunden, die sie in der vergangenen anarchischen Woche erlitten hatten, mehr oder weniger gezeichnet. Clay sah ausgeschlagene Zähne und Augen, eingerissene Ohren, Prellungen, Brandwunden, Hautabschürfungen und herabhängende Fleischlappen, die schwarz zu werden begannen. Sie gaben keinen Laut von sich. Sie waren von einer Art gehetzten Gier umgeben, und zugleich hing wieder jenes Gefühl in der Luft, jene atemlose Präsenz irgendeiner gewaltigen wirbelnden Macht, die nur mühsam im Zaum gehalten wurde. Clay erwartete, dass die Waffen ihnen jeden Augenblick aus den Händen flogen und von selbst zu schießen begannen.

Auf uns, dachte er.

»Jetzt weiß ich, wie's den Hummern im Becken bei Harbor Seafood am Halbpreis-Dienstag zumute ist«, sagte Tom mit schwacher, gepresster Stimme.

»Ganz ruhig«, sagte Clay. »Lasst sie den ersten Zug machen.«

Aber es gab keinen ersten Zug. Nach einem weiteren lang gezogenen Hämmern – ein Geräusch, als würde etwas auf die Veranda vor dem Haus gekippt, wie Clay fand – wichen die Gestalten an den Fenstern wie auf ein nur für sie hörbares Signal hin zurück. Sie taten das in geordneter Formation. Jetzt war zwar nicht die Tageszeit, zu der sie sich normalerweise sammelten, aber die Verhältnisse hatten sich eben geändert. So viel war offensichtlich.

Clay trat mit seinem Revolver in der herabhängenden Hand ans Erkerfenster im Wohnzimmer. Tom und Alice folgten ihm. Sie beobachteten, wie die Handy-Verrückten (die Clay überhaupt nicht mehr verrückt erschienen, zumindest nicht auf eine ihm begreifliche Weise) sich zurückzogen, indem sie mit unheimlicher, eleganter Lockerheit rückwärts gingen, dabei aber niemals den kleinen Freiraum verletzten,

308

von dem jeder und jede von ihnen umgeben war. Auf halber Strecke zwischen der Cheatham Lodge und den rauchenden Überresten des kleinen Fußballstadions machten sie Halt wie irgendein zerlumptes Armeebataillon auf einem mit Laub übersäten Exerzierplatz. Ihre nicht ganz leeren Blicke blieben alle auf die Dienstvilla des Rektors gerichtet.

»Warum sind ihre Hände und Füße ganz rußig?«, fragte jemand schüchtern. Sie sahen sich um. Es war Jordan. Clay waren der Ruß und die Asche an den Händen der schweigenden Hundertschaften vor ihnen gar nicht aufgefallen, aber bevor er das sagen konnte, beantwortete Jordan die eigene Frage. »Sie waren dort, um es sich anzusehen, stimmt's? Klar. Sie wollten sehen, was wir mit ihren Freunden getan haben. Und sie sind zornig. Das spüre ich. Spürt ihr das nicht auch?«

Clay wollte das nicht bejahen, aber natürlich konnte er das auch spüren. Diese bedrückende Spannung in der Luft, dieses Gefühl von dräuendem Donner, der durch ein Netz aus Elektrizität kaum gebändigt wurde: Das war Wut. Er dachte an Pixie Light, die sich in den Hals von Power Suit Woman verbissen hatte, und die ältere Frau, Siegerin der Schlacht vor der U-Bahn-Station Boylston Street, die mit großen Schritten in Richtung Stadtpark davongegangen war, während ihr das Blut aus ihrem kurz geschnittenen stahlgrauen Haar tropfte. An den jungen Mann, nackt bis auf seine Sportschuhe, der im Vorbeilaufen mit abgebrochenen Autoantennen in beiden Händen herumgefuchtelt hatte. So viel Wut ... und die sollte sich einfach verflüchtigt haben, als die Schwärme sich zu sammeln begonnen hatten? Nein, davon durfte man nicht ausgehen.

»Ich spüre es«, sagte Tom. »Jordan, wenn sie psychische Kräfte besitzen, warum zwingen sie uns dann nicht einfach dazu, uns selbst oder uns gegenseitig umzubringen?«

»Oder warum lassen sie uns nicht unsere Köpfe explodieren?«, sagte Alice. Ihre Stimme zitterte. »Das habe ich mal in einem alten Film gesehen.«

»Keine Ahnung«, sagte Jordan. Er sah zu Clay auf. »Wo ist der Lumpenmann?«

»So nennst du ihn?« Clay warf einen Blick auf seine Porträtskizze, die er weiter in der Hand hielt – das aufgerissene Fleisch, die löchrige Kapuzenjacke, die Baggy-Jeans. Lumpenmann war wirklich kein schlechter Name für den Kerl in der Harvard-Jacke, fand er.

»Ich nenne ihn Zoff, so nenne ich ihn«, sagte Jordan mit schwacher Stimme. Er beobachtete noch einmal die Neuankömmlinge – mindestens dreihundert, vielleicht vierhundert, die vor kurzem aus weiß Gott welchen umliegenden Kleinstädten zusammengeströmt waren –, dann sah er wieder zu Clay auf. »Habt ihr den schon irgendwo gesehen?«

»Außer im Albtraum? Nein.«

Tom schüttelte den Kopf.

»Für mich ist er nur eine Zeichnung auf einem Stück Papier«, sagte Alice. »Ich habe nicht von ihm geträumt, und ich sehe da draußen auch niemanden mit einer Kapuzenjacke. Was haben sie auf dem Fußballplatz gemacht? Glaubt ihr, dass sie versucht haben, ihre Toten zu identifizieren?« Sie machte ein zweifelndes Gesicht. »Und ist es da drinnen nicht noch ziemlich heiß? Ich glaube schon.«

»Worauf warten sie?«, sagte Tom. »Wenn sie uns nicht angreifen oder dazu bringen wollen, mit Küchenmessern übereinander herzufallen, worauf warten sie dann?«

Clay wusste plötzlich, worauf sie warteten und wo Jordans Lumpenmann war – er hatte ein Aha-Erlebnis, wie Mr. Devane, sein Mathelehrer an der Highschool, solche Augenblicke genannt hatte. Er machte kehrt und ging in Richtung Diele davon.

»Wohin willst du?«, fragte Tom.

»Nachsehen, was sie uns dagelassen haben«, sagte Clay.

Sie hasteten hinter ihm her. Tom holte Clay ein, als dessen Hand noch auf der Türklinke lag. »Ich weiß nicht, ob das eine gute Idee ist«, sagte er.

»Vielleicht nicht, aber das ist es, worauf sie warten«, sagte Clay. »Und weißt du was? Wenn sie uns umbringen wollten, wären wir bestimmt schon längst tot.«

»Wahrscheinlich hat er Recht«, sagte Jordan mit dünner, schwacher Stimme.

Clay öffnete die Tür. Mit ihren bequemen Korbmöbeln und dem Blick über den Akademiehügel zur Academy Avenue hinunter war die lang gestreckte Veranda der Cheatham Lodge für sonnige Herbstnachmittage wie den gegenwärtigen geschaffen, aber Atmosphäre war etwas, woran Clay im Augenblick am wenigsten dachte. An der Treppe vor dem Haus stand eine Keilformation aus Handy-Verrückten: einer vorn, zwei hinter ihm, drei hinter ihnen, dann vier, fünf und sechs. Insgesamt einundzwanzig Gestalten. An ihrer Spitze stand der Lumpenmann aus Clays Traum, sein lebendig gewordenes Porträt. Die Buchstaben auf der Brust der löchrigen roten Kapuzenjacke ergaben tatsächlich das Wort HARVARD. Das Fleisch der aufgerissenen linken Wange war wieder hochgeklappt und mit zwei unbeholfenen weißen Stichen festgenäht worden, die in das schlecht geflickte dunkle Fleisch tränenförmige Spuren gerissen hatten, bevor sie gehalten hatten. Schlitze zeigten, wo ein dritter und vierter Stich ausgerissen waren. Clay hatte den Eindruck, als Nähgarn habe eine Angelschnur gedient. Die herabhängende Unterlippe ließ Zähne sehen, um die sich anscheinend bis vor kurzem, als die Welt noch friedlicher war, ein guter Zahnarzt gekümmert hatte.

Vor der Haustür lag ein Haufen aus missgestalteten schwarzen Klumpen, der die Fußmatte bedeckte und sich nach beiden Seiten erstreckte. Der Haufen hätte fast der Vorstellung irgendeines halb verrückten Bildhauers entsprungen sein können, die dieser von Kunst hatte. Clay brauchte aber nur einen Augenblick, um zu erkennen, dass er die geschmolzenen Überreste der Gettoblaster des Schwarms vom Tonney-Sportplatz vor sich hatte.

Auf einmal schrie Alice auf. Einige der von der Hitze verzogenen Gettoblaster waren heruntergepurzelt, als Clay die Tür geöffnet hatte, und etwas, das sehr wahrscheinlich ganz oben auf dem Haufen gelegen hatte, war mit herabgefallen und lag nun an dessen Rand. Alice trat vor, bevor Clay sie aufhalten konnte, ließ eine der beiden Pistolen fallen und grapschte nach dem Ding. Es war der Baby-Nike, der Turnschuh. Sie hielt ihn an die Brust gepresst fest und starrte die anderen mit leicht zusammengekniffenen Augen an, als sollten sie es nur wagen, ihn ihr wegnehmen zu wollen.

Clay sah an ihr vorbei zu Tom hinüber, der seinen Blick erwiderte. Sie waren zwar keine Telepathen, aber in diesem Moment hätten sie welche sein können. *Was nun?*, fragten Toms Augen.

Clay wandte seine Aufmerksamkeit wieder dem Lumpenmann zu. Er fragte sich, ob man es spürte, wenn jemand die Gedanken von einem las – und ob seine in dieser Sekunde gelesen wurden. Er streckte dem Lumpenmann die Hände entgegen. In einer hielt er noch den Revolver, aber weder der Lumpenmann noch sonst jemand aus dessen Truppe schien sich davon bedroht zu fühlen. Clays Handflächen wiesen nach vorn: *Was wollt ihr?*

Der Lumpenmann lächelte. In seinem Lächeln lag kein Humor. Clay glaubte, in den dunkelbraunen Augen Zorn sehen zu können, aber er hielt ihn für nur oberflächlich. Darunter glomm nicht der geringste Funke, zumindest keiner, den er wahrnehmen konnte. Es war fast so, als sähe man eine Puppe lächeln.

Der Lumpenmann legte den Kopf leicht schräg und hob einen Finger – *Warte.* Und weit unter ihnen auf der Academy Avenue erklangen wie auf ein Stichwort hin viele Schreie. Das Kreischen von Menschen, die Höllenqualen litten. Dazwischen ein paar kehlig heisere Raubtierlaute. Nicht viele.

»Was macht ihr?«, rief Alice laut. Sie trat vor, wobei sie den Baby-Nike krampfhaft mit einer Hand zusammendrückte. Ihre Unterarmsehnen traten so stark hervor, dass sie Schatten erzeugten, die wie lange Bleistiftstriche über ihre Haut liefen. *»Was tut ihr den Leuten da unten an?«*

Als ob es da, dachte Clay, irgendwelche Zweifel gäbe.

Alice hob die Hand, in der sie noch die Pistole hielt. Tom packte die Waffe und entrang sie ihr, bevor sie abdrücken konnte. Sie wandte sich gegen ihn und krallte mit ihrer freien Hand nach ihm.

»Gib sie wieder her, hörst du das denn nicht? Hörst du's nicht?«

Clay zerrte sie von Tom weg. Vom Eingang aus beobachtete Jordan das alles mit vor Entsetzen weit aufgerissenen Augen, und der Lumpenmann stand an der Spitze des Keils und lächelte mit einem Gesicht, auf dem der Humor mit Wut unterlegt war, und unter der Wut ... kam nichts mehr, soweit Clay das beurteilen konnte. Überhaupt nichts.

»Sie war ohnehin gesichert«, sagte Tom nach einem raschen Blick. »Gott sei Dank.« Und zu Alice: »Willst du, dass wir umgebracht werden?«

»Glaubst du vielleicht, dass sie uns einfach *gehen* lassen?«
Sie weinte so heftig, dass es schwierig war, sie zu verstehen.
Aus ihren Nasenlöchern hingen zwei durchsichtige Rotzfäden. Von unten, von der mit Bäumen gesäumten Avenue, die
an der Gaiten Academy vorbeiführte, kamen Gekreisch und
Schreie. Eine Frau kreischte: *Nein, bitte nicht bitte nicht,* dann
gingen ihre Worte in gellendem Schmerzensgeheul unter.

»Ich weiß nicht, was sie mit uns vorhaben«, sagte Tom mit
krampfhaft um Fassung bemühter Stimme, »aber wenn sie
uns umbringen wollten, würden sie sich das hier sparen. Sieh
ihn dir an, Alice – was dort unten passiert, wird eigens für uns
veranstaltet.«

Es gab ein paar Schüsse, weil irgendwelche Leute sich wohl
zu verteidigen versuchten, aber nicht viele. Meistens waren
nur Geschrei und Gekreisch zu hören, die von Schmerzen
und schrecklicher Überraschung kündeten und alle aus dem
Gebiet kamen, das der Gaiten Academy, wo der Schwarm
dem Brandanschlag zum Opfer gefallen war, genau gegen-
überlag. Das Ganze dauerte sicherlich nicht länger als zehn
Minuten, aber manchmal, sagte Clay sich, war die Zeit *wirklich* relativ.

Es kam ihm wie Stunden vor.

30

Als die Schreie endlich verstummten, stand Alice schweigend
und mit gesenktem Kopf zwischen Clay und Tom. Sie hatte
die beiden Pistolen auf den für Hüte und Aktentaschen
bestimmten Tisch gleich hinter der Haustür gelegt. Jordan
hielt ihre Hand und sah zum Lumpenmann und seinen
Begleitern hinaus, die sich auf dem Fußweg vor den Veranda-

stufen aufgebaut hatten. Bisher war dem Jungen noch nicht aufgefallen, dass der Rektor fehlte. Clay wusste, dass er das bald merken würde – und damit würde die nächste Szene dieses Schreckenstages beginnen.

Der Lumpenmann trat vor und machte mit seitlich weggehaltenen Händen eine kleine Verbeugung, als wolle er *zu Ihren Diensten* sagen. Dann hob er den Kopf und wies mit einer Hand auf den Akademiehügel und die Academy Avenue, die sich darunter entlangzog. Dabei ließ er die hinter der Skulptur aus geschmolzenen Gettoblastern an der offenen Haustür versammelte kleine Gruppe nicht aus den Augen. Für Clay stand fest, was er damit sagen wollte: *Die Straße ist euer. Nehmt sie also.*

»Vielleicht«, sagte er. »Aber erst mal möchte ich eines klarstellen. Ihr könnt uns bestimmt erledigen, wenn ihr wollt, weil ihr uns zahlenmäßig überlegen seid, aber falls du nicht vorhast, im Hauptquartier zurückzubleiben, gibt's morgen einen neuen Befehlshaber. Weil ich persönlich dafür sorgen werde, dass es dich als Ersten erwischt.«

Der Lumpenmann legte beide Hände an die Wangen und machte große Augen: *Du liebe Güte!* Die anderen hinter ihm blieben ausdruckslos wie Roboter. Clay sah sie noch einen Augenblick lang an, dann schloss er behutsam die Haustür.

»Tut mir Leid«, sagte Alice bedrückt. »Ich konnte es irgendwie nicht aushalten, sie schreien zu hören.«

»Schon in Ordnung«, sagte Tom. »Nichts passiert. Und he, sie haben Mr. Sneaker zurückgebracht.«

Sie betrachtete den kleinen Schuh. »Ob sie es deshalb rausgekriegt haben, dass wir es waren? Und es dann gewittert haben, wie wenn Bluthunde eine Spur aufnehmen?«

»Nein«, sagte Jordan. Er saß auf dem hochlehnigen Stuhl neben dem Schirmständer und wirkte klein und verstört und erschöpft. »Das ist nur ihre Art auszudrücken, dass sie *dich* kennen. Zumindest glaube ich das.«

»Genau«, sagte Clay. »Ich wette, dass sie gewusst haben, dass wir es waren, noch bevor sie hier angekommen sind. Sie haben es aus unseren Träumen herausgepickt, so wie wir sein Gesicht aus unseren Träumen herausgepickt haben.«

»Aber ich habe nicht ...«, begann Alice.

»Weil du eben aufgewacht bist«, sagte Tom. »Du wirst aber wahrscheinlich zu gegebener Zeit noch von ihm hören.« Er zögerte. »Das heißt, falls er noch was zu sagen hat. Ich verstehe ihr Verhalten nicht, Clay. *Wir* sind es gewesen. Wir haben es getan, und sie *wissen*, dass wir es waren. Davon bin ich überzeugt.«

»Ja«, sagte Clay.

»Warum haben Sie dann eine Gruppe schuldloser Flüchtlinge abgeschlachtet, wenn's ebenso leicht – na ja, *fast* ebenso leicht – gewesen wäre, hier einzudringen und uns zu erledigen? Das heißt, ich verstehe ja, wozu Vergeltungsmaßnahmen gut sein sollen, aber ich weiß einfach nicht, welchen Zweck ...«

Das war der Moment, in dem Jordan von seinem Stuhl glitt und mit jäh aufkeimender Sorge im Blick fragte: »Wo ist der Rektor?«

31

Clay holte Jordan ein, als der Junge schon den Treppenabsatz im ersten Stock erreicht hatte. »Warte, Jordan«, sagte er.

»*Nein*«, sagte Jordan. Sein Gesicht war weißer, ängstlicher als je zuvor. Die Haare schienen ihm vom Kopf abzustehen; Clay vermutete, das liege nur daran, dass der Junge dringend einen Haarschnitt brauchte, obwohl es so wirkte, als wollten die Haare sich sträuben. »Bei der ganzen Aufregung hätte er bei uns sein sollen! Er *wäre* bei uns gewesen, wenn er gekonnt hätte!« Seine Lippen zitterten. »Erinnern Sie sich, wie er sich die Brust gerieben hat? Was ist, wenn das nicht nur sein Sodbrennen war?«

»Jordan ...«

Aber Jordan hörte nicht zu, und Clay wäre jede Wette eingegangen, dass er den Lumpenmann und seine Schar zumindest vorläufig ganz vergessen hatte. Der Junge riss sich von Clays Hand los, rannte den Gang entlang und rief laut: »Sir! *Sir!*«, während Rektoren, die bis ins 19. Jahrhundert zurückreichten, ihn von den Wänden herab stirnrunzelnd betrachteten.

Clay sah die Treppe hinunter. Von Alice war keine Hilfe zu erwarten – sie saß mit gesenktem Kopf auf der untersten Stufe und starrte diesen beschissenen Turnschuh an, als handelte es sich dabei um Yoricks Schädel –, aber Tom kam widerstrebend in den ersten Stock herauf. »Wie schlimm wird's sein, denkst du?«, fragte er Clay.

»Na ja ... Jordan glaubt, dass der Rektor bei uns gewesen wäre, wenn er gekonnt hätte, und ich vermute, dass er ...«

Jordan begann zu kreischen. Seine Stimme war ein durchdringender Sopran, der sich wie ein Speer in Clays Kopf bohrte. Tatsächlich setzte Tom sich als Erster in Bewegung; Clay war mindestens drei, vielleicht sogar sieben Sekunden lang am Treppenende des Korridors festgenagelt, wo ihn ein einziger Gedanke festhielt: *So schreit keiner, der jemanden aufgefunden hat, der einen Herzschlag erlitten hat. Der Alte muss die Sache irgendwie vermasselt haben. Vielleicht hat er die falschen Pillen geschluckt.* Er war halb den Flur entlanggelaufen, als er Toms entsetzten Ausruf hörte – »O Gott Jordan sieh nicht hin« –, der fast wie ein einziges Wort klang.

317

»Warte!«, rief Alice hinter ihm, aber Clay hörte nicht auf sie.
Die Tür der kleinen Zimmerflucht des Rektors im ersten Stock
stand offen: das Arbeitszimmer mit seinen Büchern und der
jetzt nutzlosen Kochplatte; dahinter das Schlafzimmer, dessen Tür auch offen stand, sodass Tageslicht hereinströmte.
Tom stand vor dem Schreibtisch und hielt Jordans Kopf an
den Bauch gepresst. Der Rektor saß hinter seinem Schreibtisch. Sein Gewicht hatte die Sitzfläche des Drehstuhls nach
hinten gedrückt, und er schien mit dem verbliebenen Auge
zur Zimmerdecke hinaufzustarren. Sein wirres weißes Haar
hing über die Rückenlehne herab. Clay erschien er wie ein
Konzertpianist, der soeben den letzten Akkord eines schwieri-
gen Stücks angeschlagen hatte.

Er hörte Alice einen erstickten Schreckensschrei aussto-
ßen, nahm ihn aber kaum wahr. Clay, der sich wie ein Passa-
gier im eigenen Körper fühlte, trat an den Schreibtisch und
blickte auf das auf der Schreibunterlage liegende Blatt Papier.
Obwohl es mit Blut befleckt war, konnte er lesen, was darauf
geschrieben war; die Schreibschrift des Rektors war präzise
und klar. Bis zuletzt alte Schule, hätte Jordan sagen können.

aliene geisteskrank
insane
elnebajos vansinnig fou
atamagoakashii gek dolzinnig
hullu

gila
meschugge nebun
dement

Clay sprach nur Englisch und etwas Highschool-Französisch,
aber er wusste recht gut, worum es sich hier handelte und was

es bedeutete. Der Lumpenmann wollte, dass sie aufbrachen, und er wusste irgendwie, dass Rektor Ardai zu alt und zu arthritisch war, um sie zu begleiten. Daher war der Rektor gezwungen worden, sich an seinen Schreibtisch zu setzen und das Wort *irrsinnig* in vierzehn verschiedenen Sprachen zu schreiben. Und als er damit fertig war, war er dazu gezwungen worden, sich die Spitze des schweren Füllers, mit dem er geschrieben hatte, in das rechte Auge und von dort in das clevere alte Gehirn dahinter zu bohren.

»Sie haben ihn zum Selbstmord gezwungen, oder?«, sagte Alice mit brechender Stimme. »Warum ihn und nicht uns? *Warum ihn und nicht uns? Was wollen sie?*«

Clay dachte daran, wie der Lumpenmann in Richtung Academy Avenue, die zugleich die New Hampshire Route 102 war, gedeutet hatte. Die Handy-Verrückten, die nicht mehr richtig verrückt waren – oder nun auf irgendeine völlig neuartige Weise verrückt –, wollten, dass sie weiterzogen. Was darüber hinausging, war ihm ein Rätsel, und das war vielleicht auch gut so. Vielleicht war alles zu ihrem Besten. Vielleicht gab es doch so etwas wie Gnade.

VERBLASSENDE ROSEN, DIESER GARTEN IST VERBLÜHT

1

In einem Schrank am Ende des Gangs fanden sie ein Dutzend Tischdecken aus feinem Leinen, und eines davon diente als Rektor Ardais Leichentuch. Alice erbot sich, es zuzunähen, und brach dann in Tränen aufgelöst zusammen, als sich zeigte, dass ihre Nahkunste oder ihre Nerven solcher Endgültigkeit nicht gewachsen waren. Tom löste sie ab, zog die Tischdecke glatt, schlug den Saum doppelt ein und nähte ihn mit raschen, fast professionellen überwendlichen Stichen zu. Clay hatte das Gefühl, einem Boxer zuzusehen, der einen unsichtbaren leichten Sandsack mit der Rechten bearbeitete.

»Keine Witze«, sagte Tom, ohne aufzusehen. »Ich erkenne an, was du oben getan hast – das hätte ich nie geschafft –, aber ich kann im Augenblick keine witzige Bemerkung vertragen, nicht mal von der harmlosen *Will und Grace*-Sorte. Ich schaff's kaum, mich zusammenzureißen.«

»Schon gut«, sagte Clay. Nichts lag ihm ferner, als Witze zu reißen. Und was das betraf, was er oben getan hatte ... nun, der Füller hatte aus dem Auge des Rektors gezogen werden müssen. Sie hatten ihn unmöglich darin stecken lassen können. Also hatte Clay die Sache übernommen und angestrengt in eine Ecke des Raums gesehen, während er ihn herausriss und nicht daran zu denken versuchte, was er gerade tat oder warum das Scheißding so verdammt festsaß, und es war ihm gelungen, die meiste Zeit nicht daran zu denken, aber der Füller war vernehmlich knirschend am Knochenrand der Augenhöhle des Alten entlanggeschrammt, als er endlich nachgegeben hatte, und dann war ein feuchtes, schleimiges Plumpsgeräusch zu hören gewesen, als sich etwas von der Stahlspitze der Schreibfeder gelöst hatte und auf die Schreibunterlage gefallen war. An diese Geräusche würde er sich vermutlich sein Leben lang erinnern, aber er hatte es geschafft, das verdammte Ding rauszuziehen, und nur das zählte.

Draußen standen fast tausend Handy-Verrückte auf dem Rasen zwischen den rauchenden Ruinen des kleinen Fußballstadions und der Cheatham Lodge. Sie standen fast den ganzen Nachmittag lang dort. Dann, gegen fünf Uhr, verzogen sie sich schweigend in Richtung Gaiten. Clay und Tom trugen den verhüllten Leichnam des Rektors die Hintertreppe hinunter und legten ihn auf der rückwärtigen Veranda ab. Während draußen die Schatten länger wurden, versammelten die vier Überlebenden sich in der Küche und nahmen die Mahlzeit ein, die sie sich Frühstück zu nennen angewöhnt hatten.

Jordan langte überraschend tüchtig zu. Seine Gesichtsfarbe war lebhaft, seine Redeweise animiert. Er schwelgte in Erinnerungen an sein Leben auf der Gaiten Academy und den Einfluss, den Rektor Ardai auf Herz und Verstand eines einsamen, introvertierten Computerfreaks aus Madison, Wisconsin, gehabt hatte. Die brillante Klarheit der Erinnerungen des Jungen bewirkte, dass Clay sich immer unbehaglicher fühlte, und als er erst zu Alice, dann zu Tom hinübersah, merkte er, dass es ihnen ähnlich ging. Jordan war kurz davor, überzuschnappen, aber es war schwierig, etwas dagegen zu unternehmen; sie konnten ihn schlecht zu einem Psychiater schicken.

Irgendwann nach Einbruch der Dunkelheit schlug Tom vor, Jordan solle sich etwas ausruhen. Jordan sagte, das werde er tun, aber erst, wenn sie den Rektor begraben hätten. Sie könnten ihn im Garten hinter der Lodge beerdigen, schlug er vor. Er erzählte ihnen, der Rektor habe den kleinen Gemüsegarten seinen »Siegesgarten« genannt, ihm den Grund für diese Namensgebung aber nie erklärt.

»Das ist der ideale Platz«, sagte Jordan lächelnd. Seine Wangen waren jetzt hochrot. Die tief in ihren Höhlen liegenden, blutunterlaufenen Augen glänzten von etwas, das Inspiration, Fröhlichkeit, Verrücktheit oder alles drei sein konnte. »Da ist nicht nur der Boden locker, sondern da ist er auch immer am liebsten gewesen ... draußen, meine ich. Also, was haltet ihr davon? *Sie* sind fort, weil sie sich nachts offenbar immer noch verkriechen, und wir können beim Licht der Gaslaternen graben. Wie steht's damit?«

Tom überlegte, dann fragte er: »Sind Schaufeln da?«

»Natürlich, im Geräteschuppen. Wir brauchen nicht mal in die Treibhäuser zu gehen.« Und dann lachte Jordan tatsächlich.

»Also los«, sagte Alice. »Kommt, wir begraben ihn, damit wir's hinter uns haben.«

»Und danach legst du dich hin«, sagte Clay, indem er Jordan ansah.

»Klar, klar!«, rief Jordan ungeduldig aus. Er erhob sich von seinem Stuhl und lief nervös in der Küche auf und ab. »Kommt endlich, Leute!« Als ob er sie animieren wollte, mit ihm Fangen zu spielen.

Also hoben sie das Grab im Gemüsegarten des Rektors hinter der Lodge aus und setzten ihn zwischen den Bohnen und Tomaten bei. Tom und Clay senkten den verhüllten Leichnam in die ungefähr einen Meter tiefe Grube. Die Arbeit hielt sie warm; erst als sie damit aufhörten, merkten sie, dass es in dieser Nacht kalt, beinahe frostig geworden war. Die Sterne über ihnen leuchteten noch hell, aber dichter Bodennebel kam den

Akademiehügel heraufgekrochen. Die Academy Avenue war bereits unter dieser ansteigenden weißen Flut verschwunden; nur die Steildächer der größten alten Häuser dort unten ragten noch aus ihr auf.

»Ich wollte, jemand wüsste irgendein Gedicht«, sagte Jordan. Seine Wangen waren noch hektischer gerötet, seine Augen lagen in kreisrunden Höhlen, und obwohl er zwei Pullover trug, zitterte er vor Kälte. Sein Atem bildete weiße Wölkchen. »Der Rektor hat Gedichte geliebt, für ihn waren sie echt das Höchste. Er war ...« Jordans Stimme, die den ganzen Abend lang unnatürlich fröhlich geklungen hatte, brach nun schließlich. »Er war ein Mann der *total* alten Schule.«

Alice zog ihn an sich. Jordan sträubte sich erst, dann gab er nach.

»Also, pass auf«, sagte Tom, »wir decken ihn schön zu – decken ihn gegen die Kälte zu –, und dann verabschiede ich ihn mit einem Gedicht. Wäre das in Ordnung?«

»Kennst du wirklich eins?«

»Ehrenwort«, sagte Tom.

»Du bist Klasse, Tom. Danke.« Und Jordan lächelte ihn mit müder, grausiger Dankbarkeit an.

Das Grab war rasch wieder aufgefüllt, obwohl sie zuletzt noch etwas Erde aus dem rückwärtigen Teil des Gartens holen mussten, um es völlig eben zu machen. Als sie fertig waren, schwitzte Clay wieder und merkte, dass er stank. Er hatte schon lange nicht mehr geduscht.

Alice hatte Jordan daran hindern wollen, dass er mithalf, aber er riss sich los und machte eifrig mit, indem er seine bloßen Hände benutzte, um Erde in die Grube zu werfen. Als Clay damit fertig war, das Erdreich mit dem Spaten festzuklopfen, hatte der Junge vor Erschöpfung glasige Augen und war kurz davor, wie ein Betrunkener zu torkeln.

Gleichwohl sah er Tom begierig an. »Also los. Du hast's versprochen.« Clay erwartete fast, dass er wie ein mörderischer Bandido in einem Western von Sam Peckinpah hinzufügen würde: *Und spreche gutt, Señor, sonst gibte Kugel in de Bauche.*

Tom trat an ein Ende des Grabes – Clay glaubte, es war das Kopfende, aber er war so übermüdet, dass er sich nicht genau erinnern konnte. Er wusste nicht einmal mehr, ob der Vorname des Rektors Charles oder Robert gewesen war. Nebelfäden kräuselten sich um Toms Fußgelenke und schlängelten sich um die abgestorbenen Bohnenranken. Er nahm seine Baseballmütze ab, und Alice tat es ihm gleich. Auch Clay wollte nach seiner Mütze greifen, aber dann fiel ihm ein, dass er ja keine trug.

»So ist's recht!«, rief Jordan. Aus seinem Grinsen sprach verzweifeltes Verstehen. »Hut ab! Hut ab vor dem Rektor!« Obwohl er selbst keine Mütze trug, tat er so, als nähme er eine ab – nähme sie ab und schleuderte sie in die Luft –, und Clay fürchtete abermals um den Geisteszustand des Jungen. »Jetzt das Gedicht! Los jetzt, Tom!«

»Also gut«, sagte Tom, »aber du musst still sein. Respekt zeigen.«

Jordan legte einen Finger auf die Lippen, um zu zeigen, dass er verstand, und Clay sah in den traurigen Augen über diesem erhobenen Zeigefinger, dass der Junge doch noch nicht den Verstand verloren hatte. Seinen Freund, ja, aber nicht seinen Verstand.

Er wartete und war neugierig darauf, was Tom als Nächstes sagen würde. Er rechnete mit etwas von Robert Frost, vielleicht mit einem Shakespeare-Fetzen (mit Shakespeare wäre der Rektor bestimmt einverstanden gewesen, selbst wenn es nur *Sagt, wann ich euch treffen muss: In Donner, Blitz oder*

Regenguss? aus *Macbeth* gewesen wäre), vielleicht sogar mit einer kleinen Improvisation von Tom McCourt. Womit er nicht gerechnet hatte, waren die Worte, die jetzt langsam und gemessen aus Toms Mund kamen:

»Du aber, Herr, wollest deine Barmherzigkeit von uns nicht wenden; lass deine Güte und Treue allewege uns behüten. Denn es hat uns umgeben Leiden ohne Zahl; es haben uns unsere Sünden ergriffen, dass wir nicht sehen können; ihrer sind mehr denn Haare auf unseren Häuptern, und unser Herz hat uns verlassen. Lass dir's gefallen, Herr, dass du uns errettest; eile, Herr, uns zu helfen.«

Alice hielt ihren Turnschuh und weinte. Sie hatte den Kopf tief gebeugt. Ihr leises Schluchzen klang hektisch.

Tom sprach weiter, streckte eine Hand mit leicht gekrümmten Fingern über das frische Grab aus. »Schämen müssen sich und zuschanden werden, die uns nach unserem Leben trachten; zurück müssen sie fallen und zuschanden werden, die uns Übles gönnen. Sie müssen in ihrer Schande erschrecken, die über uns schreien: ›Da! Da!‹ Hier liegt der Tote, Staub der Erden ...«

»Es tut mir so Leid, Rektor!«, rief Jordan in sich überschlagendem Diskant aus. »Es tut mir so Leid, es ist nicht recht, Sir, tut mir so Leid, dass Sie tot sind ...« Er verdrehte die Augen nach oben und brach auf dem frischen Grab zusammen. Der Nebel griff mit gierigen weißen Fingern nach ihm.

Clay zog ihn hoch und ertastete den kräftigen, gleichmäßigen Puls an Jordans Hals. »Er ist nur ohnmächtig. Was war das, Tom?«

Tom wirkte verwirrt, verlegen. »Eine ziemlich freie Wiedergabe von Psalm vierzig. Kommt, wir tragen ihn ...«

»Nein«, sagte Clay. »Wenn's nicht zu lange dauert, sprich zu Ende.«

»Ja, bitte«, sagte Alice. »Sprich zu Ende. Der Text ist wunderbar. Wie Salbe auf einer Wunde.«

Tom wandte sich wieder dem frischen Grab zu. Er schien sich zu sammeln, vielleicht musste er aber auch nur seine Stelle wiederfinden. »Hier liegt der Tote, Staub der Erden, und hier stehen wir Lebenden, arm und elend; Herr gedenke unser. Du bist unser Helfer und Erretter; mein Gott zögere nicht! Amen.«

»Amen«, sagten Clay und Alice gemeinsam.

»Los, wir tragen den Jungen rein«, sagte Tom. »Hier draußen ist's scheißkalt.«

»Hast du das von den heiligen Hannahs in der Ersten Neuengländischen Kirche von Christus dem Erlöser gelernt?«, fragte Clay.

»O ja«, sagte Tom. »Wenn man viele Psalmen auswendig konnte, hat's dafür Extranachspeise gegeben. Außerdem habe ich gelernt, an Straßenecken zu betteln und den ganzen Parkplatz von Sears in nur zwanzig Minuten mit Flugblättern wie *Eine Million Jahre im Fegefeuer ohne einen einzigen Schluck Wasser* zu bepflastern. Kommt, wir wollen den Jungen zu Bett bringen. Ich wette, dass er mindestens bis morgen Nachmittag um vier durchschläft und sich beim Aufwachen verdammt viel besser fühlt.«

»Was ist, wenn der Mann mit der aufgerissenen Backe zurückkommt und uns noch hier findet, obwohl er uns fortgeschickt hat?«, fragte Alice.

Clay hielt das für eine gute Frage, über die er jedoch nicht allzu viel nachzudenken brauchte. Der Lumpenmann würde ihnen entweder einen weiteren Tag Aufschub gewähren, oder er würde es eben nicht tun. Als er Tom den Jungen abnahm und ihn nach oben in sein Bett trug, merkte Clay, dass er zu müde war, um sich viel darum zu kümmern, wie die ganze Sache ausgehen würde.

2

Alice sagte Clay und Tom gegen vier Uhr morgens benommen gute Nacht und stolperte davon, ins Bett. Die beiden Männer saßen in der Küche und tranken lauwarmen Eistee, ohne viel zu reden. Es schien nichts zu sagen zu geben. Dann, kurz vor Tagesanbruch, rollte ein weiteres lautes Stöhnen, durch die Entfernung geisterhaft gemacht, durch die neblige Luft aus Nordosten heran. Es zitterte wie der Klang eines Ätherophons in einem alten Gruselfilm, und als es eben zu verhallen begann, kam ein weitaus lauterer Antwortschrei aus Gaiten, wohin der Lumpenmann seinen neuen, größeren Schwarm geführt hatte.

Clay und Tom traten vors Haus, wo sie zunächst die Barriere aus verschmorten Gettoblastern beiseite schieben mussten, um die Verandatreppe hinuntergehen zu können. Zu sehen war jedoch nichts; die ganze Welt war weiß. Sie standen einige Zeit tatenlos herum, dann gingen sie wieder hinein.

Weder der Todesschrei noch die Antwort aus Gaiten hatte Alice und Jordan geweckt; dafür konnten sie immerhin dankbar sein. Ihr Autoatlas, inzwischen verknickt und mit Eselsohren versehen, lag auf der Küchentheke. Tom blätterte darin, dann sagte er: »Der Schrei könnte aus Hooksett oder Suncook gekommen sein. Das sind mittelgroße Kleinstädte nordöstlich von hier – mittelgroß für New Hampshire, meine ich. Wie viele sie wohl erwischt haben? Und wie sie's wohl geschafft haben?«

Clay schüttelte den Kopf.

»Ich hoffe, dass es viele waren«, sagte Tom mit schwachem, freudlosem Lächeln. »Ich hoffe, dass es mindestens tausend waren und dass sie sie langsam gekocht haben. Ich denke dabei an eine Restaurantkette, von der ich leider den Namen vergessen habe, die ›gekochte Backhähnchen‹ angeboten hat. Wandern wir heute Nacht weiter?«

»Ich glaube, das sollten wir, falls der Lumpenmann uns den Tag überleben lässt. Was denkst du?«

»Uns bleibt wohl nichts anderes übrig«, sagte Tom, »aber ich will dir was sagen, Clay: Ich komme mir wie eine Kuh vor, die durch eine Blechrutsche ins Schlachthaus hinuntergetrieben wird. Ich kann fast das Blut meiner kleinen Muh-Brüder wittern.«

Clay hatte dasselbe Gefühl, aber in diesem Zusammenhang tauchte stets dieselbe Frage auf: Weshalb wurden sie nicht gleich hier abgeschlachtet, wenn das Kollektivbewusstsein es aufs Abschlachten anlegte? Der Schwarm hätte sie schon gestern Nachmittag ermorden können, statt verschmorte Gettoblaster und Alice' Lieblingsturnschuh auf der Veranda zurückzulassen.

Tom gähnte. »Ich gehe schlafen. Kannst du noch zwei Stunden wach bleiben?«

»Schon möglich«, sagte Clay. Tatsächlich hatte er nie weniger Schlafbedürfnis gespürt als jetzt. Sein Körper war zwar erschöpft, aber sein Verstand arbeitete unermüdlich weiter. Immer wenn er etwas zur Ruhe zu kommen schien, erinnerte er sich wieder an das Geräusch, das der Füller beim Herausziehen aus der Augenhöhle des Rektors gemacht hatte: das leise Quietschen von Metall an Knochen. »Warum?«

»Weil ich lieber auf meine Art als auf ihre aus dem Leben scheiden möchte, falls sie beschließen, uns heute zu erledigen«, sagte Tom. »Ich habe ihre Art gesehen. Einverstanden?«

Clay dachte, wenn das von dem Lumpenmann verkörperte Kollektivbewusstsein den Rektor tatsächlich dazu gebracht hatte, sich den Füller ins Auge zu stoßen, würden die vier überlebenden Bewohner der Cheatham Lodge vermutlich feststellen, dass der Freitod nicht länger zu ihrer freien Wahl zählte. Das war jedoch kein Gedanke, mit denen er Tom ins Bett schicken wollte. Also nickte er.

»Ich nehme alle Waffen mit nach oben. Du hast ja den großen alten Revolver, oder?«

»Den Beth Nickerson Special. Genau.«

»Dann gute Nacht. Und wenn du sie kommen siehst – oder sie kommen *spürst* –, rufst du laut.« Er zögerte kurz. »Das heißt, wenn du noch Zeit hast. Und wenn sie dich rufen lassen.«

Clay beobachtete, wie Tom die Küche verließ, und überlegte sich, dass Tom ihm die ganze Zeit voraus gewesen war. Überlegte sich, wie gern er Tom hatte. Überlegte sich, dass er ihn gern besser kennen lernen würde. Überlegte sich, dass die Chancen dafür nicht gut standen. Und Johnny und Sharon? Sie waren ihm noch nie so fern erschienen.

3

Um acht Uhr an jenem Morgen saß Clay auf einer Bank an einem Ende des Siegesgartens des Rektors und sagte sich, wenn er nicht so gottverdammt müde wäre, würde er seinen lahmen Arsch hochwuchten und für den alten Knaben eine Art Gedenktafel anfertigen. Sie würde nicht lange halten, aber der Kerl hatte sie dafür verdient – wenn schon für nichts anderes –, wie er sich seines letzten Schülers angenommen hatte. Das Dumme war nur, dass er irgendwie nicht einmal wusste, ob er sich aufrappeln, ins Haus tapern und Tom wecken konnte, damit der die nächste Wache übernahm.

Ich bin irgendwie ziemlich fertig, dachte er.

Bald würde es einen kühlen, schönen Herbsttag geben – einen, der fürs Apfelpflücken, Mostmachen und Touch-Football auf dem Rasen hinter dem Haus wie geschaffen war. Vorerst war der Nebel noch dicht, aber die Morgensonne schien bereits stark hindurch und tauchte die winzige Welt, in der Clay saß, in blendend helles Weiß. Mikroskopisch kleine Wassertropfen schwebten in der Luft, und hunderte von winzigen Regenbogen schwebten vor seinen schweren Augen.

Aus diesem gleißend hellen Weiß heraus nahm etwas Gestalt an. Einen Augenblick lang schien die Kapuzenjacke des Lumpenmanns wie von allein zu schweben, aber als sie dann den Garten herauf auf Clay zukam, wurden das dunkelbraune Gesicht und die Hände ihres Trägers sichtbar. An diesem Morgen war die Kapuze hochgeklappt und rahmte das entstellte lächelnde Gesicht und die schrecklichen tot-lebendigen Augen ein.

Hohe Gelehrtenstirn, durch eine Schnittwunde entstellt.

Schmutzige, formlose Jeans, an den Taschen eingerissen, nun schon über eine Woche getragen.

HARVARD quer über der schmalen Brust.

Beth Nickersons Colt steckte in dem behelfsmäßigen Holster, das Alice für ihn organisiert hatte. Clay fasste ihn nicht einmal an. Der Lumpenmann blieb ungefähr drei Meter von ihm entfernt stehen. Er – es – stand auf dem Grab des Rektors, und Clay glaubte zu wissen, dass das kein Zufall war. »Was willst du?«, fragte er den Lumpenmann ... und beantwortete seine Frage sofort selbst: »Dir. Was sagen.«

Er saß da und starrte den Lumpenmann sprachlos erstaunt an. Er hatte Telepathie erwartet oder auch gar nichts dergleichen. Der Lumpenmann grinste – insofern er mit seiner schlimm gespaltenen Unterlippe grinsen konnte – und breitete die Hände aus, als wollte er sagen: *Pah, war doch nix dabei.*

»Dann sag, was du zu sagen hast«, forderte Clay ihn auf und machte sich darauf gefasst, dass seine Stimme ein weiteres Mal gekidnappt wurde. Ihm war sofort klar, dass das etwas war, wogegen man sich nicht wappnen konnte. Es war nicht anders, als würde man in eine grinsende Puppe verwandelt, die auf dem Knie eines Bauchredners saß.

»Geht. Heute Nacht.« Clay konzentrierte sich, dann sagte er: »Sei ruhig, hör auf damit!«

Der Lumpenmann wartete und war die Ruhe selbst.

»Ich glaube, ich kann dich fern halten, wenn ich mich anstrenge«, sagte Clay. »Ich bin mir nicht ganz sicher, aber ich glaube, dass ich's kann.«

Der Lumpenmann wartete. *Bist du endlich fertig?*, schien seine Miene zu fragen.

»Bitte weiter«, sagte Clay, dann sagte er: »Ich könnte. Mehr mitbringen. Ich bin. Allein. Gekommen.«

Clay überlegte, was passieren würde, wenn der Lumpenmann seinen Willen mit dem eines ganzen Schwarms vereinigte, und gestand ihm zu, in diesem Punkt die Argumente auf seiner Seite zu haben.

»Geht. Heute Nacht. Norden.« Clay wartete, und als er sicher wusste, dass der Lumpenmann seine Stimme nicht länger benutzen wollte, fragte er: »Wohin? Weshalb?«

Diesmal blieben die Worte aus, aber vor ihm erschien plötzlich ein Bild. Es war so klar, dass er nicht wusste, ob es vor seinem inneren Auge stand oder ob der Lumpenmann es irgendwie auf den blendend hellen Nebelhintergrund projiziert hatte. Er las wieder genau das, was auch jemand mit rosa Kreide mitten auf die Academy Avenue gekritzelt hatte:

KASHWAK = NO-FO

»Das verstehe ich nicht«, sagte er.

Aber der Lumpenmann ging bereits fort. Einen Augenblick lang sah Clay die rote Kapuzenjacke wieder scheinbar leer durch den Nebel davonschweben, dann war auch sie verschwunden. Clay blieb lediglich der schwache Trost, dass sie ohnehin nach Norden wollten – und dass ihre Gnadenfrist um einen weiteren Tag verlängert worden war. Was bedeutete, dass niemand Wache zu halten brauchte. Er beschloss, ins Bett zu gehen und die anderen ebenfalls durchschlafen zu lassen.

4

Jordan wachte bei klarem Verstand auf, aber sein ruheloses Strahlen schien sich verflüchtigt zu haben. Er knabberte an einem halben steinharten Bagel und hörte ohne großes Interesse zu, wie Clay seine morgendliche Begegnung mit dem Lumpenmann schilderte. Als Clay fertig war, holte Jordan den Autoatlas, sah hinten im Register nach und schlug die Seite mit dem Westen von Maine auf. »Hier«, sagte er und zeigte auf eine Kleinstadt nördlich von Fryeburg. »Das ist Kashwak, hier im Osten, und Little Kashwak, hier im Westen, fast an der Grenze nach New Hampshire. Der Name ist mir gleich bekannt vorgekommen. Wegen dem See.« Er tippte darauf. »Fast so groß wie der Sebago.«

Alice beugte sich nach vorn, um den Namen des Sees lesen zu können: »Kash... Kashwakamak, wenn ich das richtig entziffern kann.«

»Das Ganze gehört zu einem gemeindefreien Gebiet namens TR-90«, sagte Jordan. Er tippte auch darauf. »Wenn man das weiß, lässt ›Kashwak gleich No-Fo‹ sich ziemlich leicht enträtseln, findet ihr nicht auch?«

»Dort liegt eine tote Zone, stimmt's?«, sagte Tom. »Keine Mobilfunkmasten, keine Mikrowellentürme.«

Jordan bedachte ihn mit einem schwachen Lächeln. »Oh, bestimmt gibt's reichlich Leute mit Satellitenschüsseln auf dem Dach, aber ansonsten ... *nada*.«

»Das verstehe ich nicht«, sagte Alice. »Wieso sollten sie uns in ein Gebiet ohne Handys schicken wollen, wo die meisten Leute mehr oder weniger normal sein müssten?«

»Ebenso gut könntest du fragen, warum sie uns überhaupt am Leben gelassen haben«, sagte Tom.

»Vielleicht wollen sie uns in lebende Lenkwaffen verwandeln und dazu benützen, den Laden zu bombardieren«, sagte Jordan. »Um sich uns *und* sie vom Hals zu schaffen. Zwei Fliegen mit einer Klappe.«

Alle dachten einen Augenblick lang schweigend darüber nach.

»Ziehen wir also los, damit wir's rauskriegen«, sagte Alice, »aber ich bombardiere *niemanden*.«

Jordan musterte sie trübselig. »Du hast gesehen, was sie mit dem Rektor gemacht haben. Glaubst du, dass du noch eine Wahl hast, wenn die Sache zum Schwur kommt?«

5

Vor den Türen der meisten Häuser gegenüber den Steinsäulen, die die Einfahrt der Gaiten Academy markierten, standen noch Schuhe, aber die Türen der hübschen Wohnhäuser standen offen oder waren aus den Angeln gerissen worden. Unter den Toten, die sie in den Vorgärten liegen sahen, als sie ihren Treck nach Norden fortsetzten, waren einige wenige Handy-Verrückte, bei den meisten handelte es sich jedoch um harmlose Flüchtlinge, die zur unrechten Zeit am unrechten Ort gewesen waren. Es waren die Leichen, die keine Schuhe an den Füßen hatten, aber in Wirklichkeit brauchte man nicht erst auf die Füße zu achten; viele der Vergeltungsopfer waren buchstäblich in Stücke gerissen worden.

Jenseits des Schulgeländes, wo die Academy Avenue wieder zur Route 102 wurde, erstreckte sich das Gemetzel auf beiden Straßenseiten fast eine halbe Meile weit. Alice hielt die Augen resolut zusammengepresst und ließ sich von Tom wie eine Blinde führen. Clay erbot sich, das Gleiche für Jordan zu tun, aber der schüttelte nur den Kopf und marschierte unbeirrbar die Mittellinie entlang: ein magerer Junge mit einem Rucksack auf dem Rücken und zu viel Haar auf dem Kopf. Nach einigen flüchtigen Blicken zu den Opfern hinüber starrte er nur noch seine Schuhspitzen an.

»Es sind hunderte«, sagte Tom irgendwann. Es war acht Uhr abends und längst dunkel, aber sie konnten noch immer weit mehr sehen, als sie eigentlich wollten. Um den Pfosten des Stoppschilds an der Ecke Academy Avenue und Spofford Street gewickelt, lag ein Mädchen in roter Hose und weißer Matrosenbluse. Die Kleine schien nicht älter als neun zu sein und trug keine Schuhe. Zwanzig Meter entfernt stand die Tür des Hauses offen, aus dem sie vermutlich – kreischend um Gnade flehend – geschleppt worden war. »*Hunderte.*«

»Vielleicht nicht ganz so viele«, sagte Clay. »Manche von unserer Art waren bewaffnet und haben ziemlich viele dieser Dreckskerle erschossen. Auch ein paar erstochen. Ich habe sogar einen gesehen, dem ein Pfeil aus der Brust ...«

»Das alles war *unsere* Schuld«, sagte Tom. »Glaubst du, dass wir überhaupt noch zu einer Art *gehören*?«

Diese Frage wurde beantwortet, als sie vier Stunden später auf einem Rastplatz an der Straße ihr kaltes Mittagessen einnahmen. Inzwischen waren sie auf der Route 156, und dem

Schild nach befanden sie sich an einem Aussichtspunkt mit Blick auf den historischen Flint Hill, der im Westen lag. Clay stellte sich vor, dass man von hier aus einen weiten Blick hatte, wenn man sein Mittagessen wirklich mittags statt um Mitternacht einnahm – mit Gaslaternen an beiden Enden des Picknicktischs, damit man überhaupt etwas sah.

Sie waren beim Nachtisch – altbackene gefüllte Doppelkekse – angelangt, als sich eine Gruppe vorbeischleppte, die aus einem halben Dutzend älterer Leute bestand. Drei von ihnen schoben Einkaufswagen mit Vorräten, und alle waren bewaffnet. Es waren die ersten anderen Reisenden, denen sie seit ihrem neuerlichen Aufbruch begegneten.

»He!«, rief Tom und winkte ihnen zu. »Hier gibt's noch einen Picknicktisch, wenn ihr ein bisschen rasten wollt!«

Die anderen sahen zu ihnen herüber. Die ältere der beiden Frauen, ein großmütterlicher Typ mit flauschiger weißer Mähne, die im Sternenschein leuchtete, wollte zurückwinken. Aber dann ließ sie die Hand wieder herabsinken.

»Das sind sie«, sagte einer der Männer, und Clay verkannte weder den Abscheu noch die Angst in der Stimme. »Das ist die Gaiten-Bande.«

Einer der anderen Männer sagte: »Zum Teufel mit dir, Kumpel.« Sie gingen weiter und bewegten sich nun sogar etwas schneller, obwohl die Großmütterliche hinkte und ihr Begleiter ihr an einem Subaru vorbeihelfen musste, dessen Stoßstange sich in der eines Saturns verhakt hatte, den irgendjemand hier stehen lassen hatte.

Alice sprang auf und stieß dabei fast eine der Laternen um. Clay hielt sie am Arm fest. »Spar dir die Mühe, Kleines.«

Sie ignorierte ihn. »Wir haben wenigstens etwas *getan*!«, rief sie ihnen nach. »Und was habt *ihr* getan? Scheiße, was habt *ihr* getan?«

»Will dir sagen, was wir *nicht* getan haben«, sagte einer der Männer. Die kleine Gruppe war jetzt am Aussichtspunkt vorbei, und er musste beim Laufen über die Schulter zurückblicken, um mit ihr zu reden. Das konnte er ungestraft tun, weil die Straße hier auf einige hundert Meter frei von verlassenen Fahrzeugen war. »Wir sind nicht daran schuld, dass jede Menge ermordet worden sind. Die anderen sind mehr, falls ihr das noch nicht bemerkt haben solltet.«

»Bockmist, ihr wisst ja gar nicht, ob das so ist!«, rief Jordan. Clay merkte, dass es die ersten Worte waren, die der Junge sprach, seit sie die Stadtgrenze von Gaiten hinter sich gelassen hatten.

»Vielleicht ist es so, vielleicht nicht«, antwortete der Mann, »aber sie beherrschen allen möglichen sehr unheimlichen und wirksamen Scheiß. *Daran* ist nicht zu rütteln. Sie behaupten, dass sie uns in Ruhe lassen, wenn wir sie in Ruhe lassen ... und *euch* in Ruhe lassen. Von uns aus gern.«

»Wenn Sie alles glauben, was die sagen – oder Sie denken lassen –, sind Sie ein *Idiot*«, sagte Alice.

Der Mann blickte nach vorn, hob die Rechte, schüttelte sie in einer kombinierten Vergiss-es/Auf-Wiedersehen-Geste und sagte nichts mehr.

Die vier beobachteten, wie die Leute mit den Einkaufswagen außer Sicht gerieten, dann sahen sie sich über den Picknicktisch mit seinem Relief aus geschnitzten Initialen hinweg an.

»Jetzt wissen wir's also«, sagte Tom. »Wir sind Ausgestoßene.«

»Nicht unbedingt, wenn die Handy-Leute wollen, dass wir dorthin gehen, wohin die übrigen – wie hat er sie gleich wieder genannt? –, wohin alle *Normies* unterwegs sind«, sagte Clay. »Vielleicht sind wir ja etwas anderes.«

»Und was, bitte schön?«, sagte Alice.

Clay hatte eine gewisse Vorstellung, die er aber nicht aussprechen wollte. Nicht jetzt um Mitternacht. »Im Augenblick interessiert Kent Pond mich mehr«, sagte er. »Ich will ... ich muss herauskriegen, ob ich meine Frau und meinen Sohn finden kann.«

»Dass sie noch dort sind, ist ja wohl nicht sehr wahrscheinlich?«, sagte Tom mit gedämpfter, freundlicher Stimme. »Ich meine, unabhängig davon, was aus ihnen geworden ist, ob Normies oder Phonies, sind sie vermutlich weitergezogen.«

»Wenn mit ihnen alles in Ordnung ist, haben sie auf jeden Fall eine Nachricht hinterlassen«, sagte Clay. »Jedenfalls ist's ein Ziel.«

Und bevor sie dorthin gelangten, bevor dieser Teil abgehakt war, würde er nicht darüber nachdenken müssen, weshalb der Lumpenmann sie wohl an einen Zufluchtsort schickte, wenn die dort versammelten Leute sie fürchteten und hassten.

Oder wie Kashwak No-Fo überhaupt sicher sein konnte, wenn die Handy-Leute davon wussten.

6

Sie näherten sich langsam der östlich von ihnen verlaufenden Route 19, einem Highway, der sie über die Staatsgrenze nach Maine bringen würde, wenngleich sie es nicht schafften, sie noch in dieser Nacht zu erreichen. Alle Straßen in diesem Teil von New Hampshire schienen durch die Kleinstadt Rochester zu führen, und Rochester war in Brand gesteckt worden. Der Kern des Feuers war noch sehr aktiv und strahlte glühend heiße, betäubende Hitze und fast radioaktives Leuchten aus. Alice übernahm die Initiative und führte sie in

einem nach Westen ausgreifenden Halbkreis um die schlimmsten der brennenden Ruinen herum. Mehrmals sahen sie
KASHWAK = NO-FO auf die Gehsteige gekritzelt; einmal war
es auf die Seite eines Briefkastens der U.S. Mail gesprüht.

»Darauf steht eine Geldstrafe von einer Fantastillion Dollar und lebenslängliche Haft in Guantanamo Bay«, sagte Tom
mit schwachem Lächeln.

Irgendwann führte ihr Weg sie über den weitläufigen
Parkplatz des Einkaufszentrums Rochester Mall. Lange bevor sie ihn erreichten, konnten sie den gewaltig verstärkten Sound eines uninspirierten New-Age-Jazztrios hören,
das die Art Musik spielte, die Clay als Musik zur Beschallung von Laufkundschaft einordnete. Der gesamte Parkplatz war mit zusammengewehten Haufen von verrotten-
den Abfällen zugemüllt; die verbliebenen Fahrzeuge standen bis zu den Radkappen darin. Die leichte Nachtbrise trug
den aufgedunsenen, fleischigen Geruch verwesender Leichen heran.

»Irgendwo in der Nähe ist ein Schwarm«, stellte Tom fest.

Die Handy-Leute lagerten auf dem Friedhof neben dem
Einkaufszentrum. Ihr Weg führte sie im Südwesten daran
vorbei, aber als sie den Parkplatz verließen, kamen sie nahe
genug heran, um die roten Augen der Gettoblaster durch die
Bäume zu sehen.

»Vielleicht sollten wir sie erledigen«, schlug Alice plötzlich
vor, als sie wieder auf die North Main Street hinaustraten.
»Hier muss es doch irgendwo einen Propanlaster geben, der
auf Arbeit wartet.«

»Yeah, Baby!«, rief Jordan. Er hob beide Fäuste in Kopfhöhe,
schüttelte sie und sah erstmals seit ihrem Aufbruch von der
Cheatham Lodge wirklich lebendig aus. »Für den Rektor!«

»Lieber nicht«, sagte Tom.

»Angst davor, ihre Geduld zu strapazieren?«, fragte Clay. Zu seiner Überraschung war er tatsächlich irgendwie geneigt, Alice' verrückte Idee aufzugreifen. Dass die Verbrennung eines weiteren Schwarms eine verrückte Idee *war*, stand außer Zweifel, aber ...

Er dachte: *Ich könnte es glatt tun, weil das die absolut scheußlichste Version von »Misty« ist, die ich in meinem Leben gehört habe. Scheiße, die geht mir echt auf den Keks.*

»Nicht deshalb«, sagte Tom. Er wirkte nachdenklich. »Seht ihr die Straße da vorn?« Er deutete auf die Avenue, die zwischen Einkaufszentrum und Friedhof verlief. Sie war mit liegen gebliebenen Autos verstopft. Fast alle hatten von der Rochester Mall wegfahren wollen. Clay konnte sich nur allzu gut vorstellen, wie diese Wagen voller Leute gewesen waren, die nach dem Puls hatten heimfahren wollen. Voller Leute, die hatten erfahren wollen, was passiert war und ob zu Hause alles in Ordnung war. Sie würden ohne nachzudenken nach ihren Autotelefonen, ihren Handys gegriffen haben.

»Was ist damit?«, fragte er.

»Kommt, wir gehen ein Stück in die Richtung«, sagte Tom. »Aber ganz vorsichtig.«

»Was hast du gesehen, Tom?«

»Das möchte ich nicht sagen. Vielleicht nichts. Meidet den Gehsteig, bleibt unter den Bäumen. Und der Stau hier war verdammt lang. Es wird Leichen geben.«

Tatsächlich waren zwischen Twombley Street und dem Westfriedhof Dutzende von Leibern dabei, zu verwesen und wieder zu Staub zu werden. »Misty« war durch eine hustensaftsüße Version von »I Left My Heart in San Francisco« ersetzt worden, als sie die letzten Bäume erreichten und nun wieder die roten Augen der Gettoblaster-Powerlämpchen sehen konnten. Dann sah Clay noch etwas anderes und blieb ruckartig stehen. »Du lieber Gott«, flüsterte er. Tom nickte nur.

»Was ist?«, flüsterte Jordan. »*Was?*«

Alice sagte nichts, aber ihre Blickrichtung und ihre bedrückt herabhängenden Schultern zeigten Clay, dass auch sie sah, was er entdeckt hatte. Um den Friedhof herum standen mit Gewehren bewaffnete Männer Wache. Clay nahm Jordans Kopf zwischen die Hände, drehte ihn in Richtung des Friedhofs und sah die Schultern des Jungen daraufhin ebenfalls nach unten sacken.

»Kommt, gehen wir weiter«, flüsterte der Junge. »Von dem Gestank wird mir schlecht.«

7

In Melrose Corner, ungefähr zehn Meilen nördlich von Rochester (am südlichen Horizont konnten sie noch immer dessen rotes Glosen an- und abschwellen sehen) erreichten sie einen weiteren Picknickplatz, der diesmal nicht nur Tische, sondern auch eine kleine gemauerte Feuerstelle aufwies. Clay, Tom und Jordan sammelten trockenes Holz. Alice, die Pfadfinderin gewesen zu sein behauptete, stellte ihre Fertigkeiten unter Beweis, indem sie ein ordentliches kleines Feuer entfachte, um drei Büchsen »Landstreicherbohnen«, wie sie sie nannte, heiß zu machen. Während sie aßen, kamen zwei kleine Gruppen mit Reisenden vorbei. Die Leute sahen zu ihnen hinüber; niemand aus diesen Gruppen winkte ihnen jedoch zu oder sprach sie an.

Als Clays erster Hunger gestillt war, sagte er: »Du hast diese Kerle also schon vom Parkplatz aus gesehen, Tom? Ich überlege, ob ich deinen Namen nicht in Adlerauge umändern soll.«

Tom schüttelte den Kopf. »Das war reines Glück. Das und der Feuerschein von Rochester. Das Glosen.«

Clay nickte. Sie wussten alle, was er meinte.

»Ich habe zufällig im richtigen Augenblick und aus dem richtigen Blickwinkel zum Friedhof hinübergeschaut und den Widerschein auf ein paar Gewehrläufen gesehen. Ich habe mir gesagt, dass es nicht das sein kann, wonach es aussieht, dass das eiserne Zaunpfähle oder so sein müssen, aber ...« Er seufzte, sah den Rest seiner Bohnen an und stellte sie beiseite. »Das war's eigentlich.«

»Vielleicht waren das Handy-Verrückte«, sagte Jordan, glaubte das aber wohl selbst nicht. Das konnte Clay aus seinem Ton heraushören.

»Handy-Verrückte übernehmen keine Nachtschicht«, sagte Alice.

»Vielleicht brauchen sie jetzt weniger Schlaf«, sagte Jordan. »Vielleicht gehört das zu ihrer Neuprogrammierung.«

Wenn er ihn so reden hörte, als wären die Handy-Leute organische Computer, die sich in einer Art Hochladezyklus befanden, lief Clay unweigerlich ein kalter Schauder über den Rücken.

»Sie gehen auch nicht mit Waffen um, Jordan«, sagte Tom. »Sie brauchen keine.«

»Dann gibt es jetzt also ein paar Überläufer, die sie beschützen, während sie ihren Schönheitsschlaf halten«, sagte Alice. Ihre Stimme klang obenhin gereizt vor Verachtung, aber gleich darunter lauerten Tränen. »Ich hoffe, dafür braten sie in der Hölle.«

Clay sagte nichts, aber er musste unwillkürlich an die Leute denken, denen sie früher in dieser Nacht begegnet waren, die mit den Einkaufswagen – an die Angst und den Abscheu in der Stimme des Mannes, der sie als Gaiten-Bande bezeichnet hatte. *Er hätte uns ebenso gut die Dillinger-Bande nennen kön-nen,* dachte Clay. Und dann dachte er: *Für mich sind sie nicht mehr die Handy-Verrückten; ich nenne sie jetzt die Handy-Leute. Wie kommt das?* Der dann folgende Gedanke war noch unbehaglicher: *Wann hört ein Überläufer auf, ein Überläufer zu sein?* Die Antwort darauf, so erschien es ihm, konnte nur lauten: Wenn sie eindeutig in der Überzahl sind. Dann wur-den diejenigen, die keine Kollaborateure waren, zu …

Nun, wer ein Romantiker war, bezeichnete diese Leute als »den Untergrund«. Wer keiner war, nannte sie Flüchtlinge.

Oder einfach nur Verbrecher.

Sie zogen bis zu dem Dorf Hayes Station weiter und blieben dort über Nacht in einem teilweise zerstörten Motel, das sich Whispering Pines nannte. Vom Motel aus war ein Wegweiser zu sehen, auf dem ROUTE 19, 7 MI **SANFORD THE BERWICKS KENT POND** stand. Sie ließen ihre Schuhe nicht vor den Türen der Zimmer stehen, für die sie sich entschieden.

Das erschien nicht länger nötig.

8

Clay stand wieder auf einem Podest in der Mitte dieses verdammten Spielfelds, irgendwie zu keiner Bewegung im-stande, im Mittelpunkt aller Blicke. Am Horizont ragte die skelettartige Konstruktion auf, die von einer roten Blink-leuchte gekrönt war. Das Stadion war größer als ganz Fox-boro, wo immerhin das riesige Gillette-Stadion stand. Seine Freunde waren mit ihm aufgereiht, aber diesmal waren sie nicht allein. Ähnliche Podeste zogen sich über die ge-samte freie Fläche hin. Links neben Tom stand eine Schwan-gere in einem Harley-Davidson-T-Shirt mit abgeschnittenen

Ärmeln. Rechts von Clay stand ein älterer Mann – nicht in der Liga des Rektors, aber auf dem Weg dorthin – mit ergrauendem Haar, das er zu einem Pferdeschwanz zusammengefasst trug, und einem furchtsamen Lächeln auf seinem intelligenten Pferdegesicht. Hinter ihm stand ein jüngerer Mann mit einer abgetragenen Baseballmütze der Miami Dolphins.

Unter den tausenden, die sich auf den Tribünen drängten, sah Clay auch bekannte Gesichter, was ihn nicht überraschte – war das nicht etwas, was in Träumen ständig passierte? Gerade noch stand man auf Tuchfühlung zu seiner Lehrerin aus der ersten Klasse; eine Minute später alberte man mit allen drei Mitgliedern von Destiny's Child auf der Aussichtsplattform des Empire State Buildings herum.

Destiny's Child kam in diesem Traum nicht vor, aber Clay sah den nackten jungen Mann, der mit abgebrochenen Autoantennen herumgefuchtelt hatte (jetzt in Kakihose und einem sauberen weißen T-Shirt), den alten Kerl mit dem Packsack, der Alice »kleines Fräulein« genannt hatte, und die hinkende Großmutter. Sie zeigte auf Clay und seine Freunde, die mehr oder weniger an der Fifty-Yard-Linie standen, dann sprach sie mit ihrer Nachbarin ... die, wie Clay, ohne überrascht zu sein, feststellte, Mr. Scottonis schwangere Schwiegertochter war. *Das ist die Gaiten-Bande,* sagte die hinkende Großmutter, und Mr. Scottonis schwangere Schwiegertochter verzog ihre volle Oberlippe zu einem höhnischen Lächeln.

Hilf mir!, rief die Frau auf dem Podest neben Tom. Es war Mr. Scottonis Schwiegertochter, der ihr Hilferuf galt. *Ich will genau wie du mein Baby haben! Hilf mir!*

Das hättest du bedenken sollen, solange noch Zeit war, antwortete Mr. Scottonis Schwiegertochter, und Clay merkte, dass wie in seinem vorigen Traum niemand wirklich sprach. Es funktionierte mit Telepathie.

Der Lumpenmann begann die Reihe entlangzugehen und hielt seine Hand über jeden, zu dem er kam. Das tat er so, wie Tom die Hand über dem Grab des Rektors ausgestreckt hatte: Handfläche waagerecht, Finger abgebogen. Am Handgelenk des Lumpenmanns sah Clay eine Art Namensarmband blitzen, vielleicht eines dieser medizinischen Alarmdinger, und merkte, dass es hier Strom gab – die Lichtmasten des Stadions gaben gleißend helles Licht. Und ihm fiel noch etwas anderes auf. Dass der Lumpenmann seine Hand über ihre Köpfe halten konnte, obwohl sie auf Podesten standen, lag daran, dass er nicht auf dem Erdboden war. Er schritt in gut einem Meter Höhe einfach durch die Luft.

»Ecce homo – insanus«, sagte er. *»Ecce femina – insana.«* Und jedes Mal brüllte die Menge im Chor: *»NICHT BERÜHREN!«* – die Handy-Leute ebenso wie die Normies. Weil jetzt kein Unterschied mehr zwischen ihnen bestand. In Clays Traum war einer wie der andere.

9

Er wachte am Spätnachmittag zu einer Kugel zusammengerollt und ein flaches Motelkissen umklammernd auf. Als er ins Freie trat, sah er Alice und Jordan auf dem Randstein zwischen dem Parkplatz und den Zimmern sitzen. Alice hatte den rechten Arm um Jordan gelegt. Sein Kopf ruhte auf ihrer Schulter, und mit dem linken Arm umschlang er sie an der Taille. Das Haar am Hinterkopf schien sich zu sträuben. Clay gesellte sich zu ihnen. Vor ihnen war die zur Route 9 und nach Maine führende Straße leer bis auf einen Kastenwagen von Federal Express, der mit offener Hecktür genau auf der Mittellinie stand, und ein verunglücktes Motorrad.

347

Clay setzte sich zu den beiden. »Habt ihr …«

»*Ecce puer, insanus*«, sagte Jordan, ohne den Kopf von Alice' Schulter zu heben. »Das bin ich.«

»Und ich bin die *femina*«, sagte Alice. »Clay, gibt's in Kashwak irgendein Footballstadion dieser Art? Falls es eines gibt, denke ich nicht daran, auch nur in die Nähe davon zu gehen.«

Hinter ihnen fiel eine Tür ins Schloss. Schritte kamen näher. »Ich auch nicht«, sagte Tom, indem er sich zu ihnen setzte. »Ich habe viele Anliegen – das würde ich bereitwillig eingestehen –, aber ein Todeswunsch hat nie dazugehört.«

»Ich bin mir nicht ganz sicher, aber ich glaube nicht, dass es dort oben mehr als eine Grundschule gibt«, antwortete Clay. »Die Highschool-Kids werden wahrscheinlich mit dem Bus nach Tashmore gefahren.«

»Das ist ein *virtuelles* Stadion«, sagte Jordan.

»Hä?«, sagte Tom. »Du meinst wie in so einem Computerspiel?«

»Ich meine wie in einem Computer.« Jordan hob den Kopf, starrte aber weiter die verlassene Straße nach Sanford, die Berwicks und Kent Pond entlang. »Aber das ist egal, das kümmert mich nicht weiter. Nur, wenn sie uns nicht berühren – die Handy-Leute nicht, die normalen Leute nicht –, wer wird uns dann anfassen?« Clay hatte noch nie solche Erwachsenenschmerzen in den Augen eines Kindes gesehen. »Wer *wird* uns berühren?«

Keiner der drei antwortete.

»Wird der Lumpenmann uns berühren?«, sagte Jordan, dessen Stimme nun etwas schriller klang. »Wird der Lumpenmann uns berühren? Kann sein. Immerhin beobachtet er uns, ich spüre, wie er uns beobachtet.«

»Jordan, übertreib's nicht«, sagte Clay, obwohl diese Vorstellung eine gewisse vertrackte innere Logik besaß. Wenn es tatsächlich er war, der ihnen den Traum schickte, in dem sie auf Podesten standen, dann beobachtete er sie vielleicht wirklich. Man gab keinen Brief auf, wenn es keinen Adressaten dafür gab.

»Ich will nicht nach Kashwak«, sagte Alice. »Mir ist es egal, ob das eine No-Phone-Zone ist oder nicht. Ich möchte lieber nach ... Idaho.«

»Ich muss nach Kent Pond, bevor ich nach Kashwak oder Idaho oder sonst wohin gehe«, sagte Clay. »In zwei Nachtmärschen kann ich dort sein. Mir wär's am liebsten, wenn ihr alle mitkommt, aber wenn ihr das nicht wollt – oder könnt –, habe ich volles Verständnis dafür.«

»Der Mann braucht Gewissheit, also soll er sie bekommen«, sagte Tom. »Danach können wir uns überlegen, wie's weitergehen soll. Außer jemand hat einen anderen Vorschlag.«

Niemand hatte einen.

10

Auf kurzen Abschnitten, manchmal bis zu einer Viertelmeile weit, waren beide Spuren der Route 19 hindernisfrei, und das ermutigte die Sprinter. Das war der Ausdruck, den Jordan für die halb selbstmörderischen Dragster geprägt hatte, die mit hoher Geschwindigkeit vorbeirasten, meistens in der Straßenmitte und immer mit voll aufgeblendetem Licht.

Clay und die anderen sahen die Scheinwerfer kommen, machten hastig die Fahrbahn frei und wichen sogar übers Bankett in den verunkrauteten Straßengraben aus, wenn vor ihnen Autowracks oder Staus zu sehen waren. Jordan gewöhnte sich an, solche Hindernisse als »Sprinter-Riffe« zu bezeichnen. Dann raste der Sprinter vorbei, wobei die Insassen häufig johlten (und fast sicher angetrunken waren). Wenn es nur einen kleinen Stau gab – ein kleines Sprinter-Riff –, versuchte der Fahrer fast immer, ihn in Schlängellinien zu umfahren. War die Straße ganz blockiert, konnten er trotzdem versuchen, darum herumzufahren, aber meistens ließen seine Begleiter und er einfach den Wagen stehen und gingen zu Fuß nach Osten weiter, bis sie wieder etwas fanden, mit dem es sich zu sprinten lohnte – also etwas Schnelles und vorübergehend Amüsantes. Clay stellte sich ihren Weg als eine Folge von holperigen Etappen vor ... aber die meisten Sprinter waren ohnehin Schwachköpfe, bloß etwas, was einem in dieser nervenaufreibend gewordenen Welt zusätzlich auf den Geist ging. Das schien auch auf Gunner zuzutreffen.

Er war der vierte Sprinter in ihrer ersten Nacht auf dem Highway 19 und entdeckte sie, als sie im Licht seiner aufgeblendeten Scheinwerfer am Straßenrand standen. Entdeckte *Alice*. Er beugte sich heraus, dass sein dunkles Haar nach hinten geweht wurde, und brüllte: *»Lutsch mir den Schwanz, Teenybopper-Schlampe!«*, während er mit einem schwarzen Cadillac Escalade vorbeibretterte. Seine Beifahrer johlten und winkten. Jemand rief: *»Gib's ihr!«* In Clays Ohren klang das wie absolute Ekstase, die mit einem Südbostoner Akzent ausgedrückt wurde.

»Reizend«, war Alice' einziger Kommentar.

»Manche Leute haben einfach keinen ...«, begann Tom, aber bevor er ihnen erzählen konnte, was manche Leute nicht hatten, kreischten im Dunkel nicht allzu weit vor ihnen Reifen, dann folgten ein lauter dumpfer Aufprall und das Klirren von zersplitterndem Glas.

»Heiliger *Scheiß*«, sagte Clay und rannte los. Bevor er zwanzig Meter weit gekommen war, überholte Alice ihn leichtfüßig. »Mach langsam, die könnten gefährlich sein!«, rief er ihr nach.

Alice hielt eine der Pistolen hoch, damit Clay sie sehen konnte, rannte weiter und hatte ihn bald völlig abgehängt.

Dann schloss Tom, der bereits keuchend atmete, zu Clay auf. Jordan, der neben ihm herlief, hätte in einem Schaukelstuhl sitzen können.

»Was ... machen wir, wenn sie ... schwer verletzt ... sind?«, fragte Tom. »Einen ... Krankenwagen ... rufen?«

»Weiß nicht«, sagte Clay, aber er dachte daran, wie Alice eine der Pistolen hochgehalten hatte. Er wusste es.

11

Sie holten Alice nach der nächsten Kurve des Highways ein. Sie stand hinter dem Escalade. Der Geländewagen lag mit gefüllten Airbags auf der Seite. Der Unfallhergang ließ sich leicht rekonstruieren. Der Escalade hatte die unübersichtliche Kurve mit ungefähr hundert Sachen genommen und plötzlich einen verlassenen Milchtankwagen vor sich gehabt. Der Fahrer, Blödmann oder nicht, hatte gut reagiert, um einen tödlichen Auffahrunfall zu vermeiden. Er marschierte benommen im Kreis um den umgestürzten Geländewagen und strich sich die langen Haare aus dem Gesicht. Ihm lief Blut aus der Nase und tropfte von einer Platzwunde auf der Stirn. Clay trat an den Escalade, wobei unter seinen Schuhsohlen Krümel von Verbundglas knirschten, und sah hinein. Der Wagen war leer. Er leuchtete das Innere ab und sah Blut am Lenkrad, aber sonst nirgends. Die Beifahrer waren munter genug geblieben, um das Autowrack verlassen zu können, und bis auf einen geflüchtet – vermutlich einfach reflexartig. Der Einzige, der bei dem Fahrer ausgeharrt hatte, war ein Knirps Anfang zwanzig mit schlimmen Aknenarben, vorstehenden Zähnen und langem, fettigem rotem Haar. Sein ständiges Gequassel erinnerte Clay an den kleinen Terrier in den Zeichentrickfilmen von Warner Bros., der Spike die Bulldogge so abgöttisch verehrte.

»Alles in Butter, Gunnah?«, fragte er. Clay vermutete, dass *Gunner* in South Boston so ausgesprochen wurde. »Heiliger Scheiß, du blutest ja wie 'n Schwein. Du meine Fresse, ich hab gedacht, wir wärn hin.« Dann fragte er Clay: »Was gibt's da groß zu gaffn?«

»Halt's Maul«, sagte Clay – unter den gegebenen Umständen nicht einmal unfreundlich.

Der Rothaarige zeigte auf Clay, dann wandte er sich an seinen blutenden Freund. »Das ist einer von denen, Gunnah! Das ist die ganze *Bande*!«

»Schnauze, Harold«, sagte Gunner. Durchaus nicht freundlich. Dann sah er Clay, Tom, Alice und Jordan an.

»Lass mich deine Platzwunde versorgen«, sagte Alice. Sie hatte die Pistole weggesteckt und den Rucksack abgenommen. Jetzt wühlte sie darin herum. »Ich habe Pflaster und Mullpolster. Und ein Desinfektionsmittel, das brennen wird, aber ein bisschen Brennen ist immer noch besser als eine Infektion, oder?«

»Bedenkt man, was dieser junge Mann dich im Vorbeifahren genannt hat, bist du ein besserer Christ, als ich in meiner besten Zeit einer war«, sagte Tom. Er hatte Sir Speedy von der Schulter genommen und hielt die Waffe an ihrem Riemen, während er Gunner und Harold beobachtete.

Gunner war ungefähr Mitte zwanzig. Sein langes schwarzes Rocksängerhaar war jetzt mit Blut verklebt. Er begutachtete den Milchtankwagen, dann den Escalade, dann Alice, die ein Mullpolster in der einen Hand und das Fläschchen Desinfektionsmittel in der anderen hielt.

»Tommy und Frito und der Kerl, der immer in der Nase gebohrt hat, die sind abgehauen«, sagte der rothaarige Knirps. Er pumpte das bisschen Brust auf, das er hatte. »Aber ich bin gebliebn, Gunnah! Heiliger Scheiß, Kumpel, du blutest wie 'n Schwein.«

Alice befeuchtete das Mullpolster mit dem Desinfektionsmittel, dann trat sie einen Schritt auf Gunner zu. Er wich sofort vor ihr zurück. »Bleib mir vom Hals. Ihr bringt Unglück.«

»Das *sind* sie!«, rief der Rotschopf aus. »Die aus den Träumen! Was hab ich dir gesagt?«

»Bleib mir vom Hals«, sagte Gunner. »Verfluchte Schlampe. Ihr alle.«

Clay spürte plötzlich den Drang, ihn zu erschießen, was ihn aber nicht überraschte. Gunner sah wie ein in eine Ecke getriebener gefährlicher Hund aus und benahm sich – mit gefletschten Zähnen zum Zubeißen bereit – auch so, und tat man das mit gefährlichen Hunden nicht, wenn es keine andere Möglichkeit gab? Erschoss man sie nicht? Aber sie *hatten* natürlich eine andere Möglichkeit, und wenn Alice bei dem Dreckskerl, der sie eine Teenybopper-Schlampe genannt hatte, den guten Samariter spielen konnte, konnte er sich bestimmt so weit beherrschen, ihn nicht hinzurichten. Aber es gab da etwas, was er herausbekommen wollte, bevor er diese beiden liebenswürdigen Kerle ihres Weges ziehen ließ.

»Diese Träume«, sagte er. »Kommt darin irgendeine ... ich weiß nicht ... eine Art geistiger Führer vor? Sagen wir ein Kerl in einer roten Kapuzenjacke?«

Gunner zuckte die Achseln. Riss einen Fetzen von seinem Hemd ab und benutzte ihn dazu, sich das Blut vom Gesicht zu wischen. Er schien jetzt zu sich zu kommen, schien allmählich besser zu begreifen, was passiert war. »Harvard, yeah. Stimmt's, Harold?«

Der kleine Rotschopf nickte. »Yeah. Harvard. Der schwarze Kerl. Aber das sind keine Träume. Wenn ihr das nich wisst, ist's aber zwecklos, euch von dem ganzen Scheiß zu erzählen. Das sind gottverdammte Rundfunksendungen. Sendungen, die man im Schlaf empfängt. Wenn ihr die nich reinkriegt, liegt's daran, dass ihr Unglück bringt. Das tun sie doch, Gunnah, oder?«

»Ihr habt echt Scheiß gebaut, Leute«, sagte Gunner trübselig. »Fasst mich bloß nicht an.«

»Wir kriegn unser eignes Gebiet«, sagte Harold. »Oder, Gunnah? Oben in Maine, gottverdammt richtig. Alle, wo den Impuls nich abgekriegt habn, gehn dahin, und wir werdn in Ruhe gelassn. Jagen, angeln, aus dem beschissenen Land lebn. Das sagt Harvard.«

»Und ihr glaubt ihm?«, sagte Alice. Sie klang fasziniert.

Gunner hob einen Finger, der leicht zitterte. »Halt's Maul, Schlampe.«

»Ich finde, ihr solltet lieber eures halten«, sagte Jordan. »Wir haben Waffen.«

»*Denkt* lieber nicht mal dran, uns zu erschießn!«, sagte Harold mit schriller Stimme. »Was glaubst du, tut Harvard mit euch, wenn ihr uns erschießt, du dämlicher kleiner Lackaffe?«

»Nichts«, sagte Clay.

»Lasst euch ...«, begann Gunner, aber bevor er weitersprechen konnte, trat Clay vor und schlug mit Beth Nickersons Colt zu. Das Korn am Ende des Revolverlaufs riss an Gunners Kinn eine neue Wunde auf, aber Clay hoffte, dass sich die letztlich als bessere Medizin erweisen würde als die Verarz-

354

tung, die der Mann abgelehnt hatte. Worin er sich allerdings täuschen sollte.

Gunner sackte gegen die Seite des verlassenen Milchtankwagens und starrte Clay sichtlich schockiert an. Harold trat impulsiv einen Schritt vor. Tom zielte mit Sir Speedy auf ihn und schüttelte einmal streng den Kopf. Harold wich zurück und fing an, auf den Nägeln seiner schmutzigen Finger herumzukauen. Die Augen darüber waren riesengroß und feucht.

»Wir gehen jetzt«, sagte Clay. »Ich rate euch, mindestens eine Stunde hier zu bleiben, weil ihr uns nämlich auf keinen Fall wiedersehen wollt. Wir lassen euch euer Leben als Geschenk. Wenn wir euch aber noch mal sehen, nehmen wir es euch.« Er trat rückwärts gehend auf Tom zu und starrte dabei weiter in das finster dreinblickende, ungläubige blutige Gesicht. Während er alles durch bloße Willenskraft zu tun versuchte, kam er sich ein bisschen wie der Löwenbändiger Frank Buck aus der guten alten Zeit vor. »Und noch etwas. Ich weiß nicht, wozu die Handy-Leute wollen, dass alle ›Normies‹ nach Kashwak ziehen, aber ich weiß, was ein Zusammentreiben meistens für Rinder bedeutet. Vielleicht solltet ihr mal darüber nachdenken, wenn ihr eure nächste nächtliche Rundfunksendung empfangt.«

»Leck mich«, sagte Gunner, aber dann wich er Clays Blick aus und glotzte stattdessen die eigenen Füße an.

»Komm jetzt, Clay«, sagte Tom. »Wir müssen weiter.«

»Lass dich nicht noch mal blicken, Gunner«, sagte Clay. Sie würden ihn jedoch wiedersehen.

12

Gunner und Harold mussten sie irgendwie überholt haben, möglicherweise indem sie das Wagnis eingegangen waren, tagsüber fünf oder gar zehn Meilen zurückzulegen, während Clay, Tom, Alice und Jordan im State Line Motel schliefen, das etwa zweihundert Meter hinter der Grenze in Maine stand. Möglicherweise hatten die beiden auf dem Rastplatz Salmon Falls übernachtet, wo Gunner seinen neuen Wagen zwischen dem guten halben Dutzend Fahrzeuge, die dort verlassen herumstanden, abgestellt hatte. Was eigentlich keine Rolle spielte. Wichtig war nur, dass sie die vier überholt hatten, auf ihr Vorbeikommen warteten und dann zuschlugen.

Das näher kommende Motorengeräusch oder Jordans Kommentar – »da kommt ein Sprinter« – registrierte Clay kaum. Hier war er in seinem angestammten Revier, und als sie an einem vertrauten Wahrzeichen nach dem anderen vorbeikamen – dem Hummerteich in Freneau, zwei Meilen östlich des State Line Motels, der Eisdiele Shaky's Tastee Freeze gegenüber, der Statue von General Joshua Chamberlain auf dem winzigen Stadtplatz in Turnbull –, fühlte er sich immer mehr wie jemand, der einen lebhaften Traum hatte. Wie wenig er erwartet hatte, die Heimat jemals wiederzusehen, wurde ihm erst klar, als er die große Softeiswaffel aus Kunststoff über der Eisdiele aufragen sah: Mit ihrer in den Sternenhimmel aufragenden gedrehten Spitze wirkte sie einerseits prosaisch, zugleich aber auch so exotisch wie etwas aus dem Albtraum eines Wahnsinnigen.

»Für einen Sprinter liegt ziemlich viel auf der Straße herum«, meinte Alice.

Während die Scheinwerfer auf dem Hügel hinter ihnen heller wurden, traten sie an den Straßenrand. Auf dem weißen

Mittelstrich lag ein umgestürzter Pick-up. Clay hielt es für ziemlich wahrscheinlich, dass das heranrasende Fahrzeug diesen rammen würde, aber die Scheinwerfer ruckten nach links, sobald der Wagen die Kuppe hinter sich ließ. Der Sprinter wich dem Pick-up mühelos aus und rollte einige Sekunden lang auf dem Straßenrand dahin, bis er auf die Fahrbahn zurückgelenkt wurde. Clay vermutete später, dass Gunner und Harold dieses Straßenstück zuvor abgefahren sein mussten, um alle Sprinter-Riffe sorgfältig in eine spezielle Karte einzutragen.

Sie standen beobachtend da. Clay war den heranrasenden Scheinwerfern am nächsten, Alice stand links neben ihm. Wiederum links neben ihr standen Tom und Jordan. Tom hatte Jordan lässig einen Arm um die Schultern gelegt.

»Mann, ist der schnell«, sagte Jordan. Er klang nicht besorgt; es war nur eine Bemerkung. Auch Clay war nicht beunruhigt. Er hatte keine Vorahnung von dem, was kommen würde. Er hatte Gunner und Harold ganz vergessen.

Nur ungefähr fünfzehn Meter westlich der Stelle, an der sie standen, war irgendein kleiner Sportwagen, vielleicht ein MG, halb auf der Fahrbahn, halb auf dem Bankett abgestellt. Harold, der das Sprinterfahrzeug fuhr, musste kurz das Steuer herumreißen, um ihm auszuweichen. Nur ein kleiner Schlenker, der aber vielleicht bewirkte, dass Gunner sein Ziel verfehlte. Oder vielleicht auch nicht. Vielleicht hatte er es nie auf Clay abgesehen gehabt. Vielleicht hatte er von Anfang an Alice treffen wollen.

Sie fuhren eine unscheinbare Chevrolet-Limousine. Gunner kniete auf dem Rücksitz, lehnte bis zur Hüfte aus dem Fenster und hielt in beiden Händen je einen gezackten halben Hohlblockstein. Er stieß einen unverständlichen Schrei aus, der direkt aus einer Sprechblase der Comics, die Clay als freier Mitarbeiter gezeichnet hatte, hätte stammen können – *»Jahhhhhh!«* –, und warf den Stein. Der Hohlblockstein beschrieb eine kurze tödliche Bahn durchs Dunkel und traf Alice seitlich am Kopf. Das Geräusch, mit dem er aufprallte, würde Clay ewig im Gedächtnis bleiben. Die Taschenlampe, die sie in der Hand hielt – durch sie zu einem perfekten Ziel wurde, obwohl jeder von ihnen eine hatte –, fiel sich überschlagend aus schlaff werdenden Fingern, warf ihren Lichtkegel über den Asphalt und strahlte dabei Kiesel und einen Splitter Schlusslichtglas an, der wie ein gefälschter Rubin glitzerte.

Clay sank neben ihr auf die Knie und rief sie bei Namen, konnte aber in dem plötzlichen Hämmern von Sir Speedy, der zu guter Letzt doch seine Feuerprobe erhielt, die eigene Stimme nicht hören. Aufblitzendes Mündungsfeuer erhellten die Nacht, und in diesem Lichtschein konnte Clay den breiten Blutstrom sehen, der über die linke Seite ihres Gesichts – o Gott, *was* für ein Gesicht! – lief.

Dann verstummte das Hämmern plötzlich. Tom schrie: *»Mir hat's den Lauf hochgerissen, ich konnte ihn nicht runterhalten, ich glaube, ich hab das ganze beschissene Magazin in den Himmel gejagt«,* und Jordan schrie: *»Ist sie verletzt, hat er sie getroffen?«,* und Clay dachte daran, wie sie angeboten hatte, die Platzwunde auf Gunners Stirn zu desinfizieren und zu verpflastern. *Ein bisschen Brennen ist immer noch besser als eine Infektion, oder?,* hatte sie gesagt, und er musste die Blutung zum Stehen bringen. Er musste sie *sofort* zum Stehen bringen. Er zog seine Jacke, dann den Pullover darunter aus. Er würde den Pullover benutzen, ihn wie einen gottverdammten Turban um ihren Kopf wickeln.

Der ziellos umherirrende Lichtstrahl von Toms Stablampe erfasste den Hohlblockstein und erstarrte dort. Der Stein war mit Blut und Haaren verklebt. Als Jordan das sah, begann er zu kreischen. Clay, der keuchend atmete und trotz der kalten Nachtluft wie verrückt schwitzte, wickelte den Pullover um Alice' Kopf. Das Kleidungsstück war sofort durchgeblutet. Seine Hände fühlten sich an, als würde er warme nasse Handschuhe tragen. Jetzt fand Toms Stablampe Alice, deren Kopf bis zur Nase hinunter mit einem Pullover umwickelt war, sodass sie wie eine Gefangene islamistischer Extremisten auf einem Internetfoto aussah, während ihre Wange (die *Überreste* ihrer Wange) und ihr Hals mit Blut getränkt waren, und Tom begann ebenfalls zu kreischen.

Helft mir, wollte Clay sagen. *Hört auf damit, alle beide, und helft mir mit ihr.* Aber seine Stimme versagte ihm den Dienst, und er konnte nicht mehr tun, als den durchgebluteten Pullover an die schwammige Seite ihres Kopfs zu drücken, wobei er sich daran erinnerte, dass sie mit Blut bespritzt gewesen war, als sie sich das erste Mal begegneten, aber damals hatte ihr nichts gefehlt, damals war sie unverletzt gewesen.

Ihre Hände zuckten ziellos, die Finger ließen Wölkchen aus Straßenstaub aufsteigen. *Jemand sollte ihr ihren Turnschuh geben,* dachte Clay, aber der Baby-Nike war in ihrem Rucksack, auf dem sie jetzt auch lag. Auf dem sie mit seitlich zerschmettertem Kopf lag, weil irgendjemand eine kleine Rechnung hatte begleichen wollen. Auch ihre Füße zuckten, wie er jetzt sah, und er konnte noch immer spüren, wie das Blut aus ihr floss, den Pullover tränkte und ihm über die Hände lief.

Nun sind wir am Ende der Welt angelangt, dachte er. Dann blickte er zum Himmel auf und sah den Abendstern.

13

Sie war nie richtig bewusstlos, kam aber auch nie mehr richtig zu Bewusstsein. Tom gewann seine Selbstbeherrschung wieder und half Clay, sie den Hang auf ihrer Straßenseite hinaufzutragen. Dort oben standen Bäume, die nach Clays Erinnerung zu einer Obstplantage gehörten. Er glaubte, Sharon und er hätten hier einmal Äpfel gepflückt, als Johnny noch klein war. Als sie noch gut miteinander ausgekommen waren und es keinen Streit über Geld und die Zukunft gegeben hatte.

»Leute mit schlimmen Kopfverletzungen soll man möglichst nicht transportieren«, meldete sich Jordan besorgt zu Wort, während er mit Alice' Rucksack hinter ihnen herstapfte.

»Das braucht uns keine Sorgen zu machen«, sagte Clay. »Sie wird unmöglich überleben, Jordan. Nicht in diesem Zustand. Ich glaube nicht, dass selbst Ärzte in einem Krankenhaus viel für sie tun könnten.« Er sah, dass Jordans mühsam bewahrte Fassung zu zerbrechen begann. Es war hell genug, das zu sehen. »Tut mir Leid.«

Sie legten sie ins Gras. Tom versuchte, ihr etwas aus einer Mineralwasserflasche mit Trinkverschluss einzuflößen, und sie nahm tatsächlich etwas zu sich. Jordan gab ihr den Turnschuh, den Baby-Nike, und sie nahm auch den, drückte ihn und hinterließ blutige Spuren darauf. Dann warteten sie ihr Sterben ab. Sie warteten die ganze Nacht lang.

14

»Daddy hat gesagt, ich kann den Rest haben«, sagte sie, »also mach *mir* keine Vorwürfe.« Das war gegen elf Uhr nachts. Sie lag mit dem Kopf auf Toms Rucksack, den er mit einem Motelhandtuch, das er aus dem Sweet Valley Inn mitgenommen hatte, gepolstert hatte. Das war am Rand von Methuen gewesen – in einer Zeit, die ihnen jetzt wie ein anderes Leben erschien. Wie ein eindeutig besseres Leben. Der Rucksack war bereits von Blut durchweicht. Ihr verbliebenes Auge starrte zu den Sternen auf. Ihre linke Hand lag ausgestreckt im Gras neben ihr. Sie hatte sich seit über einer Stunde nicht mehr bewegt. Mit der rechten Hand knautschte sie unaufhörlich den kleinen Turnschuh. Knautschen ... und loslassen. Knautschen ... und loslassen.

»Alice«, sagte Clay, »bist du durstig? Willst du noch etwas Wasser?«

Sie gab keine Antwort.

15

Später – nach Clays Uhr um Viertel vor eins – fragte sie irgendjemanden, ob sie schwimmen gehen dürfe. Zehn Minuten später sagte sie: »Ich will diese Tampons nicht, diese Tampons sind schmutzig«, und lachte. Ihr Lachen klang schockierend natürlich und ließ Jordan, der etwas gedöst hatte, aufschrecken. Er sah, wie sehr ihr Zustand sich verschlimmert hatte, und begann zu weinen. Dazu entfernte er sich etwas von den anderen. Als Tom sich zu ihm setzen und ihn trösten wollte, schrie Jordan ihn an, er solle verschwinden.

Um Viertel nach zwei zog auf der Straße unter ihnen eine große Gruppe von Normies vorbei: viele Taschenlampen, die in der Dunkelheit auf und ab tanzten. Clay trat an die Hangkante und rief zu ihnen hinunter. »Es ist nicht zufällig ein Arzt unter euch?«, fragte er ohne große Hoffnung.

Die Taschenlampen kamen ruckartig zum Stehen. Die dunklen Gestalten unter ihm berieten sich murmelnd, dann rief eine Frauenstimme, eine wundervoll melodische Stimme, zu ihm hinauf: »Lasst uns in Ruhe. Der Umgang mit euch ist verboten.«

Tom gesellte sich an der Hangkante zu ihm. »›Und desgleichen ging auch ein Levit vorüber‹!«, rief er hinunter. »Das ist die Bibelversion von *leck mich*, Lady.«

Hinter ihnen sprach Alice plötzlich mit kräftiger Stimme. »Um die Männer in dem Wagen kümmern wir uns. Nicht aus Gefälligkeit euch gegenüber, sondern als Warnung für andere. Ihr versteht schon.«

Tom packte Clay mit einer kalten Hand am Handgelenk. »Jesus Christus, das klingt, als wär sie wach«, sagte er.

Clay ergriff mit beiden Händen Toms Hand und hielt sie fest. »Das ist nicht sie«, sagte er. »Das ist der Kerl in der roten Kapuzenjacke, der sie als ... als Lautsprecher benützt.«

In der Dunkelheit wirkten Toms Augen riesig. »Woher willst du das wissen?«

»Ich weiß es«, sagte Clay.

Unter ihnen bewegten die Taschenlampen sich weiter. Sie waren bald verschwunden, und Clay war froh darüber. Diese Sache ging nur sie etwas an, es war eine private Angelegenheit.

16

Um halb vier Uhr, mitten in finsterer Nacht, sagte Alice: »Oh, Mami, zu schade! Verblassende Rosen, dieser Garten ist verblüht.« Dann wurde ihr Ton fröhlicher. »Wird's Schnee geben? Wir machen eine Burg, wir machen ein Blatt, wir machen einen Vogel, wir machen einen Vogel, wir machen eine Hand, wir machen eine blaue, wir machen ...« Sie verstummte und sah zu den Sternbildern auf, die sich nachts wie Uhrzeiger gedreht hatten. In dieser Nacht war es kalt. Sie hatten Alice warm eingepackt. Bei jedem Ausatmen stand eine kleine weiße Atemwolke vor ihrem Mund. Die Blutung war endlich zum Stillstand gekommen. Jordan saß neben ihr, tätschelte ihre linke Hand, die eine, die bereits tot war, und wartete darauf, dass der Rest ihres Körpers folgte.

»Spiel die geile CD, die ich so mag«, sagte sie. »Die von Hall und Oates.«

17

Um zwanzig vor fünf sagte sie: »Das ist das allerhübscheste Kleid.« Die drei waren um sie versammelt. Clay hatte gesagt, dass sie es wohl nicht mehr lange machen würde.

»Welche Farbe hat es, Alice?«, fragte Clay. Er erwartete keine Antwort – aber diesmal antwortete sie.

»Grün.«

»Wo wirst du es tragen?«

»Die Ladys kommen zu Tisch«, sagte sie. Sie drückte weiter den Turnschuh mit der Hand, aber jetzt viel langsamer. Das Blut auf ihrer Gesichtshälfte war zu einer Emailschicht angetrocknet. »Die Ladys kommen zu Tisch, die Ladys kommen zu Tisch. Mr. Ricardi bleibt auf seinem Posten, und die Ladys kommen zu Tisch.«

»Das stimmt, Schatz«, sagte Tom leise. »Mr. Ricardi ist auf seinem Posten geblieben, nicht wahr?«

»Die Ladys kommen zu Tisch.« Ihr verbliebenes Auge wandte sich Clay zu, und sie sprach wieder mit jener anderen

Stimme. Mit der, die er schon aus seinem eigenen Mund kommen gehört hatte. Dieses Mal waren es nur fünf Wörter. »Dein Sohn ist bei uns.«

»Du lügst«, flüsterte Clay. Er hatte die Fäuste geballt und musste sich beherrschen, um die Sterbende nicht zu schlagen. »Du lügst, du Schwein.«

»Die Ladys kommen zu Tisch, und wir trinken alle Tee«, sagte Alice.

18

Im Osten zeichnete sich ein erster Streifen Tageslicht ab. Tom setzte sich neben Clay und legte ihm vorsichtig eine Hand auf den Arm. »Wenn sie tatsächlich Gedanken lesen können«, sagte er, »können sie die Tatsache, dass du einen Sohn hast, um den du dir schreckliche Sorgen machst, so leicht rauskriegen, als würde man etwas mit Google nachsehen. Vielleicht benützt der Kerl ja Alice nur, um mit dir zu spielen.«

»Das weiß ich«, sagte Clay. Und er wusste noch etwas anderes: Was sie mit Harvards Stimme gesagt hatte, war nur allzu glaubhaft. »Weißt du, woran ich immer denken muss?«

Tom schüttelte den Kopf.

»Als er klein war, drei oder vier – damals als Sharon und ich uns noch vertragen und ihn Johnny-Gee genannt haben –, ist er jedes Mal angerannt gekommen, wenn das Telefon geklingelt hat. Er hat immer ›Fo-Fo-mich-mich?‹ gerufen. Darüber haben wir immer gelacht. Und war seine Oma oder sein Opa am Telefon, haben wir ›Fo-Fo-dich-dich‹ gesagt und es ihm gegeben. Ich weiß noch gut, wie riesig das verdammte Ding in seinen kleinen Händen ... und an seinem Gesichtchen ausgesehen hat.«

»Hör auf damit, Clay.«

»Und jetzt ... jetzt ...« Er konnte nicht weitersprechen. Aber das war auch nicht nötig.

»Kommt her, Leute!«, rief Jordan. Seine Stimme klang gequält. »Beeilt euch!«

Sie gingen dorthin zurück, wo Alice lag. Ihr Leib berührte im krampfartiger Starre kaum noch den Erdboden, ihr Rückgrat war ein starrer, zitternder Bogen. Ihr verbliebenes Auge schien aus seiner Höhle treten zu wollen; die Mundwinkel waren nach unten gezogen. Dann entspannte sich plötzlich alles. Sie sprach einen Namen, der ihnen nichts bedeutete – Henry –, und drückte den Turnschuh ein letztes Mal. Dann ließen die Finger ihn los und glitten herab. Zugleich war ein Seufzen zu hören, und zwischen ihren Lippen stieg ein letztes dünnes Wölkchen auf.

Jordan sah von Clay zu Tom und dann wieder zu Clay hinüber. »Ist sie ...«

»Ja«, sagte Clay.

Jordan brach in Tränen aus. Clay ließ Alice noch ein paar Sekunden lang zu den verblassenden Sternen aufblicken, dann benutzte er seinen Handballen, um ihr Auge zu schließen.

19

Unweit der Obstplantage stand ein Farmhaus. In einem der Geräteschuppen fanden sie Schaufeln und begruben Alice dann mit dem kleinen Turnschuh in ihrer Hand unter einem der Apfelbäume. Es war das, darüber waren sie sich einig, was sie sich gewünscht hätte. Auf Jordans Bitte sprach Tom wieder den Psalm vierzig, obwohl er diesmal Mühe hatte, ihn zu Ende zu bringen. Jeder von ihnen erzählte etwas, woran er sich in

Bezug auf Alice erinnerte. Während dieses Teils des improvisierten Trauergottesdiensts kam eine Gruppe von Handy-Leuten – ein kleiner Schwarm – nördlich von ihnen vorbei. Sie wurden bemerkt, aber nicht behelligt. Was Clay nicht im Geringsten überraschte. Sie waren geisteskrank, durften nicht berührt werden ... wie Gunner und Harold seiner Überzeugung nach zu ihrem Leidwesen erfahren würden.

Den größten Teil der Stunden mit Tageslicht verschliefen sie in dem Farmhaus, dann zogen sie nach Kent Pond weiter. Clay rechnete eigentlich nicht mehr so richtig damit, seinen Sohn dort vorzufinden, aber er hatte die Hoffnung, eine Nachricht von Johnny oder vielleicht auch Sharon vorzufinden, noch nicht aufgegeben. Vielleicht würde allein das Wissen, dass sie lebte, etwas von dem Kummer, den er jetzt empfand, von den Schultern nehmen – ein bedrückendes Gefühl, das so schwer auf ihm zu lasten schien wie ein mit Blei gefütterter Umhang.

KENT POND

1

Sein früheres Haus – das Haus, in dem Johnny und Sharon zum Zeitpunkt des Pulses gelebt hatten – stand in der Livery Lane zwei Straßen nördlich der jetzt ausgefallenen Verkehrsampel, die den Mittelpunkt von Kent Pond bezeichnete. Es war die Art Haus, die in manchen Immobilienanzeigen als »Heimwerkerhaus«, in manchen auch als »Ersthaus« bezeichnet wurde. Vor ihrer Trennung hatten Clay und Sharon darüber gescherzt, ihr »Ersthaus« werde vermutlich auch ihr »Alterssitz« sein. Und als sie schwanger geworden war, hatten sie davon gesprochen, das Baby Olivia zu nennen, falls es sich als »weiblichen Geschlechts« erwies, wie Sharon zu sagen pflegte. Dann, sagte sie, hätten sie die einzige Livvie in der Livery Lane. Wie sie doch beide darüber gelacht hatten.

Clay, Tom und Jordan – ein blasser Jordan, ein nachdenklich schweigsamer Jordan, der Fragen jetzt meist erst beantwortete, wenn sie ein zweites oder gar drittes Mal gestellt wurden – erreichten die Kreuzung Main Street und Livery Lane kurz nach Mitternacht in einer windigen Nacht in der zweiten Oktoberwoche. Clay starrte das Stoppschild an der Ecke seiner alten Straße, die er in den letzten vier Monaten nur mehr als Besucher gesehen hatte, mit wildem Blick an. Wie vor seiner Abfahrt nach Boston stand dort noch immer *Atomkraft* mit Schablone und Sprühfarbe geschrieben. STOP ... *Atomkraft*. STOP ... *Atomkraft*. Er schien den Sinn dieser Aussage nicht begreifen zu können. Es war keine Frage der *Bedeutung*, denn die war ihm durchaus klar, nur irgendjemands clevere kleine politische Aussage (hätte er genau hingesehen, hätte er sie vermutlich auf Stoppschildern im ganzen Ort, vielleicht auch in Springvale und Acton entdeckt), aber das Verständnis dafür, wie diese Aufschrift unverändert sein konnte, wo sich doch die ganze Welt verwandelt hatte – das fehlte ihm. Clay hatte irgendwie das Gefühl, wenn er STOP ... *Atomkraft* mit genügend verzweifelter Intensität anstarrte, werde sich irgendein Wurmloch, eine Art SF-Tunnel öffnen, und er werde mit einem Hechtsprung in die Vergangenheit zurückkehren, in der es dies alles nicht gab. All diese Dunkelheit.

»Clay?«, sagte Tom. »Alles in Ordnung mit dir?«

»Das ist meine Straße«, sagte Clay, als wäre damit alles erklärt, und dann rannte er los, ohne recht zu wissen, was er vorhatte.

Die Livery Lane war eine Sackgasse, alle Straßen in diesem Teil der Stadt endeten an der Flanke des Kent's Hill, der in Wirklichkeit ein erodierter Berg war. Sie war mit Eichen bestanden, und der Asphalt war mit einem Teppich aus abgefallenem Laub bedeckt, das unter seinen Sohlen raschelte. Außerdem standen überall verlassene Autos herum, darunter zwei, die Kühlergrill an Kühlergrill zu einem anstrengenden mechanischen Kuss vereint waren.

»Wo will er hin?«, rief Jordan hinter ihm. Obwohl Clay die Angst nicht mochte, die er in Jordans Stimme hörte, konnte er nicht anhalten.

»Ihm fehlt nichts«, sagte Tom. »Lass ihn rennen.«

Clay schlängelte sich zwischen den liegen gebliebenen Autos hindurch, wobei der Lichtstrahl seiner Taschenlampe vor ihm hertanzend ins Dunkel hineinstach. Bei einem dieser Schwenks erfasste er Mr. Kretskys Gesicht. An Haarschneidetagen hatte Mr. Kretsky immer einen Lutscher für Johnny gehabt, als der noch Johnny-Gee gewesen war: nur ein kleiner

Kerl, der *Fo-Fo-mich-mich* schrie, wenn das Telefon klingelte. Mr. Kretsky lag halb unter abgefallenem Eichenlaub begraben auf dem Gehsteig vor seinem Haus, und seine Nase schien zu fehlen.

Ich darf die beiden nicht tot auffinden. Dieser Gedanke hämmerte ihm immer wieder durch den Kopf. *Nicht nach Alice. Ich darf die beiden nicht tot auffinden.* Und dann ein abscheulicher Gedanke (aber in stressreichen Augenblicken sagte der Verstand fast immer die Wahrheit): *Und wenn ich einen von beiden tot auffinden muss ... dann soll sie es sein.*

Ihres war das letzte Haus links (woran er Sharon mit dazu passendem unheimlichem Lachen zu erinnern pflegte – tatsächlich sogar noch, als dieser Scherz sich längst abgenutzt hatte), und die Einfahrt führte zu dem renovierten kleinen Schuppen hinauf, der eben genug Platz für ein Auto bot. Clay war bereits außer Atem, aber er wurde nicht langsamer. Er spurtete die Einfahrt hinauf, wirbelte abgefallenes Laub vor sich auf, spürte unter der rechten Brust einsetzendes Seitenstechen und hatte weit hinten im Rachen, wo sein Atem zu rasseln schien, einen kupfrigen Geschmack. Er hob die Taschenlampe und leuchtete damit in die Garage.

Leer. Die Frage war nur: War das gut oder schlecht?

Clay drehte sich um, sah Toms und Jordans Taschenlampen auf und ab tanzend zu sich heraufkommen und richtete die eigene auf die Hintertür des Hauses. Was er dort sah, ließ ihm sofort das Herz bis zum Hals schlagen. Er rannte die drei Stufen zu der kleinen Veranda hinauf, stolperte und hätte die Tür fast mit der Hand durchstoßen, als er das Stück Papier vom Glas zog. Der Zettel war nur an einer Ecke mit durchsichtigem Klebstreifen befestigt; wäre Clay eine Stunde, vielleicht auch nur eine halbe Stunde später gekommen, hätte der rastlose Nachtwind ihn abgerissen und weit über die Hügel fortgetragen. Er hätte sie dafür umbringen können, dass sie sich nicht mehr Mühe gegeben hatte, eine solche Nachlässigkeit war so typisch *Sharon*, aber wenigstens ...

Die Mitteilung war nicht von seiner Frau.

2

Jordan kam die Einfahrt herauf und blieb mit seiner auf Clay gerichteten Taschenlampe unten an der kleinen Treppe stehen. Tom kam hinter ihm herangekeucht, schnaufte angestrengt und verursachte ein gewaltiges Rascheln, während er durchs Laub stampfte. Er machte neben Jordan Halt und richtete seine Lampe auf den auseinander gefalteten Zettel in Clays Hand. Er hob den Lichtstrahl langsam bis zu Clays Gesicht, der wie vom Donner gerührt war.

»Ich hab die gottverdammte Diabetes ihrer Mutter vergessen«, sagte Clay und gab ihm den Zettel, der mit Klebstreifen an der Tür befestigt gewesen war. Tom und Jordan lasen die Nachricht gemeinsam.

Daddy,

etwas Schlimmes ist passiert, wie du warscheinlich weist, ich hoffe, das es dir gut geht & du dies bekommst. Mitch Steinman und George Gendron sind mit mir zusammen, Leute werden verrückt & wir glauben, dass das von den Handys kommt. Dad dies ist der schlimme Teil, wir sind hergekommen, weil ich Angst hatte. Ich wollte meins kaputtmachen, wenn ich Unrecht habe, aber ich hatte nicht unrecht, es war weg. Mami hats in letzter Zeit öfter mit genommen, weil Oma krank ist und sie oft nachfragen wollte.

Ich mus jetzt fort Jesus ich hab Angst jemand hat
Mr. Kretsky umgebracht. Alle möglichen Leute sind tot &
irre wie in einem Horrafilm, aber wir haben gehört, das
Leute (NORMALE Leute) sich im Rathaus sammeln und dort
wolln wir hin. Vielleicht ist Mami auch dort, aber sie hat
mein HANDY gehabt. Daddy wenn du heil hier ankommst
KOMM BITTE UND HOL MICH!
  Dein Sohn
  John Gavin Riddell

Tom las zu Ende, dann sprach er mit freundlicher Behutsamkeit, die Clay stärker ängstigte, als es die nachdrücklichste Warnung hätte tun können. »Du weißt, dass irgendwelche Leute, die sich vielleicht im Rathaus versammelt haben, inzwischen vermutlich in alle Winde verstreut sind. Das alles dauert jetzt zehn Tage, und die Welt hat schreckliche Umwälzungen erlebt.«

»Ich weiß«, sagte Clay. Ihm brannten die Augen, und er merkte, dass seine Stimme zu schwanken begann. »Und ich weiß auch, dass seine Mutter wahrscheinlich ...« Er zuckte mit den Schultern und machte eine unsichere Handbewegung, die die dunkle, leicht abfallende Welt jenseits seiner mit Laub bedeckten Einfahrt umfasste. »Aber ich muss zum Rathaus und mich da umsehen, Tom. Vielleicht haben sie eine Mitteilung hinterlassen. Vielleicht hat *er* eine hinterlassen.«

»Ja«, sagte Tom. »Natürlich musst du das. Und wenn wir dort sind, können wir ja entscheiden, wie's weitergehen soll.« Er sprach noch immer mit dieser schrecklichen Behutsamkeit. Clay wünschte sich fast, Tom würde lachen und zum Beispiel sagen: *Komm schon, du armer Trottel – du glaubst doch nicht wirklich, dass du ihn wiedersehen wirst, oder? Scheiße, sieh die Sache doch realistisch!*

Jordan hatte die Mitteilung jetzt zum zweiten Mal, vielleicht zum dritten oder vierten Mal gelesen. Sogar in seinem gegenwärtigen, von Kummer und Entsetzen geprägten Zustand hätte Clay sich am liebsten für Johnnys Rechtschreib- und Kommafehler entschuldigt, indem er Jordan daran erinnerte, dass sein Sohn unter schrecklichem Stress geschrieben habe: auf den Stufen vor der Haustür zusammengekauert, verzweifelt kritzelnd, während seine Freunde danebenstanden und das unter ihnen wirbelnde Chaos beobachteten.

Jetzt ließ Jordan den Zettel sinken und fragte: »Wie sieht dein Sohn aus?«

Clay hätte beinahe *Warum?* gefragt, aber dann überlegte er sich, dass er das lieber nicht wissen wollte. Zumindest nicht gleich. »Johnny ist fast einen Kopf kleiner als du. Stämmig. Dunkelbraunes Haar.«

»Nicht mager. Nicht blond.«

»Nein, das klingt nach seinem Freund George.«

Jordan und Tom wechselten einen Blick. Es war ein ernster Blick, aber Clay glaubte, darin auch Erleichterung zu sehen.

»Was ist?«, sagte er. »*Was?* Sagt schon.«

»Auf der anderen Straßenseite«, sagte Tom. »Du hast ihn übersehen, weil du gerannt bist. Vor dem übernächsten Haus liegt ein toter Junge. Mager, blond, roter Schulranzen ...«

»Das ist George Gendron«, sagte Clay. Er kannte Georges roten Schulranzen so gut wie Johnnys blauen mit dem reflektierenden Leuchtstreifen. »Johnny und er haben in der vierten Klasse als ihr Geschichtsprojekt ein Puritanerdorf gebaut. Dafür haben sie eine Eins bekommen. George kann nicht tot sein.« Was er natürlich aber war. Clay setzte sich auf die oberste Stufe, die unter seinem Gewicht vertraut knarrte, und brach in Tränen aus.

3

Das Rathaus stand an der Kreuzung Pond und Mill Street vor dem Dorfanger und dem Weiher, dem der Ort seinen Namen verdankte. Bis auf die für Verwaltungskräfte reservierten Plätze war der Parkplatz fast leer, weil die beiden Straßen, die zu dem großen weißen, im viktorianischen Stil erbauten Gebäude führten, mit stehen gelassenen Fahrzeugen verstopft waren. Die Leute waren nahe herangefahren, um möglichst wenig Strecke zu Fuß zurücklegen zu müssen. Für Nachzügler wie Clay, Tom und Jordan war das Ganze deshalb ein mühsamer Hindernislauf. Bereits zwei Querstraßen vor dem Rathaus waren nicht einmal mehr die Vorgärten frei von Autos. Ein halbes Dutzend Häuser waren niedergebrannt. Einige rauchten noch.

Clay hatte die Leiche des Jungen in der Livery Lane zugedeckt – der Tote war tatsächlich Johnnys Freund George –, aber für die vielen aufgedunsenen und verwesenden Toten, auf die sie auf ihrem mühevollen Weg zum Rathaus von Kent Pond stießen, konnten sie nichts tun. Es waren hunderte von Toten, aber im Dunkel sah Clay niemanden, den er kannte. Das wäre vielleicht auch bei Tageslicht nicht anders gewesen. Die Flüchtlingsströme waren seit eineinhalb Wochen Nacht für Nacht unterwegs.

Er musste immer wieder an George Gendron denken, der mit dem Gesicht nach unten auf einem blutigen Laubhaufen gelegen hatte. In seiner Nachricht hatte Johnny geschrieben, er sei mit George und Mitch – dieses Jahr sein zweiter guter Freund in der siebten Klasse – zusammen. Was George zugestoßen war, musste sich folglich ereignet haben, nachdem Johnny die Mitteilung an die Tür geklebt und die drei sich vom Haus der Riddells entfernt hatten. Da nur George im blutigen Laub gelegen hatte, durfte Clay annehmen, dass Johnny und Mitch die Livery Lane lebend verlassen hatten.

Natürlich hält Hoffen und Harren manchen zum Narren, dachte er. *Das Evangelium der Alice Maxwell, Gott hab sie selig.*

Und es stimmte ja auch. Georges Mörder konnte sie verfolgt und anderswo erwischt haben. Auf der Main Street, auf der Dugway Street, vielleicht auf dem benachbarten Laurel Way. Konnte sie mit einem Schlachtmesser aus Schwedenstahl oder mit zwei abgebrochenen Autoantennen erstochen haben ...

Sie erreichten den Rand des zum Rathaus gehörenden Parkplatzes. Zu ihrer Linken stand ein Pick-up, der versucht hatte, ihn übers Gelände zu erreichen, und keine fünf Meter von mehreren tausend Quadratmetern zivilisierten (und weitgehend verlassenen) Asphalts entfernt in einem schlammigen Graben stecken geblieben war. Rechts lag eine Frau mit durchbissener Kehle und von Vögeln zerpicktem Gesicht, das nur noch aus schwarzen Löchern und blutigen Sehnen bestand. Sie trug noch immer ihre Baseballmütze mit dem Emblem der Portland Sea Dogs, hatte weiter ihre Schultertasche umhängen.

Geld interessierte Mörder nicht mehr.

Tom legte Clay eine Hand auf die Schulter und erschreckte ihn dadurch. »Hör auf, dir auszumalen, was alles passiert sein könnte.«

»Woher weißt du ...«

»Dazu muss man kein Gedankenleser sein. Wenn du deinen Sohn findest – das ist zwar unwahrscheinlich, aber falls du's tust –, erzählt er dir bestimmt die ganze Geschichte. Sonst ... spielt's dann eine Rolle?«

»Nein. Natürlich nicht. Aber, Tom ... ich habe George Gendron *gekannt*. Die Jungs haben ihn manchmal Connecticut genannt, weil seine Eltern von dort hergezogen sind. Er hat bei uns im Garten Würstchen und Hamburger gegrillt. Sein Vater ist oft rübergekommen und hat sich mit mir die Spiele der Patriots angesehen.«

»Ich weiß«, sagte Tom. »Ich weiß.« Und zu Jordan sagte er scharf: »Hör auf, sie anzugaffen, Jordan, sie wird nicht aufstehen, um zu wandeln.«

Jordan ignorierte ihn und betrachtete weiter die von Krähen angepickte Tote mit der Sea-Dogs-Mütze. »Die Handy-Leute haben angefangen, sich um welche von ihnen zu kümmern, sobald sie eine Art Grundprogrammierung bekommen hatten«, sagte er. »Auch wenn sie die Leichen nur unter den Tribünen rausgeholt und in den Sumpf geworfen haben, haben sie wenigstens versucht, *irgendwas* zu tun. Aber um unsere Leute kümmern sie sich nicht. Unsere Leute lassen sie verwesen, wo sie gefallen sind.« Er wandte sich Clay und Tom zu. »Was sie auch sagen, was sie auch versprechen, wir dürfen ihnen nicht trauen«, sagte er heftig. »Das *dürfen* wir nicht, okay?«

»Bin völlig deiner Meinung«, sagte Tom.

Clay nickte. »Ich auch.«

Tom nickte zum Rathaus hinüber, wo noch einige Notleuchten brannten, die einen matten gelblichen Schimmer über die Autos der Angestellten warfen, die jetzt in Verwehungen aus Herbstlaub standen. »Kommt, wir gehen rein und sehen nach, was sie zurückgelassen haben.«

»Ja, tun wir das«, sagte Clay. Johnny würde fort sein, daran zweifelte er nicht, aber es gab noch immer einen kleinen Teil von ihm, einen kleinen, kindischen, unerschütterlich optimistischen Teil, der weiter hoffte, er werde den Schrei »*Daddy!*« hören und dann werde sein Sohn sich ihm in die Arme werfen: ein lebendes Wesen, ein reales Gewicht inmitten dieses Albtraums.

4

Dass das Rathaus verlassen sein würde, wussten sie, als sie sahen, was quer über die zweiflüglige Eingangstür geschrieben war. Im schwächer werdenden Licht der batteriebetriebenen Notbeleuchtung sahen die großen, nachlässigen Pinselstriche mit roter Farbe wie weiteres getrocknetes Blut aus:

KASHWAK = NO-FO

»Wie weit ist es von hier bis zu diesem Kashwak?«, fragte Tom.

Clay überlegte. »Achtzig Meilen, würde ich sagen, fast genau nördlich von hier. Man würde die meiste Zeit die Route 160 benützen, aber innerhalb der TR kenne ich mich nicht mehr aus. Die TR-90 ist wie gesagt gemeindefreies Gebiet. Außer ein paar kleinen Dörfern, mehreren Steinbrüchen und einer kümmerlichen Micmac-Reservation gibt's dort nur Wald, Bären und Rotwild.« Er drückte die Klinke, und die Tür ging problemlos auf. »Ich muss mich jetzt drinnen umsehen. Ihr braucht nicht mitzukommen, wenn ihr nicht wollt – dafür habe ich volles Verständnis.«

»Nein, wir kommen mit«, sagte Tom. »Oder, Jordan?«

»Klar«, sagte Jordan. Er seufzte wie ein Junge, dem etwas bevorstand, was sich als schwierige Aufgabe erweisen könnte. Dann lächelte er. »He, elektrisches Licht. Wer weiß, wann wir *das* wieder zu sehen kriegen.«

5

Kein Johnny Riddell kam aus einem dunklen Raum gestürmt, um sich in die Arme seines Vaters zu werfen, aber im Rathaus hing noch der Geruch von Speisen, die die nach dem Puls hier versammelten Menschen auf Gas- und kleinen Holzkohlegrills zubereitet hatten. Das lange Schwarze Brett vor dem Sitzungssaal, an dem sonst Einladungen zu Sitzungen und Veranstaltungshinweise hingen, war jetzt mit mindestens zweihundert Mitteilungen bepflastert. Clay, der vor nervöser Anspannung beinahe hechelte, begann sie mit dem Eifer eines Gelehrten zu studieren, der das verschollene Evangelium der Maria Magdalena entdeckt zu haben glaubte. Er fürchtete sich davor, was er finden könnte, und ängstigte sich davor, was er vielleicht nicht finden würde. Tom und Jordan zogen sich taktvoll in den Sitzungssaal zurück, in dem noch der Abfall der Flüchtlinge lag, die hier offenbar mehrere Nächte ausgeharrt und auf Rettung gewartet hatten, die aber nie gekommen war.

Den angepinnten Nachrichten entnahm Clay, dass die Überlebenden zu der Überzeugung gelangt waren, sie könnten auf mehr als nur Rettung hoffen. Sie glaubten, in Kashwak erwarte sie die Erlösung. Warum gerade an diesem Ort, wenn vermutlich in der gesamten TR-90 (bestimmt aber in ihren nördlichen und westlichen Sektoren) kein Handyempfang möglich war? Darüber schwiegen die Notizen am Schwarzen Brett sich aus. Die meisten schienen vorauszusetzen, dass mögliche Leser das ohnehin verstehen würden; es war eindeutig ein Fall von »jeder weiß Bescheid, jeder geht hin«. Und selbst die Verfasser der am klarsten formulierten Mitteilungen hatten offenbar Mühe gehabt, schreckliche Angst und freudige Erregung auszutarieren und unter Kontrolle zu halten; auf den meisten Zetteln stand kaum mehr als: *Folgt mög-*

*lichst rasch der gelben Backsteinstraße nach Kashwak und zur
Erlösung.*

Im letzten Viertel des Schwarzen Bretts, halb durch einen
Zettel von Iris Nolan verdeckt, die Clay recht gut kannte (sie
betreute ehrenamtlich die winzige Stadtbücherei), sah er eine
Mitteilung in dem vertrauten runden Gekrakel seines Sohns
und dachte: *O lieber Gott, ich danke dir. Ich danke dir von ganzem Herzen.* Er nahm den Zettel ganz vorsichtig ab, um ihn
nicht zu zerreißen.

Diese Mitteilung trug ein Datum: *3. Okt.* Clay versuchte
sich daran zu erinnern, wo er am Abend des 3. Oktober gewesen war, schaffte das aber nicht ganz. In der Scheune in North
Reading oder im Sweet Valley Inn bei Methuen? Er tippte auf
die Scheune, war sich seiner Sache jedoch nicht völlig sicher –
alles verschwamm miteinander, und wenn er zu angestrengt
darüber nachdachte, erschien es ihm, als wäre der Mann mit
den Stablampen an den Schläfen auch der junge Mann gewesen, der mit abgebrochenen Autoantennen herumgefuchtelt
hatte, als hätte Mr. Riccardi Selbstmord verübt, indem er Glassplitter verschluckte, statt sich aufzuhängen, und als wäre
Alice in Toms Garten gewesen und habe dort Gurken und
Tomaten gegessen.

»Schluss damit«, flüsterte er und konzentrierte sich auf die
Mitteilung. Sie war offenbar nicht so hastig verfasst worden wie die erste, aber die Seelenangst, die aus ihr sprach, war
unverkennbar.

3. Okt.

Lieber Dad,
    *ich hoffe, dass du lebst & dies hier findest. Ich & Mitch
sind heil davongekommen, aber Hughie Darden hat
George erwischt, ich glaube, er hat ihn umgebracht.*

*Ich & Mitch konnten bloß schneller rennen. Ich dachte,
das wäre meine Schuld, aber Mitch hat gesagt woher
hättest du wissen sollen, dass er ein Phoner wie die anderen
ist dafür kannst du nix.*

*Daddy es kommt noch schlimmer: Mama ist eine von
ihnen, ich hab sie heute mit einem der »Schwärme«
gesehen. (So werden sie genannt, Schwärme.) Obwohl sie
weniger schlimm aussieht als viele andre wuste ich, dass
sie mich nicht erkennen sondern mich umbringen würde,
wenn ich zu ihr rauslaufe. WENN DU SIE SIEHST DARFST
DU DICH VON IHREM AUSSEHEN NICHT TÄUSCHEN LASSEN:
TUT MIR LEID, ABER DAS IST WAHR.*

*Morgen oder übermorgen wollen wir nach Kashwak
losziehen (das liegt im Norden), Mitchs Mutter ist hier ich
könnt ihn umbringen so neidisch bin ich ihm deswegen.
Daddy ich weiß, dass du kein Handy hast und alle wissen
dass Kashwak ein sicherer Ort ist. Wenn du diese Nachricht
liest KOMM BITTE UND HOHL MICH.*

Ich liebe dich von ganzem herzen,
dein Sohn
John Gavin Riddell

Sogar nach der Schreckensnachricht, die Sharon betraf, bewahrte Clay noch die Fassung, bis er zu der Zeile *Ich liebe
dich von ganzem herzen* kam. Selbst dann hätte er sich vielleicht noch beherrschen können, wäre das kleine »h« nicht
gewesen. Er küsste die Unterschrift seines zwölfjährigen
Sohns, betrachtete das Schwarze Brett mit Augen, die plötzlich unzuverlässig geworden waren – die Zettel verdoppelten
sich, verdreifachten sich, verschwammen dann völlig –, und
stieß einen heiseren Schmerzensschrei aus. Tom und Jordan
kamen herbeigerannt.

»Was ist, Clay?«, fragte Tom. »Was gibt's?« Er sah den Zettel – ein halbes liniertes Blatt – und zog ihn Clay aus den Fingern. Jordan und er überflogen den Text schnell.

»Ich muss nach Kashwak«, sagte Clay heiser.

»Clay, das ist vielleicht keine so tolle Idee«, sagte Jordan vorsichtig. »Wenn man überlegt, du weißt schon, was wir in Gaiten gemacht haben.«

»Das ist mir egal. Ich muss nach Kashwak. Ich werde meinen Sohn finden.«

6

Die Flüchtlinge, die im Rathaus von Kent Pond Unterschlupf gefunden hatten, hatten reichlich Vorräte zurückgelassen, als sie – vermutlich *en masse* – in die TR-90 und nach Kashwak aufgebrochen waren. Clay, Tom und Jordan bereiteten sich ein Mahl aus Hühnersalat aus der Dose auf altbackenem Brot zu; als Nachspeise gab es Obstsalat aus der Büchse.

Als sie fast aufgegessen hatten, beugte Tom sich zu Jordan hinüber und murmelte etwas. Der Junge nickte. Die beiden standen auf. »Entschuldigst du uns bitte ein paar Minuten, Clay? Jordan und ich haben etwas zu besprechen.«

Clay nickte. Während sie fort waren, machte er eine weitere Dose Obstsalat auf und las Johnnys Brief zum neunten und zehnten Mal. Er kannte ihn inzwischen schon ziemlich gut auswendig. An Alice' Tod konnte er sich ebenso klar erinnern, aber der schien jetzt in einem anderen Leben passiert zu sein – und einer anderen Version Clayton Riddells. Gewissermaßen einer früheren Fassung.

Er beendete sein Mahl und steckte den Brief ein, als Tom und Jordan aus dem Foyer zurückkamen, in dem sie etwas abgehalten hatten, was Anwälte in der Zeit, als es noch Anwälte *gegeben* hatte, seiner Meinung nach ein Konsilium genannt hätten. Tom hatte wieder einen Arm um Jordans schmale Schultern gelegt. Keiner der beiden sah glücklich aus, aber beide wirkten gefasst.

»Clay«, begann Tom, »wir haben darüber gesprochen und ...«

»Ihr wollt nicht mitkommen. Absolut verständlich.«

Jordan sagte: »Ich weiß, dass er dein Sohn ist und alles, aber ...«

»Und du weißt, dass er alles ist, was ich noch habe. Seine Mutter ...« Clay lachte. Es war ein einzelnes humorloses Bellen. »Seine Mutter. *Sharon*. Eigentlich eine Ironie des Schicksals. Nach all den Sorgen, die ich mir um *Johnny* gemacht habe, weil ich dachte, er könnte von dieser gottverdammten kleinen roten Klapperschlange gebissen worden sein. Hätte ich es mir aussuchen können, hätte ich sie gewählt.« Da, nun war's heraus! Wie ein Brocken Fleisch, der ihm im Hals stecken geblieben war und die Luftröhre zu blockieren drohte. »Und wisst ihr, wie mir jetzt zumute ist? Als hätte ich dem Teufel einen Handel vorgeschlagen und der Teufel wäre tatsächlich darauf eingegangen.«

Tom ging nicht darauf ein. Als er sprach, drückte er sich so behutsam aus, als fürchtete er, er könnte Clay wie eine scharfe Landmine zur Detonation bringen. »Sie hassen uns. Anfangs haben sie alle gehasst; jetzt sind sie dazu übergegangen, nur uns zu hassen. Was auch immer dort oben in Kashwak vorgeht ... wenn's ihre Idee ist, kann es nichts Gutes sein.«

»Wenn sie nach ihrem Neustart auf eine höhere Ebene gelangen, nehmen sie vielleicht eine Leben-und-leben-lassen-Haltung ein«, sagte Clay. Aber das alles spielte keine Rolle, das würden die beiden auch erkennen. Er *musste* dorthin.

»Das bezweifle ich«, sagte Jordan. »Hast du nicht selbst von einer Rutsche gesprochen, die ins Schlachthaus führt?«

»Clay, wir sind Normies, und das ist Punkt eins«, sagte Tom. »Wir haben einen ihrer Schwärme verbrannt. Das sind die Punkte zwo und drei kombiniert. Leben und leben lassen gilt nicht für uns.«

»Wozu auch?«, sagte Jordan. »Der Lumpenmann sagt, dass wir geisteskrank sind.«

»Und nicht berührt werden dürfen«, sagte Clay. »Also kann mir eigentlich nichts passieren, oder etwa nicht?«

Danach schien es nichts mehr zu sagen zu geben.

7

Tom und Jordan hatten beschlossen, genau nach Westen weiterzuziehen, durch New Hampshire und weiter nach Vermont hinein, um KASHWAK = NO-FO möglichst rasch hinter sich – und hinter dem Horizont – zu lassen. Clay sagte, die Route 11, die in Kent Pond rechtwinklig abbog, könne ihnen allen als Ausgangspunkt dienen. »Sie bringt mich nach Norden zur 160«, sagte er, »und ihr beide könnt ihr bis ganz nach Laconia folgen, das liegt mitten in New Hampshire. Die Straße ist eigentlich nicht die direkteste Strecke, aber hol's der Teufel – ihr müsst momentan nicht gerade ein Flugzeug erreichen, oder?«

Jordan drückte seine Handballen auf die Augen, rieb sie und strich sich dann die Haare aus der Stirn: eine Geste, die Clay inzwischen vertraut war – sie signalisierte Müdigkeit und Verwirrung. Sie würde ihm fehlen. Jordan würde ihm fehlen. Und Tom noch mehr.

»Ich wollte, Alice wäre noch da«, sagte Jordan. »Sie würde dir die ganze Sache ausreden.«

»Das würde sie nicht«, sagte Clay. Trotzdem wünschte er sich von ganzem Herzen, Alice hätte ihre Chance dazu haben können, es zu versuchen. Er wünschte sich von ganzem Herzen, Alice hätte in vieler Beziehung ihre Chance haben können. Fünfzehn war kein Alter, um zu sterben.

»Dein jetziger Plan erinnert mich an den vierten Akt von *Julius Cäsar*«, sagte Tom. »Im fünften Akt stürzen sich alle in ihre Schwerter.« Sie schlängelten sich jetzt zwischen den stehen gelassenen Autos hindurch, mit denen die Pond Street verstopft war (und kletterten teilweise über die Autos hinweg). Die Notbeleuchtung des Rathauses blieb allmählich hinter ihnen zurück. Vor sich hatten sie die erloschene Verkehrsampel, die die Stadtmitte bezeichnete. Sie schaukelte in der leichten Brise.

»Sei kein so gottverdammter Pessimist«, sagte Clay. Er hatte sich vorgenommen, nicht ärgerlich zu werden – so würde er nicht Abschied von seinen Freunden nehmen, wenn er es irgendwie vermeiden konnte –, aber sein Entschluss wurde auf eine harte Probe gestellt.

»Sorry, ich bin zu müde, um irgendwen aufzumuntern«, sagte Tom. Er blieb neben einem Wegweiser stehen, auf dem JCT RT 11 2 MI stand. »Und – darf ich's offen sagen? – zu todunglücklich, weil ich dich verlieren soll.«

»Tom, tut mir Leid.«

»Wenn ich denken würde, dass die Chancen eins zu fünf stehen, dass es für dich ein Happyend geben könnte ... Teufel, eins zu fünfzig ... ach, schon gut.« Tom richtete seine Taschenlampe auf Jordan. »Was ist mir dir? Irgendwelche abschließenden Argumente gegen diesen Wahnsinn?«

Jordan überlegte, dann schüttelte er bedächtig den Kopf. »Der Rektor hat mir mal was gesagt«, murmelte er. »Willst du's hören?«

Tom deutete mit seiner Lampe einen ironischen kleinen Salut an. Der Lichtstrahl huschte über das Vordach des Filmtheaters Ioka, das den neuen Tom-Hanks-Film gezeigt hatte, und die Apotheke daneben hinweg. »Bitte sehr.«

»Er hat gesagt: ›Der Verstand kann planen, aber der Geist hat Sehnsucht, und das Herz weiß, was das Herz weiß.‹«

»Amen«, sagte Clay. Er sagte das ganz leise.

Sie folgten der Market Street, die auch die Route 19-A war, zwei Meilen weit nach Osten. Nach der ersten Meile hörten die Gehsteige auf, und das Farmland begann. Am Ende der zweiten standen ein erloschenes rotes Stopplicht und ein Straßenschild, das die Kreuzung mit der Route 11 bezeichnete. An der Kreuzung saßen drei Gestalten, die bis zum Hals in Schlafsäcke eingemummt waren. Eine davon erkannte Clay wieder, sobald er den Taschenlampenstrahl auf sie richtete: ein ältlicher Mann mit langem, intelligentem Gesicht und ergrauendem Haar, das er zu einem Pferdeschwanz zusammengefasst trug. Auch die Mütze der Miami Dolphins, die der zweite Mann trug, kam ihm bekannt vor. Dann beleuchtete Tom die Frau, die neben Mr. Pferdeschwanz saß, und sagte: »Ihr!«

Clay konnte nicht beurteilen, ob sie ein Harley-Davidson-T-Shirt mit abgeschnittenen Ärmeln trug, dazu war der Schlafsack zu weit hochgezogen, aber er wusste, dass sich andernfalls in einem der Rucksäcke, die unter dem Straßenschild aufgestapelt lagen, eines befinden würde. Genauso wie er wusste, dass sie schwanger war. Von diesen drei hatte er zwei Nächte vor Alice' Ermordung im Motel Whispering Pines geträumt. In seinem Traum hatten auch sie im Scheinwerferlicht auf den Podesten auf dem langen Spielfeld gestanden.

Der Grauhaarige stand auf und ließ dabei den Schlafsack seinen Körper entlang nach unten gleiten. Bei ihrem Gepäck lagen auch Schusswaffen, aber er hob die Hände, um zu zeigen, dass sie leer waren. Die Frau folgte seinem Beispiel, und als ihr Schlafsack herabglitt, stand ihre Schwangerschaft außer Zweifel. Auch der große, etwa vierzig Jahre alte Kerl mit der Dolphins-Mütze hob die Hände. So standen die drei einige Sekunden lang im Licht der Stablampen, dann zog der Grauhaarige eine Brille mit schwarzer Fassung aus der Brusttasche seines verknitterten Hemds und setzte sie auf. In der frostigen Nachtluft bildete sein Atem weiße Wölkchen, die zu dem Schild an der Route 11 aufstiegen, auf dem Pfeile nach Westen und Norden wiesen.

»So, so«, sagte er. »Der Präsident von Harvard hat gesagt, ihr würdet vermutlich hier vorbeikommen, und da seid ihr schon. Cleverer Bursche, der Präsident von Harvard, auch wenn er ein bisschen zu jung für diesen Job ist und meiner Meinung nach eine kosmetische Operation dringend nötig hätte, bevor er sich mit potenziellen Großspendern trifft.«

»Wer seid ihr?«, fragte Clay.

»Wenn Sie mir nicht mehr ins Gesicht leuchten, junger Mann, dann sag ich's Ihnen gern.«

Tom und Jordan senkten ihre Lampen. Auch Clay senkte seine, behielt aber eine Hand am Griff von Beth Nickersons .45er Colt.

»Ich bin Daniel Hartwick und komme aus Haverhill, Massachusetts«, sagte der Grauhaarige. »Die junge Dame ist Denise Link, ebenfalls aus Haverhill. Der Gentleman rechts neben ihr ist Ray Huizenga aus Groveland, einem Nachbarort.«

»Freut mich«, sagte Ray Huizenga. Er vollführte eine kleine unbeholfene Verbeugung, die charmant und komisch zugleich war. Clay ließ seine Hand vom Revolvergriff sinken.

»Aber unsere Namen spielen eigentlich keine Rolle mehr«, sagte Daniel Hartwick. »Entscheidend ist, was wir *sind*, zumindest aus der Sicht der Phoner.« Er betrachtete sie ernst. »Wir sind geistesgestört. Wie ihr.«

8

Denise und Ray zauberten eine kleine Mahlzeit auf einem Gaskocher (»Diese Dosenwürstchen schmecken nicht mal schlecht, wenn man sie *orndlich* durchbrät«, sagte Ray), während sie miteinander redeten – während vor allem Dan redete. Er begann damit, dass er ihnen erzählte, es sei jetzt zwanzig nach zwei und er beabsichtige, mit seiner »tapferen kleinen Schar« um drei Uhr wieder auf der Straße zu sein. Er sagte, er wolle möglichst viele Meilen zurücklegen, bevor es Tag werde und die Phoner wieder unterwegs seien.

»Weil sie nachts *nicht* herauskommen«, sagte er. »Diesen Vorteil haben wir immerhin. Später, wenn ihre Programmierung abgeschlossen ist oder sich dem Abschluss *nähert*, können sie's vielleicht, aber ...«

»Du glaubst also auch, dass das passiert?«, fragte Jordan. Zum ersten Mal seit Alice' Tod wirkte er wieder aufgeregt. Er packte Dan am Arm. »Du glaubst auch, dass sie neu gestartet werden wie Computer, bei denen die Festplatte ...«

»... gelöscht worden ist, ja, ja«, sagte Dan, als wäre das die selbstverständlichste Sache der Welt.

»Bist du ... warst du ... irgendeine Art Wissenschaftler?«, fragte Tom.

Dan bedachte ihn mit einem schwachen Lächeln. »Ich war die gesamte Soziologieabteilung am Haverhill Arts and Technical College«, sagte er. »Hätte der Präsident von Harvard einen schlimmsten Albtraum, wäre ich das.«

Dan Hartwick, Denise Link und Ray Huizenga hatten nicht nur einen Schwarm, sondern gleich zwei vernichtet. Auf den ersten auf dem Gelände einer Autoverwertung in Haverhill waren sie zufällig gestoßen, als ihre damals noch sechsköpfige Gruppe versucht hatte, einen Weg aus der Stadt zu finden. Das war zwei Tage nach dem Einsetzen des Pulses gewesen, als die Handy-Leute noch die Handy-Verrückten gewesen waren: verwirrt und ebenso bereit, einander umzubringen wie irgendwelche wandernden Normies, denen sie begegneten. Dieser erste Schwarm war klein gewesen, nur ungefähr fünfundsiebzig Köpfe stark, und sie hatten Benzin verwendet.

»Beim zweiten Mal, in Nashua, haben wir Dynamit aus einem Lager auf einer Großbaustelle verwendet«, sagte Denise. »Da hatten wir schon Charlie, Ralph und Arthur verloren. Ralph und Arthur sind einfach abgehauen. Charlie ... den armen alten Charlie hat der Schlag getroffen. Immerhin wusste Ray, wie man mit Dynamit umgeht, weil er mal beim Straßenbau gearbeitet hat.«

Ray, der über seinen Kocher gebeugt dahockte und die Bohnen neben den Würstchen umrührte, hob die freie Hand zu einer wegwerfenden Geste.

»Danach«, sagte Dan Hartwick, »haben wir diese Ankündigungen mit ›Kashwak No-Fo‹ gesehen. Die haben gut geklungen, was, Denni?«

»Genau«, sagte Denise. »Alles frei, alles inklusive. Wir waren nach Norden unterwegs, genau wie ihr, und als wir diese Ankündigungen gesehen haben, haben wir uns noch mehr beeilt. Ich war die Einzige, die nicht hundertprozentig von der ganzen Idee begeistert war, weil ich durch den Puls meinen Mann verloren habe. Diese Scheißkerle sind schuld daran, dass mein Kind aufwachsen wird, ohne seinen Daddy zu kennen.« Sie sah Clay zusammenzucken und sagte:

»Sorry. Wir wissen, dass dein Junge nach Kashwak mitgegangen ist.«

Clay starrte sie verblüfft an.

»O ja«, sagte Dan und nahm sich einen der Teller, die Ray herumzureichen begann. »Der Präsident von Harvard weiß alles, sieht alles, hat Dossiers über alle ... oder möchte zumindest, dass wir das glauben.« Er blinzelte Jordan zu, und Jordan grinste tatsächlich.

»Dan hat mich überredet«, sagte Denise. »Irgendwelche Terroristen – vielleicht auch bloß ein paar geniale Spinner, die in einer Garage rumbasteln – haben diese Sache ausgelöst, aber niemand hat geahnt, wohin sie führen würde. Die Phoner spielen nur die ihnen zugewiesene Rolle. Sie waren nicht zurechnungsfähig, als sie verrückt waren, und sie sind auch jetzt eigentlich nicht zurechnungsfähig, weil sie ...«

»Weil sie im Bann irgendeines Gruppenzwangs stehen«, sagte Tom. »Als würden sie an einem Wandertrieb leiden.«

»Das ist ein Gruppenzwang, aber ein Wandertrieb ist es nicht«, sagte Ray, indem er sich mit seinem Teller zu ihnen setzte. »Dan sagt, dass das bloßer Überlebenstrieb ist. Ich glaube, dass er damit Recht hat. Jedenfalls müssen *wir* einen Ort finden, an dem wir vor Regen sicher sind. Ihr versteht schon, oder?«

»Die Träume haben angefangen, nachdem wir den ersten Schwarm verbrannt haben«, sagte Dan. »Packende Träume. *Ecce homo, insanus* – ganz Harvard. Und nachdem wir den Schwarm in Nashua in die Luft gejagt haben, ist der Präsident von Harvard mit ungefähr fünfhundert seiner engsten Freunde persönlich vorbeigekommen.« Er aß mit raschen, ordentlichen kleinen Bissen.

»Und hat einen Haufen verschmorter Gettoblaster vor eurer Tür zurückgelassen«, sagte Clay.

»Ein paar verschmorte«, sagte Denise. »Aber die meisten waren nur Trümmer und Splitter.« Sie lächelte. Es war ein schwaches Lächeln. »Aber das war in Ordnung so. Ihr Musikgeschmack ist Scheiße.«

»Ihr nennt ihn Präsident von Harvard, wir nennen ihn Lumpenmann«, sagte Tom. Er hatte seinen Teller weggestellt und den Rucksack geöffnet. Er wühlte darin herum, dann zog er die Zeichnung heraus, die Clay an dem Tag angefertigt hatte, an dem der Rektor zum Selbstmord gezwungen worden war. Denise machte große Augen. Sie gab die Zeichnung an Ray Huizenga weiter, der einen leisen Pfiff ausstieß.

Dan nahm sie als Letzter entgegen und sah dann mit neuem Respekt zu Tom auf. »Haben Sie das gezeichnet?«

Tom deutete auf Clay.

»Sie sind sehr begabt«, sagte Dan.

»Ich hab mal einen Kurs belegt«, sagte Clay. »Wir zeichnen unser liebstes Haustier.« Er sah zu Tom hinüber, der in seinem Rucksack auch ihren Autoatlas verwahrte. »Wie weit ist es von Gaiten nach Nashua?«

»Dreißig Meilen maximal.«

Clay nickte, dann wandte er sich wieder an Dan Hartwick. »Und hat er mit euch gesprochen? Der Kerl in der roten Kapuzenjacke?«

Dan sah zu Denise hinüber, die seinem Blick auswich. Ray beschäftigte sich mit seinem kleinen Kocher, den er ostentativ abstellte und einpackte, und Clay verstand. »Durch *wen* von euch hat er gesprochen?«

»Mich«, sagte Dan. »Es war grausig. Hast du das auch schon erlebt?«

»Ja. Man kann es verhindern, es sei denn, man will wissen, was er denkt. Glaubst du, dass er das tut, um zu zeigen, wie stark er ist?«

»Vermutlich«, sagte Dan. »Aber ich glaube nicht, dass das alles ist. Ich bezweifle, dass sie reden können. Sie haben eine Stimme, und ich bin mir sicher, dass sie denken – allerdings nicht so wie früher, es wäre ein schrecklicher Fehler, ihnen menschliche Gedanken zuzutrauen –, aber ich glaube nicht, dass sie tatsächlich Wörter aussprechen können.«

»Noch nicht«, warf Jordan ein.

»Noch nicht«, sagte Dan. Er sah auf seine Uhr, was Clay dazu veranlasste, auf die eigene zu sehen. Es war bereits Viertel vor drei.

»Er hat uns angewiesen, nach Norden zu gehen«, sagte Ray. »Er hat uns nach Kashwak No-Fo geschickt. Er hat gesagt, dass wir keine Schwärme mehr verbrennen können, weil sie Wachen aufstellen ...«

»Ja, wir haben welche in Rochester gesehen«, sagte Tom.

»Und ihr habt reichlich Hinweise auf Kashwak No-Fo gesehen.«

Sie nickten.

»Rein als Soziologe habe ich angefangen, diese Hinweise zu hinterfragen«, sagte Dan. »Nicht, wie sie angefangen haben – ich bin davon überzeugt, dass die ersten No-Fo-Hinweise kurz nach dem Puls von Überlebenden geschrieben wurden, die zu der Überzeugung gelangt sind, ein Gebiet, in dem kein Mobilfunkempfang möglich ist, wäre der weltweit beste Zufluchtsort. Ich habe mich gefragt, wie die Idee – und das Graffito – sich in einer katastrophal fragmentierten Gesellschaft, in der alle normalen Kommunikationsformen – außer von meinem Mund zu deinem Ohr, versteht sich – zusammengebrochen sind, so schnell verbreiten konnte. Die Antwort lag auf der Hand, sobald man sich eingestanden hat, dass eine *neue* Form der Kommunikation, die nur einer Gruppe zur Verfügung steht, auf der Bildfläche erschienen ist.«

»Telepathie.« Jordan flüsterte das Wort beinahe. »*Sie*. Die Phoner. Sie wollen, dass wir nach Norden, nach Kashwak ziehen.« Er richtete einen ängstlichen Blick auf Clay. »Das ist wirklich eine gottverdammte Blechrutsche ins Schlachthaus, du hast Recht gehabt! Clay, du *darfst* nicht dorthin! Das ist alles die Idee des Lumpenmanns!«

Bevor Clay antworten konnte, ergriff Dan Hartwick wieder das Wort. Er tat es mit der natürlichen Anmaßung eines Dozenten: Vorzutragen war sein Beruf, andere zu unterbrechen sein Vorrecht.

»Leider müssen wir die ganze Sache abkürzen, sorry. Wir haben euch etwas zu zeigen – in Wahrheit sogar etwas, von dem der Präsident von Harvard *verlangt* hat, dass wir es euch zeigen ...«

»In Person oder in euren Träumen?«, fragte Tom.

»In unseren Träumen«, sagte Denise ruhig. »Seit wir den Schwarm in Nashua in die Luft gejagt haben, haben wir ihn nur einmal in Person gesehen – und auch da nur aus einiger Entfernung.«

»Um uns zu kontrollieren«, sagte Ray. »Das ist meine Meinung.«

Dan wartete mit einem Ausdruck ärgerlicher Geduld auf das Ende dieses Dialogs. Dann fuhr er fort. »Weil dieser Treff ohnehin auf unserem Weg lag, waren wir bereit, ihm seinen Willen zu lassen ...«

»Ihr seid also nach Norden unterwegs?« Diesmal war es Clay, der ihn unterbrach.

Dan, der nun noch ärgerlicher wirkte, sah wieder kurz auf seine Armbanduhr. »Ein Blick auf diesen Wegweiser dürfte zeigen, dass er einem die Wahl lässt. Wir wollen nach Westen, nicht nach Norden.«

»Scheiße, er hat Recht«, murmelte Ray. »Ich bin vielleicht blöd, aber ich bin nicht verrückt.«

»Was ich euch jetzt zeige, dient eher unseren Zwecken als ihren«, sagte Dan. »Und übrigens ist es wahrscheinlich ein Fehler, davon zu sprechen, dass der Präsident von Harvard – oder der Lumpenmann, wenn euch das lieber ist – in Person aufgekreuzt ist. Vielleicht sogar ein schwerer. In Wirklichkeit ist er nicht mehr als ein Pseudopodium, das das Gruppenbewusstsein – der Überschwarm – vorschickt, um mit gewöhnlichen Normies und speziellen geisteskranken Normies wie uns umzugehen. Meine Theorie geht dahin, dass es jetzt weltweit Überschwärme gibt, von denen jedes ein Pseudopodium entwickelt haben kann. Vielleicht sogar mehr als nur eines. Aber ihr dürft nicht glauben, dass ihr mit einem *wirklichen* Mann redet, wenn ihr mit eurem Lumpenmann sprecht. Ihr redet mit dem Schwarm.«

»Zeigt uns endlich, was er uns sehen lassen will«, sagte Clay. In seinem Kopf toste es. Der einzige klare Gedanke darin war, dass er vielleicht noch eine Chance haben würde, seinen Sohn zu retten, wenn er Johnny einholte, bevor der nach Kashwak gelangte. Die Vernunft sagte ihm, dass Johnny längst dort angelangt sein musste, aber eine andere Stimme (die nicht völlig irrational war) sagte, irgendetwas könnte Johnny und die unbekannte Gruppe, mit der er unterwegs war, aufgehalten haben. Oder sie konnten kalte Füße bekommen haben. Das war immerhin möglich. Es war sogar möglich, dass dort oben in der TR-90 nichts Schlimmeres als eine Segregation beabsichtigt war, dass die Handy-Leute nur eine Reservation für Normies schaffen wollten. Letztlich lief vermutlich alles darauf hinaus, was Jordan gesagt hatte, als er Rektor Ardai zitiert hatte: Der Verstand konnte planen, aber der Geist hatte Sehnsucht.

»Kommt mit«, sagte Dan. »Es ist nicht weit.« Er brachte eine Taschenlampe zum Vorschein und machte sich auf der

Route 11 in Richtung Norden auf den Weg, wobei er den Lichtstrahl auf seine Füße richtete.

»Entschuldigt, wenn ich nicht mitgehe«, sagte Denise. »Ich hab's schon gesehen. Einmal reicht mir.«

»Ich glaube, dass euch das irgendwie gefallen soll«, sagte Dan. »Natürlich soll es auch unterstreichen – für meine kleine Gruppe ebenso wie für euch drei –, dass die Phoner jetzt an der Macht sind und Gehorsam fordern.« Er blieb stehen. »Da sind wir schon; in seiner im Schlaf übermittelten Botschaft hat der Präsident von Harvard sehr darauf geachtet, dass wir alle den Hund sehen, damit wir nicht das falsche Haus erwischen.« Der Lichtstrahl erfasste einen am Straßenrand stehenden Briefkasten, auf dessen Seite ein Collie gemalt war. »Tut mir Leid, dass Jordan das sehen muss, aber wahrscheinlich ist es am besten, wenn ihr wisst, womit ihr es zu tun habt.« Er hob seine Lampe höher. Rays Lampe zielte in die gleiche Richtung. Die Lichtstrahlen erhellten die Fassade eines bescheidenen ebenerdigen Holzhauses, das mitten auf einem postkartengroßen Rasen stand.

Gunner war zwischen Haustür und Wohnzimmerfenster gekreuzigt worden. Bis auf blutbefleckte Boxershorts war er nackt. Aus seinen Händen, Füßen, Unterarmen und Knien ragten Nägel, die groß genug waren, um Schwellennägel zu sein. Vielleicht *sind* das Schwellennägel, dachte Clay. Zu Gunners Füßen hockte mit gespreizten Beinen Harold. Wie Alice bei ihrer ersten Begegnung trug er ein Lätzchen aus Blut, das jedoch nicht aus seiner Nase stammte. Der Glassplitter, mit dem er sich die Kehle durchgeschnitten hatte, nachdem er seinen Kumpel gekreuzigt hatte, glitzerte noch in seiner Hand.

An einer Schnur um Gunners Hals hing ein Pappschild, auf das mit dunkler Farbe drei Wörter in Großbuchstaben gekritzelt waren: **JUSTITIA EST COMMODATUM.**

9

»Falls jemand kein Latein kann ...«, begann Dan Hartwick.

»Ich weiß noch genug aus dem Lateinunterricht, um das lesen zu können«, sagte Tom. »›Der Gerechtigkeit wurde Genüge getan.‹ Das ist die Strafe für die Ermordung von Alice. Weil er gewagt hat, eine der Unberührbaren zu berühren.«

»So ist es«, sagte Dan und knipste seine Lampe aus. Ray folgte seinem Beispiel. »Es dient zugleich als Warnung für andere. Und *sie* haben sie nicht umgebracht, obwohl sie das natürlich gekonnt hätten.«

»Das wissen wir«, sagte Clay. »In Gaiten haben sie Vergeltung geübt, nachdem wir ihren Schwarm verbrannt hatten.«

»Das haben sie auch in Nashua getan«, sagte Ray bedrückt. »Die Schreie werde ich mein Lebtag nicht vergessen. Gottverdammt grausig. Wie der Scheiß hier.« Er deutete zu der dunklen Masse des Hauses hinüber. »Sie haben den Kleinen dazu gezwungen, den Großen an die Wand zu nageln, und den Großen dazu, sich das gefallen zu lassen. Und anschließend haben sie den Kleinen dazu gezwungen, sich selbst die Kehle durchzuschneiden.«

»Wie beim Rektor«, sagte Jordan und ergriff Clays Hand.

»Das ist die Macht ihres Bewusstseins«, sagte Ray, »und Dan glaubt, dass es auch ein Teil davon ist, was alle nach Norden, nach Kashwak ziehen lässt – vielleicht ein Teil davon, das *uns* dazu gebracht hat, nach Norden auszuholen, auch wenn wir uns eingeredet haben, wir wollten euch nur das hier zeigen und euch dazu überreden, euch mit uns zusammenzutun. Ihr wisst, was ich meine?«

»Hat der Lumpenmann euch von meinem Sohn erzählt?«, fragte Clay.

»Nein, aber hätte er es getan, hätte er todsicher behauptet, dass er mit anderen Normies zusammen ist und in Kashwak auf eine glückliche Wiedervereinigung mit dir wartet«, sagte Dan. »Also, diese Träume, in denen man auf einem Podest steht, während der Präsident der johlenden Menge erklärt, man sei geistesgestört, muss man einfach vergessen. Das ist kein Ende für dich, kann es nicht sein. Ich bin mir sicher, dass ihr euch inzwischen alle glücklich endende Szenarien ausgemalt habt, die hauptsächlich darauf hinauslaufen, dass Kashwak und Gott weiß wie viele handyfreie Gebiete gewissermaßen Schutzzonen für Normies sind: Zufluchtsorte, an denen Leute, die den Puls nicht abgekriegt haben, in Ruhe gelassen werden. Ich glaube, dass die Sache mit der ins Schlachthaus führenden Rutsche, von der dein junger Freund gesprochen hat, viel wahrscheinlicher ist, aber selbst wenn Normies dort oben ungestört leben dürften ... glaubt ihr wirklich, dass die Phoner Leuten wie uns vergeben werden? Uns Schwarm-Killern?«

Clay wusste keine Antwort darauf.

Im Dunkel sah Dan wieder einmal auf seine Uhr. »Drei Uhr durch«, sagte er. »Kommt, wir gehen zurück. Denise hat bestimmt schon unsere Sachen gepackt. Es wird Zeit, dass wir uns trennen – oder beschließen, gemeinsam weiterzuziehen.«

Aber wenn du davon redest, gemeinsam weiterzuziehen, mutest du mir zu, mich von meinem Sohn zu trennen, dachte Clay. Und das würde er niemals tun, außer er entdeckte, dass Johnny-Gee tot war.

Oder verwandelt.

10

»Wie könnt ihr hoffen, nach Westen zu gelangen?«, fragte Clay auf dem Rückweg zu dem Kreuzungsschild. »Die Nächte gehören vielleicht noch eine Zeit lang uns, aber die Tage gehören ihnen, und ihr habt gesehen, was sie alles können.«

»Ich bin mir ziemlich sicher, dass wir sie aus unseren Köpfen aussperren können, solange wir wach sind«, sagte Dan. »Das erfordert zwar etwas Anstrengung, aber es ist zu schaffen. Wir schlafen in Schichten, zumindest vorläufig. Außerdem ist es ganz wichtig, sich von den Schwärmen fern zu halten.«

»Was bedeutet, dass wir möglichst schnell in den Westen von New Hampshire und dann nach Vermont müssen«, sagte Ray. »Raus aus den besiedelten Gebieten.« Er richtete seine Lampe auf Denise, die auf den Schlafsäcken liegend ruhte. »Alles klar, Darling?«

»Alles klar«, sagte sie. »Wenn ihr mich doch auch nur etwas tragen lassen würdet.«

»Du trägst dein Kind«, sagte Ray freundlich. »Das genügt. Außerdem können wir die Schlafsäcke zurücklassen.«

»Es gibt vermutlich Gebiete, in denen man etappenweise fahren kann«, sagte Dan. »Ray glaubt, dass manche Nebenstraßen bis zu zehn, zwölf Meilen am Stück frei sein könnten. Wir haben gute Straßenkarten.« Er ließ sich auf ein Knie nieder, nahm seinen Rucksack auf den Rücken und sah dabei mit einem schwachen, bitteren Halblächeln zu Clay auf. »Ich weiß, dass unsere Chancen nicht sonderlich gut stehen; ich bin kein Dummkopf, falls du dich das gefragt haben solltest. Aber wir haben zwei ihrer Schwärme vernichtet, haben hunderte von ihnen erledigt, und ich will nicht auf einem dieser Podeste enden.«

398

»Und noch etwas ist günstig für uns«, sagte Tom. Clay fragte sich, ob Tom bewusst war, dass er sich soeben auf Hartwicks Seite geschlagen hatte. Vermutlich. Er war durchaus nicht dumm. »Sie wollen uns lebend.«

»Richtig«, sagte Dan. »Wir können es tatsächlich schaffen. Für sie ist das jetzt noch die Anfangsphase, Clay – sie sind erst dabei, ihr Netz zu weben, und ich wette, dass es noch viele Löcher hat.«

»Verdammt, sie haben noch nicht mal ihre Kleidung gewechselt«, sagte Denise. Clay bewunderte sie. Sie schien im sechsten Monat zu sein, vielleicht sogar etwas weiter, aber sie war ein zähes kleines Ding. Er wünschte sich, Alice hätte sie kennen lernen können.

»Wir *könnten* durchschlüpfen«, sagte Dan. »Aus Vermont, vielleicht aus dem Staat New York nach Kanada gelangen. Fünf sind besser als drei, aber sechs wären besser als fünf – drei würden schlafen, drei tagsüber Wache halten, böse Telepathie abwehren. Unser eigener kleiner Schwarm. Also, was sagst du?«

Clay schüttelte bedächtig den Kopf. »Ich muss meinen Sohn suchen.«

»Überleg's dir noch mal, Clay«, sagte Tom. »*Bitte.*«

»Lasst ihn in Ruhe«, sagte Jordan. »Sein Entschluss steht fest.« Er schlang die Arme um Clay und drückte ihn an sich. »Ich hoffe, dass du ihn findest«, sagte er. »Aber selbst wenn du das tust, wirst du uns wohl nie wiederfinden.«

»Klar tue ich das«, sagte Clay. Er küsste Jordan auf die Wange, dann trat er einen Schritt zurück. »Ich schnappe mir einen Telepathen und benütze ihn als Kompass. Am besten den Lumpenmann persönlich.« Er wandte sich Tom zu und streckte ihm die Hand hin.

Tom ignorierte sie und umarmte Clay. Er küsste ihn erst auf die eine, dann auf die andere Wange. »Du hast mir das Leben gerettet«, flüsterte er Clay ins Ohr. Sein heißer Atem kitzelte leicht. Seine Bartstoppeln waren kratzig. »Lass mich jetzt deins retten. Komm mit uns.«

»Ich kann nicht, Tom. Ich muss die Sache durchziehen.«

Tom trat zurück und sah ihn an. »Ich weiß«, sagte er. »Ich weiß, dass du das musst.« Er fuhr sich mit dem Handrücken über die Augen. »Verdammt, ich bin eine Niete, wenn's ums Abschiednehmen geht. Ich konnte mich nicht mal von meiner gottverdammten *Katze* verabschieden.«

11

Clay stand neben dem Kreuzungsschild und beobachtete, wie ihre Lichter schwächer wurden. Sein Blick blieb auf Jordans Lampe gerichtet, die zuletzt verschwand. Einige Augenblicke lang war sie allein auf dem Kamm des ersten Hügels im Westen zu sehen: ein einzelner kleiner Funke im Dunkel, als wäre der Junge dort stehen geblieben, um sich noch einmal umzudrehen. Er schien zu winken. Dann war auch er verschwunden, und die Dunkelheit war vollständig. Clay seufzte – ein unsicherer, weinerlicher Laut –, dann schwang er sich den Rucksack auf den Rücken und machte sich auf dem Seitenstreifen der Route 11 auf den Weg nach Norden. Gegen Viertel vor vier überschritt er die Stadtgrenze von North Berwick und ließ Kent Pond hinter sich zurück.

TELEFONBINGO

1

Es gab keinen Grund, nicht zu einem normaleren Leben zurückzukehren und tagsüber zu wandern; Clay wusste, dass die Handy-Leute ihm nichts tun würden. Er war tabu, und sie wollten ihn sogar dort oben in Kashwak haben. Das Problem war nur, dass er sich an eine nächtliche Existenz gewöhnt hatte. *Ich brauche nur noch einen Sarg und einen weiten Umhang, in den ich mich hüllen kann, wenn ich mich hineinlege,* dachte er.

Als am Morgen nach seinem Abschied von Tom und Jordan der Tag rot und kalt anbrach, war er in den Außenbezirken von Springvale. Neben dem Holzfällermuseum Springvale stand ein Häuschen, vermutlich das des Hausmeisters. Es sah gemütlich aus. Clay brach die Hintertür auf und gelangte so hinein. Zu seiner Freude fand er in der Küche einen Holzherd und eine Wasserpumpe vor. Neben der Küche lag eine tipptopp aufgeräumte kleine Speisekammer mit von Plünderern unberührten reichlichen Vorräten. Er feierte seine Entdeckung mit einer großen Schale Haferflocken, die er mit Trockenmilch und Wasser anrührte; dazu gab es reichlich Zucker und eine Hand voll Rosinen obendrauf.

In der Speisekammer fand er auch Rührei mit Schinken als Fertigmischung in Folienpackungen, die in einem Regalfach wie Taschenbücher sauber aufgereiht standen. Er bereitete eine davon zu und stopfte die restlichen Packungen in seinen Rucksack. Es war eine unerwartet reichliche Mahlzeit gewesen, und als Clay sich hinten im Schlafzimmer ausstreckte, schlief er fast augenblicklich ein.

2

Auf beiden Seiten des Highways standen lange Zelte.

Das hier war nicht die Route 11 mit ihren Farmen und Kleinstädten, mit ihren Tankstellenshops in Abständen von ungefähr fünfzehn Meilen, sondern ein Highway irgendwo in der tiefsten Provinz. Düstere Wälder drängten bis fast an die Straßengräben heran. Auf beiden Seiten des weißen Mittelstrichs standen Leute in langen Schlangen an.

Links und rechts, forderte eine Lautsprecherstimme sie auf. *Links und rechts, zwei Reihen bilden.*

Sie hatte etwas Ähnlichkeit mit der verstärkten Stimme des Bingo-Ausrufers auf dem Rummelplatz in Akron, aber als Clay dem Mittelstrich der Straße folgend näher herankam, erkannte er, dass die Verstärkung allein in seinem Kopf stattfand. Es war die Stimme des Lumpenmanns. Nur war der Lumpenmann lediglich ein – wie hatte Dan ihn genannt? –, ein Pseudopodium. Und was Clay da hörte, war eigentlich die Stimme des Schwarms.

Links und rechts, so ist's richtig. So kommen wir weiter.

Wo bin ich? Warum sieht mich niemand an und sagt: »He, Kumpel, nicht vordrängeln, warte gefälligst, bis du an der Reihe bist«?

Vor ihm verzweigten die beiden Schlangen sich wie an einer Mautstelle: eine verschwand in dem Zelt links der Straße, die andere in dem rechts. Die Zelte waren lange Gebilde von der Art, wie Zeltverleihe sie aufstellten, damit Büfetts unter freiem Himmel an heißen Nachmittagen im Schatten stattfinden konnten. Clay konnte sehen, dass die beiden Schlangen sich kurz vor den Zelten in zehn oder zwölf kürzere Reihen aufspalteten. Diese Leute sahen wie Fans aus, die darauf warteten, dass ihre Karte abgerissen und sie zu einem Open-Air-Konzert eingelassen wurden.

An der Stelle, wo die Doppelschlange sich teilte und nach links und rechts wegkurvte, stand mitten auf der Straße der Lumpenmann selbst – nach wie vor in seiner fadenscheinigen roten Kapuzenjacke.

Links und rechts, meine Damen und Herren. Alles ohne Mundbewegung. Aufs Äußerste gesteigerte Telepathie, durch die Energie des Schwarms verstärkt. *Bitte zügig weitergehen. Jeder bekommt Gelegenheit, einen Angehörigen anzurufen, bevor er in die No-Fo Zone geht.*

Das versetzte Clay einen Schock, aber es war der Schock des Bekannten – wie die Pointe eines guten Witzes, den man das erste Mal vor zehn oder fünfzehn Jahren gehört hat. »Wo ist das?«, fragte er den Lumpenmann. »Was tust du? Was zum Teufel geht hier vor?«

Aber der Lumpenmann sah ihn nicht an, und Clay wusste natürlich, weshalb. Das hier war die Route 160 kurz vor Kashwak, und er besuchte sie im Traum. Und was hier vorging ...

Das ist Telefonbingo, dachte er. *Das ist Telefonbingo, und dies sind die Zelte, in denen es gespielt wird.*

Immer zügig weiter, meine Damen und Herren, sendete der Lumpenmann. *Bis Sonnenuntergang sind es noch zwei Stunden, und wir wollen möglichst viele von Ihnen abfertigen, bevor wir für heute Schluss machen müssen.*

Abfertigen.

War das ein Traum?

Clay folgte der Schlange, die auf das links der Straße errichtete Pavillonzelt zukurvte, und wusste, was er sehen würde, noch bevor er es wirklich sah. Wo die kürzeren Reihen endeten, stand jeweils einer der Handy-Leute, einer jener Liebha-

405

ber von Lawrence Welk, Dean Martin und Debby Boone. Sobald wieder jemand das Ende erreichte, hielt der bereitstehende Einweiser – in schmutzige Lumpen gekleidet, von den Überlebenskämpfen der vergangenen elf Tage oft viel grausiger entstellt als der Lumpenmann – ihm ein Handy hin.

Während Clay zusah, nahm der ihm nächste Mann das angebotene Handy entgegen, tippte eine dreistellige Nummer ein und hielt es dann gespannt ans Ohr. »Hallo?«, sagte er. »Hallo, Mama? *Mama?* Bist du d...« Dann verstummte er. Sein Blick wurde ausdruckslos, sein Gesicht schlaff. Die Hand mit dem Handy sank herab. Der Fügsammacher – das war das beste Wort, das Clay für ihn einfiel –, nahm ihm das Handy wieder ab, gab ihm einen Stoß, damit er weiterging, und machte dem nächsten Wartenden ein Zeichen, er solle vortreten.

Links und rechts, rief der Lumpenmann wieder. *Bitte zügig vorrücken.*

Der Kerl, der versucht hatte, seine Mutter anzurufen, kam aus dem Pavillonzelt gestapft. Dahinter sah Clay hunderte von anderen Gestalten durcheinander laufen. Manchmal kamen sie einander in die Quere, was zu kleinen Auseinandersetzungen führte, bei denen nur ganz leicht mit der flachen Hand geschlagen wurde. Gar kein Vergleich zu früher. Weil ...

Weil das Signal geändert worden ist.

Links und rechts, meine Damen und Herren, bitte zügig weiter, wir müssen vor Einbruch der Dunkelheit noch viele von Ihnen abfertigen.

Dann sah er Johnny. Er trug Jeans, seine Little-League-Mütze und sein liebstes Red-Sox-Trikot mit Tim Wakefields Namen und Rückennummer. Er hatte gerade das Ende der übernächsten Reihe erreicht.

Clay wollte zu ihm hinüberrennen, aber zunächst war sein Weg blockiert. »Platz da!«, brüllte er, aber der Mann, der ihm den Weg versperrte – und nervös von einem Bein aufs andere trat, als müsste er auf die Toilette –, konnte ihn natürlich nicht hören. Das Ganze war ein Traum, und außerdem war Clay ein Normie – er besaß keine telepathischen Fähigkeiten.

Er flitzte zwischen dem unruhigen Mann und der hinter ihm Wartenden hindurch. Clay zwängte sich auch durch die nächste Reihe und war so darauf fixiert, Johnny zu erreichen, dass er nicht wusste, ob die Leute, die er beiseite stieß, irgendwie Substanz besaßen oder nicht. Er erreichte Johnny in dem Augenblick, in dem eine Frau – mit wachsendem Entsetzen erkannte er Mr. Scottonis Schwiegertochter, die weiterhin schwanger war, aber jetzt nur noch ein Auge hatte – dem Jungen ein Motorola-Handy gab.

Wähl einfach die Notrufnummer, sagte sie, ohne den Mund zu bewegen. *Alle Gespräche laufen über diese Nummer.*

»Nein, Johnny, nicht!«, rief Clay und griff nach dem Handy, als Johnny-Gee gerade die Notrufnummer einzutippen begann, die er schon als kleiner Junge für den Fall gelernt hatte, dass er jemals Hilfe brauchen würde. *»Tu das nicht!«*

Johnny wandte sich etwas nach links, als wollte er seinen Anruf vor dem dumpf starrenden einen Auge der schwangeren Fügsammacherin verbergen, und Clay griff daneben. Aber wahrscheinlich hätte er Johnny ohnehin nicht daran hindern können, die Nummer einzugeben. Schließlich war das Ganze nur ein Traum.

Johnny war bereits fertig (drei Tasten waren schnell gedrückt), betätigte die grüne Sendetaste und hielt sich das Handy dann ans Ohr. »Hallo? Dad? Dad, bist du da? Kannst du mich hören? Kannst du mich hören, *dann komm bitte und hol m...«* Weil Johnny sich etwas abgewandt hatte, konnte Clay nur ein Auge von ihm sehen, aber eines genügte, wenn man beobachtete, wie die Lichter ausgingen. Johnnys Schultern sackten herab. Das Handy sank von seinem Ohr weg. Mr. Scottonis Schwiegertochter schnappte es sich mit einer schmutzigen Hand, dann versetzte sie Johnny-Gee einen groben Stoß ins Genick, um ihn in Richtung Kashwak in Marsch zu setzen – mit allen anderen, die hergekommen waren, um hier in Sicherheit zu sein. Sie machte dem nächsten Wartenden ein Zeichen, vorzutreten und sein Gespräch zu führen.

Links und rechts, zwei Reihen bilden, donnerte der Lumpenmann mitten in Clays Kopf, und er wachte, den Namen seines Sohns kreischend, im Häuschen des Hausmeisters auf, während Spätnachmittagslicht durch die Fenster hereinströmte.

3

Gegen Mitternacht erreichte Clay die Kleinstadt North Shapleigh. Unterdessen hatte ein unangenehmer kalter Regen, fast schon ein Schneeregen – den Sharon als »Calippo-Graupel« bezeichnet hätte – eingesetzt. Er hörte näher kommendes Motorengeräusch und trat vom Highway (weiterhin die gute alte Route 11; hier gab es keinen Traumhighway) auf den Parkplatz vor einem 7-Eleven. Als die Scheinwerfer auftauchten und den Nieselregen in silberne Streifen verwandelten, wurden zwei Sprinter nebeneinander sichtbar, die sich tatsächlich ein nächtliches Wettrennen lieferten. Wahnsinn. Clay stellte sich hinter eine Zapfsäule; er versteckte sich nicht direkt, legte es aber auch nicht darauf an, gesehen zu werden. Er beobachtete, wie sie gleich einer Vision aus einer versunkenen Welt vorbeirasten, wobei sie dünne Wasserschleier hinter

sich herzogen. Einer der Rennwagen schien ein Oldtimer, eine
ältere Corvette zu sein, obwohl sich das im schwachen Lichtschein der flackernden Notbeleuchtung an einer Ecke des
Supermarkts unmöglich bestimmt sagen ließ. Die Sprinter
schossen unter dem gesamten Verkehrsleitsystem von North
Shapleigh (einer erloschenen Blinkleuchte) hindurch, waren
noch sekundenlang als Neonkirschen in der Dunkelheit zu
sehen und verschwanden dann.

Clay dachte noch einmal: *Wahnsinn.* Und als er auf den
Seitenstreifen der Straße zurückkehrte: *Du bist der Richtige,
um von Wahnsinn zu reden.*

Wie wahr. Sein Telefonbingotraum war nämlich *kein* Traum
gewesen, zumindest nicht nur ein Traum. Da war er sich
ziemlich sicher. Die Phoner benutzten ihre wachsenden telepathischen Fähigkeiten, um möglichst viele der Schwarm-Killer zu verfolgen. Aus ihrer Sicht war das nur vernünftig. Mit
Gruppen wie Dan Hartwicks Schar, die sich tatsächlich gegen
sie zur Wehr setzten, konnten sie Probleme haben, aber er
bezweifelte, dass er ein Problem für sie darstellte. Andererseits funktionierte Telepathie auf merkwürdige Weise wie ein
Telefon – sie schien eine Gegensprechverbindung herzustellen. Das machte ihn ... wozu? Zum Geist in der Maschine?
Irgendwas in dieser Art. Während sie ihn im Auge behielten,
konnte er *sie* im Auge behalten. Zumindest im Schlaf. In seinen Träumen.

Gab es am Rand von Kashwak tatsächlich Zelte, vor denen
Normies Schlange standen, um sich das Gehirn bearbeiten zu
lassen? Clay glaubte, dass es welche gab – in Kashwak ebenso
wie an Orten *wie* Kashwak im ganzen Land und überall auf
der Welt. Der Andrang würde inzwischen nachgelassen haben, aber die Kontrollpunkte – die *Umstell*punkte – existier-
ten vermutlich weiter.

Die Phoner benutzten Kollektivtelepathie, um die Normies dorthin zu locken. Um sie *im Traum* dorthin zu führen. Machte das die Phoner clever, berechnend? Eigentlich nur, wenn man eine Spinne clever nannte, weil sie ein Netz spinnen konnte, oder einen Alligator berechnend, weil er still daliegen und wie ein Baumstamm aussehen konnte. Während Clay der Route 11 nach Norden zur Route 160 folgte, die ihn nach Kashwak bringen würde, überlegte er sich, dass das telepathische Signal, das die Phoner wie leisen Sirenengesang (oder eben einen Puls) aussendeten, mindestens drei einzelne Botschaften enthalten musste.

Kommt, dann seid ihr sicher – euer Überlebenskampf kann ein Ende haben.

Kommt, dann seid ihr in einem Gebiet, das euch allein gehört, wo ihr unter euresgleichen seid.

Kommt, dann könnt ihr mit euren Angehörigen sprechen.

Kommt. Ja, das war das Fazit. Und sobald man nahe genug heran war, hörte alle Selbstbestimmung auf. Diese Telepathie und der Traum von Sicherheit übernahmen einen einfach. Man stellte sich an. Man hörte zu, wie der Lumpenmann einen aufforderte, zügig vorzurücken, jeder darf einen Angehörigen anrufen, aber wir müssen noch viele von euch abfertigen, bevor die Sonne untergeht und wir wieder die Gettoblaster anwerfen, um Bette Midler »The Wind Beneath My Wings« singen zu lassen.

Und wie konnten sie das weiterhin tun, obwohl die Lichter ausgegangen und die Städte niedergebrannt waren, obwohl die Zivilisation in einem Meer aus Blut versunken war? Wie konnten sie weiter daran arbeiten, die Millionen von Phoner zu ersetzen, die bei der ursprünglichen Umwälzung und der anschließenden Vernichtung vieler Schwärme umgekommen waren? Das konnten sie weiterhin tun, weil der ursprüngliche Puls nicht aufgehört hatte. Irgendwo – in jenem Terroristenlabor oder der Garage irgendwelcher Spinner – lief irgendein Gerät mit Batterien weiter, sendete irgendein Modem weiter sein schrilles, wahnsinnig machendes Signal. Sendete es zu den Satelliten hinauf, die den Globus umkreisten, oder zu den Mobilfunkmasten, die ihn wie ein stählerner Gürtel umgaben. Und welche Nummer konnte man wählen, um sicher zu sein, dass der Anruf durchkam, auch wenn die Stimme, die sich meldete, nur die eines batteriebetriebenen Anrufbeantworters war?

Offenbar die Notrufnummer.

Und genau das musste Johnny-Gee zugestoßen sein.

Clay *wusste*, dass dem so war. Er kam bereits zu spät.

Weshalb war er also im Nieselregen nachts weiter nach Norden unterwegs? Nicht weit vor ihm lag Newfield, wo er von der Route 11 auf die Route 160 überwechseln würde, und er ahnte, dass er nicht sehr lange der Route 160 folgen würde, bevor er aufhören würde, Straßenschilder (oder irgendetwas anderes) lesen zu können, *warum* also?

Aber er wusste, weshalb, genau wie er wusste, dass dieser Aufprall in der Ferne und das kurze, leise Hupen, das er in der regnerischen Dunkelheit vor sich hörte, bedeuteten, dass einer der rasenden Sprinter tödlich verunglückt war. Weiter unterwegs war er wegen der Nachricht an der Tür, die von einem kaum fingerbreiten Stück Klebeband festgehalten worden war, als er sie gerettet hatte; der gesamte Rest hatte sich bereits abgelöst. Weiter unterwegs war er wegen der zweiten Nachricht, die er am Schwarzen Brett des Rathauses vorgefunden hatte, wo sie durch Iris Nolans hoffnungsvolle Mitteilung an ihre Schwester halb verdeckt gewesen war. Sein kleiner Sohn hatte zweimal das Gleiche in Großbuchstaben geschrieben: KOMM BITTE UND HOL MICH.

Selbst wenn er zu spät kam, um Johnny zu retten, kam er vielleicht nicht zu spät, um ihn zu sehen und ihm zu sagen, dass er es versucht hatte. Vielleicht konnte er lange genug bei Verstand bleiben, um wenigstens das zu tun, selbst wenn sie ihn dazu zwangen, eines der Handys zu benutzen.

Was die Podeste und die vielen tausend Zuschauer betraf ...

»In Kashwak gibt's kein Footballstadion«, sagte er.

In seinem Kopf flüsterte Jordan: *Es ist ein* virtuelles *Stadion.*

Clay schob diesen Gedanken beiseite. Schob ihn von sich fort. Sein Entschluss stand fest. Es war natürlich Wahnsinn, aber das hier war jetzt eine wahnsinnige Welt, mit der er sich somit in perfekter Übereinstimmung befand.

4

Um Viertel vor drei an diesem Morgen, fußkrank und ziemlich durchnässt trotz des Parkas mit Kapuze, den er aus dem Hausmeisterhäuschen in Springvale befreit hatte, erreichte Clay die Kreuzung der Routen 11 und 160. Auf der Kreuzung hatte es eine Massenkarambolage gegeben, und die Corvette, die in North Shapleigh an ihm vorbeigerast war, gehörte jetzt mit dazu. Der Fahrer hing aus dem stark zusammengedrückten linken Seitenfenster – Kopf nach unten, die Arme baumelnd –, und als Clay das Gesicht des Mannes hochheben wollte, um zu sehen, ob er noch lebte, fiel die obere Körperhälfte auf den Asphalt und zog eine fleischige Spur aus Darmschlingen hinter sich her. Clay torkelte schaudernd gegen einen Telefonmasten, presste seine plötzlich heiße Stirn ans Holz und übergab sich, bis nichts mehr kam.

Jenseits der Kreuzung, wo die 160 nach Norden weiterführte, stand die Handelsniederlassung Newfield. Ein Schild im Schaufenster versprach SÜSSIGKEITEN EINHEIMISCHER SIRUP INDIANERKUNST »NIPSACHEN«. Der Laden schien demoliert und ausgeraubt worden zu sein, aber er bot Schutz vor dem Regen und Abstand zu dem beiläufigen, unerwarteten Horror, auf den er soeben gestoßen war. Clay ging hinein, setzte sich und hielt den Kopf gesenkt, bis er nicht mehr das Gefühl hatte, ohnmächtig umkippen zu müssen. Hier gab es Leichen, er konnte sie riechen, aber jemand hatte sie bis auf zwei mit einer Plane zugedeckt, und diese beiden waren wenigstens nicht zerstückelt. Der im Laden stehende Kühlschrank mit Bier war zertrümmert und geleert worden, der Colaautomat nur demoliert. Er nahm sich ein Ginger-Ale, trank es in langsamen großen Zügen und machte zwischendurch eine Pause, um zu rülpsen. Danach fühlte er sich etwas besser.

Er sehnte sich verzweifelt nach seinen Freunden. Der Verunglückte dort draußen und der Unbekannte, mit dem er sich ein Wettrennen geliefert hatte, waren die einzigen Sprinter gewesen, die er in dieser Nacht gesehen hatte, einer Flüchtlingsgruppe zu Fuß war er nirgends begegnet. Er hatte die ganze Nacht nur mit seinen Gedanken als Begleitern verbracht. Vielleicht hielt das Wetter die Reisenden davon ab, unterwegs zu sein, möglicherweise wanderten sie jetzt ja auch tagsüber. Es gab keinen Grund für sie, das nicht zu tun, wenn die Phoner jetzt von Mord auf Konversion umgestellt hatten.

Clay fiel auf, dass ihm heute Nacht kein einziger Ton *Schwarmmusik*, wie Alice sie genannt hatte, zu Ohren gekommen war. Vielleicht waren alle Schwärme südlich von hier – außer dem großen (irgendwie musste es ein großer sein), der die Kashwak-Konversionen handhabte. Clay war das egal; auch wenn er allein und einsam war, empfand er die Tatsache, dass er »I Hope You Dance« und »The Theme From *A Summer Place*« nicht mehr hören musste, als kleines Geschenk.

Er beschloss, höchstens noch eine Stunde zu marschieren und sich dann ein Loch zu suchen, in dem er sich verkriechen konnte. Der kalte Regen machte ihn fertig. Als er die Handelsniederlassung verließ, sah er bewusst nicht hinüber zu der verunglückten Corvette oder den regennassen menschlichen Überresten daneben.

5

Letztlich marschierte er fast bis Tagesanbruch weiter, teils weil der Regen aufhörte, aber vor allem deshalb, weil es beiderseits der Route 160 kaum etwas gab, wo man Unterschlupf finden konnte, nur Wälder. Dann, gegen halb fünf, kam er an einem von Schüssen durchlöcherten Schild mit der Aufschrift SIE BETRETEN GURLEYVILLE, EIN GEMEINDEFREIES GEBIET. Ungefähr zehn Minuten später kam er an etwas vorbei, was sozusagen der Daseinszweck Gurleyvilles war: dem Steinbruch Gurleyville, einem riesigen Felsloch mit ein paar Schuppen, Muldenkippern und einer Garage am Fuß der ausgehöhlten Granitwände. Clay überlegte kurz, ob er in einem der Geräteschuppen schlafen sollte, traute sich aber zu, noch etwas Besseres zu finden, und ging weiter. Noch immer hatte er keine Reisenden gesehen und keine Schwarmmusik gehört, nicht mal in der Ferne. Er hätte der letzte Mensch auf Erden sein können.

Das war er nicht. Als der Steinbruch ungefähr zehn Minuten hinter ihm lag, kam er über einen Hügel und sah unter sich ein kleines Dorf liegen. Das erste Gebäude, an dem er vorbeikam, war die Freiwillige Feuerwehr Gurleyville (BLUT-SPENDEAKTION AN HALOWEEN NICH VERGESSEN stand auf der Anschlagtafel vor dem Feuerwehrhaus; nördlich von Spring-vale konnte anscheinend niemand mehr rechtschreiben), und auf dem Parkplatz standen sich zwei Handy-Leute vor einem traurig aussehenden alten Löschfahrzeug gegenüber, das neu gewesen sein musste, als der Koreakrieg zu Ende ge-gangen war.

Sie drehten sich langsam nach Clay um, als er den Licht-strahl seiner Taschenlampe auf sie richtete, wandten sich dann aber wieder einander zu. Es handelte sich um zwei Män-ner, einer etwa fünfundzwanzig, der andere ungefähr doppelt so alt. Dass sie Phoner waren, stand außer Zweifel. Ihre Klei-dung war schmutzig und fiel fast von ihnen ab. Ihre Gesich-ter wiesen Schnitt- und Schürfwunden auf. Der junge Mann schien sich den ganzen rechten Arm schwer verbrannt zu haben. Das linke Auge des Älteren glitzerte aus schlimm ange-schwollenem und vermutlich entzündetem Fleisch. Aber wie sie aussahen, war nicht entscheidend. Viel wichtiger war, was Clay bei sich *selbst* wahrnahm: dieselbe unheimliche Kurz-atmigkeit, die Tom und er im Kassenhäuschen der Citgo-Tankstelle in Gaiten gespürt hatten, als sie sich die Schlüssel der Gastankwagen geholt hatten. Dieses Gefühl irgendeiner sich sammelnden gewaltigen Kraft.

Und es war Nacht. Wegen der dichten Wolkendecke blieb die Morgendämmerung vorerst noch ein Gerücht. Wieso waren diese beiden Kerle *nachts* auf den Beinen?

Clay knipste seine Lampe aus, zog den Nickerson-Colt und wartete ab, was passieren würde. Einige Sekunden lang schien sich nichts zu ereignen, so als wäre die merkwürdige Kurz-atmigkeit, dieses Gefühl, irgendein Ereignis stehe *unmittel-*

bar bevor, schon alles. Dann hörte er ein hohes Schwirren, fast als ließe jemand ein Sägeblatt zwischen den Händen vibrieren. Clay hob den Kopf und stellte fest, dass die Drähte einer am Feuerwehrhaus vorbeiführenden Oberleitung so heftig vibrierten, dass sie kaum zu sehen waren.

»Geh-*weg*!« Das war der junge Mann, der die Wörter mit gewaltiger Anstrengung hervorzustoßen schien. Clay fuhr zusammen. Hätte sein Finger am Abzug des Revolvers gelegen, hätte er vermutlich abgedrückt. Das war nicht *Aw* oder *Iiin*, das waren richtige Wörter. Er glaubte, sie auch in seinem Kopf zu hören, aber nur schwach, ganz schwach. Nur als ein ersterbendes Echo.

»Geh! ... *Du*!«, erwiderte der Ältere. Er trug sackartige Bermudashorts mit einem riesengroßen braunen Fleck auf der Sitzfläche. Das konnte Schmutz, aber auch Scheiße sein. Er sprach ebenso mühsam, aber diesmal vernahm Clay kein Echo. Paradoxerweise wusste er nun umso sicherer, dass er das erste Echo gehört hatte.

Ihn hatten sie jetzt völlig vergessen. Da war er sich nun sicher.

»Meiner!«, sagte der Jüngere, indem er auch dieses Wort hervorstieß. Und er *stieß* es hervor. Sein ganzer Körper schien sich vor Anstrengung zu winden. Hinter ihm zersplitterten mehrere Scheiben in dem breiten Garagentor des Feuerwehrhauses und fielen nach außen.

Danach folgte eine lange Pause. Clay, der das erste Mal seit Kent Pond überhaupt nicht mehr an Johnny dachte, beobachtete die beiden fasziniert. Der ältere Mann schien angestrengt nachzudenken, erbittert mit sich zu *ringen*, und Clay vermutete, dass er sich auszudrücken versuchte, wie er es getan hätte, bevor der Puls ihm die Sprache geraubt hatte.

Auf dem Dach des Feuerwehrhauses, das nur eine bessere Garage war, heulte die Sirene kurz auf, als wäre ein Phantomstromstoß durch sie hindurchgegangen. Und die Lichter des alten Löschfahrzeugs – Scheinwerfer und rote Blinkleuchten – flammten sekundenlang auf, erhellten die beiden Männer und ließen sie vorübergehend Schatten werfen.

»*Teufel!* Sagst du!«, brachte der Ältere mühsam heraus. Er spuckte die Wörter wie einen Fleischbrocken aus, der ihm im Hals gesteckt hatte.

»*Meinuck!*«, kreischte der jüngere Mann beinahe, und in Clays Kopf flüsterte dieselbe Stimme: *Mein Truck*. Die Sache war ganz einfach. Statt um Biskuitschnitten stritten die beiden sich um das alte Löschfahrzeug. Nur war es diesmal Nacht – nicht mehr lange, gewiss, aber noch immer stockfinster –, und sie schienen fast wieder reden zu können. Verdammt, sie *redeten*.

Aber mit dem Reden schien jetzt Schluss zu sein. Der junge Mann senkte den Kopf, rannte gegen den Älteren an und traf ihn mit einem Kopfstoß an der Brust. Sein Gegner ging rückwärts zu Boden. Der Jüngere stolperte über die eigenen Beine und fiel auf die Knie. »Teufel!«, brüllte er.

»Scheiße!«, rief der andere. Gar keine Frage. *Scheiße* war unverwechselbar.

Sie rappelten sich wieder auf und blieben ungefähr fünf Schritte voneinander entfernt stehen. Clay konnte ihren Hass geradezu fühlen. Er war in seinem Kopf; er drückte innen gegen die Augäpfel, als wollte er hinausgelangen.

Der junge Mann sagte: »Dada's ... *meinuck!*« Und in Clays Kopf flüsterte die ferne Stimme des Jüngeren: *Das da ist mein Truck*.

Der Ältere holte keuchend Luft. Mit ruckartigen Bewegungen hob er einen verschorften Arm. Und zeigte dem jungen

Mann den Stinkefinger. »Kannst. Mich mal!«, sagte er völlig deutlich.

Beide senkten nun den Kopf und rannten gegeneinander an. Sie prallten mit einem dumpfen Krachen zusammen, das Clay erschaudern ließ. Diesmal flogen die restlichen Garagenfenster heraus. Die Sirene auf dem Dach gab ein langes Kriegsgeheul von sich und erstarb dann wieder. Die Leuchtstoffröhren im Feuerwehrhaus flammten auf und brannten ungefähr drei Sekunden lang mit reiner Wahnsinnskraft. Für wenige Augenblicke war laute Musik zu hören: Britney Spears sang »Oops, I Did It Again«. Zwei Stromleitungen rissen hell schwirrend und fielen Clay fast vor die Füße, sodass er rasch zurückwich. Wahrscheinlich waren sie stromlos, sie *mussten* eigentlich stromlos sein, aber ...

Der ältere Mann, dessen Gesicht blutüberströmt war, sank auf die Knie. »Mein Truck!«, sagte er absolut deutlich, dann fiel er nach vorn aufs Gesicht.

Der Jüngere wandte sich auf einmal Clay zu, als wollte er ihn zum Zeugen seines Sieges herbeirufen. Das Blut lief ihm aus dem verfilzten, schmutzigen Haar, zwischen den Augen hindurch, auf beiden Seiten der Nase entlang und schließlich über den Mund. Seine Augen, das sah Clay jetzt, waren keineswegs ausdruckslos. Sie waren die Augen eines Verrückten. Clay begriff – ganz plötzlich, vollständig und unwiderlegbar –, dass es für seinen Sohn keine Rettung gab, wenn der Zyklus bei allen zu diesem Ergebnis führte.

»*Meinuck!*«, kreischte der junge Mann. »*Meinuck, meinuck!*« Die Sirene des Löschfahrzeugs heulte wie zustimmend kurz auf. »*MEINU...*«

Clay erschoss ihn, dann steckte er den Colt in das Holster zurück. *Hol's der Teufel*, dachte er, *aufs Podest können sie dich nur einmal stellen.* Trotzdem war er ganz zitterig, und als er am anderen Ortsrand in das einzige Motel von Gurleyville einbrach, brauchte er lange, bis er endlich einschlafen konnte. Diesmal suchte ihn im Traum nicht der Lumpenmann, sondern sein Sohn heim, ein schmutziges Kind mit ausdruckslosem Blick, das »Geh-Teufel, meinuck« antwortete, als Clay seinen Namen rief.

6

Aus diesem Traum wachte er lange vor Einbruch der Dunkelheit auf, aber da an Schlaf nicht mehr zu denken war, beschloss er weiterzuwandern. Und sobald er Gurleyville hinter sich gelassen hatte – das Wenige, was es an Gurleyville hinter sich zu lassen gab –, würde er fahren. Es gab keinen Grund, das nicht zu tun; die Route 160 schien jetzt fast völlig hindernisfrei zu sein, wahrscheinlich seit der Massenkarambolage an der Kreuzung mit der Route 11. Das hatte er bei Nacht und Regen einfach nur nicht bemerkt.

Der Lumpenmann und seine Freunde haben mir den Weg frei gemacht, dachte er. *Natürlich, das hier ist nämlich die gottverdammte Viehrutsche. Für mich also irgendwie die Rutsche, die ins Schlachthaus führt. Weil ich ein unerledigter alter Fall bin. Sie wollen mir möglichst rasch den Stempel* ERLEDIGT *aufdrücken und mich in die Ablage stecken. Nur schade, dass ich nichts von Tom und Jordan und den drei anderen erfahre werde. Ob sie genügend Nebenstraßen gefunden haben, um weiter nach New Hampshire hineinzugelangen und ...*

Dann kam er über einen Hügel, und dieser Gedankengang riss jäh ab. Mitten auf der Straße unter ihm stand ein kleiner gelber Schulbus mit der Aufschrift MAINE SCHOOL DISTRICT 38 NEWFIELD auf der Seite. Ein Mann und ein Junge lehnten daran. In einer lässig freundschaftlichen Geste, die Clay überall wiedererkannt hätte, hatte der Mann dem Jungen einen Arm um die Schultern gelegt. Während er wie gelähmt dastand und seinen Augen nicht trauen wollte, kam ein weiterer Mann um die bullige Schnauze des Schulbusses herum. Er trug sein langes graues Haar zu einem Pferdeschwanz zusammengefasst. Hinter ihm tauchte eine Schwangere in einem T-Shirt auf. Es war himmelblau, nicht schwarz wie eines von Harley-Davidson, aber das war Denise, kein Zweifel.

Jordan sah ihn und rief seinen Namen. Er machte sich von Toms Arm frei und rannte los. Clay rannte ihm entgegen. Sie begegneten sich etwa dreißig Meter vor dem Schulbus.

»Clay!«, rief Jordan. Er war vor Freude fast hysterisch. »Bist du's wirklich?«

»Ich bin's«, bestätigte Clay. Er schwang Jordan im Kreis herum, dann küsste er ihn auf beide Wangen. Jordan war nicht Johnny, aber Jordan würde genügen – zumindest vorläufig. Er umarmte ihn, dann stellte er ihn wieder auf die Füße und betrachtete das abgehärmte Gesicht, wobei ihm die von Übermüdung zeugenden dunklen Schatten unter Jordans Augen auffielen. »Wie um Himmels willen kommt ihr denn hierher?«

Über Jordans Gesicht zog ein Schatten. »Wir konnten nicht ... das heißt, wir haben nur geträumt ...«

Tom kam herangeschlendert. Wie beim Abschied ignorierte er Clays ausgestreckte Hand und umarmte ihn stattdessen. »Wie geht's, van Gogh?«, sagte er.

»Okay. Verdammt, ich freue mich, euch alle zu sehen, aber ich verstehe nicht ...«

Tom bedachte ihn mit einem Lächeln. Es war müde und sanft zugleich, eine weiße Flagge von einem Lächeln. »Was

Computer-Boy dir zu erklären versucht, ist die Tatsache, dass wir letztlich keine andere Wahl hatten. Komm mit zum gelben Bus runter. Ray sagt, dass wir sogar bei einem Schnitt von nur dreißig Meilen bei Sonnenuntergang in Kashwak sein können, wenn die Straße frei bleibt – was sie aber sicher tun wird. Hast du mal *Spuk in Hill House* gelesen?«

Clay schüttelte verwirrt den Kopf. »Kenn nur die Verfilmung.«

»Eine Zeile daraus spiegelt die gegenwärtige Situation wider: ›Reisen enden damit, dass Liebende sich treffen.‹ Vielleicht gibt's für dich ja doch ein Wiedersehen mit deinem Jungen.«

Sie gingen zum Schulbus hinunter. Dan Hartwick hielt Clay mit einer Hand, die nicht ganz ruhig war, eine Dose mit Pfefferminzbonbons hin. Wie Jordan und Tom wirkte er erschöpft. Clay, der sich wie ein Mann in einem Traum fühlte, nahm sich ein Bonbon. Ob der Weltuntergang nun bevorstand oder nicht, es war eigenartig stark.

»He, Mann«, sagte Ray. Er saß am Steuer des Schulbusses, hatte die Dolphins-Mütze in den Nacken geschoben und hielt eine Zigarette zwischen den Fingern. Er wirkte blass und abgehärmt. Statt Clay anzusehen, starrte er durch die Windschutzscheibe nach vorn.

»*Hey, Ray, what do you say?*«, sagte Clay.

Ray lächelte flüchtig. »Das habe ich schon ein paar Mal gehört, ehrlich.«

»Klar, vermutlich ein paar hundert Male. Ich würde dir gern erzählen, dass ich froh bin, dich zu sehen, aber ich weiß nicht, ob du das unter den Umständen hören willst.«

Ray, der weiter durch die Windschutzscheibe sah, antwortete: »Dort vorn steht jemand, den du *bestimmt* nicht gern sehen wirst.«

Clay sah nach vorn. Das taten die anderen nun auch. Ungefähr eine Viertelmeile vor ihnen führte die Route 160 über einen weiteren Hügel. Dort stand der Lumpenmann, dessen HARVARD-Kapuzenjacke schmutziger denn je war, aber sich noch immer hell vor dem grauen Nachmittagshimmel abhob, und sah sie an. Ungefähr fünfzig weitere Phoner umgaben ihn. Er hob eine Hand und winkte ihnen mit einer merkwürdigen Seitwärtsbewegung, als würde er eine Windschutzscheibe säubern, zweimal zu. Dann wandte er sich ab und ging davon, wobei sein Gefolge (sein *Kleinschwarm*, dachte Clay) sich ihm in einer Art Keilformation anschloss. Bald waren sie außer Sicht.

VIRUS

1

Sie hielten auf einem Rastplatz etwas weiter nördlich an der Straße. Niemand war besonders hungrig, aber für Clay war es eine gute Gelegenheit, seine Fragen zu stellen. Ray aß überhaupt nichts; er saß einfach nur auf der windabgewandten Seite der Gruppe auf der Steinmauer einer Grillstelle, rauchte und hörte zu. An der Unterhaltung beteiligte er sich mit keinem Wort. Auf Clay wirkte er völlig entmutigt.

»Wir *denken*, dass wir hier halten«, sagte Dan mit einer Handbewegung, die den kleinen Rastplatz mit seiner Umrahmung aus Tannen und herbstlich bunten Laubbäumen, seinen murmelnden Bach und seinen Wanderweg umfasste, an dessen Anfang ein Schild warnte: WANDERN? **NEHMEN SIE EINE KARTE MIT!** »Vermutlich *halten* wir hier, weil ...« Er blickte zu Jordan hinüber. »Würdest du sagen, dass wir hier halten, Jordan? Du scheinst das immer am deutlichsten wahrzunehmen.«

»Ja«, sagte Jordan sofort. »Das hier ist real.«

»Jawoll«, sagte Ray, ohne aufzusehen. »Wir sind hier, das steht fest.« Als er mit der flachen Hand auf die Steinmauer der Grillstelle schlug, klickte sein Ehering leise metallisch: *tink-tink-tink*. »Das alles ist wirklich. Wir sind alle wieder zusammen, mehr wollten die nicht.«

»Das verstehe ich nicht«, sagte Clay.

»Wir auch nicht, jedenfalls nicht völlig«, sagte Dan.

»Sie sind viel stärker, als ich je vermutet hätte«, sagte Tom. »So viel weiß ich immerhin.« Er nahm die Brille ab und rieb die Gläser an seinem Hemd. Es war eine müde, zerstreute Geste. Er sah zehn Jahre älter aus als der Mann, dem Clay in Boston begegnet war. »Und sie haben in unser Denken eingegriffen. *Nachdrücklich.* Wir hatten nie eine Chance.«

»Ihr seht alle ziemlich erschöpft aus«, sagte Clay.

Denise lachte. »Wirklich? Tja, dazu sind wir auf ehrliche Weise gekommen. Nachdem wir uns getrennt haben, haben wir die Route 11 nach Westen genommen. Wir sind marschiert, bis es hinter uns im Osten hell geworden ist. Ein Fahrzeug zu organisieren wäre Zeitverschwendung gewesen, weil die Straßenverhältnisse beschissen schlecht waren. Ab und zu war zwar eine Viertelmeile ganz frei, aber dann ...«

»Straßenriffe, ich weiß«, sagte Clay.

»Ray hat gesagt, das würde westlich der Spaulding Turnpike besser werden, aber wir haben beschlossen, den Tag in einem Motel zu verbringen, das Twilight Motel hieß.«

»Von dem habe ich schon gehört«, sagte Clay. »Am Rand der Vaughan Woods. Bei uns zu Hause ist es ziemlich berüchtigt.«

»Wirklich? Na gut.« Sie zuckte die Achseln. »Wir laufen also dort ein, und der Kleine – Jordan – sagt: ›Ich mache euch das größte Frühstück, das ihr je gegessen habt.‹ Wir sagen: ›Träum nur weiter, Kleiner‹, was irgendwie komisch war, denn schließlich war alles eine Art Traum – aber dort gibt's *Strom*, und er *tut*, was er versprochen hat. Er macht uns ein riesiges Frühstück. Wir hauen alle begeistert rein. Es ist das Frühstück aller Frühstücke. Erzähle ich das richtig, Jungs?«

Dan, Tom und Jordan nickten. Ray, der immer noch auf der Steinmauer der Grillstelle saß, zündete sich nur eine weitere Zigarette an.

Nach Denise' Schilderung hatten sie im Speisesaal gegessen, was Clay faszinierend fand, weil er sicher wusste, dass das

Twilight *keinen* Speisesaal hatte; es war ein einfaches, absolut verschwiegenes Motel genau auf der Grenze zwischen Maine und New Hampshire. Gerüchten nach gab es in den schuhkartongroßen Zimmern dort als einzigen Luxus kalte Duschen und heiße Pornofilme im Fernseher.

Die Geschichte wurde noch unheimlicher. Es hatte eine Musikbox gegeben. Aber statt mit Lawrence Welk und Debby Boone war sie mit heißem Zeug (darunter »Hot Stuff« von Donna Summer) voll gestopft gewesen, und statt gleich ins Bett zu fallen, hatten sie zwei bis drei Stunden lang getanzt – eifrig getanzt. Und bevor sie zu Bett gegangen waren, hatten sie ein weiteres üppiges Mahl vertilgt, diesmal von Denise zubereitet. Erst danach waren sie endlich ins Bett gefallen.

»Und haben vom Gehen geträumt«, sagte Dan. Er sprach mit einer resignierten Verbitterung, die beunruhigend war. Das hier war nicht der gleiche Mann, den Clay vor zwei Nächten hatte sagen hören: *Ich bin mir ziemlich sicher, dass wir sie aus unseren Köpfen aussperren können, solange wir wach sind* und *Wir können es tatsächlich schaffen, für sie ist das jetzt noch die Anfangsphase.* Jetzt lachte er vor sich hin – ein Laut, der keinerlei Humor enthielt. »Mann, wir *mussten* davon träumen, weil wir's nämlich wirklich *getan* haben. Wir sind den ganzen Tag gegangen.«

»Nicht ausschließlich«, sagte Tom. »Ich hatte einen Fahrtraum ...«

»Stimmt, du bist gefahren«, sagte Jordan ruhig. »Zwar nur etwa eine Stunde lang, aber du bist gefahren. Das war, als wir geträumt haben, dass wir in diesem Motel – im Twilight – schlafen. Ich habe auch davon geträumt, dass wir fahren. Das war gewissermaßen ein Traum in einem Traum. Nur dass der real war.«

»Siehst du?«, sagte Tom und lächelte Clay zu. Er zerzauste Jordans dichten Haarpelz. »Auf gewisser Ebene hat Jordan von Anfang an Bescheid gewusst.«

»Virtuelle Realität«, sagte Jordan. »Das war alles. Wie in einem Videospiel. Allerdings war die Qualität noch nicht besonders.« Er sah nach Norden, wohin der Lumpenmann verschwunden war. In Richtung Kashwak. »Sie wird besser, wenn *sie* besser werden.«

»Nach Einbruch der Dunkelheit sind die Scheißkerle machtlos«, warf Ray ein. »Dann müssen sie ins gottverdammte Heiabettchen.«

»Und am Ende des Tages mussten wir das auch«, sagte Dan. »Das war ihre Absicht. Sie wollten uns so ermüden, dass wir uns nicht ausrechnen konnten, was passierte, selbst als sie uns nachts weniger vollständig unter Kontrolle hatten. Tagsüber war der Präsident von Harvard immer mit einem mittelgroßen Schwarm in der Nähe, um ihr mentales Kraftfeld zu senden und Jordans virtuelle Realität zu erzeugen.«

»So muss es gewesen sein«, sagte Denise. »Genau.«

Das alles war passiert, rechnete Clay sich aus, während er im Hausmeisterhäuschen geschlafen hatte.

»Uns zu erschöpfen war nicht ihre einzige Absicht«, sagte Tom. »Sie waren nicht einmal damit zufrieden, uns nach Norden umzuleiten. Sie wollten auch, dass wir wieder alle zusammen sind.«

Das Quintett hatte ein baufälliges Motel an der Route 47 – der *Maine* Route 47 – nicht allzu weit südlich von Great Works erreicht. Das Gefühl des Entwurzeltseins, sagte Tom, sei gewaltig gewesen. Und der Klang von Schwarmmusik in nicht allzu weiter Ferne hatte nicht gerade dazu beigetragen, es zu mildern. Sie hatten alle geahnt, was mit ihnen geschehen sein musste, aber es war Jordan gewesen, der es schließlich ausgedrückt hatte, genau wie es Jordan gewesen war, der das Offensichtliche in Worte gekleidet hatte: Ihr Fluchtversuch war fehlgeschlagen. Ja, sie konnten sich vermutlich aus dem Motel schleichen, in dem sie gelandet waren, um erneut nach Westen aufzubrechen, aber wie weit würden sie diesmal kommen? Sie waren erschöpft. Schlimmer, sie waren entmutigt. Es war auch Jordan, der darauf hinwies, die Phoner könnten sogar dafür gesorgt haben, dass ein paar Normies ihre nächtlichen Bewegungen überwachten.

»Wir haben gegessen«, sagte Denise, »weil wir nicht nur todmüde, sondern auch heißhungrig waren. Dann sind wir tatsächlich ins Bett gegangen und haben bis zum nächsten Morgen geschlafen.«

»Ich war als Erster auf«, sagte Tom. »Im Innenhof hat der Lumpenmann persönlich gestanden. Er hat eine kleine Verbeugung gemacht und mit einer Hand auf die Straße gewiesen.« An diese Geste erinnerte Clay sich sehr gut. *Die Straße ist euer. Nehmt sie also.* »Irgendwie hätte ich ihn umlegen können – immerhin hatte ich Sir Speedy bei mir –, aber was hätte das genützt?«

Clay schüttelte den Kopf. Nicht das Geringste.

Sie hatten sich wieder auf den Weg gemacht und waren zuerst der Route 47 gefolgt. Dann, berichtete Tom, hatten sie das Gefühl gehabt, mental angestupst zu werden, damit sie eine unbezeichnete Waldstraße nahmen, die tatsächlich nach Südost zu mäandern schien.

»Heute Morgen keine Visionen?«, fragte Clay. »Keine Träume?«

»Nichts«, sagte Tom. »Sie wissen, dass wir begriffen haben. Schließlich können sie Gedanken lesen.«

»Sie haben gehört, dass wir uns geschlagen geben«, sagte Dan mit demselben trübseligen, verbitterten Ton wie zuvor.

»Ray, hast du zufällig eine Zigarette für mich übrig? Ich hab zwar das Rauchen aufgegeben, aber vielleicht fange ich jetzt wieder damit an.«

Ray warf ihm wortlos die Packung zu.

»Als würde man von einer Hand angestupst – nur eben im Gehirn«, sagte Tom. »Überhaupt kein nettes Gefühl. Auf eine Art zudringlich, die man nicht mal andeutungsweise beschreiben kann. Und die ganze Zeit das Bewusstsein, dass der Lumpenmann und sein Schwarm uns begleiten. Manchmal haben wir ein paar von denen durch die Bäume gesehen; meistens waren sie aber unsichtbar.«

»Sie sammeln sich jetzt also nicht nur früh und spät«, sagte Clay.

»Nein, das alles ändert sich«, sagte Dan. »Jordan hat eine Theorie ... eine äußerst interessante zudem und durch einige Tatsachen untermauert. Außerdem stellen wir einen Sonderfall da.« Er zündete sich eine Zigarette an. Inhalierte. Hustete. »Scheiße, ich hab gewusst, dass ich diese Dinger aus irgendeinem Grund aufgegeben habe.« Und dann, praktisch ohne Pause: »Sie können nämlich schweben. Levitieren. Muss eine verdammt praktische Fortbewegungsart sein, wenn die Straßen so verstopft sind. Als hätte man einen fliegenden Teppich.«

Nach ungefähr einer Meile auf dieser scheinbar sinnlosen Waldstraße waren die fünf auf ein Blockhaus gestoßen, vor dem ein Pick-up stand. Der Zündschlüssel steckte. Ray fuhr; Tom und Jordan hockten hinten auf der Ladefläche. Keiner von ihnen war überrascht, als die Waldstraße allmählich wieder nach Norden abbog. Kurz bevor sie sich verlor, schickte der Navigationssender in ihren Köpfen sie auf eine andere Straße und zuletzt auf eine, die kaum mehr als eine Fahrspur mit einem breiten Streifen Unkraut in der Mitte war. Sie endete irgendwann in einem Sumpfloch, in dem der Pick-up sich festfuhr, aber ein einstündiger Marsch brachte sie zur Route 11 unmittelbar südlich der Kreuzung mit der 160.

»Dort haben wir zwei tote Phoner gesehen«, sagte Tom. »Frisch. Heruntergerissene Stromleitungen, abgeknickte Masten. Die Krähen haben sich voll geschlagen.«

Clay überlegte, ob er ihnen erzählen sollte, was er vor dem Feuerwehrhaus Gurleyville gesehen hatte, hielt dann aber doch den Mund. Falls es irgendwelche Auswirkungen auf ihre gegenwärtige Lage hatte, vermochte er sie nicht zu erkennen. Außerdem gab es viele, die nicht miteinander kämpften. Und solche hatten Tom und die anderen weiter auf Trab gehalten.

Das Kollektiv hatte sie jedoch nicht zu dem kleinen gelben Schulbus geführt; den hatte Ray entdeckt, als er die Handelsniederlassung Newfield erkundete, während die anderen sich aus jenem Getränkeautomaten bedienten, aus dem auch Clay sich ein Ginger-Ale geholt hatte. Ray sah den Bus durch eines der rückwärtigen Fenster.

Seither hatten sie nur einmal gehalten, um auf dem Granitboden des Steinbruchs Gurleyville Feuer zu machen und sich eine warme Mahlzeit zuzubereiten. Sie hatten auch ihr neues, in der Handelsniederlassung besorgtes Schuhwerk angezogen – nach dem einstündigen Marsch durch Dreck und Schlamm waren sie bis zu den Knien schmutzig – und eine Stunde lang gerastet. Sie mussten an Clay im Motel Gurleyville vorbeigefahren sein, als er eben aufwachte, jedenfalls waren sie kurz danach zum Anhalten veranlasst worden.

»Und hier wären wir nun also«, sagte Tom. »Der Fall ist fast abgeschlossen.« Seine Handbewegung umfasste den Himmel, das Land und die Bäume. »Eines Tages, mein Sohn, wird dies alles dir gehören.«

»Dieses Ding, das mich ständig angestoßen hat, ist aus meinem Kopf verschwunden – zumindest vorläufig«, sagte Denise. »Wofür ich äußerst dankbar bin. Der erste Tag war irgendwie am schlimmsten. Ich meine, Jordan hatte die deutlichste Vorstellung davon, dass irgendwas nicht in Ordnung ist, aber ich glaube, dass wir alle wussten, dass irgendwas nicht ... du weißt schon, einfach nicht richtig war.«

»Genau«, sagte Ray. Er rieb sich den Nacken. »Als ob man in einer Kindergeschichte wäre, in der die Vögel und die Schlangen reden können. Und Sachen sagen wie: ›Mit dir ist alles okay, dir geht's gut, macht nichts, dass dir die Beine wehtun, du bist obercool.‹ Obercool, das haben wir immer gesagt, als ich in Lynn aufgewachsen bin.«

»›*Lynn, Lynn, city of sin, when you get to heaven, they won't let you in*‹«, leierte Tom herunter.

»Du bist unter Hardcore-Christen aufgewachsen, das merkt man«, sagte Ray. »Jedenfalls hat der Junge Bescheid gewusst, ich hab Bescheid gewusst, ich denke, wir haben *alle* verdammt gut Bescheid gewusst. Wer auch nur ein halbes Hirn hatte, konnte nicht davon ausgehen, dass eine Flucht möglich sein würde ...«

»Daran habe ich so lange geglaubt, wie ich konnte, weil ich's nämlich glauben wollte«, sagte Dan. »Aber in Wirklichkeit? Wir hatten niemals eine Chance. Andere Normies vielleicht, aber nicht wir, nicht wir Schwarm-Killer. An uns wollen sie sich rächen, was auch mit ihnen geschieht.«

»Was, denkt ihr, haben wir von ihnen zu erwarten?«, fragte Clay.

»Ach, den Tod«, sagte Tom irgendwie desinteressiert. »Wenigstens kann ich dann mal wieder richtig ausschlafen.«

Clay begriff endlich ein paar Dinge, die er bisher übersehen hatte, und war nun auf dem Laufenden. Am Anfang dieses

Gesprächs hatte Dan gesagt, ihr bisheriges Verhalten ändere sich – und Jordan habe eine Theorie dazu. Und eben hatte er gesagt: *was auch mit ihnen geschieht.*

»Nicht weit von hier habe ich zwei Phoner gesehen, die sich geprügelt haben«, sagte er.

»Aha«, sagte Dan ohne großes Interesse.

»*Nachts*«, sagte Clay, und nun sahen ihn alle an. »Sie haben sich um einen Feuerwehrwagen geprügelt. Wie zwei Jungen um ein Spielzeug. Von einem der beiden habe ich etwas Telepathie empfangen, aber beide haben geredet.«

»Geredet?«, sagte Denise skeptisch. »Richtig mit Wörtern?«

»Mit Wörtern. Nicht immer klar verständlich, aber es waren eindeutig Wörter. Wie viele neue Tote habt ihr eigentlich gesehen? Nur die beiden, von denen ihr erzählt habt?«

»Seit wir wieder mit vollem Bewusstsein da sind, wo wir wirklich sind«, sagte Dan, »haben wir ungefähr zwei Dutzend gesehen.« Er sah zu den anderen hinüber. Tom, Denise und Jordan nickten. Ray zuckte die Achseln und zündete sich die nächste Zigarette an der vorigen an. »Aber es ist schwierig, die Todesursache zu beurteilen. *Vielleicht* fallen sie ins erste Stadium zurück; das würde zu Jordans Theorie passen, aber dass sie jetzt reden, ist schlecht damit vereinbar. Unter Umständen waren das auch einfach nur Tote, zu deren Beseitigung die Schwärme noch nicht gekommen sind. Die Bestattung von Toten scheint im Augenblick nicht zu ihren Prioritäten zu zählen.«

»*Wir* sind ihre Priorität, und sie werden bald dafür sorgen, dass wir weiterfahren«, sagte Tom. »Ich glaube nicht, dass die ... ihr wisst schon, die große Zurschaustellung im Stadion vor morgen stattfindet, aber ich bin mir ziemlich sicher, dass sie uns noch heute vor Einbruch der Dunkelheit in Kashwak haben wollen.«

»Jordan, wie lautet deine Theorie?«, fragte Clay.

»Ich glaube, dass das Originalprogramm von einem Virus befallen war«, sagte Jordan.

2

»Das verstehe ich nicht«, sagte Clay, »was aber niemanden wundern dürfte. Was Computer betrifft, kann ich mit Word, Photoshop und Mail auf dem Mac arbeiten. In Bezug auf weitere Anwendungen bin ich praktisch ein Analphabet. Johnny hat mir selbst das mit meinem Mac mitgelieferte Patiencen-Programm Schritt für Schritt erklären müssen.« Davon zu sprechen, tat weh. Die Erinnerung daran, wie Johnnys Hand gemeinsam mit seiner die Maus geführt hatte, schmerzte noch mehr.

»Aber du weißt, was ein Computervirus ist, oder?«

»Irgendetwas, was sich im Computer einnistet und alle Programme versaut, stimmt's?«

Jordan verdrehte die Augen, aber er sagte: »So ungefähr. Es kann sich weiterfressen und dabei die Dateien und die Festplatte unbrauchbar machen. Gerät es in Shareware und das Zeug, das man versendet, auch wenn's nur E-Mail-Anhänge sind – und das tut es –, kann es sich blitzschnell ausbreiten. Manchmal bekommt so ein Virus auch Junge. Es ist selbst ein Mutant, und oft mutieren die Jungen auch wieder. Okay?«

»Okay.«

»Der Puls war ein mit Modem versendetes Computerprogramm – nur so kann die Sache funktioniert haben. Und es wird *noch immer* per Modem ausgesendet. Bloß war es von einem Virus befallen, der jetzt das Programm verfallen lässt.

Auf diese Weise verschlechtert es sich von Tag zu Tag mehr. GIGO. Du kennst die Abkürzung GIGO?«

Clay sagte: »Ich kenne nicht mal den Weg nach San José.«

»Die steht für ›Garbage In, Garbage Out – Mist rein, Mist raus.‹ Wir glauben, dass es Konversionspunkte gibt, an denen Phoner Normies umwandeln ...«

Clay erinnerte sich an seinen Traum. »Da bin ich euch weit voraus«, sagte er.

»Aber jetzt bekommen sie eine schlechte Programmierung, verstehst du? Und das ist nur logisch, weil die letzten Phoner als Erste schlappzumachen scheinen. Sie kämpfen miteinander, flippen aus oder fallen einfach so tot um.«

»Du kennst nicht genügend Einzelheiten, um das behaupten zu können«, widersprach Clay sofort. Er dachte an Johnny.

Jordans Augen hatten geglänzt. Jetzt verloren sie etwas von ihrem Glanz. »Das stimmt.« Dann reckte er das Kinn vor. »Aber es ist logisch. Wenn die Annahme zutrifft – wenn es sich um einen Virus handelt, der sich immer tiefer in die ursprüngliche Programmierung reinfrisst –, dann ist sie auf ihre Art genauso logisch wie das Latein, das sie sprechen. Die neuen Phoner werden neu gestartet, aber jetzt ist es ein verrückter, unregelmäßiger Neustart. Sie bekommen telepathische Fähigkeiten, aber sie können weiterhin sprechen. Sie ...«

»Jordan, diese Schlussfolgerung kannst du aus nur den zwei Phonern, die *ich* gesehen habe, *nicht* ziehen ...«

Jordan beachtete ihn nicht weiter. Eigentlich führte er jetzt ein Selbstgespräch. »Sie sammeln sich nicht zu Schwärmen wie die anderen, nicht so *vollständig*, weil der Herdentrieb unvollkommen installiert ist. Stattdessen ... stattdessen sind sie auch nachts unterwegs. Sie fangen wieder an, ihre Artge-

435

nossen anzugreifen. Und wenn's noch schlimmer wird ... Seht ihr nicht, worauf das hinausläuft? Die *neuesten* Phoner wären dann die Ersten, die's erwischt!«

»Wie in *Krieg der Welten*«, sagte Tom verträumt.

»Hä?«, sagte Denise. »Den Film hab ich mir nicht angesehen. Der ist mir zu gruselig vorgekommen.«

»Die Invasoren sind an Bazillen gestorben, die *unsere* Körper mühelos vertragen«, sagte Tom. »Wär es da nicht so was wie ausgleichende Gerechtigkeit, wenn alle Handy-Verrückten an einem Computervirus eingehen würden?«

»Mir würde es schon genügen, wenn ihre Aggressivität zurückkommt«, sagte Dan. »Damit sie sich in einer einzigen gewaltigen Schlacht gegenseitig abmurksen.«

Clay dachte noch immer an Johnny. Auch an Sharon, aber vor allem an Johnny. Johnny, der KOMM BITTE UND HOL MICH in Großbuchstaben geschrieben und dann mit beiden Vornamen *und* seinem Nachnamen unterschrieben hatte, so als könnte das dieser Bitte mehr Gewicht verleihen.

»Nutzt uns aber nix, wenn's nicht bis heute Abend passiert«, sagte Ray Huizenga. Er stand auf und reckte sich. »Sie treiben uns bestimmt bald weiter. Ich werd noch mal kurz austreten gehen, solange Zeit dafür ist. Haut bloß nicht ohne mich ab.«

»Nicht mit dem Bus, mit dem bestimmt nicht«, sagte Tom, während Ray schon den Wanderweg hinaufging. »Außerdem hast du die Schlüssel in der Tasche.«

»Wichtig ist, was hinten rauskommt, Ray«, sagte Denise honigsüß.

»Sei keine Klugscheißerin, Darling«, sagte Ray und verschwand außer Sicht.

»Und was werden sie mit uns anstellen?«, sagte Clay. »Irgendwelche Vorstellungen davon?«

436

Jordan zuckte die Achseln. »Vielleicht ist es wie bei einer Videokonferenz, nur dass viele verschiedene Gebiete aus dem ganzen Land daran teilnehmen. Vielleicht die ganze Welt. Wegen der Größe des Stadions tippe ich auf ...«

»Und natürlich wegen des Lateins«, sagte Dan. »Das ist die klassische *Lingua franca*.«

»Und wozu brauchen die eine?«, sagte Clay. »Die sind doch Telepathen.«

»Aber sie denken noch überwiegend in Worten«, sagte Tom. »Zumindest bisher. Jedenfalls *haben* sie vor, uns hinzurichten, Clay – Jordan glaubt das, Dan glaubt das, und ich tu's auch.«

»Ich auch«, sagte Denise mit schwacher, trübseliger Stimme und streichelte die Wölbung ihres Bauchs.

»Latein ist mehr als nur eine *Lingua franca*«, sagte Tom. »Es ist auch die Sprache der Justiz, und wir haben schon mitbekommen, wie sie von denen verwendet wird.«

Gunner und Harold. Stimmt genau. Clay nickte.

»Jordan hat eine weitere Idee«, fuhr Tom fort. »Ich finde, die solltest du dir auch anhören, Clay. Für alle Fälle. Jordan?«

Jordan schüttelte den Kopf. »Ich kann nicht.«

Dan Hartwick und Tom wechselten einen Blick.

»Also, irgendeiner von euch muss es mir verraten«, sagte Clay. »Ich meine, Herrgott noch mal!«

Schließlich lief es doch auf Jordan hinaus. »Als Telepathen wissen sie, wer unsere liebsten Angehörigen sind«, sagte er.

Clay suchte nach einer unheilvollen Bedeutung in dieser Feststellung, konnte aber keine entdecken. »Und?«

»Ich habe einen Bruder in Providence«, sagte Tom. »Wenn er einer von *ihnen* ist, wird er mein Scharfrichter sein. Das heißt, wenn Jordan richtig vermutet.«

»Meine Schwester«, sagte Dan Hartwick.

»Mein Stockwerkspräfekt«, sagte Jordan. Er war sehr blass geworden. »Der mit dem Megapixel-Handy von Nokia, auf dem Videodownloads laufen.«

»Mein Mann«, sagte Denise und brach in Tränen aus. »Außer er ist tot. Ich bete zu Gott, dass er tot ist.«

Einen Augenblick länger verstand Clay noch immer nichts. Und dann dachte er: *John? Mein Johnny?* Er sah, wie der Lumpenmann eine Hand über seinen Kopf hielt, hörte den Lumpenmann das Urteil sprechen: *»Ecce homo – insanus.«* Und sah seinen Sohn auf sich zukommen: mit seiner Little-League-Mütze und in seinem liebsten Red-Sox-Trikot, dem mit Tim Wakefields Namen und Rückennummer. Johnny, ganz klein unter den Augen von Millionen, die dank des Wunders gruppendynamischer Telepathie in Konferenzschaltung zusahen.

Der kleine Johnny-Gee, lächelnd. Mit leeren Händen.

Mit nichts als den Zähnen in seinem Mund bewaffnet.

3

Es war Ray, der das Schweigen brach, obwohl Ray gar nicht da war.

»O *Jesus*.« Es kam aus einiger Entfernung den Wanderweg entlang. *»Scheiße!«* Dann: »Jo, Clay!«

»Was gibt's denn?«, rief Clay zurück.

»Du bist hier oben doch zu Hause, richtig?« Das war nicht die Stimme eines fröhlichen Campers. Clay sah die anderen an, die seinen Blick nur ausdruckslos erwiderten. Jordan zuckte die Achseln, drehte die Handflächen nach oben und wirkte so einen herzzerreißenden Augenblick lang wie ein Beinahe-Teenager – statt nur wie ein weiterer Flüchtling im Handy-krieg.

»Na ja ... weiter südlich, aber im Prinzip ja.« Clay stand auf. »Wo liegt das Problem?«

»Du weißt also, wie Giftefeu und Gifteiche aussehen, richtig?«

Denise bekam einen stummen Lachanfall und schlug beide Hände vor den Mund.

»Ja«, sagte Clay. Er musste selbst unwillkürlich grinsen. Natürlich wusste er, wie die beiden Pflanzen aussahen, hatte er Johnny und dessen Spielkameraden seinerzeit doch oft genug davor gewarnt.

»Also gut, komm hier rauf und sich sie dir an«, sagte Ray. »Aber komm allein.« Dann fast ohne Pause: »Denise, ich brauche keine Telepathie, um zu wissen, dass du lachst. Halt bloß die Klappe, Mädel.«

Clay verließ den Rastplatz, ging an dem Schild WANDERN? **NEHMEN SIE EINE KARTE MIT**! vorbei und folgte dann dem hübschen kleinen Bach. In den Wäldern war jetzt alles hübsch: eine Palette leuchtender Herbstfarben, die sich mit dem soliden, unveränderlichen Grün der Tannen mischten, und er vermutete (übrigens nicht zum ersten Mal), wenn Männer und Frauen Gott einen Tod schuldeten, dann gab es schlimmere Jahreszeiten als diese, um seiner Verpflichtung nachzukommen.

Er hatte erwartet, dass Ray den Reißverschluss seiner Hose geöffnet oder sie sogar heruntergelassen haben würde, aber Ray stand angezogen auf einem Nadelteppich, und sein Hosengürtel war geschlossen. Um ihn herum gab es keinerlei Unterholz, weder Giftefeu noch sonst etwas. Er war so blass, wie Alice gewesen war, als sie ins Wohnzimmer der Nickersons gestürzt war, um sich zu übergeben: mit so weißer Haut, dass sie wie abgestorben aussah. Nur seine Augen besaßen noch Leben. Sie brannten in seinem Gesicht.

»Komm her«, sagte er und flüsterte dabei wie auf dem Gefängnishof. Clay konnte ihn wegen des geräuschvoll murmelnden Bachs kaum verstehen. »Schnell. Wir haben nicht viel Zeit.«

»Ray, was zum Teufel …«

»Hör einfach nur zu. Dan und dein Kumpel Tom, die sind zu clever. Jordy auch. Manchmal ist Denken störend. Denise ist da besser dran, aber sie ist schwanger. Auf eine Schwangere kann man sich nicht verlassen. Also bleibst du übrig, Herr Künstler. Das gefällt mir zwar nicht, weil du noch an deinem Jungen hängst, aber mit dem ist's wohl aus. Das weißt du im Innersten selbst. Dein Sohn ist erledigt.«

»Alles in Ordnung bei euch dort oben, Jungs?«, rief Denise, und obwohl Clay wie vor den Kopf geschlagen war, konnte er das Lächeln in ihrer Stimme hören.

»Ray, ich weiß nicht, was …«

»Egal, und dabei bleibt's auch. *Hör nur zu.* Was dieser Scheißkerl in der roten Kapuzenjacke will, braucht nicht zu passieren, wenn du's nicht zulässt. Mehr brauchst du nicht zu wissen.«

Ray griff in eine Tasche seiner Kakihose und holte ein Handy und einen Fetzen Papier heraus. Das Mobiltelefon war vor Schmutz ganz grau, so als hätte es den größten Teil seines Lebens in einer werktätigen Umgebung verbracht.

»Steck beides ein. Im richtigen Augenblick musst du die Nummer auf diesem Zettel wählen. Du wirst wissen, wann die Zeit dafür gekommen ist. Ich hoffe jedenfalls, dass du's wissen wirst.«

Clay nahm das Handy entgegen. Er konnte es nur nehmen oder fallen lassen. Das kleine Stück Papier rutschte ihm durch die Finger.

»*Aufheben!*«, flüsterte Ray scharf.

Clay bückte sich und hob den Zettel auf. Es war eine zehnstellige Zahl daraufgekritzelt. Die drei ersten Ziffern waren die Vorwahl für Maine. »Ray, *sie können Gedanken lesen!* Wenn ich das hier habe ...«

Rays Lippen verzogen sich zur schrecklichen Parodie eines Grinsens. »Genau!«, flüsterte er. »Sie gucken in deinen Kopf und stellen fest, dass du an ein beschissenes Handy denkst! Woran sonst denkt jeder schon groß seit dem ersten Oktober? Das heißt, diejenigen von uns, die noch zu 'nem gottverdammten Gedanken imstande sind?«

Clay betrachtete das schmutzige, verkratzte Handy. Auf dem Gehäuse klebten zwei Streifen aus einem Beschriftungsgerät. Auf dem oberen stand ein Name: **MR. FOGARTY**. Auf dem unteren: **EIGENTUM STEINBRUCH GURLEYVILLE – NICHT MITNEHMEN**.

»Steck's in deine Scheiß*tasche*!«

Es war nicht die Dringlichkeit des Befehls, die ihn gehorchen ließ, sondern das Drängen in diesem verzweifelten Blick. Clay machte sich daran, das Handy und den Fetzen Papier einzustecken. Er trug Jeans, deren Taschen enger waren als die von Rays Kakihose. Als er nach unten blickte, um die Tasche zu weiten, streckte Ray eine Hand aus und zog Beth Nickersons .45er aus dem Holster. Als Clay aufsah, hatte Ray die Mündung bereits unter dem Kinn.

»Damit tust du deinem Jungen einen Gefallen, Clay. Glaub mir, das ist eine beschissene Art zu leben.«

»*Ray, nein!*«

Ray drückte ab. Das sich zerlegende American-Defender-Geschoss riss ihm die gesamte Schädeldecke ab. Von den Bäumen in der Umgebung flog ein ganzer Schwarm Krähen auf. Clay hatte nicht einmal gewusst, dass sie überhaupt da waren, aber jetzt hallte der Herbsttag von ihrem Krächzen wider.

Eine Zeit lang übertönte er sie mit seinen Schreien.

4

Sie hatten kaum angefangen, aus der weichen dunklen Erde unter den Tannen ein Grab für ihn herauszukratzen, als die Phoner in ihre Köpfe griffen. Clay spürte diese kollektive Kraft zum ersten Mal. Wie Tom gesagt hatte, fühlte es sich an, als würde man von einer kräftigen Hand im Rücken vorwärts geschoben. Das heißt, wenn die Hand und der Rücken sich im Kopf des Betreffenden befanden. Keine Worte. Nur dieses Schieben.

»Bringen wir das zu Ende!«, rief er aufgebracht und antwortete sich gleich mit etwas höherer Stimme, die er sofort erkannte. »Nein. Geht. Jetzt.«

»In fünf Minuten haben wir's geschafft!«, sagte er.

Dieses Mal benutzte der Schwarm Denise' Stimme. »Geht. Jetzt.«

Tom wälzte Rays Leiche – die Überreste des Kopfes in den Überzug einer Kopfstütze aus dem Bus gewickelt – in die flache Grube und scharrte mit den Füßen etwas Erde darüber. Dann griff er sich mit beiden Händen an den Kopf und verzog dabei das Gesicht. »Okay, okay«, sagte er, dann antwortete er sich sofort selbst: »Geht. Jetzt.«

Sie folgten dem Wanderweg zum Rastplatz hinunter, wobei Jordan vorausging. Er war sehr blass, aber Clay fand, dass er nicht so blass war wie Ray in der letzten Minute seines Lebens. Nicht einmal annähernd so blass. *Das ist eine beschissene Art, zu leben:* seine letzten Worte.

Auf der anderen Straßenseite standen in einer Reihe, die sich etwa eine halbe Meile weit bis zu beiden Horizonten erstreckte, Phoner in Rührt-euch-Stellung wie bei einer Parade. Es mussten mindestens vierhundert sein, den Lumpenmann konnte Clay allerdings nirgends entdecken. Vermutlich war er vorausgegangen, um den Weg zu bereiten, denn in des Lumpenmanns Haus waren viele Wohnungen.

Und alle mit Telefonanschluss, dachte Clay.

Während sie zu dem kleinen Schulbus weitergingen, sah er, wie drei Phoner die lange Reihe verließen. Zwei von ihnen fingen an, sich zu prügeln, zu beißen und gegenseitig die Kleidung zu zerreißen, wobei sie Laute knurrten, die Worte hätten sein können – Clay glaubte einmal, den Ausdruck *Miststück* zu hören, aber das konnte auch eine zufällige Aneinanderreihung zweier Silben gewesen sein. Der dritte Phoner machte einfach kehrt und marschierte auf der weißen Mittellinie in Richtung Newfield davon.

»So ist's recht, weggetreten, Kamerad!«, rief Denise hysterisch schrill. »Ihr könnt *alle* wegtreten!«

Aber das taten sie nicht, und bevor der Deserteur – falls es einer war – die Kurve erreichte, wo die Route 160 in südlicher Richtung verschwand, streckte ein älterer, aber kräftig gebauter Phoner einfach die Arme aus, packte den Kopf des Vorbeigehenden und ruckte daran. Der Wanderer brach auf dem Asphalt zusammen.

»Mensch, Ray hat doch die Schlüssel bei sich«, sagte Dan mit müder Stimme. Sein Pferdeschwanz hatte sich weitgehend aufgelöst, sodass ihm die Haare jetzt bis auf die Schulter hingen. »Irgendwer wird zurückgehen und …«

»Ich hab sie«, sagte Clay. »Und ich fahre.« Auch während er die Tür des kleinen Busses öffnete, fühlte er das ständige Klopfen-Klopfen-Klopfen, Schieben-Schieben-Schieben in seinem Kopf. An seinen Händen klebten Blut und Erde. Er konnte das Gewicht des Handys in seiner Tasche spüren und hatte eine verrückte Idee: Vielleicht hatten Adam und Eva ja ein paar Äpfel mitgenommen, als sie aus dem Garten Eden vertrieben wurden. Als kleine Erfrischung für unterwegs auf

443

dem langen, staubigen Weg zu siebenhundert Fernsehkanälen und Rucksackbombern in der Londoner U-Bahn. »Alles einsteigen.«

Tom warf ihm einen scheelen Blick zu. »Du brauchst nicht so gottverdammt fröhlich zu klingen, van Gogh.«

»Warum nicht?«, sagte Clay lächelnd. Er fragte sich, ob sein Lächeln wie Rays aussah – diese grausig starre Grimasse am Ende eines Lebens. »Wenigstens brauche ich mir *deinen* Scheiß nicht mehr lange anzuhören. Also los, rein mit euch! Nächster Halt: Kashwak No-Fo.«

Bevor jedoch jemand einstieg, wurden sie dazu gebracht, ihre Schusswaffen wegzuwerfen.

Weder erhielten sie einen mentalen Befehl dazu, noch wurden ihre willkürlichen Bewegungen von irgendeiner übermächtigen Kraft gesteuert – Clay brauchte nicht hilflos zuzusehen, wie etwas seine Hand dazu brachte, den .45er aus seinem Holster zu ziehen. Er glaubte nicht, dass die Phoner das konnten, zumindest zum jetzigen Zeitpunkt noch nicht; sie konnten noch nicht einmal die Bauchrednernummer abziehen, wenn sie nicht die Erlaubnis dazu hatten. Stattdessen fühlte er in seinem Kopf so etwas wie ein Jucken, ein grässliches Jucken.

»O Maria *hilf*!«, rief Denise halblaut und schleuderte die kleine .22er aus ihrem Gürtel so weit weg, wie sie nur konnte. Sie landete auf der Straße. Dan warf seine eigene Pistole hinterher; dann ließ er als Dreingabe sein Jagdmesser folgen. Das Messer segelte mit der Spitze voraus fast bis auf die andere Seite der Route 160, aber keiner der dort stehenden Phoner wich zurück.

Jordan ließ die Pistole aus seinem Gürtel neben dem Bus zu Boden fallen. Dann wühlte er wimmernd und zuckend in seinem Rucksack herum und warf auch Alice' Pistole weg. Tom befreite sich von Speedy.

Clay warf seinen Revolver auf die übrigen Waffen neben dem Bus. Seit dem Puls hatte der Colt zwei Menschen Unglück gebracht, und es tat ihm nicht besonders Leid, sich von ihm zu trennen.

»Da!«, sagte er. Er sprach zu den wachsamen Augen und schmutzigen Gesichtern – viele davon entstellt – auf der anderen Straßenseite, aber er sah dabei den Lumpenmann vor sich. »Das sind alle. Zufrieden?« Und er antwortete sich sofort selbst: »Warum. Hat. Er's getan?«

Clay schluckte trocken. Das wollten nicht nur die Phoner wissen; Dan und die anderen sahen ihn ebenfalls aufmerksam an. Er sah, dass Jordan sich an Toms Gürtel festhielt, als fürchtete er sich vor Clays Antwort, wie ein Dreikäsehoch sich vor einer verkehrsreichen Straße fürchtete. Vor einer mit vorbeidonnernden Lastwagen.

»Er hat gesagt, dass ein Leben nach eurer Art kein Leben mehr ist«, sagte Clay. »Er hat sich meinen Revolver geschnappt und sich eine Kugel in den Kopf gejagt, bevor ich ihn daran hindern konnte.«

Stille, die nur durch das Krächzen der Krähen unterbrochen wurde. Dann sprach Jordan ausdruckslos, aber nachdrücklich: »Unsere Art. Ist die einzige Art.«

Dan war der Nächste. Ebenso ausdruckslos. *Außer Wut empfinden sie nichts,* dachte Clay. »Steigt in. Den Bus.«

Sie stiegen in den Bus. Clay setzte sich ans Steuer, ließ den Motor an und fuhr auf der Route 160 nach Norden. Er war noch keine Minute unterwegs, als er auf eine Bewegung zu seiner Linken aufmerksam wurde. Es waren die Phoner. Sie bewegten sich auf dem Seitenstreifen – *über* dem Seitenstreifen – in gerader Linie nach Norden, als stünden sie eine Spanne weit über dem Erdboden auf einem unsichtbaren Förderband. Wo die Straße über den Hügel weiter vorn führte,

445

stiegen sie um einiges höher, ungefähr fünf Meter hoch, und bildeten vor dem grauen, überwiegend bewölkten Himmel einen Bogen aus Menschenleibern. Die Phoner über den Hügelrücken verschwinden zu sehen war nicht anders, als sähe man Leute über den sanften Buckel einer unsichtbaren Achterbahn gleiten.

Auf einmal wurde die anmutige Symmetrie durchbrochen. Eine der aufsteigenden Gestalten stürzte ab wie ein Vogel, den eine hinter einem Jagdschirm abgefeuerte Schrotladung getroffen hat, und knallte aus mindestens drei Meter Höhe auf den Seitenstreifen. Bei dem nun am Boden liegenden handelte es sich um einen Mann in den zerfetzten Überresten eines Geschäftsanzugs. Er drehte sich wie verrückt im Kreis, stieß sich mit dem einen Bein ab und zog das andere nach. Als der Bus mit stetigen fünfzehn Meilen die Stunde an dem Mann vorbeirollte, sah Clay, dass sein Gesicht zu einer wütenden Grimasse verzogen war und seine Lippen sich bewegten, während er etwas hervorstieß, was ziemlich sicher seine letzten Worte waren.

»Jetzt wissen wir's also«, sagte Tom mit hohler Stimme. Er saß mit Jordan auf der Sitzbank vor der Gepäckablage mit ihren Rucksäcken. »Aus Primaten werden Menschen, aus Menschen werden Phoner, aus Phonern werden levitierende Telepathen mit dem Tourette-Syndrom. Evolution abgeschlossen.«

»Was ist ein Tourette-Syndrom?«, fragte Jordan.

»Der Teufel soll mich holen, wenn ich das weiß, mein Sohn«, sagte Tom, und unglaublicherweise mussten sie darüber lachen. Bald grölten alle vor Lachen – auch Jordan, der nicht wusste, worüber er lachte –, während der kleine gelbe Bus langsam nach Norden rollte und von den Phonern überholt wurde, die dann in einer scheinbar endlosen Prozession aufstiegen, immer weiter aufstiegen.

KASHWAK

1

Eine Stunde nach Verlassen des Rastplatzes, in dessen Nähe Ray sich mit Clays Revolver erschossen hatte, kamen sie an einer Reklametafel vorbei, auf der sie lasen:

NORTHERN COUNTIES EXPO
5.–15. OKTOBER
HEREINSPAZIERT, HEREINSPAZIERT!!!

BESUCHEN SIE DIE KASHWAKAMAK-HALLE
UND VERGESSEN SIE NICHT
DAS EINZIGARTIGE »NORTH END«
✶ SPIELAUTOMATEN (AUCH »TEXAS HOLD 'EM«)
✶ »INDIANER-BINGO«

SIE WERDEN SPRACHLOS SEIN!!!

»Mein Gott«, sagte Clay. »Die Expo. Kashwakamak-Halle. Ehrlich, wenn's jemals einen Ort für einen Schwarm gegeben hat, dann den.«

»Was für eine Expo?«, fragte Denise.

»Im Prinzip ein Jahrmarkt«, sagte Clay, »nur größer als die meisten und um einiges wilder, weil er in der TR stattfindet, die nun einmal gemeindefreies Gebiet ist. Und dazu kommt die Sache mit dem ›North End‹. In Maine kennt jeder das North End auf der Northern Counties Expo. Auf seine Art ist es ebenso berüchtigt wie das Twilight Motel.«

Tom wollte wissen, um was es sich bei diesem North End handelte, aber bevor Clay es ihm erklären konnte, sagte Denise: »Da sind wieder zwei. Jesses Maria, ich weiß, dass sie Phoner sind, aber mir wird trotzdem ganz schlecht davon.«

Ein Mann und eine Frau lagen im Staub am Straßenrand. Sie waren in einer engen Umarmung beziehungsweise in einem erbitterten Kampf gestorben, da Umarmungen eher nicht zur Lebensweise der Phoner zu passen schienen. Auf ihrer Fahrt nach Norden waren sie an einem halben Dutzend weiterer Leichen vorbeigekommen – fast sicher Todesopfer aus dem Schwarm, der sich aufgemacht hatte, um sie abzuholen – und hatten doppelt so viele gesehen, die teils einzeln, teils paarweise ziellos nach Süden gewandert waren. Eines der Paare, das offenbar nicht recht wusste, wohin es wollte, hatte sogar versucht, den Bus anzuhalten, um mitgenommen zu werden.

»Wär's nicht nett, wenn sie alle abhauen oder tot umfallen würden, bevor sie durchziehen können, was sie morgen mit uns vorhaben?«, sagte Tom.

»Rechne lieber nicht damit«, sagte Dan. »Für jeden Toten oder Deserteur haben wir zwanzig oder dreißig gesehen, die weiter mitmachen. Und Gott allein weiß, wie viele in dieser Kashwacky-Halle sind.«

»Man darf's aber auch nicht ausschließen«, sagte Jordan, der neben Tom saß. Er sprach mit leicht scharfem Ton. »Ein Defekt im Programm – ein Virus – ist keine Kleinigkeit. Er kann als kleine Unannehmlichkeit anfangen, aber irgendwann knallt's, und danach steht alles still. Habt ihr mal StarMag gespielt? Also, ich hab's früher gespielt, und dann ist dieser Spielverderber da draußen in Kalifornien so wütend geworden, weil er andauernd verloren hat, dass er einen Virus ins System eingeschleust hat, der innerhalb einer Woche alle Server lahm gelegt hat. Fast eine halbe Million Teilnehmer konnten wegen diesem Hirni wieder nur Computer-Cribbage spielen.«

»Wir haben keine Woche Zeit, Jordan«, sagte Denise.

»Ich weiß«, sagte er düster. »Und ich weiß auch, dass es unwahrscheinlich ist, dass sie alle über Nacht mit den Rädern nach oben daliegen ..., aber *möglich* ist's trotzdem. Und ich gebe die Hoffnung nicht auf. Ich will nicht wie Ray enden. Er hat ... ihr wisst schon, mit dem Hoffen aufgehört.« Jordan lief eine einzelne Träne über die Wange.

Tom umarmte ihn. »Du endest nicht wie Ray«, sagte er. »Du wirst groß werden und so sein wie Bill Gates.«

»Ich will aber nicht wie Bill Gates werden«, sagte Jordan mürrisch. »Ich wette, dass Bill Gates ein Handy gehabt hat. Ich wette sogar, dass er ein Dutzend hatte.« Er setzte sich auf. »Wirklich gern wüsste ich allerdings, wie so viele Mobilfunkmasten noch funktionieren können, wo doch der gottverdammte *Strom* ausgefallen ist.«

»FEMA«, sagte Dan mit dumpfer Stimme.

Tom und Jordan wandten sich ihm zu und starrten ihn an, Tom mit einem zaghaften Lächeln auf den Lippen. Sogar Clay sah in den Innenspiegel.

»Ihr glaubt, dass ich scherze«, sagte Dan. »Ich wollte, es wäre ein Scherz. Ich habe einen Zeitschriftenartikel darüber gelesen, als ich im Wartezimmer meines Arztes auf diese widerliche Untersuchung gewartet habe, bei der er einen Latexhandschuh anzieht und dann zur Erkundung ...«

»Bitte«, sagte Denise. »Unsere Lage ist schon so schlimm genug. Den Teil kannst du dir sparen. Was hat in dem Artikel gestanden?«

»Dass die FEMA nach dem elften September beim Kongress Geld beantragt und erhalten hat – ich weiß nicht mehr, wie viel, aber es waren Millionen –, um Mobilfunkmasten im ganzen Land mit Notstromaggregaten auszustatten, damit die Nachrichtenübermittlung in Amerika auch bei koordinierten Terrorangriffen sichergestellt ist.« Er machte eine Pause. »Das scheint geklappt zu haben.«

»FEMA«, sagte Tom. »Ich weiß nicht, ob ich lachen oder weinen soll.«

»Da kann ich dir nur raten, an deinen Abgeordneten zu schreiben, aber der ist wahrscheinlich verrückt«, sagte Denise.

»Der war schon lange vor dem Puls verrückt«, antwortete Tom, sprach dabei aber wie geistesabwesend. Er rieb sich den Nacken und starrte dabei aus dem Fenster. »FEMA«, sagte er. »Wisst ihr, das klingt irgendwie logisch. Scheiß-FEMA!«

»*Ich* jedenfalls gäbe viel dafür, zu erfahren, weshalb sie sich so viel Mühe geben, uns zu schnappen und einzuliefern«, sagte Dan.

»Und dafür sorgen, dass wir Überlebenden nicht Rays Beispiel folgen«, sagte Denise. »Vergiss das nicht.« Sie zögerte. »Ich tät's ohnehin nicht. Selbstmord ist Sünde. Sie können mir antun, was sie wollen, aber ich komme mit meinem Baby in den Himmel. Daran glaube ich.«

»Das Latein ist der Teil, der mir unheimlich ist«, sagte Dan. »Jordan, ist es möglich, dass die Phoner altes Zeug aufgreifen – Zeug aus der Zeit vor dem Puls, meine ich – und in ihre neue Programmierung übernehmen? Wenn es ihren ... hm, ich weiß nicht ... ihren langfristigen Zielen dient?«

»Gut möglich«, sagte Jordan. »Ich kann's aber nicht bestimmt sagen, weil wir nicht wissen, welche Befehle der Puls enthält. Das Ganze hat ohnehin nur wenig mit gewöhnlicher

Computerprogrammierung zu tun. Es entwickelt sich selbständig weiter. Organisch. Wie beim Lernen. Es *ist* eigentlich Lernen. ›Es erfüllt die Voraussetzungen‹, hätte der Rektor gesagt. Bloß lernen sie alle alles gleichzeitig, weil ...«

»Weil sie Telepathen sind«, sagte Tom.

»Richtig«, bestätigte Jordan. Er wirkte besorgt.

»Wieso ist das Latein dir unheimlich?«, fragte Clay, indem er Dan im Innenspiegel beobachtete.

»Tom sagt, dass Latein die Sprache der Justiz ist, und damit hat er wohl Recht, aber die ganze Sache kommt mir mehr wie Vergeltung vor.« Er beugte sich nach vorn. Die Augen hinter seiner Brille wirken müde und sorgenvoll. »Denn – Latein hin, Latein her – *sie können nicht wirklich denken,* davon bin ich überzeugt. Zumindest noch nicht. Statt auf rationale Gedanken können sie sich nur auf eine Art Kollektivverstand stützen, der sein Entstehen bloßem Zorn verdankt.«

»Einspruch, Eurer Ehren, Freudsche Spekulation!«, sagte Tom ziemlich aufgekratzt.

»Vielleicht Freud, vielleicht Lorenz«, sagte Dan, »aber im Zweifel hoffe ich auf eine Entscheidung zu meinen Gunsten. Wär es denn überraschend, wenn ein Gebilde dieser Art – ein von Zorn geprägtes Gebilde – Gerechtigkeit und Vergeltung verwechseln würde?«

»Würde das etwas ausmachen?«, sagte Tom.

»Uns vielleicht schon«, sagte Dan. »Als jemand, der früher einen Blockkurs über Vigilantismus in Amerika gelehrt hat, kann ich dir sagen, dass Vergeltung meistens zu noch schlimmeren Verletzungen führt.«

2

Nicht lange nach diesem Gespräch erreichten sie einen Ort, den Clay wiedererkannte. Was aber eher beunruhigend war, weil er nämlich noch nie in diesem Teil von Maine gewesen war. Außer einmal im Traum, als er den Massenkonversionen beigewohnt hatte.

Quer über die Straße war mit breiten Pinselstrichen in leuchtendem Grün KASHWAK = NO-FO geschrieben. Der Schulbus rollte mit stetigen dreißig Meilen die Stunde darüber hinweg, während links von ihnen die Phoner weiter in ihrer würdevollen, gespenstischen Prozession vorbeizogen.

Das war kein Traum, dachte er, während er die Abfallhaufen zwischen den Büschen am Straßenrand und die Bier- und Limonadendosen in den Straßengräben betrachtete. Tüten, die Kartoffelchips, Nachos und Käsecracker enthalten hatten, knisterten unter den Reifen des kleinen Busses. *Die Normies haben hier in einer Doppelreihe angestanden, ihre Snacks gegessen, ihre Erfrischungsgetränke getrunken, diesen eigenartigen Zwang im Kopf gespürt – dieses unheimliche Gefühl, als würde man von einer mentalen Hand im Rücken vorwärtsgeschoben – und darauf gewartet, dass sie an die Reihe kamen, um einen Angehörigen, zu dem die Verbindung durch den Puls abgerissen war, anrufen zu dürfen. Sie haben hier gestanden und dem Lumpenmann zugehört, als er gesagt hat: »Links und rechts, zwei Reihen bilden, so ist's richtig, so kommen wir weiter, bitte zügig vorrücken, wir müssen vor Einbruch der Dunkelheit noch viele von Ihnen abfertigen.«*

Vor ihnen wichen die Bäume auf beiden Straßenseiten zurück. Was einst mühsam erkämpftes Weideland eines Farmers für seine Kühe oder Schafe gewesen war, war jetzt von unzähligen Füßen zertrampelt und in blanken Erdboden verwandelt worden. Man hätte fast glauben können, dass hier ein Rockkonzert stattgefunden hatte. Eines der beiden Zelte war fort – weggeweht –, aber das andere hatte sich in den Bäumen verfangen und flatterte in dem matten Frühabendlicht wie eine lange braune Zunge.

»Von diesem Ort habe ich geträumt«, sagte Jordan. Seine Stimme klang gepresst.

»Wirklich?«, sagte Clay. »Ich auch.«

»Die Normies sind den Kashwak-No-Fo-Schildern gefolgt und hier gelandet«, sagte Jordan. »Die Zelte waren wie Mautstationen, bei dir auch, Clay?«

»Gewissermaßen«, sagte Clay. »Gewissermaßen wie Mautstationen, genau.«

»Sie hatten große Kartons voll mit Handys«, sagte Jordan. An dieses Detail konnte Clay sich aus seinem Traum nicht erinnern, aber er zweifelte nicht daran, dass es so gewesen war. »Unglaubliche Mengen davon. Und jeder Normie durfte einmal telefonieren. Was für Glückspilze!«

»Wann hast du das geträumt, Jordy?«, fragte Denise.

»Letzte Nacht.« Der Junge erwiderte Clays Blick im Innenspiegel. »Sie haben gewusst, dass sie keine Verbindung zu den Leuten bekommen würden, mit denen sie sprechen wollten. Im Innersten haben sie's gewusst. Aber sie haben's trotzdem getan. Sie haben trotzdem nach den Handys gegriffen. Haben sie sich ans Ohr gehalten und zugehört. Die meisten haben sich nicht einmal dagegen gewehrt. Warum nicht, Clay?«

»Weil sie abgekämpft waren, glaube ich«, sagte Clay. »Weil sie es müde waren, anders zu sein. Sie wollten den ›Baby Elephant Walk‹ mit neuen Ohren hören.«

Sie waren nun an dem niedergetrampelten Weideland, auf dem die Zelte gestanden hatten, vorbeigefahren. Vor ihnen zweigte eine asphaltierte Nebenstraße von der Route 160 ab.

Sie war breiter und glatter als die Staatsstraße. Die Phoner strömten diese Zubringerstraße entlang und verschwanden durch eine Lücke zwischen zwei Waldrändern. Ungefähr eine halbe Meile vor ihnen ragte hoch über den Bäumen eine Stahlkonstruktion auf, die Clay sofort aus seinen Träumen wiedererkannte. Er vermutete, dass es irgendeine Jahrmarktsattraktion war, vielleicht ein Fallschirmsprungturm. Wo der Zubringer vom Highway abzweigte, stand eine Plakattafel, auf der eine lachende Familie – Papa, Mama, Sohnemann und Schwesterchen – ein Wunderland aus Fahrgeschäften, Spielen und landwirtschaftlichen Ausstellungen betraten.

NORTHERN COUNTIES EXPO
5. OKTOBER GALAFEUERWERK

BESUCHEN SIE DIE KASHWAKAMAK-HALLE
»NORTH END« 5.–15. OKTOBER
RUND UM DIE UHR GEÖFFNET

SIE WERDEN SPRACHLOS SEIN!!!

Unter dieser Reklametafel stand der Lumpenmann. Er hob eine Hand zu einer gebieterischen *Stopp*-Geste.

O Jesus, dachte Clay und hielt den kleinen Schulbus neben ihm an. Der Blick in den Augen des Lumpenmanns, die er bei seiner Zeichnung in Gaiten einfach nicht richtig hinbekommen hatte, wirkte benommen und doch voller bösartigem Interesse. Clay sagte sich, dass er unmöglich beides zugleich ausdrücken konnte, aber so war es. Manchmal trat die benommene Stumpfheit in den Vordergrund; im nächsten Augenblick schien es wieder diese unheimliche und unangenehme Begierde zu sein.

Er kann doch nicht mitfahren wollen.

Aber genau das wollte der Lumpenmann anscheinend. An der Vordertür stehend, hob er die flach aneinander gelegten Hände, dann öffnete er sie. Die Geste war recht ansehnlich – die eines Mannes, der *dieser Vogel ist ausgeflogen* bedeuten will –, aber die Hände selbst starrten vor Schmutz, und der kleine Finger der linken Hand schien an zwei Stellen schlimm gebrochen zu sein.

Das ist das neue Volk, dachte Clay. *Telepathen, die sich nicht waschen.*

»Lass ihn nicht einsteigen«, sagte Denise. Ihre Stimme zitterte.

Clay, der sehen konnte, dass die stetige Förderbandbewegung der Phoner links des Busses zum Stehen gekommen war, schüttelte den Kopf. »Geht nicht anders.«

Sie gucken in deinen Kopf und stellen fest, dass du an ein beschissenes Handy denkst!, hatte Ray gesagt – fast geschnaubt. *Woran sonst denkt jeder schon groß seit dem ersten Oktober?*

Hoffentlich behältst du Recht, Ray, dachte er, *bis Einbruch der Dunkelheit sind's nämlich noch eineinhalb Stunden. Mindestens eineinhalb Stunden.*

Er betätigte den Hebel, der die Tür mechanisch öffnete, und der Lumpenmann, dessen eingerissene Unterlippe permanent feixend herabhing, kletterte an Bord. Er war fürchterlich abgemagert; die schmutzige Kapuzenjacke hing wie ein Sack an ihm. Zwar war keiner der Businsassen übermäßig sauber – Hygiene genoss seit dem 1. Oktober keine hohe Priorität mehr –, aber der Lumpenmann verbreitete einen satten, kräftigen Gestank, von dem Clay fast die Augen tränten. Es war die Ausdünstung von stark riechendem Käse, den man in einem warmen Raum nachreifen ließ.

Der Lumpenmann setzte sich auf den Platz an der Tür, auf dem er auf gleicher Höhe mit dem Fahrer saß, und musterte Clay. Einige Sekunden lang waren da nur die Last seines vagen Blicks und diese eigentümliche grinsende Neugier.

Dann sprach Tom mit der dünnen, aufgebrachten Stimme, die Clay erst einmal von ihm gehört hatte, nämlich als er zu der molligen Bibelschwingerin *Okay, das war's, alles raus aus dem Schwimmbecken!* gesagt hatte, weil sie angefangen hatte, Alice vom Weltuntergang zu predigen. »Was willst du von uns? Die Welt, soweit sie noch existiert, gehört euch doch längst – was wollt ihr also von *uns*?«

Der ramponierte Mund des Lumpenmanns formte das Wort, noch während Jordan es sprach. Nur dieses eine Wort, nüchtern und emotionslos. »Gerechtigkeit.«

»Was Gerechtigkeit betrifft«, sagte Dan, »habt ihr irgendwie keine Ahnung, worum es geht.«

Der Lumpenmann antwortete mit einer Geste, indem er mit hochkant gehaltener Hand auf die Zubringerstraße deutete und den Zeigefinger kreisen ließ: *Weiterfahren.*

Als der Bus anfuhr, setzten sich auch die meisten Phoner wieder in Bewegung. Einige weitere waren in Schlägereien verwickelt, und in den Außenspiegeln sah Clay andere auf der Zubringerstraße in Richtung Highway davonschlurfen.

»Du verlierst Teile deiner Truppe«, sagte Clay.

Der Lumpenmann gab keine Antwort im Namen des Schwarms. Seine Augen, die mal trübe, mal neugierig, mal beides gleichzeitig waren, blieben auf Clay gerichtet, der sich einbildete, fast spüren zu können, wie dieser Blick leicht über seine Haut wanderte. Die von Schmutz grauen, verkrümmten Finger des Lumpenmanns lagen im Schoß seiner verdreckten Jeans. Dann grinste er plötzlich. Vielleicht war das Antwort genug. Dan hatte doch Recht. Für jeden Phoner, der ausfiel – der mit den Rädern nach oben dalag, wie Jordan sagen würde –, gab es reichlich neue. Er hatte allerdings keine rechte Vorstellung davon, wie viele unter reichlich zu verstehen waren, bis der Wald eine halbe Stunde später auf beiden Straßenseiten zurückwich und sie unter einem hölzernen Torbogen mit der Aufschrift **WILLKOMMEN ZUR NORTHERN COUNTIES EXPO** hindurchfuhren.

3

»Großer Gott«, sagte Dan.

Denise drückte Clays Gefühle besser aus, indem sie einen leisen Schrei ausstieß.

Der jenseits des schmalen Mittelgangs auf dem ersten Fahrgastsitz hockende Lumpenmann saß einfach nur da und starrte Clay mit der halb geistlosen Bösartigkeit eines blöden Kindes an, das im Begriff stand, ein paar Fliegen die Flügel auszureißen. *Gefällt's dir?*, schien sein Grinsen zu sagen. *Sehenswert, nicht wahr? Die ganze Bande ist da!* Natürlich konnte ein Grinsen dieser Art genau dies, aber auch irgendwas anderes bedeuten. Es konnte sogar besagen: *Ich weiß, was du in der Tasche hast.*

Jenseits des Torbogens lag eine Mittelstraße, wo auf beiden Seiten alle möglichen Fahrgeschäfte standen, die zum Zeitpunkt des Pulses offenbar noch im Aufbau begriffen gewesen waren. Clay konnte nicht sagen, wie viele Buden und Stände man hier errichtet hatte, einige waren jedenfalls schon wie die Zelte an dem sechs oder gar acht Meilen hinter ihnen liegenden Kontrollpunkt weggeweht worden. Nur etwa ein halbes Dutzend, deren Seiten in der Abendbrise zu atmen schienen, standen noch. Das Kaffeetassenkarussell war halb aufgebaut wie auch die Geisterbahn gegenüber (WER WAGT'S stand auf dem einzigen Fassadensegment, das errichtet war; über den Wörtern tanzten Skelette). Nur das Riesenrad und der Fallschirmsprungturm am Ende der Mittelstraße schienen fertig zu sein, aber ohne elektrische Lichter, die sie freundlicher gemacht hätten, erschienen sie Clay geradezu gruselig – nicht wie Fahrbetriebe auf einer Landwirtschaftsausstellung, sondern wie gigantische Folterwerkzeuge. Trotzdem sah er wenigstens *ein* Licht blinken: eine winzige rote Blinkleuchte, bestimmt batteriebetrieben, ganz oben auf dem Fallschirmsprungturm.

Ein gutes Stück hinter dem Sprungturm stand ein rot abgesetztes weißes Gebäude, das leicht ein Dutzend Scheunen lang war. Entlang den Gebäudeseiten war loses Heu zu großen Bergen aufgehäuft. In dieser preiswerten ländlichen Isolierung steckten in Abständen von ungefähr drei Metern amerikanische Fähnchen, die in der Abendbrise flatterten. Das Gebäude war mit Girlanden in patriotischen Farben geschmückt und trug die Aufschrift

NORTHERN COUNTRIES EXPO
KASHWAKAMAK-HALLE

in leuchtendem Blau.

Aber es waren nicht diese Dinge, die aller Aufmerksamkeit auf sich zogen. Zwischen Fallschirmsprungturm und Kashwakamak-Halle lag ein über einen Hektar großes Freigelände. Clay vermutete, dass sich hier die Zuschauermassen zu Zuchtviehausstellungen, Traktor-Wettziehen, abendlichen Konzerten und – natürlich – den Feuerwerken versammelt hätten, mit denen die Expo eröffnet und beendet worden wäre. Das Gelände war von Lichtmasten und Lautsprechersäulen umgeben. Jetzt stand dieser weite grasbewachsene Anger voll dicht gedrängter Phoner. Sie standen Schulter an Schulter, Hüfte an Hüfte, alle Gesichter in dieselbe Richtung gewandt, um die Ankunft des kleinen Schulbusses zu beobachten.

Falls Clay im Stillen gehofft hatte, hier irgendwo Johnny – oder Sharon – entdecken zu können, verflog diese Hoffnung sofort. Auf den ersten Blick hatte er geschätzt, dass unter den nicht mehr funktionierenden Lichtmasten fünftausend Leute versammelt waren. Dann sah er, dass sie sich auch auf den angrenzenden begrünten Parkplätzen ausgebreitet hatten, und revidierte seine Schätzung nach oben. Acht. Mindestens achttausend.

Der Lumpenmann saß dort, wo eigentlich irgendein Drittklässler aus der Newfielder Grundschule hingehört hätte, und grinste Clay mit Zähnen an, die durch die gespaltene Lippe blitzten. *Gefällt's dir?*, schien sein Grinsen zu fragen, und Clay musste sich wieder einmal daran erinnern, dass man aus einem Grinsen dieser Art alles herauslesen konnte, wirklich alles.

»Wer tritt also heute Abend auf? Vince Gill? Oder habt ihr Leute euch in Unkosten gestürzt und Alan Jackson engagiert?« Das war Tom. Er versuchte witzig zu sein, was Clay sehr anerkennenswert fand, aber Toms Stimme klang vor allem verängstigt.

Der Lumpenmann sah weiterhin Clay an. Über seinem Nasensattel war eine kleine senkrechte Falte erschienen, als würde ihm irgendetwas Kopfzerbrechen bereiten.

Clay fuhr mit dem kleinen Schulbus langsam die Mittelstraße entlang – auf den Sprungturm und die dahinter versammelte Menge zu. Hier lagen weitere Leichen herum; sie erinnerten Clay daran, wie man manchmal nach einem plötzlichen Kälteeinbruch kleine Häufchen von toten Insekten auf den Fensterbrettern fand. Er konzentrierte sich darauf, die Hände locker zu halten. Der Lumpenmann sollte nicht sehen, wie die Fingerknöchel beim Umklammern des Lenkrads weiß hervortraten.

Und fahr langsam. Immer schön mit der Ruhe. Er sieht dich nur an. Und was Handys angeht – woran sonst hat jeder seit dem ersten Oktober schon groß gedacht?

Der Lumpenmann hob eine Hand und deutete mit einem verkrümmten, schlimm zugerichteten Finger auf Clay. »No-Fo-dich-dich«, sagte Clay in jener anderen Stimme. »*Insanus.*«

»Genau, No-Fo-mich-mich, No-Fo für alle von uns, in diesem Bus sind wir alle unbeleckt«, sagte Clay. »Aber das werdet ihr ändern, stimmt's?«

Der Lumpenmann grinste, als wollte er sagen, das sei *richtig* – aber die kleine senkrechte Falte stand weiter auf seiner Stirn. Als rätselte er noch immer über etwas nach. Vielleicht über etwas, was in Clay Riddells Verstand umherrollte und – purzelte.

Als sie sich dem Ende der Mittelstraße näherten, sah Clay zum Innenspiegel auf. »Tom, du hast mich gefragt, was das North End ist«, sagte er.

»Entschuldige, Clay, aber mein Interesse scheint sich verflüchtigt zu haben«, sagte Tom. »Liegt möglicherweise am bombastischen Empfangskomitee.«

»Trotzdem, es ist nämlich ziemlich interessant«, sagte Clay etwas fieberhaft.

»Okay, um was geht's da?«, fragte Jordan. Gott segne Jordan. Neugierig bis zuletzt.

»Die Northern Counties Expo war im 20. Jahrhundert nie eine große Sache«, sagte Clay. »Bloß eine beschissene kleine Landwirtschaftsschau mit Kunsthandwerk, landwirtschaftlichen Erzeugnissen und Zuchtvieh dort drüben in der Kashwakamak-Halle ... in der sie uns anscheinend unterbringen wollen.«

Er sah zum Lumpenmann hinüber, der das jedoch weder bestätigte noch dementierte. Der Lumpenmann grinste nur. Die kleine senkrechte Stirnfalte war verschwunden.

»Clay, pass auf«, sagte Denise mit angespannter, beherrschter Stimme.

Er sah wieder nach vorn und trat sofort auf die Bremse. Eine alte Frau mit entzündeten Fleischwunden an beiden Beinen kam aus der schweigenden Menge gewankt. Sie umging den Fuß des Sprungturms, trampelte über mehrere Sektionen der Geisterbahn hinweg, die vormontiert, aber noch nicht aufgerichtet gewesen waren, als der Puls gekommen war, und rannte dann watschelnd los – direkt auf den Schulbus zu. Kaum hatte sie ihn erreicht, hämmerte sie mit schmutzigen, arthritisch verkrümmten Händen langsam an die Windschutzscheibe. Was Clay im Gesicht dieser Frau sah, war nicht die gierige Ausdruckslosigkeit, die er mit den Phonern in Verbindung zu bringen gelernt hatte, sondern eine schreckliche Desorientierung. Und die war ihm vertraut. *Wer bist du?*, hatte Pixie Dark gefragt. Pixie Dark, die den Puls nicht direkt abbekommen hatte. *Wer bin ich?*

Neun Phoner, die ein wandelndes ordentliches Quadrat bildeten, kamen hinter der alten Frau her, deren Gesicht keine eineinhalb Meter von Clays entfernt war. Ihre Lippen bewegten sich, und er hörte drei Wörter, mit den Ohren ebenso wie in seinem Kopf: *»Nehmt mich mit.«*

Wir sind nirgendwohin unterwegs, wo es dir gefallen würde, Lady, dachte Clay.

Dann bekamen die Phoner sie zu fassen und schleppten sie in die Menge auf der begrünten Freifläche zurück. Sie wehrte sich, aber die neun kannten kein Erbarmen. Clay fing einen letzten Blick von ihr auf und hielt ihn für den Blick einer Frau, die von Glück sagen konnte, wenn sie nur im Fegefeuer war. Eher war sie bereits in der Hölle.

Der Lumpenmann hob wieder die Hand und ließ den Zeigefinger kreisen: *Weiterfahren.*

Die alte Frau hatte auf der Windschutzscheibe einen Handabdruck zurückgelassen – geisterhaft, aber deutlich sichtbar. Clay sah durch ihn hindurch und fuhr weiter.

4

»Jedenfalls«, sagte er, »war die Expo bis 1999 keine große Sache. Wer in diesem Teil der Welt gelebt hat und auf Fahrgeschäfte und Glücksspiele aus war – Jahrmarktszeug halt –, musste zum Jahrmarkt nach Fryeburg runterfahren.« Er hörte die eigene Stimme wie auf einer Tonbandschleife leiern. Reden um des Redens willen. Er musste unwillkürlich daran denken, wie die Fahrer der Duck-Boat-Rundfahrten immer die Bostoner Sehenswürdigkeiten erklärt hatten. »Dann hat die Staatsbehörde für Indianerangelegenheiten kurz vor der Jahrhundertwende eine Neuvermessung vornehmen lassen. Jeder wusste, dass das Expo-Gelände dicht am Rand der Reservation Sockabasin liegt; die Neuvermessung hat dann aber ergeben, dass das Nordende der Kashwakamak-Halle eigentlich schon auf dem Gebiet der Reservation liegt. Also auf Land, das den Micmac-Indianern gehört. Die Leute im Verwaltungsrat der Expo waren keine Dummies – und die im Stammesrat der Micmacs auch nicht. Sie haben sich darauf geeinigt, die kleinen Shops im Nordteil der Halle abzubauen und dafür Spielautomaten aufzustellen. Und so wurde die

464

Northern Counties Expo plötzlich der größte Herbstmarkt von Maine.«

Sie hatten den Fallschirmsprungturm erreicht. Als Clay nach links abbiegen wollte, um den Bus zwischen dem Turm und der unfertigen Geisterbahn hindurchzulenken, machte der Lumpenmann mit beiden Händen eine abwehrende Bewegung. Clay hielt an. Der Lumpenmann stand auf und wandte sich der Tür zu. Clay betätigte den Hebel, der die Tür öffnete, und der Lumpenmann stieg aus. Dann drehte er sich nach Clay um und deutete mit weit ausholender Geste eine Verbeugung an.

»Was macht er jetzt?«, fragte Denise. Sie konnte ihn von ihrem Platz aus nicht sehen. Keiner der anderen konnte das.

»Er will, dass wir aussteigen«, sagte Clay. Er stand auf. Er konnte spüren, wie das Handy, das Ray ihm gegeben hatte, als harter Gegenstand an seinem Oberschenkel lag. Wenn er nach unten blickte, konnte er den Umriss unter dem blauen Jeansstoff sehen. Er zog sein T-Shirt tiefer herunter, um es möglichst zu verdecken. *Ein Handy, na und, jeder denkt an die Scheißdinger.*

»Sollen wir?«, fragte Jordan. Er klang ängstlich.

»Uns bleibt nichts anderes übrig«, sagte Clay. »Kommt, Leute, wir gehen auf den Rummel!«

5

Der Lumpenmann führte sie auf die schweigende Menge zu. Sie wich vor ihnen auseinander, sodass ein schmaler Durchlass entstand – kaum schulterbreit –, der von der Rückseite des Sprungturms zum zweiflügligen Portal der Kashwakamak-Halle führte. Clay und seine Freunde kamen an einem

Parkplatz vorbei, auf dem mehrere Sattelschlepper standen (NEW ENGLAND AMUSEMENT CORP. stand unter einem Achterbahn-Logo auf den Seiten). Dann verschluckte die Menge sie.

Das anschließende Spießrutenlaufen kam Clay endlos lang vor. Der Gestank war fast unerträglich: wild und raubtierhaft, obwohl die auffrischende Brise die oberste Lage wegtrug. Er war sich bewusst, dass seine Beine sich bewegten, er war sich der roten Kapuzenjacke des Lumpenmanns vor ihm bewusst, aber das zweiflüglige Hallenportal mit seinen rotweiß-blauen Papiergirlanden schien nicht näher zu kommen. Er roch Schmutz und Blut, Urin und Scheiße. Er roch schwärende Infektionen, verbranntes Fleisch und den Faule-Eier-Geruch entwichener Fürze. Er roch Kleidungsstücke, die auf den Leibern, an denen sie hingen, verrotteten. Er roch aber auch etwas anderes, etwas, was ihm neu war. Es Wahnsinn zu nennen wäre zu einfach gewesen.

Wahrscheinlich ist es der Geruch von Telepathie. Und wenn dem so ist, sind wir nicht darauf vorbereitet. Er ist zu stark für uns. Er verbrennt einem irgendwie das Gehirn, so wie ein zu starker Strom das elektrische System eines Autos durchbrennen oder ...

»Hilf mir mit ihr!«, rief Jordan hinter ihm. »Hilf mir mit ihr, sie wird ohnmächtig!«

Er drehte sich um und sah, dass Denise sich auf alle viere niedergelassen hatte. Jordan war ebenfalls auf allen vieren neben ihr. Sie hatte ihm einen Arm um den Hals geschlungen, war aber zu schwer für ihn. Tom und Dan kamen nicht weit genug nach vorn, um beistehen zu können. Der Korridor durch die dicht gedrängt stehenden Phoner war zu eng. Denise hob den Kopf, und ihr Blick begegnete eine Sekunde lang dem Clays. In ihrem Blick lag benommene Verständnislosigkeit – wie in dem eines betäubten Stiers. Sie erbrach sich, spuckte dünnen Schleim ins Gras und ließ wieder den Kopf sinken. Ihre Haare fielen ihr wie ein Vorhang vors Gesicht.

»Hilf mir!«, rief Jordan wieder. Er weinte.

Clay kehrte um und stieß einige Phoner mit den Ellbogen beiseite, um auf Denise' andere Seite treten zu können. »Aus dem Weg!«, brüllte er. »Platz da, sie ist schwanger, könnt ihr Idioten nicht sehen, dass sie schwan...«

Es war die Bluse, die er als Erstes erkannte. Die hochgeschlossene weiße Seidenbluse, die er immer Sharons Doktorbluse genannt hatte. In gewisser Weise hielt er sie für das schärfste Kleidungsstück, das sie besaß, was mit an dem keuschen hohen Kragen lag. Er mochte sie gern nackt, aber noch besser gefiel es ihm, ihren Busen durch diese hochgeschlossene weiße Seidenbluse zu streicheln und sanft zu kneten. Er mochte es, ihre Brustwarzen steif zu machen, bis er sah, wie sie den dünnen Stoff ausbeulten.

Jetzt war Sharons Doktorbluse an einigen Stellen von Schmutz schwarz gestreift, an anderen von getrocknetem Blut kastanienbraun fleckig. Unter einem Arm war sie zerrissen. Sie sehe weniger schlimm aus als viele andere, hatte Johnny geschrieben, aber sie sah nicht gut aus; sie war gewiss nicht die Sharon Riddell, die in ihrer Doktorbluse und ihrem dunkelroten Rock in die Schule gefahren war, während ihr getrennt von ihr lebender Mann in Boston im Begriff war, einen Deal abzuschließen, der ihre Geldsorgen ein für alle Mal beenden und sie erkennen lassen würde, dass ihre ganze Nörgelei über sein »teures Hobby« eben doch nur Ängstlichkeit und Mangel an Vertrauen gewesen war (zumindest war das sein halbwegs übelnehmerischer Traum gewesen). Das dunkelblonde Haar hing in fettigen Strähnen herab. Im Gesicht hatte sie mehrere Schnittwunden, und eines der Ohren schien halb abgerissen worden zu sein; an seiner Stelle bohrte sich ein blutverkrustetes Loch in ihren Schädel. Etwas, was sie gegessen hatte, etwas Dunkles, klebte sämig in den Winkeln des Mundes, den er fast fünfzehn Jahre lang annähernd täglich geküsst hatte. Mit dem idiotischen Halbgrinsen, das die Phoner manchmal aufsetzten, starrte sie ihn an, durch ihn hindurch.

»*Clay, hilf mir!*«, schluchzte Jordan.

Clay gab sich einen Ruck. Sharon existierte nicht mehr, dessen musste er sich bewusst sein. Sharon existierte seit fast zwei Wochen nicht mehr. Nicht mehr, seit sie versucht hatte, am Tag des Pulses mit Johnnys kleinem rotem Handy zu telefonieren.

»Lass mich durch, du Miststück«, sagte er und stieß die Frau weg, die einst seine Ehefrau gewesen war. Bevor sie zurückprallen konnte, glitt er an ihre Stelle. »Die Frau hier ist schwanger, also mach mir gefälligst etwas Platz.« Dann ging er in die Hocke, schlang sich Denise' anderen Arm über den Nacken und richtete sich mit ihr auf.

»Geh nur weiter«, sagte Tom zu Jordan. »Lass mich vor, ich hab sie.«

Jordan hielt Denise' Arm lange genug hoch, damit Tom ihn sich um den Nacken legen konnte. Auf diese Weise schleppten Clay und er sie die letzten achtzig Meter bis zum Eingang der Kashwakamak-Halle, wo der Lumpenmann stand und auf sie wartete. Unterwegs murmelte Denise, sie sollten sie loslassen, sie könne allein gehen, ihr fehle nichts, aber Tom dachte nicht daran, sie loszulassen. Auch Clay nicht. Hätte er sie losgelassen, hätte er sich womöglich nach Sharon umgesehen. Das wollte er nicht.

Der Lumpenmann grinste Clay an, und diesmal schien sein Grinsen eindeutiger zu sein. Als gäbe es einen Witz, den nur sie beide kannten. *Sharon?*, fragte er sich. *Ist Sharon der Witz?*

468

Anscheinend nicht, denn der Lumpenmann machte eine Geste, die Clay in der alten Welt sehr vertraut gewesen wäre, während sie hier schaurig fehl am Platz zu sein schien: rechte Hand an der rechten Gesichtshälfte, rechter Daumen am Ohr, kleiner Finger am Mund. Die Handy-Pantomime.

»No-Fo-dich-dich«, sagte Denise, und dann fügte sie mit ihrer eigenen Stimme hinzu: »Lass das, ich kann's nicht leiden, wenn du das tust!«

Der Lumpenmann achtete nicht auf sie. Er machte mit der rechten Hand weiter die Handy-Pantomime, Daumen am Ohr und kleiner Finger am Mund, und starrte dabei Clay an. Clay war sich einen Augenblick lang sicher, dass sein Blick auch die Hosentasche streifte, in der das Handy steckte. Dann sagte Denise wieder in einer schrecklichen Parodie seines alten Scherzes mit Johnny-Gee: »No-Fo-dich-dich.« Der Lumpenmann tat so, als würde er lachen, und sein ramponierter Mund entstellte dieses Lachen auf grausige Weise. Clay spürte die Blicke des Schwarms im Nacken wie ein physisches Gewicht.

Dann gingen die beiden Türflügel der Kashwakamak-Halle wie von selbst auf, und auch wenn die herausströmenden vermischten Gerüche nur schwach waren – olfaktorische Gespenster früherer Jahre –, waren sie doch eine Wohltat, verglichen mit dem Gestank des Schwarms: Gewürze, Schinken, Heu und Vieh. Außerdem war die Halle nicht ganz finster; die batteriebetriebene Notbeleuchtung brannte zwar nur schwach, aber sie war noch nicht ausgefallen. Was Clay ziemlich erstaunlich fand, es sei denn, sie wäre eigens für ihre Ankunft aufgespart worden, was er jedoch bezweifelte. Der Lumpenmann verriet es ihnen nicht. Er lächelte nur und forderte sie mit Handbewegungen zum Eintreten auf.

»Ist uns ein Vergnügen, du Missgeburt«, sagte Tom. »Denise, meinst du wirklich, dass du allein gehen kannst?«

»Ja, ich muss nur erst noch eine Kleinigkeit erledigen.« Sie holte tief Luft und spuckte dem Lumpenmann dann ins Gesicht. »Da! Nimm das nach Hah-vud mit, du Arschgesicht!«

Der Lumpenmann sagte nichts. Er grinste nur Clay an. Bloß zwei Kerle, die in einen geheimen Scherz eingeweiht waren.

6

Niemand brachte ihnen Essen, aber es standen hier reichlich Imbissautomaten, und Dan fand in der kleinen Werkstatt des Hausmeisters am Südende des riesigen Gebäudes ein Brecheisen. Die anderen standen im Kreis herum und sahen zu, wie er den Süßwarenautomaten aufstemmte – *Natürlich sind wir verrückt,* dachte Clay, *wir essen Snickers zum Abendessen, und morgen gibt's Müsliriegel zum Frühstück* –, als die Musik einsetzte. Und aus den großen Lautsprechersäulen am Rand der begrünten Freifläche kam nicht »You Light Up My Life« oder »Baby Elephant Walk«, diesmal nicht. Es war ein langsames, getragenes Stück, das Clay schon einmal gehört hatte, allerdings seit Jahren nicht mehr. Es erfüllte ihn mit Traurigkeit und bewirkte, dass er auf der weichen Innenseite beider Arme eine Gänsehaut bekam.

»Großer Gott«, sagte Dan leise. »Ich glaube, das ist Albinoni.«

»Nein«, sagte Tom, »das ist Pachelbel. Das ist der ›Kanon in D-Dur‹.«

»Natürlich, das ist er«, sagte Dan hörbar verlegen.

»Das klingt wie ...«, begann Denise, verstummte dann aber und betrachtete ihre Schuhspitzen.

»Was ist?«, fragte Clay. »Sprich weiter. Du bist unter Freunden.«

»Wie Musik gewordene Erinnerungen«, sagte sie. »Als hätten sie sonst keine.«

»Ja«, sagte Dan. »Ich vermute ...«

»He, Leute!«, rief Jordan. Er sah aus einem der kleinen Fenster. Sie waren ziemlich hoch angebracht, aber wenn er sich auf die Zehenspitzen stellte, konnte er gerade so hinaussehen. »Das müsst ihr euch ansehen!«

Sie reihten sich nebeneinander auf und blickten auf das weite Freigelände hinaus. Die Lichtmasten und Lautsprechersäulen ragten wie schwarze Wächter vor dem düsteren Abendhimmel auf. Dahinter stand das Stahlgerüst des Fallschirmsprungturms mit seiner einzelnen roten Blinkleuchte. Und vor ihnen, unmittelbar vor ihnen, hatten sich tausende Phoner wie Moslems zum Gebet niedergekniet, während Johann Pachelbel die Luft mit etwas erfüllte, was ein Ersatz für Erinnerungen sein konnte. Und als sie sich hinlegten, streckten sie sich alle gleichzeitig aus und erzeugten dabei ein großes sanftes Rauschen und eine flatternde Luftverdrängung, die leere Tüten und zusammengedrückte Trinkbecher in die Luft wirbeln ließ.

»Zapfenstreich für die ganze hirngeschädigte Armee«, sagte Clay. »Wenn wir irgendwas tun wollen, muss es heute Nacht passieren.«

»Tun? Was sollen wir denn tun?«, sagte Tom. »Die beiden Türen, an denen ich gerüttelt habe, waren abgesperrt. Das sind die anderen sicher auch.«

Dan hielt das Brecheisen hoch.

»Wohl eher nicht«, sagte Clay. »Für Verkaufsautomaten mag das Ding ja geeignet sein, aber vergiss nicht, dass der Laden hier mal ein Spielkasino war.« Er zeigte aufs Nordende der

Halle mit seinem luxuriösen Teppichboden und den langen Reihen einarmiger Banditen, deren Chrom im schwachen Licht der Notbeleuchtung matt glänzte. »Du wirst wahrscheinlich feststellen, dass die Türen brecheisenresistent sind.«

»Und die Fenster?«, sagte Dan, beantwortete die eigene Frage nach einem genaueren Blick aber selbst: »Jordan käme vielleicht durch.«

»Essen wir erst mal was«, sagte Clay. »Und dann setzen wir uns hin, schlage ich vor, und sind eine Zeit lang einfach nur still. Das haben wir schon länger nicht mehr gemacht.«

»Um was zu tun?«, fragte Denise.

»Also, ihr könnt tun, was ihr wollt, Leute«, sagte Clay. »Ich jedenfalls habe seit fast zwei Wochen nichts mehr gezeichnet, und das geht mir ab. Ich werde ein bisschen zeichnen.«

»Du hast aber kein Papier«, wandte Jordan ein.

Clay lächelte. »Wenn ich kein Papier habe, zeichne ich im Kopf.«

Jordan betrachtete ihn zweifelnd, während er zu erkennen versuchte, ob er auf den Arm genommen wurde oder nicht. Weil das anscheinend nicht der Fall war, sagte er: »Das ist aber längst nicht so gut, wie auf Papier zu zeichnen, stimmt's?«

»In mancher Beziehung ist es sogar besser. Statt zu radieren, denke ich einfach neu.«

Auf einmal war ein lautes Klirren zu hören, und die Tür des Süßwarenautomaten schwang auf. »Bingo!«, rief Dan aus und reckte triumphierend das Brecheisen hoch. »Wer behauptet denn, dass Collegeprofessoren im richtigen Leben nichts taugen.«

»Seht nur!«, sagte Denise gierig, ohne auf Dan zu achten. »Ein ganzes Fach Schokolinsen!« Sie machte sich darüber her.

»Clay?«, sagte Tom.

»Mhm?«

»Du hast nicht zufällig deinen kleinen Jungen gesehen, was? Oder deine Frau? Sandra?«

»Sharon«, sagte Clay. »Ich habe keinen von beiden gesehen.« Er sah um Denise' breite Hüfte herum. »Sind das Butterfinger?«

7

Eine halbe Stunde später hatten sie sich an Süßigkeiten satt gegessen und knackten den Getränkeautomaten. Sie hatten zwischenzeitlich an allen anderen Türen gerüttelt, sie aber alle abgesperrt vorgefunden. Dan hatte es mit dem Brecheisen versucht, aber nicht einmal am unteren Ende einen guten Ansatzpunkt gefunden. Tom war der Ansicht, dass die Türen, auch wenn sie aus Holz zu sein schienen, Stahlkerne besaßen.

»Vermutlich sind sie auch alarmgesichert«, sagte Clay. »Wenn man zu viel an ihnen herummacht, kommt die Reservatspolizei anmarschiert und nimmt einen mit.«

Inzwischen hockten die anderen vier im Spielkasino auf dem hochflorigen Teppichboden zwischen den Spielautomaten in einem kleinen Kreis. Clay saß auf dem Beton und lehnte mit dem Rücken an der zweiflügligen Tür, durch die der Lumpenmann sie mit seiner spöttischen Geste geleitet hatte – *Nach euch, wir sehen uns morgen früh wieder.*

Clays Gedanken wollten zu jener anderen spöttischen Geste zurückkehren – der Handy-Pantomime mit Daumen und kleinem Finger –, aber er ließ das nicht zu, zumindest nicht direkt. Aus langer Erfahrung wusste er, dass sich solche Dinge am besten auf Umwegen, durch die Hintertür erschlossen. Also lehnte er den Kopf an das Holz, unter dem sich ein Stahlkern verbarg, schloss die Augen und stellte sich eine

Comic-Einführungsseite vor. Keine Seite für *Dark Wanderer* – *Dark Wanderer* war erledigt, das wusste niemand besser als er –, sondern für einen neuen Comic. Nennen wir ihn *Puls*, weil uns kein besserer Titel einfällt, eine spannende Weltuntergangssaga vom Kampf der Phoner-Horden gegen die wenigen letzten Normies.

Nur hätte das nicht gestimmt. Es *wirkte* nur auf den ersten flüchtigen Blick richtig, so ähnlich wie die Türen dieser Halle aus Holz zu sein schienen, in Wirklichkeit aber nur damit verkleidet waren. Die Reihen der Phoner hatten sich bestimmt stark gelichtet – sie *mussten* sich gelichtet haben. Wie viele hatten bereits bei den Ausschreitungen unmittelbar nach dem Puls den Tod gefunden? Die Hälfte? Er erinnerte sich an die Gewalt dieser Exzesse und dachte: *Vielleicht sogar mehr. Vielleicht sechzig oder sogar siebzig Prozent.* Dann die Verluste durch schwere Verletzungen, Infektionen, Hunger und Kälte, weitere Kämpfe und schlichte Dummheit. Und natürlich durch die Schwarm-Killer; wie viele hatten *sie* erledigt? Wie viele große Schwärme dieser Art gab es überhaupt noch?

Clay vermutete, dass sie das morgen erfahren würden, wenn die noch existierenden Schwärme sich telepathisch zu einer großen Richtet-die-Verrückten-hin-Gala zusammentaten. Allerdings würde ihnen dieses Wissen nicht viel nutzen.

Tut nichts zur Sache. Die Geschichte muss gekürzt werden. Wollte man auf der Eröffnungsseite erzählen, was bisher passiert war, musste alles so gekürzt werden, dass sie in ein einziges Panel passte. Das war eine ungeschriebene Regel. Die Situation der Phoner ließ sich mit zwei Worten zusammenfassen: schwere Verluste. Sie schienen sehr zahlreich zu sein – Teufel, sie sahen wie gottverdammte *Massen* aus –, aber auch die Wandertauben hatten bis zuletzt den Eindruck erweckt, sehr zahlreich zu sein. Weil sie bis zuletzt in Schwärmen gezogen waren, die den Himmel verdüstert hatten. Was niemand bemerkt hatte, war die Tatsache gewesen, dass es immer weniger dieser riesigen Schwärme gab. Das heißt, bis sie alle verschwunden waren. Ausgerottet.

Außerdem, dachte er, *haben sie jetzt dieses weitere Problem mit der fehlerhaften Programmierung. Die Sache mit dem Virus. Was ist damit? Insgesamt könnte die neue Spezies trotz Telepathie, Levitation und so weniger lange existieren als die Dinosaurier.*

Okay, das reicht als Hintergrundstory. Wie sieht deine Illu dazu aus? Wie sieht dein gottverdammtes *Bild* aus, das die Käufer anlocken und fesseln soll? Nun, Clay Riddell und Ray Huizenga, nichts anderes. Sie stehen im Wald. Ray drückt sich die Mündung von Beth Nickersons .45er unters Kinn, und Clay hält etwas in der Hand ...

Natürlich ein Handy. Das Motorola, das Ray aus dem Steinbruch Gurleyville mitgenommen hat.

CLAY (erschrocken): Ray, **STOPP!** Das ist sinnlos! Hast du vergessen, wo wir sind? In Kashwak funktionieren keine H...

Zu spät! PENG! in gezackten gelben Großbuchstaben quer über den Vordergrund der Eröffnungsseite, die tatsächlich ein echter Knaller ist, weil Arnie Nickerson so umsichtig war, seiner Frau die sich zerlegende Munition zu kaufen, die im Internet auf irgendwelchen American-Paranoia-Websites angeboten wird, und aus Rays Schädeldecke steigt ein roter Geysir auf. Im Hintergrund – eines der kleinen Details, die Clay Riddell in einer Welt, in der es den Puls nie gegeben hätte, hätten berühmt machen können – flattert eine einzelne Krähe erschrocken von einem Tannenzweig auf.

Eine verdammt gute Eröffnungsseite, dachte Clay. Blutig, gewiss – in der guten alten Zeit, als noch die freiwillige Selbstkontrolle galt, wäre sie nie durchgegangen –, aber auf den ersten Blick packend. Und obwohl Clay nie davon gesprochen hatte, dass Handys jenseits des Konversionspunkts nicht funktionieren würden, hätte er das getan, wenn er rechtzeitig daran gedacht hätte. Ray hatte sich erschossen, damit der Lumpenmann und seine Phoner dieses Handy nicht in seinen Gedanken sehen würden, was eine bittere Ironie des Schicksals war. Der Lumpenmann hatte alles über das Handy gewusst, dessen Existenz Ray durch seinen Tod hatte geheim halten wollen. Er wusste, dass Clay es in der Tasche hatte ... und machte sich nichts daraus.

An der zweiflügligen Tür der Kashwakamak-Halle stehend, hatte der Lumpenmann die vertraute Geste gemacht: Daumen am Ohr, gekrümmte Finger an seiner aufgerissenen, stoppelbärtigen Backe, kleiner Finger am Mund. Und er hatte Denise benutzt, um es zu wiederholen, um ihm seine Lage vor Augen zu führen: *No-Fo-dich-dich.*

Alles klar. Weil hier doch Kashwak gleich No-Fo gilt.

Clay merkte, dass er döste, so wie er das oft tat, wenn er im Kopf zeichnete. Wenn er ganz losgelöst war. Aber das war in Ordnung. Er fühlte sich nämlich so, wie er das immer tat, kurz bevor Bild und Story eins wurden – so glücklich wie Leute vor einer lange erwarteten Heimkehr. Bevor Reisen mit einem Treffen von Liebenden endeten. Es gab absolut keinen Grund dafür, sich so zu fühlen, aber er tat es.

Ray Huizenga war für ein nutzloses Handy gestorben.

Oder gab es mehr als nur das eine? Clay sah jetzt einen weiteren Bildkasten. Dieses Panel war eine Rückblende, das konnte man an den bogenförmigen Rändern erkennen.

Großaufnahme von RAYS Hand, die das schmutzige Handy und den Fetzen Papier mit der darauf gekritzelten Telefonnummer hält. RAYS Daumen verdeckt alles außer der Vorwahl für Maine.

RAY (aus dem Off): Im richtigen Augenblick musst du die Nummer auf diesem Zettel wählen. Du wirst wissen, wann die Zeit dafür gekommen ist. Ich hoffe jedenfalls, dass du's wissen wirst.

Aus der Kashwakamak-Halle heraus kann ich niemanden mit dem Handy anrufen, Ray, weil hier Kashwak gleich No-Fo gilt. Brauchst nur den Präsidenten von Hah-vud zu fragen.

Und um das zu unterstreichen, folgt hier eine weitere Rückblende mit diesen bogenförmigen Rändern. Sie spielt auf der Route 160. Im Vordergrund steht der kleine gelbe Bus mit der Aufschrift MAINE SCHOOL DISTRICT 38 NEWFIELD auf der Seite. In mittlerer Entfernung steht quer über die Straße geschrieben KASHWAK = NO-FO. Wieder sind die Details unglaublich gut herausgearbeitet: leere Getränkedosen liegen im Straßengraben, ein weggeworfenes T-Shirt hängt an einem Busch, ein Zelt flattert von einem Baum wie eine lange braune Zunge. Über dem Schulbus stehen vier Sprechblasen. Diese Äußerungen waren nicht wirklich gefallen (das wusste selbst sein dösender Verstand), aber darauf kam es nicht an. Eine Geschichte zu erfinden war nicht die Hauptsache, nicht jetzt.

Die Hauptsache würde er hoffentlich erkennen, wenn er sie vor sich hatte.

DENISE (aus dem Off): Ist es hier, wo sie ...?

TOM (aus dem Off): Wo sie die Konversionen vorgenommen haben, richtig. Du stellst dich als Normie an, wählst deine Nummer, und wenn du zum Expo-Schwarm weitergehst, bist du einer von IHNEN. Pech gehabt.

DAN (aus dem Off): Wieso hier? Weshalb nicht direkt auf dem Gelände der Expo?

CLAY (aus dem Off): Schon vergessen? Kashwak ist gleich No-Fo. Die Leute mussten sich am äußersten Rand des Empfangsbereichs aufstellen. Ab hier funktioniert kein Handy mehr. Nada. Nix. Signalstärke null.

Ein weiteres Panel. Eine Nahaufnahme des Lumpenmanns in seiner ganzen ekelerregenden Pracht. Wie er mit seinem entstellten Mund grinst und alles mit einer einzigen Geste zusammenfasst. *Ray hatte irgendeine blendende Idee, deren Erfolg von einem Handyanruf abhing. Sie war so blendend, dass er völlig vergessen hat, dass hier oben kein Handy funktioniert. Ich müsste wahrscheinlich bis Québec fahren, damit das Handy, das er mir gegeben hat, als Signalstärke wenigstens einen Balken anzeigt. Ziemlich komisch, aber was ist noch komischer? Ich hab's* genommen! *Ganz schön dämlich!*

Das, wofür Ray auch immer gestorben war, war also sinnlos gewesen? Schon möglich, aber nun entstand ein weiteres Bild. Draußen hatte Pachelbel für Fauré Platz gemacht, und Fauré war Vivaldi gewichen. Die Musik kam aus Lautsprechern statt aus Gettoblastern. Schwarze Lautsprecher vor einem unbelebten Himmel mit den halb errichteten Fahrgeschäften im Hintergrund; im Vordergrund die Kashwakamak-Halle mit ihren dreifarbigen Girlanden und der billigen Isolierung aus Heu. Und als abschließender Touch ein kleines Detail von der Art, wie sie bereits zu Clay Riddells Markenzeichen geworden war ...

Er öffnete die Augen und setzte sich auf. Die anderen hockten weiterhin am Nordende der Halle im Kreis auf dem Teppichboden. Clay wusste nicht, wie lange er an die Tür gelehnt dagesessen hatte – jedenfalls lange genug, dass sein Hintern gefühllos geworden war.

He, Leute, wollte er sagen, brachte aber keinen Ton heraus. Sein Mund war trocken. Sein Herz jagte. Er räusperte sich und nahm einen neuen Anlauf. »He, Leute!«, sagte er. Sie sahen sich nach ihm um. Offenbar veranlasste etwas in seiner

Stimme Jordan dazu, sofort aufzuspringen, und Tom war nicht viel langsamer.

Clay ging auf Beinen, die sich nicht wie die eigenen anfühlten – sie waren halb eingeschlafen –, auf sie zu. Unterwegs zog er das Handy aus der Tasche. Das Motorola, für das Ray gestorben war, weil er in der Hitze des Gefechts die wichtigste Tatsache in Bezug auf Kashwak vergessen hatte: dass diese Dinger hier oben auf der Northern Counties Expo nicht funktionierten.

8

»Wenn es nicht funktioniert, wozu soll es dann gut sein?«, fragte Dan. Clays Aufregung hatte auch ihn aufgeregt gemacht, aber die Ernüchterung hatte rasch eingesetzt, als er sah, dass der Gegenstand in Clays Hand keine Du-kommst-aus-dem-Gefängnis-frei-Karte, sondern bloß ein weiteres gottverdammtes Handy war. Ein schmutziges altes Motorola mit einem Sprung im Gehäuse. Die anderen betrachteten es mit einer Mischung aus Angst und Neugier.

»Nur Geduld«, sagte Clay. »Tust du mir den Gefallen?«

»Wir haben die ganze Nacht lang Zeit«, sagte Dan. Er nahm die Brille ab und machte sich daran, die Gläser zu putzen. »Wir müssen sie ja irgendwie rumkriegen.«

»Ihr habt bei der Handelsniederlassung Newfield Halt gemacht, um dort etwas zu essen und zu trinken«, sagte Clay. »Und habt dort den kleinen gelben Schulbus entdeckt.«

»Vor einer Fantastillion Jahren, so kommt's mir vor«, sagte Denise. Sie schob die Unterlippe vor und blies sich die Haare aus der Stirn.

»*Ray* hat den kleinen Bus entdeckt«, sagte Clay. »Ungefähr zwölf Sitzplätze ...«

»Genau sechzehn«, sagte Dan. »Steht auch auf dem Instrumentenbrett. Mann, hier oben muss es echte *Winz*schulen geben.«

»Hat sechzehn Sitzplätze und hinter den Rücksitzen Platz für Schulranzen oder leichtes Ausflugsgepäck. Dann seid ihr weitergefahren. Und ich wette, dass es Rays Idee war, später am Steinbruch Gurleyville Rast zu machen, als ihr dort wart.«

»Das war tatsächlich seine«, sagte Tom. »Er meinte, wir könnten eine heiße Mahlzeit und eine Ruhepause vertragen. Woher weißt du das, Clay?«

»Weil ich's gezeichnet habe«, sagte Clay, was fast der Wahrheit entsprach – er sah es vor sich, während er es noch aussprach. »Dan, Denise und Ray und du haben zwei Schwärme vernichtet. Den ersten mit Benzin, aber beim zweiten habt ihr Dynamit verwendet. Ray hat sich damit ausgekannt, weil er das Zeug früher beim Straßenbau verwendet hat.«

»Scheiße«, flüsterte Tom. »Er hat sich das Zeug im Steinbruch besorgt, stimmt's? Während wir geschlafen haben. Und das ging alles unbemerkt, weil wir wie die Toten geschlafen haben.«

»Ray war derjenige, der uns aufgeweckt hat«, sagte Denise.

»Ich weiß nicht, ob's Dynamit oder irgendein anderer Sprengstoff war«, sagte Clay, »aber ich weiß mit fast hundertprozentiger Sicherheit, dass er den kleinen gelben Schulbus in eine fahrende Bombe verwandelt hat, während ihr geschlafen habt.«

»Das Zeug liegt hinten«, sagte Jordan. »Im Gepäckraum.«

Clay nickte.

Jordan hatte die Hände zu Fäusten geballt. »Wie viel, glaubst du?«

»Weiß man erst, wenn's hochgeht«, sagte Clay.

»Mal sehen, ob ich alles richtig mitgekriegt habe«, sagte Tom. Draußen wich Vivaldi nun Mozarts *Kleiner Nachtmusik*. Die Phoner waren ganz entschieden über Bette Midler und Lee Ann Womack hinausgewachsen. »Er hat hinten im Bus eine Sprengladung versteckt ... und es irgendwie so eingerichtet, dass man mit einem Handy die Zündung auslösen kann?«

Clay nickte. »Ja, ich glaube schon. Wahrscheinlich hat er im Büro des Steinbruchs zwei Handys gefunden. Vielleicht waren's sogar ein halbes Dutzend, die sonst immer an Arbeiter ausgeliehen wurden – die Dinger sind heutzutage weiß Gott billig genug. Jedenfalls hat er eines mit dem Zünder der Sprengladung verbunden. Auf diese Weise haben auch die Aufständischen im Irak immer ihre am Straßenrand deponierten Bomben gezündet.«

»Und das alles hat er gemacht, als wir geschlafen haben?«, sagte Denise. »Und uns nichts davon erzählt?«

»Er hat es euch nicht verraten«, sagte Clay, »damit es niemand in euren Gedanken lesen konnte.«

»Und hat Selbstmord verübt, damit es keiner bei ihm konnte«, sagte Dan. Er lachte verbittert auf. »Okay, er war ein gottverdammter Held! Nur hat er leider vergessen, dass Handys jenseits der Stelle, wo ihre gottverdammten Konversionszelte gestanden haben, nicht mehr funktionieren. Ich wette, dass sie an der Stelle auch nur eben so noch funktionieren!«

»Richtig«, sagte Clay. Er lächelte jetzt. »Deshalb hat der Lumpenmann mir auch das Handy gelassen. Er hat nicht gewusst, was ich damit vorhaben könnte – ich bin mir jedenfalls nicht sicher, ob sie tatsächlich denken ...«

»Jedenfalls nicht so wie wir«, sagte Jordan. »Und das werden sie auch nie tun.«

»... aber das war ihm egal, weil er ja wusste, dass es nicht funktionieren würde. Ich könnte mich nicht einmal durch den Puls selbst konvertieren, weil hier Kashwak gleich No-Fo gilt. No-Fo-mich-mich.«

»Warum lächelst du dann?«, fragte Denise.

»Weil ich etwas weiß, was er nicht weiß«, sagte Clay. »Etwas, was sie nicht wissen.« Er wandte sich an Jordan. »Kannst du Auto fahren?«

Jordan wirkte erschrocken. »He, ich bin zwölf. Ich meine, hallo-ho?«

»Du hast nie einen Go-Kart gefahren? Kein Quad? Auch kein Schneemobil?«

»Na ja ... in dem Baseball- und Golfzentrum draußen vor Nashua gibt's eine Bahn für Gelände-Go-Karts, auf der ich ein paar Mal ...«

»Das reicht. Wir reden von keiner weiten Strecke. Immer unter der Voraussetzung, dass sie den Bus am Sprungturm stehen gelassen haben. Und ich wette, dass sie das getan haben. Ich vermute, dass sie so wenig Auto fahren wie denken können.«

»Clay, bist du jetzt übergeschnappt?«, sagte Tom.

»Nein«, sagte er. »Sie können morgen in ihrem virtuellen Stadion ihre Massenhinrichtung von Schwarm-Killern veranstalten, aber *wir* werden nicht dabei sein. Wir brechen vorher aus.«

9

Das Glas der kleinen Fenster war dick, konnte aber Dans Brecheisen nicht standhalten. Tom und Clay wechselten sich mit ihm ab und arbeiteten, bis alle Splitter herausgeschlagen waren. Dann legte Denise ihren Pullover über den unteren Rand des Fensterrahmens.

»Willst du's wirklich machen, Jordan?«, fragte Tom.

Jordan nickte. Er hatte sichtbar Angst – sogar seine Lippen waren blass –, aber er wirkte gefasst. Draußen war die Schlafmusik der Phoner wieder bei Pachelbels »Kanon« angelangt – dem Klang von Erinnerungen, wie Denise ihn genannt hatte. *Als hätten sie sonst keine,* hatte sie gesagt.

»Mit mir ist alles in Ordnung«, sagte Jordan. »Oder es kommt halt irgendwie in Ordnung. Wenn ich gleich unterwegs bin.«

»Tom könnte sich vielleicht auch durchzwängen ...«, sagte Clay.

Über Jordans Schulter hinweg begutachtete Tom das kleine Fenster, das nicht einmal einen halben Meter breit war, und schüttelte den Kopf.

»Mir fehlt nichts«, sagte Jordan.

»Okay. Wiederhol's noch mal«, sagte Clay.

»Also, ich gehe um die Halle rum und sehe im Gepäckabteil vom Bus nach. Gucke nach, dass auch wirklich Sprengstoff da ist, fass ihn aber nicht an. Halt nach dem anderen Handy Ausschau.«

»Richtig. Überzeug dich davon, dass es eingeschaltet ist. Wenn es das nicht ist ...«

»Ich weiß, ich weiß, dann *schalte ich's ein.*« Jordan bedachte Clay mit einem Ich-bin-doch-kein-Dummie-Blick. »Und dann lass ich den Motor an ...«

»Nein, alles der Reihe nach ...«

»Ich zieh den Fahrersitz nach vorn, damit ich die Pedale erreichen kann, *dann* lass ich den Motor an.«

»Genau.«

»Ich fahr zwischen Sprungturm und Geisterbahn durch. Superlangsam. Ich überrolle ein paar Teile der Geisterbahn, die dabei vielleicht kaputtgehen – halt unter den Reifen zersplittern –, lass mich davon aber nicht aufhalten.«

»Richtig.«

»Ich versuch, möglichst dicht an sie ranzufahren.«

»Ja, genau. Dann kommst du wieder nach hinten, hier unter das Fenster. Damit du die Halle zwischen dir und der Explosion hast.«

»Der *erhofften* Explosion«, sagte Dan.

Auf diesen Einwurf hätte Clay verzichten können, ging aber nicht darauf ein. Er beugte sich hinunter und küsste Jordan auf die Wange. »Ich hab dich lieb, ehrlich«, sagte er.

Jordan umarmte ihn kurz und heftig. Dann Tom. Dann Denise.

Dan streckte ihm die Hand hin, sagte dann aber: »Ach, hol's der Teufel«, und umarmte Jordan kräftig. Clay, der mit Dan Hartwick nie besonders warm geworden war, konnte ihn ab da besser leiden.

10

Clay machte mit verschränkten Händen eine Räuberleiter für Jordan und hob ihn hoch. »Denk daran«, sagte er. »Das Ganze ist wie ein Kopfsprung – nur ins Heu statt ins Wasser. Hände über den Kopf und raus.«

Jordan hob die Hände über den Kopf und streckte sie durch den Fensterrahmen in die Nacht hinaus. Das Gesicht unter seinem dichten Haarschopf war blasser als je zuvor; die ersten roten Hautunreinheiten der einsetzenden Pubertät hoben sich von seiner Blässe wie winzige rote Brandmale ab. Er hatte Angst, und Clay konnte ihm das nicht verübeln. Ihm stand ein Fall aus drei Meter Höhe bevor, und trotz des Heus würde er bestimmt hart aufkommen. Clay hoffte, dass Jordan beherzigen würde, beide Hände ausgestreckt und den Kopf eingezogen zu lassen; es war niemandem geholfen, wenn er mit gebrochenem Genick draußen vor der Kashwakamak-Halle lag.

»Willst du bis drei zählen, Jordan?«, fragte er.

»Scheiße, nein! Tu's einfach, bevor ich mir in die Hose mache!«

»Dann lass die Hände ausgestreckt, und *los*!«, rief Clay und zog die verschränkten Hände schwungvoll in die Höhe. Jordan schoss durchs Fenster und verschwand. Clay hörte ihn nicht landen; die Musik war zu laut.

Die anderen drängten ans Fenster, das knapp über Kopfhöhe in die Wand eingelassen war. »Jordan?«, rief Tom. »Jordan, alles klar?«

Einen Augenblick lang war nichts zu hören, und Clay war sich sicher, dass Jordan sich tatsächlich das Genick gebrochen hatte. Dann sagte eine zittrige Stimme: »Alles klar. *Jesses,* tut das weh. Ich hab mir den Ellbogen angehauen. Jetzt fühlt sich der ganze linke Arm so komisch an. Augenblick ...«

Sie warteten. Denise umklammerte Clays Hand und drückte sie fest.

»Er lässt sich bewegen«, sagte Jordan. »Er ist in Ordnung, glaube ich, aber vielleicht sollte ich doch zur Schulkrankenschwester gehen.«

Sie lachten alle viel zu laut.

Tom hatte den Zündschlüssel des Busses an einen doppelten Faden gebunden, den er aus seinem Hemd gezogen hatte, und das Ende an seiner Gürtelschnalle befestigt. Clay verschränkte wieder die Hände und hob nun Tom hoch. »Ich lasse dir jetzt den Schlüssel runter, Jordan. Kann's losgehen?«

»J-Ja.«

Tom hielt sich am Fensterrahmen fest, sah nach unten und ließ dann den Gürtel hinunter. »Okay, du hast ihn«, sagte er. »Hör mir jetzt gut zu. Wir möchten, dass du das alles nur tust, wenn du es auch kannst. Kannst du's nicht, gibt's keine Strafminuten auf der Bank. Kapiert?«

»Ja.«

»Gut, dann los. Mach schnell!« Tom sah noch einen Augenblick hinaus, dann sagte er: »Er ist unterwegs. Gott stehe ihm bei, er ist ein tapferer Junge. Du kannst mich jetzt runterlassen.«

11

Jordan hatte die Halle auf der von dem ruhenden Schwarm abgewandten Seite verlassen. Clay, Tom, Denise und Dan durchquerten sie, um auf die der Mittelstraße zugewandte Seite zu gelangen. Die drei Männer kippten den bereits ausgeraubten Snackautomaten auf die Seite und schoben ihn an die Wand. Clay und Dan konnten darauf stehend leicht aus den hohen Fenstern sehen; Tom musste sich dazu auf die Zehenspitzen stellen. Clay stellte eine Holzkiste darauf, damit auch Denise hinaussehen konnte, und betete darum, dass sie nicht runterkippen und deshalb plötzlich Wehen bekommen würde.

»Wie lange braucht er, glaubst du, bis er zurückkommt?«, fragte Tom.

Clay zuckte die Achseln. Er konnte es nicht sagen. Das war von so vielen Variablen abhängig – die Größe des Schwarms war nur eine davon.

»Was ist, wenn sie hinten in den Bus geschaut haben?«, sagte Denise.

»Was ist, wenn *Jordy* hinten in den Bus schaut und nichts vorfindet?«, fragte Dan, und Clay musste sich beherrschen, um den Mann nicht anzufahren, seine negativen Vibrationen endlich einmal für sich zu behalten.

Die Zeit verging so langsam wie im Gänseschritt. Die kleine rote Leuchte auf dem Fallschirmsprungturm blinkte. Pachelbel wich wieder Fauré und Fauré Vivaldi. Clay erinnerte sich ohne bestimmten Grund an den schlafenden Jungen, der aus dem Einkaufswagen gekippt war, wie der Mann, der ihn geschoben hatte – vermutlich nicht sein Vater –, sich mit ihm an den Straßenrand gesetzt und gesagt hatte: *Gregory pustet jetzt drauf, dann ist gleich wieder alles gut.* Er erinnerte sich daran, wie der Mann mit dem Rucksack sich den »Baby Elephant Walk« angehört und *Dodge hat sich auch gut amüsiert* gesagt hatte. Er erinnerte sich an die Bingozelte seiner Kindheit und wie der Mann mit dem Mikrofon unweigerlich *Es ist das Sonnenschein-Vitamin!* ausgerufen hatte, wenn er die B-12 aus der Trommel mit den hüpfenden Tischtennisbällen gezogen hatte.

Die Zeit schien jetzt nur noch millimeterweise zu verstreichen, und Clay gab langsam die Hoffnung auf. Eigentlich hätten sie das Motorengeräusch des Busses inzwischen längst hören müssen.

»Irgendwas ist schief gegangen«, sagte Tom bedrückt.

»Vielleicht auch nicht«, sagte Clay. Er bemühte sich, aus seiner Stimme herauszuhalten, wie tief sein Mut gesunken war.

»Nein, Tommy hat Recht«, sagte Denise. Sie war den Tränen nahe. »Ich liebe ihn wie mein Leben, und er war tapferer als Fürst Satan in seiner ersten Nacht in der Hölle, aber irgendwie müsste er längst unterwegs sein.«

Dans Standpunkt war überraschend positiv. »Wir wissen nicht, was ihm alles begegnet ist. Atmet tief durch, und versucht, eure Fantasie nicht mit euch durchgehen zu lassen.«

Clay bemühte sich darum, aber es gelang ihm nicht. Jetzt verstrichen selbst die *Sekunden* quälend langsam. Aus den riesigen Konzertlautsprechern dröhnte Schuberts »Ave Maria«. *Ich würde meine Seele für etwas ehrlichen Rock'n'Roll verkaufen,* dachte er. *Chuck Berry mit »Carol«, U2 mit »When Love Comes to Town« ...*

Draußen nichts als Dunkelheit und Sterne und jene eine winzige batteriebetriebene rote Leuchte.

»Heb mich da drüben mal hoch«, sagte Tom und sprang von dem umgestürzten Automaten. »Ich zwänge mich irgendwie durchs Fenster und sehe zu, ob ich ihn finden kann.«

»Tom, wenn ich mich in Bezug auf den Sprengstoff im Bus geirrt habe ...«, begann Clay.

»Scheiß auf den Bus, scheiß auf den Sprengstoff!«, sagte Tom verstört. »Ich will nur Jor...«

»He!«, brüllte Dan, und dann: *»He, alles klar! AUF GEHT'S!«* Er hämmerte mit der Faust an die Mauer neben dem Fenster.

Clay drehte sich um und sah Scheinwerfer, die im Dunkel erblüht waren. Aus den komatösen Leibern, die das ausgedehnte Freigelände bedeckten, stieg leichter Nebel auf, sodass die Busscheinwerfer wie durch Rauch leuchteten. Sie wurden aufgeblendet, dann abgeblendet, dann wieder aufgeblendet, und Clay glaubte, Jordan ganz deutlich vor sich zu sehen, wie er am Steuer des kleinen Busses sitzend herauszubekommen versuchte, welche Knöpfe und Schalter was bewirkten.

Jetzt begannen die Scheinwerfer voranzukriechen. Aufgeblendet.

»Genau, Schatz«, flüsterte Denise. *»Tu's,* mein Liebling.« Auf ihrer Kiste stehend, ergriff sie Dans Linke und Clays Rechte. »Schön machst du das! Weiter so!«

Die Scheinwerfer schwenkten von ihnen weg und beleuchteten jetzt die Bäume weit links der mit schlafenden Phonern bedeckten Freifläche.

»Was tut er da?«, ächzte Tom.

»Da ragt eine Seite der Geisterbahn etwas weiter vor«, sagte Clay. »Das ist okay.« Er zögerte. »Glaube ich wenigstens.« *Falls sein Fuß nicht ausrutscht. Falls er nicht Bremse und Gas verwechselt und die gottverdammte Geisterbahn so rammt, dass der Bus dann festsitzt.*

Sie warteten, und die Busscheinwerfer schwenkten wieder zurück und strahlten die Seite der Kashwakamak-Halle exakt waagrecht an. Und das Fernlicht zeigte Clay nun auch, warum Jordan so lange gebraucht hatte. Nicht alle Phoner lagen nämlich in diesem komatösen Schlaf. Dutzende – die wahrscheinlich mit fehlerhafter Programmierung – waren auf den Beinen und bewegten sich. Sie irrten in allen Himmelsrichtungen ziellos umher: schwarze Silhouetten, die sich in größer werdenden Kreisen aus der Mitte des Schwarms entfernten, Mühe hatten, über die ausgestreckten Körper der Schläfer hinwegzukommen, stolperten, stürzten, sich aufrappelten und weiterirrten, während Schuberts »Ave Maria« die Nacht erfüllte. Einer von ihnen, ein junger Mann mit einer breiten roten Schnittwunde, die seine Stirn wie eine senkrechte Sorgenfalte teilte, erreichte die Halle und tastete sich wie ein Blinder an der Außenwand entlang.

»So, das reicht, Jordan«, murmelte Clay, als die Scheinwerfer sich den Lautsprechersäulen am jenseitigen Rand der Freifläche näherten. »Stell ihn ab, und sieh zu, dass du deinen Arsch wieder hier rüberkriegst.«

Jordan schien ihn gehört zu haben. Die Scheinwerfer verharrten an. Einen Augenblick lang bewegten sich dort draußen nur die rastlosen Gestalten der wachen Phoner und die

489

Nebelschwaden, die von den warmen Leibern der anderen aufstiegen. Dann hörten sie den Busmotor aufheulen – es war trotz der lauten Musik deutlich zu hören –, und die Scheinwerfer machten einen Satz nach vorn.

»Nein, Jordan, was machst du da?«, kreischte Tom.

Denise wich erschrocken zurück und wäre von ihrer Kiste gestürzt, wenn Clay sie nicht mit einem Arm um ihre Taille aufgefangen hätte.

Der Bus rumpelte in den schlafenden Schwarm. *Über* den schlafenden Schwarm hinweg. Die Scheinwerfer wippten auf und ab, waren auf sie gerichtet, strahlten kurz in die Höhe, dann wieder waagrecht. Der Bus schleuderte nach links, hielt wieder Kurs, dann schleuderte er nach rechts. Einige Sekunden lang beleuchteten die vier aufgeblendeten Scheinwerfer einen der Nachtwanderer so deutlich wie eine Figur aus Scherenschnittpapier. Clay sah, wie der Phoner die Arme hob, als wollte er auf dem Footballfeld ein erfolgreiches Fieldgoal anzeigen; dann verschwand er unter dem Kühlergrill des Busses, der ihn niederwalzte.

Jordan fuhr den Bus in die Mitte des Schwarms, wo er mit aufgeblendeten Scheinwerfern und triefendem Kühlergrill anhielt. Als Clay eine Hand hob, um das grelle Licht möglichst abzuschirmen, konnte er eine kleine dunkle Gestalt sehen – von den anderen durch Wendigkeit und Zielbewusstsein zu unterscheiden –, die aus dem Bus sprang und sich auf den Rückweg zur Kashwakamak-Halle machte. Auf einmal fiel Jordan hin, und Clay fürchtete schon, dass alles vorbei war. Wenig später knurrte Dan: »Da ist er, *da drüben*!«, und auch Clay entdeckte ihn wieder – zehn Meter näher und viel weiter links als in der Sekunde, in der er ihn aus den Augen verloren hatte. Jordan musste ein gutes Stück weit über die schlafenden Phoner hinweggekrochen sein, bevor er sich wieder aufgerappelt hatte.

Als Jordan in den diesigen Lichtkegel der Busscheinwerfer zurückkehrte, in dem er den Endpunkt eines zwölf Meter langen Schattens bildete, konnten sie ihn erstmals deutlich sehen. Nicht sein Gesicht, da das Licht ja von hinten kam, aber die verrückt-elegante Manier, wie er über die Phoner hinweghastete. Die Schlafenden nahmen weiterhin nichts um sie herum wahr. Um Phoner, die zwar wach, aber nicht in seiner Nähe waren, kümmerte Jordan sich nicht weiter. Einige von denen, die nahe *waren*, versuchten jedoch, ihn festzuhalten. Zwei Gestalten konnte Jordan ausweichen, aber der dritten, einer Frau, gelang es, eine Hand in seinen verfilzten Haarschopf zu krallen.

»*Lass ihn los!*«, brüllte Clay. Obwohl er sie nicht richtig erkennen konnte, war er sich auf verrückte Weise sicher, dass es sich um die Frau handelte, mit der er einst verheiratet gewesen war. »*Lass ihn los!*«

Das tat sie zwar nicht, aber Jordan packte sie am Handgelenk, verdrehte es, ging in die Hocke und konnte sich auf diese Weise losreißen. Die Frau grapschte noch einmal nach ihm, verfehlte den Stoff seines Hemdrückens nur knapp und torkelte dann in eine andere Richtung davon.

Viele der degenerierten Phoner, das sah Clay jetzt, versammelten sich um den Bus. Die Scheinwerfer schienen sie magisch anzuziehen.

Clay sprang von dem Snackautomaten (diesmal war es Dan Hartwick, der Denise vor einem Sturz bewahrte) und hob das Brecheisen auf. Er war mit einem Satz wieder oben und zertrümmerte das Fenster, durch das er hinausgesehen hatte.

»*Jordan!*«, schrie er. »*Nach hinten! Mach, dass du nach hinten kommst!*«

Jordan sah auf, als er Clays Stimme hörte, und stolperte über etwas – ein Bein, einen Arm, vielleicht einen Hals. Als er sich wieder aufrappelte, schoss eine Hand aus dem atmenden Dunkel und umklammerte seine Kehle.

»Bitte, Gott, nein«, flüsterte Tom.

Jordan warf sich nach vorn wie ein Linebacker, der einen First Down zu erzielen versuchte, ließ seine Beine wie Kolben stampfen und schaffte es schließlich, sich aus dem Griff zu befreien. Er taumelte weiter. Clay konnte seinen starren Blick und seine sich krampfhaft hebende und senkende Brust sehen. Als Jordan sich nun der Halle weiter näherte, konnte Clay auch hören, wie er keuchend nach Atem rang.

Er schafft's nie, dachte er. *Nie. Dabei ist er schon so nahe, so nahe.*

Aber Jordan schaffte es. Die beiden Phoner, die gegenwärtig die Außenmauer der Halle entlangstolperten, interessierten sich nicht im Geringsten für ihn, als er an ihnen vorbei um die Ecke des Gebäudes stürmte. Die vier waren sofort von dem Snackautomaten herunter und spurteten Staffelläufern gleich auf die andere Seite der Halle, wobei Denise und ihr Bauch führten.

»Jordan!«, rief sie auf den Zehenspitzen wippend. »Jordan, Jordy, bist du da? Um Himmels willen, Junge, sag uns, dass du das bist!«

»Ich bin ...« Er holte angestrengt keuchend Luft. »... hier.« Ein weiteres laut keuchendes Atemholen. Clay nahm undeutlich wahr, dass Tom lachte und ihm auf den Rücken klopfte. »Hab nicht geahnt ...« *Keuch, keuch!* »... dass es so schwer ist ... über Leute rüberzufahren.«

»Was hast du dir bloß dabei gedacht?«, rief Clay. Er litt darunter, dass er sich den Jungen nicht schnappen konnte, um ihn erst zu umarmen, dann kräftig zu schütteln und zuletzt überall auf sein dummes tapferes Gesicht zu küssen. Er litt darunter, ihn nicht mal sehen zu können. »Scheiße, du solltest dicht an sie *heranfahren,* nicht zwischen sie *hinein-fahren!*«

»Ich hab's ...« *Keuch, keuch!* »... für den Rektor getan.« Seine Stimme klang jetzt nicht nur atemlos, sondern auch trotzig. »Sie haben den Rektor umgebracht. Sie und ihr Lumpenmann. Sie und ihr blöder Präsident von Harvard. Ich wollte es ihnen heimzahlen. Ich will's *ihm* heimzahlen.«

»Aber wieso hast du so lange gebraucht, um loszufahren?«, fragte Denise. »Wir haben gewartet und gewartet!«

»Hier draußen sind Dutzende von denen auf den Beinen«, sagte Jordan. »Vielleicht sogar hunderte. Was mit denen nicht in Ordnung ... oder doch in Ordnung ... oder nur im Wandel ist ..., breitet sich jetzt echt schnell aus. Sie laufen völlig planlos durcheinander. Ich musste immer wieder mal welchen ausweichen. Den Bus hab ich schließlich vom letzten Viertel der Mittelstraße aus erreicht. Dann ...« Jordan lachte atemlos. »Der Motor wollte nicht anspringen! Könnt ihr euch das vorstellen? Ich hab den Zündschlüssel immer wieder nach rechts gedreht, aber jedes Mal nur ein Klicken gehört. Ich wär beinahe ausgeflippt, aber das hab ich nicht zugelassen. Weil ich wusste, dass der Rektor sonst von mir enttäuscht gewesen wäre.«

»Ach, Jordy ...«, flüsterte Tom.

»Und wisst ihr, woran es gelegen hat? Ich musste erst den blöden *Sicherheitsgurt* anlegen. Die Fahrgäste brauchen keinen, aber der Motor springt erst an, wenn der Fahrer seinen angelegt hat. Okay, tut mir Leid, dass ich so lange gebraucht habe, aber jetzt bin ich ja da.«

»Und dürfen wir annehmen, dass der Gepäckraum nicht leer war?«, fragte Dan.

»Verdammt, das dürft ihr! Er ist voller roter Päckchen, die wie Ziegelsteine aussehen. Ein Stapel neben dem anderen.«

Jordan bekam allmählich wieder Luft. »Sie sind unter einer Wolldecke versteckt, auf der ein Handy liegt. Ray hat es mit einem Expander an mehreren von diesen Ziegeln befestigt. Das Handy ist eingeschaltet. Es hat einen Ausgang, damit man's mit einem Kabel beispielsweise an ein Faxgerät anschließen oder Daten auf einen Computer runterladen kann. Und das angeschlossene Kabel verschwindet irgendwo zwischen den Ziegeln. Ich hab nicht weiter nachgeguckt, aber ich wette, dass der Zünder in der Mitte sitzt.« Er holte wieder tief Luft. »Und im Display waren Balken angezeigt. Drei Balken.«

Clay nickte. Er hatte richtig vermutet. Kashwak galt als tote Zone, in der ab der Zubringerstraße zur Northern Counties Expo kein Handy mehr funktionierte. Die Phoner hatten diese Informationen, die aus den Köpfen bestimmter Normies stammte, für ihre Zwecke genutzt. Die Graffiti KASHWAK = NO-FO hatten sich wie Windpocken ausgebreitet. Aber hatten die Phoner jemals selbst versucht, vom Ausstellungsgelände aus mit einem Handy zu telefonieren? Natürlich nicht. Konnte man sich telepathisch verständigen, waren Telefone überflüssig. Und gehörte man einem Schwarm an – als Teil des Ganzen –, waren sie doppelt überflüssig, falls so etwas überhaupt möglich war.

Aber in diesem kleinen Gebiet funktionierten Handys … und weshalb? Weil hier Schaustellergehilfen alles aufgebaut hatten – Schausteller, die bei einer Firma arbeiteten, die sich New England Amusement Corporation nannte. Und im 21. Jahrhundert waren Schausteller – genau wie Roadies von Rockbands, Bühnenpersonal auf Tournee und Filmcrews bei Außenaufnahmen – vor allem in abgelegenen Gebieten, in denen das Telefonnetz weitmaschig war, auf Handys angewiesen. Dort gab es keine Mobilfunkmasten, die Funksignale empfingen und weiterleiteten? Schön, dann benutzte man eben Raubkopien der erforderlichen Software und stellte selbst welche auf. Illegal? Natürlich, aber weil Jordan auf dem Display drei Balken gesehen hatte, musste die Übermittlung funktioniert haben, und weil sie batteriebetrieben war, funktionierte sie *weiterhin*. Sie hatten den Relaissender auf dem höchsten Punkt der Expo installiert.

Sie hatten ihn auf der Spitze des Fallschirmsprungturms installiert.

12

Dan durchquerte die Halle nochmals, stieg auf den Snackautomaten und sah hinaus. »Sie stehen in Dreierreihen um den Bus herum«, berichtete er. »In Viererreihen um die Scheinwerfer. Als ob sie glauben, dass sich in dem Bus irgendein großer Popstar versteckt hält. Die unter ihnen Liegenden sind wohl zertrampelt worden.« Er drehte sich um. Sein Nicken galt dem schmutzigen Motorola, das Clay jetzt in der Hand hielt. »Wenn du das wirklich einsetzen willst, schlage ich vor, dass du es jetzt tust, bevor nämlich einer von denen beschließt, in den Bus zu klettern, um die verdammte Kiste wegzufahren.«

»Ich hätte den Motor auch abstellen können, aber dann wären ja die Scheinwerfer ausgegangen«, sagte Jordan. »Und die wollte ich, um besser sehen zu können.«

»Schon gut, Jordan«, sagte Clay. »Das schadet nichts. Ich werde ...«

In der Tasche, aus der er gerade das Handy gezogen hatte, fand sich sonst nichts mehr. Der Fetzen Papier mit der Telefonnummer darauf war weg.

13

Clay und Tom suchten ihn auf dem Fußboden – suchten *verzweifelt* den ganzen Hallenboden ab –, und Dan berichtete von seinem Standort auf dem Snackautomaten aus trübselig, eben sei der erste Phoner in den Bus geklettert, da brüllte Denise auf einmal: »*Stopp! HALTET DIE KLAPPE!*«

Alle hörten mit dem auf, was sie gerade taten, und sahen zu ihr hinüber. Clay schlug das Herz bis zum Hals. Er konnte die eigene Nachlässigkeit nicht fassen. *Ray hat sich dafür geopfert, du dämliches Arschloch!*, rief ein Teil von ihm dem Rest zu. *Er ist dafür gestorben, und du hast den Zettel verloren!*

Denise schloss die Augen und faltete die Hände über dem gesenkten Kopf zusammen. Dann leierte sie hastig einen Spruch herunter: »Tony, Tony, steh uns bei, dass sich findet, was verloren sei.«

»Was zum Teufel war *das*?«, sagte Dan. Er klang verblüfft.

»Ein Gebet zum heiligen Antonius«, sagte sie ruhig. »Ich hab's in der Sonntagsschule gelernt. Es hilft immer.«

»Ich glaub, mich tritt ein Pferd«, ächzte Tom.

Denise beachtete ihn nicht weiter und konzentrierte ihre Aufmerksamkeit ganz auf Clay. »Auf dem Fußboden liegt er nicht, stimmt's?«

»Ich glaube nicht, nein.«

»Gerade sind wieder zwei eingestiegen«, meldete Dan. »Und die Blinker werden abwechselnd betätigt. Also muss einer von denen am Steuer ...«

»Hältst du jetzt bitte mal die Klappe, Dan?«, sagte Denise. Sie sah weiter Clay an. Wirkte weiter ganz ruhig. »Und wenn du ihn im Bus oder irgendwo draußen verloren hast, ist er unwiederbringlich weg, richtig?«

»Ja«, sagte er mit schwerer Stimme.

»Also wissen wir, dass er weder hier auf dem Fußboden noch da draußen ist.«

»Und woher wollen wir das wissen?«

»Weil Gott das nicht zulassen würde.«

»Ich glaube ... mein Kopf explodiert gleich«, sagte Tom mit eigentümlich ruhiger Stimme.

Denise beachtete ihn auch diesmal nicht. »In welcher Tasche hast du also noch nicht nachgesehen?«

»Ich habe in *sämtlichen* ...«, begann Clay, verstummte dann aber. Ohne den Blick von Denise zu wenden, erkundete er mit zwei Fingern die kleine Uhrentasche über der rechten Vordertasche seiner Jeans. Und der Zettel befand sich dort. Clay konnte sich nicht daran erinnern, ihn hineingesteckt zu haben, aber er war nun einmal darin. Er zog ihn heraus. In der unbeholfenen Schrift ihres toten Gefährten war eine Telefonnummer darauf gekritzelt: 207-919-9811.

»Bestell dem heiligen Antonius meinen Dank«, sagte er.

»Wenn es klappt«, sagte sie, »bitte ich den heiligen Antonius, Gott zu danken.«

»Deni?«, sagte Tom.

Sie drehte sich zu ihm um.

»Bestell ihm auch meinen Dank«, sagte er.

14

Sie saßen zu viert nebeneinander an die zweiflüglige Tür gelehnt, durch die sie hereingekommen waren, weil sie darauf vertrauten, dass deren Stahlkern sie schützte. Jordan war hinter dem Gebäude unter dem eingeschlagenen Fenster, durch das er nach draußen gekommen war, in Deckung gegangen.

»Und was machen wir, wenn die Explosion keine Löcher in die Hallenwand sprengt?«, fragte Tom.

»Dann fällt uns schon was ein«, sagte Clay.

»Und wenn Rays Bombe überhaupt nicht hochgeht?«, fragte Dan.

»Dann lassen wir uns zwanzig Yards zurückfallen und kicken den Ball nach vorn«, sagte Denise. »Los, mach schon, Clay. Wart nicht erst, bis die Abspannmusik kommt, sondern tu's einfach.«

Er klappte das Handy auf, betrachtete das dunkle LED-Display und erkannte, dass er die Signalstärke hätte überprüfen sollen, bevor er Jordan losgeschickt hatte. Daran hatte er nicht gedacht. Daran hatte keiner von ihnen gedacht. Dämlich. Fast so dämlich wie die Tatsache, dass er vergessen hatte, sich den Zettel mit der Telefonnummer in die Uhrentasche der Jeans gesteckt zu haben. Er drückte den Einschaltknopf. Das Handy piepste. Einen Augenblick lang passierte nichts, aber dann erschienen klar und deutlich drei Balken. Er tippte die Nummer ein, dann ließ er den Daumen leicht auf dem Knopf mit dem grünen Telefonsymbol ruhen.

»Jordan, bist du da draußen bereit?«

»Ja!«

»Wie steht's mit euch, Leute?«, fragte Clay.

»Tu's einfach, bevor mich noch der Schlag trifft«, sagte Tom.

Vor Clays innerem Auge erschien ein Bild, das in seiner Klarheit albtraumhaft war: Johnny-Gee, der fast genau dort lag, wo der mit Sprengstoff beladene Schulbus zum Stehen gekommen war. Er lag mit offenen Augen auf dem Rücken, hielt die Hände auf der Brust seines Red-Sox-Trikots gefaltet und hörte die Musik, während sein Verstand auf irgendeine fremdartige Weise neu formatiert wurde.

Er wischte das Bild beiseite.

»Tony, Tony, steh uns bei«, sagte er völlig grundlos und drückte den Knopf, der das Handy im Gepäckraum des Schulbusses anrief.

Er hatte noch Zeit, *EIN-und-zwanzig* und *ZWEI-und-zwanzig* zu zählen, bevor die gesamte Welt außerhalb der Kashwakamak-Halle mit einem Tosen zu explodieren schien, das Tomaso Albinonis »Adagio in g-Moll« mit hungrigem Röhren verschlang. Sämtliche kleinen Fenster auf der dem Schwarm zugewandten Hallenseite wurden eingedrückt. Hellroter Feuerschein fiel durch die Fensterhöhlen, dann wurde das gesamte Südende des Gebäudes in einem Hagel aus Brettern, Ziegeln, Glas und aufgewirbeltem Heu weggerissen. Die Türflügel, an denen die vier lehnten, schienen nach hinten gedrückt zu werden. Denise umfing ihren Bauch schützend mit beiden Armen. Draußen hob das grässliche Kreischen von Verletzten an. Einen Augenblick lang fraß dieses Geräusch sich durch Clays Kopf wie ein Kreissägeblatt. Dann war es verhallt. Das Kreischen in seinen Ohren hielt jedoch an. Es glich den Stimmen von Verdammten, die im Fegefeuer brieten.

Irgendetwas landete auf dem Dach. Es war schwer genug, um das ganze Gebäude erzittern zu lassen. Clay zog Denise hoch. Sie starrte ihn wild an, als wüsste sie nicht mehr genau, wer er war. *»Los, kommt mit!«* Obwohl er brüllte, konnte er die eigene Stimme kaum hören. Sie schien durch Wattebäusche zu sickern. *»Kommt, wir müssen hier raus!«*

Tom war auf den Beinen. Dan rappelte sich halb auf, fiel zurück, versuchte es noch einmal und schaffte es schließlich beim zweiten Anlauf. Er grapschte nach Toms Hand. Tom ergriff Denise' Hand. Auf diese Weise schlurften sie als Dreierkette zu dem gähnenden Loch am Südende der Halle. Dort trafen sie auf Jordan, der neben einem brennenden Heuhaufen die Verwüstungen anstarrte, die ein einzelner Telefonanruf bewirkt hatte.

15

Der Riesenfuß, der aufs Dach der Kashwakamak-Halle gestampft zu haben schien, war ein großer Brocken des Schulbusses gewesen. Das Schindeldach brannte. Direkt vor ihnen, jenseits des kleinen brennenden Heuhaufens, lag ein umgekippter Doppelsitz, der ebenfalls brannte. Seine massiven Stahlrohre waren zu Spaghetti zerfasert. Vom Himmel herab kamen wie übergroße Schneeflocken Kleidungsstücke gesegelt: Hemden, Mützen, Hosen, Boxershorts, ein Bruchband, ein hell brennender Büstenhalter. Clay sah, dass das als Isolierung um die Halle herum aufgehäufte Heu bald einen Feuerwall bilden würde; sie entkamen also gerade noch rechtzeitig.

Auf dem Freigelände, auf dem Konzerte, Tanzveranstaltungen unter freiem Himmel und die unterschiedlichsten Wettbewerbe stattgefunden hatten, brannte es an vielen Stellen, aber Teile des explodierten Busses waren noch erheblich weiter fortgeschleudert worden. Clay sah einige mindestens dreihundert Meter entfernte Baumwipfel brennen. Genau südlich von ihnen stand die Geisterbahn in Flammen, und er konnte etwas sehen – vermutlich handelte es sich um einen menschlichen Rumpf –, das auf halber Höhe des Fallschirmsprungturms brennend zwischen den Stahlstreben hing.

Der Schwarm selbst hatte sich in rohen Hackbraten aus toten und sterbenden Phonern verwandelt. Ihre Telepathie war zusammengebrochen (obwohl gelegentlich noch kleine

Strömungen dieser fremdartigen psychischen Kraft so an Clay zupften, dass ihm die Haare zu Berge standen und er eine Gänsehaut bekam), aber die noch Lebenden konnten weiterhin kreischen, und sie füllten die Nacht mit ihren Schreien. Er hätte sein Vorhaben verwirklicht, selbst wenn er hätte ahnen können, wie schlimm das alles sein würde – auch in den ersten schrecklichen Sekunden bemühte er sich, sich in dieser Beziehung nicht selbst zu belügen –, aber dies überstieg jegliches Vorstellungsvermögen.

Der Feuerschein war eben hell genug, um ihnen mehr zu zeigen, als sie eigentlich sehen wollten. Die Enthauptungen und Verstümmelungen waren schlimm – die Blutlachen, die abgerissenen Gliedmaßen –, aber die überall verstreuten Schuhe und Kleidungsstücke, in denen niemand steckte, waren irgendwie noch schlimmer, so als wäre die Detonation gewaltig genug gewesen, um den Schwarm buchstäblich zu verdampfen. Ein Mann, der auf sie zugetaumelt kam, hielt sich mit beiden Händen den Hals, um das zwischen seinen Fingern hervorquellende Blut aufzuhalten – das vom Feuerschein des brennenden Hallendachs orangerot verfärbt über seine Finger lief –, während ihm seine Eingeweide vor dem Unterleib hin und her schwangen. Weitere feucht glänzende Darmschlingen glitten hervor, als er mit weit aufgerissenen, blicklosen Augen an ihnen vorbeistolperte.

Jordan sagte irgendetwas. Wegen der Schreie, der wimmernden Klagelaute und des immer lauter prasselnden Feuers hinter ihnen konnte Clay ihn nicht verstehen, weshalb er sich zu ihm hinunterbeugte.

»Wir mussten's tun, wir konnten nicht anders«, sagte Jordan. Er starrte eine kopflose Frau, einen Mann ohne Beine und einen Rumpf an, der so aufgerissen war, dass er einem mit Blut angefüllten Boot aus Fleisch glich. Jenseits davon lag ein weiterer Doppelsitz aus dem Bus auf zwei brennenden Frauen, die in enger Umarmung gestorben waren. »Wir mussten's tun, wir konnten nicht anders. Wir mussten's tun, wir konnten nicht anders.«

»Richtig, Schatz, leg deinen Kopf an mich und geh so weiter«, sagte Clay, und Jordan vergrub sofort das Gesicht in seiner Seite. So zu gehen war zwar ziemlich umständlich, aber es ließ sich machen.

Sie umgingen das Freigelände, das dem Schwarm als Nachtlager gedient hatte, und erreichten den rückwärtigen Teil der Mittelstraße, an der die Fahrgeschäfte gestanden hätten, wenn der Puls nicht dazwischengekommen wäre. Während sie unterwegs waren, brannte die Kashwakamak-Halle heller, und der Feuerschein ließ sie die Einzelheiten besser erkennen. Dunkle Gestalten – viele nackt oder fast nackt, weil die Druckwelle ihnen die Kleidung vom Leib gerissen hatte – taumelten und schlurften ziellos durcheinander. Clay konnte nicht einmal schätzen, wie viele es waren. Die wenigen, denen ihre kleine Gruppe begegnete, ließen keinerlei Interesse an ihnen erkennen; sie schlurften entweder zur Mittelstraße weiter oder torkelten in die Wälder westlich des Expo-Geländes, in denen sie – da war Clay sich sicher – vor Entkräftung sterben würden, wenn es ihnen nicht gelang, wieder eine Art Kollektivbewusstsein herzustellen. Er bezweifelte aber, dass ihnen das gelingen würde. Teils wegen des Virus, aber vor allem auch wegen Jordans Entschluss, mit dem Bus mitten in den Schwarm hineinzufahren, um die größtmögliche Sprengwirkung zu erzielen, nicht anders als sie es zuvor mit den Gastankwagen gemacht hatten.

Hätten sie gewusst, dass der Mord an einem einzigen alten Mann solche Folgen haben könnte, dachte Clay, und dann fragte er sich: *Aber wie hätten sie das ahnen können?*

Sie erreichten einen unbefestigten Parkplatz, auf dem die Schausteller ihre Pick-ups und Wohnmobile abgestellt hatten. Hier war der Erdboden mit einem Gewirr aus Elektrokabeln bedeckt, und die Lücken zwischen den Wohnmobilen waren mit dem Besitz von Familien ausgefüllt, die dem fahrenden Volk angehörten: Holzkohlen- und Gasgrills, Gartenmöbel, eine Hängematte, eine kleine Wäschespinne mit Kleidungsstücken, die vermutlich seit annähernd zwei Wochen dort hingen.

»Kommt, wir suchen uns einen Wagen, in dem der Schlüssel steckt, und hauen schnellstens von hier ab«, sagte Dan. »Sie haben die Zubringerstraße geräumt, und ich wette, dass wir auf der 160 so weit nach Norden fahren können, wie wir wollen, wenn wir vorsichtig sind.« Er wies mit dem Daumen über die Schulter. »Da oben ist ungefähr *alles* eine No-Fo-Zone.«

Clay hatte einen Lieferwagen mit der Aufschrift LEM'S MALER- & KLEMPNERSERVICE auf den Hecktüren entdeckt. Die Türen ließen sich öffnen. Die Ladefläche stand voller Plastikkisten, die fast alle mit Installationsmaterial voll gestopft waren, aber in einer fand er, was er suchte: Farbsprühdosen. Nachdem er sich davon überzeugt hatte, dass sie voll oder so gut wie voll waren, nahm er vier davon mit.

»Für was brauchst du die?«, fragte Tom ihn.

»Sag ich dir später«, antwortete Clay.

»Können wir *bitte* endlich abhauen?«, sagte Denise. »Ich halt's nicht länger aus. Meine Unterhose ist voller Blut.« Sie begann zu weinen.

Sie erreichten die Mittelstraße zwischen dem Kaffeetassenkarussell und einem halb aufgebauten Kinderkarussell, das sich Charlie Tschuff-Tschuff nannte. »Da!«, sagte Tom.

»O ... mein ... *Gott*«, flüsterte Dan.

Auf dem Vordach des Kassenhäuschens lagen die verkohlten und noch rauchenden Reste eines roten Sweatshirts – einer so genannten Kapuzenjacke. Auf der Vorderseite breitete sich ein großer Blutfleck um ein gähnendes Loch herum aus, das vermutlich ein fliegendes Metallstück des Schulbusses gerissen hatte. Bevor das Blut die weiße Schrift unleserlich machte, konnte Clay noch drei Buchstaben entziffern, das letzte Lachen des Lumpenmanns: HAR.

16

»In dem Scheißding steckt niemand mehr, und die Größe von dem Loch zeigt irgendwie, dass er ohne Narkose am offenen Herzen operiert worden ist«, sagte Denise. »Wenn ihr euch also satt gesehen habt ...«

»Am Südende der Mittelstraße liegt ein weiterer kleiner Parkplatz«, sagte Tom. »Auf dem stehen bessere Autos. Chefwagen. Vielleicht haben wir da Glück.«

Das hatten sie, aber nicht mit einem der besseren Autos. Hinter einigen besagter Chefwagen stand ein kleiner Van mit der Aufschrift TYCO – EXPERTEN FÜR WASSERAUFBEREITUNG, der jene wirkungsvoll blockierte. Der Tyco-Mann war so rücksichtsvoll gewesen, den Zündschlüssel stecken zu lassen – vermutlich genau deshalb –, und Clay fuhr mit ihnen von den Bränden, dem Massaker und den Schreien weg; er rollte langsam und vorsichtig die Zubringerstraße bis zu der Abzweigung hinunter, an der die Plakattafel mit dem Bild einer glücklichen Familie stand, wie sie nicht mehr existierte (falls es sie jemals gegeben hatte). Dort hielt er und brachte den Wählhebel in Stellung P.

»Jetzt muss einer von euch weiterfahren, Leute«, sagte er.

»Wieso denn, Clay?«, fragte Jordan, aber Clay hörte aus seinem Ton heraus, dass er das bereits wusste.

»Weil ich hier aussteige«, sagte er.

»Nein!«

»Doch. Ich will meinen Jungen suchen.«

»Er ist ziemlich sicher dort oben umgekommen«, sagte Tom. »Ich will nicht herzlos sein, nur realistisch.«

»Das weiß ich, Tom. Ich weiß aber auch, dass er mit dem Leben davongekommen sein kann – und du weißt das auch. Jordan hat gesagt, dass sie kreuz und quer durcheinanderlaufen, als hätten sie völlig die Orientierung verloren.«

»Clay ... Schätzchen ...«, sagte Denise. »Selbst wenn er noch lebt, könnte er mit halb weggerissenem Kopf durch die Wälder irren. Das sage ich nicht gern, aber du weißt, dass es wahr ist.«

Clay nickte. »Ich weiß aber auch, dass er früher abgehauen sein kann, während wir eingesperrt waren, und sich vielleicht auf dem Weg nach Gurleyville gemacht hat. Ein paar haben es immerhin bis dorthin geschafft; ich habe sie gesehen. Und ich habe andere gesehen, die dorthin unterwegs waren. Euch ja übrigens auch.«

»Der Künstlerverstand lässt sich nichts ausreden, was?«, sagte Tom betrübt.

»Nein«, sagte Clay, »aber vielleicht könnten Jordan und du mal kurz mit mir aussteigen, ja?«

Tom seufzte. »Wie du willst«, sagte er.

17

Mehrere Phoner, die desorientiert und verwirrt aussahen, kamen an ihnen vorbei, während sie neben dem kleinen Van der Wasseraufbereitungsfirma standen. Clay, Tom und Jordan beachteten sie nicht, und die Phoner erwiderten diese Gefälligkeit. Im Nordwesten nahm der Horizont ein helleres Orangerot an, weil die Kashwakamak-Halle sich nun ihr Feuer mit dem Wald hinter ihr teilte.

»Diesmal gibt's keinen großen Abschied«, sagte Clay und tat so, als sähe er die Tränen in Jordans Augen nicht. »Ich rechne fest damit, euch wiederzusehen. Hier, Tom. Nimm es mit.« Er hielt ihm das Handy hin, mit dem er die Detonation ausgelöst hatte. Tom griff danach. »Fahrt von hier aus nach Norden. Sieh immer mal wieder nach, ob die Signalstärke angezeigt wird. Wenn ihr zu Straßenriffen kommt, lasst ihr einfach den Wagen stehen, mit dem ihr gerade unterwegs seid, geht zu Fuß weiter, bis die Straße wieder frei ist, sucht euch ein neues Auto und fahrt weiter. Im Gebiet um Rangely wird das Handy wahrscheinlich funktionieren – dort hat's im Sommer Kanufahrer, im Herbst Jäger und im Winter Skifahrer gegeben –, aber jenseits davon müsste alles klar sein. Dort dürftet ihr auch tagsüber sicher sein.«

»Ich wette, dass es jetzt schon tagsüber sicher ist«, sagte Jordan und wischte sich Tränen aus den Augen.

Clay nickte. »Vielleicht hast du Recht. Aber benützt euren gesunden Menschenverstand. Ungefähr hundert Meilen nördlich von Rangely sucht ihr euch ein Blockhaus, eine Jagdhütte oder so was, lagert reichlich Vorräte ein und verkriecht euch da für den Winter. Ihr wisst, was mit diesen ... Kreaturen im Winter passieren wird, oder nicht?«

»Wenn ihr Kollektivbewusstsein nicht wieder zurückkehrt und sie nach Süden ziehen lässt, werden alle erfrieren«, sagte Tom. »Zumindest alle nördlich der Mason-Dixon-Linie.«

»Das glaube ich auch, genau. Die Farbsprühdosen habe ich in die Mittelkonsole gelegt. Ungefähr alle zwanzig Meilen sprüht ihr hübsch groß und deutlich T-J-D auf die Fahrbahn. Kapiert?«

»T-J-D«, sagte Jordan. »Für Tom, Jordan, Dan und Denise.«

»Genau. Achtet darauf, die Buchstaben extragroß zu sprühen – mit einem Pfeil, falls ihr die Straße wechselt. Wenn ihr eine unbefestigte Straße nehmt, sprüht ihr die drei Buchstaben an Bäume, immer auf der rechten Straßenseite. Dort halte ich danach Ausschau. Habt ihr das?«

»Immer rechts der Straße«, bestätigte Tom. »Komm doch einfach mit uns, Clay. Bitte.«

»Nein. Macht mir nicht alles noch schwerer, als es ohnehin schon ist. Jedes Fahrzeug, das ihr aufgeben müsst, lasst ihr mitten auf der Straße zurück und besprüht es mit T-J-D. Okay?«

»Okay«, sagte Jordan. »Sieh bloß zu, dass du uns findest!«

»Das werde ich. Die Welt wird noch für einige Zeit gefährlich sein, aber längst nicht mehr so gefährlich, wie sie schon mal war. Jordan, dich muss ich noch etwas fragen.«

»Okay.«

»Was soll ich tun, wenn ich Johnny finde und feststelle, dass ihm nichts Schlimmeres zugestoßen ist, als dass er ihren Konversionspunkt passiert hat?«

Jordan starrte ihn an. »Woher soll *ich* das wissen? Jesus, Clay! Ich meine ... *Jesus*!«

»Du hast gewusst, dass ihre Gehirne neu gestartet werden«, sagte Clay.

»Das war bloß eine *Vermutung*!«

507

Clay wusste, dass es viel mehr gewesen war. Etwas viel *Besseres*. Aber er wusste auch, dass Jordan erschöpft und verängstigt war. Er ließ sich vor dem Jungen auf ein Knie nieder und ergriff seine Hand. »Hab keine Angst. Für ihn kann's nicht schlimmer werden, als es schon ist. Das kann's weiß Gott nicht.«

»Clay, ich ...« Jordan sah zu Tom hinüber. »Menschen sind nicht wie Computer, Tom! Sag's ihm!«

»Aber Computer sind wie Menschen, stimmt's?«, sagte Tom. »Weil wir bauen, was wir kennen. Du hast von dem Neustart gewusst, du hast von dem Virus gewusst. Also sag ihm, was du denkst. Wahrscheinlich findet er den Jungen sowieso nicht. Und falls er's tut ...« Tom zuckte die Achseln. »Er hat Recht. Wie viel schlimmer kann's noch werden?«

Jordan biss sich auf die Unterlippe, während er darüber nachdachte. Er sah zu Tode erschöpft aus und hatte Blut an seinem Hemd.

»Kommt ihr endlich, Leute?«, rief Dan.

»Augenblick noch«, sagte Tom. Leise, fast behutsam sagte er: »Jordan?«

Jordan schwieg noch einen Moment länger. Dann erwiderte er Clays Blick und sagte: »Du bräuchtest ein weiteres Handy. Und du müsstest ihn an einen Ort bringen, wo Handyempfang möglich ist ...«

ALLES
SPEICHERN

1

Clay stand mitten auf der Route 160 an einer Stelle, die an einem sonnigen Tag im Schatten der Plakattafel gelegen hätte, und beobachtete die Heckleuchten, bis sie außer Sicht waren. Er konnte die Vorstellung, Tom und Jordan niemals wiederzusehen, nicht abschütteln (*verblassende Rosen*, wisperte sein Verstand), aber er weigerte sich, sie zu einer Vorahnung anwachsen zu lassen. Schließlich waren sie zweimal zusammengetroffen, und hieß es nicht, aller guten Dinge seien drei?

Ein vorbeikommender Phoner rempelte Clay anscheinend unabsichtlich an. Er war ein Mann, dessen linke Gesichtshälfte mit angetrocknetem Blut bedeckt war – der erste verletzte Flüchtling von der Northern Counties Expo, den er sah. Er würde noch mehr sehen, wenn er nicht vor ihnen blieb, daher setzte er sich in Bewegung und folgte der Route 160 wieder nach Süden. Er hatte keinen bestimmten Grund für die Annahme, dass sein Junge nach Süden unterwegs war, aber er hoffte, irgendein Rest von Johnnys Verstand – von seinem alten Verstand – habe ihm gesagt, die Heimat liege in dieser Richtung. Und das war zumindest eine Richtung, die Clay selbst kannte.

Etwa eine halbe Meile südlich der Zubringerstraße stieß er auf einen weiteren Phoner, diesmal eine Frau, die rasch und energisch quer zur Straße auf und ab ging wie ein Kapitän, der übers Achterdeck seiner Dreimastbark marschierte. Sie sah sich mit so durchdringend scharfem Blick nach Clay um, dass er unwillkürlich die Hände hob, um sich zu wehren, falls sie ihn anfiel.

Was sie jedoch nicht tat. »Wer gefa-Da?«, sagte sie, und in seinem Kopf hörte Clay ganz deutlich: *Wer ist gefallen? Daddy, wer ist gefallen?*

»Weiß ich nicht«, sagte er, indem er sich behutsam an ihr vorbeibewegte. »Ich hab's nicht gesehen.«

»Wo je?«, fragte sie, nun noch energischer auf und ab gehend, und in seinem Kopf hörte er deutlich: *Wo bin ich jetzt?* Er versuchte gar nicht erst, ihre Frage zu beantworten, musste aber unwillkürlich an Pixie Dark denken, die *Wer bist du? Wer bin ich?* gefragt hatte.

Clay ging schneller, jedoch nicht ganz schnell genug. Die Auf-und-ab-Gehende rief ihm nach: »Wer Pih' Da'?«

Und in seinem Kopf hörte er diese Frage mit erschreckender Klarheit widerhallen: *Wer ist Pixie Dark?*

2

Im ersten Haus, in das er einbrach, fand er keine Schusswaffe, dafür aber eine lange Stablampe, deren Lichtstrahl er auf jeden versprengten Phoner richtete, dem er begegnete, wobei er stets dieselbe Frage stellte, während er zugleich versuchte, sie mit Gedankenkraft wie ein Diapositiv auf eine Leinwand zu projizieren: *Hast du einen Jungen gesehen?* Er bekam nie eine Antwort darauf und hörte höchstens verklingende Gedankenfragmente in seinem Kopf.

In der Einfahrt des zweiten Hauses stand ein fahrbereiter Dodge Ram, aber Clay wagte nicht, ihn zu nehmen. Wenn Johnny auf dieser Straße war, würde er zu Fuß gehen. Und wenn Clay fuhr, konnte er seinen Jungen selbst dann übersehen, wenn er das langsam tat. In der Speisekammer fand er eine Dose Frühstücksfleisch, die er mit dem am Boden angelöteten Schlüssel öffnete und halb leer aß, während er weitermarschierte. Als er satt war, wollte er den Rest gerade in den Straßengraben kippen, als er neben einem Briefkasten einen alten Phoner stehen sah, der ihn mit traurigem, hungrigem Blick beobachtete. Clay hielt ihm die Dose hin, und der Alte nahm sie. Langsam und deutlich sprechend, wobei er versuchte, in Gedanken Johnnys Bild zu projizieren, fragte Clay ihn: »Hast du einen Jungen gesehen?«

Der alte Mann kaute Schinken. Schluckte. Überlegte anscheinend. Sagte: »Genna den wischy.«

»Den wischy«, sagte Clay. »Klar. Danke.« Er ging weiter.

Im dritten Haus, etwa eine weitere Meile südlich, fand er im Keller eine doppelläufige Schrotflinte mit drei Schachteln Munition. Und in der Küche fand er ein Handy, das auf der Theke in seinem Ladegerät stand. Das Ladegerät funktionierte – natürlich – nicht mehr, aber als er das Handy einschaltete, piepste es und war sofort sendebereit. Die Signalstärke wurde durch nur einen Balken angezeigt, aber das überraschte ihn nicht. Der Konversionspunkt der Phoner hatte am äußersten Rand des Empfangsbereichs gelegen.

Mit der geladenen Schrotflinte in einer Hand, der Stablampe in der anderen und dem Handy in seiner Gürtelhalterung war er gerade zur Haustür unterwegs, als ihn auf einmal schlichte Erschöpfung überwältigte. Er torkelte zur Seite, als hätte ihn ein Gummihammer an der Schläfe getroffen. Er wollte unbedingt weiter, aber der letzte Rest Vernunft, den sein übermüdeter Verstand noch aufbringen konnte, sagte ihm, dass er jetzt schlafen müsse. Und vielleicht war jetzt zu schlafen sogar sinnvoll. Wenn Johnny irgendwo dort draußen unterwegs war, standen die Chancen nicht schlecht, dass auch *er* jetzt schlief.

»Verlass dich lieber auf die Tagschicht, Clayton«, murmelte er. »Mitten in der Nacht und nur mit einer Stablampe findest du einen Dreck.«

Das Haus war klein – das Heim eines älteren Ehepaars, dachte er, indem er nach den Bildern im Wohnzimmer, dem einzigen Schlafzimmer und den Haltegriffen in der einzigen Toilette urteilte. Das Doppelbett war ordentlich gemacht. Clay streckte sich darauf aus, ohne die Decke zurückzuschlagen, und streifte nur die Schuhe ab. Und sobald er lag, schien die Erschöpfung wie ein Gewicht auf ihm zu lasten. Er konnte sich nichts vorstellen, das ihn zum Aufstehen hätte bewegen können. Im Schlafzimmer hing ein schwacher Geruch wie vom Duftkissen einer alten Frau. Ein großmütterlicher Duft, der fast so müde wirkte, wie Clay sich fühlte. Während er hier in dieser Stille lag, erschien ihm das Massaker auf dem Expo-Gelände so fern und unwirklich wie die Idee für einen Comic, den er niemals schreiben würde. Zu gruselig. *Bleib bei* Dark Wanderer, hätte Sharon vielleicht gesagt – seine alte, süße Sharon. *Bleib bei deinen Apokalypse-Cowboys.*

Sein Verstand schien sich zu erheben und über seinem Körper zu schweben. Er kehrte – geruhsam, ohne Hast – zu dem Bild zurück, wie sie zu dritt neben dem Van der Wasseraufbereitungsfirma Tyco gestanden hatten, kurz bevor Tom und Jordan wieder eingestiegen waren. Jordan hatte wiederholt, was er damals in Gaiten gesagt hatte: menschliche Gehirne seien eigentlich nur große alte Festplatten, und der Puls habe alles auf ihnen Gespeicherte gelöscht. Jordan hatte gesagt, der Puls habe sich auf menschliche Gehirne wie ein elektromagnetischer Impuls ausgewirkt.

Nichts übrig außer dem Kern, hatte Jordan gesagt. *Und der Kern war Mordlust. Aber weil Gehirne organische Festplatten sind, haben sie angefangen, sich zu rekonstruieren. Einen Neustart zu versuchen. Nur war das übermittelte Signal fehlerhaft. Ich kann's nicht beweisen, aber ich bin überzeugt, dass die Schwarmbildung, die Telepathie, die Levitation ... dass das alles eine Folge dieses Fehlers ist. Er war von Anfang an vorhanden, und deshalb ist er Bestandteil des Neustarts geworden. Verstehst du, was ich meine?*

Clay hatte genickt. Tom ebenfalls. Der Junge hatte sie angesehen; sein blutverschmiertes Gesicht mit dem ernsten Ausdruck hatte müde gewirkt.

Aber in der Zwischenzeit pulsiert der ursprüngliche Puls weiter, okay? Weil irgendwo ein mit Akkus betriebener Computer steht, der dieses Programm weiter ausstrahlt. Das Programm ist defekt, deshalb mutiert der Fehler da drin weiter. Irgendwann müsste das Signal verstummen, oder das Programm ist so hinüber, dass die Ausstrahlung von selbst aufhört. Aber bis dahin ... könntest du's vielleicht nutzen. Ich sage vielleicht, *okay? Alles hängt nämlich davon ab, ob auch Gehirne das tun, was gut geschützte Computer tun, wenn sie von einem elektromagnetischen Impuls getroffen werden.*

Tom hatte gefragt, was das sei. Und Jordan hatte ihn mit einem matten Lächeln bedacht.

Sie speichern alles im System ab. Sämtliche Dateien. Wenn das auch bei den Menschen passiert ist und du das Phoner-Programm löschen könntest, könnte irgendwann wieder die alte Programmierung zum Vorschein kommen.

»Er hat die menschliche Programmierung gemeint«, murmelte Clay in dem dunklen Schlafzimmer, das von dem schwachen, süßlichen Geruch des Duftkissens erfüllt war. »Die irgendwo in tieferen Schichten gesicherte menschliche

515

Programmierung. Komplett gespeichert.« Er kippte weg und glitt in den Schlaf hinüber. Falls er träumte, würde er hoffentlich nicht von dem Massaker auf der Northern Counties Expo träumen.

Sein letzter Gedanke vor dem Einschlafen war, dass die Phoner sich auf die Dauer vielleicht gebessert hätten. Ja, sie waren unter Gewalt und Schrecken entstanden, aber Geburten waren meistens schwierig, oft heftig und manchmal schrecklich. Sobald sie angefangen hatten, Schwärme zu bilden und ein Kollektivbewusstsein zu entwickeln, hatte die Gewalttätigkeit aufgehört. Wollte man Zwangskonversionen nicht als kriegerischen Akt betrachten, hatten sie seines Wissens nie richtig Krieg gegen die Normies geführt; die Vergeltungsmaßnahmen nach der Vernichtung ihrer Schwärme waren grausam, aber völlig verständlich gewesen. Wären sie ungestört geblieben, hätten sie sich vielleicht als bessere Hüter der Erde erweisen können als die so genannten Normies. Jedenfalls hätten sie nicht darin gewetteifert, benzinsaufende Geländewagenmonster zu kaufen, nicht mit ihren Levitationsfähigkeiten (oder was das anbetraf, mit ihren recht primitiven Konsumwünschen). Verdammt, sogar ihr Musikgeschmack hatte sich zum Ende hin gebessert.

Aber was ist uns anderes übrig geblieben?, dachte Clay. *Der Überlebenstrieb ist wie die Liebe. Beide sind blind.*

Dann übermannte ihn der Schlaf vollends, und er träumte nicht etwa von dem Gemetzel auf der Expo. Er träumte, er sitze in einem Bingozelt, und als der Ausrufer B-12 verkündete *(Es ist das Sonnenschein-Vitamin!)*, spürte er, dass etwas an seinem Hosenbein zupfte. Er sah unter den Tisch. Dort kauerte Johnny und lächelte zu ihm auf. Und irgendwo klingelte ein Handy.

3

Weder war die Aggressivität der Phoner-Flüchtlinge gänzlich erloschen, noch hatten sie ihre neuen Fähigkeiten ganz verlernt. Gegen Mittag des folgenden Tages, der kalt und windig war, als läge ein Vorgeschmack von November in der Luft, blieb Clay stehen, um zwei von ihnen zu beobachten, die sich am Straßenrand einen erbitterten Kampf lieferten. Sie boxten, dann kratzten und krallten sie und rangen schließlich miteinander, versetzten sich Kopfstöße und bissen einander in Hals und Backen. Dabei fingen sie an, sich langsam von der Straße zu erheben. Während Clay sie mit offen stehendem Mund angaffte, erreichten sie eine Höhe von gut drei Metern und kämpften dort breitbeinig eingestemmt weiter, als stünden sie auf einem unsichtbaren Boden. Dann schlug einer von ihnen seine Zähne in die Nase des Gegners, der ein zerfetztes, blutbeflecktes T-Shirt mit den Worten HEAVY FUEL auf der Brust trug. Nasenbeißer stieß HEAVY FUEL zurück. HEAVY FUEL taumelte, dann plumpste er wie ein in einen Brunnen geworfener Felsbrocken in die Tiefe. Dabei strömte das Blut aus seiner zerbissenen Nase nach oben. Nasenbeißer sah nach unten, schien jetzt erst wahrzunehmen, dass er sich in Balkonhöhe über der Straße befand, und stürzte hinterher. *Wie Dumbo, der seine Zauberfeder verloren hat,* dachte Clay. Nasenbeißer verrenkte sich das Knie, blieb im Staub liegen und knurrte Clay mit blutbefleckten gefletschten Zähnen an, als dieser an ihm vorbei weiterging.

Trotzdem waren diese beiden eine Ausnahme. Die meisten Phoner, denen Clay begegnete (an diesem Tag und in der ganzen folgenden Woche sah er keinen einzigen Normie), wirkten so, als hätten sie sich verlaufen, und waren sichtbar verwirrt, weil kein kollektives Schwarmbewusstsein mehr hinter ihnen stand. Clay musste immer wieder an etwas denken, was Jordan gesagt hatte, bevor er in den Van gestiegen war, um in die Wälder im Norden zu fahren, wo Handys unbrauchbar waren: *Wenn der Virus weitermutiert, werden die zuletzt Konvertierten weder Phoner noch Normies sein, jedenfalls keine richtigen.*

Clay glaubte, das bedeute Wesen wie Pixie Dark, nur etwas weniger zurechnungsfähig. *Wer bist du? Wer bin* ich? Diese Fragen konnte er jetzt schon in den Augen jener neuen Spezies sehen, und er vermutete – nein, er *wusste* –, dass sie diese Fragen zu stellen versuchten, wenn sie ihr wirres Zeug brabbelten.

Er fragte weiter: *Hast du einen Jungen gesehen?,* und versuchte dabei, Johnnys Bild zu projizieren, aber er hoffte jetzt nicht mehr auf eine verständliche Antwort. Meistens bekam er überhaupt keine Antwort. Die folgende Nacht verbrachte er ungefähr fünf Meilen nördlich von Gurleyville in einem Wohnwagen, und am nächsten Morgen kurz nach neun Uhr erspähte er eine kleine Gestalt, die mitten in dem nur einen Straßenblock langen Geschäftsbezirk der Ortschaft vor dem Café Gurleyville auf dem Randstein hockte.

Das kann nicht sein, dachte Clay, ging aber sofort schneller, und als er näher herankam – nahe genug, um sich fast sicher zu sein, dass dort ein Kind, nicht etwa nur ein kleiner Erwachsener saß –, begann er zu rennen. Sein neuer Rucksack hüpfte auf dem Rücken auf und ab. Seine Füße erreichten die Stelle, wo Gurleyvilles einziger kurzer Gehsteig begann, und klatschten dort auf den Beton.

Es war ein Junge.

Ein sehr magerer Junge mit langem Haar, das bis fast auf die Schultern seines Red-Sox-Trikots fiel.

»*Johnny!*«, brüllte Clay. »*Johnny, Johnny-Gee!*«

Der Junge wandte sich erschrocken der lauten Stimme zu. Sein Mund hing in ausdrucksloser Leere offen. In seinen Augen stand nichts als verschwommene Besorgnis. Er schien darüber nachzudenken, ob er flüchten solle, aber bevor er auch nur anfangen konnte, seine Beine in Gang zu setzen, hatte Clay ihn in die Arme gerissen und bedeckte das schmutzige, teilnahmslose Gesicht und den schlaffen Mund mit Küssen.

»Johnny«, sagte Clay. »Johnny, ich bin gekommen, um dich zu holen. Ich hab's getan. Ich bin gekommen, um dich zu holen. Ich bin gekommen, um dich zu holen.«

Und irgendwann – vielleicht nur, weil der Mann, der es in den Armen hielt, begonnen hatte, es im Kreis herumzuschwingen – schlang das Kind die Arme um Clays Hals und klammerte sich fest. Es sagte auch irgendetwas. Clay weigerte sich zu glauben, dass das nur sinnlose Laute waren, so bedeutungslos wie ein Windstoß, der über die Öffnung einer leeren Colaflasche hinwegfuhr. Es war ein Wort. Es klang fast wie *müä*, als wolle der Junge sagen, er sei *müde*.

Es hätte aber auch *Düä* sein können, wie der Kleine im Alter von sechzehn Monaten seinen Vater genannt hatte.

Clay entschied sich dafür, bei dieser Auslegung zu bleiben. Zu glauben, das blasse, schmutzige, unterernährte Kind, das an seinem Hals hing, habe ihn *Daddy* genannt.

4

Es war gerade genug, um sich daran klammern zu können, dachte er eine Woche später. Ein Laut, der ein Wort hätte sein können; ein Wort, das Daddy hätte sein können.

Der Junge schlief jetzt auf einem Feldbett in einem Einbaukleiderschrank, weil Johnny dort zufrieden war und Clay es satt hatte, ihn unter dem großen Bett hervorzuholen. Die fast gebärmutterartige Enge des Schranks schien ihn zu beruhigen. Vielleicht gehörte das zu der Konversion, der er und andere sich hatten unterziehen müssen. Eine schöne Umwandlung! Die Phoner in Kashwak hatten seinen Sohn in einen verängstigten Schwachsinnigen verwandelt, der nun nicht einmal mehr Trost in einem Schwarm finden konnte.

Draußen schneite es unter einem grauen Abendhimmel unaufhörlich. Ein eisiger Wind trieb den Schnee in sich windenden Schlangen die unbeleuchtete Main Street von Springvale entlang. Für Schnee schien es noch zu früh zu sein, aber das war es natürlich nicht, vor allem nicht so weit nördlich. Wenn er vor Thanksgiving einsetzte, schimpfte man immer darüber, und kam er vor Allerheiligen, schimpfte man doppelt so laut, bis jemand einen daran erinnerte, dass man nicht auf der Insel Capri, sondern in Maine lebe.

Clay fragte sich, wo Tom, Jordan, Dan und Denise heute Nacht sein mochten. Er fragte sich, wie es Denise ergehen würde, wenn es an der Zeit war, ihr Baby auf die Welt zu bringen. Er war sich ziemlich sicher, dass sie gut zurechtkommen würde – Denise war zäh wie Schuhleder, das war sie. Er fragte sich, ob Tom und Jordan ebenso oft an ihn dachten, wie er an sie, und ob er ihnen ebenso fehlte, wie sie ihm – Jordans ernster Blick, Toms ironisches Lächeln. Dieses Lächeln hatte er bei weitem nicht oft genug gesehen; was sie gemeinsam durchgemacht hatten, war überwiegend nicht spaßig gewesen.

Er fragte sich, ob die vergangene Woche mit seinem geistig und seelisch gebrochenen Sohn die einsamste seines Lebens gewesen war. Er glaubte, diese Frage bejahen zu müssen.

Clay sah auf das Handy in seiner Linken hinunter. Es warf mehr Fragen auf als alles andere. Er fragte sich, ob er noch einmal telefonieren solle. Als er es eingeschaltet hatte, waren auf dem kleinen Display drei Balken erschienen, drei kräftige Balken, aber das Gerät würde sich irgendwann entladen, das wusste er. Und er konnte nicht damit rechnen, dass der Puls ewig anhalten würde. Die Akkus, die nötig waren, damit das Signal zu den Fernmeldesatelliten hinaufgesendet wurde (falls das passierte und wenn es *noch* passierte) konnten irgendwann leer sein. Oder der Puls konnte zu nicht mehr als einer einfachen Trägerwelle, einem idiotischen Summen oder dem schrillen Piepsen mutieren, wie man es hörte, wenn man versehentlich eine Faxnummer anwählte.

Schnee. Schnee am 17. Oktober. War heute überhaupt der Siebzehnte? Er konnte nicht mehr genau sagen, welches Datum man hatte. Sicher wusste er jedoch, dass die Phoner dort draußen sterben würden, jede Nacht mehr. Hätte Clay ihn nicht gesucht und gefunden, wäre Johnny einer von ihnen gewesen.

Die Frage war nur: Was hatte er gefunden?

Was hatte er gerettet?

Düä.

Daddy?

Vielleicht.

Jedenfalls hatte der Junge seither nichts mehr gesagt, was auch nur entfernt an ein Wort erinnert hätte. Er war bereit gewesen, mit Clay mitzugehen ... aber er hatte auch immer wieder dazu geneigt, unvermittelt in eine ganz andere Richtung abzuschwenken. Wenn er das tat, musste Clay ihn sich wieder schnappen, wie man sich ein Kleinkind grapschte, das auf dem Parkplatz eines Supermarkts ausbüxen wollte. Dabei musste Clay jedes Mal unwillkürlich an den Aufziehroboter denken, den er als Junge gehabt hatte, und wie der Roboter es immer wieder geschafft hatte, in eine Ecke zu geraten, in der er nutzlose Marschbewegungen mit den Beinen gemacht hatte, bis man ihn wieder in Richtung Zimmermitte gedreht hatte.

Johnny hatte sich kurz und panikartig gewehrt, als Clay ein Auto mit steckendem Zündschlüssel gefunden hatte, aber sobald er den Jungen angeschnallt, die hinteren Türen mit der Kindersicherung verriegelt und den Wagen in Bewegung gesetzt hatte, hatte Johnny sich wieder beruhigt und dann fast wie hypnotisiert gewirkt. Er fand sogar die Taste, mit der er die Scheibe herunterfahren konnte, und ließ sich den Fahrtwind ins Gesicht blasen, wobei er die Augen schloss und leicht den Kopf hob. Clay beobachtete, wie der Fahrtwind die langen schmutzigen Haare seines Sohns nach hinten blies, und dachte: *Gott steh mir bei, das ist, als würde man mit einem Hund spazieren fahren.*

Als sie ein Straßenriff erreichten, das sie nicht umfahren konnten, und Clay seinem Sohn beim Aussteigen half, entdeckte er, dass Johnny sich in die Hose gemacht hatte. *Er hat seine Erziehung zur Sauberkeit ebenso verloren wie seine Sprache,* dachte er trübselig. *Verdammt noch mal.* Und diese Vermutung bestätigte sich, aber ihre Folgen waren weniger kompliziert oder schwerwiegend, als Clay damit gerechnet hatte. Johnny war nicht mehr sauber, aber wenn man anhielt und ihn auf ein Feld führte, ließ er Wasser, wenn er gerade musste. Oder wenn er sich hinhocken musste, dann tat er das und sah verträumt zum Himmel auf, während er sich entleerte. Vielleicht verfolgte er die Bahn der vorbeifliegenden Vögel. Vielleicht auch nicht.

Nicht sauber, aber stubenrein. Clay konnte nicht anders, als an die Hunde zu denken, die er früher gehabt hatte.

Nur wachten Hunde nicht jeweils mitten in der Nacht auf und schrien eine Viertelstunde lang.

5

Jene erste Nacht hatten sie in einem Haus unweit der Handelsniederlassung Newfield verbracht, und als das Kreischen begann, hatte Clay geglaubt, Johnny liege im Sterben. Und obwohl der Junge in seinen Armen eingeschlafen war, war er verschwunden, als Clay hochfuhr. Johnny war nicht mehr im Bett, sondern darunter. Clay kroch ebenfalls unters Bett, in eine bis zum Ersticken mit Wollmäusen angefüllte Höhle, in der er die Sprungfedern des Bettkastens nur einen Fingerbreit über seinem Kopf hatte, und umklammerte den mageren Körper, der steif wie eine Eisenstange war. Die Schreie des Jungen waren lauter, als eine so kleine Lunge eigentlich hätte hervorbringen können, und Clay begriff, dass er sie in seinem Kopf verstärkt hörte. Alle seine Haare, auch sein Schamhaar, schienen steif geworden zu sein und sich zu sträuben.

Dort unter dem Bett hatte Johnny fast eine Viertelstunde lang gekreischt und war dann ebenso abrupt verstummt, wie er angefangen hatte. Sein ganzer Körper erschlaffte. Clay musste seinen Kopf gegen Johnnys Seite drücken (ein Arm des Jungen hatte sich trotz des äußerst beengten Raums irgendwie über seinen Hals geschlängelt), um sich davon zu überzeugen, dass er noch atmete.

Er hatte Johnny schlaff wie einen Postsack hervorgezogen und den staubigen, schmutzigen Jungen dann wieder ins Bett gepackt. Hatte noch fast eine Stunde lang neben ihm wachgelegen, bevor er selbst in unruhigen Schlaf gefallen war. Morgens hatte er das Bett abermals für sich allein gehabt. Johnny war wieder darunter gekrochen. Wie ein geprügelter Hund, der sich den kleinstmöglichen Zufluchtsort suchte.

6

Sie waren jetzt in jenem behaglichen Hausmeisterhäuschen neben dem Holzfällermuseum Springvale. Hier gab es reichlich zu essen, es gab einen Holzofen, es gab frisches Wasser aus der Pumpe. Es gab sogar eine chemische Toilette (die Johnny allerdings nicht benutzte; Johnny benutzte den Garten hinter dem Haus). Alle modernen Annehmlichkeiten von circa 1908 waren vorhanden.

Es war eine ruhige Zeit gewesen, wenn man von Johnnys nächtlichen Schreikrämpfen absah. Clay hatte Zeit zum Nachdenken gehabt, und als er jetzt hier am Wohnzimmerfenster stand und den die Straße entlangwirbelnden Schnee beobachtete, während sein Sohn in seinem kleinen Schrankversteck schlief, wurde es Zeit, zu erkennen, dass die Zeit des Nachdenkens vorbei war. Nichts würde sich ändern, was er nicht selbst änderte.

Du bräuchtest ein weiteres Handy, hatte Jordan gesagt. *Und du müsstest ihn an einen Ort bringen, wo Handyempfang möglich ist.*

Hier war er möglich. Noch immer möglich. Das bewiesen die Balken auf dem Display des Handys.

Wie viel schlimmer kann's noch werden?, hatte Tom gefragt. Und dabei die Achseln gezuckt. Aber er *konnte* natürlich die Achseln zucken, oder nicht? Johnny war nicht Toms Sohn; Tom hatte jetzt selbst einen Adoptivsohn.

Alles hängt nämlich davon ab, ob auch Gehirne das tun, was gut geschützte Computer tun, wenn sie von einem elektromagnetischen Impuls getroffen werden, hatte Jordan gesagt. *Sie speichern alles im System ab.*

Im System abspeichern. Ein in gewisser Weise machtvoller Ausdruck.

Aber man würde zuerst die Phoner-Programmierung löschen müssen, um Platz für diesen höchst theoretischen Neustart zu schaffen, und Jordans Idee – Johnny *ein weiteres Mal* dem Puls auszusetzen, wie um einen Gegenbrand zu legen – erschien so überaus unheimlich, so ausgeflippt gefährlich, zumal Clay keine Ahnung hatte, zu welcher Art Programmierung der Puls in der Zwischenzeit mutiert war ... wobei er nur hoffen konnte (hält manchen zum Narren, ja, ja, ja), dass er überhaupt weiterhin ausgestrahlt wurde ...

»Im System abspeichern«, flüsterte Clay. Draußen war es schon fast Nacht; der wirbelnde Schnee wirkte gespenstischer als je zuvor.

Der Puls *hatte* sich verändert; davon war er überzeugt. Er erinnerte sich an die ersten Phoner, denen er nachts begegnet war, die vor dem Gebäude der Freiwilligen Feuerwehr von Gurleyville. Sie hatten um das alte Löschfahrzeug gekämpft, aber sie hatten noch mehr getan: Sie hatten geredet. Sie hatten nicht einfach nur willkürliche Laute ausgestoßen, die Wörter hätten sein können, sondern sie hatten richtig geredet. Es war nicht gerade viel gewesen, kein großartiges Partygeplauder, aber trotzdem richtiges Reden. *Geh weg. Geh du. Teufel, sagst du.* Und das immer beliebte *Meinuck.* Diese beiden hatten sich von den ursprünglichen Phonern unterschieden – denen aus der Ära des Lumpenmanns –, und Johnny war wiederum anders. Weshalb? Weil der Virus weiter virulent war, das Pulsprogramm weiter mutierte? Vermutlich.

Das Letzte, was Jordan gesagt hatte, bevor er ihn zum Abschied geküsst hatte und nach Norden davongefahren war, war gewesen: *Wenn du eine neue Programmversion auf die Programmierung ansetzt, die Johnny und die anderen am Kontrollpunkt erhalten haben, fressen sie sich vielleicht gegenseitig auf. Das tun Viren nämlich. Sie fressen.*

Und dann, wenn die ursprüngliche Programmierung noch da war ... wenn sie im System gespeichert war ...

Clay merkte, dass sein beunruhigter Verstand sich Alice zuwandte: Alice, die ihre Mutter verloren hatte; Alice, die eine Möglichkeit gefunden hatte, tapfer zu sein, indem sie ihre Ängste auf einen Babyturnschuh übertrug. Etwa vier Stunden außerhalb von Gaiten, auf der Route 156, hatte Tom eine weitere Gruppe von Normies gefragt, ob sie nicht auf ihrem Picknickplatz am Straßenrand rasten wollten. *Das sind sie,* hatte einer der Männer gesagt. *Das ist die Gaiten-Bande.* Ein anderer hatte Tom aufgefordert, sich zum Teufel zu scheren. Daraufhin war Alice aufgesprungen. Sie war aufgesprungen und hatte gesagt ...

»Sie hat gesagt: ›Wir haben wenigstens etwas *getan*!‹«, sagte Clay, während er auf die dunkler werdende Straße hinaussah. »Und dann hat sie sie gefragt: ›Scheiße, was habt *ihr* getan?‹«

Das war also seine Antwort, eine Antwort, für die er einem toten Mädchen zu danken hatte. Johnny-Gees Zustand würde sich nicht bessern. Clay konnte zwischen zwei Möglichkeiten wählen: sich mit dem zufrieden geben, was er hatte, oder versuchen, eine Veränderung herbeizuführen, solange das möglich war. Falls es noch möglich war.

Clay benutzte eine Stablampe, um seinen Weg ins Schlafzimmer zu beleuchten. Die Tür des Einbauschranks stand halb offen, und er konnte Johnnys Gesicht sehen. Im Schlaf, mit einer Hand unter der linken Wange und dem in die Stirn fallenden zerzausten Haar, sah er fast genauso aus wie der Junge, dem Clay vor tausend Jahren einen Abschiedkuss gegeben hatte, bevor er mit seiner *Dark Wanderer*-Mappe nach Boston aufgebrochen war. Ein bisschen dünner; sonst eigentlich fast unverändert. Die Unterschiede sah man nur, wenn er wach war. Der schlaffe Mund und der leere Blick. Die hängenden Schultern und die baumelnden Hände.

Clay zog die Schranktür ganz auf und kniete vor dem Feldbett nieder. Johnny bewegte sich etwas, als der Lichtstrahl der Stablampe sein Gesicht traf, dann lag er wieder still da. Clay war nicht fromm, und die Ereignisse der vergangenen Wochen hatten sein Vertrauen auf Gott nicht sonderlich gesteigert, aber er *hatte* seinen Sohn gefunden, das war immerhin etwas, deshalb schickte er jetzt ein Gebet zu welchem Wesen auch immer hinauf, das vielleicht zuhörte. Es war kurz und prägnant: *Tony, Tony, steh uns bei, dass sich findet, was verloren sei.*

Er klappte das Handy auf und drückte die Einschalttaste. Es piepste leise. Das Display leuchtete bernsteingelb auf. Drei Balken. Er zögerte einen Augenblick, aber wenn es darum ging, eine Nummer zu wählen, gab es nur einen sicheren Tipp: die Nummer, die schon der Lumpenmann und seine Freunde gewählt hatten.

Als die drei Ziffern eingegeben waren, streckte er eine Hand aus und rüttelte Johnny an der Schulter. Der Junge wollte nicht aufwachen. Er stöhnte und versuchte, die Hand abzuschütteln. Dann wollte er sich umdrehen. Beides ließ Clay nicht zu.

»Johnny! Johnny-Gee! Wach auf!« Er rüttelte noch fester und schüttelte ihn weiter, bis der Junge endlich die leeren Augen öffnete und ihn mit Misstrauen, aber ohne menschliche Neugier betrachtete. Es war die Art Blick, die einem ein misshandelter Hund zuwarf, und er brach Clay jedes Mal fast das Herz.

Letzte Gelegenheit, dachte er. *Willst du's wirklich tun? Die Chancen können nicht mal eins zu zehn stehen.*

Aber wie groß war die Wahrscheinlichkeit gewesen, dass er Johnny überhaupt finden würde? Oder dass Johnny den

Kashwakamak-Schwarm vor der Detonation verlassen würde? Eins zu tausend? Zu zehntausend? Würde er mit diesem misstrauischen, aber nicht neugierigen Blick leben, während Johnny zwölf, dann fünfzehn, dann einundzwanzig wurde? Während sein Sohn im Schrank schlief und in den Garten hinter dem Haus schiss?

Wir haben wenigstens etwas getan, hatte Alice Maxwell gesagt.

Er sah auf das Display über dem Tastenfeld. Dort standen die Ziffern 911 so deutlich und schwarz wie irgendein erklärtes Schicksal.

Johnny fielen die Augen zu. Clay schüttelte ihn nochmals kräftig, um zu verhindern, dass er wieder einschlief. Das tat er mit der linken Hand. Mit dem rechten Daumen drückte er die Ruftaste. Er konnte noch EIN-*und-zwanzig* und ZWEI-*und-zwanzig* zählen, bevor die Meldung WÄHLEN auf dem kleinen beleuchteten Display durch VERBUNDEN ersetzt wurde. Als das geschah, gestattete Clay Riddell sich keine Zeit, lange zu überlegen.

»He, Johnny-Gee«, sagte er. »Fo-Fo-dich-dich.« Und drückte seinem Sohn das Handy ans Ohr.

30. Dezember 2004 – 17. Oktober 2005
Center Lovell, Maine

Chuck Verrill hat das Buch lektoriert und großartige Arbeit geleistet. Danke, Chuck.

Robin Furth hat wegen Handys recherchiert und verschiedene Theorien darüber geliefert, was im Kern der menschlichen Psyche liegen mag. Gute Informationen stammen von ihr; etwaige Verständnisfehler sind meine. Danke, Robin.

Meine Frau hat die erste Fassung des Romans gelesen und sich ermutigend geäußert. Danke, Tabby.

Wer in Boston und im Norden von Neuengland lebt, wird wissen, dass ich mir bestimmte geografische Freiheiten gestattet habe. Was soll ich dazu sagen? Das liegt eben an meiner Umgebung (um einen kleinen Scherz zu machen).

Meines Wissens hat die FEMA keine Haushaltsmittel bereitgestellt, um Mobilfunkmasten mit Notstromaggregaten auszurüsten, aber ich möchte anmerken, dass viele Funkmasten tatsächlich Notstromaggregate aufweisen, um für Stromausfälle gerüstet zu sein.

S. K.

STEPHEN KING lebt mit seiner Frau, der Schriftstellerin Tabitha King, in Maine. Er besitzt kein Handy.

Auf den nächsten Seiten folgt ein Auszug – vom Verfasser eigenhändig geschrieben – aus dem Roman *Lisey's Story* (*Love*), der erstmals im Oktober 2006 im Heyne-Verlag erschienen ist.

LISEY'S STORY

Stephen King

PART 1: BOOL HUNT

Chapter I: Lisey and Amanda
(Everything the Same)

1

To the public eye, the spouses of well-known writers are all but invisible, and no one knew it better than Lisey Landon. Her husband had won the Pulitzer and the National Book Award, but Lisey had only given one interview in her life. This was for the well-known women's magazine that publishes the column "Yes, I'm Married To _Him_!" She spent roughly half of its five-hundred-word length explaining that her nickname rhymed with "CeeCee." Most of the other half had to do with her recipe for slow-cooked roast beef. Lisey's sister Amanda said that the picture accompanying the interview made Lisey look fat.

None of Lisey's sisters were immune to the pleasures of setting the cat among the pigeons

LISEY'S STORY

Stephen King

Teil 1: BOOLESCHE JAGD

Kapitel I: Lisey und Amanda
(Alles beim Alten)

1

Für die Öffentlichkeit sind die Ehefrauen bekannter
Schriftsteller praktisch unsichtbar, und niemand wusste das
besser als Lisey Landon. Ihr Mann hatte den Pulitzer-Preis
und den National Book Award gewonnen, aber Lisey hatte in
ihrem Leben nur ein einziges Interview gegeben: für die
bekannte Frauenzeitschrift, in der die Artikelserie »Ja, ich bin
mit *ihm* verheiratet!« erscheint. Sie hatte ungefähr die
Hälfte des 50 Zeilen langen Interviews auf die Erklärung
verwendet, dass ihr Kosename sich auf »CeeCee« reimte. Der
größte Teil der anderen Hälfte hatte mit ihrem Rezept für
langsam gebratenes Roastbeef zu tun gehabt. Liseys
Schwester Amanda sagte, das zu dem Interview gehörende
Foto lasse Lisey dick aussehen.

Keine von Liseys Schwestern war über das Vergnügen
erhaben, Aufregung zu provozieren

("stirring up a stink" had been their father's phrase for it), or having a good natter about someone else's dirty laundry, but the only one Lisey had a hard time liking was this same Amanda. Eldest (and oddest) of the one-time Debusher girls of Lisbon Falls, Amanda currently lived alone, in a house Lisey had provided, a small, weather-tight place not too far from Castle View where Lisey, Darla, and Cantata could keep an eye on her. Lisey had bought it for her seven years ago, five before Scott died. Died Young. Died Before His Time, as the saying was. Lisey still had trouble believing he'd been gone for two years. It seemed both longer and the blink of an eye.

When Lisey finally got around to making a start at cleaning out his office suite, a long and beautifully lit series of rooms that had once been no more than the loft above a country barn, Amanda had shown up on the third day, after Lisey had finished her inventory of all the foreign editions (there were hundreds) but before she could do more than start listing the furniture, with little stars next to the pieces she thought she ought to keep. She waited for Amanda to ask her why

(»Stunk zu machen«, wie ihr Vater sich immer ausgedrückt
hatte) oder die schmutzige Wäsche anderer Leute
durchzuhecheln, aber die Einzige, bei der es Lisey schwer fiel,
sie zu mögen, war eben diese Amanda. Amanda, die älteste
(und sonderbarste) der ehemaligen Debusher-Girls aus
Lisbon Falls, lebte gegenwärtig allein in einem Haus, das
Lisey ihr zur Verfügung gestellt hatte: ein wetterfestes
Häuschen nicht allzu weit von Castle View entfernt, sodass
Lisey, Darla und Cantata sie im Auge behalten konnten. Lisey
hatte es ihr vor sieben Jahren gekauft, fünf bevor Scott
gestorben war. Jung gestorben war. Vorzeitig abberufen
worden war, wie man so schön sagte. Lisey konnte noch
immer nicht recht glauben, dass er seit zwei Jahren nicht
mehr da war. Es schien ihr länger her zu sein und zugleich
nur einen Wimpernschlag.

Als Lisey endlich dazu kam, sich daran zu machen, sein
Büro auszuräumen – eine Flucht großer und schön
beleuchteter Räume, die ursprünglich nur der Heuboden
über einer Scheune gewesen waren –, war Amanda am
dritten Tag aufgekreuzt, nachdem Lisey bereits mit der
Bestandsaufnahme der ausländischen Ausgaben (von denen
es hunderte gab) fertig war, aber sonst noch nicht mehr
hatte tun können, als eine Liste der Möbel zu erstellen, auf
der Sternchen jene Stücke bezeichneten, von denen sie
glaubte, sie behalten zu sollen. Sie wartete darauf, dass
Amanda sie fragte, wieso

she wasn't moving _faster_, for heaven's sake, but Amanda asked no questions. While Lisey moved from the furniture question to a listless (and day-long) consideration of the cardboard boxes of correspondence stacked in the main closet, Amanda's focus seemed to remain on the impressive stacks and piles of memorabilia which ran the length of the study's south wall. She worked her way back and forth along this snakelike accretion, saying little or nothing but jotting frequently in a little notebook she kept near to hand.

What Lisey didn't say was _What are you looking for_? or _What are you writing down_? As Scott had pointed out on more than one occasion, Lisey had what was surely among the rarest of human talents: she was a business-minder who did not mind too much if you didn't mind yours. As long as you weren't making explosives to throw at someone, that was, and in Amanda's case, explosives were always a possibility. She was the sort of woman who couldn't help prying, the sort of woman who _would_ open her mouth sooner or later.

Her husband had headed south from Rumford,

538

sie um Himmels willen nicht *schneller* arbeite, aber Amanda stellte keine Fragen. Während Lisey von der Möbelfrage zu einer lustlosen (und ganztägigen) Betrachtung der in dem größten Schrank gestapelten Pappkartons mit alter Korrespondenz überging, schien Amandas gesamte Aufmerksamkeit weiter den eindrucksvollen Haufen und Stapeln von Memorabilien zu gelten, die auf ganzer Länge an der Südwand des Arbeitszimmers aufgetürmt waren. Sie tigerte vor dieser schlangenartigen Ansammlung auf und ab, sagte wenig oder nichts, schrieb aber häufig rasch etwas in ein kleines Notizbuch, das sie stets zur Hand hatte.

Lisey sagte nicht *Was suchst du?* oder *Was notierst du dir da?* Wie Scott mehr als einmal festgestellt hatte, besaß Lisey etwas, was bestimmt zu den seltensten menschlichen Gaben gehörte: Obwohl sie selbst jemand war, der sich um den eigenen Kram kümmerte, störte es sie nicht, wenn man sich um anderer Leute Kram kümmerte. Das heißt, solange man keine Sprengsätze herstellte, um jemanden damit zu bewerfen, und in Amandas Fall waren Sprengsätze immer im Bereich des Möglichen. Sie war die Art Frau, die herumschnüffeln musste, die Art Frau, die früher oder später den Mund aufmachen *würde*.

Ihr Ehemann war 1985 von Rumford aus, wo sie gelebt

where they had been living ("like a couple of wolverines caught in a drainpipe," Scott said after a visit he vowed never to repeat) in 1985. Her one child, named Intermezzo and called Metzie for short, had gone north to Canada (with a long-haul trucker for a beau) in 1989. "One flew north, one flew south, one couldn't shut her everlasting mouth." That had been their father's rhyme when they were kids, and the one of Dandy Dave Debusher's girls who could never shut her everlasting mouth was surely Manda, first fired by her husband and then dumped by her daughter. _Boal, the end,_ Scott would have said. Probably with a laugh, and probably Lisey would have laughed with him. With Scott she had always laughed a lot.

Hard to like as Amanda sometimes was, Lisey hadn't wanted her down there in Rumford on her own; didn't trust her on her own, if it came to that, and although they'd never said so aloud, Lisey was sure Darla and Cantata felt the same. So she'd had a talk with Scott, and found the little Cape Cod, which could be had for ninety-seven thousand dollars, cash on the nail. Amanda

hatten (»wie zwei in einem Abwasserrohr festsitzende Vielfraße«, hatte Scott nach einem Besuch gesagt, den er nie zu wiederholen geschworen hatte), nach Süden abgehauen. Ihr einziges Kind, eine Tochter namens Intermezzo, kurz Metzie gerufen, war 1989 (mit einem Fernfahrer als Liebhaber) nach Kanada gegangen. »Eine flog nach Norden, eine nach Süden übers Land, eine konnt' nicht halten ihren Lästerrand.« Das war in ihrer Kindheit ein Holperreim ihres Vaters gewesen, und diejenige von Dandy Dave Debushers Mädchen, die niemals ihren Lästerrand halten konnte, war bestimmt Manda, die erst von ihrem Mann sitzen gelassen und dann von ihrer Tochter verschmäht worden war. *Boolesch, das Ende,* hätte Scott gesagt. Wahrscheinlich mit einen Lachen, und wahrscheinlich hätte Lisey mitgelacht. Mit Scott hatte sie immer viel gelacht.

Auch wenn es manchmal schwierig war, Amanda zu mögen, hatte Lisey nicht gewollt, dass sie allein dort unten in Rumford lebte, und obwohl sie sich nie darüber geäußert hatten, war Lisey sich sicher, dass Darla und Cantata das Gleiche empfanden. Deshalb hatte sie darüber mit Scott gesprochen und das kleine Cape-Cod-Haus gefunden, das für 97 000 Dollar bar auf den Tisch zu haben war. Wenig später war Amanda nach

had moved up within easy checking range soon after.

Now Scott was dead and Lisey had finally gotten around to the business of cleaning out his writing quarters. Halfway through the fourth day, the foreign editions were boxed up, the correspondence was marked and in some sort of order, and she had a good idea of what furniture was going and what was staying. So why did it feel that she had done so little? She'd known from the outset that this was a job that couldn't be hurried. Never mind all the importuning letters and phone-calls she'd gotten since Scott's death (and more than a few visits, too). She supposed that in the end, the people who were interested in Scott's unpublished writing would get what they wanted, but not until she was ready to give it to them. They hadn't been clear on that at first; they weren't <u>down with it</u>, as the saying was. Now she thought most of them were.

There were lots of words for the stuff Scott had left behind. The only one she completely understood was <u>memorabilia</u>, but there was another one, a funny one, that sounded like <u>incuncabilla</u>. That was what the

Norden gezogen, wo man sie leicht kontrollieren konnte.

Jetzt war Scott tot, und Lisey war endlich dazu gekommen, das Ausräumen seiner Schreibwerkstatt in Angriff zu nehmen. Gegen Mittag des vierten Tages waren die ausländischen Ausgaben in Kartons verpackt, die Korrespondenz war gekennzeichnet und in eine gewisse Ordnung gebracht, und sie hatte eine gute Vorstellung davon, welche Möbelstücke abtransportiert werden und welche bleiben würden. Weshalb hatte sie also das Gefühl, so wenig getan zu haben? Sie hatte von Anfang an gewusst, dass es keine Aufgabe war, die sich beschleunigen ließ. Nicht zu reden von all den lästigen Briefen und Anrufen (und mehr als nur ein paar Besuchen), die sie seit Scotts Tod erhalten hatte. Letztlich würden die Leute, die sich für Scotts unveröffentlichten Nachlass interessierten, wohl bekommen, was sie wollten, allerdings nicht bevor sie auch bereit war, es ihnen zu überlassen. Dieser Punkt war ihnen anfangs nicht klar gewesen; sie hatten es nicht *gefressen*, wie es so schön hieß. Inzwischen glaubte sie aber, dass die meisten auf dem Laufenden waren.

Es gab viele Wörter für das Zeug, das Scott hinterlassen hatte. Das einzige, das sie wirklich verstand, war *Memorabilien*, aber es gab noch ein weiteres, ein komisches Wort, das wie *Inkunkabilla* klang. Auf die hatten es

impatient people wanted, the wheedlers, the angry ones — Scott's
incuncabilla. Lisey began to think of them as Incunks.

2

What she felt most of all, especially after Amanda showed up,
was discouraged, as if she'd either underestimated the task
itself or overestimated (wildly) her ability to see it through
to its inevitable conclusion — the saved furniture stored in
the barn below, the rugs rolled up and taped shut, the
yellow Ryder van in the driveway, throwing its shadow on
the board fence between her yard and the Galloways'
next door.

Oh, and don't forget the sad heart of this place,
the three desktop computers (there had been four, but the
one in Scott's memory nook was now gone, thanks to Lisey
herself). Each was newer and lighter than the last, but even
the newest was still a big desktop model and all of them
still worked. They were password-protected, too, and she didn't
know what the passwords were. She'd never asked, and had no
idea what kind of electro-litter might be sleeping on the
computers' hard drives. Grocery lists? Poems? Erotica? She

die ungeduldigen Leute, die Schmeichler, die Zornigen
abgesehen: Scotts *Inkunkabilla*. Lisey fing an, diese Leute in
Gedanken als Inkunks zu bezeichnen.

2

Was sie vor allem empfand, besonders seit Amanda
aufgekreuzt war, war Mutlosigkeit, so als hätte sie entweder
die Aufgabe selbst weit unterschätzt oder ihre Fähigkeit, sie
bis zum unvermeidlichen Ende durchzuziehen, (heftig)
überschätzt – die aufzuhebenden Möbel, die unten in der
Scheune eingelagert waren, die eingerollten und mit
Klebeband zugeklebten Teppiche, der gelbe Ryder-Möbel-
wagen in der Einfahrt, wo er seinen Schatten auf den
Bretterzaun zwischen ihrem Garten und dem der Galloways
von nebenan warf.

Ach, und nicht zu vergessen das traurige Herzstück dieses
Büros, die drei Desktop-Rechner (eigentlich waren es vier
gewesen, aber der in Scotts Sammlerecke war längst weg,
wofür Lisey selbst gesorgt hatte). Jeder war neuer und kleiner
als sein Vorgänger, aber selbst der neueste war noch immer
ein großes Desktop-Modell, und alle waren funktionsfähig.
Sie waren auch passwortgeschützt, aber Lisey wusste nicht,
wie die Passwörter lauteten. Sie hatte nie danach gefragt und
auch sonst keine Ahnung, welcher Elektronikmüll auf den
Festplatten der Computer gespeichert sein mochte.
Einkaufslisten? Gedichte? Erotika? Sie war sich sicher,

was sure he'd been connected to the internet, but had no idea where he visited when he was there. Amazon? Drudge? Hank Williams Lives? Madam Cruella's Golden Showers & Tower of Power? She tended not to think anything like that last, to think she would have seen the bills, except of course that was really bullshit. Or billshit, if you wanted to be punny about it. If Scott had wanted to hide a thousand a month from her, he could have done so. And the passwords? The joke was, he might have told her. She forgot stuff like that, that was all. She reminded herself to try her own name. Maybe after Amanda had taken herself home for the day. Which didn't look like happening anytime soon.

Lisey sat back and blew the hair off her forehead. _I won't get to the manuscripts until July at this rate,_ she thought. _The Incunks would go nuts if they saw the way I'm crawling along. Especially that last one._

The last one —five months ago, this had been — had managed not to blow up, had managed to keep a very civil tongue about him until she'd begun to think he might be different. Lisey told him that Scott's writing suite had been sitting empty for almost a year and a

dass er einen Internetzugang gehabt hatte, hatte aber keine Ahnung, welche Seiten er dort besucht hatte. Amazon? Drudge Report? Hank Williams lebt? Madam Cruellas Golden Showers & Tower of Power? Sie neigte dazu, Letzteres nicht für möglich zu halten, sich einzubilden, sie hätte die Rechnungen dafür sehen müssen, aber in Wirklichkeit war das natürlich Bockmist. Oder Bankmist, wenn man krampfhaft witzig sein wollte. Hätte Scott einen Tausender im Monat vor ihr verbergen wollen, hätte er das tun können. Und die Passwörter? Der Witz war, dass er sie ihr vielleicht sogar verraten hatte. Sie vergaß solches Zeug nur, das war alles. Lisey nahm sich vor, es mit ihrem Namen zu versuchen. Vielleicht nachdem Amanda für heute heimgefahren war. Was allem Anschein nach nicht so bald passieren würde.

Lisey lehnte sich zurück und blies sich das Haar aus der Stirn. *Bei diesem Tempo komme ich erst im Juli zu den Manuskripten,* dachte sie. *Die Inkunks würden überschnappen, wenn sie sähen, in welchem Schneckentempo ich vorankomme. Vor allem dieser letzte.*

Der Letzte – das war vor fünf Monaten gewesen – hatte es geschafft, nicht zu explodieren, hatte es geschafft, weiter sehr höflich zu sprechen, bis sie anfing zu glauben, er könnte anders sein. Lisey hatte ihm erzählt, Scotts Büro stehe nun seit nahezu

half at that time, but she'd almost mustered the energy and re-
solve to go up there and start the work of cleaning the rooms
and setting the place to rights.

Her visitor's name had been Professor Joseph Woodbody, of the University of Pittsburgh English Department. Pitt was
Scott's alma mater, and Woodbody's Scott Landon and the American Myth lecture class was extremely popular and extremely
large. He also had four graduate students doing Scott
Landon theses this year, and so it was probably inevitable
that the Incunk warrior should come to the fore when Lisey
spoke in such vague terms as sooner rather than later
and almost certainly sometime this summer. But it wasn't
until she assured him that she would give him a call
"when the dust settles" that Woodbody really began to give
way.

He said the fact that she had shared a great
American writer's bed did not qualify her to serve as
his literary executor. That, he said, was a job for an ex-
pert, and he understood that Mrs. Landon had no college
degree at all. He reminded her of the years already gone
since Scott Landon's death, and of the rumors that con—

eineinhalb Jahren leer, aber sie habe schon fast die Energie und Willenskraft gesammelt, um dort hinaufzugehen und anzufangen, die Räume zu putzen und alles aufzuräumen.

Der Name ihres Besuchers war Professor Joseph Woodbody von der Anglistikfakultät der University of Pittsburgh gewesen. Die Pitt war Scotts Alma Mater gewesen, und Woodburys Seminar »Scott Landon und der amerikanische Mythos« war äußerst beliebt und äußerst gut besucht. Außerdem hatte er dieses Jahr vier Doktoranden, die über Scott Landon promovierten, weshalb es wohl unvermeidbar war, dass der Inkunk-Krieger in den Vordergrund trat, als Lisey so vage Ausdrücke wie *eher früher als später* und *fast bestimmt irgendwann diesen Sommer* benutzte. Erst als sie ihm versicherte, sie werde ihn anrufen, »wenn der Staub sich gelegt« habe, geriet Woodbody jedoch wirklich aus der Fassung.

Er sagte, die Tatsache, dass sie das Bett eines großen amerikanischen Schriftstellers geteilt habe, qualifiziere sie nicht dafür, als seine literarische Nachlassverwalterin zu fungieren. Das, sagte er, sei eine Aufgabe für einen Fachmann, und seines Wissens besitze Mrs. Landon nicht einmal einen College-Abschluss. Er erinnerte sie an die Jahre, die seit Scott Landons Tod bereits verstrichen waren, und die ständig zunehmenden Gerüchte.

tinued to grow. Supposedly there were piles of unpublished Landon fiction — short stories, even novels. Could she not let him into the study for even a little while? Let him prospect a bit in the file cabinets and desk drawers, if only to set the most outrageous rumors at rest? She could stay with him the whole time, of course — that went without saying.

"No," she'd said, showing Professor Woodbody the door. "I'm not ready just yet." Overlooking the man's lower blows — trying to, at least — because he was obviously as crazy as the rest of them. He'd just hidden it better, and for a little longer. "And when I am, I'll want to look at everything, not just the manuscripts."

"But —"

She had nodded seriously at him. "Everything the same."

"I don't understand what you mean by that."

Of course he didn't. It had been part of her marriage's inner language. How many times had Scott come breezing in, calling "Hey, Lisey, I'm home — everything the same?" Meaning <u>is everything</u> all right, is everything cool. But like most phrases of power

Angeblich gab es haufenweise unveröffentlichte Arbeiten Landons – Kurzgeschichten, sogar Romane. Konnte sie ihn nicht wenigstens für kurze Zeit in sein Arbeitszimmer lassen? Ihn ein bisschen in den Karteikästen und Schreibtischschubladen nachforschen lassen, und wäre es auch nur, um die wildesten Gerüchte zu widerlegen? Natürlich könne sie die ganze Zeit dabeibleiben – das verstehe sich von selbst.

»Nein«, hatte sie gesagt und Professor Woodbody die Tür gewiesen. »Ich bin noch nicht so weit.« Sie hatte die Tiefschläge des Mannes ignoriert – oder es zumindest versucht –, weil er offenbar doch so verrückt war wie alle anderen. Er hatte das nur geschickter und etwas länger getarnt. »Und wenn ich's bin, werde ich mir alles ansehen wollen, nicht nur die Manuskripte.«

»Aber ...«

Sie hatte ernst genickt. »Alles beim Alten.«

»Ich verstehe nicht, was Sie damit meinen.«

Natürlich tat er das nicht. Das hatte zur vertraulichen Sprache ihrer Ehe gehört. Wie oft war Scott hereingeschneit und hatte gerufen: »He, Lisey, ich bin wieder da – alles beim Alten?« Womit er gemeint hatte: *Ist alles in Ordnung, ist alles cool?* Aber wie die meisten Schlagworte

(Scott had explained this once to her, but Lisey had already known it), it had an inside meaning. A man like Woodbody could never grasp the inside meaning of _everything the same_. Lisey could explain all day and he still wouldn't get it. Why? Because he was an Incunk, and when it came to Scott Landon only one thing interested the Incunks.

"It doesn't matter," was what she'd said to Professor Woodbody on that day five months ago. "_Scott_ would have understood."

3

If Amanda had asked Lisey where Scott's "memory nook" things had been stored — the awards and plaques, stuff like that — Lisey would have lied (a thing she did tolerably well for one who did it seldom) and said "a U-Store-It in Mechanic Falls." Amanda did not ask, however. She just paged ever more ostentatiously through her little notebook, surely trying to get her younger sister to broach the subject with the proper question, but Lisey also did not ask. She was thinking of how empty this corner was, how empty and _uninteresting_, with so many of Scott's mementos gone. Either destroyed (as she had destroyed the

(Scott hatte ihr das einmal erklärt, aber Lisey hatte es bereits gewusst) hatte auch dieses eine innere Bedeutung. Ein Mann wie Woodbody konnte die innere Bedeutung von *alles beim Alten* nie erfassen. Lisey hätte sie ihm den ganzen Tag lang erklären können, und er hätte sie trotzdem nicht verstanden. Weshalb? Weil er ein Inkunk war, und wenn es um Scott Landon ging, interessierte die Inkunks nur eines.

»Spielt keine Rolle«, hatte sie an jenem Tag vor fünf Monaten zu Professor Woodbody gesagt. »*Scott* hätte es verstanden.«

3

Hätte Amanda sie gefragt, wo die Dinge aus Scotts »Sammlerecke« eingelagert seien – die Preise und Plaketten und solches Zeug –, hätte Lisey gelogen (was sie für jemanden, der das selten tat, leidlich gut konnte) und gesagt: »In einem Schließfach in Mechanic Falls.« Amanda fragte jedoch nicht. Sie blätterte nur immer demonstrativer in ihrem kleinen Notizbuch und versuchte offenbar, ihre jüngere Schwester dazu zu bringen, das Thema ihrerseits mit der geeigneten Frage anzuschneiden, aber auch Lisey fragte nicht. Sie dachte lediglich, wie leer diese Ecke jetzt doch war, wie leer und *uninteressant*, seit so viele von Scotts Erinnerungsstücken verschwunden waren. Entweder vernichtet (wie sie den

computer monitor) or too badly scratched and dented to be shown; such an exhibit would raise more questions than it could ever answer.

At last Amanda gave in and opened her notebook. "Look at this," she said. "Just look."

Manda was holding out the first page. Written on the blue lines, crammed in from the little wire loops on the left to the edge of the sheet on the right (like a coded message from one of those street-crazies you're always running into in New York because there's not enough money for the publicly funded mental institutions anymore, Lisey thought wearily), were numbers. Most had been circled. A very few had been enclosed in squares. Manda turned the page and now here were two pages filled with more of the same. On the following page, the numbers stopped halfway down. The final one appeared to be 856.

Amanda gave her the sidelong, red-cheeked, and somehow hilarious expression of hauteur that had meant, when she was twelve and little Lisey only two, that Manda had gone and Taken Something On Herself; tears for someone would follow. Amanda herself, more often than not. Lisey found herself waiting with some interest (and a touch of dread) to

Computermonitor zerstört hatte) oder zu schlimm zerkratzt und verbeult, um gezeigt zu werden; eine solche Ausstellung hätte mehr Fragen aufgeworfen, als sie je hätte beantworten können.

Schließlich gab Amanda nach und schlug ihr Notizbuch auf. »Sieh dir das an«, sagte sie. »Sieh's dir einfach an.«

Manda hielt ihr die erste Seite hin. Auf den blauen Linien, von den kleinen Metallbügeln links bis zum äußersten Blattrand rechts *(wie eine kodierte Nachricht von einem dieser auf den Straßen herumlaufenden Verrückten, denen man in New York ständig begegnet, weil für die öffentlich finanzierten Irrenanstalten nicht mehr genug Geld da ist,* dachte Lisey matt) standen dicht gedrängt Zahlen. Die meisten waren umkringelt. Ganz wenige waren von Quadraten umgeben. Manda blätterte um, und nun waren *zwei* mit demselben Zeug voll gekritzelte Seiten zu sehen. Auf der nächsten Seite hörten die Zahlen in der Mitte auf. Die letzte schien 856 zu sein.

Amanda bedachte sie mit dem schrägen, rotwangigen, leicht lächerlichen hochmütigen Ausdruck, der früher, als sie zwölf und die kleine Lisey erst zwei gewesen war, bedeutet hatte, dass Manda hingegangen war und etwas auf eigene Faust unternommen hatte. Tränen für irgendjemanden würden folgen; meistens für Amanda selbst. Lisey merkte, dass sie mit gewissem Interesse (und leichtem Grausen) darauf see what that expression might mean this time. Amanda had been acting nutty ever since turning up...

wartete, was dieser Ausdruck wohl diesmal bedeuten würde. Amanda hatte sich, seit sie aufgekreuzt war, so verrückt benommen ...

Deutsch von Wulf Bergner

Werkverzeichnis der im Heyne Verlag von Stephen King erschienenen Titel

Bonusmaterial

© by Shane Leonard

HEYNE

Die Bücher

1. Romane

Brennen muss Salem *(Salem's Lot)*
Ben Mears kehrt in seine Heimatstadt Salem's Lot zurück und begegnet einem unheimlichen Fremden: einem Vampir, der die Einwohner des Städtchens selbst in Vampire verwandelt. Mears stellt sich der Übermacht.

Dead Zone – Das Attentat *(Dead Zone)*
Johnny erwacht nach fast fünf Jahren aus dem Koma und besitzt auf einmal hellseherische Fähigkeiten. Als er einem Politiker die Hand schüttelt, hat er die Vision, dass dieser als zukünftiger US-Präsident den Dritten Weltkrieg auslösen wird. Johnny beschließt ein Attentat ...

Feuerkind *(Firestarter)*
Das Mädchen Charlie kann allein mit Gedanken Feuersbrünste entfachen. Ihre Eltern verlangen von ihr, dass sie diese paranormale Fähigkeit niemals einsetzt. Aber gilt das auch, wenn das eigene Leben, das Leben der ganzen Familie bedroht wird?

Cujo *(Cujo)*
Der Bernhardiner Cujo ist der Liebling von ganz Castle Rock, einer verträumten amerikanischen Kleinstadt. Eines Tages wird er von einer Fledermaus mit einem teuflischen Virus infiziert. Die Idylle verwandelt sich fortan in eine wahre Hölle, die von einem mordgierigen vierbeinigen Monster beherrscht wird ...

Christine *(Christine)*

Eine verhängnisvolle Dreiecksbeziehung: Arnie liebt seine Freundin Leigh und »Christine«, seinen 1958er Plymouth. Aber das Auto lebt. Und es ist tödlich eifersüchtig. *Verfilmt von John Carpenter.*

Friedhof der Kuscheltiere *(Pet Sematary)*

Hinter dem kleinen Tierfriedhof liegt eine verwünschte indianische Grabstätte. Ob Katze oder Mensch: Wer hier beerdigt wird, erwacht wieder zum Leben – mit tödlichen Folgen für die Hinterbliebenen. *Der weltweit erfolgreichste Horrorroman.*

Es *(It)*

In Derry, Maine, lauert das Grauen in der Kanalisation: 28 Jahre lang hat das Böse geschlummert – jetzt taucht es wieder empor und mordet Kinder. Stephen Kings Meisterwerk über die Mysterien der Kindheit und den Horror des Erwachsenseins.

Die Augen des Drachen *(The Eyes of the Dragon)*

König Roland von Delain wird ermordet, und man bezichtigt seinen Sohn und Erben Peter der Tat. Hinter dem Ränkespiel steckt der mächtige Hofzauberer Flagg. Der Kampf um den Thron beginnt ...

Sie – Misery *(Misery)*

Schriftsteller Paul will seine Serienheldin Misery sterben lassen. Nach einem Autounfall hält die »treue« Leserin Annie den verletzten Autor gefangen und zwingt ihn weiterzuschreiben. *Oscar für Kathy Bates in der Verfilmung* Misery.

Das Monstrum – Tommyknockers *(Tommyknockers)*
Haven ist eine verschlafene Kleinstadt. Bis zu dem Tag, an dem
Bobbi Anderson im Wald ein seltsames Ding entdeckt, das
die Bürger auf unheimliche Art verwandelt. Sie verlieren ihre
Menschlichkeit. Das Grauen hält Einzug …

Stark – The Dark Half *(The Dark Half)*
Der Schriftsteller Thad Beaumont legt sein Pseudonym George
Stark ab. Doch so einfach lässt sich sein Alter Ego nicht ab-
speisen. George hat sich selbständig gemacht, und Thad muss
gegen ihn antreten.

The Stand – Das letzte Gefecht *(The Stand)*
In einem entvölkerten Amerika versucht eine Handvoll Über-
lebender die Zivilisation zu retten. Ihr Gegenspieler ist der
mythische Dunkle Mann, Verkörperung des absolut Bösen. In
der Wüste Nevada kommt es zum Entscheidungskampf. *Eine
Neuverfilmung als Kino-Vierteiler ist in Planung.*

In einer kleinen Stadt – Needful Things *(Needful Things)*
In Castle Rock eröffnet Leland Gaunt einen Laden, in dem sich
jeder seine geheimsten Wünsche erfüllen kann. Er verlangt hor-
rende Preise, und seine Machenschaften versetzen ganz Castle
Rock in Angst und Schrecken.

Das Spiel – Gerald's Game *(Gerald's Game)*
Ein friedliches Landhaus in Maine wird zum Schauplatz des
Schreckens. Jessie Burlingame will aus dem Sexspielchen mit
ihrem Mann Gerald aussteigen. Ans Bett gefesselt, erlebt sie Gewalt und das blanke Entsetzen.

Dolores *(Dolores Claiborne)*

Die Haushälterin Dolores wird verdächtigt, ihre Arbeitgeberin umgebracht zu haben. Beim Polizeiverhör legt sie schonungslos ihre Lebensbeichte ab. *Der Psychothriller wurde mit Kathy Bates und Jennifer Jason Leigh verfilmt.*

Schlaflos – Insomnia *(Insomnia)*

Ralph schläft von Tag zu Tag weniger. Bei seinen nächtlichen Wanderungen durch Derry sieht er unheimliche Dinge, die er erst für Halluzinationen hält. Bis er in Ereignisse von kosmischer Bedeutung verstrickt ist ...

Das Bild *(Rose Madder)*

Nach 14 Jahren Ehehölle bringt Rosie Daniels endlich die Kraft auf, vor ihrem brutalen Mann zu fliehen. Aber der, ein rachelüsterner Cop, ist ihr dicht auf den Fersen ...

The Green Mile *(The Green Mile)*

»The Green Mile« – so nennt sich der Todestrakt des Staatsgefängnisses Cold Mountain. John Coffey wurde zum Tode verurteilt, weil er zwei Mädchen ermordet hat. Dem Hünen wohnt aber auch eine übernatürliche Heilungskraft inne ... *Vier Oscarnominierungen für die Verfilmung mit Tom Hanks.*

Desperation *(Desperation)*

Im Ort Desperation, Nevada, ist das Gewebe zwischen den Welten dünn. Bergleute sind hier versehentlich in eine andere Dimension durchgebrochen und haben damit einen schrecklichen Dämon freigesetzt ...

Sara *(Bag of Bones)*

Seit dem Tod seiner Frau bringt der Bestsellerautor Michael Noonan keine Zeile mehr aufs Papier. In seinem Sommerhaus in Maine will er die Schreibblockade überwinden. Doch auf dem Haus liegt ein Fluch. Gerät Michael in den Bann des Bösen?

Atlantis *(Hearts in Atlantis)*

Ein Episodenroman vor dem zeitgeschichtlichen Hintergrund der Sechzigerjahre und des Vietnamkriegs. Ein Epos über Verrat, Gewalt und Schrecken ... *Grundlage für die Verfilmung* Hearts of Atlantis *mit Anthony Hopkins.*

Duddits – Dreamcatcher *(Dreamcatcher)*

Vier Männer planen einen Jagdausflug in die Wälder von Maine, der schließlich in einer bizarren tödlichen Bedrohung endet. Kann ihr alter Freund Duddits mit seinen telepathischen Fähigkeiten sie aus dem nicht enden wollenden Albtraum retten?

Der Buick *(From a Buick 8)*

Eines Morgens taucht an einer Tankstelle ein alter Buick auf. Der geheimnisvolle Fahrer verschwindet, und schließlich zeigt es sich, dass der Straßenkreuzer genauso wenig ein Buick ist wie der schwarz gekleidete Fahrer ein Mensch. Der Wagen entwickelt ein ungewöhnliches Eigenleben ...

Colorado Kid *(The Colorado Kid)*

Auf einer Insel vor der Küste Maines wird eine Leiche gefunden. Hartnäckige Lokaljournalisten recherchieren den Fall, aber je mehr Spuren sie verfolgen, desto geheimnisvoller wird alles. Handelt es sich um ein schier unmögliches Verbrechen?

Puls *(Cell)*
Unheil bricht über die Welt herein. Alle, die gerade ein Handy am Ohr hatten, laufen wie ferngesteuert Amok und schlachten sich gegenseitig ab. Clayton muss schnell mit seiner Familie Kontakt aufnehmen, bevor ein anderer es per Handy tut.

Love *(Lisey's Story)*
Lisey ist seit zwei Jahren Witwe. Vor seinem Tod hat ihr Mann Scott für sie eine Spur mit Hinweisen ausgelegt, die sie immer tiefer in seine von Dämonen bevölkerte Vergangenheit führt.

Wahn *(Duma Key)*
Nach einem schrecklichen Unfall sucht Edgar Freemantle auf einer einsamen Insel Trost in der Malerei. Die Insel aber übt eine dämonische Macht aus, und bald schon entwickeln Edgars Bilder ein tödliches Eigenleben ...

Die Arena – Under the Dome *(Under the Dome)*
Ein unsichtbares Kraftfeld stülpt sich wie eine Kuppel über Chester's Mill. Für die Einwohner der Kleinstadt gibt es kein Entrinnen – und je mehr die Vorräte zur Neige gehen, desto stärker tobt ein bestialischer, gesetzloser Kampf ums Überleben ...

Der Anschlag *(11/22/63)*
Jake Epping gelangt durch ein Zeitportal in die Vergangenheit. Dort will er das Attentat auf John F. Kennedy verhindern. Aber je näher er seinem Ziel kommt, umso vehementer wehrt sich die Vergangenheit gegen jede Änderung.

Joyland *(Joyland)*
Auf verhängnisvolle Weise kreuzen sich in einem kleinen Vergnügungspark die Wege eines untergetauchten Mörders und eines Kindes. Und mitten im sich überschlagenden Geschehen steht ein junger, unschuldiger Student und weiß: Irgendwann ist es mit der Unschuld vorbei. Irgendwann hört jeder Spaß auf.

Doctor Sleep *(Doctor Sleep)*
Stephen King kehrt zu *Shining* zurück: Der Dreirad fahrende Danny, der im Hotel Overlook so unter seinem besessenen Vater hat leiden müssen, ist erwachsen geworden.

Mr. Mercedes *(Mr. Mercedes)* – Band 1 der Bill-Hodges-Trilogie
Ein Mercedes rast in eine Menschenmenge. Monate später droht der Massenmörder ein Inferno mit Tausenden Opfern an. Einblicke in den Geist eines besessenen Mörders bar jeglichen Gewissens. *Ausgezeichnet mit dem »Edgar Award«.*

Revival *(Revival)*
Ein bildgewaltiger, verstörender Roman über Sucht, Fanatismus und das, was jenseits des Lebens existiert. Die Geschichte schildert das Leben des mit seinen Dämonen kämpfenden Jamie Morton und steuert auf einen erschreckenden Schluss zu.

Finderlohn *(Finders Keepers)* – Band 2 der Bill-Hodges-Trilogie
Ein Junge findet die nachgelassenen Werke eines ermordeten Starautors in einem vergrabenen Koffer. Jahre später wird der Mörder aus der Haft entlassen. Sein Schatz ist verschwunden. Die Jagd beginnt. Fortsetzung von *Mr. Mercedes* mit Ex-Detective Bill Hodges.

Mind Control *(End of Watch)* – Band 3 der Bill-Hodges-Trilogie
Brady Hartsfield, der Mercedes-Killer, liegt seit Jahren im
Wachkoma. Doch hinter all der Geistesabwesenheit ist er bei
Bewusstsein – und besitzt tödliche neue Kräfte.

Der Outsider *(The Outsider)*
Die geschändete Leiche eines Elfjährigen im Park – der Täter
ist schnell gefunden. Sein Alibi ist aber wasserdicht. Konnte er
zur selben Zeit an zwei Orten sein? Die Antwort ist schrecklich.

Das Institut *(The Institute)*
Der zwölfjährige Luke wird gekidnappt und wacht im »Institut«
wieder auf. Es beherbergt weitere Kinder, die wie er paranor-
mal veranlagt sind und einem mysteriösen Zweck dienen. Noch
nie konnte eines der Kinder den Menschenexperimenten entkommen.

Später *(Later)*
Der neunjährige Jamie kann mit den Geistern kürzlich Verstor-
bener reden, die dabei alle seine Fragen wahrheitsgemäß beantworten müssen. Als Erwachsene sich seiner Gabe bedienen, um
an die Geheimnisse der Toten zu gelangen, werden unabsehbare
Ereignisse losgetreten.

Billy Summers *(Billy Summers)*
Billy ist Auftragskiller. Bei seinem letzten Job steht er plötzlich
selbst im Fadenkreuz. Auf der Flucht rettet er die junge Alice,
Opfer einer Gruppenvergewaltigung. Billy muss sich entschei-
den. Geht er den Weg der Rache oder der Gerechtigkeit? Die
Antwort liegt am Ende des Wegs.

2. Kurzromane und Erzählungen

Frühling, Sommer, Herbst und Tod *(Different Seasons)*
Vier Kurzromane: *Pin-Up* erzählt von einem ungewöhnlichen Gefängnisausbruch. Verfilmt als *Die Verurteilten*. *Der Musterschüler:* Ein Junge beginnt zu morden. *Die Leiche* folgt vier Jungen bei ihren Abenteuern. Verfilmt als *Stand by Me*. *Atemtechnik:* Eine Frau will ihr Kind gebären, koste es, was es wolle.

Blut – Skeleton Crew *(Skeleton Crew)*
Stephen Kings Erzählband versammelt die Einzelbände *Im Morgengrauen*, *Der Gesang der Toten* und *Der Fornit*.

Vier nach Mitternacht *(Four Past Midnight)*
Was erlebt der aufmerksame Beobachter, wenn die Trennscheibe zwischen Wirklichkeit und Unwirklichkeit zerschellt? Stephen King gibt in den hier versammelten vier Kurzromanen – *Langoliers, Das heimliche Fenster, der heimliche Garten, Der Bibliothekspolizist* und *Zeitraffer* – einige beunruhigende Antworten.

Albträume *(Nightmares and Dreamscapes)*
Geschichten, wie nur Stephen King sie erzählen kann – makaber, monströs, mörderisch, voll verborgener Untiefen. Ganze Schulklassen verwandeln sich in kleine Monster, Banker entpuppen sich als Zombies, Vampire steuern Flugzeuge.

Im Kabinett des Todes *(Everything's Eventual)*
14 düstere Überraschungen, blutige und unblutige. Unter den preisgekrönten Storys befindet sich auch die Erzählung »Achterbahn«, ausgezeichnet mit dem O.-Henry-Preis, dem renommiertesten Literaturpreis für Kurzgeschichten.

Sunset *(Just After Sunset)*
Wozu der vermeintliche normale Mensch fähig ist, wenn sein Leben plötzlich eine unerwartete Wendung nimmt: Stephen King zeigt uns das, wie nur er es kann – in dreizehn unheimlichen Geschichten.

Zwischen Nacht und Dunkel *(Full Dark, No Stars)*
Vier Kurzromane mit dem Thema Vergeltung. Es gibt Situationen, die uns eine Entscheidung abverlangen: Wie weit muss ich gehen, bis mir Gerechtigkeit widerfährt? Manchmal sehr weit ...

Basar der bösen Träume *(The Basar of Bad Dreams)*
21 neue Storys: Nicht immer blanker Horror, aber immer psychologisch packend. Es geht dabei um Themen wie Sünde und Moral, Schwäche und Schuld, das Jenseits und das Ende allen Lebens, das Menschlich-Allzumenschliche an den Abgründen unseres Daseins.

Erhebung *(Elevation)*
Scott wird immer leichter, ohne dass sein Körper sich verändert. Trotz der mysteriösen Heimsuchung setzt er alles daran, gegen himmelschreiendes Unrecht in der entzweiten Kleinstadt Castle Rock vorzugehen.

Blutige Nachrichten *(If It Bleeds)*
Die titelgebende Geschichte »Blutige Nachrichten« ist eine Stand-alone-Fortsetzung von *Der Outsider*. Daneben drei weitere Kurzromane, die uns an so fürchterliche wie faszinierende Orte entführen: »Mr. Harrigans Telefon«, »Chucks Leben« und »Ratte«. Mit einem Nachwort des Autors zur Entstehung jeder einzelnen Geschichte.

3. Der Dunkle Turm (Serie)

Band I: Schwarz *(The Dark Tower – Gunslinger)*
Im ersten Band von Stephen Kings epischer Fantasyserie durchstreift Roland, der letzte Revolvermann, auf der Suche nach dem mysteriösen Dunklen Turm eine sterbende Welt.

Band II: Drei *(The Dark Tower – The Drawing of the Three)*
Roland hat nach den Konfrontationen mit dem Mann in Schwarz das Meer erreicht. Dort erlebt er, wie sich gleichsam aus dem Nichts drei Türen in unsere reale Welt auftun und seinen Blick auf drei Menschen unserer Tage lenken. Es sind die DREI, die der Prophezeiung des Geisterorakels zufolge auserwählt sind, ihm bei der Suche nach dem Dunklen Turm zu helfen.

Band III: tot. *(The Dark Tower – The Waste Lands)*
Die sterbende Welt, die Roland auf der Suche nach dem Dunklen Turm durchquert, nimmt immer groteskere Formen und Gestalten an. Am Rande des Wahnsinns träumt Roland von dem Schlüssel, der aus dem Nichts des wüsten Landes auftaucht, um ihm die Geheimnisse des Dunklen Turms zu offenbaren.

Band IV: Glas *(The Dark Tower – Wizard and Glass)*
In *Glas* erzählt Roland erstmals aus seiner eigenen Biografie: eine tragische Geschichte von jugendlicher Liebe, Betrug, Intrigen und Mord, in der eine mysteriöse Glaskugel eine verhängnisvolle Rolle spielt.

Band V: Wolfsmond *(The Dark Tower – Wolves of the Calla)*
Mit seinen Gefährten gelangt Roland in den Ort Calla Bryn Sturgis, wo die Farmer auffällig häufig Zwillinge bekommen. Doch seit Generationen überfallen regelmäßig Wolfsreiter auf grauen Pferden das Dorf und rauben jeweils einen der Zwillinge. Wenn das Kind dann zurückkehrt, ist es geistig behindert. Nun hat Andy, der Boten-Roboter, erneut einen Überfall der Wölfe angekündigt.

Band VI: Susannah *(The Dark Tower – Song of Susannah)*
Als ein Balken des Turms einstürzt und in Mittwelt ein Erdbeben auslöst, müssen Roland und Eddie erkennen, dass ihnen die Zeit wegläuft. In ihrer Verzweiflung beschließen sie, ihren Schöpfer aufzusuchen, während Susannah in New York Rolands Sohn zur Welt bringt. Der Kreis beginnt sich zu schließen …

Band VII: Der Turm *(The Dark Tower – The Dark Tower)*
Das grandiose Finale des Zyklus um den Dunklen Turm. Sein Held Roland, der Revolvermann, und dessen Gefährten sind am Ende eines langen Weges angekommen.

Band VIII: Wind *(The Wind Through the Keyhole)*
Ein Sturm zieht auf – Stephen King kehrt nach Mittwelt zurück, in jene phantastische, farbenprächtige und zugleich unheimliche Region, wo der Dunkle Turm im Zentrum aller Dinge steht. Er erzählt Märchen und Begebnisse aus Rolands Jugend. Die Rahmenhandlung ist chronologisch zwischen *Glas* und *Wolfsmond* anzusiedeln.

4. Unter dem Pseudonym Richard Bachman

Todesmarsch *(The Long Walk)*
Staatschef »Major« organisiert zur allgemeinen Belustigung einen »Todesmarsch«, einen Marathon auf Leben und Tod, an dem 100 Jugendliche teilnehmen. Nur einer kann siegen, die Überlebenschancen stehen also 1:100. Die Verlierer erwartet der Tod …

Sprengstoff *(Roadwork)*
Ein Mann blickt ohne Hoffnung auf sein verpfuschtes Leben zurück. In quälenden Albträumen und verrückten Ausbrüchen bahnt sich sein Zerstörungstrieb einen Weg nach außen …

Menschenjagd *(The Running Man)*
Ben Richards lässt sich für eine Fernsehshow gegen Honorar von professionellen Menschenjägern verfolgen. Das ganze Land ist aufgerufen, ihn zu hetzen und, wenn möglich, zu töten.

Der Fluch *(Thinner)*
Der übergewichtige Anwalt Billy Halleck überfährt eine Zigeunerin, wird dann aber vor Gericht freigesprochen. Der Vater der Toten belegt Billy mit einem Fluch: Fortan nimmt er von Tag zu Tag ab.

Regulator *(Regulators)*
Ohne Vorwarnung tauchen in der Kleinstadt Wentworth sogenannte Regulatoren auf und erschießen alles und jeden, der sich ihnen nähert. Aber das Massaker ist erst der Anfang. *Ein Parallelroman zu Stephen Kings* Desperation.

Qual *(Blaze)*

Ein großer Coup soll den geistig zurückgebliebenen Blaze aller Sorgen entledigen. Er entführt das Baby einer reichen Familie. Was wird er dem Kleinen antun? Während alle Welt ihn jagt, um den Horror zu beenden, geht in Blaze eine Verwandlung vor.

5. Kollaborationen

mit Peter Straub
Der Talisman *(The Talisman)*

Der zwölfjährige Jack Sawyer begibt sich auf eine abenteuerliche Reise, in der Idylle und Entsetzen nahe beieinanderliegen. Um seine Mutter vor dem Tod zu bewahren, muss Jack einen geheimnisvollen Talisman finden, der in einer märchenhaften Parallelwelt verborgen ist.

mit Peter Straub
Das schwarze Haus *(Black House)*

Zwanzig Jahre nach *Der Talisman* haben sich die beiden Meister ihres Faches erneut zusammengetan, um die Geschichte des damals zwölfjährigen Jack Sawyer weiterzuführen. Um einen unheimlichen Serienmörder zu stellen, muss Jack das schwarze Haus betreten – es ist der Eingang zu einer anderen Welt.

mit Owen King
Sleeping Beauties *(Sleeping Beauties)*

Sobald Frauen einschlafen, umhüllt sie am ganzen Körper ein spinnwebartiger Kokon. Wenn man sie weckt, werden sie zu barbarischen Bestien. Die mysteriöse Evie scheint immun zu sein. Ist sie eine genetische Anomalie? Oder eine Dämonin?

mit Richard Chizmar
Gwendys Wunschkasten *(Gwendy's Button Box)*
Die Stadt Castle Rock erlebt die seltsamsten Dinge, so auch die junge Gwendy. Ein mysteriöser Unbekannter schenkt ihr einen Holzkasten mit lauter Schaltern. Wozu er dient? Gwendy probiert es aus, und ihr Leben verändert sich vollends.

mit Richard Chizmar
Gwendys letzte Aufgabe *(Gwendy's Final Task)*
Der Wunschkasten ist zu Gwendy zurückgekehrt, mächtiger und zerstörerischer denn je. Sie begibt sich in geheimer Mission auf die Erdumlaufbahn. Die Aufgabe, die Welt zu retten, könnte für sie zu einer Reise ohne Rückkehr werden.

6. Sachbücher

Danse Macabre – Die Welt des Horrors *(Danse Macabre)*
Der Meister des Horrors reicht uns die Hand zum Totentanz. Das Grundlagenwerk über die Geschichte des Horrors in Literatur und Film vom Viktorianischen Zeitalter bis heute. Mit einem neuen Essay: »Über das Unheimliche«.

Das Leben und das Schreiben *(On Writing)*
Stephen Kings persönlichstes Buch. Hier gibt King Einblick in sein Leben und die Entstehung seiner Werke. Ein unverzichtbares Werk für alle angehenden Schriftsteller und für Leser, die mehr über den Autor wissen möchten.